충직한 검이 되려 했는데

충직한 검이 되려 했는데 1부 3권

초판 1쇄 발행 2022년 11월 15일

지은이 시이온

발행인 이재진 **단행본사업본부장** 신동해
기획총괄 석혜원 **책임편집** 조아라
제작 정석훈 **마케터** 박성훈
디자인 이호 디자인

브랜드 사막여우
주소 경기도 파주시 회동길 20
문의전화 02-6744-0056(편집) 02-6744-0036(마케팅)
블로그 blog.naver.com/wj_fennecfox
트위터 @wjt_fennecfox

발행처 ㈜웅진씽크빅
출판신고 1980년 3월 29일 제406-2007-000046호

ISBN 978-89-01-26505-6(3권), 978-89-01-26502-5(세트)

III

충직한 검이
되려 했는데

시이온 로맨스 판타지 소설

I was going to be a loyal sword

Contents

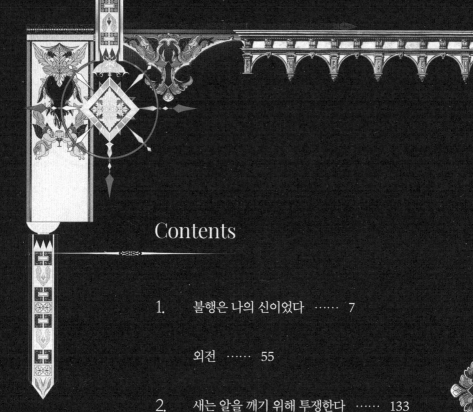

1. 불행은 나의 신이었다 ‥‥‥ 7

    외전 ‥‥‥ 55

2. 새는 알을 깨기 위해 투쟁한다 ‥‥‥ 133

    외전 ‥‥‥ 179

3. 맹세하오니 이것은 영원하리라 ‥‥‥ 217

4. 분노를 노래하소서, 시의 여신이여 ‥‥‥ 305

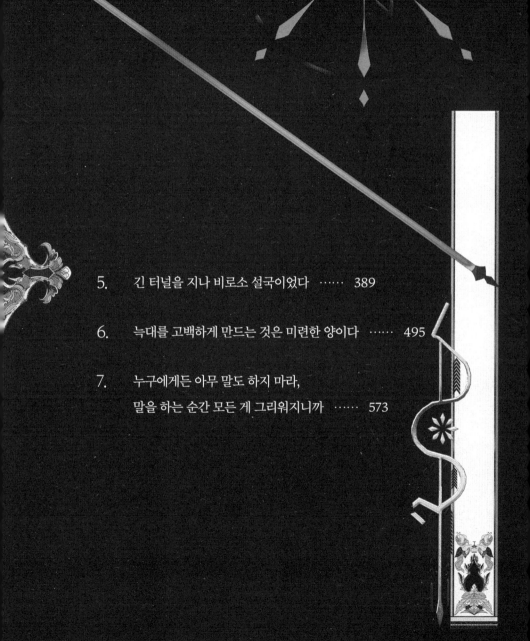

5. 긴 터널을 지나 비로소 설국이었다 ······ 389

6. 늑대를 고백하게 만드는 것은 미련한 양이다 ······ 495

7. 누구에게든 아무 말도 하지 마라,
    말을 하는 순간 모든 게 그리워지니까 ······ 573

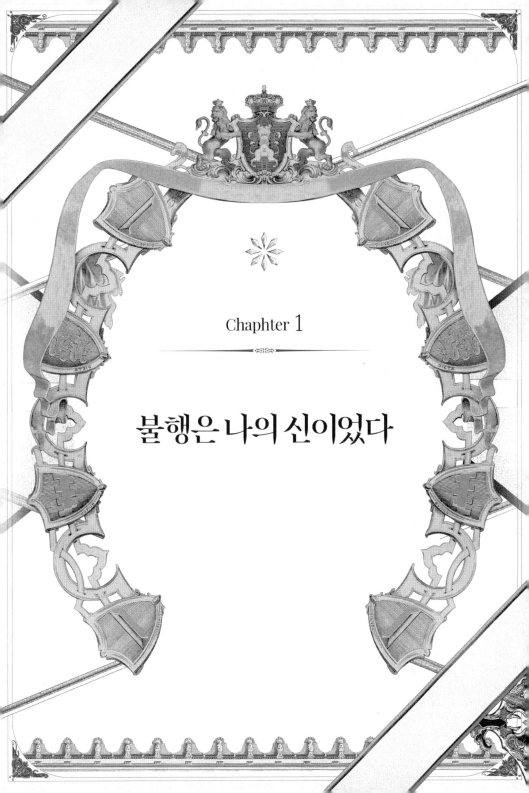

Chaphter 1

불행은 나의 신이었다

"으음……."

나는 짧게 신음하며 부스스 눈을 떴다. 모닥불조차 불씨를 죽인 동굴 안은 고요했다. 아침이 밝은 동굴 밖은 눈이 그친 상태였다. 나는 휑한 맞은편으로 눈을 돌렸다.

'결국 갔군.'

자던 중 인기척을 느꼈기에 예상은 했지만, 텅 빈 자리를 보고 있으면 상념이 많아지는 것은 어쩔 수 없었다.

나는 혀를 찼다. 여전히 이기적인 놈이었다. 굳이 먼저 떠나 빈자리를 느끼게 하니.

펄럭.

꾸물꾸물 자리에서 일어나 떠날 채비를 하던 나는, 종잇조각 나부끼는 소리에 맞은편 바위 아래를 바라보았다. 그곳엔 쪽지가 있었다.

[빚은 나중에 갚는다.

그래도 너는 나를 살린 걸 후회하게 될 거다.]

"하……."

나는 짧게 실소를 터트렸다. 그리고 흙이 묻어 얼룩덜룩해진 쪽지를 매만지다 한숨처럼 중얼거렸다.

"하여간 고맙다는 말은 끝까지 안 해."

시린 바람을 타고 풍겨 오는 설원의 향기는 지그문트의 체향과 닮아 있었다.

⋯⋯⁂⋯⋯

"……묘 좀 다녀온다더니, 묘를 만들고 왔어? 누구를 묻고 온 거야……."

나를 위아래로 훑어본 아리아가 허탈하게 중얼거렸다. 나는 흙과 마수의 핏자국으로 얼룩덜룩한 옷을 힐끗 내려다보다가 머쓱하게 머리를 긁적였다.

"묘지가 북부에 있었거든. 갔다가 마수를 좀 만나서."

"마수를 만났다고? 괜찮은 건가?"

옆에서 듣고 있던 칼이 얼굴을 일그러뜨리며 날카롭게 반문했다. 나와 함께 데베라 떼를 처리했을 때 마수를 처음 마주했다는데, 마수 얘기에 예민해진 걸보니 티는 안 내도 많이 놀란 듯했다.

"저야 당연히 괜찮습니다. 그런데…… 집엔 무슨 일이 있는 모양인데요."

나는 어쩐지 부산스러워 보이는 홀을 둘러보고는 어리둥절해졌다. 크리시스 공작저는 늘 엄숙한 고요를 유지했건만, 오늘은 사용인들이 하나같이 심각한 표정으로 빠르게 저택을 오가고 있었다.

"하…… 그러니까 이게……."

할 말이 많다는 표정을 지은 아리아가 제 앞머리를 쓸어 넘겼다. 묘하게 빡친 기색이었다. 아리아가 말을 이으려 할 때.

"아리아 아가씨! 마차가 왔습니다!"

"……벌써 왔다고? 잠깐만! 여기 있어, 언니!"

사용인의 급한 부름에 아리아가 다급하게 사라졌다. 나는 대답해 줄 대상이 돌연 사라지는 걸 멍하니 바라보다 칼을 돌아보았다.

"오늘 무슨 일 있습니까? 혹시 행사가 있는데 제가 깜빡한 겁니까?"

"어제 네가 없을 때……."

이마를 짚은 칼이 말끝을 흐렸다. '그 새끼 진짜…….' 하는 혼잣말에 이가 악물려 있었다.

"황궁에서 연락이 왔었다. 황태자 디에고 솔라티네가……."

벌컥.

저택의 문이 열렸다. 칼이 표정으로 쌍욕을 할 때, 나는 반사적으로 문을 바라보았다.

"……오늘 공작저를 방문할 거라고."

칼의 말이 짓씹듯 마무리되고, 나는 입을 떡 벌렸다.

깔끔하게 빗어 넘긴 금빛 머리칼. 가벼운 듯 완벽한 옷차림. 나를 향해 반짝이는, 보석 같은 푸른 눈동자. 여러모로 상태가 나쁜 나와는 상반되게 아주 말끔했다.

머리가 굳은 내가 그저 그를 바라보고 있을 때, 죽상을 지은 아리아와 태양을 등진 채 저택으로 들어온 디에고가 나를 향해 햇살처럼 웃었다.

"오랜만이네, 카슈미르 공녀."

칼의 표정이 썩은 무말랭이처럼 찌그러졌다.

제대로 목욕도 못 하고 급하게 옷만 갈아입은 채로 응접실 소파에 앉았다.

"그래서…… 어떻게 찾아오셨습니까?"

나는 맞은편의 남자를 힐끗 바라보았다. 디에고의 날카로운 눈매가 샐쭉 접혔다. 가볍게 꼰 다리까지도 장인의 손이 닿은 듯 완벽했다.

"그대가 보고 싶어져서 말일세."

챙!

홍차가 든 찻잔이 거세게 책상에 내려앉았다. 잔 전체에 금이 갔으나 액체는 새지 않게 깬 것이 재주라면 재주였다. 나는 침을 꿀꺽 삼키며 아리아를 곁눈질 했다. 아리아는 사랑스럽게 웃고 있었다.

"황태자 저하를 저희 저택에서 맞이하게 되어 얼마나 기쁘고 영광스러운지 몰라요. 조금 더 확실히 모시고 싶었는데, 방문하시기 '반나절' 전에 연락을 주셔서 접대가 부족하네요. 공작님께서도 황궁에 가신 시간이고요. 아쉬워요."

아리아가 '반나절'에 힘을 꾹꾹 눌러 담아 발음했다. 완벽한 비아냥이었다. 아리아의 말에서 디에고가 이곳에 온 전말을 완벽하게 알게 된 나는 의아한 표정으로 그를 바라보았다.

보통 귀족이 귀족의 가내에 방문할 땐 사흘 전에 언질을 주는 것이 예의였다. 그리고 드물게 황족이 귀족의 집을 방문할 때는 일주일 전엔 언질을 줘야 했다. 황족을 맞이한다는 건 큰일이었으니까. 반드시 지켜야 하는 규율은 아니었으나 통상적으로 그랬다.

'그런데…… 반나절 전에 연락을 주고 성큼 찾아왔다고…….'

디에고는 융통성 있는 사람이지만 형식과 예의를 무시하지는 않았다. 제국에는 허례허식을 중요시하는 귀족들이 많았고, 그는 그들 모두를 아울러야 하는 황태자였으니까. 이번 일은 그답지 않았다. 그러나 디에고는 내가 그를 아리송하게 보고 있든 말든 태평스러운 낯이었다.

"공작저야 늘 잘 갖추어져 있지 않나. 접대도 완벽했네."

"그러시다니 다행입니다. 아침 일찍부터 준비하느라 상당히 소란스러웠으니 말입니다."

칼이 씨익 웃으며 대답했다. 나는 그의 웃음을 보며 살짝 흠칫했다.

칼은 가족이 아닌 타인 앞에선 웬만해서는 웃지 않았다. 그가 웃을 때는 화가 났을 때뿐이었다.

"하하! 다들 이리 진심으로 맞아 주니 얼마나 기쁜지 모르네. 그대들이 이렇게

나 나를 좋아하는 줄 몰랐네."

디에고가 호탕하게 웃으며 우아하게 찻잔을 들어 올렸다. 모든 비아냥을 모르는 척 넘겨 버리는 스킬이 심상치 않았다. 심지어 이 상황을 즐기고 있는 것 같기까지 했다.

나는 주먹을 꽉 쥔 아리아와 두 눈에 초점을 잃은 채로 웃고 있는 칼을 빠르게 번갈아 보았다. 두 사람 다 디에고보다 어린 데다 사교술에 한해서는 뒤떨어졌으니 휘말릴 수밖에 없었다. 나는 어색하게 웃으며 나섰다.

"저하, 제게 볼일이 있으신 것 아닙니까?"

"아, 맞네. 그대를 보러 온 거지."

디에고가 나를 돌아보았다.

"줄 것도 있고, 할 말도 있어서. 공녀와 단둘이 얘기하고 싶은데, 잠시 자리 좀 피해 주겠나?"

아리아의 눈썹이 꿈틀거리고 칼의 미소가 짙어졌다. 나는 두 사람의 손에 순간 마나가 응집되다 말았음을 느꼈다.

"카, 칼, 아리아. 저하와 개인적으로 할 얘기가 있으니 잠시 자리 좀 피해 주시겠습니까?"

나는 난폭한 맹견을 사람과 분리하듯, 칼과 아리아에게로 조심스럽게 손을 휘저었다. 내게로 한꺼번에 휙 쏠린 두 쌍의 시선이 매서웠으나, 나와 눈이 마주치고는 금방 사그라들었다.

"……먼저 물러나 보도록 하겠습니다."

"좋은 시간 보내시길 바라요."

두 사람이 설렁설렁 예를 갖추며 인사하고는 거북이가 기는 속도로 문을 향해 갔다. 얼핏 봐도 나가기 싫다는 태도였다. 나는 두 사람에게 손을 흔들어 주었다.

탁.

응접실 문이 닫히고, 잠시간 고요가 방 안을 채웠다. 남은 건 디에고와 나, 단

충직한 검이 되려 했는데 3

둘뿐이었다.

나는 숨을 짧게 들이쉬었다가 내쉬고 고개를 들어 디에고와 마주했다.

"무슨 일이십니까. 저하께서 이렇게 오셨을 정도면 꽤 심각한 사항인 것 같은데요."

부드러운 미소를 머금고 있던 디에고의 입가가 단번에 굳었다. 나를 바라보는 푸른 눈동자가 진중했다.

"……이곳에 도청 장치가 없음은 확실한가? 엿듣는 사람도 없고."

"소드 마스터가 둘이나 있는 집에 도청 장치를 설치할 수 있겠습니까? 가까이에 인기척은 없습니다. 확실해요."

내 확언에 디에고가 한숨을 쉬며 소파에 몸을 기댔다. 붉은 천 위에 그의 금빛 머리칼이 흩뿌려지고, 뻣뻣하다 싶을 만큼 곧았던 자세가 편하게 풀렸다. 그는 간혹 내 앞에서 풀린 모습을 보여 주었는데, 지금이 그 순간인 듯했다.

그러나 디에고는 극한의 이성을 탑재한 사람이었다. 그는 이성으로 사고했고, 지혜로 판단을 내렸다.

내가 보고 싶어서 왔다고 하지만, 안건이 그것뿐일 리는 없었다.

"얼마 전에 일어났던 테러의 주범이 키프로스 백작가와 북부임은 그대도 알고 있겠지."

그의 목소리가 무거웠다. 생각보다 심각한 안건이 나오려는 모양이었다. 나는 굳은 표정으로 고개를 끄덕였다.

"키프로스 백작가의 관여에 대해서는 확실한 물증이 없네. 그래서 그들의 뒤를 밟고 있었네만, 키프로스를 무너뜨릴 증거는 아니어도 중대한 정보를 얻었어."

나는 고개를 끄덕이며 디에고의 말에 집중했다. 푸른 눈이 시린 이성으로 반짝였다.

"키프로스는 북부의 최고 지휘관과 결탁했네. 족장이라고도 할 수 있겠지."

"족장 말입니까?"

나는 미간을 찌푸리며 기억을 되짚었다.

키프로스와 결탁한 자. 북부의 지배자. 머릿속 한편에 아주 희미하게 뚫린 전생의 틈을 억지로 열어젖혀 그에 대한 정보를 찾아보려 했으나, 생각나는 것은 없었다. 원작에서 그에 대한 이야기가 나온 적이 있는지도 불분명했다.

"자세한 인적사항은 알아내지 못했네. 워낙 베일에 싸인 인물이라. 겨우 알아낸 것은 그가 뒷세계를 잡고 있는 큰손 중 하나라는 걸세. 커다란 조직을 운용하고 있는 모양이더군. 거기서 금전을 확보하고 있는 모양이야."

다른 국가들과 무역도 하지 않는 북부가 전쟁 자금을 얻을 만한 구석은 뒷세계밖에 없을 터. 나는 심각한 얼굴로 턱을 쓸었다.

"어떤 조직인지도 아십니까? 그곳만 끊어 내도 북부는 상당히 곤란해질 텐데요."

아무리 북부가 마수 테이밍이라는 사기적인 한 방을 가지고 있대도, 자금이 없어 식량을 조달하지 못하면 오래가지 못한다. 어쩌면 일이 쉬워질지도 모른다는 희망이 들던 찰나, 디에고가 고개를 저었다.

"알아보고는 있지만…… 진전은 아주 늦어. 정보원들을 보내는 족족 시체로 돌아오고 있네."

"아……."

"조직의 규모가 만만치 않은 모양이더군. 대륙 전체로 퍼진 조직이야. 알아냈다고 해도 바로 끊어 낼 수는 없을 걸세."

'하긴, 그랬기에 원작에서도 승기를 잡아낼 수 있었겠지.'

심란해진 내가 골몰히 생각을 이어 나가고 있을 무렵, 차를 한 모금 마신 디에고가 부드럽게 미소 지었다. 정말 웃음이 나와서 웃는 것이라기보단, 나를 안정시켜 주기 위해 웃는 것 같았다.

"심란한 안건이지. 하지만 너무 고민하지 말게. 혹여라도 그대 혼자 이 난관을

충직한 검이 되려 했는데 3

헤쳐 나가야 한다고 생각지 말고. 이건 우리 모두의 문제고, 나도 함께 고민할 걸세. 그대는 혼자가 아니야."

나와 정반대의 색채인 두 눈과 마주하면, 어깨를 스멀스멀 짓누르던 짐이 깔끔히 사라지는 느낌이었다.

자석의 극과 극이 맞붙듯, 디에고와 나는 늘 잘 맞았다. 특히 그는 내 속을 읽기라도 하는 듯 나를 잘 알았다. 내게 필요한 것이 무엇인지 단번에 알아차렸다.

"……감사합니다. 저하께서 저를 믿으니 이런 정보를 알려 주신 거겠죠. 저도 저하를 믿습니다."

싫어할 수 없었고, 의지할 수밖에 없는 사람이었다. 그는 정말 '어른' 같았으니까. 그는 한층 풀린 낯으로 장난스럽게 투덜거렸다.

"그대의 형제자매에겐 날 너무 미워하지 말라고 해 주게. 방금 보니 날 분해할 작정들이던데. 정보를 빨리 전해 줘야 하기도 했고, 황궁엔 듣는 귀가 너무 많아서 무리하면서까지 온 거야."

"칼과 아리아에겐 제가 잘 말해 두겠습니다."

"그래. 나는 처남과 처제에게 밉보이고 싶지 않아."

"네?"

"크리시스 가와 원만하게 지내고 싶다는 뜻일세."

디에고가 말끔하게 말을 마무리했다. 내가 잠시 어리둥절하고 있을 때, 디에고는 아무렇지 않은 표정으로 제 품에 손을 넣어 붉은 융단의 작은 케이스를 꺼냈다.

달칵.

안에 든 건 반지가 걸린 목걸이였다.

"검술 대회의 증표를 주겠다고 하지 않았나. 디자인을 고민해 봤는데, 그대가 보면서 날 떠올려 줬으면 해서 이걸로 골랐지."

동그란 반지의 주재료는 얼핏 은처럼 보였으나 자세히 보면 백금이었다. 그

중심에 부담스럽지도, 작지도 않은 크기로 사파이어가 박혀 있었는데, 딱 디에고의 눈과 비슷한 색채였다.

"그대가 했던 말 기억하지? 심장이 뛰는 곳에 두고 늘 품에 지니고 있겠다고."

자리에서 일어난 그가 내게 성큼 다가와 몸을 숙였다.

마주하는 시선. 나는 그를 올려다보고, 그는 나를 빤히 내려다보았다. 그림자 탓인지 평소보다 좀 더 짙어 보이는 얼굴에, 그림자 가운데서도 반짝거리는 푸른 눈동자.

달그락.

그가 조심스러운 손길로 내 목에 목걸이를 걸어 주었다.

"그대에게 내가 있다는 것을 잊지 마. 언제든지 의지해 주어도 좋네."

그 따사로운 다정에 내 어깨에 메고 있던 짐이 녹아내렸다.

· ·—·⊱✥⊰·—· ·

-오래 기다리셨습니다! 오늘은 검술 대회의 마지막 날, 대망의 결승전입니다! 와아아아!

사회자의 경쾌한 목소리와 함께 거대한 함성이 터져 나왔다. 검에 달린 장식을 한 번, 약지손가락의 반지를 한 번, 목에 걸린 반지를 한 번 매만진 나는 천천히 숨을 들이쉬며 천장을 올려다보았다.

시간은 흐르고 흘러, 오늘은 검술 대회 결승전이었다.

'사람 엄청 많네.'

나는 대기실 의자에 널브러지듯 앉아 경기장의 모습을 담고 있는 커다란 수정구를 바라보았다. 결승전이기 때문인지, 모든 경기를 통틀어 가장 관객이 많았다.

'내가 아는 사람은 다 왔겠지.'

충직한 검이 되려 했는데 3

나는 내 좁디좁은 인간관계를 되짚었다. 내 가족과 친구들은 하나같이 고위 귀족이니 상석에서 경기를 관람할 것이고, 야샤까지 올 거라 했으니 내가 아는 사람은 다 이 경기를 보게 될 거라고 해도 과언이 아니었다.

'허. 네가 크리시스의 공녀라고? 신기하구먼. 네가 잘 살고 있었다니 다행이다.'

야샤 같은 사람이라면 믿을 수 있다는 생각에 내가 사실 크리시스의 공녀임을 실토했을 때, 야샤의 반응은 담백했다. 지나치게 태연한 반응에 되레 내가 당황했을 때, 야샤는 그렇잖아도 크리시스의 공녀가 검술 대회에 출전한다는 소문을 들었다며 보러 오겠다고 호들갑을 떨었다.

'자랑스러운 녀석! 이 늙은이도 응원하러 가마! 사람 불러다 응원단 세워주랴?'

'제가 경기 중에 선 채로 기절하는 모습 보고 싶지 않으시면 제발 그러지 마세요……'

나는 이미 나를 손주로 생각하고 있는 야샤에게 잔뜩 귀여움을 받아야 했다.

'오늘 일을 많은 사람이 보게 되겠지.'

검을 쥔 손이 긴장으로 굳었다. 오늘 검술 대회에서 사건이 터질 것이다. 대륙 전체의 분위기를 단번에 뒤집어엎을 거대한 사건이.

"공녀님. 슬슬 나갈 준비를 하셔야 합니다."

나를 부르는 목소리에 퍼뜩 상념에서 깨어났다. 사건은 결승전이 끝나고 벌어질 것이다. 우선은 경기에 집중해야 했다.

나는 자리를 털고 일어나 문 가까이에 섰다. 나를 조심스럽게 따라온 남자가 내 눈치를 살폈다.

"저…… 공녀님."

"음?"

"아시다시피 오늘은 결승전이라 흥미진진한 경기를 기대하는 사람이 많습니다."

"그렇겠지."

"그러니 조금 화려한 경기를 보여 주시면……."

검술 대회는 하나의 축제에 가까운 만큼, 관계자들은 보는 이들의 즐거움을 고려해야만 했다. 남자의 두 눈에서 간절함을 본 나는 머쓱함에 머리를 긁적였다.

'준결승전 때문인가.'

나는 디에고가 알려 준 정보 때문에 생각이 많아져 요 근래 무척 멍했다. 실수를 일삼으며 아슬아슬하게 지내기를 며칠, 결국 준결승전에서 실수를 하고 말았다. 준결승전 상대를 1분 만에 해치운 것이다.

'공녀님이 검을 어느 정도 사용하신다는 건 압니다. 하지만 여기까지입니다. 저, 폭풍의 검제 헤스터가 상대, 으아아악!'

헤스터는 1분이 채 지나지 않아 정신을 잃었다. 그로써 나는 그의 검술을 영원히 볼 수 없게 되었으며, 이후 그에게는 '1분 천하'라는 별명이 생겼다고 한다.

'전처럼 재미없게 끝낼까 봐 이러는 거겠지.'

오늘 아침, 경기장 입구에서 온몸에 붕대를 두른 채 나를 원망스럽게 바라보던 헤스터를 떠올리자니 묘한 죄책감이 머리를 들었다.

'구경거리가 되는 건 달갑지 않았지만, 검술 대회는 그걸 각오하고 나와야 하는 곳이니까.'

나는 시원스럽게 고개를 끄덕였다.

"걱정하지 말게. 화려한 경기를 보여 줄 테니."

상대가 그 사람인 이상, 대충 겨룰 생각은 조금도 없었다. 애초에 그럴 수도 없을 거다.

─……그리하여! 결승전 진출자는 카슈미르 도레마 드 카이사르 크리시스 공녀님입니다!

충직한 검이 되려 했는데 3

어느새 나가야 할 때였다.

와아아아!

나는 어두운 통로를 지나 환호성이 터져 나오는 거대한 경기장에 섰다. 오늘따라 유독 환한 태양이 경기장을 비추고 있었다.

－공녀님이 이곳까지 올라오실 거라고 누가 예상했을까요! 검술 대회 이전엔 그 실력이 조금도 세간에 알려지지 않았다는 게 놀라울 따름입니다! 과연 크리시스답다는 말이 저절로 나오는 실력을 보여 주시며 제국 전체를 술렁이게 하셨죠! 작은 덩치를 가지셨음에도 불구하고 장정들과의 싸움에서 단숨에 승기를 잡으셨습니다!

'그놈의 작은 덩치 타령 언제 나오나 했다.'

나는 허공 언저리를 바라보며 속으로 투덜거렸다. 용병으로 살며 내 작은 덩치에 대해 사람들이 업신여기는 것에는 익숙해졌다. 소드 마스터가 된 이후로는 감히 내 덩치에 대해 논하는 사람은 없었지만.

사회자의 영양가 없는 설명을 한 귀로 듣고 한 귀로 흘리던 나는, 고개를 들어 최상석을 확인했다.

'좀 아슬아슬한데.'

사회자를 지그시 바라보는 카이사르의 표정이 미묘했다. 다른 사람이 보기엔 평소 같은 무표정이었겠지만, 내 눈엔 그의 불편한 심기가 보였다.

자리가 자리인 만큼 어느 정도 떠드는 건 눈감아 주어야 할 텐데, 사회자의 이후 인생길이 좀 험난할지도 모르겠다.

－그런 공녀님의 상대는……!

'드디어.'

심장 박동이 빨라지고, 기분 좋은 소름이 등골을 훑었다. 기다리던 순간이었다. 나는 흘러나오는 웃음을 막지 않았다.

저벅저벅.

발걸음 소리가 가까워졌다. 익숙한 인영이 어두운 통로를 넘어섰다. 나는 코끝을 스치는 친근한 향취에 기분 좋게 숨을 들이쉬며 활짝 웃었다.

-황궁 제2 기사단장 라이너 카르텔 르 노아 아인하르트 경입니다!

기분 좋은 바람에 은회색 머리칼이 가볍게 나부꼈다. 금빛 눈동자가 태양빛을 받아 번뜩였다.

내 상대는 당연히 라이너였다.

"이곳에서 만나게 되어 영광입니다, 크리시스 공녀님."

나와 눈이 마주치자 무미건조하게 굳어 있던 그의 얼굴이 부드럽게 풀렸다. 나는 고개를 숙인 그 앞에서 마주 고개를 숙였다.

"저야말로 영광입니다, 라이너 경."

라이너의 두 눈이 반짝이고 있었다.

"역시 오셨군요. 여기서 마주하고 싶었습니다."

"저도 그렇습니다."

라이너라면 당연히 이곳에 올 것이라고 생각했다. 나는 검 손잡이를 잡으며 씨익 웃었다.

"진심으로 싸우겠다고 한 거 잊지 않으셨죠?"

라이너가 느리게 고개를 끄덕였다.

"물론입니다. 여전히 당신을 만족시키기엔 부족하지만…… 당신과 마주할 각오는 됐습니다."

그렇게 말하는 라이너의 목소리는 결연했다.

"오러, 여태껏 한 번도 꺼내지 않으셨더군요."

그가 목소리를 낮추었다. 주위는 소란스러운 가운데 혼잣말처럼 작은 소리였지만, 나는 확실히 들을 수 있었다.

스르릉.

라이너의 크고 거친 손이 검을 뽑았다. 그의 검은 한 손 검이라기엔 크고 대검이라기엔 작은, 딱 중간쯤의 크기였다. 중간을 선택한다면 힘과 속도를 모두 놓칠 가능성이 높지만, 라이너는 둘 다 잡은 사람이었다. 그의 공격은 빠르면서도 하나하나가 묵직했다.

"오러를 꺼내지 않으면 상대도 되지 않는다는 걸 알지만, 저는 역시 당신과 똑같은 위치에서 검을 맞대고 싶습니다. 저도 오러를 사용하지 않을 겁니다."

라이너의 단호한 말에 나는 조금 눈을 크게 떴다. 검사가 오러를 포기한다는 건 요리사가 불을 포기한다는 것과 같았다.

'승패에 연연하지 않는구나.'

나는 라이너의 발언에서 그가 승패가 아닌 나와의 결투 자체에 초점을 맞추고 있음을 알 수 있었다. 기사단장이라는 높은 직위에 있기에 사람들 앞에서 한낱 영애인 내게 패배하는 것이 신경 쓰일 수 있을 텐데도 말이다. 과연 라이너다웠다.

"……좋습니다."

스르릉.

나는 유려하게 발도했다. 날카로운 검의 표면이 주위를 투명하게 비추었다.

모든 감각을 그에게 집중하자, 시간이 멈추고 세상이 아스라졌다. 그 가운데 나와 라이너만이 온전했다. 정상의 범위를 벗어난 라이너의 맥박과 온통 내게로 쏠린 라이너의 신경을, 나는 느낄 수 있었다.

나는 느리게 침을 삼켰다. 기분 좋은 긴장감이었다.

"그럼 갑니다."

쉬이익!

내 말을 신호로, 거대한 경기장의 마나가 블랙홀에 속절없이 빨려 들어가는 별처럼 나와 라이너에게로 끌려왔다. 마나의 이동을 느낀 이들에게서 웅성거림이 터져 나왔다. 노아의 눈이 가늘어지고, 카이사르의 입가에 만족스러운 미소가 피어났다. 나는 관중 사이에서 껄껄 웃음을 터트리는 야샤를 보았다.

흔히 검사들의 싸움이라고 하면 오러를 기대하는 이들이 많았다. 확실히 오러는 화려하고 폭발적이었기에, 볼거리 하나는 톡톡했다. 하지만 오러가 있어야만 싸움이 재미있다는 생각은 착각에 불과했다.

마나만 제대로 운용해도 신기에 가까운 공격들을 보여줄 수 있을 뿐더러, 검은 그 자체만으로도 강력한 무기였다. 가장 단순하지만, 그렇기 때문에 검사가 어떻게 움직이느냐에 따라서 무궁무진한 변화를 보여 줄 수 있었다.

검로는 검사의 삶을 담는다. 그러므로 검을 맞댄다는 건 두 타인의 삶이 충돌하는 것.

콰앙!

순수한 마나만을 덧씌운 두 개의 검이 거세게 부딪쳤다. 화산 폭발 같은 거대한 폭음이 터져 나왔다.

우우웅!

공기 중의 마나가 미친 듯이 진동하며 살이 떨렸다. 마나 친화력이 없는 이들조차 섬뜩해질 정도의 진동이었다. 관객들이 더욱 크게 술렁이는 가운데, 나는 전율했다.

내 손을 욱신거리게 할 정도로 강한 일격은 오랜만이었다.

'즐거워.'

심장이 터질 듯이 뛰며 붉은 피를 빠르게 온몸으로 퍼트렸다. 흥분이 두뇌를 달구고, 본능이 비명을 질렀다.

긴 역사 속 아주 적은 수로 등장하는 소드 마스터들은 대부분이 싸움 광이거나 인성 파탄자였다. 나는 소드 마스터가 된 이후, 그 이유를 알 수 있었다.

소드 마스터의 피는 피를 불렀다. 맹수가 먹이를 갈구하듯, 투쟁을 부르짖었다. 나야 싸움보다 더 중요한 신념이 있었기에 투쟁심을 억누르고 살았으나, 가끔은 뱃사람을 홀리는 사이렌처럼 나를 전장으로 부르는 몸의 소리에 이성을 잃지 않는 것이 버거웠다.

충직한 검이 되려 했는데 3

내게 검은 본능이며, 세 번째 팔과 같았다.

쿠구궁.

라이너의 올곧은 마나와 내 흉포한 마나가 힘겨루기를 하는 가운데, 나는 입이 찢어져라 웃었다.

"카슈미르는 싸울 때 그런 표정을 짓는군요."

그런 나를 바라보던 라이너가 낮게 속삭였다. 문득 그를 바라본 나는 눈을 크게 떴다.

라이너에게서 단 한 번도 본 적 없었고, 볼 거라고 예상하지도 못 했던 표정. 정말 그답지 않건만, 지나치게 어울렸다. 날카로운 눈꼬리는 낭창하게 휘고, 직선을 그리던 입매는 큰 호선을 그린다.

라이너는 아이처럼 해맑게 웃고 있었다.

"새로운 카슈미르를 알아 기쁩니다."

다시금, 검이 부딪쳤다.

"카슈미르 공녀는…… 정체가 뭔가?"

턱을 괸 채 물끄러미 경기장을 내려다보던 헬리오스가 중얼거렸다. 그의 시선을 온전히 독차지한 카슈미르는 허공을 박차 올라 라이너에게 검을 내리꽂고 있었다.

'세레논의 검술 스승으로서 본분을 다하고 있다기에 검을 잘 다룰 것이라고 예상은 했지만…….'

헬리오스의 푸른 눈이 가늘어졌다. 그는 검술 실력이 뛰어나지는 않지만, 여태껏 수많은 기사들을 만나보며 실력을 가늠하는 눈썰미만큼은 뛰어났다.

'제2 기사단장 라이너 아인하르트와 대등하다 못해 우위를 선점하고 있다니.'

저건 범상치 않음을 넘어 경악스러웠다.

"크흠."

기민한 청각으로 헬리오스의 중얼거림을 주워들은 카이사르는 시선을 여전히 경기장에 고정한 채로 슬쩍 입꼬리를 말아 올렸다. 만족스러움을 한껏 머금은, 부드러운 미소였다. 카이사르 크리시스의 그런 표정을 처음 본 헬리오스가 경멸하든 말든, 카이사르는 고개를 살짝 젖히며 여유롭게 말했다.

"제 딸입니다."

"그걸 여기서 모르는 사람이 있나? 사랑도 그 정도면 병일세. 무슨 등신이 되어서는……."

자신의 딸이라는 그 한마디는 수많은 의미를 내포하고 있었다. 내 피를 이어서 그렇다는 자신감, 저게 내 혈육이라는 자랑, 뿌듯함까지. 그걸 모두 읽어 낸 헬리오스의 경멸이 짙어졌으나, 카이사르는 전혀 신경 쓰지 않았다.

"어떻게…… 저런 인재를 데리고 있으면서 제게 일언반구도 없을 수 있습니까?"

한편 경기장을 맹목적으로 바라보던 노아 아인하르트가 가라앉은 목소리로 카이사르를 질책했다. 늘 인자하던 황금빛 눈은 먹이를 앞에 둔 맹수처럼 빛나고 있었다.

노아는 요새 들어 인재 육성에 심혈을 기울이고 있었다. 제1 기사단장 자리를 물려줄 사람을 찾지 못했기 때문이었다.

'그나마 실력 있는 라이너는 제2 기사단장 자리가 좋다며 승진을 거부하니…….'

아직은 쌩쌩하니 앞으로 10여 년은 무리 없겠지만, 후계는 빨리 찾아 둘수록 좋았다. 여태껏 눈에 불을 켜고 찾아도 없어서 한탄하고 있었건만 후계자감이 바로 옆에 있었을 줄이야.

"저런 인물이 있다면 오랜 친우로서 제게 소개시켜 줘야 하는 거 아닙니까."

"내 딸을 며느리 삼을 생각이나 하고 있는 그대에게? 미치지 않고서야."

카이사르의 시니컬한 비아냥거림에 노아는 입을 꾹 닫았다. 맞는 말이라 할 말이 없었다.

노아는 카슈미르를 바라보는 라이너의 눈빛을 알았다. 그의 아들이 진심으로 웃는 순간은 카슈미르 앞일 때뿐이었기에, 늙은이의 주책임을 알면서도 계속 마음이 쓰였다.

아이는 어려서부터 병을 앓으며 눈에 띄게 생기가 없었다. 텅 빈 눈을 하고서는 의미도, 바람도 없이 하루하루를 보냈다. 몸이야 어떻게 할 수 없지만, 마음까지 병들고 있는 것이 너무 가슴 아파 지방으로 휴양까지 보냈었는데.

'*아버지. 저 검을 배우고 싶어요. 더 강해져서, 누군가를 지킬 수 있는 사람이 되고 싶어요.*'

신의 안배인지, 라이너는 그곳에서 병을 깔끔히 고치고 돌아왔다. 몸의 병도, 마음의 병도.

조숙하던 라이너가 노아에게 무언가를 청한 건 그때가 처음이었다. 죽어 있던 금빛 두 눈이 반짝일 때, 노아는 울면서 신께 감사 기도를 올렸다.

휴양지에서 무슨 일이 있었기에 라이너가 그렇게 변했는지는 모른다. 라이너는 그때에 대해 물어보면 조개처럼 입을 꾹 닫았으니. 노아는 간신히 나아진 아이를 괴롭히고 싶지 않았기에 더 묻지 않았다. 그 이후부터 라이너는 검을 배우기 시작했다. 탐욕스럽다 싶을 만큼 다급한 모습에 무언가 있음은 확신했다.

시간이 지나며 라이너는 또다시 생기를 잃어 갔다. 이전처럼 곧 죽을 것 같은 꼴은 아니었지만, 검을 통해 의무와 정의만을 좇는 그의 모습은 감정 없는 기계 같았다.

검 말고 다른 취미를 만들어 보라고 이리저리 찔러봐도 끄떡없었다. 권력을 사용해 몇 달 동안 강제 휴가라도 보내야 하나 고민하고 있을 때.

'*너 크리시스 가의 공녀에게 춤을 청했다가 거절당했다던데. 사실이냐?*'

'……아.'

분명 헛소문이라고 생각하고 별 의미 없이 던진 질문에 얼굴이 새빨갛게 달아오르던 라이너를 보며, 노아는 돌덩이 같은 제 아들이 드디어 사랑을 배웠음을 알아챘다.

이후 노아가 카슈미르에게 관심이 생겼음은 당연한 수순이었다. 늙은이의 주책이 도를 넘어서는 안 되기에 신경 쓰는 정도에 그쳤으나, 사실 마음 같아서는 중매쟁이라도 되어 도와주고 싶었다.

"며느리…… 재밌군."

지금 입만 웃고 있는 디에고를 포함해서, 아들에게는 적이 아주 많았으니 말이다.

노아는 눈을 질끈 감았다 떴다. 분명 부드러운 투였음에도 묘하게 소름이 돋는 목소리였다. 디에고가 가볍게 턱을 괴었다.

"중요한 건 공녀의 의사가 아니겠나. 제삼자가 끼면 안 되지."

황태자 디에고 솔라티네는 늘 그랬다. 다정한 목소리로 사람의 목을 죄였다. 그리하여 사람들은 눈치채지도 못하는 새에 그의 손에 목덜미를 내어 준 채 휘둘리는 것이다.

"누구만 혈육이 있는 것도 아닐 텐데."

디에고의 중얼거림에 노아는 슬쩍 눈을 피했다. 디에고의 혈육이라 함은 다름 아닌 황제였다. 이 제국의 황제가 나서서 중매라도 한다면 대적할 자가 있겠는가. 저건 나서지 말라는 경고였다.

"그러게요. 혈육을 이용해야만 무언가 할 수 있다면 그건 무능하단 소리 아닌지요."

새로운 목소리가 서늘하게 중얼거렸다. 디에고의 웃음이 딱딱해졌다.

'아니. 대적할 자가…… 있긴 하군.'

노아는 착잡함을 숨길 수 없었다. 그러고 보니 황제조차 건드릴 수 없는 절대

충직한 검이 되려 했는데 3

권력, 신과 가장 가까운 자가 있었다.

"자신의 일은 스스로 해야겠죠?"

순한 눈꼬리가 아름답게 휘어들었다. 교황, 엘리오르 라였다.

노아는 예기 어린 검날 같은 은빛 눈동자를 바라보며, 그를 처음 본 순간을 떠올렸다.

'새 교황이 오르자마자 신전에 피바람이 불었다기에 위험한 인간일 줄은 알았지만, 그렇게까지 미쳐 있었을 줄은.'

교황 즉위식을 마치고 붉은 융단을 지르밟으며 나아가던 소년.

길게 늘어뜨린 물빛 머리칼은 우아하게 차려입은 교황 정복과 제 짝처럼 잘 어울렸다. 신성함을 형상화한 하얀 얼굴에선 빛이 났으니, 태양신이 인간으로 강림한다면 딱 그와 같으리라.

허나 신성력이 완전히 자리 잡지 않아 은빛이 살짝 번지기만 한 검은 두 눈은 조금도 자비롭거나 신성하지 않았다.

열여덟 살 소년의 것이라고는 믿을 수 없는 깊고 짙은 어둠. 소년의 눈에 서린 것은 광기였다.

노아는 제국이 폭군을 마주하게 될 거라고 생각했다. 한번 점지된 교황은 바꿀 수 없다는 걸 알면서도 교황의 탄핵을 황제에게 고해야 하나 고민했다. 그러나 노아의 염려와는 다르게, 엘리오르는 교황직을 문제없이 소화해 냈다. 아니, 소화해 내는 정도가 아니라 태어나기를 지배자로 태어난 사람처럼 완벽히 수행해 냈다. 즉위한 지 얼마 지나지도 않아 신전의 부정부패를 모두 도려냈고, 신전의 수뇌부를 휘어잡았다. 그는 분명 유능한 군주였다.

그럼에도 노아는 여전히 불꽃같은 눈으로 엘리오르를 지켜보고 있었다. 그의 방식은 지나치게 잔인했고, 그의 엄격은 공포 정치에 가까웠다. 완벽한 성과를 냈으나, 그 성과를 내는 잔악한 방식을 들여다보면 인간이 맞나 싶었다.

'언제 폭군으로 돌변할지 몰라 늘 주의를 기울였건만.'

엘리오르는 노아의 예상대로 돌변하긴 했다. 폭군이 아니라 미친 사랑꾼으로 말이다.

노아는 3년 간 엘리오르를 지켜보며 그가 진심으로 웃는 모습을 본 적이 단 한 번도 없었다. 그의 웃음이라고는 외부적 이미지 관리를 위한 기계적인 미소나 비아냥이 섞인 웃음뿐이었다.

북부 문제로 소집된 대귀족 회의 날, 노아는 엘리오르의 진심 어린 웃음을 처음 보았다. 그가 카슈미르를 바라볼 때 말이다.

그러고 보면 인간보단 완벽하게 깎은 조각상에 가까워 보이던 엘리오르가 근래 들어 인간다워 보였다. 그가 변하기 시작한 시기는 카슈미르가 나타난 시기와 맞물렸기에, 노아는 모르고 싶어도 알 수밖에 없었다. 태양의 사자께선 아주 지독한 열병에 빠져 있다는 것을.

"맞습니다. 자신의 일은 스스로 해야죠. 자신의 힘만으로 해야겠죠."

노아가 엘리오르의 과거를 되짚으며 회한에 빠져 있을 때, 디에고가 그의 생각을 뚫고 불쑥 개입했다.

"……."

"……."

엘리오르와 디에고, 사뭇 다른 두 사람이 마주했다. 시선이 오가는 사이로 정전기처럼 따끔한 기운이 튀어 올랐다.

"이전에도 말했듯, 사람을 쟁취함에 있어 권력을 개입시키는 건 몰상식한 짓이라고 생각합니다."

디에고가 말간 웃음을 머금었다. 그가 타인의 속을 터트리려고 작정했을 때 자주 짓는 웃음이었다. 엘리오르의 두 눈이 가늘어졌다. 노아는 또다시 과거를 되짚었다.

'아, 그대가 아인하르트 후작인가. 반갑군.'

디에고를 처음 보았던 건 그가 지금의 절반도 안 되던 아이였을 적이었는데,

그는 그때도 완벽한 지배자의 낯을 하고 있었다. 어린 나이가 떠오르지 않는 대단한 위엄에, 노아는 다음 시대의 주인이 디에고임을 확신했다.

황위 다툼으로 인해 매일 살해 위협을 겪는다던 소년은 조숙했다. 사교술로 사교계를 휘어잡고, 수완으로 정치를 이어 나갔다.

많은 이들이 디에고 솔라티네를 완벽한 황태자라고 칭송했으나, 노아는 그의 중심이 텅 비어 있다고 생각했다. 디에고는 누구도 믿지 못했다. 황태자는 되었지만 인간은 되지 못한 젊은 청년을 보며 가끔은 안타까웠다.

허나 지금의 디에고는 달랐다. 여전히 지나치게 냉철했지만, 생기가 있었다. 믿고 기댈 곳을 찾은 것 같았다. 디에고가 바뀌기 시작한 순간 또한 카슈미르의 등장과 맞물려 있음을 노아는 모르지 않았다.

"……동감이에요. 그게 무엇이든 정정당당하게 해야겠죠."

엘리오르가 유려한 투로 말했다. 오가는 시선이 살벌했다. 어느새 다른 고위 귀족들의 시선도 이쪽으로 몰릴 때였다.

-아! 말씀드리는 순간 공녀님께서 허공을 밟고 도약하십니다! 마나로 발판을 만드신 것 같군요! 아주 능숙한 마나 운용을 보여 주고 계십니다!

마나로 발판을 만들어 공중을 종횡하는 카슈미르로 인해 시선이 다시 경기장으로 몰렸다. 치열한 기 싸움을 이어 가던 엘리오르와 디에고도 주저 없이 시선을 돌렸다.

허공을 자유롭게 뛰노는 작은 인영. 화려하게 휘날리는 긴 머리. 예술에 가까운 검 놀림. 미친 듯이 반짝이는 진분홍색 눈동자.

노아는 단번에 인정할 수밖에 없었다. 카슈미르 크리시스는 사랑할 만한 사람이었다. 강하고도 사랑스러운 사람.

그는 나이 지긋한 노인인 만큼 카슈미르를 인재로서만 탐했으나, 젊은이들이 그녀를 연인으로 탐하는 것도 당연한 일 같았다.

'힘내라.'

노아는 카슈미르를 상대하며 전에 보여 준 적 없는 환한 미소를 짓는 그의 아들을 물끄러미 내려다보다 심심한 응원을 건넸다. 그가 도와주기 시작했다간 황족에 신전까지 나설 테니, 그냥 가만히 있는 것이 제일 큰 도움일 터였다.

'왜 내 딸을 가지고 다 지랄들인 거지?'

그리고 지독한 사랑의 수라장을 지켜보던 카이사르는 어이가 없어 헛웃음을 지을 뿐이었다.

쾅! 쾅!

검이 부딪치고, 또 부딪쳤다. 땅이 크게 울리고 공기가 강하게 진동했다. 당장에라도 경기장이 폭풍을 마주한 배처럼 뒤집어져도 놀랍지 않을 것 같았다.

'즐거워.'

나는 눈을 번뜩이며 라이너의 다리를 향해 검을 휘둘렀다. 가볍게 몸을 뒤로 물려 피한 그는 내 머리를 노리며 달려들었다.

쾅!

다시금 금속의 마찰.

삶과 삶이 부딪쳤다. 나는 라이너의 검에서 라이너를 읽을 수 있었다. 그는 강했고, 올곧았으며, 흐트러짐이 없었다. 전투 중 틈틈이 보이는 센스는 그의 전투 경험이 상당함을 말해 주었다.

콰쾅!

나는 거침없이 검을 내리꽂았다.

-앗, 따, 땅이 흔들립니다! 공녀님께서 마나로 파동을 일으키신 것 같습니다!

잔잔한 수면에 거대한 바위를 던지듯 마나를 뒤흔들었다. 지진이 일어난 것처럼 땅이 거세게 흔들리기 시작했다. 좌중이 웅성거리는 가운데, 라이너가 살짝

충직한 검이 되려 했는데 3

휘청거렸다.

쉬익!

나는 그 틈을 놓치지 않고 공중을 밟으며 그에게 돌진했다. 마찬가지로 허공을 박차 오른 라이너가 아슬아슬하게 내 검을 피했다. 검을 휘두를 때마다 거대한 돌풍이 일어나 라이너와 나의 머리카락이 휘날렸다.

"순발력이 좋네요, 라이너."

휘익!

경기장에 착지한 나는 검을 지지대 삼아 다리를 크게 돌려 찼다.

"칭찬 감사합니다."

몸을 숙여 내 발차기를 피한 라이너가 금빛 마나가 일렁이는 검을 높게 쳐들었다. 그의 마나는 그의 성격만큼이나 따사로웠다.

"당신과 같은 곳에 서기 위해 얼마나 노력했는지 모릅니다."

작게 속삭인 라이너는 검을 수직으로 휘둘렀다.

파지직!

마나가 번개처럼 섬광 같은 속도로 뻗어 나왔다.

타다닷!

나는 전속력으로 뒷걸음질 쳐서 벽을 밟으며 뛰어올랐다.

쾅!

"꺄!"

공격의 여파가 벽면을 뒤흔들었다. 관객석에서 비명이 터져 나왔다.

'무지막지하군.'

분명 피했음에도 파동만으로 뺨에 생채기가 났다. 손등으로 뺨을 닦아 내니 붉은 피가 묻어났다.

"라이너는…… 저를 즐겁게 해 주는군요."

핏방울이 손등을 타고 흘러 흙 위를 적실 때, 나는 환하게 웃었다. 심장이 거세게 뛰는 이 순간, 나는 살아 있음을 느꼈다.

"이제 난이도를 올려 보죠."

스윽.

느리게 올린 손을 따라 허공에서 마나의 방이 하나둘 형성되기 시작했다.

마나의 방을 한꺼번에 여러 개 다루는 일은 무척 어려웠다. 마나의 방을 몇 개 이상 다룰 수 있느냐가 마법사들에게 있어서는 강함의 척도로 여겨졌다.

나는 전쟁을 대비하기 시작한 이후부터 수련에 온 심혈을 기울였다. 체력 단련, 방어 훈련, 마나 운영과 속도 강화 등 빼놓은 것 없이 열심히 했으나, 그중 가장 열심히 수련한 것은 단연 광역 공격 연습이었다.

'전쟁에선 여러 사람을 한 번에 상대해야 해.'

나는 마나의 방을 여러 개 만들기 위해 부단히 노력했다. 내 몸속의 마나는 영원히 샘솟는 샘처럼 충만했으나, 이 넘치는 마나를 정밀하게 조작하는 것은 어려웠다.

'새로운 마나의 방을 만들면 원래 만들었던 방이 사라지잖나! 좀 더 집중해라! 마나가 점토라고 생각해. 네 넘치는 마나를 조금씩 떼어 내어 여러 조각으로 만드는 거다.'

'언니의 마나 운용은 너무 거칠어. 계속 대포만 만드는 것 같다고. 더 세밀하게 해 보는 거야. 잘 부스러지는 쿠키를 아주 작지만 일정한 크기로 조각내는 모습을 상상해 봐.'

하지만 뼈를 깎는 수련으로 안 되는 것은 없었다. 이 수련엔 칼과 아리아의 도움이 컸다. 나를 가르치는 일에도 승부욕이 도졌는지, 둘이 누가 더 잘 가르치나 싸움까지 붙었다. 나는 이리저리 굴러야 했지만, 그 덕분에 정밀한 마나 조작을 급속도로 배울 수 있었다.

지이잉.

그리고 이것이 내 노력의 결과였다.

-저, 저게 몇 개죠? 마나의 방이 셀 수 없을 만큼 많습니다!

경악이 깃든 사회자의 목소리가 귓전을 때리는 것과 동시에 관객석에서 거대한 함성이 터져 나왔다.

나는 잠시 하늘을 올려다보았다. 초월적인 존재의 눈 같기도, 블랙홀 같기도 한 그것이 천천히 회전했다. 잿빛으로 기이하게 일렁이는 동그란 구로 가득 찬 하늘은 종말을 목전에 둔 것처럼 불길하고 섬뜩했다.

'화려한 볼거리를 보여 주겠다는 약속은 지켰습니다.'

나는 어디선가 보고 있을 이름 모를 관계자를 떠올리며 피식 웃었다.

"……분명 당신의 발끝엔 닿았다고 생각했는데."

라이너가 난생처음 별을 본 꼬마처럼 순수한 경탄이 담긴 눈으로 내가 만든 재앙을 올려다보았다.

"당신이란 별은 여전히 아득합니다. 저는 아직 멀었군요."

그의 목소리엔 회한이 담겼다. 그러나 표정은 그와 상반되게 벅차도록 환했다. 제 이상향이 건재함을 확인한 사람처럼. 내가 애정하는 황금빛 눈동자는 여전히 북두칠성처럼 반짝이고 있었다.

"라이너는 저를 코앞에 두고도 멀리 있는 것을 보듯 하네요."

그런 라이너를 물끄러미 바라보던 나는 낮은 목소리로 말했다. 허공을 채운 내 마나의 방들을 하염없이 바라보던 그가 흠칫했다. 정곡을 찔린 눈빛이었다.

쉬익!

수많은 잿빛 덩어리 중 하나가 라이너를 향해 빠른 속도로 날아갔다.

그가 눈을 깜빡하는 사이, 그것은 그의 뺨을 단숨에 긁고 사라졌다. 라이너의 새하얀 뺨을 타고 핏방울이 흘렀다. 내 상처와 똑같은 위치였다. 피를 느리게 닦아 낸 라이너가 멍하니 나를 바라보았다.

라이너가 나를 동경하다시피 하는 것은 알고 있었다. 그게 싫진 않았다. 싫을 리가. 오히려 고마웠다. 나같이 부족한 사람을 우러러봐 주는 것이 기뻤고, 그 시선 덕분에 더욱 발전하고자 노력할 수 있었다. 하지만 지금처럼 그가 나를 아득한 존재를 바라보듯 볼 때면 반항심 비슷한 뜨거운 감정이 치솟아 올랐다. 나는 그의 앞에 있는데, 그는 내가 아니라 하늘을 보고 있었다.

"당신 앞에 있는 나를 마주하세요. 나는 하늘이 아니라 이곳에 있습니다."

라이너를 똑바로 노려보며 단언했다. 나는 찌르면 아프고 피가 나는 현실에 있었다. 확장된 동공으로 나를 담아내던 라이너가 어느 순간 헛웃음을 뱉었다.

"……그렇네요. 제가 실수했습니다."

황금빛 눈동자는 여전히 빛났다. 다만 이젠 별을 보는 아이의 눈이 아닌 어른의 눈이었다.

"당신과 나의 계절이 너무 오랫동안 엇갈려 있어서 잠시 착각했습니다."

지이잉.

라이너의 머리 위로 마나들이 빠르게 밀집되었다. 금빛으로 반짝이는 수많은 마나의 방은 은하수 같았다. 이젠 자신만의 은하수를 가진 소년, 아니, 청년은, 나를 향해 웃었다.

"이제 당신이 손 뻗으면 닿는 거리에 있다는 걸."

맹금류를 닮은 두 눈이 욕망으로 번뜩였다.

라이너는 나를 원하고 있었다.

폭풍 전야의 고요가 우리 둘 사이를 빼곡히 채우고, 기묘한 감정이 온몸을 뱀처럼 휘감았다.

'당신 같은 사람이 되고 싶어요.'

'응?'

문득 작은 소년이 떠올랐다. 검은 머리에 푸른 눈, 약한 몸과 작은 덩치까지. 지금의 라이너와 같은 곳이 한 군데도 없는데도 늘 그와 겹쳐 보이던 소년이었다.

'저도 누군가를 지킬 수 있는 사람이 되고 싶어요. 다시는…… 당신에게 짐이

되고 싶지 않아요.'

　나이에 비해 지나치게 성숙했던 소년은 결연하게 말했다. 세상을 지나치게 빨리 알아 버린 푸른 눈에서 아리아가, 그리고 내가 비쳐 보였다.

'짐 아니었어. 나는 너랑 있어서 즐거웠는걸. 사람이 사람을 돕는 건 당연한 거야, 힘이 있다면 더더욱. 그리고……'

　나는 그때 내 손가락 틈새를 간지럽히던 소년의 머리칼이 얼마나 부드러웠는지 아직도 기억하고 있었다. 빛을 잃고 죽어 버린 푸른 눈을 향해 부드럽게 미소 지었던 것 역시도.

'너는 나보다 좋은 사람이 될 수 있을걸. 분명히.'

　빈말 같지만 진심이었다. 나는 그 아이의 가능성을 믿었다. 나보단 훨씬 훌륭한 사람이 될 수 있을 거라고 진심으로 믿고 응원했다.

'내 말이 맞았잖아요, 라이너. 당신은 나보다 좋은 사람이 됐네.'

　나는 속으로 중얼거리며 피식 웃었다. 라이너가 나를 동경하는 것과 동시에, 나 또한 라이너를 동경하고 있었다. 그의 올곧음과 선함을 선망했다. 같은 사람으로서 같은 길을 걷고 싶었다.

　이 싸움은 서로의 부재 뒤에 서로가 부끄럼 없이 살았음을 증명하는 시간이었다. 나는 내가 그와 헤어진 뒤에도 내 신념에 부끄럽지 않게 끊임없이 투쟁했음을 말해 줄 생각이었다. 내 강함은 그 투쟁의 증거였다.

　"저는 이곳에 있습니다."

　나는 검을 세웠다. 그나 나나 극까지 마나를 방출했다. 이번이 승부를 결정짓는 마지막 합이 되리라는 것은 분명했다.

　긴 쇠붙이 너머 한 쌍의 금안을 응시했다. 승부욕, 혈기, 욕망 같은 것들로 번들거리는 눈빛은 평소의 라이너답지 않았으나, 때문에 인간적이었다. 나는 그 눈빛이 마음에 들었다.

　"그러니, 어디 한번 잡아 보시죠!"

나는 씨익 웃으며 도약해 라이너에게 전속력으로 돌진했다. 동그랗던 마나의 방들이 날카로운 단도의 형태로 변모하며 라이너에게 흉포하게 달려들었다. 라이너가 나를 향해 달려올 때, 그의 마나의 방 또한 유성우처럼 내게로 쏟아졌다.

콰콰콰쾅!

검이 맞부딪치고, 수많은 마나의 방들이 충돌했다.

"까아악!"

"젠장! 빨리 보호막 강화해!"

싸움의 여파에 일대가 휘말리며 크게 흔들렸다. 흙으로 된 땅이 뒤집어지고, 마나 충돌의 여파로 경기장 벽에 흠집이 생겼다. 경기장 전체를 지키고 있던 마법사들이 나서서 보호막을 강화했다. 마나의 방이 부딪치고 다시 생성되기를 반복했다. 라이너는 한 번에 만들 수 있는 마나의 방이 나보다 적었음에도 재빠르게 다시 만들며 끈질기게 버텼다.

쾅! 쾅!

-대단합니다! 검이 보이지 않는 속도로 부딪치고 있습니다!

우리는 일반인의 눈엔 잡히지 않을 속도로 움직였다. 가파르게 치솟는 속도를 라이너는 이를 악물고 좇아왔다.

나는 근육이 아파 오기 시작했으나 멈추지 않았다. 그리고 라이너가 극에 다다른 속도를 좇지 못하고 한 발자국 늦게 움직인 순간.

쾅!

그때를 놓치지 않고 있는 힘껏 라이너의 검을 쳐 냈다. 그의 검이 허공을 날아 경기장 벽에 처박혔다. 온 힘을 다해 친 탓인지 긴 검날 전체가 모두 벽을 뚫고 박혀 있었다.

털썩.

라이너가 땅 위에 풀썩 누웠다. 마나 과다 사용으로 탈진이 온 것 같았다. 누운 채로 숨을 고르던 그는, 이내 크게 웃어 젖혔다.

　　　　　　　　　　　　　　　　　　충직한 검이 되려 했는데 3

"하, 하하하!"

라이너가 소리를 내어 웃는 건 처음 보는 것 같았다. 그는 참 후련하게도 웃었다. 아무리 봐도 패배자처럼 보이진 않았다.

한참 웃은 라이너는 천천히 일어나 자리에 앉았다. 그의 황금빛 눈동자가 나를 따사롭게 응시했다.

"이렇게나 간단한 것이었다면 진작에 할걸 그랬습니다. 진작에 당신에게 패배하고 당신과 마주할 것을. 당신만큼 강해지겠다고 쓸데없는 고집을 부렸습니다."

그의 이마에서 떨어지는 땀방울이 햇빛을 받아 반짝였다. 한껏 풀린 낯을 한 라이너는 나를 향해 손을 뻗었다.

"제가 졌는데, 그래도 잡으려고 하면 잡혀 주실 겁니까?"

나는 피식 웃고 망설임 없이 그의 손을 잡았다. 거친 손은 온기를 담고 있었다.

"제가 잡아 줄 겁니다."

나는 그를 있는 힘껏 잡아당겨 일으켰다.

탁.

나로 인해 자리에서 일어나게 된 라이너가 비틀거리다 앞으로 무너졌다.

"조심하셔야죠."

나는 성큼 그에게 다가가 기울어지는 그의 몸을 내 몸으로 받쳤다. 넘어질 뻔했던 그가 내 어깨에 얼굴을 기대게 되었다. 잠시 굳어 있던 라이너는, 이내 옅은 웃음을 흘렸다.

"……당신은 제게 다정하다고 하지만, 나는 당신의 다정을 흉내 내는 것에 지나지 않습니다. 진짜 다정한 건 당신이지 않습니까."

낮은 목소리가 작게 속삭였다. 평소보다 더욱 깊고 짙어진 로즈우드 향이 코끝을 간지럽혔다.

"잠시만, 기대겠습니다."

라이너가 오른팔을 내 허리에 가볍게 둘렀다. 이번엔 내가 살짝 굳었다.

내게 완전히 기댄 몸을 무리 없이 지탱하고 있었을까. 라이너가 왼팔을 하늘 위로 들고 검지와 중지를 세웠다.

"제가 졌습니다."

항복 표시였다.

시끄럽던 관객들이 일순 고요해졌다.

시간이 멈춘 것 같은 순간. 사회자가 입을 열었다.

─……라이너 아인하르트 경의 항복 선언…… 이번, 검술 대회의 승자는……

카슈미르 크리시스 공녀님이십니다.

잠시 간극.

와아아아!

그리고 고막이 터질 것 같은 함성이 터져 나왔다.

나는 느리게 입꼬리를 올렸다. 검술 대회의 승자는 나였다.

"공녀님! 이 재킷 착용 부탁드립니다!"

"잠시만요! 검집 한 번만 닦겠습니다!"

나는 반쯤 영혼을 놓은 채 두 팔을 양옆으로 뻗자, 다람쥐처럼 재빠르게 달려 온 시녀가 내게 고급스러운 제복 재킷을 입혀 주었다. 그 옆에서는 다른 시녀가 물 묻은 수건으로 흙먼지가 잔뜩 묻은 내 검집을 닦기 시작했다.

이번 검술 대회의 승자는 나였다. 결승전에서 라이너를 상대로 반론의 여지없 이 확실히 승기를 잡았다. 나는 곧바로 이어질 시상식의 주인공으로서 강제로 뼈 까번쩍해지고 있었다.

'피곤해…….'

나는 의자에 몸을 깊게 기댄 채 고개를 젖혔다. 소드 엑스퍼트인 라이너와 바로 직전에 경기를 치른 탓에 금방이라도 쓰러질 만큼은 아니었지만, 한숨 자고 싶은 건 사실이었다.

'정신 바짝 차리자. 곧 사건이 터진다.'

나는 눈을 질끈 감았다 뜨며 정신을 집중했다. 원작대로라면 대륙의 판도를 뒤엎을 절체절명의 사건이 바로 이 시상식에서 일어날 터였다. 나는 반드시 그 사건을 막아야 했다.

그 생각을 하니 피곤해서 축축 늘어지던 몸이 단번에 긴장되었다. 안 그래도 예민하던 감각이 더욱 예민해져 머리가 아파 오긴 했지만, 나는 곧 일어날 사건에 정신을 온통 집중한 채로 대기실의 빠른 흐름을 유야무야 따라갔다.

"언니!"

그리고 그때, 내 피로회복제가 불쑥 모습을 드러냈다.

"아리아."

원래 대기실에 외부인은 못 들어오지만, 가족이란 이유로 들어올 수 있었던 것 같았다. 나는 풀린 낯으로 웃으며 습관처럼 두 팔을 벌렸다. 아리아가 당연하다는 듯 내 품에 폭 안겼다.

작은 인영을 꼭 안은 채 몽실몽실한 분홍 머리를 쓰다듬고 있자면 모든 피로가 가시는 것 같았다.

"슈슈. 수고 많았다."

뒤따라 들어온 칼이 내 머리를 쓰다듬었다. 평소 같지 않게 들뜬 기색인 그는 뿌듯해 죽겠다는 눈으로 나를 바라보았다. 지금 당장이라도 '!축! 카슈미르 크리시스 검술 대회 우승 !하!' 현수막을 들고 수도 거리를 뛰어다니고 싶다는 눈빛이었다.

"오늘 너무 멋졌어. 사실 그런 모습은 나만 보고 싶은데. 그래도 자랑스러웠어."

내 품에 머리를 부비적거린 아리아가 속삭였다. 진심 어린 찬사에 괜히 부끄러워진 나는 머리를 긁적였다.

"아버지가 바로 찾아오지 못해 미안하다고 하셨다. 아버지는 자리를 지켜야 하셔서."

칼이 내 재킷 카라를 매만져 주며 말했다. 크리시스의 자리를 텅 비워 놓을 수도 없으니 당연한 일이었다. 나는 아무렇지 않게 고개를 끄덕였다.

이후 칼과 아리아는 주절주절 이야기를 늘어놓았다. 내 경기 감상평과 사람들의 반응에 대한 이야기가 대부분이었다. 신난 아이처럼 구는 두 사람을 물끄러미 바라보던 나는 부드럽게 미소 지었다. 이게 내가 지켜야 하는 일상이었다.

"정말 죄송하지만…… 이제 공녀님께서 준비를 마무리하셔야 하는 시간이라 잠시 자리를 내어 주셔야 할 것 같아요."

내가 칼, 아리아와 대화를 시작한 탓에 내게 다가오지 못하고 안절부절못하던 시녀 중 하나가 조심스럽게 다가왔다. 반쯤 울먹이며 말하는 게 어지간히도 무서운 것 같았다.

"……쳇. 시상식에서 보자고, 슈슈."

"언니, 먼저 가서 기다리고 있을게."

칼과 아리아가 마지못한 표정으로 자리에서 일어났다. 나는 두 사람을 달래며 문까지 배웅해 주다, 문득 입을 열었다.

"오늘 시상식에서 말이야. 혹시 황제 폐하 쪽을 집중해서 봐줄 수 있어?"

"황제? 굳이? 언니를 보기도 바쁜데."

아리아가 무심하게 답했다. 황제를 보는 건 정말 쓸데없는 일이라는 투라 헬리오스에게 내가 다 미안해졌다.

"그래도 부탁해. 시상식 동안만 집중해서 봐 줘."

내 등장으로 세계의 흐름이 많이 뒤바뀐 만큼, 사실 그 사건이 실제로 일어나리라는 확신은 할 수 없다. 불확실한 내용을 다른 이들에게 알릴 수 없는 데다, 내부 첩자가 누구인지 몰랐기에 아무에게나 말할 수도 없었다.

칼과 아리아는 내가 가장 믿을 수 있는 사람이었다. 역시 자세히는 설명하지 못하지만, 사건과 관련한 부탁을 할 수 있을 정도였다. 게다가 두 사람은 실력 있는 마법사였다. 상황이 위험해진다면 빠르게 도와줄 수 있을 터였다.

"그게 네 부탁이라면."

칼은 이유조차 묻지 않은 채 기꺼이 수락했다. 그는 늘 내게 맹목적으로 대하곤 했다. 자기를 힐끗 바라보는 나와 눈이 마주친 아리아는 한숨을 쉬며 고개를 끄덕였다.

"여전히 불친절한 거 알지? 하지만, 그래. 언니 부탁이라면."

'둘 다 참 착해.'

나는 흐뭇하게 미소 지었다. 콩깍지라는 걸 알긴 했으나 역시 내 눈에 칼과 아리아는 순하고 착하게만 보였다.

"조금 뒤에 봐, 아리아. 칼도요."

나는 떠나가는 두 사람에게 손을 흔들어 주었다. 복도엔 사람이 꽤 있었건만, 두 사람은 아쉬운 듯 자꾸만 뒤를 돌아보며 사람들의 통행을 방해했다. 나는 웃으며 그들의 뒷모습을 끝까지 지켜봐 주었다.

휙.

그리고 지나가는 인파 사이로 순간 내 코끝을 자극하는 익숙한 향취.

단숨에 정색한 나는 급하게 뒤를 돌아보았다. 여기서 나면 안 되는 향이었다. 나는 눈동자를 재빠르게 굴리며 내 뒤로 지나가는 이들을 훑어보았다.

'……없어.'

익숙한 뒤통수는 보이지 않았다. 분명 확인했음에도 마음이 풀리기는커녕 더 답답해졌다. 미련을 버리지 못 하고 한번 돌아가 봐야 하나 생각하고 있을 때, 등 뒤에서 누군가 내 옷자락을 끌었다.

"저, 공녀님. 죄송한데 빨리 준비를 마쳐야 해서……."

"……아. 지금 가지."

나는 불편한 마음을 가득 끌어안은 채 시녀의 안내를 따라 방으로 돌아갔다.

내 예상이 틀리길 바랐다. 진심으로.

••─§∙⚜∙§─••

"이곳에서 대기하시다가 이름이 호명되면 나가시면 됩니다."

나를 경기장으로 들어서는 통로까지 안내한 시종이 말했다. 나는 고개를 끄덕이고 소매 단추를 잠갔다.

검술 대회 승자는 대대로 푸른 계열의 옷을 입는 관습이 있다며 관계자들은 내게 푸른 제복을 입혀 주었다. 심플함만을 추구하는 내겐 거추장스러운 느낌이 없잖아 있었지만, 디자인 자체는 무척 멋있었다.

'검은 잘 있고.'

허리춤에 찬 검의 존재를 다섯 번째 확인한 나는 심호흡을 했다. 심장이 계속 빠르게 뛰었다. 시종이 떠나고 텅 빈 통로엔 나 혼자만 우두커니 서 있었다.

'제발 일어나지 말았으면 좋겠는데.'

그 사건이 일어날 거란 가정하에 모든 계획을 짜긴 했지만, 그렇다고 사건이 일어나기를 바라는 건 아니었다. 사람의 목숨이 위험한 일을 바랄 수 있을 리 없었다. 나는 원작이 어그러진 김에 차라리 그 일이 아예 일어나지 않기를 바랐다.

'그럼에도 일어난다면, 부디 내게 그걸 막을 힘이 있기를.'

나는 잠시 누군가에게 기도했다. 기도를 들어주기만 한다면 그게 누구든 좋았다. 태양신 라이든, 악마이든.

─이번 검술 대회의 우승자, 카슈미르 크리시스 공녀님을 모시겠습니다!

내 이름이 크게 호명될 때, 나는 걸음을 옮겼다.

경기장 위로 발을 딛자 빛과 함께 환호성이 쏟아졌다. 미르로 지낼 땐 빛도 영광도 없이 그림자로서 조용히 일을 처리하곤 했건만, 검술 대회 이후로는 벌써

충직한 검이 되려 했는데 3

환호성이 익숙해져 있었다.

나는 당당하게 발걸음을 옮기면서도 내심 초조해하며 경기장 내부를 훑었다.

'원작대로라면 이곳에 암살자가 잠입해 있다. 어디지? 기척은 전혀 안 느껴져.'

예민한 감각을 더 날카롭게 세워도 숨은 존재가 느껴지지 않았다. 이로써 안심할 수 있다면 좋겠지만, 그러기엔 북부의 흑마법이 지나치게 발달되어 있었다.

'저번 사냥 대회 때 소드 마스터의 감각조차 탐지하지 못하는 거대한 결계를 만들어 냈어. 이번에도 감각을 죽이는 흑마법을 사용했다면 내가 느끼지 못할 수도 있다.'

나는 여전히 긴장의 끈을 놓지 않은 채로 빈 황좌 앞에 섰다. 긴장한 티를 내지 않기 위해 입가엔 부드러운 미소를 걸쳤다.

-시상식을 위해 황제 폐하께서 경기장으로 입장하십니다!

사회자의 쩌렁쩌렁한 말과 함께 관중석에선 우레와 같은 함성이 들려왔다. 나는 옷자락을 힘껏 쥐었다.

'이때가 가장 위험하다.'

시상식을 위해 황제가 친히 경기장으로 내려오는 이때가 바로 가장 쉽게 위험에 노출될 때였다. 물론 많은 호위를 대동하고 안전을 위해 수많은 절차를 거쳤겠지만, 북부는 늘 상상을 초월했다. 무려 사냥 대회에서 거대 마수를 두 마리나 푼 놈들이니 말이다.

저벅저벅.

중앙 통로를 통해 누군가 걸어 나왔다. 나는 침을 꿀꺽 삼켰다.

빛나는 금발에 청명한 푸른 눈. 세월의 풍파에도 늙기는커녕 무르익기만 한 외모. 장난스러우면서도 날카로운 눈빛. 주변을 압도하는 지배자의 아우라. 디에고의 아버지이자 현 황제, 헬리오스였다.

그가 여상스러운 발걸음으로 준비된 황좌에 앉았다. 그곳에 앉아 턱까지 괸 자세는 얼핏 거만해 보였으나, 태어날 때부터 제자리였던 것처럼 잘 어울림은 부정할 수 없었다. 연륜을 담은 푸른 눈이 나를 뚫어져라 쳐다보았다. 조금 부담스러웠으나, 나는 그 시선을 피하지 않았다.

"우승자는 내게로 가까이 오라."

어느새 고요해진 경기장에서 헬리오스가 또렷하게 말했다. 나는 고개를 한 번 숙이고 그를 향해 다가갔다. 시선은 그에게 고정한 채였으나, 사실 내 신경은 온통 헬리오스의 옆에 쏠려 있었다.

황좌 바로 앞까지 왔을 때, 헬리오스는 부드럽게 미소 지었다.

"새로운 인재를 만나게 되어 기쁘네. 이런 실력이 있으면 진작 귀띔 좀 해 주지. 이렇게나 재밌는데."

"……부끄럽습니다."

내가 힘을 숨긴 것을 묘하게 질책하는 투에 나는 다시금 고개를 숙였다. 헬리오스는 흥미주의자였다. 그에게 가장 중요한 것은 제국이었기에 흥미 때문에 나라를 팔아먹진 않겠지만, 나라를 팔아먹지 않는 선에서 꽤 즐기고 있을 게 분명했다. 그런 헬리오스에게 있어서 재미있다는 말은 최고의 찬사나 다름없었다.

"뭐, 이제라도 알았으니 다행이라고 할까."

아무렇지 않다는 투로 말을 끝맺은 헬리오스가 손을 까닥였다. 옆에서 대기하고 있던 시종이 내게 다가왔다. 나는 대기실에서 속성으로 배운 대로, 한쪽 무릎을 꿇고 엄숙히 고개를 숙였다. 정신은 여전히 헬리오스의 주위에 집중한 채였다.

"그대의 승리에 영광이 있으리."

헬리오스의 목소리가 단번에 진지하게 바뀌었다. 할 땐 또 제대로 해서 미워할 수 없는 사람이었다. 시종이 내 머리 위에 황금 월계관을 씌워 주고, 상품 중하나인 검을 내 앞에 내려놓았다.

"그대의 검을 뽑아라."

나는 천천히 고개를 들고 내 허리춤에 달린 검을 유려하게 뽑아냈다. 그리고

충직한 검이 되려 했는데 3

검 끝을 땅에 박으며 무릎 꿇은 몸을 지탱했다.

"그대의 움직임을 신께서 축복하시리니, 그대는 대의를 위해 검을 사용할지라. 그대의 충성은 신께 바치고, 그대는 사람을 위해 일하라. 이것이 그대의 사명이라."

검술 대회 우승자는 어마어마한 상금과 명예를 받았지만, 그와 동시에 거대한 사명 또한 받게 되었다. 온 제국의 검사를 모두 제칠 정도로 강력한 무력을 함부로 사용하지 말라는 것은 명예인 동시에 제약이었다.

그러나 나는 나쁘지 않다고 생각했다. 힘에는 당연히 책임이 따르는 법이니.

"이제 태양 아래 살아갈 때에……."

쿵.

심장이 크게 내려앉았다. 나는 눈을 크게 떴다. 헬리오스의 진지한 말이 안개처럼 희미해지며 사라지고, 귓가에 들리는 건 내 심장 소리뿐이었다.

'위험이 온다.'

극도로 날을 세운 직감이 경종을 울려 왔다.

느낄 수 있었다. 이 공간의 이질감을. 숨을 죽였던 위험이 움트려 함을. 헬리오스가 위험함을.

나는 굽혔던 무릎을 펴고 일어섰다. 내 돌발 행동에 사람들이 당황하는 기색을 보였으나, 상관하지 않았다.

나는 마수들이 들끓는 사지에서 수백수천 번의 위기를 마주했으나, 모두 살아남아 이곳까지 왔다. 그리고 내가 여태껏 살아남을 수 있었던 건 내 직감을 무시하지 않았기 때문이었다.

'불확실한 상황에서 이성과 본능이 싸울 땐 본능을 따른다.'

그것이 내 규칙이다. 나는 이번에도 본능의 말을 따르기로 했다.

나는 쥐고 있던 검을 창처럼 힘껏 던졌다.

쉬이익!

거친 바람 소리와 함께 검이 허공을 갈랐다. 검 끝은 헬리오스를 가리키고 있었다.

헬리오스의 푸른 눈이 커지고, 사방에서 비명 소리가 터져 나왔다. 급하게 호위들이 뛰어들었으나 소드 마스터가 던진 검을 막을 수는 없었다.

헬리오스가 죽음을 예감한 것처럼 질끈 눈을 감을 때.

"크아아악!"

비명은 다른 곳에서 터져 나왔다.

강하게 날아간 검에 투명한 베일이 찢기고, 허공으로 보였던 곳에서 사람의 형태가 일렁였다. 붉은 피가 헬리오스에게로 튀었다.

모두가 경악한 가운데, 누군가 천천히 모습을 드러냈다. 온통 새까만 차림에 날카로운 단검을 든 남자가 내 검에 어깨를 맞고 괴로워하고 있었다.

"다들 뭐 하고 있는 건가!"

스르릉.

혼란에 휩싸여 모두 옴짝달싹 못하는 사이, 나는 상품으로 받은 검을 빠르게 뽑아 겨누었다. 여분의 검이 하나 더 있어 다행이었다.

"암살자다! 폐하를 보호하라!"

오늘 일어나기로 예견된 일은, 바로 황제 헬리오스 암살 사건이었다.

경기장이 아수라장이 되는 건 순식간이었다. 사방에서 비명이 터져 나왔고, 관중들은 이러지도 저러지도 못한 채 우왕좌왕했다.

"커헉!"

내 외침을 신호로 삼기라도 한 건지 허공에서 검은 옷을 입은 이들이 속속히 경기장에 등장하기 시작했다.

숫자는 열 명. 모두 상당한 수준의 강자였다. 그들은 가장 먼저 호위들을 제압했다. 황제를 향해 달려가던 기사들이 하나둘 쓰러졌다.

"폐하!"

충직한 검이 되려 했는데 3

"젠장!"

가장 먼저 반응한 건 역시 노아와 카이사르였다. 순식간에 무장한 그들은 관객석을 박차고 경기장으로 뛰어들었다.

쾅!

"무슨……!"

갑작스럽게 치솟아 오른 보랏빛 결계에 튕겨 나간 두 사람이 당혹스러운 표정을 지었다. 지독하게 풍겨 오는 불길한 기운이 익숙했다. 나는 얼굴을 일그러뜨렸다.

소드 엑스퍼트도 부수지 못한 최고위급 결계. 사냥 대회에서 본 그것이었다.

"……부순다."

카이사르가 검을 세웠다. 붉은 두 눈이 섬뜩하게 번뜩이고, 짙은 붉은색 오러가 그의 검날 위에서 날뛰었다. 흉흉한 살기가 멀리 있는 여기에서도 느껴졌다.

"안 됩니다! 이 결계, 공격 반사형입니다. 여기에 오러를 날리면 관객들은 다 죽는 겁니다!"

결계에 손을 얹고 재빠르게 결계의 성분을 읽어 낸 노아가 카이사르를 만류했다. 그는 긴급 상황에 얼굴을 심각하게 굳히고 있었으나, 여전히 침착했다.

"……빌어먹을!"

검을 내린 카이사르가 초조하게 경기장을 내려다보다 나와 눈이 마주쳤다. 그의 두 눈이 일렁였다. 그답지 않게 성급한 것이, 아무래도 나를 걱정하고 있는 것 같았다.

"나와요!"

아리아가 날카롭게 소리치며 인파를 헤집고 결계 앞에 섰다. 아리아는 함께 온 칼과 함께 결계를 읽어 내기 시작했다. 안전을 위해 곳곳에 배치되어 있던 마법사들도 함께했다.

"이 결계는 저희가 해체합니다. 사람들이 이쪽으로 오지 못하게 통솔해 주십시오."

칼이 두 손을 빠르게 움직여 수많은 마법진을 전개했다. 핏빛으로 빛나는 마법진들은 마법을 잘 모르는 내가 봐도 섬뜩했다. 붉은 눈이 사납게 이글거리는 게 상당히 분노한 것 같았다.

확실히, 결계를 안전하게 해체할 수 있는 건 소드 마스터가 아니라 마법사다. 노아와 카이사르는 관객들을 통솔하고, 칼과 아리아는 결계를 해체하기 시작했다.

이 모든 것은 순식간에 이루어졌다. 그 찰나를 눈에 담아 관객석의 상황을 확인한 나는, 당장 급박한 경기장의 상황을 살폈다.

'외부의 지원을 기대하긴 힘들다.'

상황이 저 꼴이다. 경기장으로 들어올 수 있는 입구란 입구는 모두 결계로 막혔다. 경기장에 있는 이들은 나와 황제 헬리오스, 호위와 시종 몇 명, 그리고 암살자들뿐. 몇몇 호위들은 이미 제압당했고, 암살자들은 헬리오스를 노리고 있었다.

나는 느리게 숨을 뱉고는 검 손잡이를 꽉 쥐었다. 처음 잡은 검은 길을 들이는 데에 꽤 시간이 필요한 법이건만, 명검은 확실히 명검인지 오랫동안 잡아 온 것처럼 익숙하고 편했다. 이미 각오했던 상황이다. 움직여야 했다.

쾅!

검으로 땅을 찍자 일대가 강하게 흔들렸다. 여기저기서 비명이 터져 나오고, 공격 태세를 갖추던 암살자들이 중심을 잃고 비틀거렸다.

나는 자리를 박차고 헬리오스를 향해 바람처럼 달려갔다. 헬리오스가 순식간에 눈앞에 나타난 나를 크게 뜬 눈으로 바라보았다.

"……공녀?"

"조금 전에 폐하를 향해 검을 던진 대역죄는 부디 용서해 주시기 바랍니다. 보시다시피 쥐새끼가 있어서."

"커헉!"

나는 내 검에 어깨가 찔려 쓰러져 있는 암살자의 복부를 꽉 밟고 그의 어깨에 박힌 내 검을 뽑아냈다. 암살자가 고통스러운 비명을 토해 냈고, 붉은 피가 솟구쳤다.

'이제 정말 익숙해졌구나.'

피와 살인에 익숙해지기 위해 긴 시간 수련한 결과, 이젠 코앞에서 사람이 죽고 피가 터져 나와도 담담하게 굴 수 있었다. 속은 여전히 뒤집어졌지만.

나는 양손에 검을 든 채 헬리오스를 돌아보았다.

화악.

"웬만한 검으론 못 뚫을 겁니다. 누가 달려들면 바로 소리쳐 주세요."

헬리오스의 몸을 마나로 둘렀다. 혹시 내가 미처 보지 못한 새에 암살자의 검이 그에게 날아올까 싶어서였다. 헬리오스가 무어라 말하기도 전, 나는 등을 돌려 은밀히 다가오던 암살자를 향해 피가 묻어 있는 검을 던졌다.

"크아악!"

다리에 검이 박힌 암살자가 속절없이 무너졌다. 나는 긴장한 기색으로 다가오는 암살자들을 서늘한 눈빛으로 훑어보고는 다른 검을 고쳐 잡았다.

"여기서 움직이시면 안 됩니다."

그 말을 끝으로, 나는 암살자들을 향해 도약했다.

쾅!

"크윽!"

나와 검을 맞댄 암살자가 팔을 부들부들 떨며 밀려났다. 나는 무표정으로 머리 위에 마나의 방을 만들었다. 그리고 내 뒤를 노리는 암살자에게로 쏟아부었다.

"크악!"

등에 진득한 액체가 묻는 게 느껴졌다. 나는 또다시 마나의 방을 생성하며 눈에 보이는 암살자들에게 날카로운 마나의 파편들을 쏟아부었다.

쉬이익! 쉬익!

비처럼 쏟아지는 잿빛 칼날들을 보며, 나는 아주 잠시 내게 '재앙'이란 이명이 꽤 어울린다고 생각했다.

칼날이 닿은 곳마다 붉은 것이 터져 나온다. 내 칙칙한 마나는 조금도 아름답거나 고귀해 보이지 않았다. 그저 기괴한 재앙 같았다.

그 아래에 살수 대부분이 쓰러졌다. 나는 내 공격으로 인해 만신창이가 된 그들의 꼴을 하나하나 눈에 담았다. 내가 앗은 생명을 외면해서는 안 됐다. 고통스러울지언정 마주하고 기억해야 했다. 그것이 괴물이 되지 않는 방법이었다.

쏟아지는 공격 아래에서도 용케 서서 버틴 살수들은 직접 검을 휘둘러 처리했다. 살수들은 꽤 실력자들이었지만 그들을 처리하는 건 어렵지 않은 일이었다. 살수 하나의 다리를 베어 전투 불능으로 만들었을 때, 다른 살수 하나가 자리를 박차고 나를 향해 달려왔다.

'심상치 않은 놈이다.'

직감이 강하게 울리기도 했고, 달려오는 속도부터가 범상치 않았다. 내가 경계하며 검을 세울 때.

"여전히 난폭하군."

귓가에 익숙한 목소리가 스치고, 나는 얼음 마법에 걸린 것처럼 동작을 완전히 멈췄다.

검은 천으로 온몸을 칭칭 가려 눈조차 잘 보이지 않았으나 알 수 있었다.

불쾌하고 어두운 기운에, 모든 계절을 거슬러 겨울로 만드는 지독히 시린 향취. 가라앉은 저음. 모두 내게 익숙한 것이었기에.

어쩌면 다시 만났던 그 순간 이미 알았을지도 모른다. 그 죽어 버린 두 눈을 보며, 우리는 다른 길을 걷게 될 것 같다고 생각했으니까 말이다. 나는 여태껏 직감을 무시하지 않은 덕에 살아남았지만, 가끔 어떠한 직감들은 무시해 버리고 싶을 때가 있었다. 소드 마스터의 예리함은 축복인 동시에 저주였다.

점점 더 가까워지는 진상에도 끝까지 속으로 부정했음은 어째서인가.

그래. 내가……

"날 살린 걸 후회하게 될 거라고 하지 않았나."

아직 그를 친구로 여기고 있어서.

나는 헛숨을 들이쉬며 눈앞으로 다가온 인영을 바라보았다.

"미련한 놈."

지그문트. 지그문트 하이드였다.

서걱.

"……아."

순간 넋을 놓은 나는, 등 뒤에서 내 어깨를 노리고 날아온 단검에 조금 느리게 반응했다. 어깨에 단검이 박히는 불상사는 면했으나 날카로운 날붙이가 어깻죽지를 긁고 지나갔다.

"슈슈!"

누군지 모를 사람이 나를 부르는 게 얼핏 들렸으나, 나는 돌아보지 않았다. 내 눈앞의 인영에게서 시선을 돌릴 수가 없었다.

"……지그문트 하이드."

쇠를 긁듯 거칠고 잠긴 목소리가 입술 새로 튀어나왔다. 깊게 쓴 후드 아래로 희미하게 보이는 붉은 입술이 호선을 그렸다. 그 웃음이 기쁨을 담았는지, 아니면 다른 감정을 담았는지는 읽히지 않았다.

"전에 내게 진심으로 나오라고 했지. 오러를 꺼내라고."

지그문트가 나를 향해 검을 겨누었다. 그 자세까지도 내 눈엔 너무 익은 것이었다.

"이번엔 네 말대로 해 주마."

화아악!

그의 검날 위로 강대한 마나가 밀집되었다. 순수한 오러와 다르게 불길하고도 기이한 느낌이었다.

'흑마법이었구나.'

이제야 퍼즐 조각이 맞추어졌다. 늘 지그문트에게서 느끼곤 했던 불쾌한 기운. 기시감을 느끼면서도 정의 내리지 못했던 그것은, 다름 아닌 흑마법의 기운이었다. 그에게선 늘 흑마법의 기운이 풍겼다.

나는 초점이 잘 잡히지 않는 눈으로 그의 검을 내려다보았다.

그가 찾은 정답을.

'정상적으로 검술을 연마하고 자연의 흐름을 따라 검을 휘두르는 검사들의 오러는 단 하나의 형태다. 정답은 하나인 것이 자연의 이치이기 때문이다. 다만 세상에서 가장 정결한 오러의 흐름에 다른 기운이 섞일 때, 자연의 이치가 뒤틀리며 수많은 오류를 정답으로 인식한다. 나는 오러의 색이 두 개인 검사를 본 적이 있다. 그는 내가 생전에 봐 온 모든 검사 중 가장 불결한 기운을 품고 있었다.'

언젠가 라이너에게 오러가 두 개인 경우를 물었을 때 들었던 정보였다. 아마 지그문트는 흑마법과 검술을 병행했으리라. 흑마법과 오러는 상극이었기에, 그의 오러에 문제가 생긴 것도 놀라운 일은 아니었다.

그의 검날 위로 검은색과 형광빛 진분홍색이 뒤섞여 일렁인다. 이것이 지그문트의 오러였다.

"이, 개 같은 새끼……."

나는 물기 어린 목소리로 짓씹듯 내뱉었다. 속이 뒤틀리고, 감정이 크게 파도쳤다. 나는 물기가 뒤섞인 헛웃음을 뱉다, 검 손잡이를 으스러져라 잡았다.

이때를 생각하긴 했다. 내 정체를 드러내게 된다면 가장 극적이고 영웅의 모습으로 새겨질 수 있을 때에 드러내려고 했다. 황제 암살 사건이 일어나지 않기를 바라면서도 계획은 그렇게 짰다.

하지만 이런 걸 바란 건 아니었다. 내가 없애야 할 상대로 지그문트가 서 있는 것은 바라지 않았다. 고통스러워 이를 악물면서도, 나는 가까스로 입꼬리를 올렸다. 그에게 약한 모습을 보이고 싶지 않았다.

"네게 마음을 주는 게 아니었는데."

혼잣말처럼 속삭인 나는, 방대한 마나를 끌어 검에 퍼부었다.

쉬이익!

주위의 모든 마나가 게걸스럽게 집어삼켜졌다. 검날을 감싸고 마나의 소용돌이가 일어났다.

모든 빛을 빨아들이고, 정전.

치지직.

빛 한 점 없는 칠흑 같은 오러가 들끓듯 이글거렸다.

"저건……!"

"세상에, 저게 무슨!"

반투명한 결계 너머로 내 오러를 본 이들이 동시다발적으로 웅성거리기 시작했다.

검은 오러.

미르의 상징이었다.

"크흑!"

등 뒤로 신음 소리가 들렸다. 지그문트를 제외하면 마지막 살수였다. 내 뒤를 치려고 다가오던 그는, 검은 오러에 묶여 땅에 머리를 박았다. 검은 오러가 흉흉한 기세로 그의 살을 파고들었다.

"윽! 당신, 당신이 미르입니까?"

살수가 경악이 깃든 목소리로 믿기지 않는다는 듯 물었다. 죽을지도 모르는 상황인데 그걸 묻는 걸 보면 어지간히도 놀란 모양이었다.

잠시 멈칫한 나는 주위를 둘러보았다. 모두 하나같이 패닉에 빠진 표정을 하고 있었다.

제국에 셋뿐인 소드 마스터 중 한 명이자, 마수 관련 의뢰를 독식하다시피 한 마수들의 재앙, 미르.

그 누구도 미르의 정체를 밝혀내지 못했다. 그러던 와중 크리시스 가의 공녀가 용병왕 미르일 거라고 예상한 이가 어디 있겠는가. 나는 느리게 헛웃음을 뱉었다.

"……그래."

움직임으로 후드가 살짝 걷히며 희미하게 드러난 지그문트의 보랏빛 눈동자에, 형형한 붉은빛이 돌기 시작한 내 두 눈동자가 비쳤다.

나는 느릿하게 고개를 젖혔다.

"내가 미르다."

미르. 내가 평생을 이어 온 투쟁의 이름이었다.

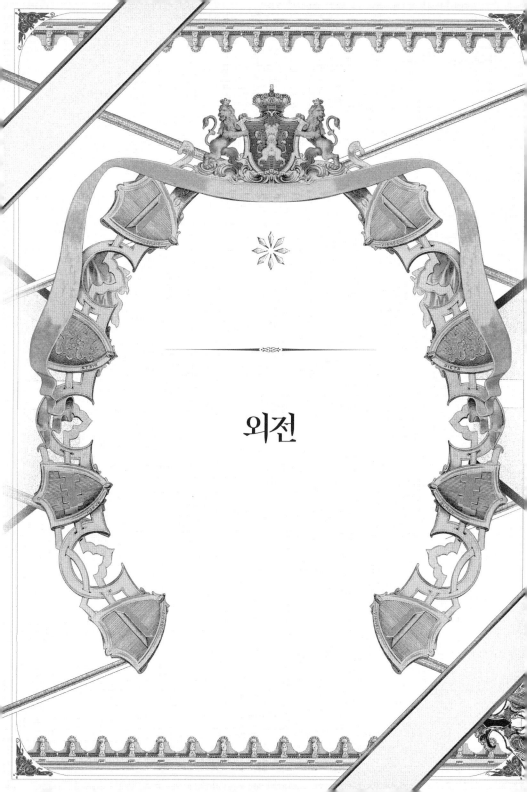

외전

"정말 이 의뢰를 혼자 처리하겠다고?"

의뢰지를 몇 번이고 다시 읽은 용병 길드의 의뢰 접수자 하울은 조심스럽게 되물었다. 몇 번째 계속된 되물음이었기에, 나는 약간의 짜증을 담아 고개를 끄덕였다.

"말했잖아. 내가 갈 거야. 접수해."

"하지만 혼자는 너무 위험하네!"

하울이 조금 언성을 높였다. 그간 정이 든 건지 아니면 길드를 자주 이용하는 방랑 용병 하나가 사라지는 게 기껍지 않은 건지는 알 수 없었으나, 그래도 걱정해 주는 것이 나쁘진 않았다. 나는 코웃음을 쳤다.

"뭐, 어차피 나 말곤 지원할 사람이 없잖아."

마수 토벌은 다양한 의뢰들 중에서도 가장 위험한 종류였다. 이번에 마수 토벌을 의뢰한 마을은 마수가 자주 출몰하진 않았으나, 거대 마수의 출몰 위험이 있어 많은 이들이 꺼려했다. 지원하는 사람이 아예 없다고 봐도 과언이 아니었다.

'혼자 처리할 수 있는 난이도는 아니지.'

하울의 만류는 타당했다. 나는 짧게 한숨을 쉬었다.

"어쩔 수 없어. 이번 달은 돈이 급해."

"그래도 그렇지……!"

"제발, 하울."

충직한 검이 되려 했는데 3

나는 간절한 눈으로 그를 올려다보았다. 위험해도 할 수밖에 없었다. 이번 달에는 요정 숲의 약수를 아직 구하지 못했으니까. 이 정도 일은 해야 부족한 돈을 메꿀 수 있었다.

"젠장, 애한테 못 할 짓을 하는 기분이야. 이 일을 때려치우든지 해야지……"

복잡한 낯으로 나를 바라보던 하울은 결국 의뢰를 접수해 주었다. 나는 그제야 마음 놓고 웃었다.

"지금까지 살아남은 건 초심자의 운에 가깝네. 계속 이렇게 무모하게 굴다간 정말 죽어."

하울이 진지하게 조언했다. 구구절절 옳은 말이었다. 나는 씁쓸한 입안의 침을 삼키며 느리게 입꼬리를 올렸다.

"그럼 그게 내 운명이겠지."

초연하게 답했으나, 사실 나도 두려웠다. 세상 어느 누가 죽음을 기껍게 받아들일 수 있겠는가.

마수의 흉포한 이빨과 날카로운 발톱을 마주할 때면 온몸이 덜덜 떨렸다. 도망가고 싶었다. 그럼에도 이 일을 그만두지 않는 건 내 죽음보다 더 두려운 것이 있기 때문이었다. 나는 내가 죽는 것보다 아리아가 죽는 게 더 두려웠다.

"지금 바로 출발한다고 의뢰인한테 연락해 줘."

"야, 야! 미르!"

더 남아 있으면 위험한 의뢰에 무모하게 도전한 걸 철회하고 싶어질 것 같아, 나는 빠르게 길드 밖으로 발걸음을 옮겼다.

사박사박.

겨울을 맞은 대지엔 새하얀 결정들이 수놓여 있었다. 나는 밟을 때마다 울려 퍼지는 경쾌한 소리를 즐기려 노력하며 장정들의 반도 안 될 어깨를 쭉 폈다.

누구도 내가 겁먹었음을 알 수 없게.

'오늘도 살아 보자.'

내일 아침 해를 보는 것이 매일의 내 단출한 소원이었다.

⚜

"당신이 정말 이번 의뢰를 수행하기 위해 온 용병이란 말입니까?"

마을의 수장, 론이 세 번째 되물었다. 나는 조금 위축된 채 느적느적 고개를 끄덕였다. 시선은 땅에 고정한 채였다. 그의 실망한 눈빛을 보고 싶지 않았다.

"마수 토벌은 당신 생각보다 쉽지 않을 겁니다."

론이 마뜩잖은 투로 말했다. 내가 일을 제대로 할 수 없으리라고 짐작한 것 같았다.

찬바람이 쌩쌩 부는 목소리 때문에 아직도 단단해지지 못한 마음에 생채기가 났으나, 나는 담담한 낯을 가장했다. 익숙한 반응이었기에 그럴 수 있었다.

평균적으로 큰 덩치에 우락부락한 인상을 자랑하는 용병들과 달리, 나는 키도 작고 비쩍 말라 믿음직스럽지 않다는 걸 나 스스로도 알았다. 온몸은 검은 망토로 칭칭 감은 데다 얼굴은 가면에 가려져 수상해 보이기까지 했다.

여태껏 만나 온 모든 의뢰인들은 내 외양을 보고 고까운 기색을 보였다. 어떤 의뢰인은 어디 꼬마가 어른에게 장난을 치냐며 역정을 내기까지 했다.

그들을 욕할 생각은 없었다. 그들도 그들 나름대로 간절한 마음으로 용병 길드에 의뢰를 한 것일 텐데, 얼핏 봐도 믿음직스럽지 않은 사람이 오면 실망스러운 게 당연하니까.

"어차피 저 말곤 하겠다고 하는 사람 없잖습니까."

'이럴 땐 강하게 나가야 해. 아니면 계속 무시할 테니까.'

티 나지 않게 심호흡한 나는 눈을 사납게 뜨고 론을 올려다보았다. 키가 워낙에 작아 평균 장정의 키를 가진 그를 볼 때도 가파르게 고개를 쳐들어야 했다. 이럴 땐 강하게 나가야 했다. 한번 얕보이면 계속 무시당하니까.

충직한 검이 되려 했는데 3

내가 이렇게 뻔뻔하게 나올 줄 몰랐던 건지, 론은 조금 흠칫했다. 나는 조금이라도 덩치가 커 보이기 위해 어깨를 쭉 펴 보았다.

"강함은 덩치에서 나오지 않습니다. 제국에 둘뿐인 소드 마스터, 노아와 카이사르도 덩치가 큰 편은 아닙니다. 저는 아직 무명이지만 그래도 마수 토벌 경험이 몇 번 있습니다. 이 근방의 마수를 모두 처리하는 건 무리여도 농작물에 피해를 주는 작은 마수들 정도는 충분히 처리할 수 있습니다."

최대한 여유 넘치게 말했다. 저렴한 가격의 싸구려 목소리 변조 반지를 사 둬서 다행이었다. 어린애 목소리로 이런 말을 했다면 치기로밖에 들리지 않았을 테니까.

"음……."

론이 짧게 신음을 뱉었다. 금방이라도 나를 내쫓을 듯 서늘하던 그의 기세가 조금 누그러졌다. 그 사실을 알아챈 나는 가면 밑으로 당당하게 웃어 보였다.

"잘할 수 있습니다. 속는 셈치고 맡겨 주세요."

조금 머뭇거리던 론은, 결국 고개를 끄덕였다.

이렇게 나는 용병계에서 내 입지를 천천히 넓혀 가고 있었다.

"으……."

나는 앓는 소리를 내뱉으며 땅에 몸을 뉘었다. 서툰 솜씨로 겨우 지은 허접한 1인용 천막의 천장이 북부의 매서운 칼바람을 맞아 위태롭게 흔들렸다. 나는 쌀쌀한 날씨에 코를 훌쩍거리며 모포 속으로 꼬물꼬물 들어갔다.

'피곤해…….'

하루 종일 말을 타고 달려 이곳까지 와서는 쉬지도 못하고 곧바로 토벌을 시작했다. 마나 운용도, 검 놀림도 아직까지 많이 미숙했기에 멋지게 사냥을 했다기보단 마수와 우당탕탕 술래잡기를 한 것에 더 가까웠다. 그 과정에서 구르고 부딪치고 얻어맞고 쏘이고 찔려 온몸이 욱신거렸다.

'멍청이. 하필 터를 잡아도 키피라의 서식지에 잡아서.'

온몸에 붉은 가루를 뒤집어쓴 나는 스스로가 조금 처량해져서 입술을 삐죽거렸다. 실전에선 무지도 죄악이다. 이곳이 키피라—무리를 지어 사는 나비 형태의 야행성 마수. 날개를 펄럭일 때마다 환각을 일으키는 붉은 가루가 날린다—의 서식지인지 모르고 천막을 짓던 나는, 밤 사냥을 끝내고 돌아온 키피라 무리와 호된 싸움을 치러야 했다.

'……물로 닦았는데도 안 사라지네.'

나는 붉은 가루를 정통으로 맞았던 두 눈을 손등으로 벅벅 닦아 냈다. 따가운 두 눈에 환각이 자꾸만 아른거렸다.

붉은 가루의 환각은 내가 싫어하는 것과 원하는 것을 함께 보여 주는 모양이었다. 아리아의 시체와 건강한 아리아를 함께 보여 줬으니 말이다.

나는 옅게 한숨을 쉬고 눈을 질끈 감았다. 더 이상 환각은 보이지 않았으나, 아무것도 보이지 않으니 문득 오싹해졌다.

"달의 아이는 아름답고, 불의 아이는 은총이 가득하다네. 물의 아이는 슬픔이 많고, 나무의 아이는 먼 길을 떠나지……."

나는 이 적막을 환기시키기 위해 속삭이듯 노래를 부르기 시작했다. 나밖에 없는 천막 안이 스산했다. 천막을 흔드는 거친 바람 소리가 꼭 유령이 날아다니는 소리 같았다.

"황금의 아이는 사랑하고 베풀 줄 알며, 땅의 아이는 열심히 살아가."

반쯤 떨며 주문을 외우듯 노랫말을 중얼거렸다. 나는 노래를 완창하는 것에만 온통 집중하고 있었다.

"태양의 아이는 예쁘고, 즐겁고, 착하고……."

쾅—!

충직한 검이 되려 했는데 3

재앙은 예고 없이 찾아왔다.

엉성하던 천막이 모래성처럼 무너지고, 땅이 크게 울렸다. 나는 반쯤 본능적으로 옆으로 굴러 일어난 뒤 새하얗게 질린 채로 내가 누워 있던 곳을 짓밟고 선 거대한 발을 바라보았다.

크르릉…….

개를 닮은 외양에 장정의 열 배쯤 될 법한 거대한 덩치. 섬뜩하게 불타오르는 붉은 눈동자와 거대한 송곳니를 타고 흐르는 역겨운 타액. 살 썩는 역겨운 악취.

두 눈으로 본 것을 믿을 수 없었던, 아니, 믿고 싶지 않았던 나는 파르르 떨리는 입술을 벌렸다.

지옥에서 기어오는 사냥개, 데베라였다.

'어째서, 어째서 데베라가 여기에…….'

거대 마수가 출몰할 가능성이 있음은 알았다. 하지만 그 가능성은 무척이나 희박해 단순한 마수들만 처리하는 의뢰라고 생각해도 무관하다고 들었기에 무모하게 혼자 온 것이었다. 본능적인 두려움에 온몸이 덜덜 떨리기 시작했다.

느낄 수 있었다. 이 괴물은 내가 감당할 수 없었다.

어깨너머로, 도서관에서 빌린 책으로, 또 혼자 마구잡이로 휘둘러 보며 검을 배우기 시작한 지 1년도 채 되지 않았다. 평균적으로 보았을 때 빠르게 습득하고 있다는 평을 듣긴 했으나, 저런 괴물을 홀로 상대할 수 있는 수준은 결단코 아니었다.

"아……."

흉포한 붉은 눈동자와 눈이 마주치자 온몸이 굳었다. 감당할 수 없는 천재지변을 마주한 인간처럼 아득해지고 나의 무능을 절감했다. 나는 눈물을 흘리고 싶은 걸 꾹 참았다.

'여기서 이렇게 죽는구나.'

'하울의 말을 들을걸' 하는 뒤늦은 후회가 밀려왔으나, 그것도 잠시였다. 수많은 생각을 돌고 돌아 결국 떠오르는 것은 내가 사랑하는 아이의 얼굴이었다.

'내가 죽으면 아리아는 누가 보살펴 주지?'

그것이 가장 문제였다. 아픈 아리아를 돌봐 줄 사람이 없다는 것. 살고 싶다는 지극히 인간적인 본능보다 그 생각이 먼저였다.

나는 이를 악물며 두려움을 참고, 땅에 떨어진 검을 빠르게 주워 들어 발도했다.

스르릉.

날이 무디고 은빛보단 칙칙한 잿빛에 가까운 볼품없는 검이 덜덜 떨려 왔다. 데베라는 나를 위험으로 느끼지도 않는 건지 벌레가 꿈틀거리는 꼴을 보듯 내가 하는 양을 물끄러미 바라볼 뿐이었다. 나는 그 사실에 자존심도 상하지 않았다. 저 거대한 데베라에게 작은 나는 밟으면 죽어 버릴 벌레가 맞았으니까.

'……싫어.'

붉은 눈이 무서웠던 나는 결국 쥐어짜 낸 용기를 지탱하지 못하고 눈을 꾹 감아 버렸다. 하지만 이렇게 끝을 맞이하긴 싫었다. 나도 조금은 행복해져 보고 싶었다. 평범하게 일상을 영위하고 사소한 행복에 웃고 싶었다.

나는 아직 죽고 싶지 않았다.

쉬이익!

나를 지켜보는 것조차 흥미가 떨어졌는지, 데베라는 무심하게 앞발을 휘둘렀다. 내 덩치보다 더 큰 발이 내 위에 큰 그림자를 드리웠다.

'못 막아.'

나는 겨우 머리 위로 검날을 세웠지만, 사실 알고 있었다. 내 힘으로는 절대 저 공격을 막지 못한다는 걸.

생리적으로 핑 돈 눈물이 감은 눈을 비집고 툭 흘렀다. 나약한 스스로에 대한 경멸이 치솟았다.

재앙 앞에서 무력하게 당하는 인간이 되고 싶지 않았다. 저항하고 싶었다. 같은 재앙이 되어서라도 이 위기를 물리치고 싶었다.

'강해지고 싶어.'

그림자가 짙어지는 가운데, 유언처럼 그런 생각을 했을 때.

"가드."

소년과 청년, 그 사이 경계에 있는 아름다운 미성이 무심하게 울려 퍼졌다. 무심코 눈을 번쩍 뜬 나는, 빠르게 전개되는 마법진 아래로 보랏빛 장막이 나타나 나를 지키는 것을 볼 수 있었다.

"아이코. 조심해야지, 아이야."

온화한 목소리와 함께 단단한 팔에 내 몸이 덜렁 들렸다. 은은하게 풍겨 오는 따뜻한 햇살 내음에 악취로 마비되다시피 했던 후각이 천천히 완화되었다. 나는 눈을 크게 뜬 채 나를 안아 든 사람을 올려다보았다.

건강한 구릿빛 피부에 짧게 깎은 진주황색 머리, 세상을 품을 듯 드넓고 온화한 검은색 눈.

"많이 무서웠지? 미안하다! 이쪽 근방은 처음이라 길을 좀 헤맸지 뭔가! 최대한 빨리 오려고 노력은 했네. 부디 용서하게."

여자는 시원하게 함박웃음을 지으며 내가 이 상황에 처한 것이 자신의 잘못이라도 되는 양 살갑게 사과를 건넸다. 내가 상황을 이해하지 못하고 멍하니 눈을 끔뻑였을까, 옆에서 냉랭한 목소리가 들려왔다.

"스승님께서 사과를 해야 할 상황은 아닙니다. 세상 모든 사람을 스승님께서 구하실 필요는 없잖습니까."

시리게 얼어붙은 보랏빛 눈동자가 나를 물끄러미 바라보았다. 나는 잠시 숨을 멈추었다.

눈송이 섞인 바람결에 실크처럼 살랑거리는 검은 머리, 세상 모든 어둠을 모아 혼신을 다해 깎은 듯 음울하고도 아름다운 얼굴. 소년과 청년의 경계에 서 있는 남자는 무심하게 방어막을 전개하고 있었다.

"하하! 지그문트! 구할 수 있음에도 구하지 못한 것은 죄악이래도. 놀랐을 애 앞에서 그리 쌩하게 굴지 말거라!"

남자의 등짝을 팍 치며 호탕하게 말한 여자는 이내 나를 바라보았다. 검은 동공이 사랑스러운 무언가를 보듯 나를 응시했다. 그 시선이 익숙지 않아 흠칫 몸을 떨었다.

"반갑구나, 아이야. 나는 용병 카라쇼다. 널 도와주러 왔다."

처음이었다. 누가 나를 도와주겠다고 나선 것은. 부드러운 미소를 지어 주고, 따뜻하게 안아 준 것은. 나를 지키겠다고 마법진을 펼쳐 준 것은.

온 생애를 통틀어 가장 존경하고 애정할 나의 스승과 가장 지독한 나의 악우는 그렇게 갑작스럽게 내 세상에 들이닥쳤다.

"언제까지 그렇게 있으려고. 배고프지 않으냐?"

카라쇼가 걱정스럽게 물었다. 그녀가 냄비 안의 내용물을 저으니 동굴 전체에 스튜의 고소한 냄새가 풍겼다. 음식 냄새를 맡으니 잊고 있던 배고픔이 치밀었으나, 나는 티 내지 않은 채 더욱 몸을 웅크렸다.

"대답하세요. 왜 도와준 겁니까?"

최대한 눈을 매섭게 뜨고 물었다.

상대는 둘. 게다가 두 사람 모두 나보다 강했다. 저들이 나를 공격해 오면 나는 손 쓸 방도도 없이 무력하게 당해야 했다.

'얼마 전 수도 외곽에서 불법 노예 시장이 열렸다고 했는데. 노예 상인인가? 아니면 인신매매범?'

내 머릿속에선 지금 상황에서 펼쳐질 수 있는 최악의 시나리오가 전개되고 있었다. 나는 잔뜩 경계하며 검 손잡이를 꽉 잡았다.

충직한 검이 되려 했는데 3

'마수 토벌 의뢰를 받고 왔는데 마을의 수장이 누가 이 의뢰를 수행하러 혼자 숲으로 갔다고 하지 않겠나. 혹시 위험할까 싶어 빠르게 왔다. 조금이라도 늦었으면 큰일 날 뻔했지. 늦지 않아 다행이네.'

카라쇼는 이곳에 오게 된 자초지종을 설명해 주었지만, 나를 도와준 이유는 말하지 않았다. 그저 빠르게 데베라를 제압하고 나를 이 동굴로 데리고 왔을 뿐이었다.

나는 동굴에 도착하자마자 카라쇼의 품을 벗어나 구석으로 도망쳤다. 소년은 나를 한심하다는 듯 바라보다 아예 없는 사람 취급을 했고, 카라쇼는 나를 억지로 잡을 수 있을 텐데도 섣불리 거리를 좁히지 않은 채 몇 번이고 음식을 권할 뿐이었다.

'……힘들어.'

날을 세우고 경계하는 것도 지친 나는 힘없이 고개를 떨구었다. 생명의 은인에게 무례하게 굴고 있다는 걸 알고 있었다. 그럼에도 경계를 버리고 다가가 감사 인사를 건넬 엄두는 나지 않았다.

"이름이 뭔가?"

제풀에 지쳐 시들해진 나를 물끄러미 바라보던 카라쇼가 물었다. 조금 낮은 목소리는 다정했다. 나는 무정함과 차가움엔 익숙했으나 이런 다정엔 익숙지 않았기에 움찔하면서도 홀린 듯 대답하고 말았다.

"……미르."

"그래, 미르. 이리로 오기 싫으면 내가 그쪽으로 가도 되겠나?"

여자는 내가 벌린 거리를 함부로 좁히지 않고 정중하게 청했다. 내게 무엇이든 강제할 수 있는 강자임에도 말이다. 내가 머뭇거리자, 서늘하게 식은 눈으로 나를 힐끗 본 소년이 비소를 흘렸다.

"그냥 내버려 두지 그러십니까. 거기서 굶어 죽게."

'저 새끼가, 진짜…….'

머리에 살짝 열이 오른 나는 소년을 무섭게 노려보았다. 시린 보랏빛 눈동자가 나를 무심하게 바라보았다.

카라쇼에게 '지그문트'라고 불린 소년은 비현실적으로 아름다웠다. 인간이라기보단 차라리 정령 같을 정도로. 그리고 그 얼굴값을 하겠다는 듯, 인성 터진 말들을 곧잘 해 댔다.

'그냥 두고 가죠. 구해 줬으니 됐잖습니까. 데리고 가 봤자 짐밖에 안 됩니다.'

'그거 안지 마세요. 때 묻어서 더럽습니다.'

어찌 되었건 나를 구해 준 사람이니 반박하고 싶은 마음을 꾹 참고 있었지만, 호감은 도저히 생기지 않았다. 나는 덤벼 봤자 내가 묵사발이 된다는 사실을 다시금 되뇌며 분을 꾹 눌렀다.

"지그문트. 사람에게 그리 말하면 안 된다고 하지 않았느냐."

카라쇼가 엄하게 꾸짖었다. 지그문트가 입을 닫았다. 그는 세상을 혼자 사는 냉혈한 같았지만, 지켜본 바로는 카라쇼의 말만은 곧잘 들었다. 카라쇼는 다시금 나를 바라보았다.

"그래서, 괜찮나? 내가 가까이 가도."

입술을 짓씹은 나는 조금의 고민 끝에 작게 고개를 끄덕였다. 내가 저들을 경계하고 있긴 해도 저 정중한 제안을 거절할 정도로 매정하진 못했다. 기쁘다는 듯 환하게 웃은 카라쇼는, 작은 동물에게 손을 뻗듯 조심조심 다가와 내 옆에 앉았다.

"춥진 않으냐?"

"……괜찮습니다."

가벼운 질문과 대답이 오갔다. 분명 괜찮다고 했는데도 카라쇼는 제 망토를 벗어 내게 덮어 주었다. 그녀의 망토에선 따뜻한 햇살 향이 났다.

"너를 왜 구해 줬냐고 물었지."

누가 검은색을 불길한 색으로 정했을까. 내가 본 그녀의 검은 눈은 모든 빛을 흡수하는 검은색의 성향처럼, 세상 모든 빛을 머금은 듯 찬란하고 따뜻했다.

그 눈을 홀린 듯 바라보고 있는데 그녀가 새하얀 이빨을 드러내며 환하게 웃었다. 그녀의 웃음은 어린아이의 천진난만함과 연장자의 자애로움을 모두 담고 있었다.

"사람이 살아 있는 데에 이유가 필요하더냐. 살아 있기에 살아가는 것이고, 살아가며 이유를 찾아가는 거지. 그러니 사람을 구하는 데도 이유가 필요치 않다."

조심스럽게 다가온 큰 손이 내 머리를 쓰다듬었다. 분명 그녀의 손은 굳은살과 흉터로 거친데 손길은 부드럽게만 느껴졌다.

"그러니 이유 없는 호의를 경계하지 않아도 괜찮다. 네가 살아남은 것만으로도 나는 대가를 받았어."

13년간 구축된 내 세계를 단번에 부정하는 말이었다.

나는 이해할 수 없었다. 여태껏 세워 온 가치관이 있는데 그게 어떻게 한순간에 바뀔 수 있단 말인가. 나는 지금까지 평생 동안 이유 없는 호의, 선의 실존을 믿지 않았다. 내게 있어 카라쇼의 말은 뜬구름 잡기 같았다.

나는 입을 꾹 다물었다. 조금이라도 입을 열면 반항심 어린 반박이 툭 튀어 나갈 것 같아서였다. 이곳에서 나는 명백히 약자였고 그들을 자극해선 안 됐다. 말만 하지 않았을 뿐, 이미 머릿속은 반항심으로 가득 차 있었지만.

"하하하! 내 말을 믿지 못하는구나!"

그게 표정으로 드러난 걸까, 나를 본 카라쇼가 호탕하게 웃어 젖혔다.

"그래. 그럼 믿지 말게나. 끝까지 믿지 말고 경계하게. 호의를 의심하고 가늠해보게. 내 그것 또한 기꺼이 받아 낼 테니."

그녀의 눈꼬리가 휙 접혔다.

"그 대신 이곳에서 무사히 나간 뒤엔 조금은 믿어 주지 않겠나. 내 진심을 말이야."

노예 상인이나 인신매매범이 이렇게 나올 리는 없었다. 당장이라도 나를 제압해서 들고 가 버리면 되는 일이었으니. 나는 여전히 이유 없는 호의를 믿지 않았으나, 그럼에도 인정할 수밖에 없었다. 그녀에겐 꿍꿍이속이 없음을.

"의심도 배가 불러야 하는 법이지. 이제 한 그릇 들지 않겠나? 만드는 과정을 봤으니 독이 들어가지 않았다는 것도 알 거 아닌가."

카라쇼는 스튜 한 그릇을 떠 내게 건넸다. 나는 침을 삼켰다. 꽤 인내심이 있는 편이라고 자부했건만, 겨우 배고픔에 경계심이 흐물흐물해졌다.

갈팡질팡하는 나를 보며 쿡쿡 웃은 카라쇼는 내 손에 그릇을 꽉 쥐여 주었다. 뜨거운 그릇을 통해 따뜻한 온기가 전해져 왔다.

"한 번쯤은 속는 셈치고 믿어 보는 것도 좋네."

그녀가 나직하게 속삭였다. 나는 느리게 숨을 뱉었다.

어쩌면, 그녀는 정말 좋은 사람일지도 몰랐다.

"쥐새끼처럼 뭘 하는 거지."

조용조용 짐을 챙기던 나는 갑작스럽게 들려온 미성에 놀라 봇짐을 떨어트릴 뻔했다. 홱 고개를 돌리니, 조금 전까지만 해도 숨소리도 내지 않고 죽은 듯이 자고 있던 지그문트가 어느새 동굴 벽에 기댄 채 나를 보고 있었다.

그의 무감각한 시선은 사람이 아니라 무생물을 보는 것 같았다. 코끝을 스치는 시린 겨울 내음은 이른 새벽의 냉기인지 그의 체향인지 분간할 수 없었다.

"돌아갈 때도 짐이 될 생각은 없어. 먼저 갈 거야."

덤덤하게 대답했다. 카라쇼는 내 마수 토벌 의뢰를 도와주고 수도까지 데려다주겠다고 했지만, 그렇게까지 민폐를 끼칠 순 없었다. 여기서 이별을 하는 게 맞았다.

'좋아하겠네.'

지그문트는 처음부터 나를 고깝게 여겼으니, 지금 이별한다고 하면 기뻐할 것 같았다.

나는 힐끗 눈을 들어 그를 바라보았다. 예상과 다르게 지그문트의 얼굴엔 기쁜 기색이 없었다. 그렇다고 슬픈 기색이 있는 것도 아니었지만.

빨리 꺼지라고 할 줄 알았건만, 특별히 뭔가 말하지도 않았다. 그저 속을 읽을 수 없는 깊은 눈으로 나를 물끄러미 바라볼 뿐이었다.

'내가 아무런 감흥도 끌어올리지 못할 정도로 아무것도 아닌 존재라 그런가.'

하기야, 어제 처음 만난 사이인데 감흥을 느끼는 것도 이상했다. 괜히 민망해진 나는 헛기침을 하고 봇짐을 어깨에 멨다.

"어제는 고마웠다. 은혜는 잊지 않을 거다."

담백하게 감사 인사를 건넸다. 대가를 치를 수 있다면 좋겠지만, 지금 내 수중엔 먼지밖에 없었다. 염치없는 인간이 된 것 같아 고개를 떨구고 있다가 오랫동안 돌아오지 않는 대답이 빨리 꺼지라는 뜻인가 싶어 발걸음을 옮길 때였다.

"미련한 놈."

나는 나직한 목소리에 멈칫했다.

'이 자식은 왜 계속 시비지?'

생명의 은인만 아니었다면 질 걸 알면서도 덤벼들었을 것이다. 재앙을 부르는 네 미련한 주둥아리나 어떻게 해 보라고 쏘아붙이고 싶은 걸 꾹 참고 있었을 때, 그가 말을 이었다.

"나였다면 끝까지 빌붙으며 받을 수 있는 건 다 받아먹었을 거다. 되지도 않는 자존심 세우는 건가."

고슴도치처럼 잔뜩 가시 난 말투가 사람의 화를 돋웠지만, 그의 목소리엔 순수한 의문이 담겨 있었다. 내가 어째서 그들의 도움을 더 받지 않는 건지. 한숨처럼 웃은 나는 지그문트와 눈을 맞추었다.

"나는 은인들에게 짐이 되고 싶지 않아."

참 미련하다. 이리 쉬이 정을 줘 버리니.

지그문트가 느리게 눈을 깜빡였고, 나는 당당하게 어깨를 쭉 폈다.

"두고 봐라. 언젠간 너보다 더 강해져서 이 은혜를 갚을 거니까."

나는 그를 향해 씨익 웃었다.

"다음엔 내가 널 구해 주마."

다음을 기약할 수 없는 한여름 밤의 인연임을 알면서도 그리 말했다. 나도 누군가를 구할 수 있는 사람이 되고 싶어서, 다음이 있다면 그땐 지금보다 더 강해져 있고 싶었다.

지그문트의 눈이 조금 커졌다. 가면을 쓴 것 같은 그가 감정의 동요를 보인 것은 만난 이후로 처음이었다.

나는 동굴 밖으로 발걸음을 옮겼다. 설원에 쌓인 눈이 이른 새벽의 햇빛을 받아 다이아몬드처럼 반짝였다.

처음으로 다음을 기약하고 싶은 사람들을 만났다 싶었다.

····· ❦ ·····

지그문트는 한 사람의 발자국만 찍힌 설원을 물끄러미 바라보았다. 제 발의 반쯤 될까 싶은 작은 크기의 발자국. 아이가 아장아장 걸어간 듯 좁은 보폭. 확실히 혼자 마수 토벌을 할 수 있는 나이는 아닐 터였다.

"이제 자는 척은 그만하시죠."

지그문트는 자신의 스승을 돌아보았다. 어투는 여전히 건방지고 시니컬했으나, 카라쇼를 대할 때만큼은 미묘한 온기가 담겨 있었다. 옅게 웃음을 흘린 카라쇼는 천천히 눈을 뜨며 몸을 일으켰다.

"좋겠구나, 지그문트. 귀여운 애한테 저런 소리도 듣고."

"좋긴 뭐가 좋습니까. 어린애의 치기 어린 말인데."

짓궂은 카라쇼의 말에 지그문트가 차갑게 일갈했다. 그럼에도 카라쇼는 껄껄 웃었다.

저렇게 대답하지만, 지그문트는 정말 마음에 들지 않았다면 대답도 하지 않았을 터였다. 저건 꽤 긍정적인 반응이었다.

"하울인가? 그 사람 말로는 마수 토벌 의뢰만 도맡아 하는 용병이랬지."

카라쇼는 제 턱을 쓸어내리며 눈을 빛냈다.

"우리도 이젠 수도에 터를 잡았고, 어차피 마수 토벌을 주로 할 테니……."

제국 외곽에서 지내던 카라쇼와 지그문트는 바로 어제 수도로 거처를 옮겼다. 이젠 수도의 용병으로 활동할 터였다. 제 스승이 저렇게 눈을 빛낼 땐 작든 크든 일이 일어난다는 걸 아는 지그문트가 한숨을 푹 쉬었다.

"아무거나 주우면 안 됩니다."

"아무거나라니! 내 안목을 무시하는 게냐! 내가 제자 삼은 것이 바로 너 아니냐! 안목 증명은 확실한 게지!"

카라쇼가 씨익 웃었다. 자부심과 애정이 가득한 목소리였다. 지그문트는 잠시 입술을 꾹 깨물었다 놓았다.

"……그것 때문에 스승님 안목을 믿지 못하는 겁니다."

지그문트는 빛나는 카라쇼의 인생에서 가장 큰 오점 중 하나가 자기 자신이라고 생각했다.

카라쇼는 그날 설원에서 지그문트를 주워서는 안 됐다. 그녀는 반드시 후회하게 될 터였다.

"지그문트."

그런 지그문트의 마음을 읽은 카라쇼가 다정하지만 단호한 목소리로 그의 이름을 불렀다. 살짝 올라간 눈매가 곱게 휘고, 옅은 주름이 진 입매가 호선을 그렸다.

"늘 말하지 않느냐. 너는 내게 선물이라고."

"……."

"나는 너를 거둔 걸 절대 후회하지 않아."

지그문트는 제 머리에 닿는 손길에 스르르 눈을 감았다. 언젠가 이 따뜻한 손이 배신감에 겨워 제 뺨을 치는 순간을 생각했다. 덤덤해져야 하는데, 그 순간을 상상만 해도 속이 뒤틀렸다.

카라쇼는 자신의 제자가 여전히 스스로에 대한 확신이 없다는 걸 알고 있었다. 그녀의 마음을 불신한다는 것도. 그것이 조금도 섭섭하지 않다면 거짓말이겠지만 그래도 괜찮았다. 몇 번이고 다시 말해 줄 수 있었으니까.

"가자꾸나. 얼른 이곳에서의 일을 끝내고 새 친구를 만나 보자고."

카라쇼는 자리에서 일어나 허리에 손을 얹고 햇살이 비친 설원을 바라보았다. 기분 좋은 아침이었다.

나는 잠시 과거를 되짚었다.

그러니까, 마수 토벌 의뢰를 받고 무리하게 수행하다 거대 마수와 맞닥뜨려 죽을 뻔하고 처음 만난 사람들에게 목숨을 빚졌다. 더는 짐이 되고 싶지 않아 빠르게 보수만 받고 수도로 돌아온 뒤 이틀 만에 용병 길드를 찾은 참이었다.

용병 일을 시작한 지 얼마 되진 않았으나, 마수 토벌 의뢰를 받는 용병은 무척이나 한정적이었기에 벌써 얼굴을 다 외웠다.

"하하! 여기서 또 보는군! 이런 공교로운 우연이 다 있나!"

"……하."

그리고 내가 외운 얼굴 중에 저 둘은 없었다.

"다시 만나서 기쁘네, 미르!"

나는 내 눈앞에 다시 나타난 카라쇼와 지그문트를 보며 입을 떡 벌렸다.

충직한 검이 되려 했는데 3

"……원래 이 길드 소속 용병들인가? 이곳에선 처음 봤는데."

지나치게 밝은 카라쇼를 한 번, 지나치게 차가운 지그문트를 한 번 본 나는 그들을 피해 하울에게로 눈을 돌렸다. 두 사람은 여름과 겨울, 불과 얼음처럼 극과 극이었다.

"아니. 얼마 전에 처음으로 방문하신 분들이네. 길드 소속은 아니고 자네처럼 의뢰만 받아가는 방랑 용병. 초면은 아닐 텐데? 저번에 마수 토벌 의뢰를 찾으신다기에 자네가 맡은 의뢰를 소개시켜 드렸지. 앞으로도 마수 토벌 의뢰를 자주 받을 거라고 하시니 아마 자주 만나겠군."

둘 사이에 껴서 어쩔 줄 몰라 하는 나를 즐겁다는 표정으로 바라보던 하울이 명쾌하게 대답했다. 아연해진 나는 멍하니 둘을 바라보았다.

인연은 그날 밤으로 끝일 줄 알았다. 더 강해져서 만났으면 좋겠다는 감성적인 생각까지 하며 소설 속 주인공처럼 깔끔하게 이별을 고했는데. 고작 사흘 만의 재회였다.

'쪽팔려…….'

데베라 앞에서 맹하니 있다 덜렁 들어 올려져 구해진 것, 카라쇼의 품에 안겨 운 것 등등 그날 밤의 흑역사가 새록새록 떠올랐다. 나는 수치심에 두 손으로 얼굴을 가렸다.

하루 보고 말 사람들이라면 괜찮지만, 앞으로 꾸준히 만나게 될 사람들이라면 이야기가 달라졌다.

"응? 왜 그러는 겐가. 어디 아픈가? 설마 그날의 피로가 아직 풀리지 않았나?"

내가 아무 말도 없이 얼굴을 가리고 서 있으니 카라쇼가 고개를 갸우뚱 기울였다. 나는 더욱더 부끄러워졌다.

"내버려 두세요. 수치스러워하고 있는 거 아닙니까."

무심한 듯 툭 내뱉은 지그문트가 내 주위를 기웃거리는 카라쇼를 제 쪽으로 끌어당겼다. 카라쇼의 눈치가 모두 그에게 간 모양이었다.

예상치 못한 배려에 조금 놀란 눈으로 지그문트를 바라보았다. 잠시 나와 눈을 마주친 그는 얼마 지나지 않아 고개를 획 돌려 버렸다.

"아, 그랬던 건가! 미안하네. 내 아직도 이런 미숙한 실수를 한다니까. 진정됐을 때 말하게. 얼마든지 기다려 줄 수 있네!"

지그문트의 말에 머리 위에 느낌표를 띄운 카라쇼가 명랑하게 말했다. 카라쇼는 눈치는 없지만 좋은 사람의 표본인 것 같았다.

나는 한숨을 푹 쉬고는 마른세수를 했다. 가면이 살짝 덜그럭거렸다.

"됐습니다. 이제 괜찮습니다. 그런데…… 저와 함께 가시겠다고요?"

경계 서린 내 물음에 카라쇼는 고개를 끄덕였다.

"그래. 어차피 같은 곳에 가는데, 같이 가서 같이하는 게 좋지 않은가. 팀을 맺자고. 함께 토벌한 뒤의 소득은 똑같이 배분하겠네!"

카라쇼가 호탕하게 말했다. 그녀는 여전히 꿍꿍이속 하나 없이 맑은 낯이라, 나는 어쩐지 착잡해졌다.

"저번에 보시지 않았습니까. 저는 아직 많이 약합니다. 함께 가 봤자 도움이 안 될 겁니다. 그쪽이 손해입니다."

마수 토벌의 보수는 처리한 마수의 양에 따라 달라진다. 이 두 사람은 분명 나보다 많은 마수를 잡을 수 있을 터. 나는 별 도움도 안 될 것이다. 그 상황에서 똑같이 배분을 받는 건 명백히 카라쇼와 지그문트의 손해였다.

"나야 손해일 수 있지. 하지만 그대에겐 이득일 텐데. 우리도 정식 용병이라는 것을 하울에게 확인받지 않았나? 그럼 더는 의심스럽지도 않을 텐데 무어가 문제인가."

카라쇼는 손해를 보아도 상관이 없는 것처럼 말했다. 나를 향해 반짝거리는 검은 눈은 꼭 물질보다 내가 중요하다고 말하는 것 같아서, 나는 기분이 이상해졌다.

"……정말 그러셔도 되겠습니까?"

한참을 갈팡질팡 고민하던 나는 홀린 듯 되물었다. 여태까지 일확천금에 눈이 팔리는 인간들을 멍청하다고 생각했건만, 당사자가 되어 보니 알겠다. 자신이 손해를 보면서 내게 수익을 더 주겠다는 말은 너무 달콤했다. 당장 내일과 모레에 쓸 돈이 급했기에 더욱 그랬다.

"그럼. 나는 너와 함께하고 싶으니까."

카라쇼가 망설임 없이 답했다. 잠시 손가락을 꾸물거리던 나는, 결국 굳은 표정으로 고개를 끄덕였다.

이런 미끼 같은 조건에 넘어가도 호구, 이런 좋은 조건을 놓쳐도 호구다. 확률이 절반인 행운이라면, 나는 받아들이지 않고 후회하느니 받아들인 것을 후회하고 싶었다.

"좋아요. 그럼…… 같이 가요."

끝에 노예시장이 있을지라도, 나는 도박에 기회를 걸어 보기로 했다.

나와 카라쇼, 지그문트는 용병 길드를 나섰다. 다른 사람과 함께 나오는 건 오랜만이라 어색했지만 묘한 소속감이 느껴져 나쁘진 않았다. 내가 타고 갈 말을 빌리기 위해 마구간으로 발걸음을 옮길 때였다.

"어디 가는 게냐?"

"네? 말 빌리러 가죠."

카라쇼의 물음에 나는 당연스레 대답하며 고개를 기울였다. 작게 웃은 그녀는 그럴 필요 없다는 듯 고개를 젓고 내게 손짓했다.

"그럴 필요 없네. 우리에겐 훨씬 좋은 운송 수단이 있으니까."

카라쇼의 시선이 옆을 향했다. 그녀의 눈빛엔 자랑스러움이 묻어나 있었다.

"지그문트가 순간 이동을 할 줄 알거든."

나는 그 말에 빠르게 고개를 돌려 지그문트를 돌아보았다. 놀라움에 두 눈이 커졌다.

순간 이동은 정식 마법사들도 쉽게 사용하지 못하는 고위 마법이었고, 미려한 얼굴을 가진 지그문트는 10대 중후반쯤 되나 싶었다. 그 나이에 순간 이동 마법을 전개할 수 있다는 건 대단한 걸 넘어 경악스러운 일이었다.

"별것도 아닌 걸 필살기 자랑하듯 말하지 마시죠."

단호하게 일갈한 지그문트가 허리춤에서 제 검을 뽑더니 흙바닥 위에 마법진을 그리기 시작했다. 제자인 것치고는 무례한 말투를 구사하는데도 카라쇼는 껄껄 웃을 뿐이었다.

"부끄러움이 많아 저러는 거지 나쁜 아이는 아니다. 까칠하게 굴어도 부디 너 그렇게 넘어가 주자꾸나."

"쓸데없는 소리를."

'단순히 부끄러움이 없는 것으로 넘어가기엔…… 너무 싹퉁머리가 없는 거 아닌가.'

따사로운 불과 꽝꽝 얼은 얼음의 대치를 지켜보던 나는 떨떠름해졌다. 지그문트의 말투는 스승을 대하는 말투라기에는 신랄해 보였으나, 얼마 전 나를 대하던 것이 그의 기본 말투라고 생각하면 지금은 깍듯한 수준이긴 했다.

"안쪽으로 들어오시죠."

마법진을 완성한 지그문트가 손을 까딱였다. 카라쇼는 익숙하게 마법진 위에 섰고, 나까지 이끌어 주었다. 얼떨결에 순간 이동을 경험하게 된 나는 지레 겁을 먹고 황급히 카라쇼의 팔을 붙잡았다.

"저, 저 순간 이동은 처음입니다……! 많이 어지럽다고 하던데……!"

"응? 괜찮다! 많이 어지럽지 않아. 내 팔을 꽉 잡아라."

카라쇼가 자기 팔을 내주었다. 그 단단한 팔을 꽉 붙잡으니 조금은 안심이 되었다. 내가 입술을 꽉 깨문 채 옅은 두려움에 눈을 부릅뜰 때, 작은 미성이 들려왔다.

"눈 감아."

"뭐?"

투명한 보랏빛 눈동자에 내가 담겼다. 무심하게 나를 돌아본 지그문트는 마법진이 그려진 땅 위에 손을 얹었다.

"그편이 덜 어지러워."

나직한 목소리가 울리고, 발 아래로 환한 빛이 터져 나왔다. 나는 무심결에 눈을 꽉 감았다.

화아악.

처음 경험한 순간 이동은, 뭐랄까. 거인이 내 머리와 발을 잡고 행주의 물기를 짜듯 쥐어짜는 것 같았다. 나는 밀려오는 토기를 간신히 참았다.

"아이고, 괜찮으냐? 나도 처음엔 그랬지. 등이라도 두드려 주랴?"

어느새 공간이 뒤틀리고 보이는 광경이 달라졌다. 내가 비틀거리니 카라쇼가 빠르게 내 몸을 잡아 주었다. 나는 간신히 고개를 저었다.

"이런 약골을 데리고 뭘 할 수나 있을까 싶습니다만."

내 상태를 힐끗 본 지그문트가 카라쇼에게 말했다. 내가 분노로 이 어지러움을 극복하게 만들고 싶었다면 아주 성공적이었다고 말해 주고 싶었다.

나는 이를 악물며 카라쇼의 팔을 놓고 내 두 발로 곧게 섰다.

"이제 괜찮습니다. 가시죠."

나는 세모눈으로 지그문트를 노려보았다. 그렇게까지 개자식은 아닌가 싶을 때마다 그는 어김없이 입을 털어 굳이 제 이미지를 제 손으로 망쳤다. 이제 두 번째 만남이지만 저 주둥아리를 바늘로 정성스럽게 꿰매 버리고 싶었다.

눈싸움으로 신경전을 벌이는 나와 지그문트를 번갈아 본 카라쇼는 크게 웃음을 터트렸다.

"하하! 둘이 벌써 친해진 게냐! 역시 애들은 빨리 친해진다니까!"

'친해진다는 게 서로 치는 사이가 된다는 뜻인가.'

나는 무어라 반박하고 싶었으나, 말간 카라쇼의 얼굴을 보니 그게 무슨 의미가 있나 싶어졌다. 나는 카라쇼의 말을 듣자마자 곱씹을 가치도 없다는 듯 성큼 발걸음을 옮기는 지그문트를 따라 마을로 향했다.

마을에 도착해서 마을의 대표와 이야기를 마쳤다. 오늘은 마을에서 묵고 내일 토벌하러 가기로 합의를 봤기에, 오늘 밤은 그럴듯한 숙소에서 묵을 수 있었다.

'호수와 밀접한 지역이니 수중 마수들이 많겠죠. 그중 가장 까다로운 것이 쿠퍼일 텐데, 쿠퍼와 마주했을 땐 무조건 뭍으로 나와 석류즙을 몸에 바르세요. 쿠퍼는 뭍에서 힘이 약해질뿐더러 석류 향을 아주 싫어해서 웬만하면 물러갈 겁니다.'

카라쇼는 자야 하는 밤이 되기 전까지 마을 사람들을 모아 두고 마수에게서 살아남는 방법을 가르쳤다.

그녀가 가르치는 것은 무력이 없는 평범한 사람들도 따라 할 수 있는 것들이었다. 아직 마수 토벌 경력이 많지 않은 내게도 유용한 정보였기에 집중해서 들었다.

슬슬 어둠이 깔리고 마을 사람들이 모두 집으로 돌아갔을 때, 나는 조용히 사람이 없는 공터로 발걸음을 옮겼다. 오직 달빛만이 비추는 허허벌판에 선 나는 검을 뽑아 들었다.

'짐이 되고 싶지 않아.'

그 생각 하나가 내 마음을 무겁게 짓누르고 있었다. 하룻밤 연습한다고 실력이 느는 게 아님을 알면서도 나는 집착적으로 검을 휘둘렀다. 나는 약한 내 자신이 싫었다.

나는 대중도 없이 마구잡이로 검을 휘두르며 점점 가빠지는 숨을 골랐다.

"검은 그리 쓰는 것이 아니다."

"헉."

그리고 어느 순간 등 뒤에서 자애로운 목소리가 들려왔다. 나는 화들짝 놀라 검을 놓칠 뻔하고 빠르게 뒤를 돌아보았다. 이제는 익숙해진 인영이 그곳에 서 있었다.

"……카라쇼?"

"아직까지 들어오지 않았다기에 찾으러 나왔건만, 이리 무리를 하고 있었구나."

진주황색 머리칼이 달빛을 받아 반짝였다. 카라쇼는 성큼 내게 다가왔다.

"내가 좀 도와줘도 되겠나?"

나는 눈을 동그랗게 떴다. 안 그래도 요새 들어 검술 실력이 마음처럼 늘지 않아 스승의 필요성을 느끼고 있었는데, 이렇게 도와준다고 하니 고마울 따름이었다.

내가 고개를 붕붕 끄덕이자 살짝 웃은 카라쇼가 등 뒤에서 나를 감싸며 내 검을 함께 잡았다.

"조금 더 부드럽게 움직여야 한다. 검을 휘두른다고 생각하는 게 아니라, 검과 춤을 춘다고 생각하는 거야. 검은 한낱 날붙이가 아니다. 네 파트너야. 세상 모든 사람이 널 배신해도 네 검만큼은 너를 배신하지 않는다."

내 귓가에 낮게 속삭인 카라쇼는 유려하고 부드럽게 움직이기 시작했다. 그녀의 품에 안기다시피 한 나는 자연스럽게 그 움직임을 좇았다.

"네가 들고 있는 건 가장 단순하고도 강력한 무기다. 목표를 명확히 하지 않은 검은 무고한 피를 부른다. 검 끝이 향하는 곳이 어디인지 확실히 응시해라."

움직임이 빨라졌다. 물 흐르듯 매끄럽게 이어지는 동작은 행위 예술처럼 아름다웠다. 나는 그녀의 말을 빠짐없이 새겨들었다. 카라쇼의 몸에서 따뜻한 마나가

몽글몽글 새어 나오기 시작했다.

"네가 어째서 검을 잡고 있는지 생각해라. 무엇이 너를 강하게 만드는지, 한계를 돌파할 힘을 주는지 고뇌하기를 멈추지 말아라. 멈추면 고이고, 고인 물은 썩는다. 끊임없이 파헤치면!"

촤아악!

무딘 검날 위로 새하얀 오러가 개화하듯 피어났다. 처음 보는 아름다운 광경에, 나는 할 말을 잃고 신비롭게 일렁이는 오러를 멍하니 바라보았다.

카라쇼의 오러는 어둠 한 점 없는 하얀색이었다.

"그 끝에서 찾은 정답이 네 오러를 만들어 줄 거다."

카라쇼가 천천히 검을 내렸다. 경이로운 장면을 본 뒤 한참 멍하니 굳어 있던 나는, 그녀를 돌아보았다.

"왜 이렇게까지 절 도와주시는 겁니까?"

카라쇼는 내 스승이라도 되는 것처럼 나를 전력으로 도와주고 있었다. 나는 그것을 행운이라고 생각하는 동시에 의문을 느꼈다. 나를 물끄러미 내려다보던 그녀는 피식 웃으며 내 머리를 꾹 눌렀다.

"이게 내 정답이었다. 타인을 돕고 선을 추구하는 것이. 이것이 나를 강하게 만들었고, 내 행복이다."

올곧고 단단한 목소리가 선포하듯 말했다. 검은 두 눈은 혹시 거짓일지도 모른다고 의심하는 것조차 불경하게 느껴질 만큼 진실로만 가득했다.

입술을 뻐끔거리던 나는, 소심하게 중얼거렸다.

"……제가 이 은혜를 다 갚을 수 있을지 모르겠습니다."

카라쇼는 내 생명을 구해 주고, 자신이 손해 보면서 의뢰 수행을 함께해 주며, 검술 훈련을 도와주기까지 했다. 받은 도움이 너무 많아 다 갚을 엄두도 나지 않았다.

카라쇼가 껄껄 웃었다.

"만약 네가 나중에 너 같은 아이를 만나게 된다면, 내가 했던 것처럼 해 주어라. 이유 없는 호의 또한 존재함을, 사람은 재앙과 맞서 싸워서 이길 수 있음을, 외로울 땐 함께 있어 줄 사람이 있음을, 아플 때 스튜 한 그릇 내밀어 줄 사람이 있음을 알려 주거라. 그거면 충분하다."

나는 카라쇼의 말을 기억했다. 그리고 그리 살겠노라 결심했다.

달빛 아래 반짝반짝 빛나는 카라쇼는 존경할 이상향으로 삼기에 충분한 존재였다.

·-§⟡⟡§-·

시간은 빠르게 흘러갔다. 어느새 카라쇼, 지그문트와 함께 수행한 의뢰의 수를 두 손으로 다 꼽을 수 없게 되었고, 나는 빠르게 성장했다. 몸도, 마음도.

챙! 챙!

검날이 맞부딪히고, 날카로운 쇳소리가 울려 퍼졌다. 검을 잡은 손이 떨려 오고, 손목까지 얼얼해졌다.

"더 빨리 움직여! 쓸데없는 움직임은 죽여라!"

평소와 다르게 엄한 표정을 지은 카라쇼가 크게 소리쳤다.

올곧게 반짝이는 두 눈, 낮고 또렷한 목소리. 그녀는 처음 만났을 때와 똑같았다. 달라진 점이라고는 듬성듬성한 새치가 섞여 있던 짙은 오렌지색 머리칼이 그사이 온통 하얗게 세어 버렸다는 것뿐이었다. 제자가 둘로 늘어나며 기력을 많이 소진하고 있어서 그런 걸지도 몰랐다.

"집중해라!"

"윽!"

입꼬리를 굳힌 카라쇼가 내 검을 강하게 내쳤다. 일순 손에 힘이 풀리며 쥐고 있던 검이 날아가 땅에 꽂혔다.

'너무 강해······.'

몇 달간 거의 매일 카라쇼에게서 속성으로 검을 배웠으나, 카라쇼를 이길 가망은 조금도 보이지 않았다.

'카라쇼 머리가 하얗다 못해 파랗게 셀 지경이 돼도 못 이길 것 같은데.'

나는 욱신거리는 손목을 주무르며 작게 투덜거렸다.

"아주 잠깐 다른 생각을 한 것뿐입니다."

"그 잠깐이 생사를 가른다는 걸 모르느냐?"

"······알아요. 죄송합니다."

검술을 가르칠 때 카라쇼는 등골이 섬뜩할 정도로 엄하고 무서웠다. 단번에 꼬리를 내린 나는 풀이 죽은 채로 순순히 고개를 숙였다.

카라쇼는 울적해하는 나를 물끄러미 바라보다가 그제야 평소같이 온화한 미소를 지어 보였다.

"알면 되었다. 그래, 전투 중에 무슨 생각을 그렇게 했느냐? 평소엔 그러지 않으면서."

"별건 아니고······ 스승님 머리카락이 너무 빨리 세어 버렸다는 생각을 했습니다. 요즘 무리하고 계신 거 아닙니까?"

눈을 깜빡인 카라쇼가 제 머리칼을 쓱 쓸었다. 그녀의 투박한 손가락 새로 짙은 오렌지색 머리칼과 흰 머리칼이 뒤섞여 흩어졌다.

무엇이 그리 웃긴지 지긋한 나이와 어울리지 않는 쾌활한 웃음을 지은 그녀가 무어라 말하려 입술을 뗄 때였다.

"스승님의 급격한 노화에 가장 큰 기여를 한 천둥벌거숭이가 그런 말을 하는군."

등 뒤에서 들려오는 시린 목소리에 혈압이 급격히 치솟았다. 목소리만 들어도 머리에 열이 오르는데, 그 목소리가 담고 있는 내용은 어김없이 내 고혈압에 일조했다. 근 시일 내로 고혈압 약을 하나 지어야 할 지경이었다.

충직한 검이 되려 했는데 3

"내게 양보하는 건가? 배려심이 풍부하군. 가장 크게 기여한 사람은 너인 걸로 아는데, 지그문트 하이드."

나는 차가운 미소로 비죽거리며 지그문트를 돌아보았다. 나만큼이나 빠르게 성장하고 있는 그는, 이제 소년보단 청년에 더 어울렸다.

'그 미모만 시들면 바로 얼굴에 주먹을 갈겨 주지.'

나는 지그문트의 지독한 아름다움과 마주하고 또다시 굳게 결심했다. 시간이 갈수록 무르익어 가는 그의 미모가 시들 가능성은 만무했음에도 말이다.

"네가 온 뒤로부터 스승님이 무리하고 계신다. 양심이 있다면 보약 정도는 지어 와야 하는 거 아닌가."

갈 곳이 하수구밖에 없는 놈의 아가리 또한 무르익긴 마찬가지였다. 나는 느리게 숨을 들이쉬며 머릿속으로 검 종류를 달달 외웠다. 꽉 쥔 주먹을 그의 입에 찔러 넣지 않기 위한 노력이었다.

카라쇼는 첫 합동 의뢰가 끝났을 때, 내게 제자가 되지 않겠냐고 물었다. 나는 단번에 수긍했다. 이미 카라쇼에게 정이 든 뒤였고, 그녀를 닮고 싶었으니까. 카라쇼는 반짝반짝 빛나는 웃음을 지어 보이며 그 선택을 후회하지 않게 만들어 주겠다고 했다.

관계의 깊이가 무조건 함께 지낸 시간의 길이에 비례하진 않았다. 함께 지낸 건 고작 몇 달이었지만, 카라쇼와 나의 유대는 깊었다. 처음엔 어색하기만 했던 '스승님'이란 호칭도 이젠 익숙했다.

'하지만 이놈이랑은…… 애매하지.'

나는 유감이 많은 눈으로 지그문트를 꼬나보았다. 그와 눈을 맞추기 위해서는 고개를 가파르게 젖혀야 한다는 것까지 마음에 들지 않았다.

지그문트와 나의 관계는 애매했다. 둘 다 카라쇼의 제자였으나, 방금 전 대화만 보아도 친근함과는 거리가 멀었다.

'처음엔 생명의 은인이라고 대우해 줬지만…… 며칠 못 가고 때려치웠지.'

지그문트의 무질서한 혀 놀림은 도저히 두고 봐줄 수가 없었다. 그는 나와 눈만 마주쳐도 쓰레기를 툭 뱉어 냈다. 그 때문에 틈만 나면 싸우고 있었지만, 사실 나는 지그문트가 싫지 않았다. 오랜만에 만난 또래 친구를 싫어할 수 있을 리 없었다. 나는 그가 꽤 편했다.

문제는 나에 대한 지그문트의 감정이었다. 지그문트는 나를 껄끄러워했다. 티는 내지 않았지만 악의에 예민한 내게는 보였다. 그가 툭툭 뱉어 내는 인성 터진 말들엔 작은 가시들이 있었다.

'아마…… 카라쇼의 제자가 하나 늘었다는 것이 마음에 들지 않는 거겠지.'

그가 내게 태클을 거는 내용은 대부분 이것이었기에 모를 수가 없었다. 내가 없을 땐 지그문트가 카라쇼의 관심과 애정을 오롯이 받고 있었다. 혼자 독식하던 케이크를 갑자기 나타난 이방인이 한두 조각씩 앗아 가는 게 마음에 들지 않는 건 당연했다.

'그래도 나가라고 눈치를 주거나 직접적으로 괴롭히진 않으니까.'

나는 푹 한숨을 쉬었다. 지그문트는 정말 내가 싫다기보단 과도기를 겪고 있는 것 같았다. 내가 이곳에 적응하는 시간이 필요했듯, 그 또한 단둘뿐이던 세계의 확장에 적응할 시간이 필요할 터였다. 가끔 복잡한 눈으로 나를 바라보는 지그문트는 안쓰러울 정도였다.

"왜 나를 그런 눈으로 보는 거지? 불쾌하군. 대련 중에 머리를 맞은 건가? 아니, 얼굴을 맞았군. 처참하게 찌그러진 걸 보니."

내 눈빛을 본 지그문트가 미간을 찌푸렸다. 줄곧 가면을 쓰고 있는데 내 얼굴이 찌그러진 것을 어떻게 아는지 모를 일이었다.

'참아 주려고 해도.'

나는 머릿속에 팽팽하게 당겨져 있던 끈 하나가 툭 끊어지는 것을 느끼며 부드럽게 미소 지었다.

"그런 너는 복부가 왜 그 꼴이지? 흙먼지 묻은 게 꼭 한 대 걷어차인 것 같구

충직한 검이 되려 했는데 3

나."

"무슨 소리를 하는 거지. 멀쩡하다만."

"오, 정말?"

자기 몸을 내려다본 지그문트가 떫은 표정을 지었다. 나는 가증스럽게 놀란 표정을 지었다.

"그럼 이젠 어떠냐, 개자식아!"

퍽!

그리고 허공을 박차 올라 있는 힘껏 지그문트의 복부를 걷어찼다.

"미르! 지그문트! 그만둬라!"

지그문트가 반격하며 또다시 시작된 난투극에 카라쇼가 이마를 짚었다.

"둘이 계속 그러고 있을 건가?"

나와 지그문트를 번갈아 본 카라쇼가 한숨을 쉬었다. 동굴 한가운데 앉은 그녀는 늑대와 재규어를 합사하려다 처참히 실패한 사육사의 낯을 하고 있었다.

"무슨 소리신지 모르겠습니다."

얼굴에 커다란 반창고를 붙인 나는 모르는 척하며 고개를 휙 돌렸다. 동굴 안쪽 구석에 앉은 내 목소리가 동굴 안에서 웅웅 울렸다.

"전 이게 편합니다."

입가가 찢어진 지그문트가 무심한 낯으로 답했다. 동굴 밖으로 몸이 반쯤 걸치게 앉아 있는 그는 내가 앉아 있는 곳으로부터 약 15미터 떨어져 있었다. 동굴이어서 목소리가 울렸기에 망정이지, 다른 곳이었다면 목소리도 안 들렸을 터였다.

지그문트와 나는 서로가 세균이라도 되는 양 눈 한번 마주치지 않은 채 끝과

끝에 앉아 있었다.

"계속 그러면 둘이 1시간 동안 손잡고 있게 할 거다."

카라쇼가 눈을 부릅떴다. 사사건건 의견이 다른 나와 그였지만, 지금만큼은 따다 베낀 듯 똑같이 서로를 경멸스러워하는 표정을 지었다.

"차라리 죽여 주세요……."

나는 짜증스럽게 웅얼거리며 엉덩이 걸음으로 자리를 옮겼다. 오랜 가뭄으로 바짝 마른 지렁이 같은 속도였다. 지그문트는 일어나서 걸어왔으나, 속도는 나흘 굶은 거북이와 견줄 만했다.

"서로가 그렇게 싫으냐?"

모닥불 앞에 모이고서도 서로를 없는 사람 취급하는 나와 지그문트를 번갈아 본 카라쇼가 심란한 표정을 지었다.

카라쇼는 조화와 평화를 중요시 여기는 사람이었다. 제자라고는 둘밖에 없는데 그 둘이 사사건건 불협화음을 일으키니 착잡할 법도 했다. 무릎을 모으고 앉은 나는 입술을 꾹 물었다.

"저 자식이 저를 싫어하지 않습니까."

내 작은 목소리에 두 사람이 동시에 나를 돌아보았다. 나를 담는 지그문트의 보랏빛 두 눈은 악의가 아니라 묘한 동요를 담고 있었다. 차라리 그가 진심으로 나를 싫어했다면 편했을 것이다. 나도 같이 싫어하면 그만이니까. 하지만 저런 반응을 보이면 내가 그를 괴롭히는 악역이라도 된 것 같았다.

"나는……."

답지 않게 당황스러운 기색을 보인 지그문트가 머뭇거렸다. 그가 무어라 말하려 할 때, 눈을 부릅뜬 카라쇼가 무언가 느낀 것처럼 자리에서 벌떡 일어섰다.

"둘 다 검 들어라!"

스르릉.

소름 끼치는 쇠붙이 소리와 함께 카라쇼의 검이 달빛을 받아 빛났다. 나 또한 급하게 검을 뽑았다. 아직 소드 엑스퍼트인 카라쇼처럼 직감이 날카롭진 않았으나, 카라쇼의 태도에서 심상치 않은 일이 일어나려 한다는 것을 알 수 있었다.

크르릉…….

얼마 지나지 않아 짐승 특유의 거친 울음소리가 들려왔다. 나는 침을 꿀꺽 삼키며 동굴 밖을 노려보았다.

병든 하이에나를 닮은 외양. 윤기 없이 뻣뻣한 검은 털 사이로 뚝뚝 떨어지는 녹색 액체. 사방으로 풍기는 악취에 머리가 어지러울 지경이었다. 길고 날카로운 송곳니는 꼭 갈고리 같았다. 적의로 가득한 붉은 눈과 마주한 나는 급하게 숨을 들이쉬었다.

넘쳐흐르는 압생트, 큐베라였다.

"……큐베라의 독이 일정량 이상 피부에 묻으면 곤란해진다는 거 기억하겠지. 너희는 직접 상대할 생각은 하지 말고 놈이 달려들면 독이 묻는 걸 피하기만 해라."

나와 지그문트를 막고 선 카라쇼가 단호하게 말했다. 큐베라는 온몸에 독이 흘렀기에, 실제로는 그리 강하지 않지만 상대하기 까다로운 마수 중 하나였다. 큐베라를 막아선 넓은 카라쇼의 등은 단단한 벽처럼 든든해 보였다.

크앙!

독이 섞인 역겨운 침을 뚝뚝 흘리던 큐베라가 카라쇼에게 달려들었다.

쉬익!

그녀가 검을 크게 휘둘렀다. 새하얀 오러가 검은 몸체를 베었다. 사방으로 녹색 액체가 튀어 올랐다. 미처 피하지 못한 독 한 방울을 맞은 뺨이 마취제라도 맞은 것처럼 뻐근해졌다.

"지그문트!"

"점화!"

카라쇼의 부름에 지그문트가 재빠르게 화염 마법을 전개했다. 합을 한두 번

맞춰 본 솜씨가 아니었다.

"미르!"

나를 부르는 목소리에, 나 또한 움직임이 더뎌진 큐베라를 향해 거침없이 검을 던졌다. 예쁜 포물선을 그리며 창처럼 날아간 검이 큐베라의 몸통을 관통했다. 큐베라가 기괴한 울음소리를 냈다.

지그문트만큼은 아니었지만, 나 또한 카라쇼와 합을 맞추는 것에 익숙해져 있었다.

쿠에에엑!

큐베라가 거칠게 몸부림치며 나를 향해 돌진했다. 몸 한쪽이 지져지고 검에 꿰뚫린 뒤에도 움직이는 괴물은 끔찍했다. 큐베라의 또 다른 특징은 지독한 생존력이었다.

"피해라!"

카라쇼의 외침과 함께 나는 앞구르기로 아슬아슬하게 큐베라를 피했다. 피하는 새에 큐베라의 몸에 꽂힌 검을 거칠게 뽑아내자, 검은 피와 녹색 독이 함께 솟구쳐 내 얼굴을 적셨다.

나는 얼굴이 타는 듯한 통증을 느끼며 이를 악물었다. 그나마 가면을 쓰고 있어서 다행이었다. 한동안 얼굴이 부어 눈도 뜨지 못하겠지만, 이 정도면 목숨이 위험한 수준은 아니었다.

가볍게 기합을 지른 카라쇼가 큐베라를 향해 하얀 오러를 날렸다. 화염 마법으로 지져진 피부에 다시 한번 공격을 맞은 큐베라의 몸이 기괴하게 뒤틀렸다. 비틀거리던 괴물은 풀썩 쓰러졌다.

'죽었나……'

나는 긴 한숨을 뱉으며 고개를 숙여서 와이셔츠 자락으로 얼굴에 묻은 독을 닦아 냈다. 흰 와이셔츠 위로 녹색 물이 들었다. 독이 콧속으로도 들어간 건지 숨을 쉬는 게 조금 힘들었다.

충직한 검이 되려 했는데 3

"미르! 괜찮으냐!"

창백해진 카라쇼가 급히 내게로 달려왔다. 얼굴에 독을 뒤집어쓴 내게로 그녀의 모든 신경이 쏠렸다. 나는 땡땡 부어오르기 시작했을 얼굴이 얼마나 못났을지 상상하면서 어색하게 웃으며 눈을 굴렸다. 그리고 두 눈에 들어온 광경에 뻣뻣하게 굳었다.

'죽을 줄 알면서도 걸어야 하는 길이 있다.'

언젠가 카라쇼에게서 들은 가르침이었다. 그녀는 언제고 내 나침반이었다.

팟.

망설임은 짧았고, 실행은 즉시였다. 나는 두 발에 어설프게 마나를 두르고 전속력으로 뛰며 팔을 뻗었다.

콱.

긴 송곳니가 피부를 뚫었고, 붉은 것이 터졌다. 뻗은 팔에 참을 수 없는 고통이 퍼졌다.

"허억."

나는 비명조차 지르지 못하고 숨을 몰아쉬었다. 지그문트에게 달려들던 큐베라는 내 팔을 물고 모든 힘을 다한 듯 숨을 멈췄다.

커진 보라색 눈동자 표면에 내가 담겼다. 예쁜 붉은색 입술이 떨려 왔다. 지그문트의 포커페이스가 산산이 부서지는 것을 본 건 이번이 처음이었다.

인격도 되먹지 못하고, 말하는 법도 모르는 개자식이다. 나는 역시 지그문트가 마음에 들지 않았으나, 그럼에도 그를 싫어할 수 없었다.

"빚은 갚았다, 개새끼야."

해일처럼 몰려오는 고통을 꾹 누른 나는 입꼬리를 한껏 올려 얄미운 미소를 지어 보였다. 시야가 핑 돌고, 몸이 기울어졌다. 부어오른 얼굴로 인해 팽팽해졌던 가면의 끈이 끊기며, 여태껏 꽁꽁 감추었던 얼굴이 공교롭게도 지금 드러났다.

단단한 팔이 거의 넘어간 내 몸을 아슬아슬한 타이밍으로 안아 들었다.

"이 미친 새끼가 진짜!"

감정 없는 기계처럼 굴던 지그문트가 처음으로 원색적인 욕설을 내뱉었다. 속이 시원해진 나는, 위급한 상황임에도 나직한 웃음을 뱉었다.

내가 눈을 감기 전 마지막으로 본 것은 사정없이 일그러진 지그문트의 얼굴이었다.

· — ⸱⸳⸴☙⸵⸳⸱ — ·

"으음……."

나는 갈라진 목소리로 앓는 소리를 내며 천천히 눈을 떴다. 낯선 천장이라 멍하니 눈을 끔뻑이다, 마지막 상황을 떠올리고 탄식을 뱉었다.

'큐베라한테 물리고 바로 기절했지…….'

얼굴은 아직 욱신거렸지만 몸 상태는 놀라울 정도로 좋았다.

'아리아가 놀랐을 것 같은데. 빨리 돌아가야겠네.'

마음이 조급해져서 침대를 짚으며 힘껏 몸을 일으켰다. 그리고 마주친 두 눈에 흠칫했다.

"……지그문트 하이드?"

어두운 방 창문 틈새로 새어 들어오는 달빛 한 줄기만이 어두운 방을 비추고 있었다. 달빛을 등진 지그문트의 얼굴엔 짙은 그림자가 드리워져 있었는데, 신비로운 보랏빛 눈동자는 어둠 속에서도 요요하게 빛나고 있었다.

"스승님은 어디 가고 혼자 있냐?"

나는 머리를 긁적이며 여상스럽게 물었다. 날이 어두운 걸 보아 큐베라에 물렸던 그날에서 적어도 하루는 지났을 터. 설마 하루 종일 내 곁을 지킨 건가 하는 의문이 스쳤으나, 이내 실소를 뱉으며 그 생각을 부정했다.

지그문트가 내 병간호를 한다니, 상상도 되지 않았다.

"……면역력 향상에 좋은 약초를 캐러 가셨다."

"엑. 나 때문에? 나 멀쩡……."

"너는!"

그는 언성을 높이며 내 말허리를 뚝 잘라먹었다. 나는 눈을 등잔만 하게 뜬 채로 지그문트를 바라보았다.

겨울이 의인화된다면 그 이름은 지그문트일 거라고 생각했다. 그는 체향부터 분위기까지 온통 겨울을 닮았다. 사뿐히 떨어지는 눈송이처럼 고요했고, 뼈를 꿰뚫고 스며드는 한파처럼 차가웠다.

결코 격한 감정을 내보이지 않는 얼어붙은 포커페이스가 재수 없다고 느낀 건 한두 번이 아니었다. 지그문트가 내 앞에서 언성을 높인 건 이번이 처음이었다.

"생각이라는 게 있는 건가? 그 상황에서 대체 왜 나선 거지? 네가 나보다 독 저항력이 높을 것 같았나? 나약한 네가? 네놈 도움 같은 건 필요 없었다! 하, 은혜를 갚아? 그러면 내가 좋아할 줄 알았나!"

"오……."

지그문트가 와르르 토해 내는 말을 가만 듣고 있던 나는 침대 옆에 있던 의자를 집어 들었다. 부드러운 미소가 입가에 피어났다.

"이제 막 병석에서 일어난 사람을 고혈압으로 다시 눕히고 싶어 하는 네 인성 잘 봤다. 그래. 내가 아팠다 일어나니까 더 쉽게 이길 수 있을 것 같냐? 아니다, 이 악마야."

큐베라에게 대신 물려 줬으니 고마워 빌빌거릴 거라고 생각하진 않지만, 이 건 너무하지 않나.

우선 체어샷부터 날리고 볼 생각으로 의자를 머리 위로 드는데, 지그문트가 한 손에 제 얼굴을 묻었다. 푹 숙인 뒷머리가 어쩐지 애처로워 보였다.

"너는…… 나를 구하면 안 됐다."

오랜 가뭄에 갈라진 땅처럼 버적거리는 건조한 목소리. 하지만 왜일까, 나는 그 목소리에 물기가 어린 것 같다고 느꼈다.

그를 물끄러미 바라보던 나는 살며시 의자를 내려놓았다. 그는 이미 충분히 아파 보였다.

"나는 살아남아선 안 됐던 사람이다. 거기서 죽어야 했다. 너는 분명 나를 살린 걸 후회…… 크윽!"

빠악!

시원한 소리와 함께 지그문트가 신음을 뱉었다. 그의 고개가 90도로 꺾였다. 때린 당사자인 나도 순간 그의 목이 부러진 건가 싶어 흠칫했다.

'풀 파워는 너무 심했나.'

나는 그의 얼굴을 갈긴 손을 두어 번 털어 냈다. 옅은 죄책감이 들었지만, 후회는 하지 않았다. 아무리 치고받으며 싸워도 그의 얼굴만큼은 때리지 않던 내가 처음으로 그의 얼굴을 때린 순간이었다.

"야."

낮게 깐 목소리로 불러도 지그문트는 고개를 들지 않았다. 코를 가린 손 틈새로 붉은 것이 힐끗 보이는 걸 보아 코피가 터진 것 같았다. 많이 아프겠지만 사과할 생각은 없었다.

"너, 스승님 앞에서도 그런 소리 하면 그땐 얼굴에 박히는 게 주먹이 아니라 검일 거다."

나는 지그문트와 카라쇼 사이에 무슨 일이 있었는지 자세히 알지 못했으나, 대강 짐작은 하고 있었다. 설원에서 죽을 뻔한 지그문트를 살린 게 카라쇼라는 사실을.

나는 카라쇼를 존경했고 그녀의 선택을 신봉했다. 내가 생각해도 맹목적인 믿음이라고 할 수 있을 정도였다.

지그문트는 마음에 안 드는 자식이지만, 그녀가 살렸다면 이유가 있을 터. 카라쇼의 선택이 잘못됐다고 하는 건 참을 수 없었다.

"……너는 아무것도 모른다."

"그래. 네가 아무것도 말해 주지 않으니까."

침대에 깊이 몸을 기댄 채 깍지 낀 두 손으로 뒷머리를 받치며 여상히 말했다.

지그문트가 입을 꾹 다물었다. 그가 입을 닫는 모습이야 익숙했다. 그는 내게 자신에 대해 얘기하는 법이 없었으니까.

"하지만 하나는 알아. 넌 아직 살고 싶잖아."

지그문트가 휙 얼굴을 들었다. 그의 얼굴은 코피가 번져 엉망진창이었다. 저런 꼴을 보면 속 시원할 거라고 생각했건만, 이상하게도 마음이 불편했다.

"……무슨."

"죽을 날만 기다리는 놈은 그렇게 살지 않아. 너는 지쳐 보이지만, 죽고 싶진 않은 것 같아."

보랏빛 원 중심에 박힌 검은 원이 요동쳤다. 나는 나직하게 웃었다.

"인정하긴 싫지만 나도 네가 살길 바랐어."

내가 막아서지 않았다면 큐베라는 지그문트의 목덜미를 물어뜯었을 것이다. 나는 그 순간 그가 죽는 걸 보느니 내 팔을 버리는 게 낫다고 생각했다. 그건 카라쇼에게 배운 신념이기도 했지만, 동시에 내 의지이기도 했다.

"그러니까 감사 인사나 해, 지푸라기야."

솔직히 털어놓고 나니 괜히 민망해져서 아무렇지 않은 척 넉살을 늘어놓았다. 그때까지도 말이 없던 지그문트는, 내가 자리에서 일어나려 할 때에야 입술을 열었다.

"싫어한 적 없다."

"……뭐?"

나는 멈칫하며 그를 휙 돌아보았다.

"네 존재가 어색했다. 스승님이 신경 쓸 거리가 하나 더 늘었다는 게 껄끄럽기도 했다. 하지만 널 싫어한 적은 단 한 번도 없다."

그에게 들을 거라고는 상상치도 못한 말이었다. 내가 기묘한 감정에 휩싸여 굳어 있을 때, 지그문트가 자리에서 일어섰다.

"잊지 않는다."

스쳐 지나가듯 희미한 목소리였으나 나는 분명히 들었다. 지그문트는 내가 무어라 답하기도 전에 빠른 걸음으로 문을 향해 갔다.

"야, 야! 잠깐만!"

내 다급한 걸음에 지그문트의 걸음이 우뚝 멈췄다. 부른다고 멈춘 것만 해도 굉장한 발전이었다. 그가 무심한 표정으로 나를 돌아보았다.

나는 엉성하게 고쳐져 있는 가면을 벗었다. 이번엔 내 손으로였다. 의원에게 나를 보이며 내 정체를 지켜 주기 위해 기절한 내게 다시 가면을 씌워 준 것 같았는데, 카라쇼는 손재주가 상당히 좋았으니 이 엉성한 복원은 분명 지그문트의 솜씨였다.

"내 이름, 카슈미르야. 슈슈라고도 불러."

나는 처음으로 내 진짜 이름을 입에 담았다. 지그문트의 눈이 커졌다. 한참 나를 응시하던 그는, 느리게 입술을 열었다.

"……지그문트. 지그문트 하이드다."

만난 지 몇 개월 만에 제대로 된 통성명이었다. 지그문트는 그 말만 남기고 빠르게 병실을 나섰다.

나는 반듯한 뒤통수가 사라진 곳을 물끄러미 바라보다 시원하게 웃었다.

"끝까지 고맙다는 말은 안 하네."

늘 그랬다. 지그문트는 감사 인사를 하지 않았다.

충직한 검이 되려 했는데 3

카라쇼, 지그문트와 함께 다니게 된 지도 벌써 1년이 지났다. 나는 망토 주머니에 왼손을 꽂고 여느 때와 같이 용병 길드로 발걸음을 옮기다, 인파 사이에서 익숙한 얼굴을 발견했다.

'헤엥.'

짓궂은 마음이 든 나는 기척을 완전히 죽인 채 살금살금 발걸음을 옮겼다. 바로 등 뒤에서 불쑥 기척을 드러내며 어깨를 짚으려 할 때, 낮은 목소리가 들려왔다.

"가능할 거라고 생각하고 시도하는 건가."

그는 돌아보지도 않고 나임을 알아차렸다. 나는 짜증스럽게 앓는 소리를 내며 두 손을 내렸다.

"김새는군. 나인 건 어떻게 알았지?"

내가 그의 옆으로 향하고, 그가 보폭이 좁은 내게 맞춰 속도를 줄이는 것까지 무척 자연스럽게 이어졌다. 그만큼 그와 내가 서로에게 익숙해졌다는 뜻이었다.

"너는 그냥 느낄 수 있다."

짙은 보랏빛 눈동자가 내게로 시선을 맞추었다. 하얀 반가면을 쓰고 있어도 느낄 수 있는 지독한 아름다움. 더 깊고 짙어진 그의 두 눈이 시간의 흐름을 말해주었다.

'그러고 보면 이 자식 말투도 많이 다듬어졌지.'

지그문트의 말투는 여전히 재수 없었으나, 이전의 상종 못할 지옥의 아가리에 비하면 확실히 발전했다. 나는 새삼스레 작년을 떠올리며 치를 떨었다. 아직도 자주 싸우긴 했지만, 이 또한 작년에 비하면 명확히 횟수가 줄었다.

"자식. 많이 컸다."

"갑자기 무슨 소리지?"

"그냥 만난 지 얼마 안 됐을 때가 생각나서."

나는 미심쩍게 묻는 지그문트를 보며 여유롭게 깍지 낀 두 손으로 머리를 받쳤다.

"보기만 하면 늘 싸웠잖냐. 그땐 네가 세상에서 제일 나쁜 사람인 줄 알았는데."

지그문트가 짧게 헛웃음을 뱉었다. 나 또한 치기 어렸던 생각임을 알았기에 피식 웃었다.

"그럼 지금은 어떻게 생각하지?"

"음?"

나는 눈을 깜빡였다. 지그문트는 예전에 비해서 표현이 늘긴 했지만, 이런 걸 물어본 적은 거의 없었다. 나는 조금 신기하다 생각하며 천천히 입술을 열었다.

"그야 지금은……."

"악! 사, 살려 주세요!"

거리를 가로지르는 비명에 그와 나는 단번에 얼굴을 굳혔다. 우리는 소리가 난 쪽으로 황급히 고개를 돌렸다.

"하…… 이놈이 마차를 막았다고?"

"네. 갑자기 마차 앞으로 뛰어들어서…… 급정지할 수밖에 없었습니다."

마부로 보이는 자가 열 살 남짓 되어 보이는 애를 대롱대롱 들고 있었고, 얼핏 보아도 귀족인 남자가 검은 커피가 묻은 제 옷을 짜증스럽게 털어 내고 있었다. 상황을 보아 마차에서 커피를 마시다 급정지로 인해 쏟으며 아이에게 화살이 돌아간 것 같았다.

"정말 죄송해요! 급한 일이 있어서……!"

"네 이놈! 이 옷이 어떤 옷인 줄 아느냐! 네가 살면서 구경 한번 못 해 볼 암브로시오의 비단으로 만든 진귀한 것이란 말이다!"

남자가 호통을 쳤다. 큰 소리를 들은 아이가 파드득 몸을 떨며 눈을 질끈 감았다. 감긴 두 눈 사이로 투명한 물방울이 비쳤다.

"어떻게 할까요, 남작님."

발버둥 치는 아이의 옷자락을 단단히 붙잡은 마부가 물었다. 거친 숨을 내쉰 남자가 마부의 손에 들려 있던 말채찍을 뺏어 들었다.

"내가 직접 손봐 주지."

새파랗게 질린 아이의 조막만 한 얼굴이 눈물로 가득 젖었다.

"살려 주세요! 제발요! 어, 어떻게든 갚을게요! 도와주세요!"

아이가 소리쳤으나 소란으로 모여든 인파 사이에서 누구도 나서지 않았다. 모두 웅성거리면서도 방관할 뿐이었다.

이 시간에 거리를 지나가는 이들은 보통 평민들이었고, 신분 차이가 명확한 제국에서 평민이 귀족에게 반기를 드는 건 미친 짓이었다.

쉬이익!

미친 짓은 미친 사람이 해야 맞았다.

지지직.

"으악!"

내 허리춤에서 뽑힌 단도가 인파를 빠르게 가로질러 마부가 붙잡고 있던 아이의 옷자락을 찢고 벽에 박혔다. 기겁한 마부가 빠르게 손을 물렸다. 마부의 손에서 풀려난 아이는 눈을 휘둥그레 뜨고 주위를 획획 둘러보다, 나와 눈이 마주쳤다.

'도, 망, 가.'

나는 또렷하게 입 모양을 만들어 보였다. 또다시 눈물이 그렁그렁해진 아이는 고개를 꾸벅 숙이더니 혼란스러워진 틈을 타 빠르게 도망쳤다.

"누구냐!"

귀족이 주위를 두리번거리며 무섭게 소리쳤다. 이젠 도망간 아이가 아니라 단도를 던진 사람에게 모든 화가 쏠린 것 같았다.

'사람이 워낙 많아서 내가 범인이라는 걸 알아차리진 못하겠지만…… 혹시라도 나 때문에 애먼 사람이 피해를 보면 안 돼.'

나는 짧게 심호흡을 했다. 저런 부류의 귀족들이야 잘 알았다. 우월한 지위로 사람들을 짓누르기 좋아하고, 화풀이로 사람을 괴롭히는 저열한 인간들 말이다. 나가서 몇 대만 얻어맞아 주면 끝날 일이었다.

내가 손을 들고 나서려고 할 때, 나보다 더 빨리 손을 든 사람이 있었다.

"접니다."

나는 눈을 부릅뜨고 옆을 돌아보았다. 돌아가는 상황이 이해가 되지 않았다.

나를 대신해서 나선 사람은, 다름 아닌 태연한 표정의 지그문트였다.

"너…… 미쳤어?"

나는 입을 찢어져라 벌리고 다급하게 속삭였다. 지그문트의 표정은 수 세기 동안 도를 닦아 온 사제처럼 태연해서 내 혈압은 더욱 수직 상승했다.

"하! 딱 봐도 평민이군! 그 우스꽝스러운 가면은 뭐지? 연극이라도 하는 거냐?"

남작이 가면을 비웃었다. 나와 지그문트의 표정이 동시에 굳었다. 그와 내가 쓴 가면은 카라쇼의 선물이었으니까.

"이리 나오지 못할까! 그 꼬맹이 대신 널 손봐 주지!"

남작이 날카롭게 소리쳤다.

'저열한 놈.'

이를 으득 간 내가 검을 잡고 나서려 할 때.

우뚝.

익숙한 기운의 마나에 휩싸인 몸이 메두사의 눈을 정통으로 본 사람처럼 딱딱하게 굳었다.

"금방 다녀오지."

툭.

지그문트가 내 어깨를 두드리고 발걸음을 옮겼다. 그의 소행이었다.

그를 향해 욕을 기관총처럼 갈기고 싶었으나, 혀까지 굳은 탓에 말을 할 수가

충직한 검이 되려 했는데 3

없었다. 나는 마나를 울려 지그문트에게 전언을 보냈다.

「아! 이거 안 풀어? 왜 끼어드는데! 감자밭에 묻혀서 쑥쑥 자라 보고 싶냐? 온몸에 토마토소스 바르고 식인종 마을에 떨어져 볼래? 하수구에 얼굴 집어넣고 동요 완창할 놈……!」

「몸이 굳어도 그 성질은 안 죽는군. 얌전히 있어라.」

어쩐지 웃음기가 섞인 것 같은 말투와 함께 연결이 뚝 끊겼다. 일방적인 교신 거부였다.

걱정과 다급함, 빡침을 한 번에 느낀 나는 그의 결박에서 벗어나기 위해 몸부림치기 시작했다.

정말 인정하기 싫지만 아직은 지그문트가 나보다 강했다. 그의 결박에서 벗어나기 위해선 시간이 필요했다.

내가 치를 떨며 몸부림치는 사이, 지그문트는 남작 앞에 섰다. 지그문트는 분명 평민일 텐데도 위압적이고 고귀한 분위기를 가지고 있었다. 딱 얼굴만 봤을 때 용병이 아니라 비극적인 사연을 숨기고 있는 황자 같았다. 남작도 그걸 느낀 건지, 지그문트를 보고 흠칫 몸을 떨었다.

"너, 너 귀족 시해가 얼마나 무거운 죄인지 아나? 내게 칼을 던진 죄로 순찰대에 넘어가면 너는 곧장 감옥행이다!"

'염병, 새끼손톱만큼도 안 베였으면서!'

나는 단도의 끝을 아이의 옷자락에 정조준했고, 남작은 아이에게서 1미터도 더 떨어져 있었다. 귀족 시해라는 죄목은 순 억지였다.

'하지만 순찰대에게 가면…… 순찰대는 정황도 살피지 않고 남작의 손을 들어 주겠지.'

뭣도 없는 평민 용병 나부랭이와 비싼 옷을 입은 남작. 순찰대가 누구의 손을 들어 줄지는 너무도 명백했다. 나는 잘 움직이지 않는 이로 입술을 짓씹었다. 발악하듯 몸부림친 덕분에 서서히 마법이 풀리고 있었다.

지그문트가 남작을 물끄러미 내려다보았다. 투명한 자수정 같은 두 눈은 늘 그렇듯 차가운 온도에 머물러 있었으나, 평소와 조금 다른 빛을 띠고 있었다.

완벽한 무생물을 보는 눈빛. 살아 있는 인간의 눈이 아니라 얼어 죽은 시체의 눈 같았다. 창백하고, 무감각했다. 내겐 보여 주지 않는 눈빛이었다.

나는 순간 지그문트가 아니라 남작을 걱정했다. 지그문트는 개미 밟아 죽이듯 아무렇지 않게 남작을 개박살 낼 것 같았다. 지그문트를 가로막아야 하나 혼란스러워하던 찰나.

"죄송합니다."

지그문트가 허리를 굽혀 사과했다. 나는 정지 마법으로 인해 굳었던 것보다 더 뻣뻣하게 굳었다. 내 눈으로 본 것을 믿을 수 없었다.

나는 근 1년간 지그문트가 사과하는 것을 단 한 번도 본 적이 없었다. 용병 일을 하며 만났던 사람들에게는 물론이고, 내게도, 심지어는 카라쇼에게까지도 사과하지 않았다.

물론 애초에 지그문트가 사과할 만한 일을 만들지 않는 사람이기도 했다. 완벽을 추구했고, 쉬이 흐트러지는 법이 없었으니까.

'제가 책임지겠습니다. 뒤탈은 없을 겁니다.'

정말 드물게 사과해야 하는 상황이 생겨도 지그문트는 사과하지 않았다. 대신 물러서지 않고 자신의 과오를 마주하며 이성적인 대책을 얘기했다. 공연히 사과를 뱉지 않는 것은 그의 긍지였다.

그런 그가 허리를 숙여 사과하는 모습은 누군가 거대한 망치로 내 머리를 내리친 것 같은 충격을 주었다.

"사, 사과만 하면 단 줄 알아!"

지그문트의 기에 눌려 있던 남작은 지그문트가 숙이고 들어가자 금세 의기양양해졌다. 자신이 조금 전 받은 사과가 얼마나 무거운 것인지는 꿈에도 모를 터였다.

"겨우 그런 말로 더러워진 내 옷과 명예의 몫을 치를 수 있다고 생각하냔 말이다!"

남작이 무례하게 삿대질하는 와중에도 지그문트는 무심한 표정을 유지했다. 그는 정말 아무렇지도 않아 보였으나, 나는 멀쩡한 당사자 대신 격노했다.

'왜 이렇게까지 하는 거지?'

내가 벌인 일이었다. 그가 그리도 미련하다 칭하던 이유 없는 이타였고, 그 미련함에 대한 책임은 내가 지는 것이 맞았다.

지그문트는 상냥함이나 이타심과는 거리가 먼 사람이었다. 그런 그가 나를 대신해 책임을 지고 나선 이 상황을, 나는 이해할 수 없었다.

"어떻게 책임을 지면 되겠습니까."

지그문트가 고저 없는 목소리로 물었다. 남작이 염병을 떨면서도 저도 모르게 지그문트의 눈치를 보는 것에 비해, 지그문트는 변함없이 태연했다. 분명 굽히고 있는 상황임에도 관계의 우위는 지그문트가 쥐고 있는 것 같았다.

"……하! 책임을 지겠다고!"

남작이 거만하게 코웃음을 쳤다. 무서워서 덜덜 떨고 있는 주제에 자존심은 못 버리는 모양이었다. 잠시 두리번거린 그는, 이내 자신이 쥐고 있는 말채찍을 내려다보았다. 그리고 저열하게 웃었다.

"이걸로 내 속이 풀릴 때까지 맞으면 용서해 주지."

남작은 내 예상보다 잔인한 인간이었다. 나는 헛웃음을 뱉었다.

남작은 무력이 없는 일반인이었다. 지그문트라면 단번에 그를 제압할 수 있었다. 아무리 지그문트가 굽히고 있다고 해도 저런 말에 수긍할 리 없었다.

지그문트는 물끄러미 채찍을 내려다보았다. 말을 치던 채찍으로 맞으라니, 그건 그를 가축 취급하는 것과 다름없었다. 나는 분노한 지그문트가 남작을 메쳐 버릴지도 모른다고 생각했다.

"그러죠."

그리고 그것까지도 오산이었다. 지그문트가 가볍게 뒷짐을 지고 섰다. 기사들이 얼차려를 받을 때 취하는 자세였다.

"이번 일은 이걸로 끝입니다."

그가 담담하게 고개를 숙일 때, 나는 여태껏 내 머릿속에 쌓아 둔 지그문트에 대한 판단이 와르르 무너지는 것을 느꼈다. 사고 회로가 고장 나 몸부림치는 것도 잊고 멍하니 그를 바라보았다.

지그문트의 담담한 순응에 남작은 이겼다는 표정을 지어 보였다. 권력과 폭력으로 사람을 짓누르며 즐거워하는, 끔찍한 인간이었다. 헤벌쭉 웃은 남작이 채찍을 든 손을 높이 들었다.

'안 돼.'

눈앞이 새하얗게 질렸다가, 뇌가 뒤틀리듯 아프기를 반복하다 결국 생각이 한곳에 집중되었다. 나는 반쯤 정신을 놓은 채 내 몸 속의 마나를 터트리듯 방출시켰다.

짝!

날카로운 파공음과 함께 남작이 아무렇게나 휘두른 채찍이 지그문트의 뺨을 길게 긁었다.

스르릉.

"그거 내려놔."

그와 거의 동시에 정지 마법을 찢어발긴 내가 날아가듯 달려가 남작의 목에 검을 겨누었다.

"히이익!"

공포에 질린 남작이 채찍을 던지듯 손에서 놓았다.

'지그문트.'

지그문트의 앞을 막아선 나는 고개를 돌려 그의 상태를 확인했다. 그의 왼쪽 뺨을 크게 가로지른 상처는 그리 깊지 않았으나, 그렇다고 얕지도 않았다.

　　　　　　　　　　　　　　　　　　　　충직한 검이 되려 했는데 3

나조차도 지그문트의 얼굴엔 주먹 한 번 갈긴 게 다였건만, 이런 치가 그의 얼굴에 저런 상처를 낸 건 용납할 수 없었다.

"당신은 누군데……!"

"이 자식은 내 샌드백이란 말이다!"

머리가 회까닥 돈 나는 지그문트를 향해 삿대질하며 크게 소리쳤다. 남작도, 지그문트도 멈칫했다.

"이 자식은 패도 내가 패고 죽여도 내가 죽인다! 건드리지 마라!"

친우라고 보기엔 사이가 나쁘고, 우정이라고 보기엔 투박하다. 나는 지그문트를 비 오는 날 먼지 나도록 패 보고 싶다는 생각을 자주 해 왔다. 하지만 그건 언제까지나 '내가' 손봐 주고 싶었다는 거다. 다른 사람이 그를 건드리는 건 참을 수 없었다.

내 고함에 남작의 표정이 멍청해졌다.

나는 거세게 숨을 내쉬어 분노를 누르고 천천히 검을 내렸다. 마음 같아선 남작의 얼마 없는 머리털을 다 쥐어뜯어 버리고 싶었지만, 이곳에는 목격자가 너무 많았다. 이 일이 카라쇼의 귀에 들어가면 나는 당신의 제자가 이렇게 철이 없다는 것이 치욕스럽고 죄송해서 그만 자결해 버릴지도 몰랐다.

감정이 폭발해 일을 벌이기 전에 지그문트를 들고 가려 할 때였다.

"쓰, 쓰레기를 교육시켜 준 게 뭐가 문제지! 감히 내게 대든 저치는 좀 더 맞아야 한다!"

남작의 마지막 발악에 나는 행동을 멈췄다. 이성의 끈이 갈가리 찢기는 느낌이었다. 나는 눈을 시퍼렇게 뜬 채로 검을 세웠다.

"이 새끼가 돌았나……."

"진정해라. 안 된다."

지그문트가 검을 죽창처럼 내리꽂으려는 내 팔을 단단하게 붙잡았다. 눈이 돌아간 나는 몸을 뒤틀었다.

"아니, 봐 봐. 죽이진 않을 거니까. 봐 보라고! 저 혀만 도려내게! 오늘 귀족 나리 혀로 스튜 한번 끓여 보자! 놓으라니까! 야, 이 개자식아! 입 밖으로 뱉는다고 다 말인 줄 알아! 놓으라고!"

"……하."

내가 육지에 나온 생선처럼 미친 듯이 팔딱거리자 지그문트는 아예 내 허리를 안고 나를 허공으로 들어 올렸다. 그러거나 말거나 나는 대롱대롱 들린 상태로 발버둥을 쳤다.

남작은 상황을 이해하지 못한 듯 눈을 굴리다가 나와 눈이 마주치자 흠칫 굳으며 주춤 물러섰다. 눈이 돌아도 많이 돈 상태인 모양이었다.

"너, 내가 반드시……!"

"텔레포트."

내가 살벌한 경고를 내뱉으려 할 때, 낮은 목소리가 난동을 부리는 내 귓가를 간지럽혔다.

파앗!

빛이 터져 나오고, 공간이 뒤틀렸다. 나는 습관적으로 눈을 질끈 감았다.

"눈 떠라."

나직한 속삭임에 눈을 번쩍 떴다. 용병 길드 옆 외진 골목이었다. 잠시 멍하니 골목길을 바라보던 나는, 눈매를 뾰족하게 세우고 지그문트를 휙 돌아보았다.

"이렇게 올 수 있으면 진작에 오지……!"

"그 남자는 귀족이다. 순간 이동을 했으면 그 순간은 모면했을지도 모르지만 남작이 앙금을 품고 너를 쫓았다면 너는 계속 위험할 거다. 차라리 내가 그 자리에서 몇 대 맞고 끝내는 편이 나았다."

지그문트가 담담한 목소리로 말하며 나를 바라보았다. 몽환적인 보랏빛의 눈동자가 깊어졌다.

"그런데 네가 그 상황에서 난리를 쳤으니…… 이제 우리에 대한 수배령이 떨어질지도 모르지."

책망 혹은 체념처럼 들리는 말이었으나, 그런 것치고는 목소리가 상당히 밝았다.

그래. 지그문트는 조금 기뻐 보였다.

그 목소리를 몇 번 곱씹어 보던 나는 혀를 쯧 찼다,

"그 새긴 못 쫓아. 내가 칼 겨누니까 바로 채찍 놓는 거 못 봤어? 그만큼 깡 있는 놈이 아니야."

나는 지그문트와 똑바로 눈을 맞추었다. 뺨에 난 상처가 눈에 들어와 또 열불이 났지만, 그의 서늘한 두 눈은 마주하는 것만으로도 기분 좋은 시원함을 전해 주었기에 분을 삭일 수 있었다.

"너, 왜 나 대신 나선 거지? 나한테 미련하다, 미련하다 하더니 옳은 건가?"

이것이 가장 큰 의문이었다. 그는 내가 카라쇼에게서 배운 이타를 실행할 때마다 미련하다고 일침을 놓았건만, 어째서 나 대신 채찍을 맞는 미련한 짓까지 했느냐는 것이다.

지그문트가 짧게 한숨을 쉬었다. 그가 나를 안지 않은 손으로 제 앞머리를 쓸어 넘겼다. 흰 뺨에 길게 벌어진 틈새로 붉은 피가 배어났다.

"나도 모른다."

"뭐?"

"그냥 그래야 할 것 같았다. 생각보다 행동이 먼저였다."

'이런 적은 없었는데.' 그가 희미한 목소리로 덧붙였다. 확실히, 지그문트는 행동보다 생각이 먼저인 인물이었다. 충동적이고 감정으로 움직이는 그는 상상도 가지 않았다. 나는 새로운 그의 모습에 묘한 충격을 느꼈다.

"하지만 내가 그렇게 행동했던 건 너처럼 미련한 이타 때문이 아니었다."

지그문트가 나와 똑바로 눈을 맞추었다. 아주 찰나, 그의 눈동자에는 이전에 본 적 없는 감정이 스쳐 지나갔다.

"너라서 나선 거다. 그 자리에 있는 게 다른 사람이었다면 나서지 않았다."

심장이 느리게 떨어졌다. 무어라 정의할 수 없는 감정이 빠르게 솟구치다가 잦아들기를 반복했다. 거센 폭포를 타고 추락하는 것 같다가도, 잔잔한 수면에 둥둥 떠다니는 것 같았다.

처음 느끼는 이런 감정이 기이하고 생경했지만, 확실한 건 나쁘지 않았다는 것이다.

"너……."

까아악.

내가 입술을 뗄 때, 하늘에서 새의 울음소리가 들려왔다. 나와 지그문트가 동시에 고개를 들었다. 새까만 까마귀가 용병 길드 위를 맴돌고 있었다.

"……편지군."

엄지와 검지를 입에 문 지그문트가 날카로운 휘파람 소리를 냈다. 그 소리에 반응한 까마귀가 빠르게 낙하해 지그문트의 팔 위에 앉았다. 지그문트는 까마귀의 발에 묶인 리본을 풀더니 작은 통에서 쪽지를 꺼냈다.

"잠시."

지그문트가 나를 안았던 팔을 풀었다. 나는 그제야 그가 나를 여태껏 안고 있었다는 걸 깨달았다. 내게서 두어 걸음 물러난 지그문트는 빠르게 쪽지를 펼치고 읽어 내렸다.

그의 표정이 미묘해졌다.

"무슨 일 있냐?"

그의 표정이 삽시간에 바뀌는 걸 목격한 나는 조심스럽게 물었다. 그의 표정은 기쁜 듯하면서도 무섭게 굳어 있었다. 동공이 미세하게 떨리고, 이마에선 식은땀이 흘렀다. 무어라 형용할 수 없는 기이한 표정은 그에게 무슨 일이 있다는 것만을 알려 주었다.

"……나, 가 봐야 할 것 같다."

한참 쪽지를 응시하던 지그문트가 고개를 들었다. 두 눈이 생기를 잃고 죽어 있었다. 쪽지를 쥔 그의 손에서 화려한 화염이 치솟더니 재도 남기지 않고 쪽지를 태웠다.

"지금 간다고? 야, 오늘 마수 토벌하러 가는데……."

"스승님과 먼저 의뢰 장소에 가 있어라. 금방 뒤따라가지."

지그문트는 다급해 보였다.

그가 이렇게까지 큰 동요를 보이는 건 처음이었다.

나는 그가 물어봐도 답해 주지 않고, 잡아도 잡혀 주지 않으리라는 걸 직감으로 눈치챘다. 내가 할 수 있는 건 보내 주는 것뿐이었다.

"아, 그리고."

까마귀를 날려 보내고 빠르게 떠나려던 지그문트가 나를 돌아보았다. 그의 두 눈이 희미하게 일렁이다, 날카로운 눈꼬리가 살짝 풀어졌다. 그의 오른쪽 눈 아래에 찍힌 검은 점의 위치가 내려갔다.

"지금의 너는 날 어떻게 생각하는지, 아직 답을 듣지 못했다."

그는 분명 웃었다.

"대답 들으러 오겠다."

땅을 박차 오른 지그문트는 날듯이 뛰어 빠르게 사라졌다. 나는 그 뒷모습을 멍하니 바라보다, 짧게 헛웃음을 뱉었다. 그땐 '다음에 말해 주면 되겠지.' 하고 안 일하게 생각했다.

나는 그때 지그문트를 보내선 안 됐는데.

"아, 슈슈! 왔느냐!"

늘 모이는 장소인 용병 길드 뒤쪽으로 발걸음을 옮겼다. 벽에 등을 기대고 서 있던 카라쇼가 나를 발견하고 화색을 띠었다. 주름진 입가에 퍼지는 웃음은 영원히 빛이 바래지 않을 듯 찬란하게 반짝였다.

"늦어서 정말 죄송합니다."

"하하! 괜찮다. 사정이 있었겠지. 다만 지그문트가 아직 오지 않아서 걱정이구나."

거리에서 남작과 있었던 일 때문에 약속 시간으로부터 꽤 늦은 시점이었다. 죄스러운 마음에 허리를 숙이자 카라쇼가 호탕하게 웃으며 손을 휘저었다. 그녀는 지그문트를 언급하며 염려스러운 낯을 보였다.

"지그문트라면 걱정하지 마세요. 조금 전까지 같이 있었습니다. 급한 일이 있어서 좀 늦게 합류한다고 하더군요."

"그러면 이번엔 말을 타고 가야겠구나. 순간 이동이 편한데, 아쉽군. 그렇지?"

내 대답에 고개를 끄덕인 카라쇼가 장난스럽게 말했다. 그녀는 이유와 정황을 묻지 않았다. 반문하지도 않았다. 아주 당연하다는 듯 수긍할 뿐이었다.

'지그문트는 뭘 하러 간 걸까.'

문득 의문이 떠올랐다. 그는 1년 가까이 알고 지냈음에도 여전히 의뭉스러운 사람이었다. 나는 녀석이 어디서 왔는지, 부모님은 누군지, 벌어들인 돈은 어디로 보내는 건지, 누구와 그렇게 연락을 하는지 하나도 몰랐다. 골똘히 생각하던 나는 카라쇼에게 충동적으로 물었다.

"스승님은 지그문트를 의심해 본 적 없으십니까?"

카라쇼도 지그문트를 완전히 알지는 못했다. 지그문트가 말하지 않으니까. 그녀는 어떻게 수수께끼로 둘러싸인 인물에게 온전한 신뢰를 보낼 수 있는 건지, 나는 그게 궁금했다.

'아, 이간질처럼 들렸으려나.'

나를 보는 카라쇼의 표정이 미묘해졌음을 느끼고 아차 했다. 악의는 없었으나 충분히 악질적으로 들릴 수 있는 말이었다. 내가 급히 해명하려 할 때, 카라쇼가 입을 열었다.

"나도 부족한 사람이다. 그럴듯하게 말하지만 마음은 뒤숭숭할 때가 있지. 의심하기도, 고뇌하기도 한다."

진중한 얼굴로 그런 말을 하는 카라쇼는 내게 잔잔한 충격을 주었다.

어린 내게 카라쇼의 지혜로운 언행은 아득해 보였고, 그 단단한 등은 태산처럼 커 보였다. 그래서 그녀도 사실은 나와 같은 인간임을 잠시 잊고 있었다.

그러고 보면 카라쇼도 굉장히 험하게 살아온 사람이었다. 그녀는 따뜻한 남부에서 태어나, 혈혈단신으로 자신의 길을 개척했다. 험하게 살아온 이들은 모두 거칠다는 내 고정관념을 깨뜨린 것도 그녀였고.

"늘 지그문트를 믿는다고 말하고 있고 실제로도 믿으려고 하지만, 깊은 곳에서 치미는 생각까지 통제할 순 없더구나. 솔직히 말하면, 그래. 가끔은 불가항력적으로 의심하기도 하지. 이 아이는 대체 누구일까, 나는 아직도 믿음직스럽지 못한 스승인 걸까. 그런 생각들에 괴로워하기도 한다."

이어지는 건 카라쇼의 인간적인 고백이었다.

그래. 그녀도 인간이니 당연히 그럴 터였다. 나는 충격의 여파를 지우려 노력하며 무겁게 고개를 끄덕였다. 세월이 깃들어 주름진 눈가가 힘없이 내려갔다.

"아무리 세월이 지나도 완전해질 수는 없더구나. 나도 아직 성장해 가고 있는, 부족한 사람에 불과하지. 다만 나는 긴 세월에서 배웠다. 짧은 시간 동안 후회 없이 사랑하는 법과 내 선택에 책임을 지는 법을 말이다."

잠시 상념에 잠겨 있던 카라쇼의 검은 눈동자가 다시 빛나기 시작했다. 그녀가 나를 똑바로 바라보았다.

"지그문트는 언제 떠날지 모르는 아이다. 그러니 함께 있을 때 더 사랑해 줘야겠지. 너도 그렇다. 우리는 앞날을 모르니까, 나는 너희와 함께 있는 이 순간 최선을 다해 사랑하고 싶구나."

사랑받고 있다는 자각은 언제고 벅찼다. 코끝이 찡해진 나는 느리게 숨을 뱉었다. 어쩌면 나는 사랑하는 것이 두렵고 책임지기가 꺼려져서 지그문트를 온전히 받아들이지 못하고 주저하는 걸지도 몰랐다.

"……만약 지그문트가 정말 나쁜 자식이면요?"

"지그문트는 그런 아이가 아니야."

"만약에요."

"그렇다면 내 판단이 틀린 거겠지."

카라쇼는 깔끔했다. 그 시원스러운 태도를 닮고 싶었다. 나는 입술을 꾹 물고 그녀를 바라보았다.

"사랑하면 분명히 상처받는다는 걸 알면서도 어떻게 그러세요?"

몇 년을 더 살고 무엇을 더 경험해야 저런 마음가짐을 가질 수 있는 걸까. 아직 카라쇼 같은 사람이 되려면 먼 것 같았다. 내 물기 섞인 물음에 카라쇼가 환하게 웃었다.

"우리는 죽을 줄 알면서도 살아가잖아. 사랑한다는 건 눈물 흘릴 각오를 한다는 거다. 그것까지도 내 책임인 게지."

내겐 아직 어려운 말이었지만, 그럼에도 그 말은 마음 깊이 박혔다. 복잡한 눈으로 카라쇼를 올려다보자 그녀가 껄껄 웃으며 내 머리를 마구 헤집듯 쓰다듬었다.

"아직 이해하지 못해도 괜찮다. 분명 이해할 날이 올 테니."

나는 그녀의 거칠지만 따뜻한 손길을 얌전히 받아들였다. 사랑이 실체화된다면 꼭 이 온도일 것 같았다. 나는 옅게 웃으며 눈을 감았다.

그 '이해할 날'이 코앞에 와 있는 줄도 모르고.

"쿵."

　　　　　　　　　　　　　　　　　　　충직한 검이 되려 했는데 3

"아이고, 추우냐? 이거 덮거라."

추운 날씨에 무심코 코를 훌쩍이자, 걱정스러운 표정을 지은 카라쇼가 자기가 덮고 있던 두꺼운 망토를 내게 둘러 주었다. 나는 거절하려 했으나 그녀가 보통 엄한 표정이 아니었기에 입술을 삐죽이며 얌전히 덮었다. 햇살 향이 내 코를 간지럽혔다.

북부는 12월의 끝을 바라보는 시기에 가장 추웠다. 게다가 이번 겨울은 유독 더 추운 것 같았다. 새하얀 눈은 증식하듯 빠르게 쌓였고 이제는 발목까지 푹푹 잠겼다. 나와 카라쇼는 쏟아지는 눈을 헤치며 설원을 걸어 나갔다. 마수 토벌에 최악의 환경이었지만, 함께라서 버틸 만했다.

"지그문트가 많이 늦는구나. 연락도 없고."

카라쇼가 푹 한숨을 쉬며 잠잠한 통신구를 매만졌다. 그녀의 얼굴에 걱정이 덕지덕지 묻어 있었기에, 나는 지그문트를 다시 만난다면 옆구리를 걷어차 주리라 결심했다.

"그놈이야 알아서 오지 않겠습니까. 저희가 머물 동굴을 찾는 게 더 급합니다."

나는 괜히 툴툴거리며 주위를 두리번거렸다. 마수 토벌 일은 진즉에 마쳤건만, 폭포처럼 쏟아지는 눈송이에 시야가 가려서 마땅히 묵을 곳이 보이지 않았다.

한숨처럼 웃은 카라쇼가 고개를 끄덕였다.

"그래. 지그문트야 혼자서도 잘할 테니. 저쪽으로 가 보자꾸나."

나는 카라쇼가 가리킨 방향으로 발걸음을 옮겼다. 내뱉는 숨까지 얼어붙어 연기 모양 얼음이 생겨날 것 같았다. 얼어붙은 몸을 티 내지 않으려 노력하며 설탕 묻힌 추로스처럼 흰 눈가루가 다닥다닥 붙은 발을 움직일 때였다.

쿵.

땅이 크게 울렸다. 나는 움찔하며 발걸음을 멈췄다. 나무가 흔들릴 만큼 거대한 진동이었기에, 지진인 줄 알았다.

'이 지역은 지진이 나는 곳인가……?'

북부에서 지진을 처음 겪어 본 나는 의아해하며 눈을 깜빡였다. 그때 또다시 땅이 울렸다. 조금 전보다 더 큰 진동이었다. 넘어질 듯 크게 휘청한 나는, 상황의 심각성을 느끼고 황급히 카라쇼를 돌아보았다.

"스승님, 이거 지진……."

말을 뚝 멈췄다. 아마 거울을 봤다면 내 눈이 크게 흔들리는 걸 볼 수 있었을 것이다.

카라쇼가 섬뜩하게 얼굴을 굳히고 있었다.

늘 차분하던 그녀가 평정심을 잃은 모습을 보이는 건 처음이었다. 나는 그것만으로도 상황이 내 생각보다 심각하다는 걸 느낄 수 있었다. 안일하게도 카라쇼의 곁에만 있으면 안전할 거라고 생각하던 내게 공포가 엄습했다.

"슈슈, 잘 들어라."

소금 기둥처럼 딱딱하게 굳어 있던 카라쇼가 나를 돌아보며 내 두 어깨를 꽉 잡았다. 평소의 평정심에서 반 정도를 다시 되찾은 그녀는 결연해 보였다.

꼭, 죽음을 예감한 사람 같았다.

"도망치기엔…… 늦었다. 차라리 내 곁에 있는 게 안전할 것 같구나. 반드시 내 등 뒤에 있어라. 절대 벗어나선 안 된다."

"무슨…… 무슨 일이 일어나고 있는 건데요!"

내 직감이 머리를 터트릴 듯 위험 신호를 보내 왔다. 나는 카라쇼의 이상한 태도에 불안함이 증폭되어 어쩔 줄 몰라 하며 그녀를 올려다보았다.

카라쇼의 한숨이 덧없는 입김으로 퍼져 허공에서 사라졌다.

그녀가 웃었다. 진심 어린 웃음은 아니었다. 나는 그녀의 입꼬리가 희미하게 떨리고 있음을 알 수 있었다. 카라쇼 또한 두려워하고 있었다. 그런데도 그녀는 나를 안심시키기 위해 웃었다.

"재앙이 오고 있구나."

크아아아악—!

그 속삭임을 끝으로 몸을 들썩이게 하는 진동이 멈추고, 하늘을 찢을 듯 거대한 울음소리가 울려 퍼졌다.

온몸에 소름이 돋았다. 태풍을 예감하고 피신하는 개미 떼처럼, 뱀들의 왕 바실리스크의 등장에 도망가는 뱀처럼, 나는 본능적으로 도망쳐야 한다는 걸 느꼈다. 나는 덜덜 떨며 울음소리가 들린 곳으로 고개를 돌렸다.

외양은 개를 닮았으나, 그 덩치는 장정의 열 배쯤 될 정도로 거대했다. 번들거리는 붉은 눈동자엔 이지가 없었다. 지독한 피비린내와 살이 썩는 역겨운 악취가 코끝을 찔렀다.

"스, 스승님, 저건……."

"거대 마수 데베라다. 지옥에서 기어 오는 사냥개라고도 불리지."

겁에 질린 내가 카라쇼의 옷자락을 꽉 잡자 그녀가 침착하게 대답했다. 카라쇼는 평정심을 유지하려 하고 있었으나, 목소리에는 긴장한 기색이 역력했다. 살을 에는 듯 추운 날씨인데도 식은땀이 비 오듯 흘렀다. 나는 파르르 떨리는 입술을 열었다.

"왜…… 한 마리가 아니죠?"

열 마리. 그 끔찍한 괴물이 한 마리도 아니고 열 마리였다.

"그러게. 데베라는 단체로 서식하는 마수종이 아닌데…… 저 많은 놈들이 우리 둘만으로 배부를 수는 없을 텐데 말이다."

카라쇼가 의문을 표하면서도 애써 장난스럽게 말했다. 그녀가 필사적으로 내 긴장을 풀어 주려 하고 있음을 모를 수 없었다.

그르릉…….

우두머리로 보이는 데베라가 우리를 향해 천천히 다가왔다. 다른 데베라들도 그를 따랐다. 거대한 해일이 나를 덮치기 직전의 모습을 슬로 모션으로 보고 있는 것 같았다.

'무서워.'

울컥 눈물이 날 것 같았다. 카라쇼 앞에서 나약한 모습을 보이고 싶지 않았건만, 생리적인 두려움은 지금 당장 극복할 수 있는 것이 아니었다. 검을 뽑는 손이 사시나무처럼 떨렸다.

도망치고 싶었다. 나는 이제 10대 중반이었다. 키는 150센티미터 후반을 겨우 넘겼다. 살아야 하는 이유가 남아 있었고, 사랑하는 동생이 나를 기다리고 있었다.

분명 죽음 같은 건 하나도 두렵지 않다고 생각했는데, 재앙과 마주하니 간사하게도 생각이 달라졌다.

나는 지금 죽고 싶지 않았다. 더 살아서 이 세상에 내 이름을 남기고 싶었다. 지금 죽어 봐야 나를 기억해 줄 사람은 아리아밖에 없었다. 죽어서도 쓸쓸한 건 싫었다. 아리아를 쓸쓸하게 만드는 것도 싫었다.

나는, 더 살아서…….

"슈슈."

부드러운 목소리와 함께 추위와 공포로 얼어붙은 내 손을 온기가 감쌌다. 나를 구원했던 그 온기였다. 나는 물기 가득한 눈을 깜박이며 그녀를 멍하니 올려다보았다.

"어린 네가 이런 재앙을 마주하게 해서 미안하다. 네게 더 좋은 세상을 주지 못한 건 어른인 내 죄다."

카라쇼는 고해성사하듯 낱말들을 토해 냈다. 자신의 죄도 아닌 것을 고백하는 그녀의 낯은 슬프고, 쓸쓸했으며, 결연했다. 완벽한 어른의 모습이었다.

아마 이때였을지도 모른다. 내가 좋은 세상을 만들어야 한다는 신념을 갖게 된 것은.

"정말 미안하다. 시련 같은 걸로 성장하지 않았다면 좋았을 텐데…… 결국 널 이런 사지로 밀어 넣었구나."

"이, 건, 스승님 잘못이……."

"하지만 너는 내가 반드시 지킬 거다."

카라쇼의 검은 눈이 나를 똑바로 직시했다. 그녀의 두 눈은 고귀한 흑진주나 신비로운 흑요석과는 거리가 멀었다. 세월의 풍파가 스며들어 투박하고 쓸쓸했다.

그래. 꼭 거친 석탄 같았다.

"부디 나를 믿어 주렴. 네 젊음이 이곳에서 스러지게 하지 않아. 한 번만 나와 함께해 보자."

카라쇼가 자신의 검을 꺼냈다. 은빛 검날 위로 설원을 뒤덮은 눈송이보다 더 새하얀 오러가 피어올랐다.

그녀의 두 눈은 다이아몬드를 품은 석탄, 내가 가장 사랑한 검은색이었다.

"같이 가는 거다. 괜찮으냐?"

'같이'는 내 두려움을 누그러뜨린 결정적인 단어였다. 그녀가 나와 함께해 줄 거라는 믿음. 그것은 검을 잡은 내 손의 떨림을 멈추지는 못했으나, 다가오는 데베라를 똑바로 바라볼 수 있게 했다.

"……네."

나는 두려워도 마주하는 법을 배웠다. 카라쇼는 나를 향해 환히 웃어 주고 고개를 돌렸다. 세상에서 가장 반짝이는 검정이 재앙을 고요히 응시했다.

"내가 선봉에 선다. 엄호를 부탁하마!"

카라쇼가 힘차게 박차고 올랐다.

콰쾅!

새하얀 낙뢰가 몰려오는 재앙 위로 내리꽂혔다.

캬아아악!

카라쇼의 오러를 정통으로 맞은 알파 데베라가 대지가 진동할 정도로 울부짖었다. 검은 피가 흰 설원 위에 흩뿌려졌다. 단번에 죽진 않았으나, 치명상인 것 같았다.

"슈슈! 물러서라!"

알파 데베라가 공격받자 흥분한 다른 데베라 하나가 껑충 뛰어올라 내 쪽으로 달려왔다. 내가 침착하게 피하자, 카라쇼가 검을 크게 휘둘렀다. 새하얀 오러가 초승달 모양으로 쏘아져 나가 정확히 데베라의 배를 그었다.

'다행히 한꺼번에 몰려들진 않네.'

다시 카라쇼의 뒤로 돌아온 나는 잔뜩 긴장한 채 상황을 살폈다. 열 마리가 한꺼번에 달려들면 승산이 없을 텐데, 알파 데베라가 치명상을 입은 여파가 큰 건지 모두 주춤하며 덤벼들지 않고 있었다.

"신중하게 하나씩 칠 거다. 나를 잘 따라와야 한다!"

"네!"

카라쇼는 지시와 함께 다시 알파 데베라에게 오러를 날렸다. 나는 허벅지에서 단도를 뽑아 알파 데베라의 눈을 겨냥해 던졌다.

알파 데베라가 재빨리 몸을 움직였다. 놈은 카라쇼의 오러는 피했으나 내 단도까지 피하진 못했다.

푹,

붉은 눈동자에서 검은 피가 터져 나왔다.

"온다!"

한쪽 눈을 잃고 격노한 알파 데베라가 바람 같은 속도로 달려왔다. 카라쇼의 호령에 나는 또다시 검을 들었다.

새하얀 세상에 순백의 신념이 폭주했다.

"허억…… 윽…….."

나는 숨이 넘어갈 듯 거칠게 헐떡거렸다. 얼마나 오랫동안 대치한 건지 짐작도 되지 않았다.

뼈까지 시린 날씨인데 식은땀이 폭포처럼 쏟아져 체온을 가늠할 수 없었다. 이미 한계를 뛰어넘어 과부하에 다다른 온몸은 터질 듯 욱신거렸다. 나는 비틀거리며 겨우 검을 잡은 손에 힘을 주었다.

"후……."

내 앞에 선 카라쇼가 길게 숨을 뱉었다. 나와 마찬가지로 만신창이가 된 그녀 또한 과부하 상태인 것 같았다. 카라쇼가 모든 공격을 전담하다시피 했으니, 아마 나보다 더 심각한 상태일 터였다. 그럼에도 꼿꼿이 허리를 펴고 검을 치켜든 그녀는 내가 이상향으로 삼은 사람다웠다.

'그래도, 꽤…….'

나는 초점이 잘 맞지 않는 눈을 깜빡이며 설원에 널브러진 데베라들의 사체를 보았다. 총 여섯 마리. 무려 반 이상을 죽였다.

어쩌면 살아서 나갈 가능성이 있는 걸지도 몰랐다.

나는 그 생각에 방심했다.

"슈슈! 뒤!"

날카로운 고함이 귀를 찔렀다. 나는 한 박자 늦게 뒤를 돌아보았다. 죽은 줄 알고 안심하고 있었는데, 죽은 척을 하고 있었던 모양이다. 내 뒤에 널브러져 있던 데베라가 벌떡 일어나 아가리를 쩍 벌렸다. 내 팔뚝만 한 송곳니에서 역겨운 타액이 흐르고, 벌려진 입이 나를 삼킬 듯 몰아닥쳤다.

나는 그 순간 우습게도 아무것도 하지 못했다. 너무 지쳤다고 변명할 수도 있겠으나, 사실 겁에 질려 움직이지 못한 것이다. 꼴사납게.

퍽.

나약함의 대가는 지나치게 컸다.

카라쇼가 몸을 날려 내 몸을 밀쳤다. 나는 힘없는 종잇조각처럼 허공으로 붕 떠 멀리 떨어졌다. 땅에 부딪친 엉덩이뼈가 부러진 듯 아려 왔으나, 통증을 곱씹을 정신은 없었다.

콰직.

카라쇼의 구릿빛 발목이 데베라의 이빨에 으스러졌다.

"아."

나는 멍청하게 단말마를 내뱉었다. 눈앞에 펼쳐지는 모든 광경이 현실감이 없었다. 머리는 무언가를 하라고 소리치는데, 설원의 한기와 마음속에서 솟구치는 냉기로 얼어붙은 몸은 핀에 박제된 나비처럼 뻣뻣하게 멈춘 채였다.

"크윽!"

고통스러워하며 신음을 뱉은 카라쇼가 몸부림쳐서 데베라의 입에서 벗어났으나, 그녀의 발목은 이미 데베라의 맹독에 퍼렇게 부풀어 오른 뒤였다. 하필 다른 데베라보다 더 강한 독을 가진 알파 데베라였다. 창백하게 질린 나는 얼어붙은 몸을 꺾듯이 움직여 그녀에게로 달려갔다.

"카라쇼!"

"오지 마라!"

간신히 검을 든 카라쇼가 힘겹게 데베라의 앞발을 막아내며 소리쳤다. 그러나 나는 듣지 않았다.

꽤 멀어진 거리를 전속력으로 좁히고 있을 때.

"윽!"

데베라의 흉포한 이빨이 카라쇼의 어깨를 꿰뚫었다.

크게만 보였던 그녀의 어깨가 그렇게 작아 보일 수 없었다. 하늘 위 높이 떠 있던 별이 인간으로 보인 순간이었다.

툭.

내 별이 둥그런 궤적을 그리며 추락했다. 사람들은 유성우가 아름답다고들 하는데, 내 눈엔 조금도 아름다워 보이지 않았다.

유성우는 별의 장례식이었다. 내가 사랑하던 별의 죽음이 아름다워 보일 리 없었다.

"카라쇼. 카라쇼!"

반쯤 정신을 놓은 나는 데베라의 입에서 떨어지는 그녀를 잡기 위해 폭주하듯 마나를 터트렸다. 머리가 어질어질한 속도로 달려, 떨어지기 직전의 카라쇼를 간신히 품에 안았다. 그녀는 허무하리만큼 가벼웠다.

푹!

끼에에엑!

나는 본능적으로 마나로 감싼 검을 던졌다. 검이 포물선을 그리며 날아가 카라쇼를 공격한 데베라의 주둥이를 꿰뚫었다. 비명을 지르던 괴물이 이내 거대한 진동을 내며 쓰러졌다.

"끄흑, 커헉……."

"카라쇼, 숨 쉬어요. 제발요……."

나는 숨 쉬기도 벅차 하는 카라쇼를 꽉 안고 애원했다. 나는 그녀의 어두운 피부가 창백해질수록 내가 이 세상에서 조금씩 추방당하는 듯한 기분을 느꼈다.

"죄송해요. 저, 저 때문이에요. 제가 약해서, 피하질 못해서, 그래서 스승님이……."

나는 미친 사람처럼 두서없이 중얼거렸다. 눈앞이 깜깜했다. 설원을 적시는 붉은 피만이 두 눈에서 잔상처럼 일렁였다.

나는 차라리 저 피가 내 피이길 바랐다.

빌어먹을 새끼. 나약하기 짝이 없는 놈. 은혜를 못 갚은 걸 넘어 은인을 죽게 만든 배은망덕한 쓰레기. 은인을 만난 그날 죽어야 했던 개자식.

자학적이고 거친 문장들이 잘린 동맥에서 피가 솟구치듯 머릿속에서 터져 나왔다.

수많은 '만약'이 머릿속을 스치고 지나갔다.

만약 내가 이 의뢰를 맡지 말자고 막았더라면. 적어도 이쪽 길로는 오지 말자고 막았더라면. 지그문트 그 자식이 함께 와서 손을 보탰다면.

내가, 조금만 더 강했더라면.

나는 형편없이 떨리는 손으로 카라쇼의 어깨를 막았다. 터진 둑을 자갈로 막는 것과 다름없는 짓이었다. 붉은 피에 언뜻 비친 내 눈은 새까맣게 죽어 있었다.

"슈슈."

"죄송해요. 제가, 제가 정말로……."

"카슈미르!"

카라쇼가 엄한 목소리로 나를 불렀다. 나는 뜨거운 피로 젖어 가는 설원을 멍하니 바라보던 눈을 들어 카라쇼를 바라보았다.

그녀는 명백히 죽어 가고 있었다. 옅어지는 숨소리와 차가워지는 몸이 이를 대변했다. 하지만 그 두 눈만큼은 여전히 맹렬하게 불타고 있어서, 나는 시선을 뗄 수 없었다.

"가, 드."

카라쇼가 뚝뚝 끊기는 목소리로 속삭이자, 힘겨워 보이는 반투명한 막이 생겨나 그녀와 나를 감쌌다. 슬금슬금 다가오던 데베라들이 보호막에 막혀 멈칫했다.

마나 고갈에 가까워진 카라쇼가 이 상황에서 마나를 많이 잡아먹는 보호막을 전개했다는 건, 살기를 포기했다는 뜻과 같았다.

"해체하세요! 제발 스스로를 신경 써요! 사, 살 수 있어요. 제가 어떻게든 할게요. 그러니까……!"

"슈슈. 내 사랑하는 제자."

비명을 지르는 나를 사랑스럽다는 듯 올려다본 카라쇼는 피가 묻은 손으로 내 뺨을 매만졌다. 쉬어 버린 속삭임에 나는 발광하던 것을 멈췄다.

"우리 마지막 수업을 해 볼까."

충직한 검이 되려 했는데 3

카라쇼가 떨리는 손으로 검을 쥔 내 손을 부드럽게 덮었다. 그리고 내 손을 움직여 검 끝을 그녀의 심장에 가져다 댔다.

"지키기 위해선 죽이는 법도 알아야 하는 법이다."

"카라쇼."

"여태껏 네게 선과 신념을 가르쳤지. 이번엔 그에 따른 책임을 가르쳐 줄 차례인 것 같구나."

"카라쇼!"

내 울부짖음에도 카라쇼는 나직하게 웃었다. 그 웃음은 지독한 슬픔을 머금고 있었다.

"나를, 죽여라, 슈슈."

그녀는 기어코 내게 형벌을 선고했다.

안다. 직감적으로 느꼈다. 그녀는 여기서 살아갈 수 없음을.

늘 불행만 몰고 다니는 나는, 결국 내 은인이자 첫 스승이었으며, 가장 존경하던 이상향까지 죽음으로 내몰았음을 알고 있었다. 나의 결말이야 늘 이렇다는 것을.

하지만 내가 그녀의 숨통을 직접 끊는 것은 다른 문제였다.

"저, 저는 못 해요."

"슈슈."

"아시잖아요! 제가 당신을 얼마나 사랑하는지! 제게 당신이 어떤 의미였는지 아시잖아요! 그런데 어떻게 그런 말을 해요! 차라리 제발, 제발 저를 욕하세요. 어디 쓰레기장에서 구르던 개새끼가 염치없이 옆으로 기어들어 오더니 기어코 내 목덜미까지 물어뜯는다고 하고 찢어 죽여 버리세요!"

"슈슈!"

나는 검은 두 눈이 상처로 물드는 걸 봤을 때에야 입술을 콱 깨물었다. 봇물 터지듯 솟구친 진심은 나와 카라쇼 모두에게 상처를 주었다. 나도 모르는 새 줄줄 흘러나온 눈물을 벅벅 닦고 고개를 떨굴 때, 카라쇼가 내 뺨을 느리게 쓸었다.

"수업이라는 말로 포장했지만, 사실 이건 내 마지막 이기심일지도 모른다."

나는 퍼뜩 고개를 들었다. 카라쇼가 과연 '이기심'이라는 단어와 어울리는 사람이었던가. 내가 멍하니 그녀를 바라볼 때, 그녀는 찬연히 웃었다.

"나는 더러운 마수들이 아닌 네 손에 죽고 싶구나."

단 한 번도, 정말 단 한 번도 제 욕망을 앞세우지 않던 사람이다. 어떤 상황에서도 나를 더 중히 여겼다. 자신의 이기심을 세워 내게 무언가를 요구한 적이 단 한 번도 없는 카라쇼였다. 그랬던 그녀가, 마지막으로 내게 요청하고 있었다.

영혼이 산 채로 비틀어지는 기분을 느꼈다. 내가 이 요청을 거절할 수 있나. 아니, 거절할 자격이 있는가. 그녀로 인해 다시 산 사람인데.

나는 그때 직감했다. 나는 결국 카라쇼를 죽이게 될 거라고.

울 자격도 없는데 눈물이 뺨을 타고 피처럼 질질 늘어졌다. 검을 고쳐 잡을 때, 나는 차라리 오늘이 내 장례식이길 바랐다. 고개를 푹 숙인 채 검을 빼지도, 꽂아 넣지도 못하고 있을 때, 카라쇼가 속삭였다.

"사람의, 숨통을, 끊을 땐…… 절대 그의 눈을 피해선 안 된다. 네가 앗아 가는 생명의 무게를 반드시 짊어져야 해……."

핏물 섞인 속삭임을 듣는 것만으로도 고통스러웠다. 나는 발작하듯 떨며 간신히 카라쇼와 눈을 마주쳤다.

"아, 윽……."

그녀가 여전히 나를 사랑스럽다는 눈빛으로 보고 있다는 것이 나를 망가뜨렸다.

"기억해라. 그게 상처받을지언정 괴물이 되지 않는 방법이다."

카라쇼는 꽤 잔인한 사람이었다. 내가 그녀를 사랑한 만큼, 잔인함은 증폭되었다. 가슴에 비수가 꽂히는 듯한 환상통에 나도 모르게 헛구역질했다.

"괜, 찮다, 슈슈."

마법 주문처럼, 그 한마디에 정말 다 괜찮아지는 것 같았다. 괜찮은 건 아무것도 없다는 것을 알면서도.

손의 떨림이 멈추었다.

"아, 지그문트에게 전해, 주겠니."

그녀의 주름진 눈꼬리가 휘었다.

"네게도 반드시 봄이 올 거라고."

그 자식은 모르겠으나, 나는 이 시간 이후 계속 겨울을 살 것 같았다. 나는 잇새로 억눌린 울부짖음을 흘리며 칼에 몸을 지탱했다. 데베라가 보호막을 칠 때에 나는 소리가 꼭 내 세계가 파괴되는 소리 같았다.

"그리고, 카슈미르에게도 꼭 전해 주렴."

검 끝이 피부를 뚫었다. 사람 피부를 파고드는 소름 끼치는 감각은 절대 잊을 수 없을 것 같았다.

카라쇼는 온 세상을 다 밝힐 듯 환히 웃었다.

"네 생명은 내가 살린 것이니 살아라. 형벌이라 생각될지라도 끈질기게 살아남아라. 절대 스스로 목숨을 끊지 마라. 버티고, 버티면……."

카라쇼는 내가 자신을 따라 죽으려 들 걸 알았던 모양이다. 자신의 유언을 무시하지 못하리라는 걸 알기에, 그것으로 내게 생이란 족쇄를 걸었다.

나는 이를 악물고 검을 높이 쳐들었다.

"반드시 행복해질 거다."

당신의 피로 물든 삶이 과연 행복해질 수 있을까요.

푹.

검 끝이 그녀의 심장을 정확히 꿰뚫었다. 카라쇼가 쿨럭 피를 토해 냈다.

촤악.

검을 뽑자, 붉은 것이 새하얀 설원을 적셨다. 나는 검 끝을 땅에 박아 넣고 이를 지팡이 삼아 몸을 지탱했다. 이렇게 하지 않으면 당장이라도 쓰러질 것 같았다.

순식간에 생기를 잃은 검은 눈이 나를 빤히 바라보았다. 온몸에 벌레가 기어오르는 끔찍한 감각이 몸을 잠식했으나, 나는 그 눈을 피하지 않았다. 마지막 가르침을 따라야 했으니.

그녀는 그 끝에서 아무 말도 하지 않았다. 그 온화한 눈빛으로 사랑한다고 소리치고 천천히 눈을 감았다.

새하얀 설원. 붉은 피의 강. 주인 잃은 검 한 자루. 살아도 산 게 아닌 괴물 네 마리와 사체가 된 여섯 마리. 추락한 일등성 하나.

모두가 죽었다.

오직 나만 살아 있었다.

"아아아악!"

나는 하늘을 향해 울부짖었으나, 대답은 돌아오지 않았다. 온몸의 피가 솟구치고, 모든 기운이 폭발하듯 터져 나갔다.

그리고 정전.

내 몸을 감싸고 미친 듯이 회전하던 마나가 검은 돌풍을 만들어 냈다.

쾅!

칠흑보다 더 어두운 마나가 일대를 뒤흔들었다. 나는 엉망이 된 얼굴을 젖히고 초점이 잡히지 않는 눈으로 하늘을 올려다보았다.

내가 내 스승을 죽인 날, 나는 처음으로 오러를 꺼냈다. 고통에 겨워, 다시는 무엇도 잃지 않을 만큼 강해지고 싶은 마음에 억지로 꺼낸 것이었다. 사람은 시련으로 성장한다는 것을 부정하고 싶었으나, 결국 그 증거가 되었다.

내 정답은 '절망'이었다.

그 뒤로 데베라 네 마리를 어떻게 죽였고, 어떻게 수도로 기어 올라온 건지는 필름이 중간에 끊기기라도 한 것처럼 기억이 나지 않았다. 그저 내 몰골을 본 용병 길드 접수원 하울이 경악을 금치 못했으며, 곧바로 나를 병원에 처넣었다는 것만 어렴풋이 떠올릴 수 있었다.

몇 시간이 지났는지 짐작이 가지 않았다. 지금이 현실인지도 분간할 수 없었다. 나는 병실 침대에 누워 정신 나간 사람처럼 멍하니 허공을 바라보기만 했다.

잠은 오지 않았다. 올 리가 없었다. 어떤 생각도 하지 않고, 고요히 숨을 죽였다. 죽음을 기다리는 사람처럼.

"젠장, 미르!"

얼마나 시간이 지났을까. 익숙한 목소리와 함께 병실 문이 벌컥 열렸다. 마구 흐트러진 검은 머리카락에 빠르게 움직이는 흉곽, 정처 없이 흔들리는 보랏빛 눈동자. 그는 누가 봐도 급하게 온 것 같았다.

"너 괜찮은 건가? 길드에 갔더니 하울이 네가 반죽음 상태로 왔다고 해서 얼마나 놀랐는지 아나! 빌어먹을, 무슨 일이 있었던 거냐! 스승님은 어디 계시지?"

지그문트가 말을 와르르 쏟아 냈다. 이를 한 귀로 듣고 흘려보낸 나는 그를 물끄러미 바라보며 물었다.

"왜 안 왔어?"

"……뭐?"

그가 이해하지 못하겠다는 듯 미간을 좁혔다.

내 호흡이 점점 더 불규칙해졌다.

"왜, 토벌하러 안 왔어? 같이 가기로 했잖아."

"무슨…… 지금 내가 안 가서 이 꼴이 됐다는 건가? 그건…… 하…… 그럴 수도 있겠군. 그 부분은…….."

"왜 안 왔냐고, 개자식아!"

나는 이불을 내팽개치고 일어나 눈을 번뜩였다. 손목에 꽂혀 있던 주삿바늘이 뽑히고 붕대에 감겨 있던 복부의 상처가 다시 터졌지만, 감각이 잘못된 걸까, 고통은 느껴지지 않았다.

나와 눈을 마주친 지그문트가 흠칫했다. 내가 지지리도 제정신 아닌 꼴을 하고 있는 모양이었다. 아예 굳어서 멈춰 있던 뇌가 비정상적으로 과열되는 것을 느끼며 그의 멱살을 붙잡고 벽에 내팽개쳤다.

쾅!

"윽."

"네가 왔다면 뭔가 달라졌을까? 대답해 봐. 아니, 들을 것도 없지. 뭔가 달라지긴 했을 거야. 뭐라도! 공격 동선이 꼬여서 스승님이 아니라 내가 대신 죽는 행운이 일어날 여지는 있었을 테니까!"

"……뭐?"

벽에 등이 부딪치고 앓는 소리를 내던 지그문트가 눈을 찢어질 듯 크게 뜨며 설명을 바라는 눈빛으로 나를 직시했다. '설마.' 하고 중얼거리며 창백해지는 얼굴이 안쓰러울 법도 했으나, 안타깝게도 나는 그의 감정을 살필 수 있는 상태가 아니었다.

투둑.

고장 난 수도꼭지처럼 눈물이 줄줄 샜다. 나는 그의 멱살을 거칠게 흔들었다.

"그 무언가가 스승님보다 중요했어? 세 명이서 처리할 일이었는데 왜 둘만 남게 했냐고! 너 때문이야, 네 탓인데 왜 내가 고통 받아야 해? 왜, 왜 나를……!"

"……."

지그문트는 아무런 저항도 없이 흔들리며 그저 나를 바라보았다. 신비롭던 보랏빛 눈동자가 생기를 잃어 멍하고 탁하게 변했다.

나는 이를 악물었다. 억지로 꿀꺽 삼킨 날카로운 것을 소화할 줄 몰라 보이는 이에게 마구잡이로 휘둘렀다. 그것도 나만큼이나 상처받게 될 이에게.

카라쇼가 그렇게나 가르쳤건만, 역시 나는 천성이 안 되는 놈이었다. 이런 상황이 벌어지니 남 탓을 하는 것부터가 그렇지 않은가.

카라쇼는 나 같은 것을 제자로 들여서는 안 됐다.

"왜 나를, 그 지옥에 혼자 뒀어……."

불행이나 불러오는 나약한 것을 말이다.

쿵.

지그문트의 멱살을 힘없이 놓고 그의 옆벽에 머리를 박았다. 온몸에 힘이 빠졌다.

쉴 새 없이 눈물이 흘렀다. 이 눈물로 핏빛 죄악이 씻겨 나가면 좋을 텐데, 핏자국은 물로 씻기지 않았다. 시야에 붉은빛이 일렁이는 듯한 착각이 들었다.

"아, 윽……."

나는 울음과 함께 신음을 토해 냈다. 지그문트는 그때까지 손가락 하나 움직이지 않았다. 눈치 하나는 더럽게 빠른 놈이었으니 내 상태에서 곧바로 상황을 읽은 것 같았다.

새까맣게 죽은 보랏빛 눈동자는, 그 또한 사랑하는 사람을 잃었음을 말해 주었다.

"……미안. 미안해. 네게 이러려는 게 아니었는데……."

숨을 죽이고 울던 나는 목소리보단 숨소리에 가까운 소리로 그에게 사과했다. 카라쇼를 죽인 뒤 이성을 완전히 잃어버려 되는 대로 지껄인 것이지, 진심이 아니었다. 그 참극에 어떻게 잘못한 이가 있겠는가. 모두가 피해자인데.

내 심장엔 가시가 꽂혀 숨도 제대로 쉬어지지 않았으나, 이 가시에 찔려야 할 만큼 잘못한 이는 없었다. 이 가시는 어떻게 처분할 수도 없이 내가 평생 안고 가야 하는 것이었다.

"너무 아파서, 그냥 있으면 숨 막혀 죽을 것 같아서, 그래서 아무 말이나 지껄인 거야. 진심 아니야."

입을 여는 것조차 힘겨워 숨이 가빠왔지만, 그에게 제대로 사과하고 싶었다.

우리에게 남은 건 서로밖에 없었다. 이대로 지그문트까지 잃고 싶지 않았다. 그까지 가시에 찔려 괴로워하길 바라지는 않았다.

"내가 죽였어."

"……."

"데베라의 독에 중독되셨는데, 내게 죽여 달라고 하셔서, 내 검으로 심장을 꿰뚫었어."

"……미르."

"사실 다 내 잘못이야. 나만 아니었으면 스승님은 사셨을 거야. 그런데 조잡하고 비열하게 네 탓을……."

"슈슈."

와락.

큰 품이 나를 강하게 안아 왔다. 그는 조금의 틈도 용납하지 않겠다는 듯 꽉 끌어당겨 몸을 겹쳤다. 그 포옹이 버튼이라도 된 것처럼, 나는 말을 더 잇지 못하고 아이처럼 울음을 터트렸다.

"……미안하다."

천파만파로 갈라진 낮은 목소리가 내 귓가에 속삭였다. 그가 처음으로 내게 사과했다. 네 탓이 아니라고 해 주고 싶었는데, 멈추지 않는 눈물 때문에 말을 할 수가 없었다. 나는 지그문트의 품에 얼굴을 묻고 죽을 듯 울었다.

"네 잘못이 아니다."

카라쇼처럼 따스하지 않지만, 바위처럼 묵직한 그 속삭임이 나를 위로했다. 오직 그만이 할 수 있는 말이었다. 같은 카라쇼의 제자였으며, 나만큼, 어쩌면 나보다 더 그녀를 사랑했던 지그문트의 위로만이 내게 기만이 아니었다.

"같이 있어 주지 못해 미안하다. 네 말이 맞아. 다 내 탓이다."

"윽, 아, 니……."

"쉬이—"

반박하려는 나를 저지한 지그문트가 내 등을 토닥이며 나를 가볍게 안아 들었다. 말투부터 손길까지 지나치게 부드러워서 꼭 평소의 그가 아닌 것 같았다. 얼굴을 묻은 그의 품에서 은은히 풍겨 오는 겨울의 향취만이 여전했다.

"괜찮아."

'괜, 찮다, 슈슈.'

지그문트의 목소리에 죽어 가던 카라쇼의 목소리가 겹쳐 들렸다. 나는 발작하듯 몸부림치며 숨을 죽여 울었다. 침대에 앉아 나를 자신의 무릎에 앉힌 지그문트가 나를 더 강하게 안아 왔다. 내 손톱이 그의 살갗을 찢어도 움찔하지 않고 아이를 어르듯 내 등을 토닥였다.

그의 품에서 조금 진정이 된 나는 부르터서 제대로 떠지지도 않는 눈으로 그를 올려다보았다.

카라쇼의 죽음이 그에게 괜찮을 리 없었다. 그는 나보다 더 오래 제자로 있었으니, 어쩌면 나보다 더 괴로울지도 몰랐다.

"너, 는……."

"어째서 울지 않냐고."

지그문트는 단번에 내 의도를 알아차렸다. 내가 고개를 끄덕이자, 그가 짧게 한숨을 쉬었다. 그는 눈물을 흘릴 기색을 보이지 않았다. 얼굴이 심각하게 굳고 두 눈이 죽어 버렸지만, 오랜 스승을 잃은 제자의 얼굴 같진 않았다.

"눈물은 오래전에 말랐다. 잃는 것도 익숙하다."

지그문트의 대답은 지나치게 태연했다. 대체 어떤 삶을 살아왔을까 의문이 들 정도로. 저렇게 이별에 익숙하려면 몇 번의 이별을 겪어야 했을까.

만약 내가 조금만 더 둔했다면 스승님의 죽음이 슬프지도 않냐며 역정을 냈을지도 모르나, 나는 발견했다.

지그문트의 두 눈 너머로 얼핏 보이는 그의 속은 아예 썩어 문드러져 있었다. 슬픔을 표출하지 못할 만큼.

"……이리 와."

나는 두 팔을 벌렸다. 그에게도 안길 품이 필요했다. 지그문트는 열린 내 품을 한참 동안 내려다보았다. 저는 나를 거침없이 안았으면서, 내게 안기는 건 주저하고 있었다.

"멍청이."

맹맹한 목소리로 중얼거린 나는 거침없이 지그문트를 끌어안았다. 그의 무릎 위에 앉아 있어서 이러나저러나 그에게 안긴 것 같았지만.

그의 어깨가 살짝 튀었으나, 얼마 지나지 않아 천천히 내 어깨에 제 머리를 기댔다.

"……스승님이 네게 전해 달래."

한참이 지난 뒤에 나는 입술을 열었다. 잠잠한 보랏빛 눈동자가 나를 바라보았다.

"네게도 반드시 봄이 올 거라고."

내 중얼거림에 지그문트가 힘없이 헛웃음을 뱉었다. 하기야 지금 상황에 어울리는 말은 아니었다.

"내일 스승님의 비석을 쌓을 거야. 의뢰지로 와. 거기 설원 한복판에 세울 거야."

담담히 그녀의 죽음을 기리고자 했다. 괜찮은 건 하나도 없었지만, 나는 지그문트가 당연히 올 거라고 생각했다.

나중에 다시 생각해 보면, 그는 그때 아무런 대답도 하지 않았는데.

지그문트가 없었다면 카라쇼의 유언이고 뭐고 참지 못하고 자결해 버렸을지도 모른다는 생각이 들었다. 내가 가장 위태로울 때 붙잡아 준 것이 그였다. 나는 옅은 파동을 일으키는 보랏빛 눈동자를 바라보며 힘없이 웃었다.

"네가 있어서 다행이다."

아직도 고통스럽고, 영원히 씻을 수 없는 흔적이겠지만, 그와 함께라면 이겨

충직한 검이 되려 했는데 3

낼 수 있을지도 모르겠다고 생각했다.

그러나 지그문트는 오지 않았다.

그리고 6년 동안 단 한 번도 내 앞에 모습을 보이지 않았다.

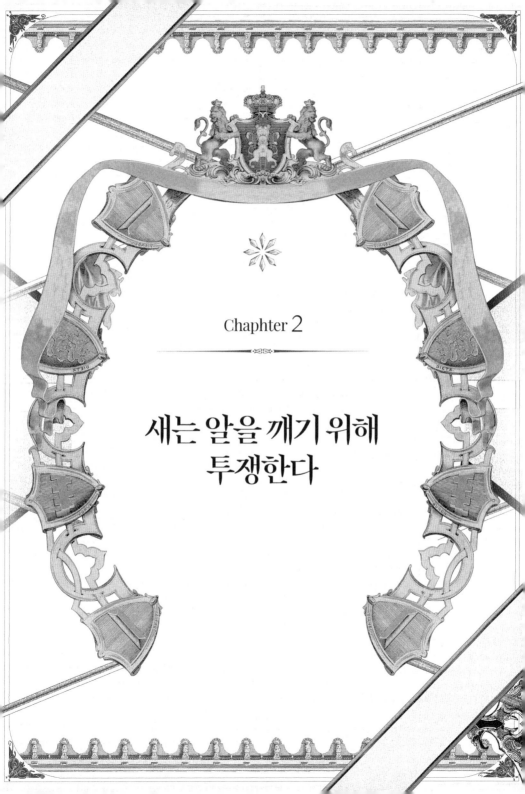

Chaphter 2

새는 알을 깨기 위해 투쟁한다

잠시 과거를 회상하던 나는 느릿하게 정신을 차렸다. 떠올려 봐야 좋을 것 하나 없는 기억에서 얼른 벗어나야 했다.

검술 대회장 안은 조금 전 소란이 무색할 정도로 고요했다.

미르임을 밝힐 예정이라는 건 가족들에게도 말하지 않았기에, 카이사르와 칼, 아리아까지도 모든 움직임을 멈추고 굳어 있었다. 내가 이미 미르임을 아는 디에고, 라이너, 엘, 르웰린조차도 예외 없이 경악에 빠져 있었다. 나는 그때 처음으로 황제 헬리오스의 넋 나간 표정을 보았다.

내가 이런 반응과 시선을 즐기는 사람이었다면 그나마 기분이 좀 나았을까. 안타깝게도 나는 뭉그러진 진흙처럼 끔찍한 기분에서 헤어날 수가 없었다.

"진심으로 나온다는 말, 물리지 않는 게 좋을 거다."

쾅!

나는 짓씹듯 내뱉으며 폭주하듯 오러를 방출했다. 마수의 검은 피가 고인 웅덩이에 거대한 바위가 떨어지듯, 불길한 검은색 마나가 사방으로 튀어 올랐다.

"나는 정말 널 죽여야 하니까."

내게 있어 죽음이란 단어는 내 신념과 스승의 목숨만큼 무거운 것이었다. 피의 무게를 감당할 수 없어 여태껏 살인을 두려워했고, 북부의 테러리스트인 글렌을 죽인 뒤에도 매일 악몽을 꾸었다.

하지만 이제 더는 물러설 수 없었다. 관객석에서 나를 바라보고 있는 이들을 지키기 위해서는 눈앞의 옛 친우를 죽여야 했다.

지그문트 하이드는 내 적이었다.

"……다행이구나. 6년 전 그 애송이에서 발전이 없었다면 실망스러웠을 텐데."

죽어 있는 보랏빛 눈으로 나를 응시하던 지그문트가 비죽 입꼬리를 올렸다. 기분이 엉망인 것과는 별개로 머릿속은 이상할 만큼 고요했고, 내 본능은 내가 인지하기도 전에 그를 적으로 인식하고 있었다.

"하나만 묻자. 전쟁을 일으키는 목적이 뭐지?"

목소리는 나조차도 놀랄 만큼 차분했다. 지그문트를 바라보는 시선도 더는 떨리지 않았다. 그에게 온전히 초점을 맞췄다.

나와 한참 눈을 맞추던 지그문트는, 이내 눈꼬리를 휘었다.

"해묵은 핏자국과 덧없는 사명을 위해서."

쾅!

지그문트가 마나를 폭발시키듯 방출하며 살기를 내뿜었다. 검은색과 연한 붉은색 연기가 그를 감싸며 뒤섞이는 모습은 전시 상황이라는 것을 잊을 만큼 신비롭고 아름다웠다. 나는 차분했던 머릿속을 비집고 밀려오는 혼란에 입술을 짓씹었다.

그의 오러 색은 꼭 내 머리카락과 눈에서 색깔을 빼낸 것처럼 나와 닮아 있어서, 나는 의문을 품지 않을 수가 없었다.

"전쟁에 정의라도 있을 줄 알았나. 선한 전쟁 같은 건 없다."

단호하게 말한 지그문트가 나를 향해 검을 휘둘렀다.

쉬이익!

보글보글 끓는 것처럼 기이하게 꿈틀거리는 그의 오러는 꼭 살아 날뛰는 것 같았다. 나는 다급하게 뛰어올라 공격을 피했다.

쾅!

두 가지 색이 섞인 불길한 오러는 그대로 벽에 내리꽂혔고, 그 여파로 경기장이 크게 뒤흔들렸다. 살벌한 위력이었다. 나는 이를 까득 갈고 검을 세웠다.

쾅! 쾅!

그와 나의 검이 빠르게 맞부딪쳤다. 오러를 꺼내지 않았던 이전의 전투는 모두 반쪽짜리였음을 증명하듯, 지그문트의 검은 이전과 비교도 되지 않을 정도로 강했다. 검이 부딪칠 때마다 울리는 소리는 쇳붙이 소리보다는 천둥소리에 가까웠다.

오러의 격돌로 하늘이 갈라질 듯 거대한 난류가 일었다. 머리카락이 미친 듯이 휘날렸다. 시야를 가린다는 디메리트를 고수하고도 기른 이 머리는 내 자신감과도 같았다. 나는 눈가를 간지럽히는 검은 실낱들 사이로도 어렵지 않게 그의 검을 감싼 오러를 응시했다.

"……네가 찾은 정답은 대체 뭐지?"

색이 두 개인 오러는 생전 처음 봤다. 어두운 것도, 밝은 것도 아닌 이 오러를 무어라 정의해야 할지 의문이었다. 잠시 침묵하던 지그문트는 기계적으로 입꼬리를 올렸다.

"나조차도 이해할 수 없는 것."

"뭔……."

"네가 자세히 알 필요는 없다. 알려 줄 생각도 없고."

쾅!

내 검을 거칠게 쳐 낸 지그문트가 주먹을 한 번 쥐었다 펴는 것으로 마법진을 만들어 냈다.

콰쾅!

그리고 머리 위로 쏟아지는 검은 낙뢰.

나는 빠르게 뒷걸음질 쳐 공격을 피했다. 저걸 맞았다고 죽진 않겠지만, 그 위력에서는 나를 통구이로 만들겠다는 각오가 보였다. 나는 뻣뻣하게 굳은 입꼬리를 비틀었다.

충직한 검이 되려 했는데 3

"재수 없는 새끼."

지그문트가 아무것도 알려 주지 않는 것은 익숙했다. 나는 쓴 침을 삼키며 다시금 그와 격돌했다.

그와 검을 마주할 때면 온몸에 전류가 흐르는 것 같았다. 뜨겁고, 짜릿하고, 고통스러웠다. 검사로서의 내 본능은 나와 대적할 만한 존재에 본능적으로 열광했으나, 이성과 감정은 괴로워했다.

나는 숨을 거칠게 몰아쉬며 속도를 더더욱 올렸다. 지그문트는 올라가는 속도를 곧잘 따라왔으니 언뜻 생각하기엔 괜한 체력 낭비인 것 같았지만, 그를 정신없게 만드는 건 분명 효과가 있었다.

정신이 없으면 마법을 발동하지 못하니까.

쾅!

그리고 마법을 발동하지 못하는 지그문트는, 명백히 나보다 약했다. 소드 엑스퍼트인 그가 나와 대등하게 싸울 수 있는 건 적시 적소에 적절하게 발동하는 마법 덕분이었으니까.

오러를 더욱 끌어 모은 검으로 공격을 받아치자 지그문트의 검이 엇나갔다.

그 순간, 무너진 자세가 바로 빈틈이었다.

서걱.

나는 망설임 없이 검을 놀려 검 끝으로 지그문트의 옆구리를 베어 냈다. 인간의 피부가 내 검 아래서 베어 나가는 감각은 끔찍했다. 나는 입술을 짓씹어 탄식을 참았다.

분명 꽤 깊게 베었는데, 지그문트는 신음 소리 한번 내지 않았다. 그저 피가 흐르는 환부를 대충 손으로 틀어막을 뿐이었다. 그를 베었다는 사실이 끔찍했으나, 나는 애써 티 내지 않으며 다시 검을 세웠다.

"검으론 날 못 이긴다는 걸 알 텐데."

경고에 가까운 내 지적에 지그문트가 피식 웃었다.

"걱정하는 건가?"

"······너는 그냥 죽어라."

이 순간까지도 시답잖은 태도였다. 이 상황에 참혹함을 느끼는 건 나뿐인 것 같아 열이 받은 상태로 오러를 뿜어낼 때, 상처가 아프긴 했는지 길게 숨을 뱉은 지그문트가 갑작스럽게 마법진을 발동했다. 나는 빠르게 방어 태세를 취했다.

"애초에 내가 이곳에 온 이유를 잊은 건가."

하지만 그가 공격한 건 내가 아니었다. 지그문트의 얼굴을 본 탓에 나도 모르게 방심했던 모양이다. 뒤늦게 상황을 깨달은 나는 다급히 뒤로 몸을 돌렸다.

내 뒤쪽으로 대피해 있던 헬리오스가 무방비하게 마법진에 노출되어 있었다.

'개자식이 진짜······!'

지그문트는 전투에선 수단과 방법을 가리지 말라며 내게 온갖 술수를 가르쳐 준 인물답게 뒤통수치는 것도 서슴지 않았다.

자신의 머리 위로 쏟아지는 낙뢰를 발견한 헬리오스의 푸른 눈이 커졌다.

내가 그를 지키기 위해 전속력으로 달려갈 때.

"어, 됐네."

헬리오스의 앞에 익숙한 인영이 갑작스럽게 나타났다.

'네가 여기서 왜 나와?'

나는 달려가던 걸음도 멈추고 입을 떡 벌렸다. 이곳에 등장하리라고는 상상치도 못한 인물이었다.

갈색 머리 변장을 푼 듯 티 한 점 없이 새하얀 백발, 서늘하게 올라간 눈매에 조용히 번뜩이는 연둣빛 눈. 아타라 왕국의 국왕, 엘렉산드로 아타라이자 내 친구 레오였다.

순간 이동처럼 나타나 헬리오스의 앞을 지키고 선 그가 쥐고 있던 검을 사납게 휘둘렀다. 독극물같이 유해해 보이는 초록빛 오러가 하늘의 검은 낙뢰를 향해 날아갔다.

충직한 검이 되려 했는데 3

콰콰쾅!

검은 낙뢰와 초록빛 오러가 허공에서 맞부딪치며 폭발했다.

"깔끔하군. 이걸로 솔라티네 제국은 아타라 왕국에 빚을 하나 진 겁니다."

"이게 무슨……."

손날을 세워 눈 위를 가리며 폭발 장면을 지켜본 레오가 씨익 웃었다. 그런 레오를 보며 헬리오스가 얼빠진 표정을 지었다. 그 장면을 잠시 바라보던 나는 상황을 이해하지 못한 채로 얼굴을 일그러뜨렸다.

"……대체 어떻게 이곳에 들어온 거지?"

지그문트도 나와 같은 의문을 품고 있었는지 그에게 물었다. 지금 이곳은 북부가 만든 결계 때문에 외부를 볼 수 있고 소리로 소통할 수도 있지만 나가거나 들어올 수는 없는 분리 상태였다. 소드 마스터 둘도 들어오지 못해 바깥에서 마법사들이 결계를 해체할 때까지 기다리고 있었다. 그런데 레오가 순간 이동을 한 것처럼 갑작스럽게 나타난 것이다.

"순간 이동 안 통하는 건 진작에 확인했는데!"

아리아의 날카로운 목소리가 귀에 꽂혔다. 나는 설명을 바라는 눈으로 레오를 바라보았다. 레오는 집 앞에 산책 나온 사람처럼 지나치게 태평했다.

"순간 이동 아니야. 사냥 대회 끝나고 한동안 내가 안 보였지? 아타라에 좀 다녀왔어. 그동안 아타라가 가만히 있었던 건 아니야. 북부에 대항할 기술을 연구했다고. 지금도 그 기술인 흑마법 결계 소규모 커터를 통해 들어온 거야. 아직 연구 과정이라 진짜 될지는 몰랐지만."

그가 웬 이상한 기계장치를 들고 흔들었다. 과연, 순수한 검술 위주의 군사 조직만 발달된 솔라티네와 다르게 부를 기반으로 마도공학을 발달시킨 아타라다웠다.

"갑자기 이 일이 터지고, 네가 갇힌 걸 보고 순간 이동으로 아타라에 갔다가 이거 들고 방금 다시 왔어. 너 때문에 온 거긴 한데……."

말끝을 흐린 레오가 매서운 눈으로 지그문트를 노려보았다.

"저 자식. 그때 레이샤 유품 가져간 놈이지."

아무래도 그는 이전에 만났던 유품 도둑놈을 향한 앙심이 깊은 것 같았다. 가면에 후드까지 눌러썼는데 알아본 것을 보면 말이다.

"레오. 전원이 안전하게 탈출하는 게 우선이야."

나는 혹시 레오가 저번처럼 이성을 잃고 폭주할까 봐 미리 저지했다. 레오는 지그문트를 보며 이를 갈았으나, 전처럼 무턱대고 나서진 않았다.

'레오까지 있는 상태에서 지그문트가 함부로 덤비진 못할 거야. 바깥에서 결계를 풀 때까지만 이곳에 버티고 있으면 돼.'

나는 긴장한 눈으로 멀리 떨어진 곳에 있는 지그문트를 살폈다. 그는 이미 나와 레오의 합동 공격에 도망친 전적이 있었다. 지그문트는 갑작스러운 레오의 등장에 골치가 아픈 듯 이내 서늘하게 미소를 지었다.

"낙뢰."

그가 중얼거리는 것과 거의 동시에 마법진이 만들어졌다. 언제 보아도 놀라운 마법진 전개 속도였다. 그리고 우리가 모여 있는 곳 위로 재앙과도 같은 검은 낙뢰가 비처럼 쏟아졌다.

지그문트의 검은 낙뢰는 예나 지금이나 가공할 위력을 자랑했다. 그가 가장 잘하는 공격 마법이 바로 낙뢰 소환이었다.

"젠장, 피하세요!"

나는 순식간에 생겨난 번개를 맞을 뻔한 헬리오스를 밀쳐 냈다.

"윽."

그 바람에 어깨에 낙뢰를 비껴 맞은 나는 찌르르한 통증에 숨을 참았다. 내가 숨을 헐떡이자, 내게 밀려 바닥을 구른 헬리오스가 얼굴을 일그러뜨렸다. 레오의 표정이 험악해졌다.

콰쾅!

통증에 집중할 새도 없이 또다시 낙뢰가 떨어졌다. 레오와 내가 힘을 합친 상황에서 접근전 2:1로는 승산이 없으니 헬리오스라도 죽이고 가고자 원거리에서 마법을 폭격하는 것 같았다.

지그문트가 미친놈처럼 헬리오스에게 공격을 퍼붓는 가운데, 나는 헬리오스를 지키려 애썼다. 마음 같아서는 지그문트와 승부를 보고 싶었지만 헬리오스를 또 혼자 내버려 둘 수는 없었다.

레오는 내가 헬리오스를 보호하는 동안 내게 날아오는 낙뢰를 막아 내고 있었다.

"방어막 거의 다 해체됐습니다!"

등 뒤로 칼의 날카로운 목소리가 들려왔다. 조금만 더 버티면 될 것 같았다.

욕을 짓씹은 지그문트가 결국엔 마법진을 거두었다. 나와 레오가 집중 마크를 시작한 이상 헬리오스 암살은 불가능하단 걸 알아차린 모양이었다.

빠르게 손을 놀린 그가 새로운 마법진을 전개했다. 이번엔 순간 이동 마법진이었다.

"기억해라."

그의 보랏빛 눈동자가 나를 또렷이 바라보았다. 나는 그 눈을 기억했다.

"이제 눈보라가 몰아닥칠 것이다."

'이제 눈보라가 몰아닥칠 거야.'

글렌의 마지막 말과 지그문트의 말이 겹쳐 들렸다.

"경계 파훼 성공했습니다!"

"네가 세상을 포기하지 않는 이상……."

불길한 기운이 가득한 결계가 점점 더 옅어져 갔다. 나는 순간 이동의 빛에 휩싸여 사라지는 지그문트를 지긋이 바라보았다.

"우리는 또다시 전장에서 만나게 될 거다."

그 말을 끝으로, 그는 완전히 사라졌다.

"슈슈!"

"슈슈 언니!"

결계가 풀리며 내가 아는 모든 이들이 나를 향해 달려오고 있었다. 나는 이를 악물었다.

그의 말이 맞았다. 우리는 서로의 빌어먹을 안티테제가 될 운명이었다.

·──◈❊◈──·

혼돈과 공포의 검술 대회가 끝난 지 나흘이 지났다.

헬리오스 암살 시도가 있었고, 수많은 제국민들이 모인 경기장에서 내가 미르임이 밝혀졌다. 제국은 이 사건으로 완전히 뒤집어졌다.

많은 이들이 전쟁을 예견했고, 전쟁을 피해 대륙을 떠나는 사람들의 수가 증가하고 있었다. 황제의 목숨이 위협당한 사건은 이번으로 무려 두 번째였기에, 많은 이들이 제국의 보안을 의심하고 있었다. 그리고 이런 폭풍 전야 같은 어두운 상황에서도 크리시스의 공녀가 소드 마스터 미르였다는 사실은 사람들 입에서 쉴 틈 없이 오르내리고 있었다.

그 나흘간 매일 챙겨 보는 신문 첫 페이지에서 하루도 빠짐없이 내 얼굴을 봤다. 하필 지그문트 때문에 감정과 멘탈이 개박살 나 야차 같은 표정을 짓고 있을 때의 사진을—그 긴박했던 상황에서 대체 어떻게 인화 마법을 사용한 건지는 미스터리였다. 기자라는 종족들은 내 생각보다 훨씬 대단했다.—기사에 사용해서 신문을 볼 때마다 얼굴이 화끈거렸다.

카슈미르 크리시스가 미르라는 사실은 제국을 넘어 온 대륙으로 퍼져 나가고 있었다. 그 대사건이 터진 후 내 삶이 이전과 180도 달라졌느냐 하면 그건 아니었다. 나에게 인터뷰를 요청하는 기자들의 편지로 방 하나가 가득 찰 수준이었지만, 그것들은 모두 유능한 총괄 집사 테일러의 선에서 처리되었다.

충직한 검이 되려 했는데 3

나흘간 황궁과 신전의 호출이 끈질기게 이어졌으나, 카이사르는 그 모두를 내 몸이 좋지 않다는 이유로 단칼에 쳐 냈다. 원래도 사교계엔 나가지 않았으니 웅성거리는 귀족들 사이에서 구경거리가 될 일도 없었다.

나는 그 사건 뒤 놀라울 만큼 별일 없이 저택에서 놀고먹으며, 180도가 아니라 360도 달라진 삶을 살고 있었다.

"이제 풀어 주시면 안 되겠습니까? 무릎을 꿇겠습니다."

그리고 나흘째 되는 날, 나는 카이사르의 집무실에서 허공에 거꾸로 매달려 피할 수 없는 업보의 폭탄을 얻어맞고 있었다.

천장과 내 발목을 이은 포승줄이 좌우로 움직이는 것에 따라 매달린 내 몸도 시계추처럼 흔들렸다.

인간을 초월한 지 오래인 몸이었기에 발목이 시큰거리거나 머리에 피가 쏠리는 일은 없었지만, 금방이라도 질식할 것 같은 방 안의 공기가 너무 괴로웠다.

'제발 살려 줘.'

나는 거꾸로 뒤집힌 시야를 잠시 눈에 담다 죄책감에 눈을 질끈 감아 버렸다.

"이리 와라."

깍지 낀 손 위에 턱을 얹은 채 시선을 내리고 오랫동안 생각하던 카이사르가 천천히 입술을 열었다. 나는 그 말에 반색하며 단번에 밧줄을 끊고 공중제비를 돌며 바닥에 착지했다. 이까짓 밧줄은 나를 붙잡을 수 없었다. 나를 붙잡는 건 나를 묶은 사람 그 자체였다.

'그냥 매달려 있을 걸 그랬나.'

나는 거꾸로 돌아가 있던 시야가 원상태로 돌아오자마자 내려온 것을 후회했다. 집무실 중앙 책상 앞에 앉은 카이사르와 그 양옆에 선 칼과 아리아는 지옥의 3대 천황인 것만 같았다.

나는 그 앞으로 걸어가며 내 몸이 점점 더 쪼그라드는 기분을 느꼈다.

"네가 계획을 말하지 않고 움직이는 것, 괜찮다."

내가 책상 앞에 서자, 카이사르가 낮은 목소리로 말했다. 얼마나 마음고생을 한 건지 감기를 걸렸을 리도 없는데 목소리가 천파만파로 갈라져 있었다. 나는 날카롭게 갈라진 그 목소리에 양심이 푹푹 찔렸다.

"어떻게 앞일을 다 예측하고 행동하는 건지도 설명할 필요 없다."

궁금하지 않을 리가 없는데도 카이사르는 단호하게 말했다. 그 모습에 나는 마음이 더 무거워졌다.

"그러니 제발 그 말만은 물러 주면 안 되겠나."

카이사르의 목소리는 얼핏 듣기엔 담담했으나, 그를 잘 아는 내가 담담함 속에 꽁꽁 숨긴 참혹함을 찾지 못할 리 없었다.

• ⸱⸱❧⸱⸱ •

나흘 전. 지그문트가 사라지고, 아수라장이었던 경기장은 조금 안정을 찾았다. 그 가운데 깨진 결계를 빛과 같은 속도로 넘어서 나를 향해 달려온 카이사르는 새하얗게 질려 있었다. 내 손을 으스러져라 붙잡는 큰 손은 미친 듯이 떨리고 있었다.

"이만 가 보겠습니다."

"잠깐, 공작……."

"제가!"

나를 이끌고 성큼성큼 발걸음을 옮기는 그를 헬리오스가 다급하게 제지할 때, 나는 이성을 잃은 카이사르를 보았다.

"정신을 놓고 이 경기장을 무너뜨리기 전에 보내 주십시오."

동공이 풀린 새빨간 눈동자는 섬뜩함을 넘어서 생존 본능에 빨간불이 들어오게 했다.

흠칫한 헬리오스가 푹 한숨을 쉬었다. 생명에 위협을 받으며 흙바닥을 뒹굴어야 했던 그는 많이 지쳐 보였다.

"······가 보게. 카슈미르 공녀도 지쳤을 테니."

카이사르는 그의 허락이 떨어지는 동시에 나를 이끌고 발걸음을 옮겼다. 인사조차 없이 떠나는 건 대단한 무례였으나, 황제가 허락한 마당에 그걸 지적할 수 있는 사람은 없었다. 나는 반항 없이 그를 따라 저택으로 돌아왔다.

"······아버지."

"나중에."

저택에 들어선 카이사르는 무언가를 억누르듯 한참 동안 숨을 고르기만 했다. 그는 처음으로 명확하게 나와의 소통을 거부했다. 나는 혀를 깨물고 싶은 심정으로 입술을 열었다.

"아뇨. 지금 말해야 합니다."

나 또한 처음으로 그의 의사를 존중하지 못하고 밀어붙였다. 지금이 아니면 말하지 못할 것 같았다. 매도 한 번에 맞는 게 나았다.

카이사르가 나를 돌아보았다. 비정상적으로 확장된 동공에 공허함이 가득한 눈빛이 그의 상태를 말해 주었다. 나는 입안에서 독극물처럼 맴도는 말을 기어코 내뱉었다.

"저, 곧 벌어질 전쟁에 출전할 겁니다."

카이사르가 숨을 멈추었다. 숨뿐만 아니라 모든 움직임과 생명의 파동이 멈추었다. 고통스러웠으나, 나는 그의 눈을 피하지 않았다. 나는 모든 종류의 죽음을 외면해선 안 됐다.

카이사르는 대답을 하지 않고 내게서 뒤돌아 그의 방으로 돌아갔다. 나는 붙잡지 않았다. 지금 말하지 않으면 또 상황이 닥쳐서야 알게 할 것 같아 다급하게 말하긴 했지만, 그에게 시간이 필요하다는 건 알고 있었다.

그 뒤로 나흘간 카이사르는 내게 얼굴을 보이지 않았다. 식사 시간에 얼굴을 비치지 않는 것은 물론이고, 용기를 내어 찾아가 봐도 지금은 만날 수 없다는 말만 시종을 통해 들었다.

• 왕 •

평화로우면서도 평화롭지 않은 시간이 지나가고, 오늘이 되어서야 카이사르가 나를 불렀다. 그리고 지금 이 상황이었다.

"후작 이상인 귀족 가문은 병역이 필수가 아니다. 규율이 달라져 한 명은 나가야 한다고 해도 내가 나갈 것이니 너희 셋은 신경 쓸 필요 없다."

위태위태한 분위기 가운데 카이사르가 묵묵하게 말했다. 깍지를 낀 그의 두 손은 얼마나 힘을 준 건지 새파랗게 질려 있었다. 무엇보다, 그는 나와 눈을 마주치지 않았다.

"어른들이 일으킨 전쟁에 아이들이 피해를 받아선 안 된다. 이 전쟁은 내 시대가 지고 가야 할 죄업이야. 네겐 의무가 없다."

그의 말 한 마디, 한 마디엔 무거운 책임감이 서려 있었다.

그 말대로였다. 내가 이번 전쟁의 승패를 책임질 필요는 없었다. 내 윗세대가 만든 갈등이니까.

'하지만 그렇게 생각하면 애초에 이 전쟁을 책임져야 할 만큼 잘못한 사람이 없을 텐데.'

명령을 받고 북부를 억압한 이전 세대의 제국군을 탓해야 할까. 하지만 그들은 명령에 불복종하면 즉시 사살을 당하는 입장이었다.

폭정을 행한 선황을 탓할 수 있겠으나, 그는 이미 죽었다. 한 줌 먼지에 불과한 유골에 복수할 수는 없는 노릇이었다.

그럼 북부의 해묵은 원한은 어디로 향해야 하는가. 그들이 벌이는 정당한 복수극을 방해하는 것이 옳긴 한가. 하지만 죄를 지은 건 지금의 제국이 아닌데. 답 없는 질문은 뫼비우스의 띠를 타고 끝없이 이어졌다.

안타깝게도 이곳엔 정답이 없었다. 각자의 자리에서 최선을 다하는 수밖에.

"의무가 아니라고 외면한다면 이 세상은 너무 삭막해질 겁니다."

나는 죄스러움을 감추지 못하면서도 확실히 말했다. 참극을 외면하지 않고 마주하는 것. 이것이 내 최선이었다.

"제가 얼마나 강한지는 알고 계시잖습니까. 전장에서 죽을 생각은 전혀 없습니다. 살아서 돌아올 겁니다."

사람을 죽이고 살아 돌아와서, 생으로 죗값을 치를 것이다. 죽는 것보다 사는 것이 더 어려웠으니.

내 단호한 말에 팔짱을 낀 채 책꽂이에 등을 기대고 한참 동안 허공을 바라보고 있던 칼이 기댔던 몸을 일으켰다.

"너는 세상에게 상냥한 영웅이겠지."

카이사르와 똑같은 색채지만 느낌은 사뭇 다른 붉은 눈동자가 나를 응시했다.

"그만큼 내게는 잔인한 사람이야."

그의 두 눈은 상처 입은 짐승처럼 애처롭고 사나웠다. 붉은 홍채가 물기로 일렁이고 있었다. 나는 뻣뻣하게 굳은 입꼬리를 비틀며 애써 미소 지었다.

"그래도 저를 사랑하시지 않습니까."

이전이었다면 상상도 못할 뻔뻔함. 이곳에 와서 사랑을 받으며 배운 것이었다. 칼이 울컥한 듯 얼굴을 일그러뜨렸다.

"……그게 내 빌어먹을 인생의 가장 큰 비극이지."

칼은 거짓말을 아주 잘했지만, 이상하게도 내게는 그의 거짓이 훤히 보였다. 지금도 그랬다. 그는 더 말하지 않고 그저 고개를 숙였다. 나를 막지 않겠다는 뜻이라는 걸 알 수 있었다.

"막으면 가지 않을 건가."

메아리처럼 공허한 카이사르의 물음에 나는 그저 웃었다. 묻는 투가 아니라는 점에서 그는 이미 정답을 알고 있었다. 카이사르가 하, 헛웃음을 뱉었다.

"내가 널 꺾을 수 없다는 것쯤은 이미 잘 알고 있지 않나."

한 손에 얼굴을 묻은 그가 잠긴 목소리로 중얼거렸다. 나는 눈을 감고 셋을 셌다. 옅어지는 의지를 다잡는 방법이었다.

"아리아는 네가 직접 설득해라."

허락을 내포한 카이사르의 말을 끝으로 나는 천천히 책상 위에 걸터앉은 인영을 바라보았다. 내가 이곳에 들어선 순간 나를 거꾸로 매달아 놓은 장본인이자, 지금까지 단 한 번도 내게서 시선을 떼지 않는 아이를.

책상 위에서 뛰어내린 아리아가 거침없는 발걸음으로 내게 다가왔다. 나는 나도 모르게 눈을 피했다. 작은 손이 내 멱살을 꽉 잡았다.

"나를 봐, 카슈미르 크리시스."

내가 저항할 수 없는 목소리였다.

나는 침을 크게 삼키고 천천히 고개를 들었다.

"똑바로 봐. 피하지 마."

이글이글 타오르는 청염은 슬픔도, 분노도 아닌 결연한 의지를 담고 있었다.

"언니만 나를 지킬 수 있는 게 아니야. 나도 언니를 지킬 수 있어."

언젠가 들은 적이 있는 말이었다. 아리아의 이 말은 언제나 내게 기껍게, 또 무겁게 들려왔다.

"이 선택에 따라올 일을 감당할 수 있어?"

지나치게 의미심장한 말에 설명을 바라며 아리아를 바라보았지만, 아리아는 설명해 줄 생각이 없어 보였다. 눈빛으로 내게 대답을 요구했다.

나는 잠시 침묵했으나 얼마 지나지 않아 입술을 열었다. 내가 내놓을 답은 정해져 있었다.

"……응. 무엇이든."

그 정도 다짐 없이 이곳까지 올 리 없었다. 이 가족을 지키기 위해서라면 나는 뭐든 할 수 있었다.

"그럼 가. 막지 않을 테니까."

아리아가 내 멱살을 잡은 손을 놓았다. 짧은 분홍색 머리카락이 목을 따라 흘러내리고, 요정 같은 얼굴이 흔들림 없는 단단함을 보였다. 아리아는 이제 더는 아이라고 부를 수 없을 만큼 자라 있었다.

아리아가 붙잡을 거라고 생각했던 나는 조금 얼떨떨한 채로 고개를 끄덕였다.

그때 그녀의 말을 쉽게 넘겨서는 안 됐는데.

❈

제복의 맨 윗단추를 잠갔다. 거울 속의 나는 지나치게 뻣뻣해서 원래 나이보다 두어 살쯤 많아 보였지만, 그걸 노린 것이었기에 퍽 만족스러웠다. 오늘 나는 어려 보여서는 안 됐다.

"언니, 준비 다 됐어?"

방 밖에서 아리아의 목소리가 들려왔다. 나는 거울을 보며 자연스러운 미소를 준비한 뒤 방문을 열었다.

"응. 가자."

대답하며 방을 나서서 아리아와 마주한 나는, 눈을 크게 떴다.

"……제복 입었네?"

깔끔하게 정돈된 분홍색 단발머리 끝자락이 닿은 어깨를 감싼 금색 견장. 아리아의 몸을 감싼 건 새하얀 제복이었다. 내 검은색 제복과 대치를 이루어 꼭 커플룩 같았다.

'이번 가을엔 같이 제복을 맞출까? 바디체인 대신 하네스를 차도 좋을 거야.'

'……아니야. 나는 드레스로 할래.'

아리아는 여태껏 드레스 차림을 고집해 왔다. 내가 제복 입는 걸 이상하게 여기는 제국의 귀족들처럼 편협한 사상을 가진 것도 아니면서, 자신은 제복을 입지 않았다. 내가 은근히 권유해도 말이다.

이유를 물어도 그저 웃을 뿐이라 늘 마음 한편에 의문을 품고 있었는데, 아리아는 오늘 갑작스럽게 제복 차림으로 나타났다.

"왜. 안 어울려?"

아리아가 자신만만하게 입꼬리를 올렸다. 그 모습에서 나는 또 묘한 기분을 느꼈다.

아리아는 분명 조숙한 아이였지만, 내 앞에선 약하고 어린 모습을 보였다. 어쩔 때는 그녀의 나이답지 않다 싶을 만큼—그래 봤자 아리아는 올해로 열여섯 살이긴 하지만, 그 어린 나이를 감안하고서도 어려 보였다는 소리다—어리광을 부리기도 했다.

나는 뭔가 이상하다고 생각하면서도 그 어리광을 모두 받아 주었다. 나한테만 그런다는 걸 알기도 했고, 내게 아리아는 언제까지고 어린아이였기 때문이다. 내게 아리아의 어리광은 너무도 당연한 것이었다.

'그런데 서서히 달라지더니…… 요즘은 아예 어리광을 안 부리지.'

나는 문득 그 사실을 깨달았다. 아리아의 변화는 하룻밤 사이에 도래한 것이 아니라 서서히 이루어진 것이었다. 창문 밖 한쪽 구석의 작은 새싹이 어느 날 나무가 된 것을 발견한 것과 같았다.

아리아의 웃음은 더 이상 천진난만하지 않았다. 순하거나 부드럽지도 않았다. 대신 또렷했고, 당당했다. 예쁘거나 사근사근해 보일 필요가 없는 권위자의 웃음 같았다. 그건 분명 성장이었다.

"그럴 리가. 너무 잘 어울려서 그래."

나는 나직하게 웃으며 아리아의 머리를 쓰다듬었다. 그러면서도 묘한 기분은 영 가시지 않았다.

아리아의 성장이 기뻤음에도, 한편으로는 복잡한 감정이 걸리적거렸다. 나는 이 감정의 이름을 알 수 없었다.

"다행이네. 그럼 가자."

내 손을 붙잡은 아리아가 나를 이끌고 계단을 내려갔다. 우리 자매 사이에서 이끄는 쪽은 늘 나였기에 아리아의 뒷모습을 정말 오랜만에 본 것이었다. 그리고 이제 그녀의 등은 더 이상 좁아 보이지 않았다.

"왔군."

복도에 배치된 의자에서 무료한 표정으로 기다리던 칼이 나와 아리아를 발견하고 자리에서 일어섰다. 나를 보면 어김없이 올라가던 입꼬리는 뻣뻣하게 경직되어 있었다.

'……한동안은 널 여느 때와 같이 대하지 못할 것 같다. 시간이 필요하다.'

전쟁에 출전하겠노라 선언하고 가족 모두의 동의를 얻은 날, 칼은 내게 솔직하게 말해 왔고 그날 이후 나를 대하는 태도가 경직되어 있었다.

제 발로 사지에 들어가는 나를 이해하기까지 시간이 필요하다고 했다. 그 선택에 분노하지 않고, 수긍해 줄 때까지 말이다.

나는 그를 이해하고, 그의 태도에 대해 말을 얹지 않았다. 삶은 소설처럼 간단하지 않아서, 모든 갈등을 한 번의 사건으로 완벽하게 해소할 수는 없었다. 받아들일 시간과 적당한 간극이 필요했다.

"시간이 여유로우니 수도 한 바퀴를 돌고 가도 좋겠구나."

복도에서 걸어 나온 카이사르가 희끄무레하게 미소 지었다. 그 또한 아직 나를 대하는 태도가 어색했지만, 여전히 나를 지지하고 있었다. 나는 마주 웃으며 고개를 끄덕였다.

우리 네 사람을 태운 마차가 출발했다. 마차 안은 지나치게 고요했으나, 어색하거나 무거운 침묵은 아니었다. 나는 턱을 괴고 창밖을 바라보았다.

검술 대회 이후 일주일이 지났다. 오늘은 그날 미처 마치지 못했던 시상식이 황궁에서 이루어지는 날이었다.

대륙 전체가 뒤숭숭했기에 사실 이런 공식적인 의례를 진행하는 건 위험했으나, 고작 위험하다는 이유로 거북이 등껍질에 숨듯 모든 일들을 철폐할 순 없었다. 황실은 황제 암살 사건 이후에도 제국이 건재함을 제국민들에게 보여 줘야 할 의무가 있었기에 더더욱 아무렇지 않게 원래의 행사들을 진행하려 했다. 그리고 지난 일주일간 황제 헬리오스는 나를 끊임없이 황실로 호출했다. 시상식 전에 나와 따로 대화를 나눠 보고자 했던 것 같았다.

'카슈미르 크리시스는 현재 감기로 병석에 누워 사경을 헤매고 있습니다.'

'……제발 변명이라도 좀 그럴듯하게 해 주면 안 되겠나? 소드 마스터가 감기에 걸린다는 게 얼마나 터무니없는 소리인지 경이 가장 잘 알 텐데.'

'그럴 리가요. 저도 겨울만 되면 감기로 고통을 받곤 합니다.'

'재작년 겨울에 기사단 기강을 잡겠다며 황궁 기사단 전체를 얼음물에 목욕시켜서 전원이 감기에 걸리게 하고 다음 날 혼자만 멀쩡히 출근한 그대가 할 말인가?'

'뵙지 못해 유감스럽습니다. 이만 끊겠습니다.'

하지만 그 모든 호출은 첫날 터무니없는 이유를 시작으로 카이사르의 선에서 매몰차게 잘려 나갔다.

'그래. 사흘 전엔 감기 때문이었고, 이틀 전엔 악몽으로 잠을 못 자서였고, 어제는 텃밭에서 감자를 캐느라 못 온다고 했지. 오늘은 카슈미르 영애에게 무슨 일이 일어났나?'

'명상 수련을 하다 영의 세계로 빠져 코마 상태입니다.'

'……경, 정녕 미쳤는가? 당장 공녀 바꾸게.'

'상태가 나아졌을 때 다시 연락 드리겠습니다.'

'야! 황명이다! 황명이라고! 이 새끼가……!'

나는 헬리오스와 카이사르가 통화하는 것을 모두 엿들으면서, 제국군이 저택으로 몰아닥쳤을 때 대처할 시뮬레이션을 머릿속에서 돌리기도 했다.

'카이사르 칼라 드 케니스 크리시스 공작.'

'네.'

'오늘이 검술 대회 시상식임은 알겠지.'

'네.'

'공녀가 검술 대회의 우승자라 필참해야 한다는 것도.'

'……네.'

'만약 오늘도 공녀와 함께 황궁에 출석하지 않는다면…….'

'…….'

'내 직접 그대의 저택으로 갈 걸세. 무려 벌거벗고.'

나는 그 순간 카이사르의 표정이 얼마나 불경했는지 똑똑히 봤다. 다리 120개의 지네가 현란한 탭댄스를 추는 걸 본 사람의 표정도 그보단 밝았으리라.

'내가 한다면 하는 사람임은 알지? 오늘도 출석하지 않는다면 내 알몸을 보고 싶다는 뜻으로 받아들이겠네.'

그 말을 끝으로 헬리오스는 통신을 뚝 끊었고, 카이사르는 인상을 박박 긁다 결국 황궁에 갈 준비를 하라고 통보했다.

그래서 우리는 지금 황궁에 가는 중이었다.

'잘할 수 있겠지.'

나는 조금 긴장한 채 손가락을 꼼지락거렸다. 미르라는 게 밝혀진 상태에서 처음으로 공식 석상에 서는 것이니 긴장이 되지 않을 턱이 없었다.

사람들의 시선에선 익숙해졌지만, 그들이 뒤에서 떠드는 말들에선 아직 완전히 자유롭지 못했다. 신경 쓰지 않으려 해도 신경이 쓰일 때가 있었다. 카이사르는 이런 나를 알기에 일주일간 모든 공식 석상을 끊어 낸 것이리라.

'또 무슨 말을 들을까.'

나는 내 뒤에서 오갈 말을 떠올리다, 좋은 상황은 전혀 그려지지 않아 반쯤 체념한 채로 그만두었다.

끼익.

마차가 황궁 앞에서 멈춰 섰다. 나는 열린 문 너머로 가볍게 뛰어내렸다. 오랜만에 온 황궁은 여전히 휘황찬란했다.

"크리시스 공녀님. 따로 길을 안내해 드리겠습니다."

내가 내리자마자 궁궐 문 앞에 대기하고 있던 황궁 시종들의 무리가 줄지어 내 앞에 다가왔다.

우승자가 나인 만큼 따로 안내하는 건 당연했지만, 집단 린치를 할 기세로 몰려오는 걸 보면 헬리오스가 이를 갈고 내가 도망치지 못하게 준비한 것 같았다. 나야 도망칠 생각이 없으니 카이사르가 나를 데리고 도망치는 걸 방지했다는 것이 더 정확하겠지만 말이다.

"먼저 가 보겠습니다."

"……그래."

나는 카이사르가 수긍하면서도 혀를 차는 것을 보았다. 그는 정말로 나를 데리고 도망칠 작정이었을지도 몰랐다.

나는 시종들에게 부담스럽게 둘러싸여 대기실로 이끌려 갔다. 이미 알고 있는 시상식 절차를 한 번 더 전해 들은 나는, 시상식 시간이 다 될 때까지 빈둥거리다 또다시 시종들에게 이끌려 문 앞에 섰다.

"안쪽에서 호명한 뒤에 들어가시면 됩니다."

시종이 공손하게 말하곤 물러갔다. 나는 온 제국의 귀족이 다 있을 홀의 문을 물끄러미 바라보았다. 조금 긴장되었지만 두렵진 않았다.

'용병임을 부끄러워하지 마라. 이 세상에 천한 직업은 없어. 천한 사람만 있을 뿐이지. 용병으로 살며 정당하지 않은 돈을 받은 적이 있느냐? 불의를 외면하거나 약자를 탈취한 적은?'

'……없는 것 같아요.'

'그거면 되었다.'

카라쇼의 가르침은 여전히 내 영혼 깊숙한 곳에 남아 있었다.

"검술 대회의 우승자, 카슈미르 카이사르 드 도레마 크리시스 님께서 입장하십니다!"

'미르'라는 이름은 내게 부끄러워 할 것이 아니었다.

문이 열리고, 시선이 따발총처럼 쏟아졌다. 나는 정면에 시선을 고정한 채 발걸음을 옮겼다.

'키프로스 백작 안색이 많이 안 좋아졌네.'

나는 지나가는 동안 키프로스 백작의 시꺼먼 안색을 확인하고 속으로 웃었다. 나를 바라보는 그의 눈은 거의 나를 찢어 죽일 듯했다. 수도의 테러를 막은 것은 미르였고, 미르가 나인 걸 알았으니 당연한 반응이었다.

북부의 황제 암살 시도 사건은 키프로스와 합의된 부분이 아니었을 것이다. 원작에선 이 사건 때문에 황위 계승 문제가 급박해지며 곧바로 디에고가 황제로 즉위하니까. 아직 세레논의 입지가 황제가 될 만큼 튼튼하지 않은데도 무턱대고 헬리오스를 암살했으니 예정된 결과였다.

'이게 북부가 키프로스를 쓰다 버릴 말로 사용했다는 증거겠지.'

북부가 키프로스와 손을 잡은 건 오직 수도 테러 때 들어갈 길을 마련하기 위해서였으리라. 키프로스는 그때 황제와 황태자 모두 죽일 계획으로 북부와 손을 잡았을 테고. 황제 하나만 노린 이번 사건은 합의되지 않은 불협화음이었을 것이다.

'이 일로 북부와 키프로스가 틀어지겠지.'

북부가 지금 일으키려는 전쟁은 혁명에 가깝고, 키프로스는 현재 제국의 기득권층이니 틀어지는 것이야 당연했다. 그 시기가 당겨졌을 뿐이다. 나는 백작의 뜨거운 시선을 즐겁게 만끽하며 왕좌 앞에서 멈춰 섰다.

황제 헬리오스와 교황 엘리오르가 그 중심 양측에 앉아 있었고, 헬리오스 옆엔 황후 티나 키프로스가 앉아 있었다. 나는 티나에게 시선을 던졌다.

'속여서 미안해요.'

정처없이 흔들리는 그녀의 눈을 보며 나는 눈빛으로 사과를 건넸다. 수도 테러 사건 때 미르로서 그녀와 협업하긴 했지만, 카슈미르 크리시스와 미르가 같은 사람이라는 것은 몰랐을 터. 악의는 없었으나 두 사람인 척했으니 그녀를 속인 것과 다름없었다.

"무릎을 꿇어 주십시오."

시종의 안내에 나는 천천히 한쪽 무릎을 꿇었다. 이번 시상식은 못 다한 검술 대회 시상과 함께 황제를 위험에서 구한 내 공을 치하하는 자리였다. 시종이 장황하고 형식적인 치하문을 나열하고 나서야 헬리오스가 입술을 열었다.

"공녀는 고개를 들어라."

바닥의 먼지 개수를 세던 나는 그제야 고개를 들었다. 늘 가볍던 헬리오스의 푸른 눈이 이례적으로 복잡한 빛을 띤 채 나를 응시하고 있었다. 잠시 물끄러미 나를 바라보던 그는, 대외적인 행사 때 짓는 형식적인 미소를 입가에 머금었다.

"위험 앞에서 나를 지킨 그대의 공이 크다. 그러므로 그대에게 묻노라."

푸른 눈이 깊어졌다.

"그대의 소원이 무엇인가?"

황제나 교황을 구한 이에겐 묻지도, 따지지도, 기준도 없이 무조건 소원 하나를 이루어 주는 것이 제국의 전통이었다.

이 상황에서는 구한 것으로 족하다는 대답을 하는 것이 암묵적인 규칙이었다. 어차피 특별한 소원을 빌지 않아도 그런 국가의 영웅에겐 탄탄대로의 미래가 보장되었으니까. 그럴듯한 모양으로 포장하는 것이 양쪽의 체면을 살리기에 좋았다.

"소원, 있습니다."

하지만 나는 체면을 버리고서도 빌어야 하는 소원이 있었다. 나를 바라보는 헬리오스의 두 눈이 가늘어졌다. 언짢음보다는 흥미에 가까운 기색이었다. 조금 웅성거리는 소리가 주위로 퍼지는 가운데, 나는 입술을 열었다.

"저를 다가올 전쟁의 군사 훈련관으로 삼아 주십시오."

이것이 내 소원이었다.

"……뭐라고?"

헬리오스가 믿기지 않는 듯 되물었다. 주위의 귀족들이 수군거리는 소리가 너무 커서 그의 말이 잘 안 들릴 지경이었다. 나는 그 가운데서 흔들림 없이 그와 눈을 맞추었다.

"다가올 전쟁의 훈련관 자리를 제게 달라고 했습니다."

이것이 내 최종적인 목표였다.

헬리오스의 표정이 미묘해졌다. 엘이 편하게 앉아 있던 몸을 일으키며 팔걸이를 꽉 잡았고, 티나의 두 눈은 흔들리고 있었다.

"조용!"

헬리오스가 거칠게 팔걸이를 내리쳤다. 그 서릿발 같은 위엄에 떠들썩하던 홀 전체가 얼어붙은 듯 조용해졌다. 헬리오스가 높은 왕좌 위에서 나를 내려다보았다.

"다가오는 전쟁이라. 크리시스 공녀는 전쟁의 발발을 확신하는가?"

헬리오스의 목소리는 평소와 다르게 엄격했다. 시리게 번뜩이는 푸른 눈은 죄를 재판하는 심판장 같았다. 나는 티 나지 않게 심호흡했다.

폭풍전야 같은 지금, 공식적인 자리에서 직접적으로 전쟁을 언급하는 것은 상당히 위험했다. 아직 다들 눈치를 살피며 섣불리 말을 꺼내지 못하는 상황이었으니까. 이때 전쟁을 언급했다간 불길한 얘기라는 이유로 몰매를 맞을지도 몰랐다.

"네. 전쟁은 반드시 일어날 겁니다."

하지만 누군가는 시작을 끊어야 하는 법. 나는 망설임 없이 대답했다.

전쟁을 준비하기 위해서는 한시가 급했다. 혼란을 일으키지 않기 위해 쉬쉬하는 건 이쯤이면 충분했다.

"그 말에 책임을 질 수 있는가? 이곳은 어린애들 놀이터도, 가십을 논하는 살

롱도 아니야. 그대가 뱉는 말의 무게를 알아야 할 걸세."

완벽하게 평소의 페이스를 되찾은 헬리오스가 턱을 괴었다. 그 오만한 권위가 나를 서서히 짓눌렀다. 나는 굴하지 않고 무겁게 고개를 끄덕였다.

"책임질 수 있습니다. 폐하께서도 이미 아시잖습니까."

전쟁이 다가오고 있다는 걸. 뒷말은 시선으로 마저 전했다.

나를 물끄러미 바라보던 헬리오스는 또다시 웅성거리기 시작한 장내를 둘러보더니 손을 휘저었다.

"시상식은 이것으로 파해야겠군. 그리고……."

헬리오스의 푸른 눈이 장내의 고위 귀족들을 훑었다. 시상식은 큰 이벤트였기에 키프로스와 데카르트, 아인하르트와 크리시스 모두 이곳에 모인 상태였다. 헬리오스가 느리게 입꼬리를 올렸다.

"마침 다 모여 있으니 대귀족 회의를 시작하도록 하지. 내 권한으로."

장내가 더욱 소란스러워지기 시작했다.

나는 놀란 눈으로 그를 바라보았다. 사실 군 훈련관에 대한 것은 헬리오스 혼자 결정할 수 없는 사안이었다. 군 통솔권은 카이사르에게, 황궁 기사단의 전체 총괄권은 노아에게 있기 때문이었다.

'그러니 헬리오스가 결정할 수 없는 부분이라고 여기서 딱 잘라도 사실상 할 말은 없는 건데…… 대귀족 회의를 열어 주겠다는 건, 나를 지지해 주겠다는 건가.'

대귀족 회의는 모든 대귀족의 동의하에 개최된다. 저번 사냥 대회 건으로 인한 대귀족 회의 또한 그렇게 진행되었다.

황제와 교황은 자신들의 권한을 이용해 동의 없이 회의를 열 수 있기는 했지만, 그건 1년에 딱 두 번으로 한정되었다. 그 얼마 안 되는 기회를 나를 위해 썼다는 건 나를 지지하겠다는 뜻과 다름없었다.

'이걸 바라고 살려 준 건 아니지만 정말 살리길 잘했네.'

이건 도박처럼 던진 패였다. 아무리 미르의 이름이 있다 해도 아직 아무것도 증명해 내지 못한 한낱 평민 출신 공녀를 훈련관으로 삼아 줄 가능성은 낮았으니.

안 되면 카이사르의 이름을 빌려 그의 보좌관이 되어서라도 어떻게든 개입하려 했건만, 상황은 내 생각보다 좋게 돌아가고 있었다.

"급작스러운 것이니 다른 절차는 모두 빼고 회의장에 차만 준비하게."

갑작스러운 상황에 급하게 움직이기 시작한 시종들에게 지시를 내린 헬리오스가 나를 힐끗 바라보았다. 그러더니 오렌지 과육마냥 상큼하게 윙크했다.

'성격 참 독보적이야.'

맛이 가도 단단히 간 그의 성격에 어느 정도 익숙해진 나는 그저 감정 없이 미소 지었다. 데뷔탕트 무도회 때의 데자뷔가 느껴지기도 했다.

홀 내의 귀족들이 물밀듯이 빠져나가고 시종 하나가 대귀족들을 회의장으로 안내했다. 장내 모든 사람들의 시선이 내게 쏟아지는 가운데, 카이사르와 아리아, 칼이 내게 가까이 다가왔다.

"잘하고 오라고 하진 못하겠군. 적당히 하고 와라."

"이 자식 말은 무시하고. 잘 다녀와."

칼과 아리아는 대귀족 회의에 들어갈 수 없었기에 내게 짧은 인사를 건네고 사라졌다. 나는 카이사르와 함께 발걸음을 옮겼다.

"미리 말했지만 나는 이번 일에 아무 말도 얹지 않을 거다."

카이사르가 감정 없이 말했다. 카이사르는 내가 출전하는 것을 바라지 않으니 당연한 일이었다. 이 정도도 혼자 하지 못한다면 당당하게 전쟁에 나가겠다고 한 것이 무색하다고 생각했기에, 나는 묵묵히 고개를 끄덕였다.

사실 반대를 하지 않은 것만으로도 다행이었다. 군 최고 통솔권을 가진 그가 반대를 했다면 소원이고 뭐고 곧바로 무산됐을 테니까.

회의장은 넓을 뿐 아니라 황궁답게 고급스럽고 사치스러웠다. 어디에 앉아야 하나 고민하던 나는, 익숙하게 맨 상석에 앉는 카이사르를 따라 그 옆에 앉았다.

"그래. 그럼 회의를 시작해 볼까."

왕좌에 나른하게 걸터앉은 헬리오스가 내게로 시선을 굴렸다. 날카로운 눈꼬리가 샐쭉 휘어들었다.

"이 젊은이의 용감한 제안에 대해서 말이야. 크리시스 공녀…… 아니. 미르라고 해야 할까."

검술 대회 이후 내가 미르라는 사실은 온 대륙에 퍼졌지만, 당사자인 내 앞에서 거론된 적은 없었기에 단번에 분위기가 애매해졌다. 헬리오스는 아무렇지 않게 분위기를 긴장시키는 재주가 있었다.

"그대는 무슨 배짱으로 그런 요청을 한 건지 어디 한번 들어 보자고."

다리까지 꼰 채 가볍게 말했지만 말의 무게는 전혀 가볍지 않았다. 내가 천천히 침을 삼킬 때, 내 맞은편에서 중후한 목소리가 들려왔다.

"나 또한 확실하게 설득해야 할 겁니다, 크리시스 공녀님."

섬광과도 같은 황금빛 눈동자. 타협을 모를 것 같은 올곧은 눈빛. 이젠 흰색에 더 가까운 은회색 머리칼까지도 누군가를 연상시켰으나, 역시 그와는 달랐다. 훨씬 더 강직하고 단단했다. 황궁 제1 기사단장이자 군 부사령관 노아 아인하르트였다.

"이 늙은이가 아직도 미숙하여 북부에게 몇 번 등을 내주었지만 그럼에도 평생 동안 제국을 지켜 온 몸."

장내 마나의 흐름이 뒤틀렸다. 팔걸이에 얹고 있던 카이사르의 손이 움찔하고, 나는 본능적으로 주먹을 꽉 쥐었다.

그는 소드 마스터쯤 되어야 느낄 수 있을 만큼 미세하게 마나를 조정해 한순간에 위협적인 공기를 만들어 냈다. 대단한 위압감이었다.

"용병 미르가 얼마나 대단한 인물인지는 압니다. 용병계에 등장한 지 대여섯 해 만에 용병왕이라는 칭호를 얻었다지요. 미르 같은 소드 마스터가 도움을 준다면 전쟁은 한층 수월해질 겁니다. 이 위험을 외면할 수 있을 텐데 마주해 준 공녀님에게 감사하기도 합니다. 다만……."

공기가 어깨를 짓눌렀다. 지구를 어깨로 받치는 형벌을 받은 어느 거인이 이런 느낌이었을까 싶었다. 세월로 인한 쇠약함이 느껴지긴 무슨, 세월이 지난 만큼 무르익은 섬세한 마나 운용이 느껴져 감탄하고 있을 때, 노아가 주름진 입매를 끌어 올렸다.

"공녀님께서는 저보다 좋은 훈련관이 될 수 있을 거라고 확신하시는 겁니까?"

황금빛 두 눈이 맹수처럼 번뜩였다.

노아 아인하르트는 부사령관으로써 몇십 년 동안 군사들을 훈련시켜 왔다. 그 일에 대해 분명한 자부심이 있을 터. 내 요청이 그의 실력을 정면으로 반박하다시피 한 상황이었기에, 그의 자존심이 자극당한 것도 당연했다.

"그런 뜻이 아닙니다. 절대로요."

나는 단호하게 부정했다. 나는 노아의 능력을 부정할 생각이 추호도 없었다.

"저는 제국의 승리를 바랍니다. 이를 위한 최선을 찾을 뿐이고요. 훈련관으로서는 아인하르트 경이 훨씬 유능하심을 알고 있습니다."

북부가 너무 예측 불가능한 방식으로 침투했을 뿐, 노아는 충분히 훌륭한 지도자였다. 그가 부사령관으로 있는 동안 전쟁 한번 없이 평화로웠던 제국이 그에 대한 입증이었다.

"강력한 소드 마스터를 꼽자면 저보단 크리시스 공작님이나 아인하르트 후작님을 꼽는 것이 나을 것입니다. 저보다 훨씬 노련하신 분들이니. 다만 그럼에도 제가 감히 훈련관을 자처하는 이유는……."

나는 침착하게 심호흡했다. 키프로스 백작은 증오를, 디에고는 걱정을, 엘은 착잡함을, 라이너는 기대를. 나를 향해 쏟아지는 시선에는 각양각색의 감정들이 담겨 있었다.

"북부의 주 무기가 마수이기 때문입니다."

나는 그 가운데에서 흔들림 없이 정면을 바라보았다.

"북부가 마수 테이밍에 성공했다는 사실은 다들 아실 겁니다. 원래라면 제국의 군사력과 상대도 되지 않는 북부가 이번 전쟁에선 위협적인 이유는 딱 하나, 이 마수 테이밍 때문입니다. 다들 동의하시겠죠."

이 부분은 반박의 여지가 없었다. 나를 어떻게든 쥐어뜯으려는 듯 눈에 불을 켜고 노려보던 키프로스 백작조차 아무 말도 하지 못했다.

"제가 집중한 건 이 부분입니다. 저는 마수 토벌엔 가장 자신 있습니다. 수많은 종류의 마수가 어떻게 움직이는지, 어떤 습성을 가지고 있고 어디가 약점인지 확실히 알고 있습니다. 이것만큼은 누구보다 잘 안다고 확신합니다."

이건 용병들 사이에서도 특히 내가 독보적인 부분이었다. 마수에 대한 지식과 실전 감각. 거의 평생을 설원에서 굴렀기에 얻을 수 있었던 것이다. 내가 용병왕으로 이름을 떨칠 수 있었던 이유도 이것이었다.

"이번 전쟁 대비 훈련에 중점으로 둬야 할 건 전투력을 기르는 것보단 마수를 대응하는 방법을 익히는 것이라고 생각합니다. 그러므로 저를 훈련관으로 삼아주십사 하는 겁니다."

나는 헬리오스를 똑바로 바라보았다. 조금이라도 위축되어 보이지 않도록.

"그 다음으로는, 제 이름을 거는 것이 꽤 유용할 거라 생각했기 때문입니다."

"……공녀님의 이름을 말입니까."

"정확히는 미르의 이름을 말입니다."

라이너의 되물음에 담담히 정정하며 말을 이었다.

"전쟁은 무력 싸움이지만, 그곳엔 심리전도 있는 법이라는 것을 잘 아실 겁니다. 미르는 마수 토벌에 오랫동안 종사해 왔던 용병이니, 그가 훈련관을 맡았다는 사실이 북부의 귀에 닿는다면 북부인들의 심리를 효과적으로 흔들 수 있을 겁니다."

인간 대 인간이 겨루는 모든 일에는 심리전이 바탕에 깔린다. 그리고 대부분

심리전의 승패가 그 일의 승패를 좌우하곤 했다. 내가 노린 것이 그것이었다.

"제가 말씀드릴 수 있는 이유는 여기까지입니다. 이유가 부족하다고 느끼실지도 모르죠. 하지만 저는 어디까지나 제국의 평화와 안녕을 바라기 때문에 이렇게 말씀드리는 겁니다."

사실 나는 어딘가의 지도자가 되는 것도, 책임감이 필요한 일도 좋아하지 않았다. 그런 건 내 적성에 맞지 않았다. 떠돌이 용병으로 혼자 일해 온 시간이 길기도 했고, 원체 나서는 것을 좋아하지 않기도 했다.

그럼에도 내가 이렇게까지 나서는 것은, 이대로 전쟁이 벌어졌다가는 이 자리에 있는 인물 중 3분의 1 정도가 죽을 게 분명하기 때문이었다. 헬리오스는 이미 죽었어야 했고, 노아는 전쟁 중 죽으며, 카이사르 또한 죽는다.

'특히 카이사르가 죽으면…… 나는 나 자신을 절대 용서하지 못하겠지.'

내가 전쟁에 출전하려 하는 가장 큰 이유가 바로 이것이었다. 원작에선 카이사르가 전쟁 중에 죽는다. 그것만은 반드시 막아 내야 했다.

"그러니 저를 사용해 주십시오. 유용할 자신이 있습니다. 절대, 실망시켜 드리진 않을 겁니다."

나는 선포하듯 말했다. 이것이 내 결심이었다.

나는, 전쟁에 나가야 했다.

한동안 회의장에 정적이 흘렀다. 나는 그 숨 막히는 고요함 속에서 침을 꿀꺽 삼켰다. 재판 결과를 기다리는 죄인이 된 기분이었다.

'제발, 누가 농담이라도 던져 주면 안 될까요.'

아무리 대담하게 굴려 해도 조금 소심한 성격은 여전했다. 누군가 '실망시키지 않으면 바늘망은 시키는 건가.' 같은 하찮은 농담이라도 던져 주길 바랐다.

"저는 이 부분에 대해서 말을 얹을 생각이 없으니 아인하르트 후작과 폐하께서 결정하십시오."

기다란 침묵을 끊은 건 내 옆에 앉은 카이사르였다. 그의 목소리는 여느 때처럼 담담하고 냉랭했다. 이미 합의된 부분임에도 너무 칼같이 잘라 버리는 것 같아 나도 모르게 섭섭함을 느낄 때, 붉은 눈동자가 나를 힐끗 돌아보았다.

"……다만 혈연과 사적인 감정을 배제하고서도 터무니없는 의견은 아니었다고 생각합니다."

그 한마디가 얼마나 기껍게 들렸는지 모른다.

위축되었던 어깨가 조금 펴졌다. 카이사르는 정말 모든 사견을 제한 냉철한 목소리로 말했기에, 내 말의 신빙성을 인정받은 느낌이었다.

"흐음."

헬리오스가 비음을 흘렸다. 그는 워낙 능구렁이 같아서 기색을 읽을 수가 없었다. 푸른 눈이 나를 얼마 동안 응시했을까, 그의 입술이 천천히 열렸다.

"후작의 생각은 어떤가? 최고 책임자가 발언권을 포기했으니 그대에게 가장 큰 권한이 있지 않나."

헬리오스는 자신의 의견을 말하지 않고 노아의 의견을 물었다. 확실히, 헬리오스가 허락한다 해도 노아가 반대한다면 말짱 도루묵이었다. 나는 초조한 마음을 애써 숨기며 노아를 바라보았다. 황금빛 두 눈은 폭풍의 눈에서도 고요했다. 노아가 바위처럼 단단히 굳은 눈빛으로 나를 응시했다.

"죄송하지만 기사단 생활 경력조차 없는 이에게 병사들의 교육을 전임할 순 없습니다. 그건 병사들의 반발이 클 겁니다."

단호한 거부였다. 이미 예상했던 반응이었기에 나는 묵묵하게 고개를 끄덕였다. 아무리 고위층의 합의가 있다고 해도 병사들의 충성은 다른 얘기였다. 병사들이 어리고 낯선 훈련관의 가르침을 받으려 할 리가 없었다.

내가 빠르게 머리를 굴려 플랜 B를 구상하고 있을 때, 노아가 말을 이었다.

"하지만 마수를 대처하는 방법은 분명 익혀야 합니다. 이에 대한 대비가 없다면 제국은 아무리 큰 병력을 가지고 있어도 오합지졸로 무너질지도 모릅니다."

그가 느리게 입꼬리를 올렸다.

충직한 검이 되려 했는데 3

"처음부터 훈련관이란 직위를 주는 것은 반발이 클 테니, 우선 제 부관으로 활동하시는 게 어떻습니까? 제 대리인이란 명목으로 훈련을 주관하면서 병사들의 신임을 받고, 능력을 증명한 뒤에 훈련관이 되는 게 좋을 것 같습니다."

노아 또한 나를 믿고 있다는 게 그의 눈빛에서 느껴졌다. 그는 내게 기회를 주려는 것이다.

"좋습니다."

나는 빠르게 고개를 끄덕였다. 공녀가 후작의 부관으로 들어간다는 건 사상 초유의 상황인 데다 신분 차가 있는 만큼 불명예스럽게까지도 느껴질 수 있었으나, 내게 중요한 건 명예가 아니었다. 명예 따위 애초에 생각지도 않았다.

"뭐, 그렇게 된다면 내게 소원을 빈 게 아니군. 스스로의 힘으로 따내는 것이니 말이야."

조용히 듣고 있던 헬리오스가 가벼운 투로 말했다. 그가 두 눈을 샐쭉 접었다.

"겨우 그것으로 통치기엔 황제의 면목이 서지 않아서 말이야. 내 생명을 구한 공덕을 그리 쉽게 넘겨 버릴 순 없지. 또 다른 소원을 빌어 보게."

그의 물음에 나는 나도 모르게 멍청해 보일 게 분명한 표정을 지었다. 내겐 반드시 훈련에 관여하고야 말겠다는 집념밖에 없었기에, 다른 소원 같은 게 있을 턱이 없었다.

"어…… 없습니다."

헬리오스의 미간이 꿈틀거렸다.

"정말 하나도 없나? 돈과 명예, 내 아들까지도 줄 수 있는데."

"없는 것 같습니다. 이 자리를 만들어 주신 것만으로 충분합니다."

마지막에 이상한 게 껴 있는 것 같았으나, 가볍게 넘기고 대답했다.

헬리오스가 자존심이 상한 듯한 표정을 지었다. 하기야, 황제로서 보상 하나 제대로 하지 못한다는 건 신경에 거슬릴 법도 했다.

'하지만 진짜 빌 게 없는데……'

돈이야 공작가도 많았고, 명예는 그다지 필요치 않았다. 대충 황궁 지붕에 붙어 있는 청동 조각상이나 벽에 붙은 금박 벽지라도 떼어서 달라고 해야 하나 고뇌하고 있을 때, 헬리오스가 눈을 번뜩였다.

"그럼 보류해 두게. 이대로 넘어가기엔 자존심 상하니까."

헬리오스도 신세 지고는 못 사는 성격 같았다. 나는 거절할까 하다 고개를 끄덕여 순응했다. 이것까지 거절했다가는 헬리오스의 자존심을 제대로 자극할 것 같았다.

"그럼 이 부분은 얘기가 끝난 것 같군. 다들 특별히 할 얘기 없나? 이왕 모인 김에 수다라도 떨어 보자고."

왕좌에 늘어진 헬리오스가 위엄이 싹 빠진 목소리로 말하며 손을 휘저었다. 술집에서 재미있는 얘기를 찾는 아저씨와 다를 바 없는 태도였다.

"곧 공식적으로 발표할 사안이긴 하지만, 이렇게 모인 김에 말씀드려도 되겠습니까."

"오, 한번 말해 보게. 혹시 재혼 소식인가?"

의외로 말문을 뗀 것은 체슬러 데카르트 후작이었다. 맹렬한 화염처럼 새빨간 머리카락과는 상반되게 숨 막히도록 과묵한 그가 처음으로 입을 뗀 순간이었다.

체슬러는 헬리오스의 주책바가지 같은 말을 가볍게 씹고서—나는 순간 헬리오스를 보는 그의 두 눈이 짜게 식는 것을 보았다—말을 이었다.

"둘째인 르웰린 데카르도가 데카르도의 후계자로 결정되었습니다. 곧 차기 가주 임명식을 치를 예정입니다. 다음 대귀족 회의엔 그 아이와 함께 나올 겁니다."

나는 눈을 크게 떴다. 회의장 내로 잠시 소란이 퍼졌다.

'르웰린, 드디어 해냈구나.'

나는 흘러나오는 웃음을 감추지 못했다. 꼭 내 일인 것처럼 행복했다. 이걸 르웰린이 아닌 다른 사람의 입에서 들었다는 게 아쉽긴 했지만, 요새 들어 르웰린이 얼마나 바빴는지 알았기에 이해할 수 있었다.

'같이 축배라도 들자고 해야지.'

괜히 내가 들떠서 축배로 어떤 술을 마실까 고민하고 있을 때, 엘이 만족스러운 미소를 지었다.

"좋은 선택이라고 생각해요. 그녀가 보여 줄 데카르도의 미래를 기대하도록 하죠."

데카르도는 신전파 귀족이었기에 교황이 지지를 보이는 것도 당연했다. 체슬러가 영광이라는 듯 고개를 숙여 인사했다.

"데카르도에서도 차기 가주가 정해졌는데 크리시스는 어떤가?"

체슬러에게 적당한 축하 인사를 건넨 헬리오스가 카이사르를 돌아보았다. 그 물음과 동시에 모든 이들의 시선이 내게로 쏠렸다. 심지어 카이사르조차도 무슨 생각을 하고 있는지 모를 묘한 눈으로 나를 바라보았다.

이전 대귀족 회의에서 후계자로 몰렸던 기억이 떠오른 나는 표정을 굳혔다.

"우선 저는 아닙니다."

카이사르에게 물었다는 것을 알면서도 끼어들었다. 내 단호한 거절에 어쩐지 아쉬운 표정을 지은 카이사르가 전언을 보내 왔다.

「슬슬 정할 때도 됐으니 집에 가서 셋이 제비뽑기라도 해라.」

'크리시스 공작가, 이대로 괜찮을까.'

어디서부터 지적해야 할지 모를 말에 잠시 허공을 본 나는, 체념한 채로 미소를 지었다. 그냥 내가 걸리지 않기만을 바랄 뿐이었다.

"어련히 알아서 정할 것이니 재촉하지 마십시오."

"오, 공작의 그 여전한 싸가지는 치료를 좀 재촉하고 싶은데."

카이사르의 무엄한 말에 헬리오스가 감탄했다. 이쯤 되면 그냥 둘이 친한 게 아닐까 싶었다.

"더 할 말 없으시면 괜히 시간 끌지 말고 파하시죠."

"경을 파해 버리고 싶지만, 알겠네. 볼일은 다 봤으니까."

카이사르를 보며 혀를 찬 헬리오스가 눈썹을 들어 올리며 두 팔을 벌렸다.

"이로써 대귀족 회의를 파하도록 하지. 다들 해산하게."

1시간도 채 채우지 못한 채 끝난 대귀족 회의는 이번이 처음일 것 같았다. 나는 나 때문에 공연히 다른 이들의 시간을 잡아먹은 것 같아 눈치를 살폈지만, 신경 쓸 필요도 없는 키프로스 백작가 사람들을 제외하곤 부정적인 기색이 없었다.

나는 안도의 한숨을 쉬며 제일 먼저 자리를 나서는 카이사르를 따라 발걸음을 옮겼다.

"공녀님."

출구로 직행하는 카이사르로 인해 아는 이들과 인사할 시간도 없이 가던 나는, 나를 부르는 목소리에 뒤를 돌아보았다. 나를 잡은 이는 의외의 인물이었다.

"데카르도 후작님?"

체슬러 데카르도였다.

그가 나를 잡은 이유를 짐작하지 못하고 눈을 끔뻑이고 있으니, 무심한 눈빛으로 카이사르를 힐끗 본 체슬러가 입을 열었다.

"감사 인사를 하고 싶었습니다."

"……네?"

나는 더욱 알 수 없는 기분이 되었다. 체슬러와 나는 르웰린을 제외하면 아예 접점이 없는 사이였다. 체슬러는 무뚝뚝한 것으로 유명한 사람인 만큼 표정에 감정이 비치지 않아서 무슨 의미인지 감을 잡을 수 없었다.

"르웰린이 공녀님을 많이 의지하더군요. 그 아이가 후계자가 되고자 한 것은 공녀님을 만난 뒤부터였습니다."

"아."

"재능은 있지만 의지는 없어 곤란했건만. 공녀님 덕이 크다고 봅니다."

체슬러는 감정이 메말라 버린 듯한 목소리로 고마움을 전했다. 이런 상황이 어색해 보였지만, 분명 진심인 것 같았다.

"친구로서 당연한 일을 한 것뿐입니다. 저도 르웰린 영애의 도움을 많이 받았고요."

나는 민망함에 목덜미를 매만졌다. 이런 찬사는 역시 익숙하지 않았다.

체슬러가 아주 희미하게 입꼬리를 끌어 올렸다. 입꼬리를 씰룩한 것에 가까운 옅은 움직임은 금방 사라졌으나, 나는 분명 보았다.

"……데카르도 후작가는 공녀님께 호의를 품고 있습니다. 가능한 선이라면 언제든 도움을 드릴 수 있습니다."

체슬러는 내게 딱딱하지만 분명하게 진심을 전했다.

'생각보다 나쁜 사람은 아닐지도 모르겠네.'

르웰린을 방치한 것 때문에 그의 이미지는 내 속에서 바닥 언저리를 찍고 있었으나, 이번 일을 계기로 중간쯤은 올라온 것 같았다. 나는 피식 웃었다.

"호의에 감사드립니다. 잊지 않겠습니다."

체슬러와 나 사이에 시선이 오갔다. 우리 둘 다 서로에게 르웰린을 부탁하고 있었다.

"이제 가지."

회의장 입구에서 다른 이들이 슬슬 나오고 있는 것을 본 카이사르가 나를 이끌었다. 아무래도 다른 이들과 마주치고 싶지 않은 것 같았다.

'하긴 엘, 디에고, 라이너와 인사만 해도 시간을 꽤 잡아먹을 테니……'

친구들과 인사하고 싶긴 했지만, 카이사르를 기다리게 하고 싶진 않았다. 나는 고개를 끄덕이며 그와 함께 출구로 향했다.

아리아와 칼은 미리 집으로 돌아가 있었기에 카이사르와 나만 마차를 타고 저택으로 이동했다. 마차 안엔 어색하지 않은 정적이 흘렀다. 카이사르는 생각이 많아 보였다.

마차가 저택에 도착하고, 나와 카이사르는 집으로 들어갔다. 오늘 워낙 일이 많았으니 빨리 쉬고 싶다는 생각이 강했다. 저택에 들어서자마자 카이사르에게 짧게 인사하고 내 방으로 향하려 할 때였다.

"언니. 잠깐만."

홀 쪽 복도에서 나온 아리아가 나를 불렀다. 그녀는 칼과 함께였다. 꽤 진지한 표정이었기에, 나도 덩달아 긴장했다.

"잠깐만 얘기하자."

푸른 두 눈이 결연하게 빛났다.

무슨 말을 할진 모르지만, 심상치 않은 주제라는 것만은 짐작할 수 있었다.

나는 부쩍 자란 티가 나는 아리아의 얼굴을 물끄러미 바라보았다. 하늘빛 두 눈은 폭풍전야의 하늘처럼 고요해 기색을 읽어 낼 수 없었다.

"……그래. 그러자."

나는 순순히 수긍했다. 아리아의 요청은 내게 절대적인 것이었다. 피곤하다고 해서 거절할 수 있는 게 아니었다. 거절한다고 들어줄 것 같지도 않고.

"옷 갈아입고 공작 집무실로 와."

그 말을 남긴 아리아는 뒤돌아 사라졌다. 표정을 보면 화난 건 아닌데도 어쩐지 불길함이 느껴졌다.

미련 없이 사라지는 아리아의 뒷모습을 바라보던 나는, 남아 있는 칼을 돌아보았다. 나와 눈이 마주친 칼이 눈을 깜빡였다. 그는 태연해 보였으나, 나는 눈이 마주치던 순간 그가 아주 희미하게 흠칫했음을 놓치지 않았다.

"무슨 일이라도 있습니까?"

내 물음에 칼과 카이사르가 빠르게 시선을 교환했다. 아무래도 셋만 아는 무언가가 있는 모양이었다.

'내가 무언가 숨길 때 이런 기분이었던 걸까.'

그 사실이 조금 서운해졌으나, 내가 가족들에게 비밀로 하고 큰일을 쳤던 건 한두 번이 아니었기에 불평할 자격은 없었다. 뜻밖의 역지사지로 인한 자아 성찰을 거치고 있을 때, 칼이 어쩐지 안절부절못하며—겉으로는 태평하기 짝이 없었으나, 나는 그의 동공이 갈피를 잡지 못하는 것을 보았다―입을 열었다.

"내가 할 말은 아닌 것 같다. 아리아에게 직접 들어라. 다만…… 마음의 준비는 하는 것이 좋겠군."

만사에 보통 사람들보다 배는 무감한 칼이 마음의 준비를 하라고 할 정도면 듣고 기절할 정도라는 소리와 다름없었다. 불안감이 급속도로 증폭되었다.

"……알겠습니다. 옷만 갈아입고 내려오죠."

나는 일단 고개를 끄덕이고 방으로 향했다. 끈적거리는 생각들이 발걸음을 자꾸만 붙잡았다. 직감이 위기를 감지하며, 내 신경은 날카롭게 곤두섰다.

가벼운 와이셔츠에 바지 차림으로 갈아입은 나는 복도를 가로질러 집무실 앞에서 멈춰 섰다.

"들어와라."

내가 채 노크를 하기도 전에 안에서 카이사르의 허락이 들려왔다. 나는 조심스럽게 집무실 안으로 들어갔다.

"저기 앉아."

집무실 소파에 다리를 꼬고 앉은 아리아가 자신의 맞은편을 가리켰다. 하필 커튼을 쳐서 집무실이 어둑한 데다 분위기가 엄숙해 어두운 세계의 보스 같았다. 지금 당장 시가를 물고 조직 하나를 묻으라고 명해도 이상하지 않을 것 같았다.

나는 기선을 제압당한 채로 조용히 아리아의 맞은편에 앉았다. 아리아가 짧게 심호흡했다.

"전쟁을 출전하는 것으로 인해 일어날 일을 감당할 수 있다고 했지."

아리아의 시선이 바늘처럼 나를 찔러 왔다. 나는 번뜩이는 두 눈에 조금 움찔했지만 고개를 끄덕였다. 내가 한 말을 무를 순 없는 노릇이었다.

"나는 언니의 출전을 막지 않으려 해. 언니가 선택한 길이니까."

지나치게 아무렇지 않은 목소리는 이질적일 정도였다. 나는 순간 내가 아리아에 대해서 제대로 알고 있었던 건지 고뇌에 빠졌다.

"그러니 언니도 막지 마."

아리아가 나와 눈을 똑바로 맞추었다. 나는 아리아가 폭탄을 터트리려 함을 본능적으로 예감했다.

"나도 전쟁에 출전할 거야."

쿵.

그 한마디가 바위보다 더 무겁게 내 심장 위로 내려앉았다. 순간 모든 신체 기능이 멈춘 것 같았다. 뇌의 사고가 정지하고, 심장이 멎는 것 같았다. 눈 깜빡이는 방법도, 숨 쉬는 방법도 잊었다. 나를 쇼크로 죽은 최초의 소드 마스터로 만들고자 시도한 것이었다면 아주 성공적이었으리라.

죽은 듯 멈춰 있던 나는 시계의 초침이 한 바퀴를 돌 때쯤이 되어서야 입을 열수 있었다.

"……농담이지?"

목소리가 갈라졌다. 재미있는 농담을 들은 사람처럼 입꼬리를 끌어올렸으나, 떨리는 것은 저지할 수 없었다. 표정이 일그러졌을 내 얼굴을 물끄러미 응시하던 아리아가 고개를 저었다.

"아닌 거 알잖아."

그래. 저 무게와 온도, 농도, 모두 진심이었다. 그렇기에 농담이라고 믿고 싶었다. 덜덜 떨리기 시작한 손으로 무릎을 으스러져라 쥔 나는 입술을 짓씹었다. 핏방울이 배어나 바짝 마른 입술을 적셨다.

"안 돼."

"아니. 돼."

"말도 안 되는 소리 하지 마! 네가 어떻게 전쟁에 나가!"

　　　　　　　　　　　　　　　　충직한 검이 되려 했는데 3

쾅!

내가 자리를 박차고 일어남과 함께 내 몸 속의 마나가 폭발하듯 터져 나갔다. 격해지는 감정으로 인해 마나 조절을 실패하는 건 정말 초보적인 실수건만, 나는 그 초보적인 실수를 할 만큼 감정을 걷잡을 수 없었다.

"언니가 나가는데 내가 왜 못 나가?"

아리아는 무서울 정도로 침착했다. 자신의 이야기가 아니라 제삼자의 이야기를 하는 것 같았다. 위협적으로 폭주하는 마나를 마주하고도 조금의 두려움도 내비치지 않았다.

나는 불규칙해지기 시작한 호흡을 주체하지 못한 채 이를 악물었다.

"네가 안전할 세상을 만들기 위해서 가는 거야. 그런데 네가 위험에 노출되면 다 무슨 소용이야! 나는……!"

"나를 위한 희생 따위 원하지 않았어!"

쾅!

아리아가 제 앞의 탁자를 거칠게 걷어차며 자리에서 일어났다. 작은 몸이 스스로가 감당하지 못할 만큼 거센 호흡으로 거칠게 들썩였다. 푸른 두 눈에 맹렬한 불꽃이 일었다.

"이전부터 나를 위한다고 하면서 내 의견을 물어본 적은 있어? 사실 다 언니의 만족 아니야?"

아리아의 말은 내 심장에 비수처럼 꽂혔다. 완전히 굳은 나는 상처받은 기색을 숨기지 못하고 아리아를 멍하니 바라보았다.

내 평생은 아리아를 위한 헌신이었다. 그 믿음 하나로 죽음보다 괴로운 인생을 꾸역꾸역 살아 냈건만, 꼭 내 삶을 부정당한 느낌이었다.

그리고 그 고통 사이, 그동안 잊고 살았던 생각이 불쑥 고개를 들었다.

아리아를 위한다는 명목으로 해 왔던 모든 것들은 정말 아리아를 위한 것이었을까.

"어떻게…… 어떻게 그런 말을 해? 내가 얼마나 널 사랑하는지 알면서!"

하지만 나는 그 의문을 뒤로한 채 고함을 쳤다. 이성적인 사고가 불가능했다. 내 평생을 바친 사랑이 부정당했다는 생각에 제정신일 수 없었다. 뜨거운 무언가가 파도처럼 눈으로 밀려왔다.

"너는 나랑 다르잖아! 너는 약하니까……!"

"아니! 다르지 않아. 다르지 않다고!"

아리아가 미친 듯이 고개를 저으며 비명에 가까운 목소리로 내 말허리를 잘랐다. 그 발악 같은 반응에 놀란 내가 멈칫했을 때, 아리아가 두 눈을 부릅떴다. 푸른 눈은 분한 듯 불타오르며 물기로 일렁이고 있었다.

"나도 언니를 지킬 수 있다는 말, 사실 믿지 않지? 언니는 내가 아직도 보호받아야 하는 나약한 유리 인형이라고 생각하고 있잖아!"

쿵.

거대한 망치가 내 머리를 내리치는 듯했다. 무의식에 잠재되어 있던 생각을 강제로 자각한 나는, 정신이 아득해졌다.

그랬다. 아리아가 더는 약한 어린애가 아님을 머리로는 알았지만, 마음으로는 인정하지 않고 있었다. 아직도 내 보호 아래에 있어야 한다고 생각했다. 툭 건드리면 녹아내릴 설탕 장식쯤으로 인식하고 있었을지도 몰랐다. 나는 아리아를 나와 동등한 인간이 아니라, 지켜 줘야 하는 피보호자로 생각하고 있었다.

"나도 언니와 같은 인간이야. 나를 똑바로 봐, 카슈미르 크리시스!"

아리아의 날카로운 목소리는 나도 몰랐던 내 인식을 정통으로 꿰뚫었다. 나는 칼에 찔린 사람처럼 숨을 가쁘게 들이쉬며 멍하니 아리아를 응시했다.

이제 더는 어린애라고 할 수 없는 분명한 얼굴선. 병색 한 점 없이 건강한 안색과 혈기가 도는 피부. 미소를 머금고 사랑스럽게 올라가는 대신, 직선으로 뻗어 강직한 기운이 도는 입매. 조금도 유약하지 않은 강렬한 푸른 눈. 아리아는 더 이상 병자도, 어린애도 아니었다.

"나는 안전한 새장 속에서 얌전히 지켜져야 하는 아기 새가 아니야! 화원에서 꼼짝 못 하는 예쁜 장미가 아니라고! 나도 누군가를 지킬 수 있고, 움직일 수 있어!"

아리아가 처절하게 부르짖었다. 그 목소리에서는 오랫동안 묵혀 온 설움이 느껴졌다.

태어나면서부터 몸이 약했던 아리아는 15년이란 세월을 병상에서 보내야 했다. 조금만 움직여도 숨이 차는 약한 몸을 얼마나 원망했을지, 두 다리가 있음에도 뛰놀 수 없음에 얼마나 절망했을지, 나는 감히 짐작할 수 없었다.

그런 아이가 이제야 자유를 얻었는데, 언니라는 사람이 아직도 자신을 싸고돌려 하니 화를 내는 것도 당연했다.

"내가 지금 언니가 전쟁에 나간다고 하니까 철없이 맞불 놓듯 충동적으로 말하는 거라고 생각해? 아니야! 나도 흐름을 읽을 수 있어! 전쟁을 예견한 건 언니뿐만이 아니야! 예전부터 생각했어. 이제 나도 내 몸 하나 지킬 힘이 있고, 다른 사람을 도와줄 수 있는 치유력이 있으니 전쟁에 나가서 도움이 되고 싶다고!"

왜 나는 세상을 지킬 수 있는데도 아리아는 지키지 못할 거라고 생각했을까. 왜 내 동생은 내가 만들 세상을 가만히 지켜보고만 있어야 한다고 생각했을까. 내가 언제부터, 이렇게 편협한 생각을 하고 있었을까. 서러움에 비명을 지르고 있는 푸른 눈을 보고 있으니 죄책감이 숨통을 조였다.

"언니는 모르지? 내가 얼마나 마법과 치유력을 갈고 닦았는지! 내 능력엔 별 관심 없었잖아! 대단하다고 말할 뿐이지 내 힘에 집중하지 않았잖아! 내가 한 사람의 마법사로, 치유사로 설 수 있을 거라곤 생각하지 않았으니까!"

아리아의 말 한 마디 한 마디가 날카롭게 내 심장을 난도질했다. 그 모든 것이 반박할 수 없는 사실이라서, 나는 입술을 달싹일 수도 없었다. 입을 열면 심장에 가득 고인 피를 토해 낼 것 같았다.

나는 여태껏 아리아를 뭐라고 생각하고 있었을까. 사랑한다고만 하고 일신의 건강에만 신경 썼지 온전한 성인으로 설 수 있도록 정신적 지지를 보낸 적이 있었던가.

"알아! 언니는 평생 약한 나를 봐 왔으니 멀쩡해진 내게 익숙해지려면 시간이 필요하다는 거! 그래서 기다렸어! 하지만 아직도 나를 동등한 사람으로 봐줄 생각이 없잖아!"

자신의 눈에 맺힌 눈물을 손등으로 벅벅 닦아 낸 아리아가 토해 내듯 말했다. 아리아의 푸른 눈은 먹구름 낀 것처럼 슬픔으로 가득 차 있었다.

"목숨을 걸고 나를 지켰던 게 언니의 사랑 방식이었던 거 알아. 그래서 여태까지 폭력적으로 쏟아지던 보호와 희생을 받아들였던 거야! 틀렸다는 걸 알면서도 반문하지 않았어! 차라리 죽고 싶었던 비참한 나날들을 버텨 냈어! 멍청한 순응이 내가 할 수 있는 전부였고……!"

숨을 크게 들이쉰 아리아가 오랫동안 막아 두었던 댐을 터트리듯 말을 토해냈다.

"그게 내가 언니를 사랑하는 방식이었으니까!"

사지에 뛰어드는 것이 내 사랑 방식이었다면, 아리아의 사랑 방식은 그 모습을 반문 없이 지켜보는 것이었나 보다. 몸은 내가 더 힘들었을지 몰라도, 정신적으로는 아리아가 더 고통스러웠을 거라는 생각이 들었다.

이제야 되돌아본다. 아리아는 매일 죽음을 각오하고 나가는 나를 보며 무슨 생각을 했을까. 혼자 집에 남아 있는 긴 시간을 어떻게 버텼을까. 그 비참함을, 대체 어떻게 견뎠을까. 나는 얼마나 잘못된 사랑을 하고 있었던 걸까.

"나는 그렇게 언니를 사랑했어, 언니의 잘못된 사랑을 그대로 받아 내는 게 내 사랑이었어. 언니를 기다리며 느꼈던 불안, 비참함, 절망, 그 모든 것을 혼자 삼켜 내고, 돌아온 언니에게 웃는 것이 내 사랑을 전하는 방법이었어……."

진이 빠진 듯 몸에 힘을 푼 아리아가 흐느꼈다. 죽기 전 유언을 남기듯, 일생일대의 죄악을 고해성사하듯 처참한 목소리는 나를 무너지게 하기에 충분했다. 나는 몸을 주체하지 못하고 비틀거렸다.

헐떡이며 우느라 말을 잇지 못하던 아리아가 한참 뒤에야 나를 바라보았다. 붉게 무른 눈가도, 슬픔에 침몰한 두 눈도 보기 고통스러웠으나 시선을 피하지 않았다. 나는 아리아의 눈을 피할 자격이 없었다.

"이제는 다르잖아. 언니는 더 이상 사지에 뛰어들어 돈을 벌 필요가 없고, 나는 더 이상 아프지 않잖아…… 그러니까, 이제 정상적으로 사랑해 보면 안 될까?"

아리아가 애원했다. 나는 숨소리조차 내지 못하고 울며 두 눈을 따갑도록 벅벅 닦았다.

"나를 동등한 한 사람으로 존중한다면 내 선택을 지지해 줘."

파르르 떨리는 새하얀 손이 내 손을 붙잡았다.

굳은살 한 점 박이지 않은 곱고 부드러운 손. 이는 귀하게 살았기 때문이 아니라 무언가를 할 기회조차 없었기 때문이었다. 그럼에도 불구하고 그 손은 내 손보다 단단하게 느껴졌다.

"정말 나를 사랑한다면, 나를 믿어 줘."

흔들림 없는 푸른 눈을 보고 있으면 심장이 터질 듯 뜨거워졌다.

이것이 정상적인 사랑이구나, 어렴풋이 느꼈다. 사랑이라고 하기도 부끄러운, 집착과 이기로 뭉친 끈적한 무언가를 삶의 목적으로 삼았던 내가 처음으로 사랑을 느낀 순간이었다.

"미안해, 미안해…… 내가…… 몰라서…… 사랑을 배운 적이 없어서……."

나는 고개를 떨군 채 덜덜 떨리는 손으로 낭떠러지의 동아줄 붙잡듯 아리아의 손을 붙잡았다.

세 살이라는 어린 나이부터 받아 본 적도 없는 사랑을 베풀어야 했다. 처음으로 얻은 삶의 이유가 너무 소중해서, 손에 꽉 쥘 줄만 알았지 풀어주는 방법을 몰랐다.

첫사랑은 늘 실패하는 법이다. 열기를 적당히 즐기며 너와 내가 남도록 해야 하건만, 처음 맞이하는 열기에 어쩔 줄 몰라 하다 스스로를 다 불태워 너만 남게 하니.

"나도 네가 첫사랑이라서…… 어떻게 해야 할지 몰랐어."

나는 그 작은 손 위로 창백하게 질렸을 입술을 맞추었다.

이것은 실패한 첫사랑을 향한 내 고해였다.

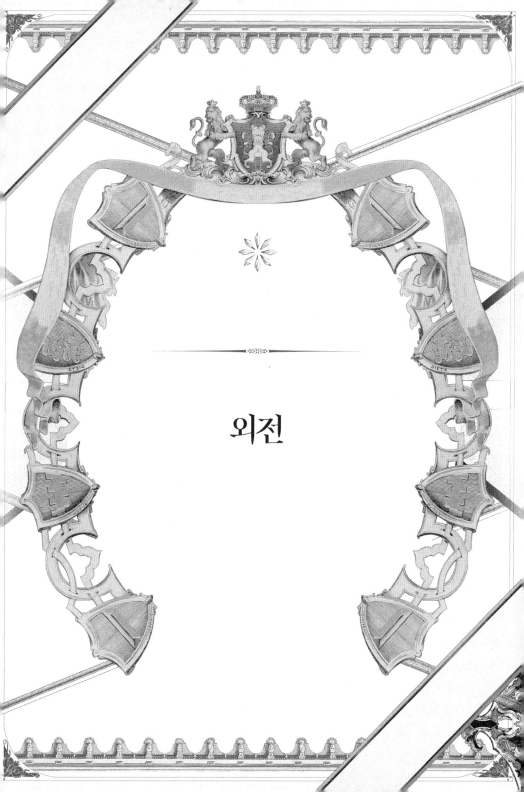

외전

아리아의 인생은 좁고 어두운 단칸방에서 시작된다.

아무리 그녀가 머리가 좋다 해도 갓 태어난 순간 같은 걸 기억할 리는 없다. 그러니 그녀가 기억하고 있다 여기는 그것은 착각일 게 분명함에도, 아리아는 이것이 진짜라고 여태까지도 굳게 믿고 있었다.

"이게 제 동생이에요? 정말요? ……엄청 쭈글쭈글한데."

조금은 퉁명스럽던 앳된 목소리나, 자신의 얼굴 위로 쏟아지던 반짝거리는 눈빛이 진짜였길 바라기 때문이었다.

아리아가 정확히 기억하고 있는 건 세 살 무렵부터였다. 그때부터 고등적 사고를 하기 시작한 어린 천재는 자신이 태어난 환경을 파악했다.

가난한 집안. 아버지는 없고, 그나마 있는 어머니는 무척 바빠 보였다. 건강하기라도 했다면 직접 생계를 꾸려 나갔겠으나 그녀는 몸이 약했다. 숨을 들이쉴 때마다 껄끄러움이 느껴졌고, 늘 몸이 무거웠다. 마치 물고기인데 뭍에서 사록 있는 것처럼.

네 살이 되던 해 어머니가 돌아가시고, 겨우겨우 버티며 다섯 살이 된 어느 날. 아리아는 뼈저리게 느꼈다. 자신이 누군가의 도움 없이는 살 수 없는 존재라는 걸.

"콜록, 콜록! 켁, 커흑!"

"……젠장, 괜찮아? 이리 와서 약 먹어."

그 사실을 자각하는 건 굉장히 비참했다. 아리아는 무능한 자신을 향한 자멸감에 몸부림치며 일찍이 절망과 체념을 배웠다.

아리아는 죽어 가는 몸뚱이를 가지고서도 살고 싶었다. 그녀의 하루하루는 미치도록 무료했고, 숨만 쉬고 있는 것에 가까웠지만, 그럼에도 불구하고 살고 싶었다.

특별한 이유가 필요하겠는가, 생존욕은 인간의 가장 기초적인 본능인 것을.

"너는 따라 나오지 마. 방해돼."

아리아는 살기 위해서는 자신보다 겨우 세 살 많은, 저 언니라는 사람에게 달라붙어야 한다는 걸 본능적으로 깨달았다.

"먹어. 빨리. 너 먹는 것만 보고 다시 나가야 해."

어린 아리아의 하루 식사를 책임지는 것은 언니인 카슈미르였다. 애답지 않게 염세적인 눈빛을 가진 카슈미르는 굉장히 무뚝뚝하고 시니컬했으나, 아리아의 식사는 꼬박꼬박 챙겨 주었다.

'멍청한 내 언니.'

혈연이 대체 뭐라고. 작고 영악한 그녀는 자신의 인생이 더 나아질 수만 있다면 언제고 가족을 놓을 수 있었다. 그에 비해 카슈미르는 아리아를 짐을 보는 듯한 눈으로 보면서도 절대 놓진 않았다. 어린애치고는 일도 꽤 잘해서 돈도 곧잘 벌어 왔다.

저 사람에게 놓을 수 없는 존재가 되면 나는 살 수 있지 않을까?

어린 아리아는 계산했다.

"언니, 어디 가? 나도 같이 가자!"

그리고 실행했다.

"꽃 따 왔어! 예쁘지? 물컵에 꽂아 두면 오래도록 볼 수 있을 거야."

"언니가 제일 좋아. 언니도 그렇지?"

"나는 약해서 언니 없이는 못 살아. 알지?"

아리아는 모든 인간은 태어나면서부터 악하다고 정의했다. 자신부터가 그랬으니까. 살기 위해 거짓 웃음을 보이고, 적당히 꾸민 말들을 뱉어 냈다.

아리아가 카슈미르를 사랑했는가? 그녀는 아니라고 단언할 수 있었다. 사랑은커녕, 다음 날 아침에 눈만 떠도 다행이라고 안도해야 할 처지였다.

'커서 몸이 건강해지면 이 지긋지긋한 집에서 나갈 거야.'

아리아에게 카슈미르는 도구였다. 아픈 자신의 생을 이어 가게 해 줄 신성력 정도.

부상을 입은 많은 인간들이 신성력으로 인해 살아남지만, 그 누구도 신성력을 사랑하진 않았다. 그건 미친 짓이었다.

아리아는 사랑만큼 인간을 미련하게 하는 것이 없다는 걸 제 언니를 보며 깨달았다. 감정이란 이용하기 좋은 약점일 뿐이었다.

"바보. 오래간다고 해도 어차피 시들 텐데. 이리 가져와. 탁자에 두게."

"별로. 그냥 버릴 순 없으니까 키우는 거지. ……너 울어? 왜, 왜 울어. 농담이야. 나도 좋아해. 울지 마. 응?"

"알아. 아니까 아직도 데리고 있는 거잖아. 나 말고 누가 너를 키워줘."

그러니 자신의 머리를 쓰다듬던 작고 투박한 손이나, 무심한 듯 따뜻하던 진분홍색 눈동자나, 늦은 밤 돌아와 자신이 잠든 줄 알고 이마에 맞추던 부드러운 입술 같은 것은 아리아에게 아무런 감흥도 주지 못했다.

……분명 그랬을 것이다.

아리아의 몸은 날이 갈수록 나아지기는커녕 쇠약해졌다. 텅 빈 집에서 책을 읽거나, 집안일을 하거나, 장터에 나가 가볍게 장을 보는 게 그녀가 할 수 있는 전부였다.

'나는 왜 이렇게 약하게 태어났지?'

혼자 있는 시간이 기니 생각할 시간도 많았다. 아리아는 아주 어려서부터 인생에 회의감을 느꼈다.

탄생할 때부터 시작된 비극엔 누구에게 죄를 물어야 하는가. 이렇게 낳아 준

부모를 탓해야 하는가? 아니면 신을? 그들을 원망하던 때도 있었으나, 어느 순간부터는 그조차도 질려 버렸다. 아리아는 자신이 어째서 살고 싶어 했는지도 잊어버렸다.

"아리아! 나 왔어."

그나마 살아 있다고 느끼는 건 카슈미르와 함께 있을 때였다. 아리아의 아양에 가까운 태도에 넘어간 건지, 얼마 지나지 않아 마음을 연 카슈미르는 멍청하도록 해맑고 순진했다.

"언니! 잘 다녀왔어? 수고했어."

아리아는 그 미련함에 속으로는 혀를 차면서도 겉으로는 웃었다. 살아야 하는데 어떡하겠는가. 별거 없는 하루 일과를 늘어놓으며 쾌활한 여동생의 모습을 꾸며 냈다. 그것이 그녀의 생존 방식이었다.

아리아의 일과는 아침 일찍이 일을 나가는 카슈미르를 배웅하는 걸로 시작해 밤늦게 돌아오는 카슈미르를 마중 나가는 걸로 끝났다. 그녀의 세상은 비좁았다. 그녀 자신과 카슈미르 단둘뿐이었다. 그러니 아리아가 카슈미르에게 집중하게 된 건 당연한 일이었다.

카슈미르는 모든 빛을 흡수할 듯 새까만 머리칼에, 보는 것만으로도 속에서 무언가를 일으키는 강렬한 진분홍색 눈동자를 가지고 있었다. 분명 작고 말랐는데도 전혀 약해 보이지 않았다. 그 두 눈이 독기를 품을 때면 그 누구보다 강해 보였다. 유약한 몸에, 온통 연한 색채를 가진 그녀와는 달랐다.

'언니 같은 사람이 되면 조금 더 행복하지 않을까.'

그러니 아리아가 카슈미르를 이상향으로 삼은 건 당연한 일이었으리라. 그러나 사랑 같은 건 아니었다. 그저 별을 보듯 아득하고 희미한 동경뿐이었다. 이 더러운 집 안에서도 햇살처럼 웃는 얼굴이 신기했고, 죽은 듯 잠잠하면서도 기이하게 반짝이는 두 눈이 부러웠다.

딱 그 정도라고, 아리아는 생각했다.

이변을 느낀 건 어느 날 밤이었다.

끼이익.

여느 때와 같이 일을 마치고 돌아올 카슈미르를 기다리던 밤, 문이 열리는 소리에 피곤에 젖은 눈을 깜빡였을 때.

"아. 아리아. 깨어 있었네. 먼저 자라니까……."

비틀거리는 발걸음으로 집에 들어오는 카슈미르를 보며 아리아는 처음으로 가슴이 철렁 내려앉았다.

산발이 된 머리. 긴 옷 아래로 언뜻언뜻 보이는 상처. 어디 돌밭에서 구르고 온 것처럼 만신창이 꼴을 하고선 멍청하게도 웃었다.

카슈미르가 부상을 입고 오는 일은 빈번했다. 잡일부터 막노동까지 가리지 않고 했으니 당연한 일이었다. 하지만 그 어느 때도 이날만큼은 아니었다.

"……무슨 일이 있었던 건데."

아리아는 숨통이 턱턱 막혀 오는 가운데 정상적으로 호흡하려 노력했다. 어린 천재는 제 이성으로 통제되지 않는 격한 감정을 그때 처음으로 겪었다.

카슈미르는 웃었다. 찢어진 입매를 그리도 찬란하게 끌어올렸다. 그러고는 손에 들고 있던 디저트 케이스를 흔들었다.

"아무 일도 없었어. 네가 좋아하는 타르트 사 왔는데, 지금 먹을까?"

그 순간 내려앉는 심장에, 미어지는 가슴에, 아리아는 자신의 인생이 잘못되어도 단단히 잘못되었음을 느꼈다. 카슈미르는 더 이상 언제든 버릴 수 있는 패가 아니라는 것을.

카슈미르가 만신창이가 되어 돌아오는 날이 계속되었다. 그녀에게 들키지 않으려 한 건지 용케도 얼굴은 멀쩡할 때가 많았지만, 눈치가 빠른 아리아가 카슈미르의 상태를 몰라볼 리 없었다.

'용병 일을 하는 거겠지.'

갑작스럽게 불어난 수익, 만신창이가 된 몸, 가끔 주머니에서 힐끗 보이는, 용병 패로 추정되는 나무 패. 카슈미르 딴에는 대단히 잘 숨기고 있다고 생각하는 것 같았지만 아리아는 어렵지 않게 추측할 수 있었다.

용병 일이 얼마나 험한지는 집에만 눌어붙어 있는 아리아도 잘 알았다. 사지로 내몰리는 의뢰들이 태반인 그곳에서 10대 어린애가 얼마나 버티겠는가.

아리아는 스스로도 놀랄 만큼 불안에 휩싸여 있었다.

"언니, 그 일 그만하면 안 될까?"

어느 날은 아주 충동적으로 물었다. 돈을 많이 벌어 오면 분명 좋은 것일 텐데. 아무리 많이 벌어도 덜컥 죽어 버리면 장기적으로 봤을 때 손해라 그런가? 아주 어린 날부터 계산에 익숙했던 그녀는 감정적인 자신이 어색했다.

"아리아."

아, 그래. 저 부드러운 눈길.

카슈미르가 사랑한다고 말하지 않아도 느낄 수 있었다. 저것이 그녀를 괴롭혔다. 저 눈을 보면 이성적으로 생각할 수가 없었다.

"꼭 행복하게 해 줄게. 조금만 기다려 줘."

눈꼬리가 크게 휘어지고, 투박한 손이 아리아의 머리를 짧게 쓸었다. 단호한 거절이었다.

어쩐지 울 것 같아진 아리아는 카슈미르의 품에 얼굴을 묻었다. 그녀가 계산적으로 굴든, 감성적으로 굴든 그 작은 품은 늘 아리아를 향해 열려 있었다.

'그게 다 무슨 소용이지. 지금 행복하지 않은데.'

카슈미르를 기다리는 순간순간이 고역이었으나, 그럼에도 아리아는 강하게 나가지 못했다.

그런 말을 하는 카슈미르가 행복해 보여서. 대체 나 같은 애가 뭐가 좋다고, 그녀의 행복을 말하는 두 눈이 벅차 보여서, 그래서 아리아는 속에서 움트는 말을 짓밟았다.

카슈미르가 이틀 뒤 돌아온다고 하고는 사흘째 모습을 보이지 않은 어느 날이었다. 예기치 못한 일로 예정된 날을 지키지 못하는 건 빈번했기에 조금 안일하게 생각하고 있었던 것 같다.

도서관에서 빌린 경제학 책이 재미있었고, 잠시 산책하는 동안 본 꽃이 아름다웠으며, 저녁으로 먹은 스튜가 허접하긴 해도 그리 나쁘지만은 않았다.

"아리아! 아리아! 집에 있느냐!"

사흘째 되는 날 저녁, 누군가 작은 오두막이 흔들릴 만큼 강하게 문을 두드렸다. 카슈미르를 기다리고 있었던 아리아는 의외의 존재가 갑작스럽게 등장했음에 의아해했다.

"필립 씨……?"

집 가까이에서 작은 의료실을 운영하고 있는 필립이었다. 갑작스러운 등장에 어리둥절해하는 아리아 앞에서, 필립은 얼굴을 일그러뜨렸다.

"카슈미르가 위독하다. 독에 당해 마을 입구에 쓰러져 있는 걸 발견하고 응급 처치를 하긴 했는데 오늘 밤이 고비일 것 같구나. 네가 와서…… 봐야 할 것 같다."

어떻게 그곳까지 갔는지 기억도 나지 않았다. 조금만 움직여도 숨이 차는 몸이지만 숨이 막힐 정도로 빠르게 달렸던 것 같았다.

"언니……!"

벌컥.

그곳에는 카슈미르가 죽은 듯이 누워 있었다.

생기 없이 창백한 피부. 꾹 감긴 두 눈에, 벌어질 기미가 보이지 않는 새파란 입술. 독에 중독됐다고 했던가. 불규칙적으로 이어지는 호흡만이 카슈미르가 살아 있음을 알려 주었다.

아리아는 그때 깨달았다. 그녀는 살기 위해 필사적으로 카슈미르에게 매달려 왔지만, 어느새 매달리는 이유가 달라져 있었다.

카슈미르에게 버림받으면 죽을까 봐 두려운 것이 아니라, 그냥 카슈미르에게

충직한 검이 되려 했는데 3

버림받는 것이 두려웠다. 그녀의 좁은 세상에서 유일하게 사랑을 퍼부어 주는 미련한 언니가 싫지 않았다.

카슈미르만이 아리아의 척박한 삶의 유일한 의미였다.

"나를 낫게 해 주지 않아도 되니까…… 일어나면 안 돼?"

아리아는 시체처럼 차가운 몸 위에 엎드려 밤새도록 헐떡였다.

강렬한 첫사랑의 자각이었다.

⊷⊶⊷🔱⊷⊶⊷

카슈미르는 쓰러진 날로부터 사흘이 지나서야 겨우 눈을 떴다. 하루도 빠짐없이 그녀의 곁을 지키던 아리아는 카슈미르가 부르튼 눈을 비비적거리다 자신을 발견하고 흠칫 놀라는 모습까지 모두 두 눈에 담았다.

"아, 아리아, 그게……."

"카슈미르."

카슈미르의 동공이 어쩔 줄 모르고 방황했다. 변명을 하려는 듯 더듬더듬 이어 나가는 목소리를 아리아는 나직하지만 단호하게 잘라 냈다.

늘 언니라고 불렀기 때문일까. 카슈미르는 아리아의 입에서 제 이름이 나온 것에 놀란 기색이 역력했다. 느리게 두 눈을 깜빡인 아리아는 잔잔한 눈빛으로 그녀를 응시했다.

"내가 죽으면 어떨 것 같아?"

카슈미르가 일어나지 못하는 사흘 동안 아리아는 끊임없이 생각했다. 자신을 위해 사지로 몸을 던지는 이 멍청한 여자에 대해서.

자신이 건강하지 않다는 사실은 더 이상 아리아를 아프게 하지 않았다. 하지만 독에 중독되어 밤새도록 앓는 카슈미르의 모습은 아리아를 고통스럽게 했다. 카슈미르의 뒤척임에도 아리아의 작은 세상이 들썩거렸다.

어떻게 하면 네가 그 짓을 그만둘까. 말한다고 들어 먹을 리는 없었다. 그럼 그 짓을 하는 원인인 내가 사라진다면, 그땐 그만두지 않을까.

이기심을 천성으로 타고난 영악한 아이는 여태껏 스스로가 계획해 온 것이 와르르 무너지는 것을 느꼈다. 타인을 위해 자신을 포기하다니, 이 얼마나 멍청한가. 카슈미르 같은 멍청이나 할 짓이었다. 그러니 사랑하면 닮는다는 게 사실인 모양이다. 주위가 어두운 가운데서도 형광 물질을 바른 듯 빛나는 진분홍색 눈동자가 깜빡거렸다.

아리아의 예상과 달리 카슈미르는 감정적인 반응을 보이지 않았다. 정색하며 왜 그런 말을 하냐고 되묻거나, 안쓰러워하며 슬퍼하지 않았다. 그저 자신을 빤히 바라볼 뿐이었다.

'아.'

아리아는 순간 섬찟 소름이 돋았다. 그녀의 두 눈에 담긴 것이 무엇인지 알아차린 탓에.

"어떨 것 같냐니. 그런 걸 알 리가 없잖아. 나도 죽을 건데."

카슈미르는 당연한 것을 왜 묻느냐는 투로 답하며 아무렇지 않게 웃었다. 그건 어린아이의 것이라고는 믿기지 않을 만큼 선연한 집착이 뒤섞인 광기였다.

아리아는 그때 깨달았다. 카슈미르에게 매달리는 것이 그녀의 생의 의미였듯, 자신을 살리는 것이 카슈미르의 생의 의미라는 것을.

뒤틀린 카슈미르와 아리아의 매듭은 이미 강하게 얽혀 있었다. 정상적인 방법으로 풀 수 없었고, 자르면 둘 다 잘려 나갔다.

"그러니까 그런 얘기는 하지 마. 집에 가자."

부드럽게 웃은 카슈미르가 아리아를 가볍게 끌어안았다. 좁은 품은 여전히 따뜻했다.

무언가 단단히 잘못되었다는 걸 알았다.

"……응."

알면서도, 아리아는 눈을 감았다.

그 잘못된 사랑을 받아 내는 것이 그녀가 할 수 있는 전부였다.

그 뒤로도 아리아는 카슈미르 앞에서 더욱 약한 모습을 보였다. 그녀가 자신을 마음 놓고 지켜야 할 존재로 생각하도록. 아리아가 약하면 약할수록 카슈미르는 살아남아서 그녀를 지켜야 한다는 부담감을 느낄 테니까. 그래야 아리아를 버리지 않을 테니까.

"아리아, 음료는 뭘로 시킬까?"

"응? 나는 딸기 파르페! 그게 제일 좋아."

카슈미르는 알까? 아리아가 사실 딸기 파르페를 좋아하지 않는다는 걸.

딸기 파르페를 좋아하는 것 자체가 문제되진 않았으나, 아리아는 약하고 고귀한 아가씨들은 그런 것을 좋아한다는 선입견을 이용했다. 음료의 호불호 따위는 그 무엇도 좌우할 수 없음에도 사회는 그런 것으로 사람을 판단했다.

매번 드레스를 가지고 싶다고 말했으나 아리아가 진실로 원하는 건 책이었음을 알까. 그녀의 기본 표정이 웃음이 아니라 무표정이라는 건? 카슈미르에게 보여 주던 다양한 표정들이 대부분 지어낸 것이었음을 알까? 알 리가 없다. 자신이 철저히 숨겼으니까.

아리아는 이곳이 안온한 나락이라고 생각했다. 사랑이란 탈을 쓴, 서로를 향한 뒤틀린 집착. 끈적끈적한 늪은 카슈미르와 아리아 모두를 집어삼키겠지만, 함께니까 괜찮지 않을까.

그녀는 이대로가 좋았다. 비좁고 더럽고 아늑한 세계에 단둘이 있는 지금이 말이다. 하지만 그 세계는 그녀가 아홉 살이 되었을 무렵 금이 가기 시작했다.

"언니, 일은 힘들지 않아?"

"요즘은 괜찮아. 일을 같이하는…… 동료가 두 명 더 생겼거든."

아홉 살 겨울, 이 말을 시발점으로 카슈미르는 조금씩 달라지기 시작했다.

"아리아, 너는 커서 하고 싶은 거 없어?"

"글쎄. 생각해 본 적 없는데."

"한 번쯤 생각해 봐. 내가 도와줄게."

"몸도 약한 내가 뭘 해. 나는 언니 없인 아무것도 못 하는 거 알잖아."

"……그렇지 않아. 너도 할 수 있어. 이 세상에 가능성이 없는 아이는 없대."

어둡고 우울한 현실에 그녀와 함께 머물러 있던 카슈미르가 혼자 이상을 보기 시작했다. 누군가 헛바람이라도 불어넣은 듯 희망으로 둥둥 떴다.

"아리아. 내가 힘내 볼 테니까…… 아카데미, 한번 가 볼래?"

"응? 갑자기? 아냐, 됐어."

"그러지 말고 조금 고민해 봐. 너는 똑똑하니까 잘하면 후원자를 구할 수 있을 거야."

"……갑자기 왜 그러는 건데? 이대로도 괜찮잖아."

"생각해 보니까 괜찮지 않은 것 같아서. 누가 그러는데, 아이들은 외롭지 않게 자랄 권리가 있대. 아카데미가 부담스러우면 보모라도 한 번 고용해볼까? 혼자 있는 시간이 긴 게 정서에 좋지 않을 것 같아."

시간이 지나면 현실을 자각하고 제풀에 바람이 빠질 거라고 생각했건만. 카슈미르는 점점 더 높은 곳으로 떠오르기 시작했다. 미래를 생각하고, 가능성을 믿어 주고, 희망을 이야기했다.

카슈미르는 단둘뿐이던 그들의 세계를 자꾸만 확장해 갔다.

아리아는 그것이 치가 떨리도록 싫었다. 동경하던 별을 품에 안고 잠기고 있다고 생각했는데, 별은 이곳이 자신의 자리가 아니라는 듯 점점 더 높이 올라갔다. 그녀의 세계엔 이제 자신만 있는 게 아닌 것 같았다.

이러다가 손에 잡히지 않을 만큼 멀어져 버리면 어쩌지. 그냥 나와 함께 계속 추락하면 안 되는 걸까. 추악하다는 걸 알면서도, 그런 생각을 멈출 수 없었다.

"언니. 그 새로운 동료라는 사람들 누구야?"

불안함을 참다못한 아리아는 어느 날 묻고 말았다. 카슈미르가 달라진 건 동료가 생겼다는 시점부터였으니, 그들이 원인일 게 뻔했다.

"아, 좋은 사람들이야. 한 놈은 쓰레기지만…… 구제 못할 쓰레기는 아니고."

"이상한 사람들 아니야? 언니를 변질시키는 것 같아."

카슈미르의 표정이 살짝 굳었다. 그 순간을 포착한 아리아는 입술을 깨물었다. 대체 어떤 인간들이기에 카슈미르가 자신 앞에서까지 표정을 굳히게 만드는 것인가.

"……그런 거 아니야. 내가 도움을 많이 받고 있어."

"나 언니가 그 사람들이랑 어울리는 거 싫어."

아리아는 단호하게 잘라 말했다. 하등 애 같은 심술인 데다 이기적이기 짝이 없는 짓이었다.

'나는 언니뿐인데, 언니도 나뿐이어야 공평하잖아. 나를 두고 올라가지 마. 나랑 이곳에 있어.'

아리아는 모든 인간이 태어나면서부터 악하다고 정의했다. 그리고 그중에서도 자신은 가장 추악한 본성을 타고난 인간이라고 생각했다.

'나는 가진 것이 아무것도 없는데 이 정도는 욕심 부려도 되는 거 아니야?'

부모님도, 좋은 환경도, 건강한 몸도 주어지지 않았다. 그녀에게 주어진 것은 단 두 가지, 징그럽도록 빠르게 돌아가는 머리와 사랑스러운 카슈미르뿐이었다.

'유일한 동아줄을 붙잡는 것이 뭐가 나빠. 조금 이기적으로 굴어도 되잖아.'

아리아는 그렇게 합리화했다. 그녀는 머리가 좋았을 뿐, 정신은 여전히 철없는 어린아이였다.

'언니는 들어줄 거지?'

아리아가 간절한 눈빛을 보냈다. 카슈미르는 단 한 번도 아리아의 부탁을 거절한 적 없었다. 애초에 아리아가 버거운 부탁을 한 적이 없기도 했지만, 그걸 감안하고서도 카슈미르는 아리아에게 헌신적이었다.

아리아는 자신의 부탁이 거절당할 거라고는 상상도 하지 않았다.

"미안, 아리아."

그랬기에 곤란한 표정을 지으면서도 단호하게 거절을 표하는 카슈미르의 모습에 모든 사고가 멈췄다.

"내게 소중한 사람들이야. 불편했던 부분을 말해 주면 고칠 테니까, 그런 말은 하지 말아."

아리아는 그때 발견했다. 회의에 찌들어 죽어 있던 진분홍색 눈이 점점 더 생기를 되찾고 있음을.

빛나는 별들도 한 번씩은 길을 잃는다지. 카슈미르는 잠시 길을 잃었을 뿐, 여전히 별이라는 듯 찬란하게 빛났다.

"욱……."

"아리아! 젠장, 괜찮아? 또 어지러워?"

추악한 감정이 그녀를 잠식했다. 아리아는 자신을 향한 끔찍한 자멸감을 참을 새도 없이 구역질했다. 먹은 것도 없는데 속이 뒤틀렸다. 쓰린 신물이 역류해 올라왔다.

'미친 새끼. 더러운 새끼.'

아리아는 속으로 몇 번이고 스스로를 매도했다. 자신을 땅 깊은 곳에 파묻고, 그 위에 하늘에 닿을 듯 높은 무덤을 쌓았다. 그냥 죽어 버리길 바랐다.

그녀는 언니의 성장에 기뻐할 수가 없었다. 부러웠고, 질투가 났다. 두렵고, 불안했고, 싫었다. 하지만 한 번 더 거절을 당하는 게 더 싫어서. 징징거리면 버림을 받을 것 같아서.

"……아니야. 이상한 말을 해서, 미안."

아리아는 또다시 눈을 감았다.

그녀는 단 한 번도 대화로 푸는 방법을 선택하지 않았다. 늘 가슴에 묻었다. 아리아는 그 뒤로 계속 불안에 빠져 있었다.

카슈미르가 어느 날 나를 두고 그 사람들이랑 살 거라고 하면 어쩌지? 좋은 사람이란 말대로 나보다 훨씬 멋진 사람들이라서, 나보다 그 사람들을 더 사랑하게 되면 어떡하지?

아리아의 좁은 세계가 뒤흔들렸다. 그녀는 그 가운데 괴로워하면서도 의문을 느꼈다.

한 사람으로 완성되는 세계가 정말로 옳을까? 아니, 옳지 않은 건 이미 알고 있다. 그럼 어떻게 해야 하는가? 내가 이곳에서 벗어날 수 있나? 그런데 꼭 벗어나야 하나?

나는, 나는 정말 언니 하나면 충분한데. 언니도 그냥 이곳에 있으면 안 되는 걸까?

쩌적, 쩌저적. 갈라지는 소리가 계속되었다. 아리아의 세계가 파괴되는 소리였다. 아리아는 자신이 세계의 파괴를 견뎌 내지 못할 것 같아 두려웠다. 무너지는 하늘의 잔재에 깔려 죽을 것 같았다. 그리고 그 파괴를 잠시 멈춘 것은 파괴를 일으킨 장본인인이었다.

열 살, 유독 눈이 많이 오던 어느 겨울날이었다. 카슈미르의 생일이 얼마 남지 않은 시점. 여느 때와 같이 카슈미르를 기다리며 은은한 불이 타오르는 난로 앞에 앉아 있을 때.

끼이익.

오두막의 문이 열리고, 온몸이 흰 눈으로 뒤범벅된 카슈미르가 모습을 드러냈다.

"언니……?"

카슈미르는 이례적으로 아리아의 부름에 답하지 않았다. 언데드처럼 힘없는 걸음으로 집 안에 들어왔을 뿐이었다.

평소 창백한 얼굴이 그날따라 붉었다. 저건 추워서 붉어진 얼굴이 아니라, 울어서 엉망이 된 얼굴이었다.

"……아리아."

그녀에게 다가온 카슈미르가 의자에 앉아 있는 아리아 앞에 한쪽 무릎을 꿇고 앉았다. 얼음장처럼 차가운 두 손이 따뜻한 아리아의 두 손을 꽉 잡았다. 아리아는 냉기에 흠칫하며 흔들리는 눈으로 카슈미르를 바라보았다.

요 근래 반짝이기 시작했던 진분홍빛 두 눈이 또다시 새까맣게 죽어 있었다.

"나는 너밖에 없어."

생명력을 잃은 목소리가 중얼거렸다. 힘없이 떨어지는 고개를 따라 검은 머리칼에 쌓여 있던 눈송이가 사르르 흘러내렸다. 눈송이는 난로의 열기로 인해 땅에 닿지도 못 하고 사라져 버렸다.

"나는, 이제 정말 너밖에 없어."

카슈미르가 흐느꼈다. 그녀는 어깨를 거세게 들썩이며 아리아의 무릎에 얼굴을 묻었다.

아리아는 카슈미르가 소중한 무언가를 잃어버렸음을 알아챘다.

"너무 아파……."

작은 몸이 끈 풀린 마리오네트처럼 늘어졌다. 아리아는 그 어떤 말도, 행동도 하지 못하고 그 모습을 한참 응시하고 있었다.

세계는 파괴를 멈추었다.

카슈미르에게 자신만 남는 것. 아리아가 바라고 또 바라던 순간이었다.

분명 그런데…… 아리아는 조금도 행복하지 않았다.

그날 이후 카슈미르는 다시 둘뿐이던 세상으로 돌아왔다. 하지만 전과 같지는 않았다.

"……언니."

"……."

충직한 검이 되려 했는데 3

"언니!"

"어, 어? 왜. 무슨 일이야."

"……이리 와. 눈물 닦게."

"어, 내가……."

"그래. 울고 있어."

"……."

한동안 카슈미르는 완전히 망가져 있었다. 일도 나가지 않았고, 몇 번을 불러도 대답하지 않았다. 시체처럼 의자에 앉아 창밖만 볼 뿐이었다. 꼭 죽을 날을 받아 둔 사람 같았다.

아리아는 카슈미르에게 무슨 일이 있었는지 묻지 않았다. 어떤 것은 다시 되뇌는 것만으로도 괴로운 법이었으니.

아리아는 묵묵히 카슈미르의 곁을 지키며 끊임없이 생각했다. 카슈미르가 제 곁에만 있기를 바랐다. 제 좁은 세계의 주인이 오직 저만 바라보기를 바랐다. 그런고로 지금 이 상황은 아리아의 소원이 이루어진 것과 다름없는데.

'왜 조금도 즐겁지 않은 거지.'

가슴이 답답했다. 텅 비어 버린 두 눈을 볼 때면 숨통이 턱턱 막혔다.

옴짝달싹 못 하도록 손에 쥐고 있으면 행복해질 거라고 생각했다.

첫사랑이라서, 사랑에 대해서는 아무것도 몰라서, 그거면 된다고 생각했다. 하지만 막상 그런 상황이 닥친 지금, 아리아는 확신했다. 이건 제가 바란 것이 아니라고.

'어쩌면 나는…….'

그녀는 결연한 눈으로 창밖을 바라보았다. 어두운 밤하늘에서 흰 눈송이가 세상을 삼킬 기세로 쏟아졌다.

'나는, 언니의 행복을 바라는구나.'

손에 쥐는 것만으로 충분치 않았다. 카슈미르가 행복해야 했다. 자신이 사랑하던 그 밝은 웃음을 안면에 가득 띤 채 따스한 눈길로 자신을 바라보아야 했다.

"언니."

텅 빈 진분홍색 눈동자는 미동조차 없었다. 아리아는 속에서 불길이 이는 것을 느꼈다.

"카슈미르!"

카슈미르는 아리아가 자신이 낼 수 있는 가장 큰 목소리를 내고서야 반응했다. 아리아는 놀란 듯 크게 뜬 그녀의 두 눈을 똑바로 바라보았다.

"지금 뭐 하는 거야!"

"어······?"

"나를 행복하게 해 주겠다면서. 몇 번이나 그렇게 말했으면서! 계속 그렇게 있을 거야?"

아리아는 눈시울이 뜨거워지는 걸 느꼈다. 먼 후일에 오늘을 후회하게 될 거란 예감이 들었다. 함께 침몰하여 익사하는 것이 가장 좋은 결말일지도 모르는데, 함께 침몰해 준다는 별을 억지로 끌어 올렸으니 말이다. 어쩌면 카슈미르는 오늘 이후 자신이 닿을 수 없는 머나먼 곳으로 떠나 버릴지도 몰랐다.

"병을 고쳐 주는 건 원하지 않아. 큰 집이나 맛있는 식사도 바라지 않아! 나가서 일을 하든 말든 상관없어! 사실 계속 이렇게 함께 있는 게 훨씬 좋아! 하지만, 하지만 언니가 이렇게 멈춰서 죽어 가는 건 싫어!"

그럼에도, 별은 하늘에 있을 때 가장 아름다웠다.

"언니의 행복 없이는 내 행복도 없단 말이야!"

별 또한 하늘에 있을 때 가장 행복할 터였다.

"······아."

카슈미르가 탄식했다. 흔들리던 두 눈이 멍해지고, 이내 물기로 차올랐다.

"미안해······."

작은 머리통이 숙여짐에 따라 물줄기가 후두둑 바닥으로 떨어졌다. 아리아는

충직한 검이 되려 했는데 3

오늘따라 유독 좁아 보이는 그녀의 어깨를 감싸 안으며 느리게 한숨을 쉬었다.

"행복해 줘. 언니가 내 행복을 바라는 것처럼 나도 언니의 행복을 바라."

"하지만 나는, 행복하면 안 돼…… 죄를, 지어서…….."

카슈미르의 목소리가 울음 때문에 뚝뚝 끊겼다. 아리아는 제 품에 안겨 안쓰러울 정도로 우는 카슈미르의 머리를 부드럽게 쓰다듬어 주었다. 제 언니가 제게 자주 해 주었듯.

"그럼 다른 사람을 행복하게 해 주는 것으로 죗값을 치러. 그리고 내 행복을 위해 행복해져. 언니를 위해서가 아니라 나를 위해서."

아리아는 아무것도 모르면서 그리 말했다.

사실 아리아는 카슈미르가 연쇄살인마라고 해도 상관없었다. 정규 교육을 받지 못한 탓인지, 천성인지, 그녀의 율법이자 도덕적 기준은 카슈미르였다. 카슈미르가 어떤 죄를 지었든, 아리아는 그녀의 행복이 가장 중요했다.

"내가, 그래도 될까……?"

카슈미르가 엉망이 된 얼굴을 들어 아리아를 바라보았다. 상처 입은 두 눈에 가슴이 아프면서도 조금은 심술이 났다. 자신을 상처 입힐 수 있는 사람은 카슈미르밖에 없건만, 카슈미르는 아니구나 싶어서.

"그래. 내가 허락할게."

그럼에도 검은 머리칼을 쓰다듬는 손길은 부드러웠다.

"응…….."

카슈미르는 그날 아리아의 품에 안겨 한참을 울었다.

그날 밤 이후, 카슈미르는 묘하게 달라져 있었다. 여전히 조금 비틀려 있었으나, 예전보다 훨씬 많이 성장해 있었다. 아리아의 예상대로였다. 카슈미르는 다시 빛나기 시작했다.

'어떻게 하면 빛나는 언니 곁에 있을 수 있을까.'

아리아는 점점 멀어져 가는 카슈미르를 바라보며 늘 생각했다. 애초에 얼마 살지도 못할 주제에 쓸데없는 고민이었지만.

아리아의 몸은 시간이 갈수록 쇠약해졌다. 카슈미르가 피 값으로 산 요정 숲의 약수를 들이켜도 나아지지 않는 몸뚱이는 원망스럽다 못해 혐오스러웠다.

가장 고운 나이라는 열여섯 살까지는 살 수 있을까. 아리아는 기대 없이 생각했다. 다른 사람에겐 당연한 일일 터인데, 아리아에겐 지나치게 큰 꿈이었다. 그 사실에 자주 무기력해졌다.

"언니, 이제…… 요정 숲의 약수는 그만 사는 게 어때? 별로 효과도 없고…….'

"아리아."

아리아는 자신을 살리겠다고 소비하는 굉장한 액수의 돈을 차라리 남은 시간 동안 더 호화롭게 사는 데 쓰는 것이 낫지 않을까 생각했으나, 실행되지는 않았다.

"반드시, 널 살릴 거야. 반드시."

카슈미르는 아리아의 손을 낭떠러지의 동아줄처럼 잡고서는 중얼거렸다. 광기가 깃든 두 눈은 기묘하게도 애처로워 보여서, 아리아는 제 의견을 강하게 피력할 수 없었다.

그것은 카슈미르에게 삶의 이유였다. 악마 같은 가격의 효과 없는 약을 제게 사서 먹이며 일말의 희망을 거는 것이 그녀가 삶을 지탱하는 방법이었다.

'내가 죽을 때까지 계속되겠지.'

카슈미르가 만신창이가 되어 돌아오고, 그 대가로 돈을 벌고, 효과도 없는 요정 숲의 약수를 마시고, 잠시 병의 진행이 주춤하긴 하지만 얼마 지나지 않아 또 악화되는 일련의 과정. 그녀가 죽을 때까지 반복될 패턴이었다.

열다섯 살 어느 겨울까지, 그렇게 생각하고 있었다.

그날 밤. 낡은 침대에 누워 잠을 청할 때.

"아윽……."

통증은 갑작스럽게 밀려왔다. 오장육부가 뒤틀리고 모든 피가 식도로 역류하는 느낌이었다. 몸이 산산조각 나는 통증으로 정신이 아득해지는 그 순간, 아리 아는 생각했다.

'죽는구나.'

그 뒤로는 상황이 잘 파악되지 않았다. 전등 스위치를 빠르게 껐다 켰다 하듯, 정신을 잃었다 살짝 드는 것을 반복했다.

그 가운데 기억하는 건 몸이 계속 흔들렸다는 것, 뜨거운 눈물이 제 살갗을 적 셨고, 몇 번이고 피를 토했다는 것.

그리고.

'제 동생만 살려 주신다면, 공작가의 충직한 검이 되겠습니다.'

'공작님 제발…… 정말 유용해질 수 있습니다. 아리아만, 아리아만 살려 주신 다면 영원히 크리시스 공작가의 충직한 검이 되겠습니다. 주제넘게 크리시스의 이름을 이어받겠다는 망상은 하지 않습니다! 크리시스만의 개가 되어 기라 하시 면 기겠고, 죽으라 하시면 죽겠으니…….'

'제발…… 아리아를 살려 주세요…….'

카슈미르가 저를 위해 처절하게 호소했다는 것.

아리아는 영의 세계에 한 발 걸친 것 같은 아슬아슬한 상태에서 만약 카슈미 르에게 자신이라는 짐덩어리가 없었다면 어땠을까, 생각했다.

카슈미르는 무려 소드 마스터—그녀 딴엔 필사적으로 숨겼기에 자신이 그 사 실을 안다는 것은 상상도 못 할 테지만—였다. 아리아를 동기 삼아 빠른 성장을 거쳤을지 모르나, 그걸 제하고서도 소드 마스터가 되었다는 것 자체가 초인적인 재능의 입증이었다.

그 정도 재능이라면 아무리 평민이라 해도 어디서든 환영을 받았다. 황궁 기 사단도 두 팔을 벌려 맞이했을 테니 그곳에만 들어가도 평생 균일한 수익과 명예 를 보장받았으리라.

카슈미르가 그 모든 안정성과 정착을 거부하고 수익은 많지만 위태롭기 짝이 없는 용병 일을 택한 건 자신 때문이라는 걸 아리아는 잘 알고 있었다.

아리아는 자기 객관화가 잘 되어 있었다. 카슈미르에게 도움 하나 안 되는 쓸모없는 짐덩이 주제에, 욕심은 많고, 성격도 더럽다. 어떻게 보아도 폐만 되었다. 이젠 카슈미르가 누군지도 모를 사람에게 자존심까지 버리고 간청하게 만들었다.

'그냥 지금 죽는 편이 낫지 않을까.'

정신이 멀어지는 가운데, 아리아는 그런 생각을 했다.

그리고 암전.

"으……."

아리아가 다시 눈을 떴을 때 보인 것은 그녀가 생전 처음 보는 깨끗하고 고급스러운 방이었다.

"아, 깨어나셨습니까?"

아리아가 눈을 깜빡이며 상황을 파악하고 있을 때, 인자한 목소리가 귓가를 간지럽혔다. 아리아는 텅 빈 눈으로 그를 돌아보았다.

"아가씨를 뵙습니다. 총괄 집사 테일러……."

"언니는."

"잘 못 들었습니다?"

"내 언니 카슈미르는 어디 있지?"

아리아는 반쯤 제정신이 아니었다. 죽을 게 분명했던 제가 살아 있다는 사실부터 낯선 환경까지 모두 이해되지 않는 것 투성이었다. 무엇보다 카슈미르가 제 곁에 없다는 사실이 그녀를 미치게 했다.

"카슈미르 님께서는 잠시 산책을 나가셨다고 들었습니다."

아리아의 히스테릭한 태도에도 테일러는 침착하게 대답했다. 아리아는 이불을 찢어져라 쥔 채 숨 가쁜 속도로 머리를 굴리기 시작했다.

'창밖의 광경을 봤을 땐 수도의 한복판에 위치한 곳. 주변 기물들을 봤을 때 이곳은 크리시스 공작가의 저택. 내가 어떻게 이곳에 있는 거지? 아니, 이건 나중에. 내가 있는 방은 2층. 귀족가 저택의 2층은 보통 가문의 사람들이 거주하거나 귀빈을 모시는 곳. 저택의 크기와 바깥의 광경을 계산했을 때 이 방은 오른쪽에서 첫 번째나 두 번째 방일 가능성이 높다. 오른쪽으로 치우칠수록 귀한 손님을 모시는 곳이고…… 이런 곳을 사용하려면 공작의 허락이 필수적이다.'

아리아는 집에서 놀기만 한 것이 아니었다. 도서관에 있던 수천수만 권의 책이 그녀의 머릿속에 통째로 저장되어 있었다. 귀족과 관련된 지식 또한 그녀의 머리 한편에 남아 있었다.

"우선 식사부터……."

"나를 당신 주인에게 안내하세요."

"네?"

아리아는 자리에서 벌떡 일어나 방문을 향해 걸었다. 놀라울 정도로 가벼운 몸이 어색했다. 테일러는 아리아보다 몇 배는 나이가 많아 보였기에 무례하기 짝이 없는 태도라는 건 알았으나, 그녀는 지금 예의를 차릴 수 있을 만큼 제정신이 아니었다.

"카이사르 크리시스 공작에게 데려다 달라고요."

아리아의 푸른 눈이 미친 듯이 불타올랐다.

· ·｛━✦━｝· ·

공작가 저택은 빌어먹도록 컸다. 아리아는 테일러의 안내를 따라 발걸음을 옮기는 동안 끊임없이 생각했다.

'몸이 완전히 나았어. 어떻게 한 거지? 크리시스가…… 날 살린 건가? 하지만 왜? 설마 언니가 노예 계약이라도 한 거라면…….'

끔찍한 상상이 뇌리를 스치고, 아리아는 죽고 싶어졌다. 역시 그녀는 어젯밤 죽었어야 했다.

"이곳이 공작님의 집무실……."

벌컥.

아리아는 총괄 집사 테일러의 말이 채 끝나기도 전에 집무실의 문을 열어젖혔다. 줄곧 침착하던 노련한 집사도 이번엔 당황으로 헛숨을 들이쉬었다.

"하룻강아지가 용감하군."

낮고 나른한 목소리가 집무실에 울려 퍼졌다. 소드 마스터의 존재감이 아리아의 몸을 산산조각 낼 듯 짓눌렀다.

"주제 모르는 용기는 만용이라는 걸 모르는가."

아리아는 눈앞의 남자를 보며 헛숨을 삼켰다.

약간 곱슬거리는 검은 머리부터, 조각 같은 얼굴선, 인간 같지 않은 붉은 눈까지. 카이사르는 카슈미르와 너무도 닮아 있었다.

'이게 소드 마스터의 기운인 걸까.'

특별히 뭔가를 한 것도 아닌데, 그저 존재감만으로 압도되는 느낌이었다. 아리아는 새삼스레 제 언니가 그간 자신의 앞에서 얼마나 기운을 통제했던 건지 가늠했다.

"카슈미르를 어떻게 한 거지?"

본능적인 공포가 숨통을 죄는 가운데에서도 아리아는 당당하게 앞으로 나아갔다. 여기서 움츠러든 모습을 보여서야 아무것도 안 될뿐더러, 카슈미르를 향한 걱정이 초인적인 정신력을 자아냈다.

카슈미르라는 이름을 들은 카이사르의 적안이 일렁였다. 아주 잠시였지만 아리아는 그 모습을 놓치지 않았다. 아리아는 기분이 더러워지는 것을 느꼈다.

저건 사랑이다. 분명했다. 자신이 카슈미르를 볼 때의 눈과 유사했으니.

"너는 요정 혼혈이다. 그간 요정 숲의 정기가 부족해 몸이 약했지. 이번에 충분히 먹었으니 한동안은 문제없을 거다."

　　　　　　　　　　　　　　　충직한 검이 되려 했는데 3

"카슈미르와 노예 계약을 맺었어?"

"네 언니가 너를 많이 걱정하더군. 그간 줄곧 둘이서만 지내 온 건가."

"값은 내가 치러. 카슈미르를 붙잡으면 가만두지 않을 거야."

동문서답이 계속되다, 잠시 침묵이 이어졌다. 두 사람은 날카로운 시선을 교환했다.

"너는 내가 두렵지도 않나. 원한다면 지금이라도 널 죽일 수 있는데."

카이사르는 턱을 괸 채 고개를 기울였다.

협박성 발언은 아니었다. 순전히 호기심이었다. '대체 어떻게 자신 앞에서 저렇게 굴 수 있을까?' 하는. 분명 제 혈육이 아님에도, 카이사르는 흥미를 느꼈다.

"……지랄. 당신은 날 못 해쳐."

아리아는 짓씹듯 내뱉었다. 공포로 온몸이 떨리는 가운데서도, 아리아가 이렇게 거칠게 나가는 이유는 단순했다.

"그런데 말이야. 여태껏 언니가 힘들 땐 한 번도 도와준 적 없는 사람이 왜 이제야 나타나 우릴 도와준 거지?"

혹여 카슈미르가 죽을 뻔한 자신을 살리기 위해 손해 보는 일을 했을까 봐.

"왜. 이제야 관심이 생겼다고 할 거야? 슈슈 언니가 용병왕 미르라서 그 힘을 이용하고 싶어? 설마 고귀하신 공작님께서 뒷골목에 사는 자매의 등골을 빼먹으려고 하는 건 아니겠지?"

자신이 또다시 민폐를 끼쳤을까 봐.

"당신 때문에 언니가 상처받는다면…… 난 악마에게 영혼을 팔아서라도 당신을 죽여 버릴 거야."

아리아는 부드럽게 말하는 법 따위는 몰랐다. 있는 건 악과 독기밖에 없었다. 그녀가 언니를 지키기 위해 할 수 있는 건 되도 않는 가시를 세우는 것뿐이었다. 그런 그녀의 사랑은 늘 비참했고, 자신의 나약함을 되새기게 했다.

"……아리아."

그럼에도, 아리아는 자신을 부르는 카슈미르의 목소리를 사랑했다.

"슈슈 언니."

언니가 나 때문에 더는 힘들지 않았으면 좋겠어.

믿을 수 없는 순간들이 획획 지나갔다. 성 없는 평민 아리아에서 공녀 아리아 포스텔 드 카이사르 크리시스가 되고, 좁고 열악한 집에서 성 같은 공작가 저택으로 이사를 갔다.

그 모든 것이 싫었다면 거짓말이다. 그녀도 사람이었으니, 동화처럼 한순간에 나아진 상황이 기뻤다. 하지만 무엇보다 기뻤던 건 카슈미르가 더 이상 자신을 위해 희생하지 않아도 된다는 사실이었다.

시간은 빠르게 지나 데뷔탕트 날이 가까워졌다. 그간 아리아는 결심했다.

'내가 할 수 있는 모든 걸 이용해서 사교계를 휘어잡는다. 언니를 사교계에서 욕먹게 하진 않아.'

아리아는 몸으로 카슈미르를 지켜 줄 수는 없었다. 오랜 고민 끝에 그녀는 사교계의 소문에서부터 카슈미르를 지키기로 했다. 그것이 카슈미르를 위해 할 수 있는 전부였다. 아무리 환경이 변해도, 아리아의 세계의 주인공은 카슈미르였다.

처음으로 나온 공식 석상이었으나 긴장은 느껴지지 않았다. 그녀는 천성적으로 인간을 다루는 감각이 뛰어난 사람이었다. 집에 있는 시간이 길었던 탓에 사람과 커뮤니케이션을 해 본 경험이 적다 해도, 천재성은 무뎌지지 않았다.

아리아는 잘 꾸민 말들로 사람들을 사로잡았다. 그건 우습도록 쉬웠고, 지루했다. 빨리 데뷔탕트가 끝나기를 바랄 뿐이었다. 얼마 지나지 않아 홀에 왈츠가 울려 퍼졌다. 춤을 출 시간이었다.

'언니랑 추고 싶어.'

충직한 검이 되려 했는데 3

"언니! 나랑……!"

"안녕하십니까, 카슈미르 영애!"

아리아가 설레는 마음으로 카슈미르를 돌아볼 때, 어디서 나왔는지 모를 영식들이 그녀를 둘러쌌다.

"저, 저와 함께 한 곡 춰 주시겠습니까?"

"저와도 함께 춰 주십시오!"

아리아는 티 나지 않게 이를 악물었다. 마음 같아선 딱 잘라 거절하고 싶었지만, 그러기엔 이미지라는 것이 있었다. 아리아는 평생 이미지를 관리하며 살아온 사람답게 유려한 미소를 지었다.

"아, 여기 계셨군요."

그리고 그 가운데 등장한 건, 정말 상상치도 못한 사람이었다.

짧은 은발에 날카롭게 올라간 눈꼬리, 라일락을 닮은 연보라색 눈동자, 새하얀 신관복을 입은 신비로운 인상의 사내.

"아리아 영애, 괜찮으시다면 저와 한 곡조 추지 않으시겠습니까?"

율리안 대신관이었다.

'영애께서 그 카슈미르입니까? 정말 반갑습니다. 그 지랄병 걸린 폭군을 설탕 묻힌 마카롱으로 만드는 분이시라기에 꼭 만나 뵙고 싶었죠. 어떤 분이신지 정말 궁금했는데 직접 뵈니 그 자식이 발광하던 이유를 알겠네요.'

율리안은 카슈미르와 아리아에게 데뷔탕트의 축복을 해 준 신관이었다. 그때 카슈미르에게 이상한 말들을 많이 지껄이기에 조사해 볼 필요를 느꼈건만, 이렇게 직접 나타나 춤까지 청할 줄은 몰랐다.

"……대신관님께서 제게 춤을 청하실 줄은 몰랐는데요."

아리아는 부드러이 웃으면서도 방어적인 자세를 취했다.

그의 연보랏빛 눈동자가 느리게 깜빡였다. 길고 풍성한 하얀색 속눈썹이 펄럭거렸고, 방긋 웃은 율리안은 아리아에게로 몸을 기울였다.

"카슈미르 공녀님에 대한 얘기를 듣고 싶지 않으십니까?"

아리아는 표정 관리도 잊고 잠시 표정을 굳혔다. 율리안은 아리아가 거절할 수 없는 주제로 단번에 그녀를 꿰뚫었다.

"……갑자기 무슨 소리일까요, 그게."

"신전에 카슈미르 공녀의 오랜 친구가 있다는 걸 아십니까?"

최대한 담담한 척하려 했건만, 율리안은 아리아가 궁금해할 만한 주제만 툭툭 던졌다.

아리아는 멈칫했다.

'언니의 친구…….'

카슈미르는 아리아에게 외부에서 일어나는 일을 잘 알려 주지 않았다. 대놓고 묻진 않았으나, 아리아는 늘 카슈미르가 어떻게 지내 왔는지, 인간관계는 어떤지 궁금했다. 순전한 궁금증보단 집착에 가까웠지만.

아리아의 푸른 눈이 번뜩였다.

"말해 보시죠."

"물론 말해 드려야죠. 하지만……"

새초롬하던 눈매를 능글맞게 휘어 보인 율리안이 손을 내밀었다. 새하얗지만 의외로 거칠고 투박한 손이었다.

"저랑 춤 한 곡부터 추시는 게 어떻겠습니까? 조용히 대화할 수 있게 발코니로 모시죠."

연보랏빛 눈동자가 장난기로 반짝였다. 아리아는 느리게 눈을 깜빡였다. 이런 식으로 추파를 던지는 남자들은 많았다. 그들은 한결같이 불쾌했건만, 신기하게도 율리안의 분위기는 가볍고 유쾌했다. 아무런 흑심 없이 깔끔하게 다가오는 호기심이 싫지 않았다.

"……그렇다면 사양 않고."

아리아는, 조금은 충동적으로 율리안의 손을 잡았다.

충직한 검이 되려 했는데 3

"공녀님의 데뷔탕트 첫 춤을 허락받아 영광입니다. 제가 모시죠."

씨익 웃은 율리안이 아리아의 손등 위에 부드럽게 입 맞추었다. 아리아는 그 감촉이 꽤 간지럽다고 생각했다.

"춤, 출 줄 아십니까?"

"나를 뭘로 보고."

"하하, 이제 막 데뷔탕트를 맞이한 병아리 귀족 자제?"

아리아는 자연스럽게 율리안의 리드에 따라 스텝을 밟으며, 그의 입이 대단히 자유분방하다고 생각했다. 조금 전까지 만났던 귀족들과는 다르게 신랄하고 담백했다.

'대신관이라고 다 귀족 출신은 아닌 모양이지.'

밑바닥에서 기어 올라온 것들에는 지울 수 없는 흔적이 있다. 아리아는 율리안이 평민 출신이라는 것을 본능적으로 직감했다. 아무리 유한 분위기를 풍겨도, 그의 태도에서는 바닥에서 굴러 본 적 있는 이의 향취가 났다.

율리안은 유려한 춤 솜씨로 춤을 추며 자연스럽게 발코니로 향했다. 발코니로 나가 커튼을 치자, 무도회의 소란과는 완전히 단절되었다.

"언니에 대한 것부터 말해 보시죠."

아리아는 난간에 몸을 기대며 목소리를 낮추었다. 그런 아리아를 빤히 바라보던 율리안이 싱긋 웃었다. 달빛을 정면으로 받은 그는 꼭 동화 속 한 장면처럼 아름다웠다.

"내가 현 교황의 말동무에서 대신관 자리까지 왔다는 걸 아나요?"

"⋯⋯하?"

"밥은 먹여 준다기에 신관이 되었는데, 나이 어린 교황의 또래 친구가 필요하다는 이유로 가장 나이가 비슷했던 내가 발탁되었죠. 그래서 어쩌다 보니 그의 고민을 들어 주며 친해졌고, 그 기회로 대신관이 됐어요. 그때 내가 들어 주었던 그의 가장 큰 고민거리가 뭔지 아나요?"

율리안의 미소가 짙어졌다.

"바로 카슈미르 공녀님이시더군요."

아리아는 눈을 크게 떴다.

'교황하고 언니가? 어떻게?'

상상치도 못한 조합이었다. 얼마 전까지 평민 용병에 불과했던 카슈미르가 교황과 엮였다는 게 말이나 되나 싶었지만, 율리안의 표정엔 거짓이 없었다.

"……나한테 이런 걸 왜 말해 주는 거죠?"

아리아는 두뇌를 스치고 지나가는 수많은 의문을 빠르게 걸러 낸 채 가장 궁금한 것을 물었다.

그 말의 진위 여부를 떠나, 오늘 처음 본 율리안이 제게 이런 걸 말해 주는 이유를 알 수가 없었다.

"응? 특별히 말하고 싶은 건 아니었습니다. 그냥 공녀님을 이렇게 한번 볼 기회를 마련하기 위한 미끼였는데요."

그리고 율리안의 대답은 아리아의 예상을 한참 벗어나 있었다.

'이 새끼…… 뭐지?'

아리아가 떫은 표정을 지을 때도 율리안은 싱글벙글 웃는 표정 그대로였다. 마치 이 모든 것이 장난에 지나지 않다는 듯. 이렇게까지 가볍고 대중없는 인간은 처음이라, 아리아는 잠시 말을 잃었다.

"사람 마음이라는 것이 늘 뒤죽박죽에 제멋대로 아니겠습니까. 깊이 생각하실 필요는 없죠."

율리안이 아리아에게로 천천히 발걸음을 옮겼다. 달빛을 받은 은발이 은파처럼 반짝거렸다. 율리안은 아리아의 턱을 살짝 잡아 올렸다.

"그저 흥미를 따라 행동하는 사람도 있는 법입니다. 공녀님께선 제 흥미를 자극하신 것뿐이고요."

아리아는 천사 같은 연보랏빛 눈동자를 보며 속으로 혀를 찼다.

"'첫눈에 반했다.' 정도로 해 둘까요? 원래 사랑에 빠진 이들은 상대방의 시선 한번 끌기 위해 별짓을 다 하는 법이잖아요."

아리아는 그 말에 깨달았다. 이 사람은 정말 제멋대로 사는 사람이라는 것을.

"……대체 제 어느 부분이 흥미를 끈 거죠?"

아리아는 허탈하게 물었다. 자신의 무엇이 이 제정신 아닌 것 같은 대신관의 신경을 건드렸는지 알 수 없었다.

그 가운데, 율리안은 웃었다.

"결핍이요."

단순하고도 기묘한 대답. 그것이 아리아와 율리안의 첫 만남이었다.

"……공녀. 아리아 공녀? 듣고 계신가요?"

아리아는 퍼뜩 정신을 차렸다. 생각에 빠져 아득해졌던 정신을 건져 내며 굳은 입매를 애써 끌어올렸다.

"미안해요. 조금 생각을 했지 뭐예요. 다시 한번 말해 줄래요?"

"아, 하긴. 요즘 사업 때문에 한창 바쁘시죠? 이번에 새로 나온 바디체인이……."

아리아는 제 옆에서 조잘조잘 떠드는 귀족 자제들의 말에 대충 맞장구치며 미간을 매만졌다.

카슈미르가 제국 건국기념일 테러를 막고 만신창이가 된 지 얼마 지나지 않았다. 그 사건으로 인해 반쯤 나갔던 정신은 아직도 회복되지 않은 상태였다.

공작가에 들어오면 다시는 그런 꼴을 보지 않을 줄 알았다. 영원히 행복할 수 있을 것 같았다. 그리고 그런 아리아의 부푼 마음을 놀리기라도 하듯, 아리아는 또다시 카슈미르가 희생하는 꼴을 봐야 했다.

'나는 또 무력하구나.'

아리아는 뒤틀리는 속을 티 내지 않으려 부단히 노력하며 미간을 꾹 눌렀다. 마음 같아서는 사교 파티고 뭐고 다 뒤로하고 뛰쳐나가고 싶었지만, 그녀가 할 수 있는 거라고는 이곳에서 카슈미르의 평판이 더러워지지 않도록 하는 것뿐이었다.

"아, 그러고 보니 카슈미르 공녀께서 한동안 몸이 안 좋으셨다고 들었는데요. 이젠 좀 괜찮으신가요?"

아리아 앞에서 조잘거리던 귀족 영애 중 하나가 문득 물었다. 그 공교로운 타이밍에 그녀는 제대로 표정을 관리하지 못했다.

"……제 언니 말이죠."

아리아는 목이 졸린 듯한 목소리로 중얼거리며 떨리는 입꼬리를 겨우 비틀었다. 여기서 사실 카슈미르는 몸 아플 일 하나 없는 소드 마스터인데 스스로 사지에 뛰어들어 만신창이가 된 거라고 말할 수도 없는 노릇이니 변명을 해야 했다.

'말해, 멍청아. 뭐라도.'

하지만 아리아는 아무 말도 하지 못한 채 멍청하게 굳어 있었다. 그나마 자랑할 수 있는 것이라고는 사교술밖에 없었음에도 말이다. 길어지는 침묵에 귀족 자제들이 의아한 표정을 지었다. 아리아는 등에서 식은땀이 흐르는 것을 느꼈다.

'대체, 이것도 못 하면 네 쓸모가 뭐야.'

그녀가 뭐라도 말하려 억지로 입을 열 때.

"아, 아리아 공녀. 여기 있었나."

아리아를 도운 건 익숙하지만 낯선 목소리였다.

주위 사람들이 모두 황급히 허리를 숙여 예를 차렸다. 정신이 번쩍 든 아리아는 황급히 고개를 들고 흔들리는 눈으로 그를 바라보았다.

"2황자 저하를 뵙습니다."

희뿌연 연보랏빛 머리칼, 녹아내릴 듯 달콤한 인상의 미인. 안개 낀 듯 몽환적인 푸른 눈이 곱게 휘었다. 잿빛 제복이 그와 한 몸이라도 되는 양 잘 어울렸다.

2황자, 세레논 솔라티네였다.

'언니 제자?'

아리아의 생각이 가장 먼저 이른 곳은 거기였다. 사교계에서 굉장한 인기를 누리며 황태자의 자리를 위협할 정도로 막강한 권력을 가진 황자였으나, 아리아는 늘 카슈미르를 기준으로 생각했다.

'2황자가 왜 나를?'

아리아는 대강 인사를 하면서도 기묘하단 생각을 지울 수 없었다. 아리아와 세레논 둘 다 사교계에서 활발히 활동하는 만큼 얼굴을 본 적은 많았으나, 인사만 할 뿐 특별히 친분이 있는 사이는 아니었다.

아리아가 의아해하며 미간을 좁히는 가운데, 세레논이 유려하게 웃었다.

"공녀에게 할 말이 있어서 말일세. 실례가 되지 않는다면 다들 잠시 물러나 주겠나?"

"아, 네, 네!"

세레논이 부드럽게 말하자 아리아를 둘러싸고 있던 귀족 자제들이 빠르게 갈라졌다. 그 가운데 아리아가 답지 않게 조금 넋을 놓고 있었을까, 세레논이 가볍게 손짓했다.

"이리 와 주겠나?"

사뭇 분위기가 다른 푸른 눈이 맞부딪쳤다.

"……그러죠."

아리아는 의심을 지우지 못하면서도 드레스 자락을 잡아 들고 사뿐히 걸어갔다. 황자의 명령을 거부할 수 없는 데다, 이 자리에서 벗어나고 싶었기 때문이다.

세레논은 여유롭고 능숙하게 아리아를 에스코트했다. 2황자와 공녀라는 흔치 않는 조합에 많은 이들의 시선이 둘에게로 몰렸지만 아리아도 세레논도 시선엔 익숙한 이들이었기에 아무렇지 않게 발걸음을 옮겼다.

"무슨 일이시죠. 할 말이라도 있으신가요."

아리아는 사람이 드문 곳으로 나왔을 때에야 팔짱 끼고 있던 손을 빼며 입을 열었다.

이렇게까지 따로 부른 것을 보면 카슈미르와 관련한 심각한 안건인가 싶었지만, 사실 사람들 사이에서 피곤했던 참이라 데리고 나와 준 것만으로도 대단히 고마웠다.

"아, 사실 특별히 없네."

"……네?"

세레논이 아리아를 휙 돌아보며 쾌활하게 말했다. 아리아는 대단히 어처구니가 없어졌다.

"그곳에서 꽤 피곤해 보이기에 부른 건데, 너무 큰 참견이었나? 스승님이 생각나서 그랬네. 그대 이야기를 자주 하시거든."

세레논의 희뿌연 푸른 눈이 아리아의 안색을 살폈다. 아리아는 순간 울적해지는 것을 막을 수 없었다. 잠깐 카슈미르에 대한 생각을 내려놓으려 해도 아리아의 세상은 온통 카슈미르였다. 자꾸만 시체 꼴이 되어 하늘에서 추락하던 카슈미르가 생각나 평소처럼 굴 수가 없었다.

"무슨 일이 있는 모양이군."

그 순간 아리아의 분위기에 뭔가 일이 있음을 직감한 세레논이 중얼거렸다. 세레논은 가볍게 창가에 걸터앉았다.

"혼자 있는 시간이 필요한가? 그렇다면 자리를 피해 줄 수 있네만. 혹시 고민을 털어놓을 대나무 숲이 필요하다면…… 되어 줄 수 있지. 내 입은 무거운 편이라서."

세레논이 유하게 미소 지었다.

"잘 모르는 사람 앞이라서 할 수 있는 말이 있을 거 아닌가."

아리아는 이성적이고 방어적인 사람이었다. 평소라면 세레논의 의중을 짐작

충직한 검이 되려 했는데 3

하려 들며 속내를 조금도 비추지 않았으리라.

"……정말 좋아하고 빛나는 사람이 있는데 그 사람을 어떻게 해야 할지 모르겠어요. 진심으로 좋아하는데…… 자꾸만 다쳐 와서 가끔은 원망돼요. 그 사람을 위해 뭘 해야 좋을지도 모르겠어요."

그러므로 그때 순순히 대답했다는 것은 그만큼 아리아의 상태가 불안정했음을 의미했다. 굉장히 충동적이었지만, 어쩌면 친분이 없는 세레논이었기에 툭 털어놓을 수 있는 고민이었다.

세레논이 느리게 눈을 깜빡였다. 워낙 대중없는 말이었기에 알아듣지 못한 것일지도 몰랐다. 아차 한 아리아가 아무것도 아니었다고 수습하려 할 때.

"내게도 있지. 좋아하고 빛나는 사람이."

세레논이 나지막한 투로 말했다.

"내 형님은 늘 나보다 빛나시지. 그분은 늘 앞서가시고, 나는 그 길을 뒤따를 뿐이야. 나는 그분의 빛을 받아야 겨우 빛날 수 있지."

'세레논의 형이라면 디에고 황태자겠지.'

느리게, 또 진솔하게 이어지는 말에 아리아는 조용히 귀를 기울였다. 세레논과 아리아는 친분은 없었지만, 서로의 성정은 익히 들어 잘 알았다. 세레논도 아리아도 사교계의 정상을 차지하고 있는 만큼 입이 굉장히 무거웠다.

그랬기에 두 사람 다 남에게 쉬이 할 수 없는 말을 서로에게 텅 빈 곳에서 외치듯 가볍게 털어놓을 수 있는 것일 터였다.

"처음엔 그 사실이 질투 났네. 왜 형님은 태어날 때부터 태양이고 나는 달인 걸까. 형님만큼 빛나지 않는 스스로를 원망하기도 했지."

아리아가 세레논의 이야기를 들으며 가장 강하게 느낀 것은 동질감이었다. 두 사람 모두 손위 형제가 있었고, 그들은 두 사람보다 반짝거렸다. 세레논의 처지가 너무 자신과 닮아 있었기에 아리아는 귀를 기울일 수밖에 없었다.

"하지만 언제부터인가 나도 내 자리에서 할 수 있는 게 있을 거라는 생각이 들더군. 그러면서부터 검을 배우기 시작했다네. 그것만큼은 내가 형님보다 잘하지."

세레논이 호기롭게 웃었다. 달빛이 비추는 창가에 앉은 그의 연보랏빛 머리칼이 반짝거렸다.

"태양과 달은 빛나는 방법이 다르지. 둘 중 틀린 것이 어디 있겠나. 다를 뿐인데. 달은 달로서 할 수 있는 일이 있을걸세."

'달은 달로서.'

별것도 아닌 그 한마디가 아리아의 가슴 깊은 곳에 묻혔다. 아리아가 눈을 들어 세레논을 응시하자, 그는 부드럽게 웃었다.

"우리는 조금 닮았을지도 모르겠군."

세레논이 아리아를 향해 장난스럽게 주먹을 내밀었다.

'달과 어울리는 사람.'

아리아는 달빛 아래의 세레논을 보며 잠시 생각했다. 그는 햇빛이 없어도 어둠에서 환하게 빛날 것 같았다.

툭.

아리아는 그가 내민 주먹에 자신의 주먹을 맞부딪쳤다.

그들은 본질적으로 닮아 있었다.

그때부터, 아리아는 자신도 무언가를 할 수 있다는 생각에 박차를 가하기 시작했다.

시간은 유수와도 같아서 빠르게 흘렀다. 사교계 최전방에 있는 아리아는 정치에 직접 뛰어들지 않아도 그 변화의 중심에서 흐름을 읽을 수 있었다.

'전쟁은 발발한다.'

아리아는 바보가 아니었다. 모를 수 없었다.

'그리고 언니는 전쟁을 준비하고 있는 것 같고.'

천재적인 머리로 빠르게 계산을 마친 아리아는 자신이 할 수 있는 일을 가늠하기 시작했다.

마법을 열심히 배웠으니 공격 마법사로 출전할 수도 있을 터. 하지만 이건 너무 위험하니 카슈미르에게 가로막힐 것 같았다.

'치유사. 치유사로 나가자.'

너무 전방에 있지도 않으나, 사람들에게 도움을 줄 수 있는 위치. 게다가 요정 혼혈로서 지닌 막강한 치유력을 유용하게 사용할 수 있을 터였다.

아리아는 치유사로서 카슈미르와 함께 전쟁에 출전하기로 결심했다.

"말도 안 되는 소리 하지 마! 네가 어떻게 전쟁에 나가!"

일방적인 통보 후 돌아온 카슈미르의 거친 반응은 이미 예상한 것이었다.

카슈미르에게 악의가 없다는 건 알고 있었다. 어디까지나 염려이고, 자신을 사랑해서 그렇다는 것도.

"이전부터 나를 위한다고 하면서 내 의견을 물어본 적은 있어? 사실 다 언니의 만족 아니야?"

하지만 사랑해서 하는 일이 늘 좋은 결과를 이끌어 내는 것은 아니라는 걸, 아리아는 정신이 혹사당했던 15년의 세월 동안 깨달았다.

아리아의 세계는 여전히 좁다. 하지만 더 이상 단둘은 아니었다. 재수 없지만 유용한 칼도 있었고, 늘 묵묵하게 지지해 주는 카이사르도 있었다. 그들은 피로 이어진 것도 아니었고, 사실은 가족이라고 생각하지도 않았으나, 분명 좋은 동료이자 조력자였다. 그리고 툭하면 만나자고 해 오는 율리안과 편하게 대할 수 있는 세레논도 있었다.

크리시스 공작가, 사교계에서의 명예가 있었다. 아리아는 더 이상 이 세상을 그저 놓아둘 수 없었다.

"나는 안전한 새장 속에서 얌전히 지켜져야 하는 아기 새가 아니야! 화원에서 꼼짝 못 하는 예쁜 장미가 아니라고! 나도 누군가를 지킬 수 있고, 움직일 수 있어!"

빛나는 신념이나 타고난 선함 같은 것은 아리아의 이유가 될 수 없다. 그런 것을 이유로 삼기에 그녀는 너무나 악한 사람이었다. 그럼에도, 그녀가 나서는 이유는 명확했다. 더는 이곳에 멈춰서 보호만 받고 싶지 않았기 때문이었다.

아리아는 여전히 카슈미르를 가장 사랑한다. 그녀의 행복을 바랐고, 그녀는 아리아의 세계에 가장 많은 지분을 가진 타인이었다.

"나를 동등한 한 사람으로 존중한다면 내 선택을 지지해 줘."

하지만 이젠 제 삶의 주인공은 그녀 자신이고 싶었다. 더는 타인을 주인공으로 삼고 싶지 않았다.

카슈미르를 사랑하는 마음이 적어졌기 때문이 아니었다. 더 건강하게, 행복하게 사랑하기 위해서였다.

너와 내가 남은 상태에서 적당량의 사랑을 적당한 속도로 부을 수 있도록, 그녀 스스로를 인생의 주인공으로 만들기로 했다.

"정말 나를 사랑한다면, 나를 믿어 줘."

그러므로 이것은 그녀가 온전히 그녀로서 내리는 최초의 선택. 안온함과 잘못된 사랑으로 이루어진 작은 세계가 파괴되고, 새는 비행을 시작했다.

Chaphter 3

맹세하오니
이것은 영원하리라

"한 병 더."

"······네?"

잔을 닦던 바텐더가 경악스러운 표정을 지었다. 크게 뜬 그의 두 눈이 내 앞에 산더미같이 쌓인 술병들에 머물렀다.

"저야 손님이 매출을 올려 주시면 좋지만······ 이건, 너무 많이 마시는 거 아니신지······."

"한 병 더!"

"하이고······ 네, 네. 갑니다."

염려 섞인 투로 말하던 바텐더가 내 고함에 혀를 찼다. 구제불능의 술주정뱅이를 보는 눈이었다. 나는 검은 로브에 파묻힌 채로 앞머리를 거칠게 쓸어 넘기며 이마를 짚었다.

'어떻게 하나도 안 취하냐······.'

한숨을 푹 내쉬었다. 독한 술을 몇 병인지도 기억나지 않을 만큼 들이켰는데도 정신은 지나치게 깔끔했다. 소드 마스터의 정신력이 원망스러워지는 순간이었다.

'아리아······.'

아리아가 전쟁에 출전하겠다고 선포한 날 밤. 내가 팔자에도 없는 술을 마시며 지지리 궁상을 떨고 있는 이유는 분명했다.

머리로는 이해했고 마음으로도 받아들였지만, 그것과는 별개로 괜찮아지는 데는 시간이 필요했기 때문이다.

'여태까지 내가 해 온 말들은 정말 내 이기심을 채우기 위한 것이었을까……'

나는 우울함에 입술을 오리처럼 내밀며 상체를 탁자에 엎드렸다. 무거운 바위가 몸을 짓누르는 것 같았다.

"뭔…… 슈슈? 슈슈 맞아?"

그리고 상상도 못 한 인물을 만났다.

별생각 없이 들어온 듯했으나, 나를 보더니 눈을 의심하는 표정으로 성큼 다가온 그의 녹빛 눈동자가 반짝였다. 조금 전 마신 압생트가 떠오르는 색깔이었다. 후드 아래로 새하얀 머리칼이 힐끗 보였다.

"레오……."

나는 어쩐지 더 울컥해져서 그의 이름을 중얼거렸다.

"지나치게 공교로운 우연이네. 혼자 술 마시는 거야?"

"킁. 그래. 우울해서…… 너는……."

"나도 술. 사서 나갈 생각이었는데…… 네가 있으면 여기서 마셔야지."

레오는 자연스럽게 내 옆자리에 걸터앉았다. 이런 모습을 보이는 게 부끄러웠으나, 이유 모를 공허함과 외로움이 더 컸기에 그를 제지하지 않았다.

"너네 나라로는 안 가……?"

사절단이 돌아간지도 꽤 지난 시점이었다. 무려 국왕인 레오가 아직도 이곳에 있어도 되는 건가 싶었다.

"가. 업무 봐야 하니까. 그런데 솔라티네에서도 일이 많아서 순간 이동으로 왔다 갔다 하고 있는 것뿐이야."

아주 태연하게 내가 시킨 술을 빼앗아 든 레오가 술을 잔에 따르지도 않고 병째 들이켰다. 아타라에서 솔라티네까지 거리는 상당했기에 순간 이동으로 온다는 건 불가능에 가까웠으나, 아타라는 초장거리 순간 이동 포털을 최초로 발명할만큼 마도공학이 발달된 나라이니 거짓은 아닐 터였다.

"국왕인 네가 왔다 갔다 해?"

나는 좀 의아해서 눈을 깜빡였다. 아무리 전쟁을 앞두고 바쁘다 해도 국왕이 이렇게 발로 뛰는 경우는 드물었다. 내 물음에 잠시 눈을 내리깔던 레오는 비릿하게 미소 지었다.

"나는 반대하는 모든 귀족을 숙청하고 이곳에 올랐기 때문에 뼈대부터 다시 세워야 하는 처지야. 믿을 수 있는 사람도 적어서 내 발로 뛰어야 하지. 국왕인데도 위엄이나 여유가 하나도 없다는 게 우습지."

레오는 모든 것이 박살 난 허허벌판 위에 왕좌를 놓은 사람이었다. 아직 즉위한 지 1년도 되지 않으니 여러모로 불안정할 게 뻔했다.

'너도 참 고생이구나.'

나는 안쓰러움을 담은 시선으로 레오를 물끄러미 응시했다. 레오가 질색하며 손을 휘저었다.

"그런 눈으로 보지 마. 너한테 그렇게 보이고 싶지 않다고. 내 자의로 하는 거니까 상관없어."

"너, 다크서클 짙어진 건 알아……?"

"……그래서 싫어?"

"싫진 않은데 좀…… 넌 외모가 국본데……."

"젠장. 오이팩 하면 될 거 아니야."

잠시 한 편의 콩트 같은 대화가 오가고, 나는 우울하던 가운데 진심으로 웃음을 흘렸다. 조금 물기가 어려 있긴 했지만. 역시 레오는 내게 가장 편한 사람 중 하나였다.

"웃지 마. 나는……."

툴툴거리며 무어라 말을 이으려던 레오가 나와 눈이 마주치더니 얼굴을 굳혔다. 내 뺨을 붙잡은 그가 훅 거리를 좁혔다. 레몬 향이 단숨에 비강을 채웠다. 내가 놀라 눈을 크게 뜰 때, 심각한 표정을 지은 그가 엄지로 내 눈가를 쓸었다.

충직한 검이 되려 했는데 3

"너 울었어?"

걱정이 희미하게 묻어나는 낮은 목소리가 순간 감정을 북받치게 했다. 나는 크게 숨을 들이쉬었다.

"안 울…… 컥, 커흑……."

"뭐, 뭐, 뭐야, 갑자기 왜……!"

"따흐흑! 커헉! 켈록……."

"야, 자, 잠깐, 우, 울지 마! 나, 나는 네가 울면 어떻게 해야 될지 모른다고!"

그리고 울음을 터트렸다.

술 마시고 울기까지 하다니, 진상도 이런 진상이 없었다.

· — · §§❖§3 · — ·

"그래…… 그래서 네 동생이 전쟁에 출전하겠다고 해서 뒈지게 싸웠고."

"뒈지게는 아닌데…… 싸우긴 했지. 킁……."

"하여튼. 그것 때문에 여기서 코가 삐뚤어지도록 술이나 마시고 있었다는 거 아니야."

"크흡…… 커허헉……."

"난리 났군."

레오가 푹 한숨을 쉬며 짓무른 내 눈가를 손수건으로 닦아 주었다. 나는 코를 훌쩍거리며 그 손길을 받았다. 어색한 듯 삐걱거리면서도 다정한 손길이 싫지 않았다.

"널 울린 게 다른 사람이었다면 그 머리를 은쟁반에 담아다 네게 바쳤을 텐데. 네가 사랑해 마지 않는 동생이라니 그럴 수도 없고……."

나직한 중얼거림은 귀를 의심할 정도로 살벌했으나, 레오의 표정은 평온했다. 나는 조금 오싹함을 느끼며 느리게 심호흡을 했다.

"어떻게 해야 할지 잘 모르겠어. 의견은 존중하지만 걱정되고…… 건강한 사랑이 뭔지도 모르겠어. 대체 사랑은 뭘까."

한탄 같은 토로에 연둣빛 눈동자가 나를 물끄러미 응시했다. 형광물질 같은 그 두 눈은 시선만으로도 사람을 붙잡는 무언가가 있었다.

"나는 인간관계 상담에 적합한 상대가 아니야. 알지."

레오는 정상적인 인간관계라고는 하나도 없는 사람이었다. 그에게 조언을 기대할 순 없었다. 애초에 그저 마음을 편하게 하기 위한 토로일 뿐이었고, 그의 말을 그저 넘기고려 할 때, 레오가 말을 이었다.

"하지만 사랑에 대해 묻는다면 꽤 제대로 된 대답을 돌려줄 수 있을지도 모르지."

턱을 괸 그가 씨익 웃었다. 그 태도는 어쩐지 자신만만함까지 엿보여서, 나는 그가 사랑학 전공 박사라도 되는 줄 알았다.

"네가…… 사랑을?"

나는 믿을 수 없어서 되물었다. 내가 아는 레오는 사랑과 인연이 있는 아이가 아니었다. 레오와 사랑은 바이킹과 유니콘의 조합 같았다.

"그래. 꽤 오래 해 왔거든."

레오는 탁자에 놓인 술병을 만지작거리며 고개를 끄덕였다. 나는 의아함을 감추지 못한 채로 미간을 좁혔다.

'레이샤를 말하는 건가.'

그에게 가장 사랑에 가까운 것을 보여 준 그의 유모. 레오가 그녀를 가족처럼 사랑한다는 것도 이해가 갔다. 내가 퍼즐 끼워 맞추듯 그의 말을 짜깁고 있을 때, 그가 말을 이었다.

"보지 않으면 보고 싶고, 꽉 쥐고 싶다가도 날아가는 모습을 보고 싶고, 내 뜻대로 하고 싶다가도 뜻을 이뤄 주고 싶고, 만약 꼭 눈물을 흘려야만 한다면 나 때문에 흘리길 바라는 거잖아."

"음."

나는 짧게 탄식을 뱉었다. 아리아를 향한 내 마음과 비슷한 듯 다른 듯 애매했다. 사랑이나 감정 같은 것은 내게 너무 어려웠다.

"그럼…… 아리아를 그냥 보내 줘야 하는 걸까."

아리아가 전장에 나간다는 생각만으로도 착잡해졌다. 아리아가 다치는 걸 상상하면 정신이 아찔해졌다. 그러다 아리아가 죽기라도 하면 내가 버틸 수 있을까, 나는 확신할 수 없었다.

"네 동생을 묶어 둘 자신 있어?"

레오가 여상스러운 투로 말했다. 연둣빛 눈동자가 느리게 번뜩였다. 집착이 뒤섞여 기이하게 들끓는 두 눈은 섬뜩했다.

"평생 곁에 잡아 두고 집착적으로 쥐고 있을 자신 있어? 그 아이가 괴롭다고 몸부림쳐도 견딜 자신 있어? 널 증오하는 눈으로 봐도?"

그가 자조하듯 입꼬리를 비틀었다.

"그러지 못하니 놔주어야 하는 거지. 가지고 싶어도."

레오의 목소리에는 깊은 경험이 담긴 듯 무거웠기 때문에, 나는 반박할 수 없었다.

"너도 전쟁에 나가는 거야?"

그에 대해 의문을 느끼고 있을 때, 레오가 아무렇지 않게 주제를 바꾸었다. 나는 고개를 끄덕였다.

"그래. 나가야지. 힘이 있는데 관망할 순 없잖아."

"너는 관망할 수 있는 위치에 있잖아."

"내가 관망할 성격 아니라는 거 알잖아. 그랬다면 너도 구하지 않았겠지."

나는 오지랖 넘치는 성격의 소유자였다. 멍청하다 해도 별수 없는 천성이다. 내 단호한 대답에 레오가 헛웃음을 흘렸다.

"……그래. 너는 그런 사람이었지."

중얼거린 그가 짧게 숨을 뱉었다.

"전쟁은 겨울쯤에 발발할 거라고 예상하고 있어. 겨울에 익숙한 북부인들은 추운 겨울을 취약점이 아닌 강점으로 여기니까. 그 전까지 만반의 준비를 마쳐야겠지."

레오가 나와 시선을 맞추었다.

"그전에 나는 은빛 늑대 수인족을 찾아가 볼 예정이야."

"……어째서?"

나는 조금 놀라서 물었다. 은빛 늑대 수인족은 수인 대학살에서 간신히 살아남아 도망친 종족이었기에, 군락으로 가는 길도 험했고 종족 자체도 굉장히 보수적이고 방어적이었다. 여차저차 그들의 주거지로 간다고 해도 뭔가 말하기도 전에 목이 잘려 나갈 가능성이 높았다.

"너희 집에서 레이샤의 유품을 눈 뜨고 코 베이듯 빼앗긴 적 있었지. 레이샤를 의심할 일이 없으니 원래는 뒷조사 같은 거 안 했었는데…… 그때 일로 레이샤의 과거를 조사에 맡겼어. 누군가 레이샤의 흔적을 찾는다는 게 이상하니까."

레오가 크게 숨을 들이쉬었다.

"그 결과, 레이샤가 은빛 늑대 수인족 사이에서 태어났다는 단서를 찾았어."

레이샤가 은빛 늑대 수인족과 관련이 있다는 짐작은 했지만 은빛 늑대 수인족 그 자체일 가능성은 낮다고 생각했건만.

나는 놀란 눈으로 레오를 바라보았다. 레오는 조금 복잡해 보이는 표정을 짓고 있었다.

"은빛 늑대 수인족들은 자신의 무리와 있을 때 가장 행복하고 안정감을 느낀대. 혹시 나로 인해 그걸 포기하신 건 아닐까 싶기도 하고, 남은 레이샤의 가족이 있나 확인해 보려고."

그 잠잠한 목소리는 어쩐지 서글프고 해묵어 보였다. 나 또한 어쩐지 복잡해져 입술을 감쳐물다 그의 어깨를 토닥였다.

"어쩌면…… 거기서 은빛 늑대 수인족에게 전쟁을 도와 달라고 요청해 보는 것도 좋은 방법이겠구나. 그들은 하나하나가 막강한 병력이니."

"그래도 좋겠지. 그 폐쇄적인 종족이 허락할지는 모르겠지만."

레오가 느리게 나를 돌아보았다.

"그때 같이 가 줄래?"

하기야. 가장 소중한 사람이었던 유모의 과거를 혼자 마주하는 것은 힘들 터였다. 나는 묵묵하게 고개를 끄덕였다.

"그래. 같이 가마."

레오가 힘없이 웃었다. 그는 생각이 많아 보였다. 그를 물끄러미 보던 나는, 작게 한마디를 덧붙였다.

"레이샤는 네 유모가 된 걸 후회하지 않을 거야."

희미한 기억 속 '요정의 밤' 원작 소설에서도 그렇게 적혀 있었다. 레이샤가 레오를 맡게 된 건 레오 어머니와의 정 때문이었지만, 결과적으로는 그를 맡은 것을 단 한 번도 후회하지 않았다고.

"……그랬으면 좋겠다."

병을 가볍게 흔들던 레오가 중얼거렸다.

레오 또한 특별한 발돋움을 준비하고 있었다.

"기사단 정복은 어떠십니까? 멋도 중요하지만 역시 편한 게 제일이지요. 불편하진 않으십니까?"

노아 아인하르트가 내게 걸음을 맞춰 걸으며 물었다. 인자한 목소리와 오랜 세월 다듬어진 바위의 겉면처럼 부드러운 눈길은 저절로 나를 편하게 만들었다.

"네. 굉장히 편합니다. 움직일 때도 걸리적거리지 않고요."

나는 옷을 힐끗 내려다보았다. 어두운 색을 즐겨 입는 탓에 새하얀 정복이 어색하긴 했지만, 불편하진 않았다.

"아, 그리고 말은 편히 놔 주세요."

"말을요? 저는 이대로도 괜찮습니다. 어찌 공녀님께……."

"아뇨. 말을 놔 주셔야 합니다."

나는 발걸음을 옮기면서도 노아를 돌아보며 단호하게 말했다.

"저는 지금부터 공녀가 아니라 기사단장님의 부관 아닙니까. 부관에게 존대를 하는 상관은 없습니다."

나는 특별대우를 받을 마음이 조금도 없었다. 내 흔들림 없는 시선에 나를 빤히 바라보던 노아가 만족스럽게 웃음 지었다.

"그럼 그리하지."

나보다 몇 배는 나이가 많은 어르신에게 존대를 듣고 있는 게 내심 불편했건만, 이제야 막힌 속이 뚫리는 느낌이었다.

"각오는 됐나? 첫 출근인데."

훈련장 문 앞에 선 노아가 즐겁다는 투로 말했다.

오늘은 내가 노아의 부관으로서 처음 출근하는 날이었는데, 그는 내 출근을 나보다 더 기대하고 있는 것 같았다.

'욕이나 얻어먹지 않으면 다행이지.'

나는 속으로 한숨을 푹 쉬었다. 갑자기 나타난 공녀가 제1 기사단장의 대리인으로 나선다는데 좋은 눈으로 볼 리는 없었다.

'언니. 첫 출근엔 기선 제압이 중요한 거야. 내가 마법으로 머리카락 위로 세워 줄게. 길게 올려 버려.'

'……오금까지 오는 머리카락을?'

'그래. 언니 키만큼 더 커지는 거지.'

'넌 헛소리 좀 하지 마라. 슈슈, 재산으로 기선을 제압하는 건 어떤가. 열 손가

락에 다이아 반지를 끼고 나가는 거다.'

'오……'

'괜찮지?'

'그냥 가겠습니다.'

그걸 염려한 아리아와 칼로 인해 출근 전에 짧은 해프닝이 있기도 했다. 나는 그때를 떠올리며 피식 웃다 노아의 시선을 느끼고 황급히 고개를 끄덕였다.

"네. 준비됐습니다."

내 대답에 노아가 문손잡이에 손을 올렸다.

"힘내게. 나는 그대를 늘 응원하고 있으니."

웃음기 섞인 그 목소리는 분명 응원이었음에도 어쩐지 각오하라는 말처럼 들렸다. 나는 주먹을 가볍게 말아 쥐었다.

끼이익.

문이 열리며 야외 공터가 보였다. 모여 있던 수많은 기사들의 시선이 나와 노아에게로 쏠렸다.

"안녕하십니까, 기사단장님!"

한목소리로 합쳐진 기사들의 쩌렁쩌렁한 목소리가 귀 아프도록 울려 퍼졌다. 익숙하게 인사를 받은 노아는 기사들이 모두 볼 수 있도록 앞에 섰다. 나는 그를 따랐다.

"오늘 이렇게 모이라고 한 이유는 새로운 훈련관을 소개하기 위해서다."

곧장 본론으로 들어간 노아는 나를 돌아보았다. 인사하라는 뜻인 것 같았다. 수많은 눈동자가 나를 바라보았다. 쏟아지는 시선이 뜨거웠다.

웅성거림이 크게 퍼졌다.

'그래. 놀랍겠지. 갑자기 훈련관이라고 나타난 사람이 공녀라면.'

나라도 이게 뭔가 싶을 것이다. 나는 수군거리는 소리 사이로 악의들까지도 너무 잘 들려 조금 곤란해진 탓에 눈을 굴리다가 정중하게 허리를 숙였다.

"기사단장님의 부관으로서 대리로 훈련을 주관하게 된 카슈미르 크리시스입니다."

깔끔하게 인사했으나, 웅성거림은 멎을 기미를 보이지 않았다. 워낙 시끄러워 뒤까지 내 목소리가 들리긴 했을지 의문이었다.

"다들 조용!"

노아가 눈짓을 보내자 기사단을 통솔하던 남자가 크게 소리쳤다. 군기는 확실히 잡혀 있는 모양인지, 그 한마디에 목소리가 뚝 끊겼다.

"이자는 내 부관으로, 실력은 이미 입증된 사람일세."

노아는 딱 그 한마디를 더했다. 여기까지가 그가 도와줄 수 있는 정도이니 나머지는 내가 알아서 하라는 듯, 기사들로부터 직접 인정받으라는 의미 같았다.

'해 봐야지.'

이 정도도 못 하면 자신하며 온 것이 부끄러울 터였다. 나는 주눅 들어 보이지 않게 고개를 쳐들며 나를 응시하는 기사들 한 명 한 명과 눈을 맞추었다.

"잘 부탁드립니다."

나는 씨익 웃으며 자신만만한 목소리로 말했다.

◦━◦⊱✦⊰◦━◦

노아는 나를 소개시켜 준 지 얼마 지나지 않아 일이 있다면서 훈련장을 나섰다. 노아 때문에 절제하고 있던 이들도 내게 뜨거운 시선을 쏘아 대기 시작했다.

'아침 훈련을 주관하면 된다고 했지.'

훈련 계획은 진작에 노아로부터 검사를 받은 상태였다. 계획을 짜는 건 세레논의 스승이 되며 익혀 뒀던 것들이 꽤 도움이 됐다.

"반갑습니다. 오늘부터 저는 여러분의 아침 훈련을 맡게 될 겁니다."

나는 말끔하게 웃으며 사근사근하게 말을 시작했다. 초반엔 상냥해야 인상이

충직한 검이 되려 했는데 3

좋다니 말이다.

"제가 가르치게 될 부분은……."

"저 공녀가 진짜 미르일까?"

"검술 대회 날 두 눈으로 봤는데도 솔직히 잘 못 믿겠어."

"오러가……."

쾅!

굉음과 함께 훈련장 일대가 크게 흔들렸다. 떠들던 이들의 목소리가 확 잦아들었다. 나는 놀란 듯 커진 눈들을 보며 부드럽게 눈꼬리를 휘고는 바닥을 찍었던 검을 뽑아 다시 검집에 넣었다. 검신이 마나의 파동으로 파르르 떨렸다.

"제가 가르치게 될 부분에 대해서 얘기하고 있었는데, 계속 얘기해도 되겠습니까?"

기사들은 자존심이 강하고 위아래가 명확하다. 때문에 나를 의도적으로 깔보는 이들도 있었다. 그런 기사들에게 진정으로 인정받는 훈련관이 되려면 그 기본은 명백했다. 내가 그들과는 비교할 수 없을 만큼 강하다는 걸 각인시켜야 했다.

훈련장 일대가 고요해졌다. 미르인지 아닌지에 대한 논란은 이것으로 정리된 것 같았다. 나는 만족스럽게 고개를 끄덕였다.

"좋습니다. 그럼 계속 얘기해 보죠. 앞으로 여러분이 제게 배울 것은 마수를 상대하는 방법입니다. 마수를 테이밍하는 북부를 상대하기 위해서죠."

또다시 가볍게 소란이 일었으나, 이번엔 내 목소리를 넘을 정도는 아니었기에 굳이 지적하지 않았다. 나는 손가락을 천천히 꼽았다.

"마수는 작은 것과 큰 것, 나는 것과 기는 것, 지능이 없는 것과 영악한 것 등 종류가 아주 많습니다. 저는 그런 가지각색의 마수들을 수없이 상대해 보았고, 관찰해 보았습니다."

그 경험은 어떤 책에서도 얻을 수 없는 것이다. 그것이 내가 이 자리에 서겠다고 당당히 선포한 이유였다. 나는 여유롭게 미소 지었다.

"마수들은 상대하는 방법을 아느냐에 따라 드는 시간과 수고가 급격히 줄어듭니다. 대단히 강한 만큼 약점도 확실한 것들이거든요. 구체적으로 세분화해서 알려 주긴 힘드니 속성으로 빠르게 갈 겁니다. 이 훈련 끝자락엔 하라바나나 바실리스크 같은 대재앙을 상대하는 방법도 배우게 되겠죠."

대재앙은 나와 카이사르, 노아 선에서 해결될 가능성이 높았으나, 전쟁에서는 상황이 어떻게 될지 모른다. 일반 기사들도 배워 둬야 했다.

"혹시 여기서 마수를 마주해 본 사람 있으십니까?"

생각보다 집중해서 듣는 기사들을 보며 속으로 웃음을 지은 나는 손을 들어 보이며 인원수를 확인했다. 황궁 기사단은 수도 출신이 많은 만큼 손을 든 사람은 별로 없었다.

"거기."

나는 얼마 되지 않는 이들 중 한 사람을 짚었다. 검은 단발머리에 시리도록 푸른 눈을 가진 여자였다. 내 지목에 여자는 눈을 부릅떴다. 차갑고 예민해 보이는 그녀는 원한이 있나 싶을 정도로 내게 강렬한 눈빛을 보내고 있었다.

"마수를 마주해 봤다면, 마수를 상대할 때 가장 중요한 것이 뭔지 알고 있습니까?"

내 물음에 여자의 눈이 시리게 빛났다. 그 가운데 나는 조금 놀랐다.

"……마기 앞에서도 흔들리지 않는 강한 정신력입니다."

여자는 강한 마수를 제대로 마주해 본 적 있는 사람의 눈을 하고 있었다. 그 아득한 공포를 직면한 이들에겐 특유의 흔적이 남아 있었다.

묘한 기시감이 느껴지는 그녀는 나를 삼지창에 꿰뚫어서 어디 모닥불에 구워 먹을 듯이 빤히 노려보고 있었다.

"그렇죠. 사람마다 의견은 다르겠지만 공교롭게도 그대는 저와 의견이 같군요."

뜨겁게 나를 따라붙는 여자의 푸른 눈에서 자연스럽게 시선을 돌린 나는 말을 이었다.

"물론 강함도 중요하고, 요령도 중요합니다. 하지만 그 전에 버티고 서 있어야 하죠. 마수를 상대해 본 사람만이 알 수 있을 겁니다. 마수에게서 느껴지는, 그들 특유의 버티기 힘든 기운을요."

마수에게서 풍기는 지독한 마기는 사람의 정신을 뒤흔들었다. 나야 지나치게 익숙해져 느껴지지 않을 정도였으나, 아마 처음으로 마주하는 이들은 그 기운에 적응하는 데에만 꽤 오랜 시간이 걸릴 터였다. 나 또한 처음엔 그랬으니.

"아무리 실력이 좋고 강해도 정신력이 좋지 않다면 픽 쓰러지는 겁니다. 저는 여러분께 정신력을 키우는 법부터 알려 드리고 싶습니다."

나는 느리게 미소 지었다.

"오늘은 첫날이니 수준만 볼까요."

원래는 마수를 풀어놓고 적응시키는 게 가장 좋겠지만, 그런 걸 준비할 여유가 없었던 데다 기사들의 수준을 모르는 상태에서 무턱대고 마수를 데려올 수는 없었다.

그래서 준비한 건 아주 간단한 것이었다.

쉬이익!

거센 마나의 바람이 일대를 헤집었다. 놀란 기사들이 주위를 두리번거리다, 어느 순간부터 식은땀을 흘리기 시작했다. 그저 흐를 뿐이던 공기가 거대한 손에 꽉 붙잡힌 듯 긴장으로 얼어붙었다. 꼭 고산지대에 있는 것 같은 숨 막히는 기운 때문이었다.

최대한 관리하고 있던 소드 마스터의 존재감을 조금 푼 것뿐이지만 아득한 강함은 그 자체로 경이고, 공포다.

순식간에 안색이 나빠진 기사단 앞에서 나는 부드럽게 미소 지었다.

"오늘은 이 정도에서 버티며 평소 하는 훈련을 평소처럼 이어 가 보는 걸 목표로 해 봅시다."

이것이 내 첫 수업이었다.

•─&⋆&─•

수업 시작 10분은 다들 꽤 잘 버텼다. 다들 안색이 좋지 않아 보였지만.

공기를 짓누르다시피 하는 소드 마스터의 존재감을 버티라고 한 건 너무한 건가 싶었으나, 이 정도도 버티지 못한다면 하라바나를 만나는 즉시 기절할 게 뻔했기에 강행하고 있었다. 훈련할 시간이 많지 않으니 급하게 진행해야 했다.

"진짜 간다고? 야! 저 미친······!"

각자 훈련을 하던 그때, 훈련장 한편에서 날카로운 목소리가 들렸다. 소리가 난 쪽으로 고개를 돌려 보니, 한 기사가 성큼성큼 나아가는 다른 기사의 뒷모습을 식겁한 표정으로 바라보고 있었다.

"훈련관님."

그리고 다가온 기사는 나를 불렀다. 다들 힐끗거리고 웅성거리기만 할 뿐 내게 온 건 처음이었기에 나는 조금 놀란 채로 그를 응시했다.

검은 단발머리에 파란 눈. 차가운 인상. 처음 내 질문에 답했던 그 기사였다.

"아, 실례지만 이름이?"

"카시아. 카시아입니다."

"그래요, 카시아 경. 무슨 일입니까."

나는 고개를 갸웃했다. 어딘지 익숙한 얼굴이라는 생각이 들었다. 자주는 아닌데 한 번쯤 본 얼굴이었다.

'그냥 지나가다 본 사람인가.'

내가 헷갈려 하고 있을 무렵, 누구 하나 찢어 죽일 듯 싸한 표정의 카시아가 폭탄 발언을 꺼냈다.

"싸우고 싶습니다. 저와 대련해 주시죠."

"저 미친놈이……!"

나와 카시아를 조마조마한 표정으로 바라보던 남자 기사가 탄식했다. 내게 오려는 카시아를 붙잡으려 했던 자였다. 그리 큰 목소리는 아니었지만 내 귀엔 들렸다. 그의 짧은 주황색 머리 사이로 식은땀이 흘러내렸다.

"대련이라."

나는 중얼거리며 자리에서 일어섰다. 나도 모르게 눈꼬리가 올라갔다.

"다른 훈련관에게도 이리 대중없이 대련을 신청합니까?"

대련 자체야 문제가 없었다. 다만 걸리는 점은 내가 현재 훈련관으로 이곳에 있다는 것이었다.

권위에 신경 쓰진 않았으나, 적어도 무시당해서는 안 되었다. 내가 우습게 보이면 내 가르침도 우스워질 테니.

'내가 어린 공녀라 우습게 보였나.'

나는 카시아가 보통 훈련관에게도 이렇게 갑작스럽게 대련을 신청하는지, 그게 의문이었다.

"다른 훈련관에겐 이러지 않죠. 당신이라 이러는 거니까."

카시아는 여전히 무표정으로 일관하며 단호하게 말했다. 그녀는 잘 만든 석고상 같았다. 아름다우나 차갑고 딱딱했다.

'흠.'

나는 짧게 숨을 뱉으며 그녀를 빤히 바라보았다. 만사에 무심할 것 같은 시니컬한 인상과 달리 푸른 눈은 나를 재도 남기지 않고 태워 버릴 기세로 선득하게 불타오르고 있었다.

카시아의 태도는 대단히 무례했다. 성을 말하지 않는 걸 보면 평민 출신일 터인데, 제대로 인사조차 하지 않는 데다 '당신'은 내가 공녀라는 건 둘째치더라도 훈련관을 호명할 때 쓸 만한 단어가 아니었다.

'하지만 나를 무시하는 것 같진 않은데.'

눈을 가늘게 떴다. 내가 만만해 보여서 덤벼드는 거라면 잘근잘근 짓밟아 주면 될 일이지만, 그런 것 같진 않았다.

'넘치는 호승심과 미묘한 반발심, 그리고…… 원망.'

카시아는 나를 이전부터 알고 있는 것이 분명했다. 확실히 낯이 익기도 했고 말이다. 누군가의 원망을 살 만한 일을 한 적이 있나 되짚어 보다가 생각을 지워 냈다.

우선 나를 어떻게 잡아먹을지 고민하고 있는 듯, 강렬한 눈빛을 보내는 카시아부터 처리하기로 했다.

"나이와 직분이 어떻게 됩니까?"

"스물두 살. 정식 기사입니다."

20대 초반엔 수습 기사로 활동하는 것이 보통이니, 저 나이에 정식 기사라는 건 실력이 상당하다는 걸 뜻했다. 나는 꽤 감탄스러웠지만 겉으로는 차가운 표정을 지어 보였다.

"나를 이길 수 있다고 생각하고 대련을 신청하는 겁니까?"

공기를 짓누르던 기운을 한층 더 무겁게 했다. 이쪽을 힐끗힐끗 곁눈질하던 다른 기사들이 성급하게 숨을 들이쉬었고, 내 바로 앞에 있는 카시아의 목덜미에는 식은땀이 흘러 떨어졌다.

그녀의 몸은 근육들이 잘 잡혀 있어서 검을 익힌 티가 났지만, 소드 엑스퍼트의 기운조차 느껴지지 않았다. 나와 비교할 수준은 아니었다.

"……훈련관님을 무시해서 이러는 건 아닙니다."

카시아가 짧게 고개를 숙였다. 대단한 존경이 보이진 않았으나, 나를 무시하는 태도는 확실히 아니었다. 천천히 고개를 든 카시아가 눈을 부릅떴다. 분명 몸은 압박감으로 덜덜 떨리고 있음에도 그녀의 두 눈은 두려움 없이 나를 똑바로 바라보고 있었다.

"저는 미르와 싸워 보고 싶은 겁니다."

나는 눈썹을 꿈틀거렸다. 흥미가 치솟음과 동시에 의문이 가중되었다.

스르릉.

카시아가 거침없이 제 검을 발도했다. 집안 형편이 넉넉한 것은 아닌지 그녀의 가죽 검집은 오래되어 낡고 닳아 있었으나, 검날만큼은 시리도록 날카로웠다.

"저는, 당신이 미르라는 걸 인정하지 못하겠습니다."

이를 악문 카시아가 검을 세웠다. 검 너머로 푸른 눈이 이글거렸다.

'뭐……'

상상치도 못한 대사에 내 머릿속에서는 수많은 전개가 펼쳐졌다 사라졌다. 그나마 가장 그럴듯한 전개는 카시아가 미르의 추종자였다는 것일까.

기사들 중 미르를 따르는 이들이 상당하다고 들은 적이 있었다. 기대했던 미르의 모습과 내가 너무 달라서 실망한 걸지도 몰랐다.

카시아가 인정하든 말든 내가 용병 미르인 건 변함이 없었으나, 카시아의 표정은 진지하고도 분해 보였기에 나는 그냥 지나칠 수 없었다.

"인정을 강요할 수야 없는 노릇이지만……."

스르릉.

나는 허리춤의 검을 발도했다. 은빛 검날이 이른 오후의 강한 햇빛을 받고 번뜩였다.

"인정받지 못하는 게 퍽 기분 좋진 않군요. 보여 드려야겠습니다."

그럴 의무는 없었으나, 직접 증명해 보이고 싶었다.

미르는 내 정체성이라는 걸.

나는 카시아를 겨눈 채 씨익 웃었다.

"……제가 생각하던 미르는 당신 같은 사람이 아니었습니다."

"그대가 상상하던 미르는 어땠기에. 남자였습니까? 나이가 많았습니까? 좀 더 훤칠하게 생겼던가요?"

카시아의 거친 말투에 태연하게 응수했다. 그녀는 울컥한 듯 입술을 꾹 깨물었다.

"제가 이상향으로 삼은 미르는 적어도 귀족이 아니었단 말입니다!"

분한 목소리엔 들끓는 배신감이 담겨 있었다. 물기가 일렁이는 푸른 눈을 본 나는 순간 할 말을 잃었다. 저 혼자 상상하고 저 혼자 실망한 그녀에게 해 줄 수 있는 말은 없었다. 내가 책임질 부분도 아니었고. 하지만 나까지도 원통해지는 것 같은 저 얼굴을 보자니 미묘한 죄책감이 피어올랐다.

"당신이 미르라는 사실을 인정하기 싫습니다."

풍랑이 이는 바다 같은 두 눈이 나를 매섭게 노려보았다.

'귀족을…… 상당히 싫어하는 것 같네.'

어려서도, 여자라서도 아니고 '귀족이라서'라니. 조금 곤란해졌지만, 그래도 나는 느리게 미소 지었다.

"그것 참 유감스럽지만, 사실은 사실입니다."

쉬이익!

공기를 표류하던 마나가 블랙홀을 만난 듯 빨려 들어가 한곳에 압축되었다. 검신이 진동하며 칠흑 같은 오러가 내 검을 뒤덮었다. 주위에서 탄성에 가까운 탄식이 터져 나오고, 카시아의 동공이 희미하게 흔들렸다.

사실 오러까지 꺼낼 생각은 없었건만, 카시아의 반응이 저러니 제대로 보여 줘야 할 것 같았다.

"나는 미르입니다. 그건 달라지지 않죠."

내 투쟁의 이름. 그것은 변질되지 않는 본질이었다.

탁, 탁탁!

불꽃 같은 낯을 한 카시아가 나를 향해 돌진했다. 속도는 꽤 빨랐고, 검을 잡은 자세도 잘 잡혀 있었다. 거친 두 손에서는 오랜 노력의 흔적이 보였다.

챙!

청량한 소리와 함께 검날이 부딪쳤다. 밀어내지도 않고 버티기만 했지만, 카시아는 오러 앞에 노출된 것만으로도 힘겨워 보였다. 파르르 떨리는 그녀의 검날을 빤히 바라보던 나는 짧게 한숨을 뱉었다.

"내가 싫습니까?"

챙!

다시금 검이 부딪쳤다. 첫 합으로 분명히 패배를 예감했을 텐데도 그녀는 계속 내게 덤벼들었다.

"싫을 리가…… 없지 않습니까."

카시아가 힘겹게 말을 토해 냈다. 복잡해 보이는 저 얼굴을 대체 언제 보았던 건지 열심히 과거를 되짚던 찰나, 카시아가 거칠게 검을 휘둘렀다.

"당신을 보고 검사의 꿈을 키웠습니다. 아무리 힘들어도, 노력하고 또 노력하다 보면 당신처럼 될 수 있을 거라고 생각하면서! 개 같은 귀족들을 실력으로 짓눌러 버리려 여기까지 악착같이 올라왔습니다. 미르는 저같이 가난한 평민들의 희망 같은 존재였단 말입니다!"

카시아는 내 무릎을 향해 낮게 검을 휘둘렀다. 나는 그 검을 재빨리 피하고는 카시아의 옆구리로 검을 찔러 넣었다. 아슬아슬하게 내 검을 막아 낸 카시아가 이를 으득 갈았다.

"그런데 이제 와서 귀족이라니…… 기만입니다."

어떤 느낌인지는 알 것 같았다. 붉은 별을 보고 붉은색이 되고자 정진하였는데, 사실 그 별은 파란색이었다고 하면 나라도 배신감이 들 것 같았다.

"제가 어찌할 수 있는 부분은 아닙니다. 아시죠."

하지만 그 별도 여태껏 자신이 붉은색인 줄 알았는데 어쩌겠는가. 나도 내가 귀족이라는 걸 안 지 1년도 채 되지 않았다. 게다가 내가 평민이라고 광고한 것도 아니었다.

어떤 마음인지 이해도 되고, 나를 희망으로 삼은 것도 고마웠지만, 카시아의 배신감은 내가 책임져 줄 수 있는 부분이 아니었다.

"알아요. 아는데······!"

캉!

카시아의 검을 가볍게 쳐 냈다. 그녀의 손목이 비틀리며 검이 허공을 날았다. 쟁그랑 하는 소리와 함께 흙바닥에 떨어지는 검이 처량해 보였다.

"진심으로 존경했단 말입니다······."

물기로 일렁이던 푸른 눈이 결국 물방울 하나를 느리게 흘려보냈다. 딱딱하고 시려 보이던 얼굴은 눈물을 흘릴 땐 한없이 애처로워 보였다.

"가장 존경했던 당신이 역겨운 귀족들과 다를 바 없다는 사실을 믿고 싶지 않았습니다."

자존심인 걸까. 그녀는 딱 한 방울, 그 이상의 눈물은 흘리지 않았다. 눈가를 벅벅 닦은 카시아가 내 검을 노려보았다.

그럼에도 나는 미르였다. 내 검날을 감싼 칠흑빛 오러는 위조할 수 없는 그 증거였다.

"귀족인 당신을 인정하면 나는 귀족들을 부수기 위해 버텨 온 인생을 부정해야 합니다."

푸른 눈이 독기를 머금었다.

"나는 차라리 당신을 부정할 겁니다."

땅에 떨어진 검을 주워 든 카시아가 내게서 휙 등을 돌렸다.

"아이고, 죄송합니다, 훈련관님! 이 자식이 예의 바르게 말하는 법을 몰라서 말입니다!"

안절부절못하며 나와 카시아의 대련을 지켜보던 주황머리 기사가 후다닥 달려와 카시아의 어깨를 붙잡으며 나를 향해 어색하게 웃음 지었다. 다급하게 내 눈치를 살피던 회색 눈동자가 카시아를 흘겨보았다.

"야! 너 빨리 훈련관님께 사과드려! 진짜 죽고 싶······!"

"꺼져."

카시아는 남자의 어깨를 밀치고 쌩하니 떠났다. 경악에 차 '흐헉' 하고 숨을 들이마신 남자는 나를 돌아보더니 식은땀을 흘렸다.

"정말 죄송합니다. 많이 불쾌하셨죠? 저 자식 성깔이 장난 아니라…… 기사단 내에서도 좀 유명합니다. 그런데 정말 나쁜 놈은 아니에요."

남자는 열심히 카시아를 두둔했다. 카시아의 말들에 생각이 많아졌던 나는, 쩔쩔매는 남자를 보며 수많은 생각들로 달구어졌던 머리를 식혔다.

"경은 카시아 경의 친구입니까?"

"아, 네! 저 녀석도 절 친구라고 생각할진 모르겠지만요. 정식 기사 제인이라고 합니다."

제인이 허리 숙여 인사했다. 나는 그에게 마주 고개를 숙이며 어색하게 미소 지었다.

"카시아 경께 대단히 미움을 받고 있는 것 같네요."

"아뇨! 아닙니다! 저 녀석이 훈련관님을 싫어할 리가요!"

제인은 주황 머리칼이 붕붕 휘날릴 정도로 고개를 저어 부정했다. 그가 푹 한숨을 내쉬었다.

"그 녀석은 미르 님을 세상에서 가장 존경했습니다. 미르 님의 전투 촬영 영상 구를 사느라 월급 대부분을 탕진할 정도였죠. 다시 만나는 걸 일생일대의 목표로 여기고 있던데……"

착잡한 표정으로 제 목덜미를 매만진 제인이 나를 힐끗 바라보았다.

"그 녀석, 사연이 있어서 귀족을 굉장히 싫어합니다. 미르 님이 사실 귀족이었다는 걸 알고 충격을 받아 한동안 출근도 못 했을 정도였습니다."

고의는 아니었으나 누군가에게 상처를 주었다는 사실이 폐부를 무겁게 짓눌렀다.

"그 녀석 무례에 대해선 제가 대신 사과드리고 싶습니다. 하지만 오해는 하지 않으셨으면 좋겠습니다."

제인이 쓰게 웃었다.

"그 녀석은 미르님을 좋아합니다. 아주."

그 한마디가 내 마음을 더 복잡하게 만들었다.

"그래. 첫 출근은 어땠나?"

사무실 책상 앞에 앉은 노아가 차를 한 모금 마셨다. 향을 맡아 보니 히비스커스 같았다. 그 앞에 정자세로 선 나는 영혼이 반쯤 나간 채 웃음을 지을 수밖에 없었다.

"그리 평탄하진 않더군요."

"아. 얘기는 들었네."

노아의 금빛 눈동자에 흥미가 돌았다. 지루한 와중에 재미있는 안건이 생겼다는 표정이었다.

"카시아 경과 대련을 벌였다면서?"

"소란을 일으켜 죄송합니다."

나는 상황에 대해 논하기 전에 내 잘못부터 인정하며 고개를 숙였다. 나는 노아의 부관이자 그의 대리인이므로 내 섣부른 행동으로 인해 그의 평판이 나빠질 수도 있었다. 앞뒤 상황을 막론하고 이 부분은 사과해야 했다.

노아가 호탕하게 웃었다. 나를 꾸짖을 생각은 없어 보였다.

"젊을 땐 다 다투면서 사는 게지. 그 소식 덕분에 오늘은 지루함을 좀 달랬다네. 그러지 말고 무슨 일이 있었는지 자세히 말해 보게."

노아는 가십을 좋아하는 사교계의 젊은 청년처럼 눈을 빛냈다. 내버려 두면 쿠키를 와그작거리며 연극 관람하듯 흥미진진하게 들을 것 같았다.

'라이너랑 완전히 판박인 줄 알았는데. 이런 부분은 조금 다른가.'

라이너는 인간성이 없다 싶을 만큼 딱딱한 사람인 것에 비해 노아는 어느 정도 장난기가 있는 것 같았다. 엄격한 노장이라고만 생각해 왔건만, 색다른 모습이었다.

나는 노아에게 카시아와 있었던 일을 조심스럽게 설명했다. 차를 들이켜며 내 이야기에 귀를 기울이던 노아는 이내 옅은 미소를 띠었다.

"카시아라면 꽤 유명한 기사지."

"아, 그녀를 아십니까?"

"잠재력이 상당해 눈여겨보고 있었네. 실력은 빠르게 느는데 돌풍 같은 성정 때문에 여기저기서 사고를 치더군. 귀족 자제들과 만날 때마다 트러블이 생겨서 카시아를 파문시키라는 편지가 심심치 않게 오는 편일세."

"그런데 아직도 파문시키지 않으셨군요."

귀족들 중엔 자존심을 목숨처럼 여기는 자들이 많았으니, 그 건으로 노아를 상당히 귀찮게 했을 터였다. 노아는 가뿐하게 어깨를 으쓱였다.

"모든 사건은 쌍방 과실이었네. 파문을 시킬 만한 것까진 아니었고. 그 편지들은 불쏘시개로 유용하게 사용하고 있네."

귀찮게 하는 귀족들을 견뎌 내는 것보다 평민 기사 하나를 파문하는 게 훨씬 간단한 일임에도 노아는 그 길을 택하지 않았다. 단연 존경할 만한 사람이었다.

'귀족이라고 다 나쁜 것은 아닌데.'

노아처럼 좋은 사람도 귀족이니 말이다. 카시아는 모르겠지만, 그녀는 이미 귀족의 호의를 받고 있었다.

'가장 존경했던 당신이 역겨운 귀족들과 다를 바 없다는 사실을 믿고 싶지 않았습니다.'

그런데 카시아는 어째서 귀족을 향해 그렇게 선명한 증오를 보이는 걸까.

"카시아 경은 귀족을 굉장히 싫어하는 것 같던데요. 이유를 아십니까?"

내 물음에 노아의 표정이 미묘하게 변했다. 그는 뭔가 알고 있는 것 같았는데,

어쩐지 조금 슬프고 씁쓸해 보였다.

"……우리 세대가 실수를 많이 저질렀지. 현재의 평민들 중 나이가 어느 정도 되는 이들은 거의 하나같이 귀족에게 짓눌려 본 경험이 있으니. 카시아 경의 개인 사정이니 내가 자세하게 말해 줄 순 없네. 하지만 사정이 있다는 것 정도는 말해 두지. 이유 없는 증오는 아닐세."

노아가 부드러운 눈길로 나를 응시했다.

"당사자에게 직접 이유를 물어보는 게 어떤가. 그 기사, 자네를 굉장히 좋아하던데. 거의 신도 수준이더군. 뭐, 그 기사뿐만이 아니지만. 알고 보니 젊은 기사들 사이에서 자네의 인기가 대단하더군?"

상냥한 조언으로 시작한 말은 웃음기 섞인 장난으로 끝났다. 나는 얼굴이 화악 달아오르는 것을 느끼며 마른세수를 했다.

"너무 놀리지 마십시오."

"하하. 자네가 조금 이해해 주게. 나이가 드니 젊은이들 놀리는 게 삶의 낙일세."

편한 자리에서의 노아는 헬리오스가 잠시 떠오를 정도로 짓궂었다. 물론 노아의 짓궂음이 생일 폭죽이라면 헬리오스의 짓궂음은 흑마법 폭탄 수준이었지만.

노아가 자애롭게 웃었다.

"그대는 워낙 인기가 많으니, 이런 식으로 편법을 사용해 기회를 주는 것도 이해해 주게나."

"네? 그게……."

무슨 뜻이냐고 물으려던 나는 멀리서 다가오는 인기척에 말을 멈췄다. 발걸음 소리까지도 일정하고 단단한 남자. 눈앞의 노아와 닮았으면서도 다른.

똑똑.

"들어가도 되겠습니까, 제1 기사단장님."

황궁 제2 기사단장이자 노아의 아들인 소후작, 라이너 아인하르트였다.

"그래. 들어오게."

노아가 즐겁다는 목소리로 대답하자 집무실의 문이 부드럽게 열렸다.

"……반갑습니다. 크리시스 경."

들어오자마자 나를 본 라이너가 가볍게 목례했다. 그 또한 밖에서 내 기운을 느낀 건지 자기 아버지 집무실 자리를 당당히 차지하고 있는 나를 보고 당황하진 않았지만, 내가 이곳에 있는 이유를 이해하지 못한 것 같았다.

"안녕하십니까, 아인하르트 경."

코끝을 스치는 로즈우드 향에 습관처럼 미소 지은 나는 황금빛 유리알과 눈을 맞추었다. 그의 입에서 '크리시스 경'이라는 호칭이 흘러나오는 것은 조금 어색하게 느껴졌다. 라이너에게서는 이름으로 불리는 것이 익숙했으니 말이다.

"전달해 주시겠다던 자료 부탁드립니다."

애써 내게서 시선을 돌린 라이너는 집무실을 가로질러 노아의 책상 앞, 내 옆에 섰다. 공과 사가 철저한 그의 성격답게 사적인 대화와 태도를 완전히 통제하고 있었다.

"그래. 전달해 줘야지. 잠시만 기다려 보게. 내 여기서 찾을 테니."

즐거운 낯을 숨기지도 않은 노아가 자신의 책상을 무성의하게 뒤적거렸다. 뭘 찾는 게 아니라 더 어지럽히기만 하는 것 같았다.

그 짓을 10초쯤 이어 나간 노아가 유들유들하게 웃었다.

"이런. 아무래도 정원에 놓고 온 것 같군. 부디 이곳에서 잠시 기다려 주겠나? 내 금방 다녀오겠네."

노아의 반짝이는 황금빛 눈동자가 내게로 향했다.

"괜찮다면 크리시스 경이 기사단장의 말동무가 되어 주게. 손님을 접대하는 것도 부관이 할 일이지."

맞는 말이었다. 나는 기꺼이 고개를 끄덕였다. 어차피 아침 훈련이 끝난 시점이라 특별히 일이 있는 것도 아니었고, 라이너라면 언제든 좋았다.

"아버지……."

그때 내 옆에서 라이너가 낮게 중얼거렸다. 나는 그 호칭에 놀라서 그를 돌아보았다. 황금빛 눈동자로 노아를 노려보는 그의 뺨은 미세하게 꽃물이 들어 있었고, 이는 악물고 있었다. 단단히 약이 오른 얼굴이었다.

'노아한테 계속 형식을 차리더니.'

처음 보는 라이너의 모습에 신기해하고 있었을까, 노아가 호탕하게 웃어 젖히며 자리에서 일어났다.

"감사 인사는 되었다."

노아는 손으로 라이너의 어깨를 툭 치고는 그를 지나쳐 문으로 나갔다.

달칵.

노아가 사라진 자리엔 나와 라이너뿐이었다. 그는 숨을 크게 들이쉬더니 마른세수를 하고는 나를 돌아보았다.

"잠시 앉으시겠습니까. 돌아오실 때까지는 시간이 꽤 필요하실 테니."

라이너가 소파를 가리켰다. 노아의 집무실이 익숙한지 꽤 능숙한 태도였다. 나는 흔쾌히 고개를 끄덕였다.

"검술 대회 이후론 처음으로 뵙는군요."

소파에 편하게 앉은 내가 말문을 열어 침묵을 끊었다. 내 맞은편에 앉아 있던 라이너가 고개를 끄덕였다.

"그간 잘 지내셨습니까?"

"일상으로 돌아왔습니다. 다만 조금 바빠졌군요. 전쟁을 대비해야 하니."

라이너가 담담히 말했다. 살짝 열린 창문 틈새로 비치는 햇빛을 받은 은회색 머리칼이 꼭 달처럼 반짝였다. 그 아름다운 모습을 잠시 감상하고 있을 무렵, 은빛 속눈썹을 내리깔고 무언가를 생각하던 라이너가 느리게 입을 열었다.

"미르라는 것, 밝히셨군요."

그의 목소리는 무거웠다. 나는 미소 지으며 고개를 끄덕였다.

충직한 검이 되려 했는데 3

"그렇게 됐죠. 전엔 제가 미르라는 걸 언급하지 말아 달라고 했었는데…… 이젠 신경 쓰실 필요 없습니다. 더는 비밀이 아니니까요."

"그렇군요. ……아쉽습니다."

자신의 거친 손끝을 매만지던 라이너가 나와 눈을 맞추었다.

"지켜 드릴 비밀이 있어서 특별해진 것 같았습니다. 그게 기분 좋았는데."

낮은 울림은 이른 오후에 걸맞게 나른하면서도 그르렁거리는 것 같았다. 나는 나직하게 웃었다.

"그런 게 없어도 라이너는 이미 제게 특별하지 않습니까."

"어떻게 특별합니까?"

"네?"

내가 되묻자 샛노란 눈동자가 나를 주시했다. 그 색채는 햇살처럼 온화한 색이었으나 형태만큼은 사냥에 도입한 맹수의 눈 같았다.

"제가 어째서 특별합니까. 저는 그대에게 어떤 의미입니까?"

그 갑작스러운 물음에 나는 턱을 매만지며 곰곰이 생각했다. 어려운 질문이었기에, 조금 긴 시간이 지난 끝에야 입을 열 수 있었다.

"라이너는 제게 있어 가장 믿음직스러운 사람입니다."

라이너의 올곧음과 강직함은 그 누구도 흉내 낼 수 없었다. 나는 그를 향해 환히 웃었다.

"전장에서 뒤를 맡길 사람을 고르라면 저는 주저하지 않고 라이너를 선택할 겁니다. 라이너라면 믿을 수 있습니다."

금안이 미묘하게 일렁였다. 나를 물끄러미 바라보던 그는 한숨을 쉬며 앞머리를 쓸어 넘겼다.

"그럼 한번 보죠."

라이너가 내 앞으로 손을 내밀었다.

"손, 주시겠습니까?"

갑작스러운 요청에 나는 고개를 갸우뚱하면서도 망설임 없이 그의 손 위에 내 손을 올렸다. 거부감은 조금도 없었다. 커다란 손이 부드럽게 내 손을 감싸고, 간지러운 온기가 퍼져 나갔다.

"카슈미르가 말하는 특별함은 이렇게 손을 잡아도 괜찮은 특별함입니까?"

나는 겹쳐진 손을 잠시 내려다보았다. 그리고 고개를 끄덕였다.

"물론이죠."

라이너와 손을 잡은 적은 이번이 처음이 아닌 데다, 라이너의 손은 추운 날엔 내가 먼저 잡고 싶어질 만큼 따뜻했다. 이 정도야 얼마든지 가능했다.

"그럼 이건."

굵은 손가락이 손 틈새를 천천히 헤집고 들어와 깍지를 끼자, 손이 빈틈없이 꽉 맞물렸다. 나는 조금 눈을 굴리다 고개를 끄덕였다.

"괜찮습니다."

어쩐지 기분이 이상해졌지만.

라이너가 낮게 웃음을 뱉었다. 늘 뻣뻣하게 굳어 있던 입꼬리가 호선을 그리는 모습은 언제 봐도 아름다웠다.

속눈썹이 사르륵거리고, 눈을 감았다 뜬 라이너는 내 손등에 짧게 입을 맞추더니 자리에서 일어나 거리를 좁혔다. 그는 손등에서 멈추지 않고 천천히 자신의 뺨을 내 팔에 스치며 점점 더 올라왔다. 그 감각이 꼭 뱀이 몸을 타고 올라오는 것 같아 소름이 끼쳤다. 기분이 나빠서가 아니었다. 이상했다.

라이너의 얼굴이 어깨선을 타고 올라와 목덜미 근방에 닿았다. 뜨거운 숨결이 예민한 살갗을 간지럽히는 순간, 나는 숨을 멈추었다. 그의 뜨거운 열기가 내 숨을 모조리 증발시켜 없애 버리는 것 같았다.

그가 내 목덜미에 얼굴을 묻은 가운데, 황금빛 눈동자는 여전히 나를 직시했다. 내가 아끼는 올곧은 눈빛이 지금만큼은 어쩐지 형형하다는 생각이 들었다.

이상하게 긴장이 되는데도 목덜미 근처에 얼굴을 둔 그가 눈치챌까 침조차 삼

충직한 검이 되려 했는데 3

키지 못하고 있을 때. 축축한 살덩이가 기사단 정복이 채 가리지 못한 목덜미의 예민한 살갗을 살짝 핥아 올렸다.

"그럼 이런 것도 해도 됩니까."

속삭이는 낮은 목소리에 얼굴이 화끈 달아올랐다. 깍지 낀 손을 희미하게 바르작거리자 손을 잡은 악력이 더욱 강해졌다. 내 목덜미를 물끄러미 바라보던 라이너가 나직하게 웃으며 다른 쪽 손끝으로 목을 훑었다.

"붉군요. 깨물면 달 것 같습니다."

그 속삭임에 나는 어쩔 줄 몰라 숨을 크게 들이마셨다.

라이너에겐 혀가 아릴 듯한 달콤함이나 화려한 미사여구 같은 것이 없다. 하지만 그에겐 담담한 솔직함과 앞뒤 가리지 않는 대담함이 있었다. 순수하고 악의가 없어 더 자극적이었다.

"깨물어 봐도 됩니까?"

정직한 물음에 나는 눈을 질끈 감았다. 심장이 기이하게 들썩이는데, 이것이 무엇인지 몰라 괴로웠다.

내 손가락 사이사이에 얽힌 손의 악력은 내가 내치려 하면 얼마든지 내칠 수 있는 힘이었고, 거절 한마디만 해도 라이너라면 곧바로 떨어져 나갈 것이다. 괴로우니, 분명 내치거나 거절하면 될 터였다. 하지만 어쩐지 그러고 싶지 않았다.

내가 가장 믿는 사람. 내가 위험에 처했을 때 가장 먼저 떠오를 얼굴이, 그의 숨결로 자꾸만 내 목덜미를 간지럽히는 이 상황이 싫지 않았다.

라이너가 느리게 입을 열었다. 곁눈질로 보게 된 그의 송곳니는 꽤나 날카로웠다. 짙은 로즈우드 향에 정신을 빼앗겼던 걸까, 그 행동을 저지하지 않았을 때.

"……역시 아직은 아닌 것 같군요."

한숨을 뱉은 라이너가 얼굴을 물렸다.

"조금 더 뒤가 좋겠습니다. 카슈미르가 직접 해 달라고 할 수 있을 때."

라이너는 몸을 가뿐히 일으키고는 깍지를 풀었다. 떠나가는 온기가 어쩐지 아쉽게 느껴졌다. 내가 멍하니 올려다보자, 라이너는 부드럽게 미소 지었다.

"아버지껜 직접 가서 서류를 받아 오겠습니다. 카슈미르는 쉬시죠."

짧게 목례하고 멀어지는 뒷모습이 지나치게 단정했다. 아니, 무언가 꾹꾹 눌려 넘치기 직전인데도 아슬아슬하게 중심을 맞추고 있는 것 같았다. 라이너는 방문 앞에서 잠시 멈춰 서더니 고개를 돌려 나를 바라보았다.

"붉은 얼굴이 너무 예뻐서…… 더 했다간 참을 수 없을 것 같았습니다."

금안이 선득하게 번뜩이다 말끔하게 휘어지며 가려졌다. 라이너의 흔치 않은 눈웃음은 분명 두 눈이 멀 정도로 아름다운데, 어쩐지 눈빛을 감추기 위한 가면으로밖에 보이지 않았다.

"조만간 또 뵙겠습니다."

탁.

라이너가 방문을 열고 나가자, 텅 빈 방엔 나 홀로 남았다. 뻣뻣하게 곧추세우고 있던 허리에서 반자동적으로 힘이 풀리며, 나는 소파에 힘없이 몸을 기대고 팔로 두 눈을 가렸다.

'아인하르트는…… 다 짓궂나 봐…….'

화끈한 얼굴은 아직도 가라앉을 기색이 보이지 않았다.

노아의 부관으로 지낸 지 2주가 되어 갔다. 그간 나는 황궁 기사단의 훈련관으로서의 생활에 거의 익숙해졌다.

아직까지도 나를 적법한 훈련관으로 인정하지 않는 기사들이 몇몇 있긴 했지만, 대놓고 불만을 표하며 훈련을 거부하는 이들은 없으니 성공적이라고 할 수 있으리라.

'오늘은 *어떤 마수를 데려오셨습니까?*'

충직한 검이 되려 했는데 3

'으…… 제발 키피라만 아니면 좋겠습니다. 환각은 정말 끔찍합니다.'

나흘째부터는 마수를 직접 포획해 와 곧바로 실전에 돌입하기 시작했다.

진도가 너무 빠르긴 했지만, 시간이 없는 데다 여차하면 내가 마수를 통제할 수 있으니 문제는 없었다. 만에 하나 나조차 통제하지 못하는 상황이 온다 해도 가까이에서 바로 달려올 수 있는 소드 마스터가 둘이나 있었다.

'혹시 수업 끝나고 시간 되시면 제 자세 좀 봐주시겠습니까?'

'훈련관님! 기사들끼리 식사하러 가기로 했는데 같이 가시죠!'

'검을 새로 사야 하는데…… 훈련관님은 마수 토벌하실 때 주로 어떤 검을 사용하십니까?'

아직도 나를 껄끄럽게 보는 몇몇을 제외하고는 다들 내게 잘 대해 주었다. 덩치 산만 한 기사들이 10대 청소년처럼 수줍게 다가오는 모습이 귀엽기도 했다.

사교계는 지겹기만 했는데, 기사들과 어울리는 것은 굉장히 재미있었다. 나는 그들과 기꺼이 어울리며 오랜만에 단체 생활의 즐거움을 만끽하고 있었다.

스승님과 지그문트, 나까지 셋이서 함께 다닐 때 이후로 처음 느껴보는 것이었다.

"훈련관님. 대련 부탁드립니다."

그리고 그 와중에 내 일상에는 한 가지 독특한 일과가 추가되었다.

세차게 번뜩이는 나를 향한 푸른 눈. 나는 야차 같은 기세로 성큼성큼 다가오는 인영을 익숙하게 바라보다 그녀의 뺨을 보고는 죄책감에 침음을 삼켰다.

'어제 적당히 해야 했나.'

카시아의 뺨은 어제 나와의 대련에서 땅바닥을 신나게 구른 탓에 팅팅 부어 있었다.

첫날 내게 완패한 카시아는 그날 이후로도 계속해서 내게 대련을 신청했다. 연거푸 패배하면서도 지치지 않고 말이다.

'키피라 세 마리를 한꺼번에 처리하긴 무리일 것 같은데. 도와 드릴까요.'

'……됐습니다. 제가 합니다.'

짧은 시간 동안 본 카시아는 첫인상 그대로 자존심이 강한 사람이었다. 기사단의 규율을 아슬아슬하게 넘지 않는 선에서 독선적이고 개인주의적이었다. 그 때문에 대부분의 기사들이 카시아를 어려워했다.

'야, 카시아! 너 상처 치료!'

'됐어.'

그나마 기사단 내에서 그녀에게 다가가는 사람은 제인이 유일했으나 카시아는 그에게조차 차갑게 굴었다. 제인이 안쓰러워 보일 정도였다.

'그렇게 자존심 강한 사람이 나한테 져도 계속 달려드네.'

대련을 신청하는 것도 자존심 상할 테니 몇 번 하다 말 거라고 생각했건만, 끈질기게 덤벼드는 카시아는 내게 패배하고서도 무척 담담해 보였다. 패배할 걸 알면서도 달려드는 그녀는 무모하면서도 한편으로는 간절해 보였다.

'원래 승패에 연연하지 않는 건지, 나한텐 져도 괜찮은 건지.'

여전히 카시아는 속을 알 수 없는 사람이었다.

왜 그렇게 귀족을 싫어하는 건지 직접 물어볼까도 싶었지만, 아직 그렇게 친한 사이가 아니라 물어봐도 대답해 주지 않을 것 같았다.

"다친 곳은 아프지 않으십니까?"

내 물음에 나를 시리게 노려보던 카시아가 눈을 깜빡였다. 그녀는 무심하게 제 뺨을 쓸었다.

"그냥 좀 부은 것뿐입니다."

"약은 바르셨습니까?"

"아뇨, 아직…… 지금 그게 중요한 건 아니잖습니까?"

홀린 듯 내 물음에 답하던 카시아가 퍼뜩 고개를 들더니 또다시 날을 세웠다. 그 모습이 도도하고 앙칼진 고양이 같았다.

"중요합니다. 큰 상처가 아니라고 얕보았다가 덧나면 어쩌려고. 돌아가서 꼭 치료해야 합니다.”

나는 무심코 카시아의 부은 뺨을 손끝으로 쓸었다.

화들짝 놀라며 뒷걸음질 친 카시아가 놀란 눈으로 나를 바라보았다. 나는 그제야 내가 실수했다는 걸 알았다.

“함부로 만져서 죄송……”

“제가 다친 것과 훈련관님이 무슨 상관입니까?”

빙하처럼 차가운 색의 눈동자를 둘러싼 날카로운 눈매가 더욱 치솟았다.

착각일까, 그렇잖아도 부어서 발갛던 뺨이 더 달아오른 것 같았다.

“이기지도 못할 거면서 매일 귀찮게 달려드는 놈이 다치면 좋은 거 아닙니까?”

분명 예민하기 짝이 없는 투임에도 어쩐지 울적하게 들리는 목소리에 나는 순간 멈칫했다.

‘그러게. 카시아가…… 이상하게 싫진 않네.’

그녀의 부어오른 뺨을 보면 고소하다는 생각보다는 걱정이 먼저 들었다. 나한테 잔뜩 날을 세운 채 덤벼드는 카시아인데도.

카시아를 물끄러미 바라보던 나는, 느리게 입술을 열었다.

“저는 경이 싫지 않습니다.”

“……왜!”

“경도 마찬가지잖습니까?”

나는 씨익 웃으며 확신했다.

“절 싫어하지 않으신다는 거 압니다.”

카시아가 미르를 좋아했다는 건 이미 알고 있었다. 그녀는 귀족인 내게 단단히 실망을 해 버린 것 같지만, 그럼에도 카시아가 나를 진심으로 증오하진 않는다는 것 역시 짐작하고 있었다.

‘내가 정말 싫었다면 얼굴을 보지도 않으려 했겠지. 이렇게 매일매일 대련을

신청할 것이 아니라.'

누군가를 정말 증오하면 그 사람을 멀리하지, 매일 찾아오지는 않았다.

"매일 저와 검을 맞대려고 하시는 걸 보아…… 저를 제법 좋아하시는 거 아닙니까?"

내 장난스러운 한마디에 카시아의 얼굴이 사과처럼 새빨갛게 달아올랐다.

"누가! 누굴 좋아합니까! 그, 그런 불합리하고 야비한 심리적 공격에 제가 무너질 것 같습니까!"

카시아가 쩌렁쩌렁하게 소리쳤다. 내가 말을 꺼낸 순간 카시아는 표정부터 자세까지 일순간 무너졌으나, 굳이 그 부분을 지적하지는 않기로 했다. 안 그래도 붉은 얼굴이 정말 터져 버릴지도 모르니까.

"오, 오늘은 이만 물러나겠습니다. 하지만 내일도 그런 조잡한 심리전에 넘어갈 거라고 생각한다면 큰 오산입니다!"

카시아는 쥐고 있던 검을 거칠게 검집에 쑤셔 넣더니 내게 손가락질하며 뒷걸음질 쳤다. 그녀는 이내 휙 돌아 달려가 버렸는데, 바람에 마구 흐트러지는 검은 단발 새로 보이는 목덜미가 금방이라도 터질 것처럼 붉었다.

"저거 봐요. 나쁜 놈은 아니라니까요."

카시아의 뒷모습을 바라보고 있었을까, 어느새 성큼 다가온 제인이 내게 시원한 물이 든 잔을 내밀었다.

어느덧 가까워진 그는 내게 굉장히 친근하게 굴었고, 나 역시도 그게 싫지 않았다. 나는 잔을 기꺼이 받아들고 물을 들이켰다.

"저놈이 저런 표정을 짓는 걸 보게 될 줄 몰랐는데 훈련관님 덕분에 보게 되네요."

제인은 살갑게 말을 걸며 낄낄거렸다. 그 얼굴은 꽤 짓궂어 보였지만, 잿빛의 두 눈에서는 분명히 카시아를 향한 친애가 보였다.

"제인 경은 카시아 경을 많이 좋아하는 모양입니다."

짧은 시간 동안 본 제인은 사람 대 사람의 예의라기에는 과할 만큼 카시아를 생각하고 챙겨 주었다. 들고 있던 자신의 물병을 매만지던 제인이 나직하게 웃었다.

"기사단에 같이 입단한 동기니까요. 아시다시피 기운이 심상치 않은 녀석 아닙니까. 거기에 끌려 제가 먼저 다가갔죠. 저는 그 녀석을 소중한 동료라고 생각하고 있지만…… 그 녀석은 절 신경 쓰기나 할지."

웃는 얼굴과 다르게 말투엔 씁쓸한 기운이 감돌았다. 잿빛 눈동자가 가라앉아 있었다.

"……카시아 경도 제인 경의 정성을 알아줄 날이 올 겁니다."

"하하. 그건 너무 큰 바람이 아닌가 싶군요. 저는 그 녀석이 탈선만 하지 않아도 다행이라고 생각합니다."

혼신을 다한 내 위로에 제인이 분위기를 환기시키며 가볍게 대답했다.

제인은 상냥한 사람이었다. 그는 기사단에 갓 입단해 모르는 것이 많은 나를 여러 방면으로 도와주었다.

유들유들하고 얼굴도 훤칠한 데다 유머 감각도 뛰어난 제인을 많은 이들이 좋아했으나, 그는 기묘하게도 모두가 꺼려 하는 카시아와 붙어 있곤 했다.

"카시아 경이 그런 정성을 몰라준다 해도 괜찮습니까?"

내 물음에 제인이 나를 돌아보았다. 따사로운 오렌지색을 담은 머리칼을 긁적인 그가 환히 웃었다.

"네. 제가 좋아서 하는 거니까요."

보답을 원치 않는 호의는 쓸쓸하지만 반짝거렸다. 카시아는 참 좋은 사람을 얻은 것 같았다.

"……제가 카시아 경을 한 번 따라가 보겠습니다."

"아, 그러시겠습니까?"

내가 나서자 제인이 놀란 표정을 지었다. 나는 고개를 끄덕였다. 요 근래 들어 카시아라는 사람이 궁금하긴 했다. 워낙 거칠게 내 삶에 파고든 존재이니 말이다. 하지만 가장 걸리는 건 따로 있었다.

'대체 어디서 본 거지?'

이전에 본 건 확실한 것 같은데 가물가물한 기시감만 이어지고, 이렇다 하게 잡히는 것이 없었다. 계속 답답했던 나는 오늘 아예 그녀를 붙잡고 우리가 전에 어디서 만났는지 물어볼 작정이었다.

나는 제인의 인사를 뒤로하고 카시아가 뛰쳐나간 쪽으로 가며 그녀의 기척을 따라 그녀를 좇았다. 조금 집중하면 추적쯤이야 어렵지 않았다.

황궁 복도를 가로질러 얼마나 발걸음을 옮겼을까. 나는 앞쪽에서 카시아를 발견했다.

'……왜 심각한 얼굴이지?'

그녀를 부르려던 나는 멈칫했다. 카시아는 야차 같은 낯을 한 채 팔짱을 끼고 벽에 기대어 있었다. 말을 걸면 사람을 찢어 죽일 기세였다.

카시아가 왜 저러나 싶어 주위를 두리번거리던 나는, 그녀가 등을 기댄 벽 너머에서 들려오는 목소리에 원인을 알 수 있었다.

"……주제에 훈련관이라고 설치는 꼴이 얼마나 우스운지. 결국 기사단장님이 편의를 봐주셔서 들어올 수 있었던 거면서 말이야."

'호오.'

한마디만 들어도 알 수 있었다. 내 욕이라는 걸. 나는 헤죽 미소 지으며 흥미진진하게 귀를 기울였다.

'내일 죽도록 굴려 주지.'

뒷담을 늘어놓을 힘도 없을 정도로 훈련을 시켜 두면 조용할 터였다.

"꼬맹이 설명이나 듣고 있는 게 얼마나 자존심 상하던지."

"훈련 중에 진짜 마수 푸는 게 말이 돼? 마수 피가 묻은 옷은 잘 지워지지도 않는데!"

욕하는 이유도 가지각색이었다. 나는 턱을 매만지며 고개를 끄덕였다. 내일은 하라바나를 데려오고 싶은 욕망이 불쑥 얼굴을 내밀었지만 꾹 참았다.

"뭐, 사실 용병 미르의 업적이 좀 과장되긴 했잖아? 결국 마수 좀 잡은 것뿐인데 영웅은 과하지. 그런 사람이 무슨……."

콰앙!

"히익!"

"꺄악!"

거친 소리와 함께, 옹기종기 모여 있던 기사들의 앞에 검이 꽂혔다.

터벅터벅.

모두가 기겁하는 가운데, 벽 뒤에서 모든 걸 듣고 있던 카시아가 그들 앞으로 걸어 나갔다.

"다시 한번 지껄여 보지 그래."

카시아의 푸른 눈은 어딘가 이성을 잃은 듯했다. 그 공포스러운 기운에 기사들이 빠르게 서로의 눈치를 봤다.

"야, 우리가 네 욕을 한 건 아니고……."

"감히 내 앞에서 그분을 욕해!"

촤악.

바닥에 꽂힌 검을 거칠게 뽑아낸 카시아가 눈을 희번덕거렸다. 지켜보던 나까지도 식은땀이 나는 무서운 얼굴이었고, 뒷담을 늘어놓던 기사들은 덜덜 떨고 있었다.

사람 여럿 찢어 죽일 기세이던 카시아는 분노로 거세진 숨을 고르다 이내 심호흡을 했다. 뭔가를 억누르는 듯한 모양새였다.

"오늘은 넘어가 주지. 하지만 한 번만 더 그분에 대해 함부로 논하다 내게 걸리면……."

카시아가 검을 세웠다. 좁은 창 틈새를 아슬아슬하게 비집고 들어오는 햇빛을 받아 그녀의 검날이 요요하게 빛났다.

"그땐 나랑 같이 죽는다고 생각해. 용서하지 않을 거다."

'나를 위해 화내 주는 건가?'

나는 나를 욕하던 이들에게 단단히 경고하는 카시아를 보고 있자니 기분이 묘했다. 나를 짓밟으려 하면서도 지켜 주는 것이 참 모순적이었다.

"알아들었으면 꺼져."

"으, 응!"

카시아의 손짓에 위축되어 있던 기사들이 황급히 도망쳤다. 헐레벌떡 도망가는 모습이 참 추하고 우스웠다. 그 모습을 물끄러미 지켜보던 나는, 이내 부러 인기척을 내며 발걸음을 옮겼다.

"누구…… 훈련관님?"

발걸음 소리에 예민하게 반응하여 나를 돌아본 카시아가 두 눈을 크게 떴다. 그녀의 입이 경악으로 떡 벌어졌다.

"……어디까지 보셨습니까?"

"음. 저들이 나를 욕하다 카시아 경에게 저지당하는 것까지."

내 대답에 카시아의 얼굴이 순식간에 붉게 물들었다. 이전보다 더 진하게. 오늘 그녀의 익은 얼굴을 자주 보는 것 같았다.

잠시 어버버하던 카시아는 이내 이를 악물고 검지로 나를 똑바로 가리켰다.

"다, 당신은! 욕해도 내가 욕하고 때려도 내가 때립니다!"

괴상한 소유욕인지 서투른 상냥함일지 모를 것을 가감 없이 드러낸 카시아가 내게서 획 몸을 돌렸다. 그 모습이 대단히 귀여워 보였던 건 내 눈이 맛이 가서만은 아닌 것 같았다.

"용병 미르를 무너뜨리는 건 납니다! 그러니 목 닦고 기다리고 계세요!"

이 말을 끝으로 카시아는 도망치듯 사라졌다.

그 모습을 바라보다 끝내 웃음을 터트린 나는 생각했다. 아마 저 날 선 가시만

견뎌 내고 나면, 좋은 친구를 갖게 될지도 모르겠다고.

· · ·●· · ·

"훈련관님! 오늘 북서쪽 거리에 새로 개장한 레스토랑에 다 같이 식사하러 가려는데 함께 가시겠습니까?"

오전 훈련이 끝나고, 벗어 두었던 제복 재킷을 다시 꿰어 입는 내게 갈색 머리의 기사, 오스틴이 물었다. 나는 그 물음에 문득 기사단 사이의 공백을 확인했다.

'카시아, 끝까지 안 오는구나.'

괴상한 소유욕인지 서투른 상냥함일지 모를 강렬한 말을 들은 다음 날, 카시아는 기사단에 출근하지 않았다.

'오늘은 카시아 경이 몸이 좋지 않아 오지 못한다는군.'

노아는 그렇게 말하며 걱정스러운 표정을 지었다. 어제 일이 부끄러워 오지 않는 것인가 잠시 생각하기도 했지만, 대단한 기사 정신을 가진 카시아가 겨우 그런 것 때문에 결근을 하진 않을 것 같았다. 거짓말을 할 성격도 아니고 말이다.

'몸이 많이 안 좋은 걸까.'

나는 입을 꾹 다물었다. 그 사이 정이 단단히 들었는지 그녀가 걱정되었다. 나는 내 대답을 기다리는 오스틴에게 아쉽다는 표정을 지으며 고개를 저었다.

"오늘은 선약이 있어서 말입니다. 경께서 맛있게 드시고 어땠는지 말씀해 주시죠. 맛이 괜찮다면 제가 그곳에서 식사 한번 사겠습니다."

"아, 그렇군요. 아쉽지만…… 기대하고 있겠습니다!"

얼굴의 주근깨가 쫙 펴질 정도로 순박하게 웃은 오스틴이 기사들이 모인 곳으로 돌아갔다. 나는 떠나는 그들에게 손을 흔들어 주고는 한 번 더 옷매무새를 정리했다.

선약이 있다는 말은 거짓말이 아니었다. 나는 주머니에 잘 넣어 둔 편지를 만지작거리며 그 내용을 떠올렸다.

[친애하는 슈슈. 아니, 이제 훈련관님이라고 불러야 할까? 뒤늦게 축하를 건네네. 요 근래 그대의 명성이 황궁 내에서 자자하더군. 아주 잘하고 있다며. 역시 그대다워. 그대는 내 자랑이네.

우리 마지막 대귀족 회의 이후로 한 번도 얼굴을 보지 못했지? 그대도 나도 바빴으니 이해하네.

그간 그대를 보고 싶어 기사단에 찾아가고 싶었지만 그대를 곤욕스럽게 만들고 싶지 않아서 참았네. 아슬아슬하게 시간이 남는 날엔 괜히 기사단 주위를 어슬렁거리기도 했는데, 우연은 나를 도와주지 않더군. 그래서 결국 바쁜 일이 정리된 지금에서야 편지를 보내게 되었네.

길게 변명하지 않겠네. 그대가 보고 싶어. 나를 보러 와 줘.]

발신인은 디에고 솔라티네였다.

어제 오후 퇴근해 이 편지를 받은 나는 고민도 하지 않고 곧바로 알겠다고 답신했다. 나 또한 디에고가 그리웠으니까.

오늘은 디에고와의 티타임 약속이 있는 날이었다. 나는 이젠 익숙해진 황궁의 복도를 가로지르며 가볍게 콧노래를 불렀다. 화창한 날씨가 내 기분을 더욱 고조시켰다.

디에고에게 해 줄 이야기들을 머릿속으로 고르던 찰나.

'어.'

나는 앞쪽 코너에서 익숙한 기운을 느끼고 발걸음을 멈췄다. 구둣발 소리가 점점 더 가까워졌다. 마찬가지로 내 기운을 느꼈을 게 분명한 상대는 속도를 높여 왔다. 나는 그 자리에 멈춰 서서 상대를 기다렸다.

"슈슈."

상대는 내가 잘 아는 사람이었으니까.

심연을 한 줌 퍼 올려 실로 자아낸 듯 검은 머리칼. 고혹적인 장미보다 더 매혹적인 붉은 눈. 뒤를 따르는 호위 기사 한 명 없이 단신으로 다니는 모습은 그의 고고한 자존심을 드러냈다. 나는 그를 향해 환하게 웃었다.

"아버지, 어디 가는 길이십니까?"

내 아버지, 카이사르 크리시스였다.

서늘하게 굳어 있던 그의 입매가 희미하게 호선을 그렸다. 단번에 겨울에서 봄으로 변하는 카이사르의 표정에서 나는 그의 사랑을 느낄 수 있었다.

"황제를 만나고 오는 길이다. 이제 집으로 돌아가려 하는데, 같이 갈 테냐."

카이사르가 손을 내밀었다. 붉은 두 눈이 묘하게 기대로 반짝이고 있어 손을 잡아 주고 싶었지만, 약속이 있으니 어쩔 수 없었다. 나는 아쉬운 표정을 지어 보였다.

"오늘은 황태자 저하와 약속이 있어서, 먼저 들어가셔야 할 것 같습니다."

"……황태자?"

카이사르의 표정이 굳었다.

"황태자와 무슨?"

"함께 티타임을 갖기로 했습니다."

눈앞에서 저글링을 하는 바퀴벌레를 봐도 그렇게까지 얼굴이 일그러질 순 없을 것 같았다. 입술을 살짝 깨물었다가 놓은 카이사르는 상체를 숙여 내 귓가에 속삭였다.

"황태자가…… 혹시 권력으로 네게 강제하는 건 없느냐."

"네? 그럴 리가요."

"다시 한번 잘 생각해 봐라. 오늘 이 약속도, 너도 모르는 새에 세뇌를 받아서 승낙한 게 아니더냐."

"누가…… 저를 세뇌했다고요?"

나는 떫은 눈빛으로 그를 바라보았다. 소드 마스터가 둘이나 사는 집에 침입해 소드 마스터를 세뇌하는 건 드래곤을 이쑤시개로 잡는 것과 비슷한 난이도였다.

카이사르도 말도 안 되는 소리라는 건 아는지 제 머리를 마구 헤집더니, 이내 찝찝한 표정으로 나를 바라보았다.

"정말 네가 원해서 만나는 것이 맞지?"

붉은 두 눈에 낮게 깔린 것은 걱정이었다. 카이사르는 내가 강제로 응하는 것이 있을까 염려하고 있었다. 그 과하고도 간지러운 걱정에, 나는 나직하게 웃었다.

"물론입니다. 하기 싫은 것이 있다면 당신께 말하라고 하신 것 잊지 않았습니다."

내 확신 어린 대답에 카이사르는 그제야 표정을 조금 풀었다. 그의 큰 손이 부드럽게 내 머리칼을 쓸어내렸다. 나는 그 손을 익숙하고도 기껍게 받아들였다.

"네가 즐기는 것이라면 되었다. ……즐기지 않았으면 좋겠지만."

끝말은 거의 속삭임에 가까웠다. 나는 그 말의 의도를 몰라 고개를 갸웃하다가도 걱정하지 말라는 뜻으로 그를 향해 환히 웃어 주었다.

"그럼 오늘 저녁 식사는 함께할 수 있느냐? 아리아가 요즘 네가 많이 바쁘다고 섭섭해하던데."

"물론입니다. 저녁은 함께해야죠. 최대한 늦지 않게 들어가겠습니다."

카이사르가 만족스러운 표정으로 고개를 끄덕였다. 그는 연인을 전장에 보내는 사람처럼 애절한 눈으로 몇 번이고 나를 뒤돌아보며 떠났다.

'이거 조금 늦을 것 같은데.'

약속 시간을 여유롭게 잡았는데, 카이사르와 복도에서 너무 오래 얘기한 탓에 시간이 촉박해져 버렸다. 나는 품 안에서 회중시계를 꺼내 시간을 확인하고는 빠른 걸음으로 황태자 궁으로 향했다.

익숙한 길을 지나 약속 장소에 다다랐다. 디에고의 사무실 앞에는 익숙한 얼굴이 서 있었다.

짧은 진녹색 머리칼에 베이지색 눈동자. 여전히도 뻣뻣하지만 어쩐지 평소보다 순해 보이는 표정.

"오랜만이네, 엘러바인 경."

디에고의 가장 충직한 호위 기사, 페퍼 엘러바인이었다.

"……크리시스 공녀님, 아니. 크리시스 경."

베이지색 눈동자가 일렁거렸다. 무언가 말하려는 듯 입술을 달싹이던 그는 이내 꾹 입을 다물었다. 페퍼는 무척 난감해 보였다.

그 낯선 태도에 나는 눈을 끔뻑였다. 내 앞에서 늘 앙칼진 고양이같이 굴던 페퍼가 오늘은 순한 개처럼 꼬리를 내리고 있었다.

"이번엔 조용하군. 하던 대로 안 하나?"

"……무슨 말씀이십니까."

"맨날 그러지 않았나. 제가 지켜보고 있습니다! 쿠키 좀 챙겨 주신다고 제가 마음을 열 거라고 생각하신다면 크나큰 오산입니다! 저는 끝까지 공녀님을 의심……!"

"그, 그만두십시오!"

목소리를 억지스럽게 내리깔며 평소의 페퍼를 따라 하자 얼굴이 새빨갛게 달아오른 그가 황급히 나를 제지했다. 나는 어쩔 줄 몰라 하는 그를 보며 간신히 웃음을 참았다. 늘 날카롭던 페퍼의 새로운 모습이었다.

디에고에게 과잉 충성을 바치는 페퍼는 마지막 만남 때까지도 나를 의심했다. 정이 든 건지 두 눈으로는 나를 향한 신뢰를 보이면서도, 입으로는 나를 완전히 믿지 않을 거라며 행동 조심하라고 경고하곤 했다.

'그런데 오늘은 풀이 죽은 건지, 뭔지.'

페퍼는 왠지 모르게 곤란해하는 표정을 하고 있었다. 두 눈엔 후회와 수치가 스쳐 지나가기도 했다. 그 모습을 흥미롭게 지켜보던 나는 고개를 기울였다.

"왜 답지 않게 순하게 구나. 심경의 변화라도 있는 겐가?"

내 단도직입적인 물음에 페퍼가 눈을 질끈 감았다 떴다. 흑역사를 떠올린 듯한 표정이었다.

"공녀님께서 용병 미르인 줄 알았다면 그렇게 거칠게 말하진 않았을 겁니다."

나는 짧게 탄식을 뱉고는 눈을 굴렸다. 정작 미르로 왕성하게 활동할 땐 너무 바빠서 주위를 둘러볼 시간이 없었는데, 요 근래 들어서야 미르로서의 영향력을 체감하고 있었다. 기사들이란 기사들은 모두 존경을 표하는데 그것이 고맙기도 했지만 조금은 부끄럽고 부담스럽기도 했다.

"그대…… 나를 좋아했나?"

나는 어색하게 물었다. 홧홧하게 달아오른 자신의 얼굴을 식히던 페퍼가 크게 멈칫하며 나를 바라보았다. 그의 입이 떡 벌어졌다.

"그게 무슨 황태자 저하 앞에서 할복하며 죄송하다고 복창해야 하는 소리입니까? 제가 크리시스 경을 좋아했냐고요? 정말, 그건…… 너무도 무엄해서…….."

"아니, 그게 아니라, 용병 미르를 사람 대 사람으로 좋아했냐는 물음이네."

"아."

무어라 주절거리던 페퍼가 탄식했다. 베이지색 눈동자를 이리저리 굴리던 페퍼는 머쓱하게 제 목덜미를 긁적였다. 드러난 목덜미엔 열꽃이 번져 있었다.

"그…… 많이 좋아한 건 아닙니다. 그냥 보이는 영상구마다 사고 가끔 업적을 찾아보며 검술을 따라 해 본 것뿐입니다."

"오……."

그 정도면 많이 좋아하는 거 아닌가 싶었으나, 그걸 언급했다간 페퍼가 또 버럭 소리칠 것 같았기에 하고 싶은 말을 참고 고개를 끄덕였다.

"그래서 이젠 믿어 주는 겐가?"

"아뇨. 완전히는 아닙니다."

충직한 검이 되려 했는데 3

페퍼가 또 눈을 치켜떴다. 새초롬한 표정을—그 딴엔 정색이었겠지만—지은 그는 휙 고개를 돌렸다.

"크리시스 경이 끝까지 의심해 달라고 하지 않았습니까. 저는 황태자 저하의 호위 기사로서 2황자의 스승이자 공녀인 당신을 계속 경계할 겁니다."

베이지색 눈이 나를 힐끗 돌아보았다. 내 눈치를 보는 것 같았다.

"……하지만 인간인 당신은 조금 믿고 있을지도 모르겠군요."

누군가의 신뢰를 얻고 있음을 확신하는 것은 기쁜 일이었다. 나는 불가항력적으로 환하게 웃었다. 내 주위엔 수줍은 이들이 많았다.

"크흠. 저하께서 기다리시겠군요. 가 보시죠."

페퍼가 문을 열어 주려는 듯 손잡이에 손을 올렸다. 문고리를 돌리려던 그는 문득, 손을 멈추고 나를 돌아보았다.

"그리고 이건 호위 기사로서 주제넘은 발언입니다만."

그의 두 눈이 나를 똑바로 응시했다.

"저하께서는 몰라봐 주어도 된다며 경께 알리지 않을 거라고 하셨지만, 저는 경께서 아셨으면 좋겠습니다."

나는 귀를 기울였다. 아무래도 디에고가 나 몰래 한 것이 있는 모양이었다.

"크리시스 경을 훈련관으로 삼는 것에 대해 귀족 사교계에서 부정적인 여론이 있었습니다. 그중 반은 아리아 크리시스 공녀님께서 잠재우셨다면……."

페퍼가 희미하게 입꼬리를 올렸다.

"다른 반은 황태자 저하께서 잠재우셨습니다."

벌컥.

"황태자 저하. 크리시스 경께서 오셨습니다."

창틀을 짚은 채 창밖을 바라보는 인영은 나른한 오후의 햇빛에 휩싸여 신비로워 보였다.

그는 흰 셔츠에 검은 바지로 가벼운 차림이었는데, 셔츠 소매를 팔꿈치 부근까지 접어 올려 단단한 팔이 보였다. 오른쪽 팔뚝에 채운 검은 암가터의 버클이 햇빛을 받아 반짝였다.

금실처럼 빛나는 황금색 머리칼이 허공에서 가볍게 나부끼고, 인영의 고개가 돌아오자 푸른 눈이 나를 향해 휘어졌다.

"왔나, 슈슈."

햇빛 아래서 그보다 더 환한 미소를 짓는 남자는, 디에고 솔라티네였다.

"그간 평안하셨습니까."

페퍼가 나가고 단둘이 남았을 때, 나는 허리를 굽혀 인사했다.

터벅터벅.

창틀을 짚고 있던 손을 뗀 디에고가 나를 향해 걸어왔다. 흔들리는 황금빛 머리칼은 가을녘 추수를 앞둔 잘 익은 벼 같았다.

"내가 뭐라고 대답할지 맞춰 보게."

내 앞에 우뚝 멈춰 선 디에고가 상체를 훅 숙였다. 후각을 잠식하는 바닐라 향에 느리게 숨을 들이쉰 나는 피식 웃었다.

"그대가 없어 평안치 못했다, 라고 말씀하실 겁니까."

어렵지 않게 예상할 수 있었다. 오랜만에 만날 때면 디에고는 자주 찾아 달라 투정이라도 부리는 것처럼 그리 대답했으니까.

"나를 너무 잘 아는군."

자연스럽게 내 허리에 팔을 두른 디에고가 나를 가볍게 들어 올렸다. 나는 조금 놀랐으나 그는 대단히 태연했다. 디에고는 나를 소파에 내려 주었다.

"그대가 없어 평안치 못했네. 그리웠어, 슈슈."

소파 팔걸이를 짚은 디에고가 그림자 진 얼굴로 나를 내려다보며 웃었다.

"제국의 안녕을 위해 일하느라 바빴던 것이니 부디 용서하시지요."

"그래. 그대의 수고야 잘 알지. 황태자인 나로서는 자랑스럽고 기꺼워하고 있네."

내가 장난스럽게 말하자 디에고가 어깨를 으쓱였다. 자신의 책상으로 향한 그는 새 잔에 홍차를 한잔 따르더니 내게 건넸다. 나는 살짝 묵례하고는 잔을 받아 들었다.

"하지만 인간인 나로서는 그립고 섭섭한데 어쩌겠나. 조금의 투정 정도는 용서해 주게."

느긋하게 제 잔을 든 디에고가 능청스럽게 말하며 다른 한 손으로 등 뒤의 책상을 잡고 기대었다. 늘 철저하고 완벽하던 디에고도 내 앞에서는 편한 모습을 보여 주었다.

"그간 어떻게 지내셨습니까? 눈코 뜰 새 없이 바쁘다고 하셨잖습니까."

"아. 그랬지. 전쟁을 앞두고 해야 하는 일들이 산더미같이 불어나서 바쁘게 지냈네. 서신에 보냈던 대로 이제야 좀 안정된 참이고."

피곤이 물든 낯으로 미간을 꾹 누른 디에고가 체력 회복 물약 마시듯 홍차를 들이켰다. 이내 나를 슬쩍 돌아보는 그의 푸른 두 눈이 흥미로 반짝였다.

"그대에 대한 소문은 많이 들었네, 훈련관."

"이미 많이 놀림받았으니 그만두시죠."

"하하! 축하해 주려 한 거야. 제대로 인정받고 있는 듯하니까."

이미 여기저기서 훈련관님, 훈련관님 하며 놀림을 받은지라 질린 표정을 지을 수밖에 없었다.

디에고는 호탕하게 웃음을 터트리며 부드럽게 덧붙였다.

"다만 카시아 경과 불화가 있다는 소문은 들리더군. 괜찮은 건가?"

"그게…… 디디 귀까지 들어갔군요."

나는 민망함에 목덜미를 긁적였다. 디에고가 귀 기울이는 가운데, 나는 천천히 카시아와 있었던 일을 풀어놓았다.

"그럴 만하군. 카시아 경다워."

이야기를 다 들은 디에고는 알 만하다는 듯 고개를 끄덕였다. 카시아와 친분이 있어 보이는 어투였기에, 나는 고개를 갸웃했다.

"카시아 경을 아십니까."

"그래. 아, 이건 다른 이들에겐 비밀이네만……."

입술 앞에 검지를 세운 디에고가 유려하게 미소 지었다.

"몇 년 전부터 형편이 어려운 기사들을 익명으로 후원하고 있는데, 카시아 경이 그중 한 명일세."

나는 조금 놀란 표정으로 그를 바라보았다.

"그럼, 기사단의 평민 기사들이 도움을 받았다는 수많은 호칭의 익명 후원자가……."

"그래. 나네."

디에고의 푸른 눈이 장난스럽게 반짝였다. 평민 기사단원들과 대화를 나누며 알게 된 것이었는데, 그들은 모두 제국 아카데미에서 검술을 배울 시절에 익명 후원자의 도움을 받아 검술을 배울 수 있었다고 했다. 그 후원은 지금까지도 이어지고 있고 말이다.

'제 후원자님은 패트릭 님이시죠.'

'제겐 론도 님이라고 하셨습니다.'

'저는 앨리스 님입니다.'

수많은 이름이 기사들의 입에서 나왔다. 기사들은 그 기묘한 현상을 일으킨 장본인이 단 한 명이라는 것은 서로 대화를 통해 공통점을 찾아내며 유추해 냈지만, 아직까지도 후원자의 정체는 밝히지 못했다고 했다.

그 이야기를 듣고 후원자라는 사람을 꼭 만나 보고 싶다고 생각했건만.

'그게 디에고였을 줄이야.'

체면과 명예를 위해 소문을 내 가며 기부하는 귀족들은 많았으나, 익명으로 기부하는 사람은 극소수였다.

나는 디에고가 존경스러워졌다.

"……예전에 내 호위 기사에 대해 얘기한 적 있는데, 기억하나? 페퍼 엘러바인 이전의 호위 기사 말이네."

나와 눈이 마주치자 디에고는 미묘하게 웃었다. 그 말에 나는 잠시 과거를 되짚어 보았다.

'어려서 친구가 하나 있었지. 평민 출신인 호위 기사였지만 분명 친구라고 생각했어. 몇 년간 그 아이와 함께 형제처럼 지냈는데, 어느 날 누군가 내 잔에 독을 탔지. 범인은 그 아이라더군.'

'……아.'

'돈이든 뭐든 암살을 의뢰한 인간보다 내가 더 많이 줄 수 있는데 왜 그런 짓을 벌였냐고 물었는데…… 그냥 처음부터 내가 싫었다더군. 내 모든 것이…… 질투 나고 싫었다고. 내게 보여 준 모습은 다 거짓이었다고 했네. 그 이후론 호위를 데리고 다니는 것이 꺼려지더군. 나를 지켜 주는 이들은 하나같이 내 뒤를 노리고 있을 것 같아서.'

디에고가 온갖 암살 위협을 받으면서도 호위를 꺼려 하는 이유가 그곳에 있었다. 그는 다시 배신당하고 싶지 않다고 했다.

그 이야기를 떠올리니 먹먹해져 울적한 표정으로 그를 바라보자, 디에고는 아무렇지 않다는 듯 눈꼬리를 휘었다.

"그 아이는 가난했지. 내가 싫어서 그랬다곤 했지만, 나는 그 아이의 할머니가 직장에서 잘리며 급하게 돈이 필요했을 거라고 생각하네. 그때 그 사건 이후부터 평민 기사들을 돕기 시작했지. 다시는 그런 일이 반복되지 않길 바라니까."

증오를 증오로 풀지 않고, 더 나은 것으로 승화시키는 건 멋진 일이었다.

"카시아 경은 내가 후원하는 기사들 중에서도 가장 힘든 상황이네. 아버지는 없고, 어머니는 일을 할 수 없는 상황이라 어려서부터 혼자 버티며 살아온 모양이야. 귀족을 싫어하는 것도…… 그럴 만한 이유가 있더군."

쓸쓸한 눈빛을 하던 그가 고개를 들어 나를 바라보았다.

"그녀를 미워하진 말게. 보내지 않아도 괜찮다고 해도 매월 후원금 사용처를 꼬박꼬박 보내오는데, 매 지출 내역마다 미르 전투 촬영 영상구가 있는 게 제법 웃겼거든."

묘하게 짓궂은 투였다.

내가 놀리지 말라는 뜻으로 미간을 좁히자, 능글맞게 눈을 굴린 디에고가 내 옆에 앉아 어깨동무했다.

"그대의 세계가 넓어지는 것이 질투 나지만 동시에 기쁘네. 그대를 독점하고 싶으면서도 널리 자랑하고 싶어. 가끔은 전자가 더 커지지만…… 그래도 그대의 행복이 최우선 순위인 건 여전해."

푸른 눈이 곱게 휘었다.

"내가 늘 그대를 응원하고 있음을 알겠지? 그대는 앞만 보고 나아가게. 내가 그대 곁에서 지키고 있으니."

수백수천의 군대보다 더 든든한 한마디였다. 나는 가슴이 벅차올라 맹렬한 눈빛으로 디에고를 뚫어져라 바라보다—이때 부담스러운지 그의 귀가 살짝 붉어졌다—씨익 웃었다.

"디디가 저를 훈련관으로 삼는 것에 반대하는 귀족들의 반발을 잠재워 주셨다고 들었습니다."

"아."

디에고가 탄식했다. 그가 미간을 슬쩍 찌푸렸다.

"비밀로 하려고 했는데 어떻게 알았나. 엘러바인 경이 말했나?"

"아……뇨. 제가 알아냈습니다."

"사교계엔 관심이 하나도 없는 그대가?"

페퍼를 곤란하게 만들기 싫어 겨우 거짓을 내뱉었으나, 디에고가 짧게 헛웃음을 뱉었다. 나는 할 말이 없어졌다.

"그대는 거짓말 정말 못하는 거 알지? 엘러바인 경은 괜한 소리를 해서……."

　　　　　　　　　　　　　　충직한 검이 되려 했는데 3

"그게 왜 괜한 소립니까. 감사드려야 마땅한 부분인데, 제가 모르고 있던 걸 알려 주었으니 고마운 일이죠."

디에고가 혀를 차며 고개를 돌렸다. 겉보기엔 무척 태연해 보였으나, 아무래도 그는 부끄러워하고 있는 것 같았다.

부끄러워하는 디에고는 쉽게 볼 수 없었기에 나는 히죽 웃었다.

"감사해서 뭐라도 해 드리고 싶은데요. 원하시는 건 없으십니까? 호위 기사가 필요한 일이 있으시다면 일정을 빼서라도 돕겠습니다."

황태자로서 부족한 게 없는 디에고에게 마땅히 줄 만한 것은 없었다. 그나마 떠오르는 것이라고는 호위 기사를 쉬이 신뢰하지 못하는 디에고를 위해 외부 활동에서 내가 그의 호위가 되어 주는 것 정도였다.

내 물음에 망설임 없이 대답하려던 디에고는 무언가 생각하는 듯 멈칫했다.

톡톡, 그러고는 검지로 제 왼뺨을 건드렸다.

"그럼 뺨에 입맞춤, 해 줄 수 있겠나?"

그가 장난기 만연한 웃음을 지었다. 나는 눈을 끔뻑였다. 뺨에 입맞춤이야 가끔 인사 차원에서도 하는 것인데, 갑자기 이렇게 시키니 낯부끄러웠다.

"어렵진 않습니다만, 그걸로 충분하십니까?"

"충분하다마다."

디에고는 뻔뻔한 표정으로 제 뺨을 내게 가까이했다. 새하얗고 고운 그의 살갗은 실크 같았다.

"자, 해 주게."

그가 퍽 즐거운 목소리로 종용했다. 코끝을 간지럽히는 바닐라 향에 목울대를 울렁인 나는 눈을 살며시 감았다.

'왜 이렇게 긴장되지.'

단둘뿐인 고요한 방 안이 괜히 신경 쓰였다. 입술을 물었다 놓은 나는, 숨을 크게 들이쉬고 상체를 기울였다.

쪽.

말캉한 느낌이 입술에 감돌았다. 맞물리는 감촉은 피부와 거리가 멀었다. 눈을 감았던 나는 의문을 느끼며 천천히 눈을 떴다.

푸르른 눈동자가 짙게 일렁이고, 금빛 실낱들이 내 이마께를 간지럽혔다. 맞닿은 입술이 낮게 웃음을 흘렸다. 조각같이 아름다운 얼굴은 측면이 아닌 정면을 보이고 있었다.

"뭐, 뭐⋯⋯!"

나는 놀라서 꼬리에 불 붙은 다람쥐처럼 황급히 물러났다. 거울을 보지 않았지만 얼굴이 새빨갛게 달아올라 있음은 확실했다.

팔로 입을 가린 채 디에고를 올려다보고 있자니, 그가 시원스럽게 웃음을 터트렸다. 맨 위의 단추가 풀린 흰 와이셔츠 새로 보이는 목덜미가 붉었다.

"곰곰히 생각해 보니 볼로는 만족하기 힘들 것 같아서."

큰 손으로 소파를 짚은 디에고가 상체를 굽혀 얼굴을 가까이했다.

"이건 싫었나?"

꿀을 얇게 저며 바른 듯 달콤한 목소리가 낮게 속삭였다. 푸른 눈동자는 깊은 바다의 수면인 양 일렁였고, 금빛 머리칼은 그 위의 금파처럼 흩날렸다. 깊고 짙은 그 분위기가 한 번 잡은 것을 놓아주지 않는 마의 삼각지대처럼 나를 옭아매었다. 싫었느냐고? 생각할 것도 없다. 싫었다면 진작 오러를 꺼냈을 것이다.

"싫진⋯⋯ 않았는데⋯⋯."

"뭐야."

낮게 웃은 디에고가 손을 뻗어 길게 내려온 내 옆머리를 귀 뒤로 넘겨 주었다. 그의 두 눈이 장난기로 반짝였다.

"그럼 좋았나 보군."

그 말에 화끈 열이 오른 나는 자리에서 벌떡 일어났다.

"머, 먼저 가 보겠습니다!"

"하하! 어찌 그리 빨리 가는가, 섭섭하게."

"빠, 빠른 시일 내로 또 찾아뵙겠습니다!"

나는 성큼 걸어 도망치듯 방에서 뛰쳐나왔다. 등 뒤로 울려 퍼지는 디에고의 웃음소리가 얼굴을 더욱더 화끈하게 만들었다.

"무슨…… 광합성이라도 하다 오셨습니까? 얼굴이 빨갛게 익었는데……."

방 밖을 지키고 있던 페퍼가 멀뚱하니 서서 눈치 없게 묻는 것을 들으며, 나는 마른세수를 했다. 빠르게 뛰는 심장이 쉬이 진정되지 않았다.

·─·⳹⳻⳺·─·

쨍쨍하던 해는 어느새 한풀 죽고 은은한 오렌지색 햇살이 화려한 황궁을 비추었다. 정원사가 조금 전에 물을 준 건지, 물기를 머금은 길가의 식물들이 햇살을 받아 반짝였다.

"제인 경? 기사단이랑 식사하러 간 거 아니었습니까?"

나는 디에고로 인해 붉어진 얼굴을 겨우 진정시키고 복도를 걷다가 제인을 발견하고 의아해져 물었다.

훈련이 끝난 건 한참 전이었지만, 식사를 마치고 다시 기사단에 돌아올 만큼 지난 건 또 아니었다. 착잡한 표정을 짓고 있던 그는 나와 눈이 마주치더니 어색하게 웃었다.

"아, 훈련관님. 가려고 했는데…… 자꾸 신경 쓰이는 놈이 있어서요."

제인은 봉투를 들고 있는 손을 움찔거렸다. 반투명한 봉투 안의 내용물이 미음이라는 건 어렵지 않게 알 수 있었다.

기사단 주변에 미음을 먹어야 하는 어린아이가 있을 리 없으니, 저건 환자식인 게 분명했다.

"카시아 경에게 가 보려는 겁니까?"

제인이 목덜미를 매만졌다. 그의 목덜미가 엷은 붉은색이었다. 그는 갈팡질팡하는 기색이었다.

"그 녀석은 아플 때 밥도 안 챙겨 먹을 성격이라…… 동료로서 신경 쓰이지 않습니까. 게다가 전 상냥하니까요. 하하."

제인이 장난스레 웃어 넘겼다. 하지만 걱정으로 가라앉은 잿빛 눈동자는 단순히 동료를 생각하는 눈이 아닌 것 같았기에, 나는 고개를 갸웃했다.

'카시아한테 빚진 거라도 있나?'

눈치는 꽤 빠르다고 자부했건만, 이런 복잡한 감정들은 파악하기가 어려웠다.

"그럼 가 보지 그러십니까. 카시아 경도 고마워할 겁니다."

"글쎄요. 그 녀석은 약한 모습을 보이는 걸 싫어해서…… 괜히 갔다가 미움만 받는 거 아닐까 싶습니다."

하긴, 카시아라면 그러고도 남았다.

'병문안을 왔다고? ……쓸데없는 짓을. 내 약한 모습을 보고 조롱하려는 건 아니겠지. 됐으니 빨리 가라.'

그녀의 묘하게 꼬인 성격과 자존심을 생각하면 어렵지 않게 이런 대사를 떠올릴 수 있었다. 나는 조금 수긍하면서도 한숨을 쉬었다.

"하지만 아플 때 아무도 병문안 오지 않는 건 너무 속상하지 않겠습니까."

'아버지는 없고 어머니는 일을 할 수 없는 상태라고 했는데, 돌봐 줄 사람은 있는 건가.'

언제 이렇게 정이 들어 버린 건지. 그녀를 향한 걱정이 머릿속을 가득 채웠다.

'그렇다고 내가 가기엔 주소도 모르고…… 가 봤자 혈압을 오르게 해서 상태만 더 나쁘게 만들 것 같은데.'

내가 턱을 매만지며 심각하게 고민하고 있었을 때, 제인이 내게 미음이 담긴 봉투를 내밀었다.

"훈련관님이 카시아에게 이걸 전해 주시겠습니까?"

"제가요?"

"네. 제가 가면 듣지도 않고 내보낼 것 같은데, 훈련관님이 가시면 그래도 거들 떠보기는 할 것 같거든요."

제인이 활짝 웃었다.

"그 녀석은 훈련관님을 많이 좋아하니까요."

대체 나를 얼마나 좋아했기에 여기저기에서 그녀가 나를 좋아했다는 제보가 속출하는 걸까. 민망하면서도 그렇게까지 나를 좋아해 주었던 사람을 속상하게 했다는 것에 마음이 무거워졌다.

"카시아 경의 집 주소, 알려 주실 수 있겠습니까?"

그러니 만나야 했다. 관심이 지나치다고 하더라도 카시아의 의중을 알아내고 싶었다.

결심한 목소리로 묻자, 제인이 기꺼이 주소를 알려 주었다.

"제인 경도 같이 가지 않으시겠습니까."

"……아뇨. 전 괜찮습니다."

제인을 두고 혼자 가기가 걸려 은근히 묻자, 그는 조금 망설이는가 싶더니 고개를 저었다.

"많이 익숙해졌지만, 그래도 그 녀석의 거부를 마주하는 건…… 조금, 힘들더군요. 그러니 됐습니다. 그 녀석도 훈련관님만 가는 걸 좋아할 겁니다."

그 말에 나는 찝찝함을 느끼면서도 느리게 고개를 끄덕였다. 가기 싫다는 사람을 억지로 끌고 갈 수는 없는 노릇이었으니.

"그냥 그 녀석한테 널 걱정하는 사람이 많다고만 전해 주셨으면 합니다."

제인은 어쩐지 쓸쓸한 목소리였다. 결국 수긍한 나는, 미음이 든 봉투를 들고 제인이 알려 준 주소로 발걸음을 옮기기 시작했다.

카시아가 사는 곳은 수도 북쪽, 중산층들이 많이 사는 주택가였다. 내가 알기로는 거주하기 나쁘지 않은 곳이었기에 조금 안심하며 주변을 두리번거렸다.

'여기네.'

집은 금세 찾을 수 있었다.

나는 문 앞에 서서 잠시 집을 바라보았다. 집은 빈말로도 크다고 할 수 없을 만큼 비좁았으나, 아늑하고 깔끔해 보였다.

똑똑.

"계십니까?"

문 앞에서 망설이던 나는 조심스레 문을 두드렸다. 나무 문이 가볍게 울리는 소리와 함께, 안쪽에서 인기척이 훅 가까워졌다.

"어머니. 돌아오셨……."

얼핏 들어도 갈라진 목소리가 울려 퍼지다, 이내 사그라졌다. 열에 들뜬 데다 초췌한 낯으로 문을 열어 준 카시아가 나와 눈이 마주치더니 쩌적 굳었다.

"아, 카시아 경……."

"젠장!"

쾅!

코앞에서 문이 거칠게 닫혔다. 나는 굳게 닫힌 문 앞에서 눈을 끔뻑였다.

'거절……인가?'

이런 세찬 거절은 또 오랜만이라 잠시 멍하니 서 있었을까, 집 안에서 뭘 하는 건지 우당탕탕 소리가 나더니 얼마 지나지 않아 문이 벌컥 열렸다.

"……무슨 일로 오셨습니까?"

다시 열린 문 너머엔 정돈된 상태의 카시아가 있었다.

헝클어졌던 검은 머리카락은 제자리를 찾았고, 수척하던 얼굴도 세수를 한 건지 물기에 젖은 상태였다. 잠옷에 가깝던 옷도 말끔한 와이셔츠로 변해 있었다.

"어…… 병문안, 왔습니다."

"……병문안 말입니까?"

나는 그 가공할 만한 변화를 신기하게 바라보다 손에 들고 있던 봉투를 들어 보였다. 예상치 못한 듯 눈을 크게 뜨던 카시아가 이내 얼굴을 구겼다.

"그런 건 필요 없습니다. 제 약한 모습을 보러 오신 겁니까?"

답은 예상했던 것과 거의 똑같이 돌아왔다. 나는 붉게 달아오른 카시아의 귓가를 물끄러미 바라보았다.

'참 솔직하지 못한 사람이야.'

여태껏 지켜본 결과, 카시아가 뱉는 말과 그녀의 속마음은 아예 정반대라고 해도 과언이 아니었다.

나도 처음엔 그런 카시아를 대하는 게 어려웠지만, 그녀는 입이 솔직하지 못한 대신 신체 반응은 확실했다. 그 덕분에 어느새 카시아의 속마음을 조금이나마 파악할 수 있었다.

'좋아하네, 병문안 와 줘서.'

그리고 나는 이번에 이렇게 읽어 냈다.

"그래도 정성이 있으니 잠시 들여보내 주시지 않겠습니까? 끼니를 거를까 봐 이렇게 미음도 가져왔는데요. 저를 그냥 보내려는 겁니까."

나는 봉투를 더 높이 들어 보이며 눈매를 축 늘어뜨렸다. 내 반응에 카시아는 크게 흠칫했다.

"아니, 그런 건 아니고……."

"그럼 들여보내 주는 겁니까?"

"지금 집안이 좀 어질러진 상태인데……."

"뭐 어떻습니까. 저는 상관없는데요."

내가 몰아붙이자 눈을 데굴데굴 굴리던 카시아는 어쩔 수 없다는 듯 한숨을 쉬며 문을 열어 주었다.

"이번만입니다."

그녀는 늘 뾰족한 가시를 세우고 있었지만, 가시 안쪽에 손을 넣으면 부드러운 살결이 느껴지는 고슴도치 같은 사람이었다.

"집이 멋지네요."

카시아의 집에 발을 들인 나는 짧게 감탄했다. 카시아의 말대로 조금 어질러져 있긴 했지만, 더러운 수준이 아니라 인간적인 흐트러짐일 뿐이었다.

그 가운데 가장 눈에 띄는 것은 사방의 벽에 걸린 무기였다.

장검, 단검, 활, 창 등등. 집 안 벽이란 벽엔 각종 무기가 걸려 있었는데, 가정집이 아니라 무기 상점 같을 정도였다.

"저희 어머니가 대장장이셨습니다. 어머니의 작품들을 걸어 둔 거죠."

담담하게 말하는 카시아의 목소리엔 묘한 자부심이 섞여 있었다. 거기에서 카시아가 자신의 어머니를 자랑스러워하고 있음을 쉬이 알 수 있었다.

'실력이 상당하네.'

나는 슬쩍 무기들을 살펴보고 고개를 끄덕였다. 잘 벼려진 무기들은 얼핏 보아도 솜씨 좋은 대장장이의 작품이었다.

"어머님 성함을 물어도 되겠습니까?"

'이 근방 대장장이는 웬만하면 아는데. 게다가 이런 실력자라면 모를 리가.'

용병으로 일하다 보면 무기에 대한 정보는 듣지 않으려 해도 들을 수밖에 없었다. 때문에 수도에서 일하는 대장장이라면 거의 모두를 안다고 해도 과언이 아니었다.

"에녹, 이시죠."

하지만 들려온 이름은 내 귀에 어색해서, 나는 미간을 찌푸렸다.

"모르시는 것도 당연합니다. 일을 그만두신 지 꽤 되셨거든요. 훈련관님과는 활동 기간이 겹치지 않을 겁니다."

카시아가 담담하게 답하며 나를 테이블 앞 의자로 인도했다. 얼떨결에 앉았던 나는 차를 내오려는 듯 꾸물거리는 그녀를 보고 황급히 제지했다.

"됐습니다. 그냥 앉아 계시죠. 몸도 안 좋으실 텐데."

"차 한 잔 못 내올 정도는 아닙니다."

충직한 검이 되려 했는데 3

"아, 아프신 곳은 어딥니까?"

내 걱정에 발끈한 듯 카시아가 날카롭게 답했으나 나는 이를 받아치지 않고 아예 휙 말을 돌려 버렸다.

카시아와 함께 지내며 얻은 팁이었다. 그녀가 날카롭게 나올 땐 이에 대해 반박하며 감정을 돋우지 말고 그냥 말을 돌려 버리는 것이 나았다. 내가 거리낌 없이 말을 돌리자, 카시아는 예상대로 조금 어버버하면서 달라진 화제를 따라왔다.

"그냥 이 시기쯤 되면 감기 몸살을 앓습니다. 많이 아픈 건 아닌데 옮을까 봐 가지 않는 것뿐입니다."

"이런, 고생이군요. 식사는 하셨습니까?"

"아직……."

나는 미음을 꺼내 카시아 앞에 내밀었다. 음식은 다행히 아직 식지 않아서 기분 좋은 온기를 만끽하며 먹을 수 있을 것 같았다.

"이것부터 드시죠. 아플 땐 끼니를 거르면 안 됩니다."

내 단호한 말에 카시아는 할 말이 있는 듯 입술을 달싹였으나, 이내 한숨을 쉬며 숟가락을 들었다.

그녀가 검은 단발머리를 귀 뒤로 넘기자 드러난 창백한 뺨은 끼니를 잘 챙기지 않는다는 것을 티 내듯 살짝 패여 있었다.

"제인 경이 사서 전달해 달라고 하더군요. 모두가 널 걱정한다는 말도 함께요."

미음을 두어 숟가락 떠먹은 카시아가 멈칫했다. 그녀는 얼마 지나지 않아 평상시의 서늘한 표정으로 돌아왔지만, 나는 제인을 언급했을 때 그녀의 눈빛이 달라졌음을 읽을 수 있었다.

"오지랖으로 들리겠지만, 제인 경에게만큼은 조금 너그럽게 대해 주시는 게 어떻습니까. 그대에 대해 늘 마음 쓰더군요."

나는 조심스럽게 말했다.

남의 관계에 신경을 쓰는 건 무례하고 멍청한 짓임을 알고 있지만 한 번쯤은 꼭 말해 주고 싶었다. 늘 뒤에서 애쓰는 제인이 안쓰러웠기에.

"……그 녀석은 원래 인기가 많고 늘 사람들의 사랑을 받습니다."

미음을 반쯤 남긴 채 숟가락을 내려놓은 카시아가 눈을 내리깔았다. 카시아는 인간관계에 조금도 신경을 기울이지 않는 날카로운 사람이라고 생각했건만, 그녀의 푸른 눈은 생각이 많은 듯 착잡해 보였다.

"쓸데없이 착한 녀석이니 혼자 있는 제게 괜히 신경을 쓰는 거겠죠. 하지만 저와 있어 봐야 다가오려던 사람도 오지 않을 겁니다. 제가 녀석을 고립시키겠죠."

카시아는 내 예상보다 훨씬 생각이 깊은 사람이었다. 내가 새로운 그녀의 면모를 보고 놀랄 때였을까, 평소의 무심한 낯으로 돌아온 카시아가 쯧 혀를 찼다.

"그러니 귀찮게 하지 말고 저 좋다는 애들이랑 놀라고 하십시오. 내가 뭐가 좋다고."

카시아에겐 무심한 상냥함이 있었다. 극과 극인 단어지만, 복잡한 세상에서는 모순이 늘 거짓을 뜻하지만은 않았다. 카시아는 그녀의 방식대로 상냥을 베풀고 있었다.

"그래도 제인 경은……."

무어라 말을 하려 입을 떼던 나는 멈칫했다. 집으로 다가오는 인기척을 느꼈기 때문이었다.

저벅저벅.

발걸음 소리는 점점 커졌고, 나는 습관처럼 허리춤의 검 손잡이에 손을 올렸다. 얼마 지나지 않아 잠긴 문을 여는 듯 철컥거리는 소리가 들리더니 누군가 안으로 들어섰다.

"음, 손님이 있나?"

카시아와 똑 닮았지만 조금 자글자글한 주름이 새겨졌을 뿐인 얼굴이 의아한 표정을 지었다. 왼쪽 팔은 의수를 끼고 있었다.

나는 직감적으로 알았다. 저 사람이 카시아의 어머니라는 걸.

"카시아 친구인가?"

손에 들고 있던 봉투를 내려놓은 여인이 흥미롭다는 표정으로 나를 관찰했다.

엄격해 보이는 입매, 서늘한 눈매까지 카시아와 판박이인 여자는 왼팔에 검은 의수를 차고 있었다. 마력이 느껴지는 걸 보아 마법으로 움직이는 것 같았다. 무엇보다 가장 눈에 띄는 건 검은 반팔 티셔츠 아래로 보이는 그녀의 몸이었다.

대장장이였다는 것이 거짓이 아님을 증명하듯, 그녀의 몸은 옷에도 채 가려지지 않는 단단한 근육으로 이루어져 있었다. 멀쩡한 오른팔은 쇠붙이를 다루며 만들어진 수많은 흉터들로 얼룩덜룩했다.

그녀의 삶이 가득 묻어난 몸은 내게 존경스러움을 불러일으켰다.

'카시아의 어머니…… 이름이 에녹이라고 했나.'

나 또한 그녀를 관찰하고 있을 때, 다급히 일어난 카시아가 나와 여자 사이를 막았다.

"친구가 아니라 기사단의 훈련관님입니다. 병문안 오셨습니다."

"아, 그럼…… 아! 맞아. 검술 대회에서 봤던 얼굴이랑 똑같네. 설마 미르 님이십니까?"

가늘게 뜬 눈으로 날 빤히 바라보던 에녹이 두 눈을 크게 뜨며 반갑다는 표정을 지었다. 나는 고개를 끄덕이며 손을 뻗어 악수를 청했다.

"반갑습니다. 카슈미르 크리시스입니다."

"에녹입니다. 귀한 분을 모셨는데 대접을 못 해 드리네요. 죄송합니다."

"괜찮습니다. 언질도 없이 온 건 저인걸요. 오늘은 카시아 경의 동료로서 온 것이니 마음 쓰지 말아 주십시오."

인사하는 와중에도 에녹은 나를 신기하다는 듯 관찰하고 있었다. 반짝거리는 연둣빛 눈동자는 호기심과 생동감이 넘쳐 보였다. 카시아의 푸른 눈과 생김새는 똑같음에도 안에 든 것은 지나치게 달라 낯설었다.

"카시아에게 친구가 있을 줄 몰랐습니다. 녀석이 누굴 닮아서인지 하도 까칠해서 따돌림을 당하고 있을 줄 알았는데……."

"어머니."

카시아가 자신을 시원스럽게 까 내리는 에녹을 황급히 제지했다. 인간보단 쌈닭에 가까운 모습을 늘 봐 왔는데, 인간성 넘치는 그 모습이 흥미로웠다.

"카시아 경을 좋아하는 사람들이 많습니다. 모두에게 인정받는 기사이니 염려치 않으셔도 될 것 같습니다."

카시아와 에녹이 동시에 나를 돌아보았다. 카시아는 '내가?' 하는 표정이었고, 에녹은 '쟤가' 하는 표정이었다. 나는 양심이 쿡 찔렸지만 애써 덤덤한 표정을 유지했다.

'완전 거짓말은 아니니까.'

내가 만난 이들 중엔 카시아를 좋게 보는 이들이 많은 데다, 카시아를 성격 때문에 멀리하는 이들도 그녀의 실력만큼은 인정하고 있었다.

"안심하라고 괜히 해 주시는 말 같지만…… 정말 그러면 좋겠군요."

에녹의 주름진 입가에 부드러운 미소가 피어올랐다. 저렇게 쉽게 말해도 내심 카시아의 사회생활을 걱정한 모양이었다.

"쓸데없는 소리를…… 이만 훈련관님을 배웅해 드리고 오겠습니다."

얼굴이 새빨개진 카시아가 자리에서 일어났다.

"……아."

그리고 크게 휘청거렸다.

"카시아 경!"

나는 다급하게 자리에서 일어나 무너지는 카시아의 몸을 받쳤다.

'너무 뜨거워.'

열이 팔팔 끓는 살갗에 손을 얹은 나는 얼굴을 굳혔다. 워낙 태연한 낯으로 가장하고 있어서 몰랐다. 카시아는 이러고 있을 게 아니라 당장 누워서 쉬어야 하

충직한 검이 되려 했는데 3

는 상태였다.

"경부터 들어가시죠."

"그래도 배웅은……."

"카시아 경이 들어가는 걸 보고 갈 겁니다. 부축해 드리겠습니다."

내게 기대어 있다 겨우 일어난 카시아는 내 단호한 목소리에 짧게 앓는 소리를 내었다. 상태가 악화되며 반박할 기운도 없는 것 같았다.

"카시아의 방은 저쪽입니다. 부탁드리겠습니다."

덩달아 표정이 굳은 에녹이 방 하나를 가리켰다. 나는 고개를 까닥이고는 카시아를 부축해 방으로 이끌고 갔다.

덜컥.

방 안엔 정말 있어야 할 것만 있었다. 흔한 장식품 하나 없었고, 책장엔 오직 검술과 관련된 서적뿐이었다. 무심해 보일 만큼 깔끔한 방은 카시아다웠다.

카시아를 조심스럽게 침대 위에 눕혀 주자, 새액거리며 숨을 쉬던 그녀는 조금 멍한 눈으로 나를 바라보았다.

"감사합니다."

"별말씀을."

눈을 꾹 감았다 뜬 카시아는 천장을 바라보았다. 수많은 상념이 뒤엉킨 푸른 눈은 복잡해 보였다.

"……제가 기억나지 않으십니까?"

조금 쉬어 버린 가느다란 목소리가 내 귓가를 간지럽혔다. 자리를 나서려던 나는 멈칫하며 그녀에게로 시선을 돌렸다.

"저는 단 한 번도 당신을 잊은 적 없습니다."

푸른 눈이 아득하도록 깊어졌다.

기정사실로 여기고 있던, 카시아와 과거에 인연이 있다는 가정이 분명해진 순간이었다. 몸을 뒤척인 카시아는 내게서 등을 돌렸다.

"이만 돌아가 보시죠."

단호한 목소리는 명백한 축객령이었다.

애초에 아픈 사람 옆에 눌러앉아 신경 쓰이게 할 생각은 추호도 없었기에, 나는 반문 없이 자리에서 일어섰다.

"오늘."

복잡한 마음으로 방을 나서려는 찰나, 카시아의 목소리가 내 발을 붙잡았다. 고개를 돌려 보았으나, 카시아는 여전히 뒤돌아 있었다.

"감사했습니다."

그 말 한마디에서 오랜 고민과 수줍음, 진심 어린 고마움을 모두 느낀 나는 옅게 미소 지었다.

"제가 오고 싶어서 온 겁니다. 좋은 꿈 꾸십시오."

탁. 문을 닫았다.

부드러운 러그가 깔린 복도를 걸어 거실로 나가니 에녹이 식탁 앞에 앉아 기다리고 있었다. 그녀는 나와 눈이 마주치더니 자애롭게 웃었다.

"미르님. 시간이 괜찮으시다면 잠시 얘기 좀 할 수 있겠습니까?"

식탁엔 김이 나는 찻잔이 두 개 놓여 있었다. 쌉싸름한 향이 풍기는 걸 보아 녹차인 것 같았다.

"그러죠."

저녁 시간 전에는 돌아가야 했지만 아직 해가 지기 전이었으니, 나는 고민 없이 수긍하고 에녹 앞에 앉았다.

어색하지 않은 침묵이 흘렀다. 편안한 분위기 속에서 나는 녹차를 홀짝였다. 적당히 우려진 녹차는 향도 맛도 좋았다.

"이렇게 만나게 될 줄은 몰랐지만, 만나게 된다면 감사하다는 말은 꼭 하고 싶었습니다."

나는 고개를 들어 에녹을 마주했다. 그녀의 연둣빛 눈동자가 은은히 반짝이고

충직한 검이 되려 했는데 3

있었다.

"카시아를 살려 주셔서 감사합니다."

"……네?"

예상치 못한 말에 나는 눈을 크게 떴다.

에녹은 여유롭게 차를 한 모금 들이켰다.

"기억하지 못하시는 모양이군요. 하긴, 그럴 법도 합니다. 구원받은 이들이나 똑똑히 기억하지, 구원자는 그들 하나하나를 기억하지 못할 테니까요."

탁.

잔이 식탁 위에 내려앉았다. 에녹은 천천히 이야기를 시작했다.

"예전에 카시아를 데리고 북부와 맞닿은 지역에 간 적이 있습니다. 제가 대장장이로 일할 때였죠. 그쪽 근방에서만 나는 강철을 얻으려면 직접 가야 했는데, 너무 어린 카시아를 두고 갈 수가 없어서 그랬습니다. 그러면 안 됐는데."

에녹의 눈빛이 가라앉았다. 나는 신기루 같던 기시감이 점점 형태를 갖춰 가는 것을 느꼈다.

"처음 며칠은 문제가 없었는데 일이 길어지며 애가 심심했던 모양입니다. 제 멋대로 숲으로 나가 버렸으니 말입니다."

"아, 설마……"

순간 퍼뜩 떠오르는 기억에 나는 두 눈을 크게 떴다.

"네. 그때 미르 님께서 카시아를 도와주셨습니다."

'감사합니다. 감사합니다……'

카시아와 닮은 어린 얼굴을 떠올린 나는 입을 떡 벌렸다.

사실 이런 식으로 구한 사람이 한두 명이 아니라 그때 기억이 확실히 나진 않았다. 하지만 어렴풋하게나마 누군가의 얼굴이 떠올랐다.

"기억이 쉽게 나지 않을 만큼 많은 사람들을 구해 오셨나 보군요."

기억을 되짚으며 충격에 빠져 있는 나를 바라보던 에녹이 부드럽게 미소 지었다.

"멋진 삶을 사셨습니다."

그 따듯한 한마디에 나는 잠시 뭉클했으나, 이내 의문을 품었다.

"확실한 겁니까……?"

나는 아연해졌다. 그때 일을 기억하고 있는데도 그 아이와 카시아를 연결시켜 생각하지 못한 이유가 있었다.

'저는 미르 님 같은 사람이 되고 싶어요. 응원해 주실 건가요?'

"지금과 성격이 너무 다르지 않습니까?"

소심한지 어쩔 줄 몰라 하면서도 귀여운 말을 하던 그 아이와, 지금의 날 선 카시아는 성격이 달라도 너무 달랐기 때문이다.

"하하! 그럴 법도 하죠. 그때의 카시아와 지금의 카시아는 거의 천지 차이니까."

나는 호탕하게 웃는 에녹에게 눈빛으로 동의를 보냈다. 에녹은 길게 숨을 내쉬며 턱을 괴었다. 검은 의수가 그녀의 각진 턱 아래에서 빛났다.

"그 뒤에 성격이 크게 바뀌는 사건이 있었습니다."

깊어진 연둣빛 눈동자는 씁쓸한 녹차와 비슷한 빛깔을 띠고 있었다.

"제가 귀족의 의뢰를 받아 검을 만들다…… 불량품을 만들어 내는 바람에 화난 귀족 나으리에게 한쪽 팔을 잃었거든요."

덤덤하게 검은 손을 움직이는 에녹을 보며, 나는 할 말을 잃었다.

"그래서 카시아 경이……."

"네. 그때부터 귀족을 경멸하더군요."

에녹이 씁쓸하게 웃었다.

"제 잘못입니다. 특별히 맡긴 희귀한 고드릭 강철로 불량품을 만들어 버렸으니까요."

"고드릭 강철은 애초에 가공이 불가능에 가까운 강철 아닙니까!"

치미는 분노로 저절로 언성이 높아졌다. 나는 욕설을 내뱉지 않기 위해 이를 악물었다.

고드릭 강철은 대단한 내구력을 자랑하지만 희귀해서 아주 비싼 값으로 거래 되었다. 다만 담금질 중 조금이라도 실수를 한다면 바로 못 쓰게 되어 버리는 기 이하고도 치명적인 문제가 있어 가공이 불가능하다시피 했다. 고드릭 강철을 다 룰 정도의 실력자는 세기에 한 명 있을까 말까 했으니, 대부분은 가공하지 않고 연금술의 재료로 사용하곤 했다.

'그걸 맡겼다는 것 자체가 고약할뿐더러…… 실패했다 해도 팔을 자른다는 건 불합리함의 극치잖아.'

대장장이에게 팔은 생명이었다. 나는 팔을 잃은 에녹의 심정을 감히 예상할 수 없었다.

"그땐 많이 괴로웠지만 이젠 괜찮습니다. 의수에 적응한 덕분에 다른 일을 할 수 있거든요. 다만 그 사건이 카시아에게 너무 큰 상처로 남은 탓에 성격이 엇나 가 버려서 걱정이었죠. 그런데 미르 님 말씀을 들으니 한결 안심입니다."

나는 착잡함에 입을 열 수가 없었다. 오래된 이야기는 씁쓸하고도 무거워서, 긴 생각을 하게 만들었다.

"……저번에 카시아와 함께 검술 대회 결승전을 보러 갔습니다. 그곳에 당신 이 있었죠. 그때도 누군가를 구하던 중이더군요."

에녹이 오른손으로 제 의수를 매만졌다.

"처음으로 정체를 밝히셨던 그때…… 카시아가 울더군요. 아주 어렸을 때 빼 곤 그 녀석이 우는 걸 처음 봤습니다. 그 사건 이후로 귀족들을 쳐부수겠다는 말 도 안 되는 목표를 세웠는데, 평생 존경해 왔던 당신이 귀족이라는 사실에 대단 히 충격을 받더군요."

카시아에 대한 모든 퍼즐이 풀리는 순간이었다. 나는 할 말을 잃었다가 어렵 사리 입을 열었다.

"……죄송합니다."

"무슨 소리를 하시는 겁니까. 미르 님은 평생 감사해도 모자를 은인이신데요."

내가 귀족이라는 것에 대한 묘한 죄책감에 빠져 있을 때, 에녹이 단호하게 잘라 냈다. 그녀의 눈빛은 봄날의 햇빛처럼 따스했다.

"미르 님은 카시아의 은인이고, 카시아의 은인은 제 은인입니다."

세월이 지나 생기나 활발함은 마모되었으나 그 자리에 지혜로움과 연륜이 깃든 미소가 피어올랐다. 에녹이 짧게 고개를 숙였다.

"전 대장장이로서의 수명은 다한 사람이지만, 그때의 감각과 지식은 여전히 제게 남아 있습니다. 혹시라도 대장장이의 식견이 필요하시거나 그 외에 다른 도움이 필요하시다면 전력을 다해 도울 테니 언제든 찾아와 주시죠."

잠시 눈을 깜빡인 나는 이내 밝게 웃었다.

"네. 그러도록 하죠."

앞으로 검에 대한 궁금증이나 문제가 생겼을 때 걱정할 일은 없을 것 같았다.

"돌아오셨습니까."

카시아의 병문안을 마치고 집에 돌아오니, 문 앞에서 대기하고 있던 총괄 집사 테일러가 내게 허리 숙여 인사했다. 나는 그에게 재킷을 건네면서도 의아해서 눈을 깜빡였다.

"무슨 일이라도 있는 건가?"

'보통 테일러가 마중까지 나오진 않는데.'

공작가에 당도한 첫날부터 진하게 엮였던 노집사 테일러. 그는 모든 방면에서 대단한 연륜을 지녔기에 신분 차이를 막론하고 멘토와 멘티 비슷하게 지낼 만큼 나와 가까웠다. 그러나 저택을 총괄하는 막중한 책임이 있는 그가 나를 마중까지

충직한 검이 되려 했는데 3

나오는 일은 드물었다.

"홀에서 식사가 진행 중입니다. 공작님께서 다른 일을 모두 뒤로하고 도착하는 대로 홀로 오라고 전하셨습니다."

"옷도 갈아입지 말고?"

"네. 급한 일이라고 하셨습니다."

무언가 일이 일어났음을 직감한 나는, 굳어 버린 표정을 감출 수 없었다. 나는 그 자리에 서서 마른세수한 뒤 발걸음을 옮겼다.

"바로 가지."

직접 가서 확인해야 했다.

"저 왔습니다."

"잘 왔어."

"수고했다."

"앉아라."

홀에 들어서 인사하자 아리아, 칼, 카이사르가 차례대로 대답했다. 다들 인사에 대답은 해 준다는 점에서 내가 무언가 잘못을 저지른 건 아니라는 걸 알 수 있었으나, 분위기는 평소보다 훨씬 무거워 보였다.

나는 긴장한 채로 자리에 앉았다.

"식사부터 하지. 다들 들어라."

카이사르에 말에 모두 식기를 들었다. 카이사르는 아예 음식에 손을 대지 않았고, 칼과 아리아는 근심이 짙은 표정으로 깨작거리다시피 했다. 나는 꽤 배고팠지만, 그 사이에 끼어 버린 탓에 제대로 먹지 못하고 무거운 분위기 속에서 시선을 이리저리 굴렸다.

"방금 전 황궁에서 서신이 도착했다."

먹기 시작한 지 얼마 지나지 않아 카이사르가 말문을 열었다. 그는 어려운 문제를 마주한 듯 복잡한 표정이었다. 식기를 내려놓고 귀를 기울이고 있을 무렵, 묘하게 가라앉은 붉은 눈으로 나를 응시했다.

"곧 북부와 정식 회담이 있을 거라고 한다. 그쪽에서 먼저 제시를 해 왔다더군. 서신에서 협상에 대한 여지를 남기지 않았다는 걸 보니 전쟁을 무를 생각이 없는 모양이다. 그저 선전 포고를 하려는 것이겠지. 그런데 북부 측에서 요청한 게 딱 하나 있다."

두 손을 깍지 껴 모은 카이사르가 입술을 짓씹었다 놓았다.

"너를 회담에 출석하게 하라더군."

"……뭐라고요?"

나는 두 귀를 의심했다.

'회담에? 나를? 왜?'

잘못 들었나 싶었지만, 그러기엔 카이사르의 기색이 너무도 심각했다. 나는 천기누설을 들은 기분이 되어 숨까지 멈춘 채 넋을 놓고 있다, 빠르게 정신을 차리고 머리를 굴리기 시작했다.

'내가 미르라는 건 이미 온 대륙에 퍼졌을 테니 그들도 알고 있을 거야. 훈련관이 되었다는 사실도 충분히 알 수 있겠지. 그래서 탐색과 견제가 필요하다고 생각했을 가능성이 커. 제국 소속 소드 마스터들을 한눈에 보고자 했을지도 모르지. 카이사르나 라이너는 직위가 직위인 만큼 필수적으로 참여하겠지만 나는 위치가 애매해 참가하지 않을 테니까.'

침착하게 생각해 보면 북부가 나를 끌어들일 이유는 충분했다.

'그리고 무엇보다……'

나는 입술을 짓씹으며 조금 전 일을 떠올렸다. 디에고의 집무실에서, 디에고와 나는 오랜만에 만난 회포만 푼 것이 아니었다.

'예전에 내가, 북부의 지배자가 거대한 조직을 운영하고 있다는 걸 알려 준 적이 있지. 그곳을 돈줄로 삼고 있다고도 말했던 듯한데.'

'네, 기억합니다.'

'그 조직이 어딘지 찾았네. 생각보다 가까이 있었고…… 예상치도 못한 곳이었지.'

디에고의 푸른 눈이 시리게 번뜩였다.

'정보 길드 'Hide & Ceek'였네. 그곳의 길드장이 바로 북부의 지배자야.'

귓가에 들려온 조직의 이름은 내심 예상하고 있었던 것임에도 심장을 덜컹하게 만들었다.

'지그문트 하이드.'

키프로스와 결탁한 자. 'Hide & Ceek'의 길드장. 나와 버금가는 강자이며, 북부의 지배자.

늘 마수와 닮았다고 생각했던 보랏빛 두 눈도, 암흑처럼 어두운 그의 검은 머리칼도 그의 본질을 드러내는 것이었다.

'왠지 늘 떠날 듯한 기색이었던 것도, 무거운 짐을 지고 있는 것 같았던 것도, 자신을 살리면 후회하게 될 거라고 몇 번이고 말했던 것도…… 다 이 때문이었겠지.'

지그문트의 의뭉스러운 태도가 대부분 설명되는 순간이었다.

'그 자식이 북부의 수장이라면 날 지명한 것도 무리는 없지. 정확한 이유는 모르겠지만.'

예측한 대로 전술적인 이유일 수도 있고, 어쩌면 나를 조롱하기 위해서일지도 몰랐다. 네가 살린 내가 이렇게 악한 놈이었다고 말이다.

이유가 어느 쪽이었건, 내 마음을 흔들기엔 충분했다.

"슈슈. 어쩌겠느냐."

다른 생각에 빠진 내 정신을 건져 올린 건 카이사르의 낮은 목소리였다.

그는 나를 걱정스럽게 바라보았다.

"회담, 함께 가겠느냐. 네가 싫다고 하면 내 어떻게든 방도를 찾아보마. 억지로 참석할 필요는 없다."

나를 최우선으로 존중해 주는 그 태도가 내겐 가장 힘이 되었다.

나는 굳은살이 박인 손끝을 잠시 매만지다가, 내가 지을 수 있는 가장 환한 미소를 지어 보였다.

"물러설 이유가 뭐가 있겠습니까. 전 좋습니다."

그런 회담이 있다면 몰래 숨어들어서라도 엿들었을 텐데, 직접 초대해 주겠다니 고마울 따름이었다.

"맹랑한 녀석."

주저 없는 대답에 카이사르가 짧게 한숨을 쉬었다. 그는 나를 걱정하는 것 같았으나, 그래도 괜찮다는 내 확답에 안심이 갔는지 표정이 조금 누그러져 있었다.

"국가 간의 기 싸움이라는 게 있으니 너는 공식적으론 북부의 요청으로 인한 특별 참석자가 아니라 황제의 호위 기사 신분으로 가게 될 거다. 내일 출근하면 아마 황제의 호출이 있겠지. 그때 더 자세히 들어라. 내게 전달된 사항은 여기까지니까."

"알겠습니다."

나는 순순히 답했다. 나를 물끄러미 바라보던 카이사르는 손을 뻗어 내 머리를 헤집듯 쓰다듬었다. 질책과 북돋음이 함께 담긴 손길이었다.

"너무 빨리 어려운 길에 들어서는구나."

세간에서 악마의 것이라 불리는 붉은 눈이 쓸쓸하고도 부드럽게 풀렸다. 미세한 변화였지만 나는 알아차릴 수 있었다.

"나는 네가 너무 많은 것을 지고 가지 않았으면 좋겠다."

카이사르의 말은 길고 화려한 법이 없음에도 늘 사람의 마음을 울렸다. 아마

한없이 진중했기에 그럴 것이다. 나는 울렁이는 마음에 잠시 입을 꾹 다물었다가 이내 그가 헝클어뜨린 머리칼을 소중히 매만지며 웃었다.

"함께 짐을 져 주시고 계시니 힘들지 않습니다."

온전한 진심이었다.

⋯⋯

식사를 마친 뒤, 나는 내 방으로 올라왔다.

공작가에 들어온 뒤 여태껏 사용하고 있는 흑장미의 방은 원래는 칙칙하고 엄숙한 느낌이 강했으나, 서서히 내 취향대로 변하기 시작하며 이제는 아늑하고 깔끔한 분위기였다.

'여기는 후계자가 쓰는 방인데…… 이러다 진짜 소공작이 되면 어떡하지.'

시중을 물리고 혼자 옷을 갈아입던 나는 문득 걱정이 들었다. 대귀족 회의에서도 후계자로 몰린 데다, 카이사르가 은근히 나를 후계자로 밀고 있는 것 같았다. 이러다 어영부영 후계자가 되어 버리는 것은 아닐지 걱정이었다.

'얼른 제비뽑기라도 하자고 해야지.'

카이사르는 공작가 후계자를 칼, 아리아와 제비뽑기해서 결정하라고 했다. 그의 성격에 빈말일 리 없으니 진심일 터였다.

이렇게 정해도 되는 건가 싶었지만, 내가 후계자로 기정사실화되느니 빨리 제비뽑기를 해서 칼과 아리아 중 한 명에게 넘겨줘야 했다.

똑똑.

"아가씨. 계신가요?"

"잠시만."

옷을 막 다 갈아입은 찰나, 방문 밖에서 목소리가 들렸다. 시녀 마리아였다. 다가오는 인기척을 진작 알아차리고 있던 나는 마지막으로 옷매무새를 정돈하고는 방문을 열었다.

"무슨 일이지?"

"오늘 오후에 아가씨 앞으로 우편이 와서요."

마리아가 내 앞으로 서류 봉투 하나를 내밀었다. 나는 그걸 받아들었다.

"다만 발신인도 주소도 없이 아가씨 이름만 덩그러니 쓰여 있어서 수상해요. 위험 요소가 없다는 건 철저히 확인했지만…… 누가 보냈는지 짐작 가는 곳이 있으신가요? 없으시다면 그냥 버리도록 하겠습니다."

크라프트지로 된 서류 봉투는 빳빳하고 깨끗했다. 표면엔 마리아의 말대로 내 이름만 덩그러니 적혀 있었다. 내 이름을 적어 내린 우아한 필체를 느리게 매만 지던 나는 이내 차갑게 미소 지었다.

"그래. 아는 거야."

봉투엔 마력의 기운이 묻어 있었다. 그 마력의 주인을 알아차리지도 못할 만 큼 아주 희미하게. 꽤나 고의적으로 느껴지는 이 기운이 누구의 것인지 나는 잘 알고 있었다.

"예전에 의뢰해 두었던 정보가 왔구나."

지금까지도 내 머릿속에 둥둥 떠다니는 재수 없는 얼굴. 지그문트였다.

나는 정말 괜찮은 거냐고 걱정하는 마리아를 안심시키고는 방으로 돌아왔다. 마음 같아서는 손에 쥔 서류 봉투를 몇 번이고 구기고 싶었지만, 아직 끊어지지 않은 이성으로 참고 있었다.

몇 달 전, 나는 내 발로 'Hide & Ceek'에 가서 지그문트에게 직접 정보를 샀 다. 내가 알아봐 달라고 요구한 세 사람. 내 어머니 안테이아 헬라와 레오의 유모 레이샤, 그리고 지그문트였다.

'구한 정보는 알아서 너희 집으로 배송해 주지.'

지그문트는 뻔뻔히도 그리 답했었다. 정말 그 말대로 했고. 나는 그때를 떠올 리며 얼굴을 일그러뜨리고는 서류 봉투를 내려다보았다.

'봐야 하나, 말아야 하나.'

의뢰를 하는 당시엔 그나마 친구냐는 물음에 잘 모르겠다고 답할 수 있는 사이였지만, 지금은 그와 친구면 곧 역적이었다. 지그문트와의 관계가 더 악화될 수 없을 만큼 파탄이 난 지금으로서는 그의 손을 거친 자료를 보는 것조차 껄끄러웠다.

'하지만 그 자식 성격에 이런 것으로 거짓말을 할 리는 없어.'

자존심이 상해서라도 내게 줄 정보를 철저하게 조사했을 것이다. 내가 아는 지그문트는 그랬다.

'레이샤에 대한 자료는…… 필요한데.'

나는 고뇌에 빠져 앓는 소리를 내며 서류 봉투를 매만졌다. 내 어머니에 대해서는 야샤와 카이사르를 거치며 많이 알게 되었고, 지그문트에 대해서는 더 이상 궁금한 것도 없지만, 레이샤에 대한 정보는 아직 부족했다.

'이건 길드의 의뢰인으로서 받은 정보니까 괜찮겠지.'

나는 열기를 결심하고 페이퍼 나이프로 서류 봉투를 찢었다. 부드럽게 열린 봉투 안에는 세 장의 종이가 들어 있었다. 나는 그 세 장을 모두 꺼내고 책상 위에 걸터앉았다.

'우선 어머니에 대한 건 패스.'

맨 첫 장, 안테이아 헬라이자 오드리인 여자에 대한 자료는 넘겼다. 그녀에 대한 궁금증은 어느 정도 풀렸으니까. 나중에 한 번 정독하겠지만, 지금 가장 궁금한 건 레이샤의 정보였다. 나는 바로 다음 장에 등장한 레이샤의 이름에 집중했다.

[레이샤. 달빛 늑대 수인족.]

이미 알고 있었지만 여전히 강렬한 첫 문장 이후로는 내가 모르던 정보들이었다. 천천히 읽어 내려가기 시작한 나는 눈을 깜빡였다.

[제국 아카데미에 재학했고, 마법부 차석이었다. 그 당시 마법부 수석이었던 안테이아 헬라와 검술부 우등생이었던 레안드로 로마노프와 함께 다녔다. 셋이 삼총사로 불렸다고. 레안드로 로마노프는…… 추후 전 아타라 국왕의 왕비이자 현 국왕의 어머니가 된다.]

레안드로 로마노프. 원작 『요정의 밤』에선 오직 남주인공의 어머니로만 등장하던 여자의 이름을 처음으로 알게 되는 순간이었다.

'알렉산드로 레안드로 레오네 드 아타라. 첫 미들네임의 출처가 어머니였구나.'

나는 목울대를 느리게 울렁였다. 레안드로와 안테이아, 레이샤 셋이서 아는 사이였다는 건 처음 안 사실이었다.

[레이샤는 그때의 인연으로 현 국왕의 유모가 되어 준 것으로 추정.

그 후…… 현 국왕을 지키다 죽었다.]

기록된 레이샤의 인생은 간결하고도 무거웠다. 대부분이 알고 있던 사실이지만 셋이서 아는 사이였다는 건 몰랐기에, 도움이 된 건 사실이었다.

'지그문트 그 자식이 도움이 되다니.'

나는 조금 미묘한 기분이 되어 페이지를 넘겼다.

"……하."

그리고 헛웃음을 뱉었다. 예나 지금이나 내 마음을 복잡하게 하는 것도, 가장 파악하기 어려운 것도 그가 독보적이었다.

[지그문트 하이드, 북부의 지도자.]

당당하게 적힌 그 이름과 칭호 아래, 그의 필체인 것이 분명한 글씨로 딱 한 문장이 적혀 있었다.

[네 인생 최고의 개자식.]

가장 완벽한 설명이었다.

"오, 이거 내 호위 기사인 크리시스 경 아닌가."

열린 문 틈새로 금빛 머리칼이 살랑거리며 익숙한 목소리가 귓가를 울렸다. 장난스럽게 반짝이는 푸른 눈은 반가움과 불길함을 동시에 불러일으켰다.

"제국의 태양을 뵙습니다."

나는 허리를 굽혀 인사했다. 황제, 헬리오스 솔라티네였다.

오늘은 그의 호위 기사로서 북부와의 회담에 참가하는 날이었다.

"역시 그대는 차려입으면 때깔부터 다르다니까."

헬리오스는 신상 장난감을 구경하는 다섯 살짜리 어린아이처럼 내 주위를 이리저리 돌아다니며 감탄했다. 늘 그렇듯 황제의 체통은 아침에 세수하며 세숫물에 함께 쓸어내린 모양새였다. 그런 헬리오스에게 완전히 적응해 버린 나는 피식 웃음이 나올 뿐이었다.

"옷, 선물해 주셔서 감사합니다. 마음에 듭니다."

나는 허리를 폈다.

오늘 하루 동안 황제의 호위 기사로 지내는 만큼 황제의 체면을 지킬 필요가 있었기에, 다소 불편하더라도 헬리오스가 보내 준 옷으로 차려입어야 했다.

지금 입고 있는 제복은 하얀 천에 금실로 세밀한 문양을 수놓은 가운데 라펠에 푸른색 천을 덧댄 디자인이었는데, 하얗고 번쩍거린다는 것이 기사단 정복과 비슷하면서도 훨씬 화려했다.

'이렇게 화려한 건 오랜만이네.'

편리만을 추구하는 나는 가벼운 약식 제복만 입고 다녔으니, 이렇게 치렁치렁한 건 오랜만이었다. 사실 입는 당시엔 호위 기사 주제에 너무 꾸미는 게 아닌가 싶었다. 그러나 헬리오스의 차림을 본 지금, 이 정도는 화려한 것도 아니라는 걸 알 수 있었다.

'확실히, 이 정도는 입어야 완전히 묻히지 않겠네.'

나는 자체발광하는 태양이라도 되는 양 번쩍거리는 그를 보며 고개를 끄덕이고 납득했다.

"내 말대로지? 그대는 로우테일과 반만 넘긴 앞머리가 잘 어울려."

헬리오스가 뒷짐을 진 채로 만족스럽게 웃음 지었다.

[머리는 무조건 로우테일이네. 머리 끈은 파란 리본으로. 앞머리는 7대 3 정도로 타는 것도 좋지만 역시 반만 넘긴 것이 좋을 거라고 생각하네. 둘 중 보고 더 나은 쪽으로 하게나. 신발은 옥스퍼드 구두도 괜찮지만 무릎 바로 아래까지 오는 부츠도 괜찮다고 생각하네. 망토는 추운 곳에 가니 털이 있는 걸로······.]

헬리오스는 이 옷과 함께 아주 구구절절한 편지를 보내 왔다. 나는 그가 황제 자리를 때려치우고 스타일리스트로 전직한 줄 알았다.

어이가 없긴 했지만, 황궁 기사단원으로 살며 황제의 척박한 인생에 대해 자세히 알게 된 나는 순순히 헬리오스의 가이드를 따랐다. 그 지루한 인생에 어떻게든 재미를 찾으려 하는 걸 이해할 수 있었다.

"역시 내 안목은 확실하다니까."

자랑스럽다는 듯 말한 헬리오스가 내게 눈짓했다. 곧바로 의미를 알아차린 나는 그의 뒤를 지키고 섰다.

헬리오스가 먼저 방을 나서기를 기다리며 조금 긴장한 채로 서 있었을까, 바로 나설 줄 알았던 그가 문득 입을 열었다.

"그대가 올해로 나이가 어떻게 되던가?"

"열여덟 살입니다."

나는 갑작스러운 질문에 고개를 갸우뚱했다.

'어리긴 어리구나.'

나이에 걸려 무언가를 하지 못한 적은 없으니 늘 잊고 살았건만, 생각해 보니 나는 꽤 어렸다. 전생의 성숙한 정신이 있다고 해도 기억 자체는 희미했으니, 결국 확실히 기억하는 삶은 18년뿐이었다.

헬리오스가 나를 쓱 돌아보았다. 늘 장난스럽던 푸른 눈이 이례적으로 씁쓸한 기운을 띠고 있었다. 그는 무거운 책임감을 느끼고 있는 것 같았다.

"그대가 일찍부터 무거운 짐을 지게 해서 미안하네."

그 한마디는 엄숙하고도 진중했다. 황제로서 하는 말이라기보다는 사람 대 사람으로서, 연장자로서 하는 말 같았다. 나는 잠시 할 말을 잃고 있다, 한숨과 함께 웃었다. 늘 자기 멋대로인지라 대체 뭔가 싶으면서도 미워할 순 없는 사람이었다.

"그럼 가지."

헬리오스는 내 대답을 듣지 않고 몸을 돌렸다. 망토가 휘날리고 견장이 흔들리는 찰나에 사람에서 황제가 되었다. 그는 분명 나보다 무력이 약함에도 내 앞을 가로막은 등은 마치 태산 같았다.

"우리의 적을 보러 가야지."

바람이 점점 더 거세지고 있었다.

북부와의 회담은 제국과 북부의 땅이 맞닿아 있는 레스토리아 설원에서 진행되었다. 양측 다 수많은 수작질의 가능성이 열리는 복잡한 도시보단 허허벌판인 설원에서 진행하는 것이 더 안전하다고 생각한 것 같았다.

제국에서 레스토리아로 가는 인원은 황궁 기사단에서 선별된 기사 열 명과 신전의 성기사 열 명, 마탑에서 선별된 마법사 열 명이었다.

'얼핏 보면 많아 보이는 인원이지만, 제국의 수뇌부가 전원 출동하는 상황이니까.'

나는 이동을 위해 공간 이동 장치 앞으로 한데 모인 인원을 확인했다. 내가 호위를 맡은 황제 헬리오스부터 교황 엘리오르, 황태자 디에고, 공작 카이사르, 황궁 제1 기사단장 노아, 제2 기사단장 라이너까지.

'이곳의 인원이 잘못되면…… 제국은 즉각 멸망이나 다름없지.'

이 정도 호위도 극단적으로 간소화한 거라고 볼 수 있었다.

나는 일이 잘못되었을 때 벌어질 참극을 상상하다 그만두었다. 별일이 없기를 바랄 수밖에 없었다.

'어.'

주위로 눈을 굴리고 있었을까. 나는 문득 엘과 눈이 마주쳤다. 성기사들에게 둘러싸인 채 서늘한 표정으로 팔짱을 끼고 있던 그는 나를 발견하더니 흐드러지게 웃음 지었다. 조금 전과는 아예 다른 사람 같았다.

나는 잔뜩 반가운 티를 내는 엘을 향해 눈짓으로 인사했다. 내게 다가오려는 듯 움찔거리던 그는 복잡한 주위 상황을 확인하고 확 얼굴을 굳혔다.

그 소름 끼치는 서늘함에 도리어 내가 움찔했을까, 곧바로 평소의 웃는 낯으로 돌아온 엘이 소리 없이 입술을 움직였다.

'끝나고, 만나요?'

충직한 검이 되려 했는데 3

입가에 손까지 세워 가린 채 속삭거리는 모습이 꼭 어린아이 같았다. 나는 내 대답을 기다리는 그에게 알겠다고 입 모양을 만들어 보였다. 그럼 또 좋다고 헤실 웃는 하얀 얼굴은 순진해 보였다.

나는 혹시 누가 볼까 주위를 한 번 살폈다. 괜히 교황과 이렇고 저런 사이라는 소문이 나 엘을 곤란하게 만들고 싶지 않았다. 그리고 이번엔 내가 먼저 그를 향해 입술을 움직여 보였다.

'감기 조심하세요.'

나야 감기에 걸릴 가능성이 음수로 치달아도 엘은 신성력을 제외하면 일반인이니 혹시 감기가 걸리진 않을까 싶었다. 물론 교황 정도 되는 신성력의 소유자면 모든 독과 질병에 면역이 된다는 설이 유력하긴 했지만, 비밀스러운 신성력은 루머만 무성해 사실 여부가 불분명했다.

내 입 모양을 곱씹듯 새하얀 속눈썹을 펄럭이며 눈을 끔뻑이던 엘이 이내 크게 웃음을 흘렸다. 환한 얼굴은 반짝거리고 있다는 착각이 들 만큼 아름다웠다.

그의 붉은 입술이 천천히 움직였다.

'추워지면 당신이 안아 주세요.'

나는 엘의 기다란 하늘색 머리칼 뒤에서 살랑거리는 꼬리를 보았다. 요망하다고 할 수 있을 그의 행동은 절로 내 귓가에 열이 오르게 만들었다.

"지금부터 이동해 주시기 바랍니다."

내가 무어라 답하기 직전, 포털을 발동시키고 마지막 안전 점검을 마친 마법사가 큰 소리로 외쳤다. 그 외침으로 주위가 삽시간에 소란스러워졌다.

"여어, 가자고, 내 호위."

헬리오스의 부름도 있었고 말이다. 조금의 기품도 없는 시건방진 부름이었지만 헬리오스다웠다. 나는 수긍하며 그를 지키고 섰다.

"크리시스 가야 중립이라지만 지금은 내 호위 기사 아닌가. 신전과 내통하면 곤란하다고."

과장스럽게 두 팔을 벌린 헬리오스가 섭섭함을 담은 목소리를 지어 냈다.

나는 떫은 감을 한입에 쑤셔 넣은 사람의 눈빛으로 그를 꼬나보다―이때 헬리오스가 호탕하게 소리 내어 웃었다―마지못해 고개를 끄덕였다. 내통 같은 건 애초에 한 적도 없지만.

"황제 폐하께서 입장하십니다!"

기사단의 반절이 상황을 보기 위해 먼저 포털을 건너고, 안전하다는 신호가 온 뒤 헬리오스의 차례가 되었다.

나는 그의 그림자처럼 붙어 건너가는 헬리오스의 뒤를 따랐다. 그리고 새삼 생각했다.

화아악!

나는 내 스스로가 빛나는 것보다, 빛나는 사람의 뒤를 지켜 주고 더욱더 빛나게 해 주는 것이 더 즐겁다고.

포털을 건너는 동안 옅은 어지럼증이 느껴졌다. 잠시 속이 메슥거렸지만, 마법사가 아무런 도구 없이 발연하는 순간 이동보단 훨씬 젠틀한 편이었다.

얼마 지나지 않아 붕 뜬 감각이 사그라들고 공간이 거의 다 형성되었을 때, 나는 위험 요소를 확인하기 위해 눈을 부릅뜨고 주위를 둘러보았다.

휘이익―

설원엔 꽤 강한 바람이 불어오고 있었다. 회담을 위한 천막이 설원 한복판에 떡하니 준비된 가운데, 싸라기눈이 밀가루 날리듯 흩날리고 있었다.

나는 익숙한 설원의 시린 향취를 천천히 들이쉬었다.

아무리 출세했더라도 고향을 잊을 리 없다. 나의 피의 고향. 가장 증오하고 원망스럽던 이곳.

'나를, 죽여라.'

나는 피로 물들던 설원을 잊지 못했기에 설원을 싫어했으나, 설원은 끔찍한 기억이 남은 장소인 동시에 소중한 이들과의 추억도 남은 곳이었다.

조금의 애착까지 완전히 거세하진 못했다. 이곳은 내게 애증의 장소였다.

"숨겨진 함정은 없습니다."

나는 상념을 걷어 내고 내 본분을 다했다. 주위에서 함정 같은 건 느껴지지 않았다. 북부가 미치지 않은 이상 소드 마스터 세 명이 올 자리에 함정을 설치할 가능성도 낮고 말이다.

"자네…… 이제 보니 탐지견 같군?"

몸을 갸웃거리며 탐지하던 나를 물끄러미 바라보던 헬리오스가 웃음을 간신히 참았다. 나는 그 저렴한 언행에 또 새롭게 감탄하며 적당히 무시해 주었다.

오래 지나지 않아 포털을 통해 전원이 설원으로 건너왔다. 설원의 추위는 뼈를 에는 수준이지만, 헬리오스 옆엔 마법사가 붙어 보호막과 온도 조절을 함께해 주고 있었기에 그 곁에 있던 나는 덩달아 벽난로 앞에 서 있는 느낌이었다.

"늦는군."

얼마 떨어지지 않은 곳에서 대기하고 있던 카이사르가 제 회중시계를 확인하더니 서늘하게 얼굴을 굳혔다. 슬쩍 곁눈질하니 시간은 약속된 시간으로부터 7분이 지나 있었다.

"재밌군요."

안 그래도 피부가 새하얀데 옷까지 하얀 계열이라 본의 아니게 보호색을 띠고 있는 엘이 중얼거렸다. 그의 은빛 눈동자가 시리게 번뜩였다.

평소엔 천사 같아도 국가의 수장 중 한 사람인데, 자신이 무시당하는 상황에 분노하지 않을 리 없었다.

'이 새끼 왜 안 와?'

그 사이에 낀 나는 살풋 얼굴을 구겼다. 무슨 일이 있는 걸지도 모르지만, 지그문트 그 자식 인성엔 일부러 늦는 것일 가능성이 높았다.

'여기서 전쟁만 벌이지 말자…….'

바람이 서서히 소용돌이치기 시작하는 폭풍전야 한가운데, 나는 긴장을 늦추지 않았다. 그리고 숨을 들이쉬는 찰나, 나는 기이한 마력이 가까이에서 응집됨을 느꼈다.

"온다."

나와 동시에 알아차린 카이사르가 마력이 모이는 곳을 노려보며 검 손잡이에 손을 올렸다.

심장의 박동이 조금씩 빨라졌다. 나는 차가운 숨을 크게 내쉬며 폐부를 진정시켰다.

촤아악.

검은색 포털이 눈앞에 펼쳐졌다. 흑마법 특유의 불길한 기운이 본격적으로 퍼져 나오니 마나 친화력이 있는 이들은 모두 얼굴을 구겼다. 나는 긴장을 억누르며 포털만을 뚫어져라 응시했다.

사박.

검은 부츠가 튀어나와 새하얀 눈송이를 짓밟았다. 나는 그 순간 익숙한 기운을 느꼈다.

사박사박.

인영이 완전히 드러나고, 눈 밟는 소리가 고요한 설원에 울려 퍼졌다. 그곳에 집중되었던 시선들에서 경악이 스쳤다. 나는 코끝을 찌르는 짙은 겨울 향기에 숨을 참았다.

"늦어서 유감이군."

싸라기눈 섞인 바람결에 낮은 목소리가 흘러나왔다. 그 바람결에 검은 털 망토도 함께 흩날렸다.

늦은 사람의 태도라고 보기엔 지나치게 뻔뻔했으나, 모두가 충격을 받았기 때문인지 이에 대해 논하는 사람은 없었다.

그도 그럴 것이, 누가 북부의 족장이 숨 막히도록 아름다운 20대 청년일 거라고 생각했겠는가. 정체를 알기 전까진 나도 거칠고 우락부락한 50대 중년을 생각했으니 다른 사람들이라고 해서 다를 바는 없을 터였다.

그는 모든 반응에도 개의치 않고 헬리오스와 엘 쪽으로 걸어왔다. 검은 망토가 물결처럼 나부끼는 모습까지도 한 편의 그림 같았다.

검은 머리카락이 눈송이와 함께 나부끼고, 기이한 위압감이 끈적하게 사방으로 뻗쳐 나갔다.

적당한 거리에서 멈춰 선 그는 고개를 들고 서늘하게 미소 지었다.

새까맣게 죽은 보랏빛 눈동자가 정확히 나를 응시하고 있었다.

"북부의 수장, 지그문트 하이드다."

새하얀 설원 위에서, 흩날리는 눈송이를 맞으며, 겨울의 주인은 그렇게 말했다.

Chaphter 4

분노를 노래하소서,
시의 여신이여

"만나서 반갑군."

무거운 침묵을 깨뜨린 건 헬리오스였다. 그 또한 북부의 수장이 젊은 청년인 것을 보고 당황한 기색이었으나, 거대한 제국의 황제 자리에 오른 이답게 금방 평정을 되찾고 태연한 목소리로 말했다.

"길이 많이 험했던 모양이네. 이리 늦은 것을 보아."

헬리오스는 여느 때보다도 짙은 포커페이스를 유지한 채로 빙글빙글 웃으며 고개를 기울였다.

그의 한마디에 공기가 무거워졌다. 여상스럽게 뱉었다고 해서 그 말 안에 담긴 가시를 알아채지 못하는 이가 있을 리 없었다.

"눈보라가 몰아쳤다. 허리까지 쌓인 눈을 헤치고 왔지."

요요한 보랏빛 눈동자를 느리게 깜빡인 지그문트가 유려하게 답했다. 순간 이동으로 멀쩡하게 온 주제에 걸어온 듯 말하는 본새가 지극히 뻔뻔했다.

지그문트의 기세는 그보다 나이가 두 배는 더 많고 노련한 헬리오스 앞에서도 꺾일 기색을 보이지 않았다.

목소리와 눈빛에 배어 있는, 타고난 위엄. 예전부터 눈에 띄었던 지배자의 기질은 이곳에서 가감 없이 드러났다.

그의 죽은 눈에 번개 같은 안광이 번뜩였다.

"어떤 미친놈이 북부인들을 죄다 노예로 잡아가 버려서 눈을 치울 사람이 없다."

충직한 검이 되려 했는데 3

헬리오스의 미소가 순간 굳고, 헬리오스와 지그문트의 대화를 관망하던 엘의 눈빛이 서늘해졌다. 안 그래도 아슬아슬하던 분위기가 급속 냉동 주문이라도 건 것처럼 쩡 하고 얼어붙었다.

지그문트의 성격을 잘 아는 만큼 그가 일을 벌여도 단단히 벌이리라는 건 예상하고 있었지만, 오자마자 폭탄을 던질 줄은 몰랐다. 나는 침음을 삼켰다.

'저건 선대 황제를 말하는 거잖아.'

북부인들을 노예로 삼고, 미친 수준의 공물을 요구하며, 충성을 확인한다는 명목으로 틈만 나면 북부인들을 학살했던 선대 황제. 그는 북부를 벼랑 끝으로 내몰아 그들이 이빨을 드러내게 만든 주범 중 하나였다.

'선대 황제가 미친놈인 건 맞지만 헬리오스는 눈앞에서 아버지 욕을 들은 건데……'

나는 황급히 헬리오스를 곁눈질했다. 여기서 그가 분노하기라도 하면 상황은 극으로 치달을 것이 분명했다.

"하, 하하!"

물론 서로 먹고 먹히는 처절한 정치판에서 평생을 군림한 헬리오스는 그리 만만하지 않았다.

"맞네. 내 시대가 오기 전에 미친개 하나가 날뛰었었지. 그 때문에 고생이 많았음을 아네."

헬리오스는 한 수 더 높은 수준에서 스스로 부모님 이야기를 논하며 호탕하게 웃었다.

'별 걱정을 다 했네.'

그의 미친 행각에 익숙한 나는 혀를 차며 넘겼다. 헬리오스를 잘 모르는 북부인들은 그의 반응에 혼란스러워하는 것 같았지만.

"자, 자. 긴 얘기는 들어가서 하도록 하지. 정상회담을 눈 맞으면서 하긴 그렇지 않은가. 다리도 아픈데 들어가 앉으세."

헬리오스는 능청스럽게 굴며 천막으로 발걸음을 옮겼다. 조금 전의 기 싸움을 잊은 건지 친한 친구에게 말하듯 친근한 투였다. 어디 늑대 굴 앞에 던져 놔도 놀란 기색 하나 없이 자신을 먹어서는 안 되는 이유를 설명할 것 같은 평정심과 태연함이 바로 헬리오스의 가장 큰 무기였다.

'헬리오스가 황제라 참 다행이다.'

나는 새삼스럽게 하늘에 감사하며 그의 호위 기사로서 곧바로 그를 뒤쫓았다.

사르륵.

헬리오스가 움직이는데도 여전히 그 자리에 서 있는 지그문트를 지나칠 때, 바람에 휘날린 내 망토와 그의 망토가 스치며 부드러운 소리를 내었다.

이 설원의 겨울보다 더 지독한 겨울을 품은 남자의 향취가 내 코끝을 스쳤을까, 그와 눈이 마주쳤다.

지그문트 하이드는 여전히 어려운 사람이었다. 단연 내 인생 최대의 미스터리라 부를 만했다. 감정 한 점 내비치지 않는 청명한 자수정은 사람의 마음을 복잡하게 만들었다.

「내가 바보짓을 하는 모습 보면서 즐거웠겠다.」

그 찰나에 나는 충동적으로 그에게 마나의 울림을 통한 전언을 보냈다.

이곳에 오기 전까지 끊임없이 고민했다. 지그문트와 마주하면 표정을 관리할 수 있을지, 검을 꺼내 들지 않고 버틸 수 있을지, 혹시라도 단둘이 있을 때 말을 걸면 어떻게 반응해야 할지 등등. 무표정으로 일관하며 모르는 척을 하는 게 최선이겠지만, 이미 그에 대한 감정이 터질 듯 차 있는 상태에서 그게 가능할지 확신할 수 없었다.

'그래도 최소한 내가 먼저 다가가진 않을 거라고 결심했는데……'

역시 인생은 생각처럼 풀리지 않았다. 그는 곧 전쟁을 일으키고 내 등에 칼을 꽂을 예정이었건만, 정작 나는 멍청하게 그를 도와주었으니 얼마나 우스웠을까 생각하면 감정이 울컥하고 치밀어 올랐다.

충직한 검이 되려 했는데 3

「……아니.」

답변을 기대하지 않은 채로 지나치려 하는 찰나, 익숙한 목소리가 머릿속을 울렸다. 나는 순간 걸음을 멈칫했다.

「즐거웠던 적은 단 한 번도 없다.」

그럼 어땠을까. 나를 배신하고, 스승의 신념까지 배신하며 전쟁을 일으키는 것이 괴롭긴 했을까. 그 또한 고민했을까. 아무것도 모르고 자신을 구하는 나를 보며 죄책감을 느낀 적이 있을까.

수많은 궁금증과 물음이 차오르다가도, 끝이 없는 무저갱처럼 깊은 보랏빛 두 눈을 보면 할 말을 잃었다.

우뚝 멈춰 있던 나는 먼저 걷던 헬리오스가 어째서 뒤따라오지 않느냐는 눈빛을 보내며 의아한 표정을 지을 때쯤 겨우 한마디를 할 수 있었다.

「……차라리 즐기지 그랬냐.」

내가 너를 피도 눈물도 없는 괴물로 보며 마음 편히 베어 낼 수 있게.

스르륵.

나는 지그문트에게 눈길을 주지 않은 채로 그를 스쳐 지나갔다.

완전히 매정해지지 못하는 마음을 안고서.

호위를 목적으로 온 이들은 거의 대부분 바깥에서 대기했고, 천막에 들어온 이들은 스무 명 남짓이었다. 공간 압축 마법이 걸린 천막은 겉보기에도 꽤 커 보였으나, 직접 들어와 보니 거의 황궁의 알현실만 했다.

"넓고 좋군. 오늘 밤은 친선의 의미로 이곳에서 다 같이 야영을 해도 되겠어."

천막에 들어서자마자 자기 자리에 걸터앉은 헬리오스가 껄껄 웃었다. 나는 그의 헛소리를 익숙하게 넘겨들으며 그의 뒤를 지키고 섰다. 곧이어 들어온 지그문트가 헬리오스와 엘의 맞은편에 앉았고, 그의 호위로 보이는 여자가 지그문트의 등 뒤에 정자세로 섰다. 고개만 들어도 눈이 마주치는 위치에 있었기에 나는 자동적으로 그녀를 살펴보았다.

'……흑마법의 기운.'

지긋한 나이에 기계 같은 얼굴을 한 그녀에게선 불길한 악취가 났다. 그녀뿐만 아니라 지그문트와 함께 온 모든 북부인들에게서 흑마법의 기운을 느낄 수 있었다.

'북부의 수준은 전체적으로 높은 건가.'

그녀를 물끄러미 바라보며 그 경지를 짐작하던 나는 입매를 굳혔다. 불쾌하고 찝찝한 기운이 안개처럼 껴 있어 자세히 파악하는 것은 어려웠지만, 그럼에도 불구하고 강자라는 것은 직감할 수 있었다. 동행한 다른 이들 또한 예사스러운 실력들이 아니었다.

내 시선을 느낀 건지, 기계처럼 바닥만 보던 여자가 눈을 들어 나를 바라보았다. 주름진 눈매가 서늘했다.

워낙에 포커페이스라―북부엔 포커페이스들만 있는 건가 잠시 생각했다―감정을 읽기는 어려웠지만, 내게 호의를 가진 게 아니라는 것은 분명했다. 나 또한 눈을 서늘하게 뜬 채 기 싸움하듯 시선을 맞추고 있었을까.

"다 왔군. 그럼 지금부터 회담을 시작해 볼까."

헬리오스가 짝 하고 박수를 쳐 주변의 시선을 모았다.

"북부가 회담을 청해 온 이유에 대해 듣는 것에 앞서 제국의 입장부터 얘기해 보려 하는데 어떤가."

자연스럽게 흐름을 잡은 그가 대답을 바라는 눈으로 지그문트를 바라보았다. 느른하게 턱을 괴고 있던 지그문트는 고개를 끄덕였다.

"이곳에 오기 전 제국이 내린 결론은 이것일세. 우리는 전쟁을 원치 않는다는 것."

조금 전까지의 장난기와 능청스러움을 싹 뺀 헬리오스의 목소리는 진중했다. 그의 말에 북부 진영에서 잠시 술렁임이 일어났다.

처음부터 이 부분을 선포하고 나간다는 건 쉽지 않은 선택이었다. 이곳에 오기 전, 모든 수도 귀족들이 모여 이루어진 귀족 회의에서도 이 부분에 대한 반발이 컸다.

'먼저 원하는 걸 알리는 건 우리가 지고 들어가는 것입니다. 전쟁이 벌어져도 상관없다는 태도를 보이면서 합리적인 합의점을 찾아야 합니다!'

전쟁을 원치 않는다는 선언 자체가 이 회담에서의 을을 자처하는 것과 다름없었다. 그럼 북부에선 전쟁을 일으키지 않는다는 명목으로 과한 것들을 요구할 터였다. 그걸 경계하는 이들이 전쟁을 원치 않는 이들만큼이나 많았다.

차라리 전쟁을 벌여서 본때를 보여 주자는 의견과 손해를 보더라도 전쟁을 막는 것에 집중하자는 의견이 팽팽하게 대치하던 가운데.

'나는 전쟁이 일어나지 않게 하는 것이 가장 중요하다고 생각해요.'

그 대립에 종결을 지은 것은 엘이었다.

'아무리 과거 일이라고 해도 제국이 북부의 원한을 살 만한 짓들을 했던 건 맞죠. 그들의 반란이 미련하다고는 말해도 그들에게 명분이 없다고 생각하는 사람은 없을 텐데요.'

그 말엔 모두가 침묵했다. 제국을 위한 일이었다고 자위하며 뻔뻔하게 군다고 해도, 북부의 고통을 모르는 이는 없었다.

과거 일이라고 할 수도 없는 게, 북부인들이 제국에게 험한 핍박을 받은 것이 당장 직전의 선황 때였기에 제국의 폭정에 당한 이들이 아직도 살아 있는 시대였다. 그들의 적대심에는 명목이 충분했다.

'전쟁이 일어나면 손해를 보는 건 우리입니다. 그쪽은 가진 게 없어서 악과 분노로 온다지만 우린 가진 게 많으니 잃을 것도 많죠. 전쟁을 막는 것이 최우선이에요. 손해를 보더라도, 죗값을 치른다고 생각해요.'

엘이 나긋하게 내뱉는 말들은 내 생각과 똑같았기에, 당시의 나는 한층 반짝이는 눈으로 그를 바라보았다.

그의 은빛 눈동자가 휘어들고, 온 귀족들을 천천히 훑어보았다. 상냥한 신의 사자가 보듬는 것이라기보단 집어삼키기 전 먹이를 핥아 올리는 은빛 뱀의 입질에 가까웠다.

그와 시선을 마주친 이들이 소름 끼친 듯 얼어붙었을까.

'신께서도 그걸 바라세요.'

확인 사살처럼 떨어진 한마디는 판결을 내리는 법봉의 두드림 소리와 진배없었다.

전 제국민의 사상을 지배하는 태양신교. 그런 태양신교의 수장이자, 태양신의 유일한 대리인 엘리오르 라.

무려 신의 이름을 성으로 가진 남자의 말은 신의 음성과 맞먹었다. 그가 신의 뜻이라 선포했을 땐, 그에 반하면 이단이 된다는 소리였다. 제국에서 이단으로 몰린다면 사회적 인생과 물리적 인생 모두가 끝났다고 봐도 무방했다.

'그럼 다른 의견 있는지.'

깍지 낀 두 손 위에 제 턱을 얹은 엘이 여유롭게 미소 지었다. 그 행동, 웃음, 시선과 눈빛 하나하나에서도 신성함과 위압감이 느껴졌다. 물론 반대를 표하는 사람은 없었다.

'……북부와의 회견에선 전쟁을 일으키지 않는 것을 조건으로 하여 실행 가능한 요구는 모두 들어주도록 한다.'

침묵이 감도는 회의장을 둘러본 헬리오스가 이렇게 결론을 내리는 것으로 회의는 끝이 났다. 교황의 권위를 다시 한번 확인한 순간이었다. 속으로 감탄하며 엘을 바라보던 나는, 그와 눈이 마주쳤다.

'나 잘했지?'

그의 눈빛은 분명 이렇게 말했다. 조금 전 위엄 넘치던 교황의 모습은 온데간

데없고 칭찬을 바라는 강아지로 변모해 있었다. 기다란 연하늘색 머리칼은 살랑거리는 꼬리 같고 숨 막히도록 아름다운 은빛 눈동자는 강아지의 반짝이는 눈망울 같아서, 나는 조금 웃기도 했다.

'그대가 이걸 바랐잖아요.'

그의 붉은 입술이 천천히 움직여 그런 모양을 만들었을 땐 기묘한 기분이 들기도 했다. 그가 말하는 신이 나인 것 같아서.

'이젠 원작이 잘 기억이 나지 않아서 미래 예측은 못 하겠지만…… 이 정도면 북부도 수긍하지 않을까.'

기대했다가 실망하고 싶지 않으니 부러 긍정적인 생각을 배제했지만, 전쟁이 일어나지 않을지도 모른다는 희망이 자꾸만 몽실 떠올랐다.

어쩌면, 아무도 죽거나 다치지 않고 행복할 수 있다고.

"전쟁이 일어나지 않았으면 하네. 북부의 요구 사항은 웬만해선 다 들어줄 생각이야. 물질적인 것이든, 명예든, 제시해 보게나. 북부의 완전한 독립은 시간이 좀 걸릴지 몰라도 그대들의 대에서 이루어줄 수 있네. 과거 제국의 만행을 사죄하는 마음으로 도울 테니 원만히 조율하고 평화롭게 끝내는 것은 어떻겠나."

헬리오스가 진지한 표정으로 제안했다. 그리고 침묵이 길게 이어졌다.

'……회의 같은 거 안 하나?'

나는 의아하게 북부 측을 바라보았다. 이렇게까지 파격적인 제안을 하면 무엇을 요구할지 회의에 들어가든지, 시간이 필요하다며 회담을 끝내든지 할 줄 알았건만, 그들은 조용했다. 그 불안한 고요 속에서 입술을 깨물던 찰나, 지그문트가 입을 열었다.

"하. 하하하!"

그의 붉은 입술 새로 흘러나온 건 웃음이었다.

나는 눈을 크게 떴다. 이 상황에 웃는다는 것도 이해가 안 되지만, 무엇보다 놀라운 건 '그' 지그문트 하이드가 소리를 내어 웃었다는 것이었다.

그의 웃음은 허탈했고, 자조적이었으며, 서늘한 동시에 뜨겁게 부글거리는 무언가를 담고 있었다.

지그문트의 갑작스러운 웃음에 천막 안 분위기가 서늘해졌다. 상황에 맞지 않는 무례한 짓이었으니 그럴 만했다.

따가운 눈총을 받으면서도 웃어 젖히던 지그문트가 천천히 심호흡을 하여 웃음기를 정돈하더니 고개를 들었다.

그의 보랏빛 두 눈이, 전에 본 적 없는 강렬한 분노와 광기를 담고 번뜩이고 있었다.

"어쩌나. 우리는 여기서 멈출 생각이 없다만."

희망은 늘 그랬듯 이루어지지 않았다. 지그문트의 단호한 한마디는 회의장에 거대한 파문을 일으켰다. 서늘하던 분위기는 이제 뜨겁게 들끓기 시작했다. 이렇게까지 호의적으로 나왔는데도 고민조차 없이 잘라 내는 건 무례한 행동인 데다, 애초에 협상할 생각이 없었다는 것과 다름없었다.

"조금 궁금해지는군. 그렇게 나올 거면 이 회담을 연 이유가 뭐지?"

은은하게 미소 짓고 있던 헬리오스가 고개를 기울였다. 여느 때와 같이 웃는 낯이었지만, 그를 꽤 오랜 시간 동안 봐 온 나는 그가 평소보다 훨씬 냉정한 기색이라는 걸 알아차릴 수 있었다. 큰맘 먹고 제안한 것이 곧바로 거절당했으니 그럴 법도 했다.

"우리가 이곳에 온 것은 논의를 하기 위함이 아니다."

지그문트는 턱을 괸 채 새까만 장갑을 끼고 있는 손으로 탁자를 두드렸다. 그의 태도는 오만했으나, 그런 태도는 그에게 놀라울 만큼 잘 어울렸다.

보랏빛 눈동자가 위협적으로 번뜩였다.

"우리는 전쟁을 통보하기 위해 왔다."

흔들림 없는 목소리는 단호하다 못해 매정했다. 협상의 여지가 없음을 여실히 드러내고 있었다.

"원하는 게 있어서 전쟁을 벌이겠다는 거 아닌가요. 원하는 걸 이루어 준다는 데도 그래야 하나요? 설마 그저 살육을 바라는 건가요."

엘이 차가운 목소리로 되물었다. 내게 보여 주던 온기를 완벽하게 걷어 낸 그의 얼굴은 얼음 조각상 같았다.

엘의 말에 짧게 헛웃음을 뱉은 지그문트가 두 손을 펼쳐 보였다.

"그래. 어쩌면 그런 걸지도 모르지."

나는 눈을 부릅떴다. 이 미친놈이 스승님의 이름을 먹칠하다 못해 살육까지 즐기는 인간 말종이 된 건가 싶었다.

"정확히는 복수겠지만 말이다."

쾅.

지그문트가 탁자를 내리쳤다. 힘이 강하게 들어가지 않아 탁자는 약간 갈라지는 데에서 멈췄지만, 사람들을 집중시키기에는 충분했다. 모두의 시선을 받는 가운데 그는 입꼬리를 비틀었다.

"아직도 모르겠나. 우리는 이익을 위해서가 아니라 복수를 위해서 전쟁을 일으키려는 거다."

복수.

그럴듯한 이유이면서도 가장 잔혹하고 덧없는 것이었다. 복수만큼이나 허무한 명목이 없었다.

'아.'

나는 분위기에 정신이 팔려 제대로 보지 못하고 있던 것을 그제야 발견했다.

무언가에 사로잡혀 사는 자들은 특유의 눈빛이 있었다. 소름 끼치도록 텅 비어 있는 채로 안광만 번뜩이는 그 눈빛 말이다.

지그문트를 비롯하여, 북부 측 사람들은 모두가 그런 눈빛을 가지고 있었다.

나는 어렵지 않게 예측할 수 있었다. 그들은 전쟁에 맹목적으로 집착하고 있다는 걸.

"한낱 복수를 위해 몇 명이 죽든 상관없는 건가?"

제 손을 만지작거리던 헬리오스의 눈초리가 날카로워졌다. 심해를 담은 푸른 눈이 엄한 빛을 띠었다. 평범한 사람이라면 그 앞에서 위축되었을 법도 하건만, 지그문트는 정면으로 마주하면서도 눈 하나 깜짝하지 않았다.

"한낱 복수? 제국은 참 쉽군. 죽일 대로 다 죽이고, 해칠 대로 다 해쳐 놓고선 이전 시대의 과오라고 넘어가면 되니. 북부는 제국으로 인해 수많은 것들을 잃은 뒤 채 회복되지도 않았는데 말이야. 아직도 북부엔 40대가 극히 적어. 그 시절에 제국이 노예로 만들어 끌고 가거나 죽여 댄 탓이다."

지그문트의 말 한 마디 한 마디엔 작은 가시를 넘어 날카로운 칼날이 솟아 있었다. 그는 늘 얼어붙어 있는 것처럼 느껴졌건만, 이 순간만큼은 부글부글 끓고 있는 것 같았다. 헬리오르는 잠시 침묵하다 입을 열었다.

"지금 전쟁을 벌이면 선황의 잘못된 판단으로 인해 발생한 피해자보다 더 많은 피해자가 나올 거라는 걸 기억하게. 무고한 이들이 죽고 다쳐도 괜찮단 말인가? 그대 주위의 사람들이 죽어도?"

그는 훨씬 더 너그러워진 투로 지그문트를 달래듯 말했다.

"그리고 무엇보다 북부가 핍박을 받은 건 그대 시대가 아니잖나."

쾅!

지그문트가 책상을 거칠게 내리쳤다. 헬리오스의 마지막 한마디를 발화점으로, 지그문트의 표정이 시리게 불타오르기 시작했다.

"내 아버지는 제국에 강제 징용되어 지금까지 생사가 불분명하다."

그리고 이어진 말은, 나조차도 몰랐던 지그문트의 과거였다.

"내 어머니는 북부의 선대 지배자로서 평생 북부를 위해 일하셨으나 제국군의 칼에 찔려 돌아가셨다. 내 어머니의 친우는 제국 서커스단에 팔려간 뒤로 지금까지 행방을 모른다. 내 삼촌은 제국군을 모욕했다는 이유로 다리가 잘렸다."

그는 섬뜩하도록 차갑고 무감각한 목소리로 참혹한 과거를 얘기했다. 보랏빛 눈동자가 번들거렸다.

"맞다. 실질적인 피해를 본 건 이전 세대지. 하지만 그로 인해 상실을 겪은 건 내 세대다. 얼마나 많은 북부의 아이들이 부모 없이 고아로 컸는지 알기는 하는 건가."

뜨겁던 공기가 단숨에 얼어붙었다. 담담히 이어지는 그의 말에 반박하거나 말을 보탤 수 있는 이는 아무도 없었다. 제국인으로 태어나 제국인으로 혜택을 받은 이상 과거의 죄를 외면해선 안 됐다.

헬리오스는 할 말을 잃은 듯 입을 다물었고, 엘은 얼굴을 구겼다. 나는 태연하게 굴려 노력했지만 입술이 파르르 떨리는 것을 숨길 수 없었다.

지그문트의 과거를 들은 건 오늘이 처음이었다.

'그런 삶을 살았구나.'

지그문트도 힘들게 살아왔다는 것을 예상하긴 했다. 고귀하게 생긴 것과는 다르게 행동거지 하나하나가 뒷골목에서 기어오른 이들의 그것이었기에 추측은 어렵지 않았다. 하지만 그저 추측하는 것과 이렇게 직접 듣는 것은 완전히 느낌이 달랐다.

나는 바위에 짓눌린 듯 무거운 마음으로 그를 바라보았다. 과거의 상처가 현재의 죄악에 면죄부가 될 순 없겠으나, 그가 지금 내뱉은 단편적인 이야기만 들어도 제국을 향한 지그문트의 증오를 이해할 수 있었다.

"내 주위 사람들은 이미 죽었다. 나뿐만 아니라 대부분의 북부인들이 소중한 것들을 잃었지. 그래서 북부인들 대부분이 전쟁에 찬성했다."

오랫동안 퇴적물 쌓이듯 쌓여 있는 북부의 해묵은 증오를 피해 갈 수는 없었다. 그 해묵은 증오는 길을 비켜 주지 않았다. 나아가기 위해서는 완전히 부숴야 했다.

지그문트가 두 눈을 시리게 빛냈다.

"전쟁으로 보복하지 않는다면 죽은 내 형제들의 영혼은 어디로 가지? 그들의 원한과 분노는 누가 풀어 주지? 땅에 스며든 형제들의 피가 보복해 달라고 끊임없이 울부짖는다.”

그가 입꼬리를 비틀어 올렸다.

“우리의 전쟁에 대단한 대의나 목적이 있을 거라고 생각했나. 아니, 이건 복수다.”

그 말을 끝으로 깊은 침묵이 감돌았다.

전쟁은 돌이킬 수 없다. 이미 각오하고 있던 사실이지만 확인 사살을 당한 기분이었다. 이 전쟁은 승자도 패자도 없는 복수극일 뿐이었다. 정말 잘못한 이와 정말 당한 이들은 대부분 죽은 시점에서 그 후대가 펼치는 전쟁.

그 끝이 어찌나 허망할지 알면서도 멈출 수 없었다. 그 사실이 나를 무력하게 만들었다.

“……그래.”

마찬가지로 생각에 빠져 있던 헬리오스가 천천히 수긍했다. 나는 그의 포커페이스 너머로 희미하게 보일락 말락 하는 감정의 이름을 알고 있었다. 그것은 죄책감과 책임감이었다.

“배상이라면 얼마든지 할 수 있는데. 배상과 사과로는 안 되겠나?”

헬리오스가 한 번 더 물었다.

꼭 서로에게 상처만 남을 복수극을 펼쳐야겠냐고.

지그문트는 잠시 턱을 매만졌다.

“북부에서는 용맹하게 살다 간 이들이 모두 전사들의 나라 ‘요르하’로 간다고 믿는다. 하지만 억울하게 죽은 이들은 용맹하게 살았더라도 그곳에 가지 못하지. 살아남은 자들이 망자를 억울하게 만든 장본인에게 보복한 뒤에 그들이 요르하에 갈 수 있다.”

나 또한 들어 본 전설이었다. 힘을 숭상하는 북부인들은 죽은 뒤 전사들의 나라에 들어가는 것을 무엇보다 중요시 여겼다.

충직한 검이 되려 했는데 3

"보복은 오직 피로 해야 한다."

결국 전쟁을 할 수밖에 없다는 소리였다. 나는 형용할 수 없는 착잡한 기분으로 서서 땅을 내려다보았다. 기분이 나쁜 걸 보아, 나도 모르는 새에 일말의 희망을 품고 있었던 모양이었다.

내가 착잡한 마음을 겨우 정리하고 있을 때.

"아, 특별히 호출한 사람이 한 명 있었지."

지그문트가 이제야 떠올랐다는 듯한 목소리로 중얼거렸다. 누가 봐도 날 칭하는 것이었다.

황급히 고개를 들자, 그와 딱 눈이 마주쳤다.

그는 여전히 감정을 내비치지 않아 무슨 생각을 하고 있는지 파악하기가 어려웠다. 사실 어째서 나를 불렀는지도 내가 멋대로 추측한 것일 뿐, 확실한 이유는 몰랐다.

'설마 갑자기 나를 죽이려 든다거나.'

지그문트 하이드라면 내가 상상치도 못한 방법으로 나를 괴롭힐지도 몰랐다.

나는 긴장한 채로 그를 빤히 바라보았다.

모두가 나와 지그문트에게 집중한 가운데, 지그문트는 눈꼬리를 휘어 한없이 달콤하게 웃었다.

"안녕, 슈슈. 오랜만이지. 잘 지냈나."

"뭐, 씨……."

연인이라도 되는 양 친근하게 나를 부르는 그의 모습에, 나는 순간 정말로 육두문자를 입 밖에 꺼낼 뻔했다.

상황을 지켜보던 모든 이들이 경악했고, 나 또한 경악한 채 지그문트를 꼬나보았다. 순간 육두문자를 뱉지 않으려 힘껏 깨문 혀에선 피가 배어 나오고 있었다. 나는 비린 맛과 쓴맛이 함께 나는 침을 꿀꺽 삼키고는 빠르게 머리를 굴리기 시작했다.

'지그문트 하이드가 지금 내게 아는 척을 해서 얻을 수 있는 게 뭐지?'

제국 쪽에 나와의 친분을 과시해 봐야 특별히 떨어질 건 없을 테고, 북부 쪽에도 마찬가지였다. 그냥 아는 사이라는 것뿐인데 특별한 효과가 있을 것 같진 않았다.

그 부분에서 막혀 잠깐 앓고 있었을까. 문득 발상을 전환해 본 나는 주먹을 꽉 쥐었다.

'……그래. 저 새끼랑 알고 있으면 곤란한 건 나구나.'

그야 이미 북부에서 가장 높은 자리에 오른 지도자라 웬만해선 평판이 깎이지 않겠지만, 나는 갑작스럽게 등장한 용병 미르였다. 훈련관에 오를 때 탈도 논란도 많았던.

반대를 모두 잠재우긴 했으나, 어디까지나 잠재운 것일 뿐 없는 건 아니었다. 내가 조금만 실수를 하면 옳다구나 하고 나를 밀어내려 할 이들이 수두룩했다.

그 상태에서 내가 북부의 지도자와 친분이 있다고 알려진다면?

'좋은 반응은 절대 안 나오겠지. 북부와 내통하고 있다는 헛소문이 나올 가능성이 제일 높고.'

훈련관으로서의 내 입지도 흐트러트리고, 용병 미르의 신뢰도 떨어트리고, 나도 엿 먹이는 아주 환상적인 계획이었다. 나는 또다시 혀를 간지럽히는 쌍욕을 가까스로 삼켰다.

'어떻게 반응하지.'

나는 애써 표정을 정리한 채로 고민했다. 모르는 척을 하는 게 가장 현명하긴 했다. 대강 놀란 표정을 지으며 다른 사람과 착각한 게 아니냐고 몇 번이고 잡아떼면 의심은 해도 확신은 하지 못할 터였다.

분명 그게 가장 좋은 방법이지만.

보랏빛 눈동자가 가늘어졌다. 살짝 젖힌 고개는 꼭 날 업신여기는 것 같았다. 그 무표정도 묘하게 얄미웠고, '쫄았냐, 애송아?'라고 말하는 눈빛도 아니꼬왔다.

물론 내 개인적이고 악의적인 해석일 가능성이 다분했지만.

나는 늘 이성적으로 생각하려 노력했다. 그러나 가끔은 감으로 움직이는 것이 낫다는 걸 알고 있었다. 그리고 무엇보다 미친놈을 상대하려면 나도 미친놈이 돼야 했다.

'차라리 이판사판으로 가자.'

나는 얼굴에 철판을 깔고 지그문트보다 더 환하게 웃었다.

"아이고, 이거 하이드 씨 아니십니까? 여기서 뵙습니다. 댁네 애완 금붕어 월터는 잘 지내나요? 당뇨로 고생하시더니 회복의 진척은 있으시고요? 날씨가 추운데 감기는 안 걸리셨죠? 이맘때쯤이면 늘 콧물로 고생하셨지 않습니까. 저도 반갑습니다."

그래. 이번엔 내가 지그문트를 당황시킨 것 같았다.

"……내 호위 기사와 북부의 수장이 구면인 모양이군?"

멍한 표정으로 나와 지그문트를 번갈아 본 헬리오스가 한참 입술을 달싹이더니 가까스로 입을 열었다.

"무슨 사이인가?"

그는 새파란 눈을 내게 고정한 채 설명을 요구하고 있었다.

'뭐라고 답하지?'

나는 눈을 데구르르 굴려 헬리오스의 눈총을 피했다. 우선 저지르긴 했지만 지그문트를 금붕어에 이름 붙여 주는 당뇨 걸린 콧물쟁이로 만들어 버린 헛소리에 대책이 있을 리 없었다. 옛 친구 비슷한 것으로 둘러대려 입을 열 무렵, 지그문트가 더 빨랐다.

"아주 각별한 사이지. 한때 동고동락하며 서로에게 목숨을 맡겼다."

"……뭐라고?"

폭탄 발언에 장내가 크게 술렁였다. 살갗 위로 따갑게 시선이 쏟아졌다.

카이사르는 검 손잡이에 손을 얹은 채 저 개소리가 사실이냐는 눈빛으로 나를 뚫어져라 바라보았고, 디에고는 차가운 이성이 깃든 눈빛으로 지그문트를 지그시 노려보았다.

조금 전 업보를 그대로 돌려받은 나는 이를 악물고 입꼬리를 올렸다.

틀린 말은 없었다. 그 표현만 보면 맞았다. 하지만 고의적으로 애매모호한 단어들을 조합한 탓에 지그문트의 말만 들으면 나와 그가 연인이었다고 오해하기 십상이었다.

'그 동고동락에서 즐거움이 1퍼센트이고 고통은 500퍼센트라는 게 문제겠지. 마수 앞에서 살기 위해 합을 맞추며 불가피하게 목숨을 맡긴 것뿐이고, 사실 서로 목숨을 빼앗으려 든 적이 더 많다는 것도.'

밥 한 끼만 같이 먹어도 인생에서 가장 중요한 요소를 함께한 적 있다고 돌려 말할 놈이었다. 언어의 마술사가 아니라 언어의 마귀라고 불러 주고 싶었다.

"그러니까, 두 사람이, 그……?"

아직 놀란 낯을 채 다 정리하지 못한 헬리오스가 더듬거렸다. 지그문트는 의뭉스러운 낯으로 아름답게도 웃었다. 아무런 대답도 하지 않았지만, 딱 봐도 침묵으로 수긍하는 것 같았다.

"……북측 총사령관과는 용병으로 지내던 시절에 함께 일을 한 적이 있습니다."

나는 결국 한숨 섞인 투로 털어놓았다. 연인으로 오해를 사는 것보단 한때 동업자였던 사이인 게 훨씬 나았다.

내 대답에 여기저기서 안도의 한숨이 터져 나왔다. 하기야, 제국의 훈련관이 북부의 사령관과 그렇고 그런 사이라는 소문이 퍼지면 제국의 명성에 누가 될 터였다.

"우리가 동업자로 정의될 수 있는 줄은 몰랐군."

"하하. 이제 아셨으니 됐습니다."

나는 아직도 정신을 못 차리고 헛소리를 하는 지그문트를 향해 입꼬리를 억지로 끌어당겼다.

확실히 적절치 않긴 했다. 동업자같이 정다운 것이 아니라 원수니까.

"글쎄. 네가 카라쇼를 죽인 뒤론 그렇게 생각한 적 없는데."

그리고 지그문트는 내 인생 최고의 개자식이라는 칭호를 얻은 사람답게 기어코 내 피를 거꾸로 솟게 만들었다. 아주 태연한 목소리로.

'저걸…… 지금 말이라고 하는 건가?'

순간 귀를 의심한 나는 물끄러미 지그문트를 바라보았다. 내 요동치는 감정에 따라 장내의 공기가 천천히 낮아지고, 가장 빠르게 이변을 느낀 카이사르와 노아가 나를 살폈다.

지그문트는 알고 있었다. 세상 모두가 몰라도, 지그문트만은 그 설원에서 어떤 일이 일어났는지 알고 있었다. 내가 어떤 마음으로 카라쇼에게 칼을 박아 넣었는지, 그리고 얼마나 괴로워했는지 알고 있었다. 그걸 알고 있는 인간이, 저렇게 말해선 안 됐다.

'걸려 들어가면 안 돼.'

나는 천천히 이성을 붙잡았다. 너무 뻔하게 눈에 띄는 도발이었다. 여기서 내가 화를 내면 국제적 문제가 일어날 테고, 모든 책임은 내게로 돌아올 테니까. 그는 나와 제국 사이에 불화를 만들고 싶은 것 같았다.

"저도 총사령관님을 더는 동업자라고 생각하지 않습니다. 동업자 사이엔 적어도 온다면 온다, 간다면 간다 말은 있지 않습니까? 그런데 총사령관님은…… 네."

그래서 나는 웃으며 받아쳤다. 그 정도 공격엔 흔들리지 않는다는 걸 보여 주기 위해서.

이제 나는 카라쇼의 이름을 들먹이기만 해도 이성을 잃을 정도로 어리지는 않았다. 그녀가 덜 소중해져서가 아니라, 참을성을 배운 것이었다.

지그문트와 나 사이에 팽팽한 긴장감이 감돌았다. 잠시 그를 노려보던 나는, 대부분의 이들이 그와 나의 기 싸움에 불편함과 의문을 느끼고 있다는 걸 눈치채고 짧게 한숨을 쉬며 목례했다.

"다시 만나서 반가웠습니다."

진심 한 점 없는 거짓말이었지만, 이렇게라도 상황을 정리해야 했다. 이곳은 중요한 회담 자리이고, 나는 이곳에 정식 참가자가 아니라 그림자인 호위 기사로 참석한 것이니까. 더는 내게 스포트라이트가 쏠려선 안 됐다.

"하. 그래."

지그문트가 헛웃음을 뱉고는 고개를 끄덕였다. 만약 더 잡고 물어뜯었다면 내 감정을 주체하지 못하고 그에게 달려들어 사달을 냈을지도 모르는데 다행히도 물러나 주었다.

"그럼……."

다시 원래의 포커페이스로 돌아간 그는 검은 장갑에 가려진 손을 까닥거렸다. 그리고 그 손으로 예고 없이, 허리에 찬 검의 손잡이를 쥐었다.

스르릉!

나는 망설임 없이 검을 뽑았다. 검날이 빛을 받아 반짝였다.

검날 사이로 마주치는 보랏빛 두 눈. 검 끝이 향한 곳엔 지그문트가 있었다.

"무슨 짓……!"

"그만."

지그문트의 뒤에 시립하고 있던 여자가 내 행태에 격분하여 마찬가지로 검을 꺼내려 했을까, 지그문트가 제지했다. 검을 눈앞에 두고도 표정 변화 하나 없는 그가 나를 바라보며 고개를 기울였다.

"이게 무슨 짓이지?"

"검 손잡이에서 손 떼십시오."

나는 3분의 1쯤 뽑힌 지그문트의 검을 내려다보며 딱딱하고 기계적으로 말했다. 회담에서 타 국가 지도자에게 검을 겨누는 건 자국의 안전을 위협할 수 있는 짓이었지만, 이번엔 타당한 명분이 있었다.

"저는 황제폐하를 지킬 의무가 있습니다. 검 도로 넣어 주십시오."

제국에서 호위 기사들에게 내려오는 제1 규칙은 '보호하는 사람을 우선시해라'였다.

지그문트는 분명 검을 뽑으려 했고, 지그문트의 바로 앞엔 헬리오스가 있었다. 지그문트가 어떤 의도로 꺼냈든 헬리오스에게 위협적이었기에 나는 대항해야 했다.

내가 나섰기에 관둔 것뿐, 노아와 카이사르 또한 지그문트를 막기 위해 검 위에 재빨리 얹은 손을 아직도 치우지 않고 있었다.

"설명을 하지 않았군. 유감이야. 검을 꺼내려 한 건 이 자리를 이만 끝마치기 위해서다. 우린 그 자리에 검을 꽂아 두는 것으로 중요한 자리를 파하니까."

지그문트가 태평하게 말하며 헬리오스에게 눈빛을 보냈다. 지그문트에게 검을 겨눈 나를 그때까지 제지하지 않고 있던 헬리오스가 한숨을 쉬었다.

"크리시스 경. 거두게."

나는 희미하게 인상을 구기면서도 검을 도로 집어넣었다. 헬리오스의 호위 기사로 있는 지금, 그의 명령은 내게 절대적이었다. 검 끝에서 벗어난 지그문트는 옅게 웃고는 자신의 검을 꺼냈다.

미리 말할 수 있었을 텐데도 뒤늦게 말하며 분위기를 위협적으로 이끌어 나가는 것에서 수완이 엿보이면서도 대단히 재수가 없었다.

"땅은 얼어붙어도 검에 깃든 뜻은 온전하길."

쾅!

지그문트가 탁자를 뚫고 설원 깊숙이 처박히도록, 검을 제 마나로 감싸 힘껏 내리찍었다. 탁자에 구멍이 뚫리며 크게 흔들리고, 반동이 사방으로 울렸다.

나는 그 충격에 바로 노출된 헬리오스를 보호하며 지그문트를 노려보았다.

지그문트는 놀랍도록 망나니처럼 굴고 있었다. 인간이 이렇게까지 제멋대로 구는 건 딱 두 가지 경우였다. 미쳤거나, 어떻게 되든 자신이 있거나.

"회담은 이것으로 끝이다."

지그문트는 주저 없이 자리에서 일어났다. 일방적이고 무례한 태도였으나 지적할 수 있는 사람은 없었다. 그를 따라 과묵하게 자리를 지키던 북부인들도 자리에서 일어났다.

"다음에 볼 땐 전쟁터에서일 거다."

이미 모든 결정을 내린 듯한 목소리는 시리고 단호했다.

펄럭, 검은 망토가 크게 휘날려 시야를 가렸다. 그는 이내 천막 밖으로 사라졌다. 그를 뒤따르는 사람들까지도.

북부인들 모두가 밖으로 사라지고, 바깥의 인기척도 순간 이동으로 증발하듯 사라졌을 때에야 침묵이 깨졌다.

"뭐 저런 새끼가 다 있지."

엘이 제 앞머리를 거칠게 쓸어 넘겼다. 매서운 혹한 같은 목소리로 중얼거린 그는 금방이라도 육두문자를 내뱉을 것 같은 표정이었다.

"……북부가 미친 지도자를 얻었군. 미치고 영악한 지도자를."

헬리오스가 마른세수를 했다. 그는 착잡해 보였다. 새로운 양면을 마주하며 모두 생각이 많아 보이는 가운데, 나는 한숨을 쉬며 문 틈새로 희미하게 보이는 천막 밖의 풍경을 응시했다.

쏟아지는 눈발이 점점 더 굵어지며 겨울 내음이 짙어지고 있었다.

"슈슈. 날이 춥습니다. 이만 들어가죠."

제국으로 순간 이동하기 전에 짧은 휴식 시간을 갖는 동안, 눈밭에 서서 저 멀리를 한참 동안 바라보던 나는 귓가를 울리는 익숙한 목소리에 고개를 돌렸다.

툭.

　　　　　　　　　　　　　　　충직한 검이 되려 했는데 3

눈송이가 쌓여 서늘했던 내 어깨 위에 코트가 걸쳐졌다. 나는 나직하게 웃었다. 그곳에선 로즈우드 향이 났다.

"라이너. 전 괜찮습니다."

"제가 괜찮지 않습니다. 아무리 질병에 걸리지 않으신다고 해도 견디는 것에 익숙해지진 않으셨으면 좋겠습니다."

라이너는 '감기에 걸리지 않는다고 추위를 느끼지 못하는 건 아니잖습니까.' 라고 덧붙이며 다정한 손길로 자신의 코트 단추를 잠가 주었다. 그의 코트는 크고 따뜻한 모포 같았다. 그 모든 것이 온기를 품고 있었기에 시렸던 가슴께가 녹아내리는 느낌이었다. 나는 배시시 웃다 그와 지그시 눈을 맞추었다.

"라이너는 전쟁이 일어나면 어떻게 하실 겁니까?"

"음."

내 질문에 라이너가 고민하는 듯 짧게 신음을 뱉었다.

그는 생각하면서도 자신의 큰 손을 내 앞으로 내밀었다. 잡으라는 듯. 내가 조심스럽게 그 손을 잡자, 그는 내게 양해를 구하더니 내 손을 잡고 부드럽게 매만졌다. 추운 온도에 노출되며 차가워진 손이 그의 온기로 녹기 시작했다.

"많은 것이 달라지겠지만, 아무것도 달라지지 않을 거라고 생각합니다."

온통 창백한 세상 속에서도 빛을 잃는 일이 없는 황금빛 두 눈이 나를 담아냈다. 나는 손으로 퍼져 오는 온기를 만끽하며 그를 응시했다.

"주변 환경은 달라지겠죠. 하지만 이 나라와 정의를 위해 살겠다고 나섰던 제 마음도, 제게 주어진 의무를 실행하고자 하는 의지도 달라지지 않았습니다."

굳은살로 조금은 거친 손끝이 내 손 틈새를 매만졌다. 맞붙은 손 위로 눈송이까지 떨어지며 두 배로 간질거렸다.

그 가운데 라이너는 웃었다.

"저는 여전합니다. 여전히 제가 있는 자리에서 최선을 다하고 있을 겁니다."

북극성은 계절이 변하고 시간이 지나도 늘 반짝이고 있었다. 그 불변함에서 나는 큰 위로와 안심을 얻었다.

아무리 힘들어 빛이 보이지 않을 것 같은 때에도 북쪽을 보면 당신은 여전히 그곳에 있겠구나, 그곳에서 빛나 주겠구나, 싶어서.

"그러니 혹여라도 염려하지 마십시오. 눈보라가 몰려와 많은 것을 휩쓸어 가도 저는 이곳에 있습니다."

라이너는 꼭 내 생각을 다 아는 것처럼 다정하게 속삭였다. 나는 그 목소리에 잠시 편안히 눈을 감았다. 눈이 내려 고요한 설원이 꼭 누군가의 품처럼 느껴졌다.

"……저도 그렇습니다."

눈보라가 몰려와도 나는 이곳에 있을 것이다. 이곳에서, 내가 사랑하는 것들을 지킬 것이다.

그로부터 얼마 뒤. 북부의 첫 침공이 발발했다.

날씨가 서서히 서늘해졌다.

푸르르던 초목에 알록달록한 물이 조금씩 들기 시작했고, 얇던 겉옷은 두꺼워졌다. 창공이 높아져서 하늘을 보려면 전보다 조금 더 고개를 쳐들어야 할까.

가을이 가까웠노라 신호가 올 때, 북부 또한 곧 오겠다고 초대장을 보냈다.

"북동쪽으로 침공했다고 들었는데. 아타라의 피해는 어느 정도인가? 심각하다던가?"

"꽤 심각하다는군. 지원군을 파병할 거라고 하네. 우리 아들이 이제야 꿈에 그리던 서점을 차렸는데, 가게를 연 지 얼마 되지도 않았는데 꼼짝없이 징병되게 생겼네. 어쩌면 좋나……."

나는 불안함과 우울함이 안개처럼 짙게 깔린 거리를 가로질러 걸었다.

충직한 검이 되려 했는데 3

시끄럽게 떠드는 사람들의 대화 내용과 신문 배달부들이 다급하게 나르는 신문들의 맨 앞장을 차지한 건 하나같이 같은 주제였다.

[북부인들의 아타라 왕국 침공, 제국을 향한 선전포고.]

누가 보다 버린 건지, 바닥에 나뒹굴며 엉망이 된 신문이 내 발에 채였다. 고개를 숙여 걷느라 기사의 제목을 저절로 읽게 된 나는 치밀어 오르는 한숨을 막을 수 없었다.

회담이 끝난 지 한 달도 채 되지 않은 시점에 북부는 아타라를 침공했다. 아타라의 북동쪽 끝자락에 위치한 도시, 바슈칸은 쑥대밭이 되었다.

현재 그곳을 점령한 북부는 그곳에서 시작해 차차 아타라의 중심 수도로 손을 뻗을 계획인 것 같았다.

'아타라는 제국의 북동쪽 지역과 맞닿아 있어. 아타라를 점령해 기지국으로 삼아 제국을 치려는 거겠지.'

축복받은 땅, 아타라. 아타라는 수많은 자원이 매장되어 있기에 대륙에서 손에 꼽을 만큼 부유한 왕국이었다.

'첫 침공 지역으론 굉장히 대담하지. 성공하기 힘들겠지만, 만약 성공한다면……'

그들의 영토에서 천연 마석이 대거 발견되며 마도공학이 발전하기 시작했고, 발전된 마도공학을 군사력에 접목시키기 시작하며 무력에서 또한 쾌거를 이루었다. 때문에 점령하기가 대단히 힘들겠지만, 만약 성공한다면 아타라의 풍부한 자원과 재력을 모두 손에 쥘 수 있었다.

'북부가 아타라를 복속시키는 건 반드시 막아야 해.'

제국이 아타라로 지원군을 보내는 건 당연했다. 동맹국으로서의 조약과 의리가 겉으로 내세우는 이유였지만, 사실 바리케이드로서의 몫을 톡톡히 하고 있던 아타라가 무너지면 제국 또한 무너질 가능성이 높았다.

제국은 아타라가 지원군을 받지 않는다고 해도 억지로 보내야 할 판이었다.

"반갑습니다. 통행패를 보여 주시겠습니까?"

황궁 정문으로 들어서자, 지키고 서 있던 익숙한 얼굴의 기사가 내게 목례하며 정중히 물었다. 나는 고개를 끄덕이고는 주머니에서 통행패를 꺼내 그에게 보여 주었다.

가끔 마차가 답답하게 느껴질 땐 걸어서 출근을 했기에 그 또한 나를 알아보았을 테지만, 전쟁을 앞두고 경비가 삼엄해지며 아무리 익숙하고 친근한 사람이어도 반드시 보안 절차를 거쳤다.

"확인했습니다. 태양의 가호가 함께하시길."

패를 확인한 그는 고개를 끄덕이더니 나를 들여보내 주었다.

이제 겨우 동이 튼 새벽인데도 황궁은 북적거렸다. 아타라가 침공당한 소식이 바로 어제저녁 제국에 알려졌으니 오늘은 한참 바쁜 게 당연했다.

나는 황급히 뛰어다니는 사람들을 조금 안쓰럽게 바라보다, 노아의 사무실로 향했다.

'의논해야 할 사항이 있네. 오늘은 최대한 일찍 출근해 아침 훈련 이전에 내 집무실로 들러 줘야겠네.'

오늘 새벽, 통신구를 통해 노아에게서 연락이 왔다. 요즘 들어 통 잠에 들지 못해 새벽까지도 거뜬히 깨어 있던 나는 연락을 확인하자마자 출근 준비를 하고 집을 나서서 이른 시간에 도착한 참이었다.

확실히 보안이 삼엄해진 건지, 나는 노아의 집무실로 도착하기 전까지 예전엔 치르지 않았던 확인 절차를 거쳐야 했다. 번거로웠지만 누군가 위험에 처하는 것보단 나았다.

나는 황궁에 도착한 지 30분도 더 지나서야 노아의 집무실에 도착할 수 있었다.

충직한 검이 되려 했는데 3

똑똑.

"기사단장님. 카슈미르 크리시스입니다."

"들어오게."

그의 허락에 나는 문을 열고 집무실에 들어섰다. 책상에 놓인 서류가 전보다 배는 더 많아서 탑처럼 쌓여 있다는 것을 제외하면 평소와 다를 바 없는 풍경이었다.

서류에 무언가를 빠르게 적어 내리던 노아가 만년필을 내려놓고 고개를 들어 나를 바라보았다. 그는 서류를 처리할 때면 쓰곤 하던 금테 안경을 벗고는 제 미간을 꾹 눌렀다. 세월이 깃든 그의 얼굴은 조금 피곤해 보였다.

"급한 요청이었는데 들어줘서 고맙네. 자는 사람을 깨운 건 아닌지 모르겠군."

"아닙니다. 어차피 깨어 있었습니다."

내 대답에 노아는 왜인지 날 물끄러미 응시했다. 아인하르트 가는 부자가 쌍으로 빙청옥결한 눈을 가지고 있었는데, 그들의 금빛 눈동자는 마주하는 것만으로도 중심이 꿰뚫리는 느낌이라 분명 잘못한 게 없는데도 자아성찰하게 되었다.

"자네, 요즘 잠 못 자나?"

그리고 노아는 실제로 사람을 꿰뚫어보는 날카로운 눈썰미를 가지고 있었다.

소드 마스터쯤 되면 웬만해서는 몸 상태가 겉으로 드러나지 않는다. 한 달쯤 밤을 새어도 조금 피곤해 보인다 싶을 뿐, 제대로 된 상태를 파악하기는 어려웠다. 그래서 상태가 나쁠 때 괜찮다고 속여 넘기는 게 쉬웠다.

'슈슈. 오늘은 잠 잔 거 맞나?'

다만 문제는 상대 또한 소드 마스터일 때였다. 오늘 황궁에 오기 전에 카이사르도 내 상태를 살피더니 얼굴을 굳혔다. 그는 내가 요즘 들어 잠에 들지 못한다는 걸 귀신같이 알아챘다. 같은 소드 마스터는 속일 수 없었다.

"네. 조금 설치긴 합니다."

그래서 나는 노아를 속이길 포기하고 솔직히 토로했다. 걱정스럽게 나를 살펴던 노아가 자신의 턱을 매만졌다.

"그대 상태가 나빠지기 시작한 게 북부와의 회담 이후인 것 같네만, 맞지?"

"……네."

나는 고개를 푹 숙이며 무겁게 수긍했다. 나약한 모습을 밝히기 부끄럽지만 사실이었다.

'전쟁으로 보복하지 않는다면 죽은 내 형제들의 영혼은 어디로 가지? 그들의 원한과 분노는 누가 풀어 주지? 땅에 스며든 피가 보복해 달라고 울부짖는다.'

회담에서 지그문트가 남긴 말이 자꾸만 머릿속을 맴돌았다. 이제 와서 돌이킬 수 없다는 걸 알면서도. 그날의 기억은 내게 불면증을 안겨 주었다.

"얼마 전에 불면증에 좋다는 차가 들어왔네. 암브로시오 왕국 서부에서 재배한 약초지. 좀 나눠 줄 테니 자기 전에 마셔 보는 게 어떻겠나."

"그러겠습니다. 신경 써 주셔서 감사합니다."

노아의 사려 깊은 말들에 나는 부드럽게 미소 지으며 고개를 숙였다.

처음엔 훈련관이 되기 위해 허울로 그의 부관이 되었지만, 이젠 정말 친근한 사이였다. 그는 꼭 인자한 친할아버지 같았다.

"피곤할 테니 오래 잡아 두면 안 되겠지. 이렇게 부른 이유를 말해 주겠네."

마시멜로를 올린 핫초코처럼 따뜻하게 풀어져 있던 금빛 눈동자가 진지하게 굳었다. 나는 자세를 고치며, 이어지는 그의 말에 집중했다.

"알다시피 얼마 전 아타라가 북부에게 침공당했네. 제국은 지원군을 보내야 하는 상황이지. 그것까지는 문제가 되지 않지만, 문제는 누가 지원군의 지휘관으로 가느냐는 거야. 원칙대로라면 나나 크리시스 공작님 같은 지도자급이 가야겠지만, 우리도 국방을 방비하느라 숨 쉴 틈도 없이 바쁘네. 그렇다고 아무나 보내기엔 아타라 문제 또한 심각하지. 적당한 지위를 가진 유능한 지휘관이 필요해."

고개를 끄덕이며 새겨듣던 나는 문득 노아를 바라보았다. 한 가지 가정이 내 머릿속에 둥실 떠올랐다.

충직한 검이 되려 했는데 3

"설마……."

"맞네."

노아가 씨익 웃었다.

"그대가 지원군의 지휘관이 되어 줄 수 있나?"

나는 눈을 크게 떴다.

"제게…… 지휘관을 맡기셔도 되는 겁니까?"

나는 지금 노아의 부관이자 훈련관으로 활동하고 있긴 했지만 지원군의 지휘관은 그것과는 급이 달랐다.

비유하자면, 기사단의 훈련은 여러 파트로 나누어져 있었기에 훈련관으로서의 나는 그중 아침 훈련만 맡는 과외 선생과 같았다. 하지만 지휘관은 아예 학교 하나의 교장이 되라는 것과 같았다.

"그대는 내 부관이자 대리인으로서 자격은 부족하지 않네. 이미 소드 마스터이니 강함에 대해선 말할 것도 없고. 용병으로 활동한 경력이 있으니 실전 경험도 충분하겠지. 게다가 검술 대회 마지막 날 보니 아타라의 국왕과도 아는 사이더군?"

"아, 네. 친구입니다."

"다른 이라면 미친개처럼 날뛰는 그 국왕 앞에서 찍 소리도 못하고 휘둘리기만 하겠지. 나조차도 그를 통제할 수 있다고 확신은 못 하겠네."

'뭐…… 레오 이 자식은 대체 어떤 모습을 보여 준 거지?'

나는 레오에 대해 논하는 노아를 보며 묘한 기분에 사로잡혔다. 노아가 질린 표정을 지으며 거친 어투를 사용하는 건 흔치 않은 일이었다.

나는 살풋 미간을 찌푸렸다. 무언가 오해가 있는 게 아닌가 싶었다. 레오가 종잡을 수 없이 이리저리 날뛰긴 하지만, 그렇게 나쁜 놈은 아니었다.

물론 제 형제와 세습 귀족들을 싹 다 참수시키고 왕에 올랐지만. 도덕관념을 지나치게 상실하기도 했지만. 말투도 오늘만 사는 것 같은 데다 성격도 어딘가 삐뚤어졌지만…….

'미친개 맞구나.'

머릿속으로 어떻게든 레오를 커버해 보려던 나는 얼마 지나지 않아 겸허하게 인정했다.

확실히, 웬만한 사람이라면 가 봤자 레오에게 휘말리기만 할 뿐 의견도 못 내고 올 것 같았다. 노아의 반응이 이해가 되었다.

"그대는 이 일에 적격일세. 여러 부분에서 놀라울 정도로 합당하지. 다만 문제는 그대가 단체를 통솔할 능력이 있냐는 것인데……."

엄격하게 가라앉는 노아의 눈빛에 긴장한 나는 목울대를 울렁였다. 내가 이리저리 눈을 굴리자 노아는 호탕하게 웃음을 터트리더니 장난이었다는 듯 손을 휘저었다.

"자네가 훈련관으로 일할 때 지도자로서의 자질이 있는지 유심히 지켜보았었네. 내 판단은 '차고 넘친다.'였어. 그대는 병사들을 이해하고 공감하는 동시에 군림할 줄 아는 지도자더군. 가장 완벽한 형태지."

손을 깍지 껴 모은 노아가 상체를 굽혔다.

"황제 폐하께서 내게 지휘관이 될 이를 골라오라고 하셨고, 그대만 괜찮다면 나는 그대를 지휘관으로 올릴 생각이네. 그대가 없을 때도 기사단의 훈련은 그대가 짠 매뉴얼대로 진행될 테니 염려 말고."

황금빛 눈동자가 나와 똑바로 눈을 맞추었다.

"어떤가. 해 보겠나?"

나는 살짝 시선을 깔고 입술을 깨물었다.

이제 정말 전쟁이다.

노아가 내게 권하는 건 죽고 죽이는 가운데 다른 이들의 사살을 명령하고, 한 번의 실수로 아군 수천수만 명을 죽게 만들 수 있는 지도자의 자리였다. 병사들이야 시키는 대로 했다고 변명할 수 있다지만, 지휘관은 아니었다.

전쟁이 끝나면 장수들부터 잡아 죽이는 이유는 그들에게 모든 책임이 있기 때문이었다. 그 책임은 감당할 수 없을 만큼 무거워서, 나는 아마 전쟁이 끝나도 그 무게에 짓눌려 살아갈 것이다.

그럼에도, 물러서지 않는 것은.

"……네. 해 보겠습니다. 제게 맡겨 주세요."

조금이라도 적은 사람이 죽게 하기 위해서.

내가 최고의 지도자는 아닐 테지만, 지금 상황에선 최선의 지도자였다. 아니, 그렇게 믿었다. 나 스스로는 자신이 없음에도 의심이 없는 것처럼 흔들림 없이 말했다. 나는 크게 숨을 들이쉬며 그와 똑바로 눈을 맞추었다.

"할 수 있습니다."

누군가는 해야 하는 일이고, 내가 제일 잘할 수 있는 일이었다.

·⸻⸱⸱❦⸱⸱⸻·

"하하! 내가 이럴 줄 알았지! 아인하르트 후작이라면 그대를 선택할 줄 알았네! 그렇게 아끼고 돌던 부관을 드디어 내놓는군!"

내가 지휘관직을 수락하자마자 노아는 통신구로 헬리오스에게 연락을 보냈다. 꼭 기다리고 있기라도 했던 것처럼 곧바로 회신이 도착하고, 일은 일사천리로 이루어져 나는 지금 헬리오스의 호탕한 웃음소리를 듣고 있었다.

여느 때와 같이 체통은 개나 준 채로 낄낄거린 헬리오스가 자기 홍차에 각설탕 6개를 퐁당퐁당 빠뜨리고 휘휘 섞었다. 나는 설탕물인지 홍차인지 모를 것을 바라보며 콧잔등을 찡긋거렸다. 언제 봐도 괴상한 차 취향이었다.

"사실 내가 그대에게 직접 지휘관 자리를 내릴까 고민하기도 했네. 그게 더 빠르고 명료하긴 하지. 하지만 크리시스 공작이 얼마 전에 내게 자식들이 전쟁에 나가려 해서 고민이라고 하소연했거든. 그 하소연을 듣고도 그대를 지휘관으로 올렸다면…… 공작이 내 머리칼을 죄다 뽑아서 소여물로 줬을지도 모르네. 방패막이가 좀 필요했지."

헬리오스는 뻔뻔하기 짝이 없었다. 졸지에 이용당한 노아가 허허롭게 웃었다.

"절 방패막이로 사용하셨다는 소리를 제 앞에서 잘도 하시는군요."

"왜 이러나, '제국의 검' 아인하르트 후작. 그대의 의무가 바로 날 지키는 것 아니었나?"

"저도 공작님은 무섭습니다. 그분이 제게 대련을 신청해서 대련장이라도 날아가게 되면 폐하 사비로 재건해 주실 겁니까."

"하하! 그 정도는 내 사비로 처리해 주지. 그래도 공작이 그대를 함부로 대하지는 않잖나. 나는 아주 물로 본다니까. 일국의 황제를 말이야."

"송구하지만 그럴 만하다고 생각합니다. 자업자득입니다."

"정말 송구할 소리를 하는군. 그대나 공작이나 무엄함에선 반란분자들과 견주어도 밀리지 않네."

나는 의식의 흐름 같은 말들을 주거니 받거니 하는 두 사람을 강 건너 물 구경하듯 관전했다. 둘이 황제랑 후작을 때려치우고 희극 콤비로 진출해도 될 것 같았다.

"어쨌든 그대나 나나 이 일에 적합한 인물로 크리시스 영애를 생각했음은 확실하지."

헬리오스가 웃음기 섞인 얼굴로 나를 바라보았다. 심해의 푸른빛을 취해 만들어진 작은 샘은 내 마음을 모두 비추어 낼 듯 맑았다.

"그대는 제국의 황제와 황궁 기사단장이 인정한 사람이네. 자부심을 가지고 다녀오게. 그곳에선 그대가 바로 제국의 얼굴이야. 그대의 행동이 제국의 행동이고, 그대의 결정이 제국의 결정이 될 걸세."

자부심과 함께 책임감이 내 어깨를 무겁게 짓눌렀다.

'내가 잘할 수 있을까.'

이미 몇 번이고 결심하고, 이런 상황을 바랐음에도 완전히 무르익지 못한 나약한 마음은 여전히 내 속에서 꿈틀거렸다.

울렁거리는 속에 목울대를 울렁였을까, 내 기색을 읽은 건지 조금 엄한 표정을 짓고 있던 헬리오스가 내 긴장을 풀어주려는 듯 씨익 웃었다.

"하지만 책임감이 무거운 만큼 누릴 권리가 많은 법이지. 누가 그대를 거스르기라도 하면 내가 바로 제국이라고 하고 짓눌러 버리게. 아주 뻔뻔하게 대접받고 오게."

"내가 바로 제국이라니…… 제 부관에게 반역을 저지르라는 소리를 돌려 하시는군요."

"거기선 나나 교황이나 크리시스 경이 뭐라고 하는지 모를 텐데 어떤가? 그대가 무엄한 말을 했다는 소리가 들려와도 눈감아 줄 테니 걱정 말게."

뭉클하게 받았던 감동은 곧이어 시작된 헬리오스와 노아의 희극 2탄에 깨져 버렸지만, 그래도 헬리오스가 한 말은 내 마음속에 깊게 남았다. 나는 많은 사람들의 믿음을 받고 있었다.

"맞아, 아타라의 수도에 감자 포타주를 그렇게 맛있게 하는 가게가 있다더군. 가서 먹고 내 것도 좀 싸서……."

"황제 폐하!"

헬리오스가 시답잖은 말을 조잘거리고 있었을까, 시종이 다급하게 알현실로 뛰어 들어왔다. 알현이 진행되는 중엔 웬만한 일로는 저렇게 황제의 말까지 끊으며 뛰어들어 올 수 없기에, 나와 두 사람 모두 얼굴을 굳혔다. 큰일이라도 난 건가 싶었다.

"무슨 일이지."

"그게……."

헬리오스가 눈매를 치키며 엄격한 황제로 돌아간 가운데, 시종이 들어온 문쪽을 곁눈질하며 헬리오스의 눈치를 살폈다. 헬리오스가 눈빛으로 압력을 주고

서야 시종은 말을 이었다.

"지금 황후 폐하께서, 알현을 요청하십니다."

'티나가?'

예상치 못한 상황에 눈을 크게 떴다.

티나 키프로스. 이 제국의 황후이자 2황제 세레논의 어머니. 세레논의 스승으로 일할 땐 학부모라는 명목으로 여러 번 만났건만, 요 근래엔 바빠서 만날 틈이 없었다.

오랜만에 듣는 이름을 곱씹으며 상념에 빠져 있었을까, 헬리오스가 다급하게 옷매무새를 정돈했다.

"……나 지금 문제 없어 보이나?"

자연스럽게 흐트러져 있던 앞머리까지 정리한 헬리오스가 초조해하는 표정으로 노아를 돌아보았다. 데이트라도 하는 것처럼 외양을 다듬는 헬리오스의 태도에 의아한 표정을 지었을까, 눈을 느리게 깜빡인 노아가 주먹을 꽉 쥐었다 폈다. 그의 부관으로 지내오며 노아의 습관들을 알게 된 바, 저건 그가 웃음을 참고 있을 때 보이는 행동이었다.

"멀쩡하십니다. 백의 반절에 가까워지는 연세이시면서도 소년처럼 구시는군요."

"……젠장! 오늘은 아침부터 바빠서 적당히 입고 나왔단 말일세!"

노아가 미묘하게 놀리는 투로 대꾸하자, 헬리오스가 앓는 소리를 내며 제 목덜미를 벅벅 긁었다.

황제의 화려한 흰 제복 새로 얼핏 보이는 목덜미는 기이할 정도로 붉었다.

'뭐지?'

나는 뭔가 이상하다고 생각했다. 그 무언가가 뭔지는 모르겠지만, 어쩐지 흥미진진했다.

헬리오스에게 티나는 정략결혼 상대이자 자신의 자리를 위협하는 키프로스의 잔당일 뿐일 텐데. 게다가 티나는 권력을 위해 디에고를 죽이려 하는 악녀로 소문이 파다할 텐데, 그는 티나가 왔다는 사실에 불쾌해하거나 불편해하는 것처럼 보이진 않았다.

'그것보단……'

나는 눈을 가늘게 뜨며 울렁인 헬리오스의 목울대를 응시했다.

그래. 헬리오스는 이례적이게도 긴장하고 있었다.

"황후 폐하께 돌아가시라 전할까요?"

"아니, 아니다."

미묘한 헬리오스의 태도를 심기 불편해하는 것으로 읽은 건지, 소식을 알렸던 시종이 그의 눈치를 봤다. 이를 급하게 저지한 헬리오스는 나와 노아를 번갈아 보았다.

"잠시 황후가 동석해도 되겠지? 될 걸세."

저건 양해를 구하는 게 아니라 반쯤 강요하는 것이었다.

나야 티나가 불편한 것도 아니었기에 아무렇지 않게 고개를 끄덕였고, 노아는 잠시 입을 가리고 고개를 틀더니―몰래 웃은 것 같았다―마찬가지로 동의했다.

"들라 하게."

의자 손잡이를 쥔 헬리오스가 시종에게 고개를 까닥였다.

"황제 폐하를 뵙습니다."

그리고 곧바로 티나가 모습을 드러냈다.

그녀는 여전했다. 연보랏빛 단발머리에 바다에 안개가 낀 것처럼 희뿌연 파란 눈이 신비로움을 자아냈다. 그녀는 우아함을 사람으로 만든 것 같았다. 사뿐히 다가온 티나는 흠잡을 데 하나 없는 몸짓으로 인사했다.

"황후 폐하를 뵙습니다."

"잘 오셨습니다."

나와 노아 또한 일어나 그녀에게 인사했다. 고개를 까닥여 인사를 받은 티나는 우리 세 사람이 앉아 있는 테이블에 앉지 않고 조금 떨어진 곳에서 서 있었다.

"어쩐 일로 날 찾았나."

헬리오스가 딱딱하게 표정을 굳힌 채로 고개를 기울였다. 그의 말투는 평소보다 훨씬 차가웠다.

그 모습을 보고 역시 헬리오스는 티나를 싫어하는 건가 싶었지만, 문득 본 그의 이마에선 식은땀이 흐르고 있었다. 헬리오스가 이렇게까지 긴장한 걸 처음 본 나는 놀라움을 감출 수 없었다.

"갑작스레 찾아와 미안해요. 전할 말이 있어서요."

티나가 눈을 내리깔았다. 연보랏빛이 도는 새하얀 속눈썹이 펄럭였다. 그녀는 갑작스럽게 찾아온 사람치고는 굉장히 여유로워 보였다.

눈을 든 그녀의 시선은 내게로 고정되었다. 티나는 이곳에 온 후 나를 꽤 집요하게 바라보고 있었다.

'하긴. 할 말이 많겠지. 테러 건 이후에 한 번도 얘기를 못 했으니까.'

양심이 찔린 나는 그녀의 희뿌연 푸른빛 두 눈을 슬그머니 피해 버렸다. 미르와 다른 사람인 척했던 것이 아직도 조금 미안했다.

"전할 말이라면?"

무심한 눈으로 제 손끝을 내려다본 헬리오스가 살짝 티나를 바라보았다. 그는 어째서인지 평소보다 무심하고 차가운 태도였는데, 그러면서도 긴장한 것처럼 혀로 입술을 자꾸만 축였다.

「재밌지 않나?」

그런 헬리오스를 흥미진진하게 바라보고 있었을까, 머릿속으로 노아의 진언이 들려왔다. 나는 수긍했다.

「두 분은 사이가 좋은 겁니까, 나쁜 겁니까?」

「글쎄. 처음엔 분명 나빴지. 정략혼이었던 데다 황후 폐하에 대한 악질적인 소문들만 가득했으니 말일세. 두 분이 따로 소통하는 일도 없었고.」

노아가 티스푼으로 차를 휘저었다. 은은한 미소를 띤 그는 꼭 자식의 연애를 지켜보는 부모 같았다.

「그때도 황제 폐하께선 마음이 있었던 것 같지만.」

「마음이라 함은…… 정입니까?」

「오…… 그대는 역시 무디군. 사랑 말일세.」

나는 놀라서 헬리오스를 휙 돌아보았다. 주의 깊게 들어 보자, 그의 심장 박동은 비정상적으로 빠른 범주에서 뛰고 있었다. 자꾸 혀로 입술을 축였고, 드러난 피부엔 희미한 꽃물들이 들어 있었다.

'분명, 저런 걸 사랑이라고 했지.'

나는 뒤늦게 탄식했다. 떠오른 감정이 사랑인지 아닌지 판별하는 건 어려웠지만, 신체 변화를 읽는 건 쉬웠다.

헬리오스는 확실히 세간에 알려진, 사랑에 빠진 사람의 전형적인 증상을 보이고 있었다.

「신기합니다. 사랑에 빠진 사람은 처음 보거든요.」

「……처음 본다고?」

내가 신문물을 본 어린아이처럼 감탄하고 있으니 노아가 조금 떨떠름하게 답해 왔다. 갸우뚱하며 그를 바라보니, 그가 미묘한 눈빛으로 나를 바라보았다.

「그대라면 질리도록 보는 것일 텐데…… 음. 아니네.」

"잠시 귀를 빌려주시겠어요."

노아와 진언으로 떠드는 사이 티나가 헬리오스에게 다가갔다. 헬리오스에게 따로 할 말이 있는 모양이었다. 아무리 작게 말해도 소드 마스터인 나와 노아는 들을 수 있으니 형식적인 행동이었다. 나는 티나가 다가갈 때 늘 유들거리던 헬리오스의 몸이 뻣뻣해지는 걸 발견했다.

「사랑하는 사람 앞이면 더 잘해야 하는 거 아닙니까? 많이…… 뻣뻣하신데요.」

멍청하게 군다고 하려다 아무리 못 듣는다 해도 너무 무엄한 것 같아 살짝 돌려 말했다. 노아가 피식 웃었다.

「원래 인간은 사랑 앞에서 멍청해지는 법이네. 제국의 황제라도 예외는 아니지.」

금빛 눈동자가 인자한 기색을 담은 채로 나를 응시했다.

「그러니 그대도 평소 그런 사람이 아닌데도 그대 앞에서만 유독 멍청하게 구는 이들이 있으면 의심을 좀 해 보는 게 어떤가. 꼭 멍청한 모습이 아니더라도, 평소답지 않은 모습을 보인다면 말이야.」

그가 눈꼬리를 휘었다.

「그대를 사랑하는 걸지도 모르지 않나.」

그 말에 머릿속을 스치고 지나가는 몇몇 얼굴이 있었다. 나는 눈을 끔뻑거리다, 티나를 돌아보았다.

헬리오스에게 다가간 티나는 그의 금빛 옆머리를 부드럽게 넘기더니 상체를 굽혀 귓가에 입술을 가져다 댔다.

나는 그 순간 정처 없이 방황하는 헬리오스의 두 눈을 발견했다. 헬리오스는 정말 평소답지 않게 굴고 있었다.

"오늘 밤에, 제 처소로 오세요. 그때 제대로 말씀드리겠습니다."

티나는 조금 낮고 느릿한 목소리로 그리 속삭였다. 작은 속삭임이었지만 내 귀에 들리지 않을 리 없었다.

「폐하가 심장마비로 돌아가시지만 않으면 좋겠군. 황위 계승 절차는 제법 까다로우니까.」

노아가 입술을 꾹 깨물어 웃음을 참았다. 어쩐지 절대 끼어들면 안 될 것 같은 분위기라 시선도 먼 산으로 돌려 버린 나는, 그 가운데 헬리오스의 호흡이 순간 멈췄음을 느낄 수 있었다.

"용건은 이것뿐이네. 더는 방해하지 않겠네."

충직한 검이 되려 했는데 3

상체를 세운 티나는 무심한 목소리로 선언하고는 가뿐하게 발걸음을 뗐다. 그 여상스러움은 꼭 사람을 죽여 놓고 유유히 떠나는 암살자 같았다.

"아, 그리고 크리시스 경."

티나가 나를 돌아보았다. 그녀의 푸른 눈에 여러 상념이 스치다 사라졌다.

"오늘 일이 끝나면 나를 보러 오게. 시간은 언제든 상관없으니."

그 말을 남긴 티나는 후련하다는 듯 미련 없이 사라져 버렸다. 나는 그녀가 이 곳에 온 목적이 헬리오스가 아닌 나였다는 생각을 지울 수 없었다.

"하……."

티나가 사라지자마자 헬리오스는 탄식 같은 한숨을 내뱉었다. 마른세수를 하는 손 틈새로 슬쩍 보이는 그의 얼굴은 확연히 붉었다.

'헬리오스는…… 이용당했나?'

혹시 그 또한 눈치챈 것인가 싶어 괜스레 그의 눈치를 살폈을까, 헬리오스가 멍하니 허공을 바라보았다.

"정말…… 이 나이에 주책이 따로 없군."

그가 제 앞머리를 거칠게 쓸어 넘겼다.

"이리 좋으니."

짧고도 굵은 고백이었다. 상대는 가고 없었지만 그 속에 담긴 감정은 충분히 느낄 수 있었다.

그 감정에 미묘하게 기시감이 느껴져 곰곰이 생각하고 있었을까, 노아가 천천히 숨을 들이쉬었다.

"폐하. 송구하지만…… 조금만 웃어도 되겠습니까?"

"지금 나랑 장난하나?"

"송구합니다."

"하! 그래. 웃게. 시원하게 웃어 보게! 아주 날 조롱해 보지 그러나!"

"하하하하!"

"그렇다고 진짜 웃나? 지금 웃음이 나오나?"

나는 또다시 시작된 희극을 보며 한숨처럼 웃었다.

아무리 봐도 헬리오스는 이용당한 것 같았지만, 본인이 저렇게나 좋아하니 되지 않았나 싶었다.

"불편한가?"

"네? 아, 아닙니다."

나는 잔을 쥔 손에 무심코 힘을 주다 화들짝 놀라며 힘을 풀었다. 잔엔 이미 금이 간 상태라 눈치를 보며 내려놓아야 했지만.

"그대를 질책하려 부른 게 아니니 편히 있게."

티나가 무심한 표정으로 눈을 내리깐 채 잔에 입술을 대었다. 그녀 특유의 엄격한 분위기 때문에 티나는 입만 다물고 있어도 한 나라의 멸망을 명령하기 전의 군주 같았다.

탁.

그녀가 찻잔을 내려놓았다. 희뿌연 푸른색 눈동자가 나를 똑바로 응시했다.

"그대, 미르였더군."

"죄송합니다."

나는 양손으로 무릎을 꽉 쥔 채 고개를 꾸벅 숙였다. 뜻한 바는 아니었지만, 미르와 다른 사람인 척하며 티나와 동업했으니 그녀에겐 기만으로 느껴지기에 충분했을 터였다.

"됐네. 어떻게든 도와달라고 도움을 요청한 건 내 쪽이었고, 만난 지 얼마 안 된 내게 숨기고 있던 정체를 밝힐 수 없는 것이야 당연하지 않는가."

"이해해 주셔서 감사합니다."

충직한 검이 되려 했는데 3

"원래라면 황족 기만죄에 해당될 부분이지만."

"죄송합니다……."

나는 쭈그렁 밤탱이가 되어 움츠러들었다. 티나의 냉랭한 얼굴은 늘 흔들림 없는 무표정이었기에 그녀의 감정을 읽을 수가 없었다.

"그대는 역시 황후를 할 재목은 아니군."

나를 물끄러미 바라본 티나가 중얼거렸다. 갑작스럽게 욕을 먹은 건가 싶어 어리둥절해하고 있을까, 티나가 피식 웃었다.

"그러기엔 지나치게 성정이 좋아."

나는 그녀가 웃는 걸 그때 처음 본 것 같았다. 비소나 형식적인 웃음이 아닌, 여유와 편함을 담은 웃음 말이다.

"내가 그대를 부른 이유는 세레논 때문일세."

"2황자님이요?"

"그래. 그대, 이번에 아타라 왕국 지원군의 지휘관으로 가지 않나."

'어떻게 알았지?'

나는 눈을 크게 뜨고 티나를 바라보았다. 오늘 막 정해진 사항인데 알고 있다는 것이 놀라웠다.

티나가 고개를 치켜들었다.

"이 궁에서 살며 느는 건 눈치와 감뿐이네. 지휘관이 누가 될지 의견이 분분한 시점에 폐하께선 아인하르트 후작에게 인물 선정을 맡겼지. 그러던 와중 그대가 갑자기 후작과 함께 폐하께 불려 갔고. 눈치 빠른 이들은 이미 다 알아차렸을 걸세."

이 황궁에서 비밀은 없다는 사실을 다시금 깨닫는 순간이었다.

고개를 느리게 끄덕였을까, 티나가 제 앞머리를 훅 쓸어 넘겼다. 나는 그녀에게서 평소답지 않게 초조해하는 기색을 읽을 수 있었다.

크게 숨을 들이쉰 티나는, 한숨처럼 말을 뱉어 냈다.

"세레논이 아타라의 지원군으로 출전하겠다고 나섰네. 그대가 그 아이를 말려 줬으면 하네."

"저하께서요?"

나는 놀라 반문했다.

황족이 전쟁에 출전하는 경우는 극히 적었다. 아군의 사기를 올리기 위해서, 혹은 자신의 권력을 확장하기 위해 명확한 목표를 가지고 나서는 경우가 없는 건 아니었으나 아주 드물었다.

황제가 전시 상황에서 죽을 경우 곧바로 남은 황족들 중 한 명이 황권을 넘겨 받아야 하는 만큼, 황족들은 안전한 곳에서 지켜지는 게 보통이었다.

"그 아이는 황족으로서 침입 소식을 조금 일찍 들었지. 그게 3일 전인데, 그날 부터 가겠다고 고집을 부리네. 말려도 소용없었지."

"어째서……."

"자기가 할 수 있는 일을 하고 싶다더군. 더 나은 세상을 위해서. 하지만 나서 는 게 꼭 그 아이일 필요는 없지 않은가. 의무도 아닌데 대체 왜……!"

티나의 얼굴에 거친 감정이 일렁였다. 그녀는 감정을 주체하지 못한 채 한 손 으로 얼굴을 덮고 숨을 골랐다.

마치 날아가야 하는 다 큰 아기 새를 놓아주지 못하는 어미 새 같았다.

"세레논이 스승인 그대의 말을 잘 따르기도 하고, 그대가 지휘관이니 정 안 되 면 강제로라도 그 아이를 지원군에서 열외시킬 수 있지 않은가. 부탁하겠네."

티나가 간곡하게 부탁했다. 나는 그런 그녀를 한참 바라보다, 느리게 입술을 열었다.

"황후 폐하께서는 왜 저하를 막으려 하시는 겁니까? 오히려 잘 되어 가고 있는 거 아닙니까?"

부러 무정하게 자아낸 내 물음에 티나가 나를 획 돌아보았다. 안개 낀 푸른 눈 이 일순 이글거렸다. 그걸 지금 말이라고 하는 거냐는 눈빛이었다. 나는 그런 눈빛을 받고도 침착하게 말을 이었다.

"저하께서 전장에서 공을 세우신다면 한층 황제의 자리에 가까워지실 겁니다. 게다가 키프로스가 반란의 주범으로 기정사실화된 지금, 황위 계승의 판세를 뒤집을 수단은 전장에서의 공밖에 없을 텐데요."

"그게 다 무슨 소용인가!"

쾅!

티나가 탁자를 내리쳤다. 감정이 거세당한 듯 스스로를 완벽히 통제하던 그녀가 폭발했다.

여태껏 험한 일 한번 해 보지 않은 듯 곱고 하얀 손은 그 한 번의 내리침만으로도 새빨갛게 부어올랐으나, 티나는 신경 쓰는 기색이 아니었다.

그녀는 불안과 초조함으로 인해 평소 페이스를 찾지 못한 채 간절한 눈으로 나를 바라보았다.

"그 아이가 죽으면 권력이고 황위고 다 무슨 소용이냔 말일세!"

그 비명 같은 외침에서 티나가 세레논을 얼마나 사랑하는지가 뼈가 저리도록 느껴졌다.

'그런데 어째서 그런 방식으로 사랑한 걸까.'

세레논 본인은 원치도 않는 왕좌로 그를 몰아넣던 티나의 사랑은 폭력에 가까웠다. 하지만 그 마음을 진정 악의라 부르겠는가? 잘못되었어도 사랑은 사랑인 것을.

나는 우습게도 그런 티나에게서 과거의 나를 봤다. 사랑하는 방법을 몰랐던 어린 나를.

"그럼 이제 세레논 저하께서 황제가 되지 않아도 괜찮으신 겁니까?"

티나가 입술을 꾹 깨물었다. 여전히 버리지 못한 욕심이 그녀의 두 눈에서 일렁였다.

"저하를 설득할 수 있다고 확신은 못 하겠습니다. 저하께서 바라시는 것인데

강제로 열외시킬 자신도 없습니다. 하지만 황후 폐하께서 그래도 괜찮다고 하신다면, 한번 설득은 해 보겠습니다."

사실 나는 세레논이 가고자 하는 길을 응원해 주고 싶었지만, 티나가 이렇게까지 나오는데 만류 정도는 해 볼까 싶었다. 티나 또한 크게 결심을 한 것 같았으니까.

"……아직 완전히 괜찮다고는 못 하겠네. 세레논을 황제로 올리는 건 내 평생의 염원이었어."

티나는 짧게 심호흡을 하더니, 굳은 의지가 서린 눈으로 나를 바라보았다.

"하지만 그 아이가 안전할 수만 있다면 무엇이든 상관없네."

나는 물끄러미 그녀를 바라보았다.

티나가 권력을 포기한다는 게 어떤 의미일까. 내가 검을 포기하고, 르웰린이 사업을 포기하는 것과 다름없을 것이다.

가장 중요한 일부를 잘라 낸다는 건 쉬운 일이 아니었다. 나조차 앞으로 검을 잡지 못한다는 소리를 들으면 크게 방황할 터였다.

"그러니 부탁하겠네. 세레논을 설득해 주게."

나는 더 이상 거절할 수 없음을 느꼈다.

내가 결국 고개를 끄덕이려는 그때.

"황후 폐하. 세레논 황자님께서 찾아오셨습니다."

문 밖에서 정중한 목소리가 들려왔다. 티나와 나는 시선을 교환했다.

"들어오라 해도 되나?"

"전 상관없습니다."

내 긍정에 티나가 세레논의 출입을 허했다. 곧 마호가니 목재로 만들어진 고풍스러운 문이 열리고, 그 뒤로 익숙한 인영이 걸어 나왔다.

"어머니."

"왔느냐."

충직한 검이 되려 했는데 3

모자 간의 인사라고 보기엔 상당히 딱딱한 말들이 지나갔다.

나는 미묘하게 굳은 표정의 세레논을 보며 티나와 세레논이 꽤 치열하게 싸웠음을 파악할 수 있었다. 원래 세레논이라면 실실 웃는 표정으로 일관할뿐더러, 애정에 목말라 티나에게 살갑게 굴었을 테니까.

두 사람 다 변화의 돌풍 한가운데에 있음은 분명해 보였다.

"스승님. 오랜만에 뵙습니다. 그동안 평안하셨습니까?"

티나에게 눈짓으로 무심히 인사한 세레논이 날 돌아보며 환히 웃었다. 나는 잠시 티나의 눈치를 보다 조심스레 고개를 끄덕였다.

"어머니. 스승님은 이제 제가 모셔 가도 되겠습니까? 저도 나눌 대화가 있어서 말입니다."

세레논은 시원스럽게 말했으나, 묘하게 날이 서 있는 느낌이었다. 서늘한 눈초리의 티나가 세레논을 물끄러미 바라보았다. 두 사람 사이에 살얼음판을 걷는 기운이 감돌았다.

'가족 싸움을 하시려거든 저는 빼 주시면 안 될까요.'

나는 가시방석에 앉은 기분으로 고개를 숙여 몸을 최대한 작게 만들었다.

늘 실없이 웃는 듯하지만 실제로는 기가 굉장히 센 세레논과, 포스의 화신과도 같은 티나의 싸움에 끼었다간 좋은 꼴은 못 볼 게 분명했다.

'세레논을 설득해 보겠다고 한 것 자체가 잘못된 선택 같지만.'

내가 뒤늦게 회의에 빠져 있었을까, 눈싸움을 마친 티나가 푹 한숨을 쉬었다.

"……그래. 크리시스 경. 황자와 가 보도록 하게. 시간 내주어 고맙네."

"아, 네. 저도 감사합니다."

나는 얼떨결에 자리에서 일어나 세레논의 이끌림을 따라 나왔다. 티나는 그와 내가 나갈 때까지도 수심이 깊은 표정이었다.

"스승님, 너무한 건 아십니까?"

황후궁에서 벗어난 지 얼마 되지 않아 세레논이 입을 열었다. 채도가 낮은 푸른색 눈이 나를 원망스럽게 바라보았다.

"어떻게 미르라는 걸 귀띔도 안 해 주실 수 있습니까?"

"아, 그건……."

"스승님과 대련을 할 때마다 생각 외로 강하다는 생각은 했지만 소드 마스터이셨을 줄은…… 그건 상상도 못 하고 알려진 소드 엑스퍼트들 중에 스승님이 있다고 생각하고 찾아보기까지 했는데 말입니다. 밝히실 때 제자인 저는 생각도 안 나셨겠죠. 섭섭합니다."

"아니, 저는……."

"그래도 제가 미르의 첫 제자인 건 맞죠?"

조금 안절부절못하며 변명하려 했을까, 세레논이 나를 뜨겁게 응시했다. 그의 눈빛은 섭섭함과 함께 묘한 흥분을 담고 있었다.

"이제 기사단의 훈련관이시지만, 기사단을 직속 제자라고 보긴 어려울 테니 직속 제자는 제가 유일한 거 아닙니까. 그렇죠?"

"아, 그렇죠. 맞습니다."

나는 이것이 시달림에서 벗어날 수 있는 키워드임을 깨닫고 황급히 동의했다. 세레논은 걸어가다 말고 만족하며 미소를 지었다.

"다들 미르의 검술을 따라 한다 뭐 한다 난리를 치는데 전 직접 배운 거군요."

세레논은 그 사실을 자랑스러워하는 것 같았다. 민망해진 나는 목덜미를 긁적이다 주제를 바꿨다. 본격적으로 중요한 부분이었다.

"황자 저하. 아타라의 지원군으로 가고자 하신다는 걸 들었습니다."

세레논의 표정이 단번에 심각해졌다. 그는 한숨과 함께 연보랏빛 앞머리를 쓸어 넘겼다. 그 사소한 습관까지도 티나와 상당히 닮아 있었다.

"어머니가 만류해 달라 하셨습니까?"

　　　　　　　　　　　　　　　　　충직한 검이 되려 했는데 3

"⋯⋯네."

세레논은 눈치가 빨랐다. 귀신 같은 눈치의 소유자인 아리아보다도 예리한 게 아닐까 싶었다. 그런 그의 앞에서 거짓말은 무의미하다는 걸 알기에, 나는 순순히 수긍했다.

"죄송하지만 그건 스승님께서도 말리지 못하실 겁니다."

세레논이 고개를 치켜들었다. 그의 희뿌연 푸른 눈이 분명한 빛을 담고 반짝였다.

"저는 전쟁에 출전할 겁니다. 그것이 제가 할 수 있는 일입니다."

그는 물러설 생각이 없어 보였다.

"이전에 나눴던 대화, 기억하십니까. 스승님께선 제게 어떤 세상을 추구하느냐 물으셨죠."

세레논은 중저음보단 미성에 가까운 목소리를 가지고 있었다. 부드러우면서도 몽환적인 목소리는 호수의 요정이 연주한다는 하프 소리와 닮았을까. 귀를 기울일 수밖에 없었다.

그 대화를 잊을 리 없었다. 세레논의 생각을 알게 되었던 그날.

'모든 것엔 금이 가 있습니다. 이 금은 흠집처럼 보이기도 하지만, 저는 그 틈 사이로 빛이 들어온다고 생각합니다. 실수로 생긴 틈에서 바깥으로부터 들어오는 빛을 보셨다면, 틈을 막으려고만 하지 말고 벽을 허물어 주십시오. 바깥의 빛과 마주해 주십시오. 외면하지 말아 주시길 바랍니다.'

세레논은 내 어머니가 쓴 상소문을 들어 자신의 신념을 말했다.

"제가 원하는 세상은 그때와 같습니다. 누구도 외면당하지 않는 세상을 보고 싶습니다. 저 같은 그림자조차도요."

세레논은 그때와 똑같은 꿈을 말했으나, 그때보다 훨씬 성장한 느낌이었다. 처음 봤을 때 인형처럼 멍하고 텅 비어 있던 푸른 두 눈은 이제 온전한 생기로 반짝이고 있었다.

"아타라의 사람들이 고통받고 있을 겁니다. 그리고 제가 그나마 할 수 있는 건 검으로 싸우는 것밖에 없죠."

세레논이 자신의 손을 꽉 쥐었다 폈다. 달무리를 닮은 은빛 오러가 그의 손에서 스파크처럼 튀어 올랐다. 그는 소드 엑스퍼트가 된 지 얼마 되지 않았음에도 오러를 능숙하게 사용하고 있었다.

'확실히 수재는 수재네.'

나는 오러의 농도와 세기를 보며 내심 감탄했다.

내가 갑작스럽게 일이 많아지며 세레논과의 수업이 잠정적으로 무기한 중단되었는데도 세레논은 새로운 스승을 들이지 않았다. 그 때문에 오러 운용에 대한 실습 가르침을 받지 못하고 독학을 했다는 것을 감안하면 믿기지 않을 만큼 빠른 성장이었다.

"저는 제가 할 수 있는 걸 할 겁니다. 그것이 절 죽음으로 이끌더라도요. 황족이 동행하면 아타라 쪽에서도 저희 지원군을 좀 더 조심스럽게 대할 거고, 병사들의 사기도 올라가겠죠. 많은 이득을 얻을 수 있는데 위험하다는 이유 하나로만 물러설 순 없습니다."

세레논이 나를 똑바로 바라보았다. 나는 속으론 수긍하면서도 입매를 굳혔다.

"황족은 함부로 위험에 뛰어들어선 안 됩니다. 존재만으로도 일종의 상징이 되는 분들이니까요. 안전한 황궁에 남아서 하실 수 있는 일도 분명 있을 겁니다."

"황궁은 형님께서 지키실 겁니다. 모든 황족이 황궁을 비우는 건 안 될 일이라지만, 모든 황족이 남아 있는 건 겁먹었다는 조롱을 불러일으킬 가능성이 있습니다. 2황자이자 오러 사용자인 제가 나서는 게 가장 합리적이고 안전합니다."

내 회유에도 세레논은 조금도 물러서지 않았다. 그의 반박은 치기로 인한 고집이 아닌 타당한 반론이었다.

나는 결국 어쩔 수 없다는 뜻을 담아 웃었다. 세레논을 진심으로 친애했기에, 그가 내린 결심을 믿고 응원해 줄 수밖에 없었다.

충직한 검이 되려 했는데 3

"스승을 이기려 드시는군요."

"청출어람이죠."

내가 회유를 포기했음을 느낀 건지, 세레논이 한결 편하게 웃으며 장난스럽게 눈을 찡긋거렸다.

"황후 폐하께선 허락해 줄 마음이 조금도 없으신 것 같은데, 설득할 수 있으시겠습니까?"

세레논이 두 눈이 번뜩였다.

"저는 평생 어머니의 명령을 따라 살아왔습니다. 어머니께서 절 진심으로 사랑하신다면 이제는 제가 선택한 제 길을 응원해 주실 거라고 생각합니다."

자식 이기는 부모 없다는데, 정말 그러려나. 나는 세레논을 응원하긴 했지만 속이 썩을 티나가 조금 염려되었다.

"걱정하지 마세요. 조금 시간이 걸리더라도 납득하실 때까지 설득할 겁니다. 제 걱정은 아타라로 떠나면 오랫동안 스승님 얼굴을 못 본다는 것뿐입니다. 그리워서 어떡합니까."

세레논이 능글맞은 투로 분위기를 풀었다.

'세레논은 내가 지휘관이 된 걸 모르는구나.'

하기야, 겨우 2시간 전에 결정된 사항을 눈치로 알아차린 티나가 경이로운 것이었다. 나는 아무것도 모르는 세레논을 향해 짓궂게 미소 지었다.

"그 걱정은 붙들어 놓으셔도 되겠습니다."

"네? 아, 자주 연락해 주시는 겁니까?"

"아마 질리도록 보게 되실 겁니다."

나는 똑바로 말해 주지 않고 빙빙 돌리며 의뭉스럽게 말했다. 지금 말하기보단 나중에 깜짝 놀라게 해 주고 싶었다. 세레논은 갸웃하다가도 사람 좋게 웃어 보였다.

"좋은 뜻이겠죠?"

"물론입니다."

'세레논이라면 뒤를 맡기기에 충분하지.'

인간적인 마음으론 그가 위험해지지 않길 바랐지만 이성적으로 생각하면 세레논의 합류는 무척 든든한 소식이었다. 그는 누구도 반박 못 할 실력자이자 내 제자였으니까.

내가 안도하고 있었을 때, 세레논이 뭘 물어보려는 건지 잠시 내 눈치를 봤다.

"그리고 말입니다. 이건 별개의 이야기인데……."

"아, 네."

"혹시 아리아 크리시스 영애가 뭘 좋아하는지 알려 주실 수 있으십니까?"

"……네?"

그리고 돌아온 건 예상치 못한 질문이었다.

"그건 왜 물으십니까?"

내가 어리둥절해서 되묻자, 세레논이 슬쩍 내 시선을 피했다.

"같은 사교계에서 활동하다 보니 만날 일이 많고…… 의례적으로 선물해야 할 일도 간혹 있어서 말입니다. 그냥 알아 두면 좋지 않을까 싶어서……."

주절거리며 내뱉는 말들은 그럴듯한데도 왠지 변명처럼 들렸다. 나는 눈을 가늘게 떴다.

'뭐지. 왜 잘 키운 자식을 남한테 보내는 부모가 된 것 같지.'

이상한 기분이 폐부를 잠식했다. 알려 주는 것이야 별로 어렵지 않은데도 왜인지 알려 주고 싶지 않았다. 아주 미세하게 붉어진 그의 귓가를 보면 심술인지 뭔지 모를 것이 불쑥 튀어 올랐다. 나는 충동대로 행동하기로 했다.

"아리아는 절 좋아합니다."

"네?"

"아리아 크리시스 영애는 저를 세상에서 제일 좋아한단 말입니다."

나는 입을 벌린 채로 멍하니 나를 바라보는 세레논에게 한쪽 입꼬리를 비틀어 보였다.

"그 외에는 안타깝지만 잘 모르겠군요. 저하께서 직접 알아보셔야겠습니다."

유치하게 굴고 있다는 건 알았지만 불퉁한 태도를 꺾기가 쉽지 않았다. 어쩐지 알려 주면 지는 것 같았다.

"아, 제가 직접…… 그렇죠. 맞습니다. 제 생각이 짧았군요."

그게 무슨 헛소리냐고 반발할 거라고 예상했던 것과 다르게, 세레논은 무언가 깨달은 사람처럼 연신 고개를 끄덕였다. 그의 두 눈은 굳은 의지를 담은 채로 반짝였다.

"관심 있는 사람에 대해서는 다른 사람에게 물을 게 아니라 당사자와 부딪치며 직접 알아가는 게 맞겠죠."

명쾌해졌다는 표정을 지은 세레논이 활짝 웃었다.

"이런 곳에서도 가르침을 주시는군요. 역시 스승님이십니다. 감사합니다. 무슨 뜻이신지 잘 알았습니다."

'무슨 뜻이었는데……?'

나도 모르는 내 말의 뜻을 알아차리고 교훈을 얻은 세레논은 황무지에서 꽃 한 송이만 발견해도 신의 계시라고 혼자 깨달음을 얻을 것 같았다.

"아리아는……."

지이잉.

무어라 말하려던 찰나, 주머니에서 짧게 진동이 울렸다. 나는 곧바로 그것이 엘에게서 받았던 엘 직통 통신구라는 걸 알아차렸다.

"잠시 실례하겠습니다."

나는 세레논에게 양해를 구하고 통신구를 확인했다. 그곳에 적힌 메시지는 명료했다.

[아타라에 가는 슈슈에게 줄 게 있어요. 나를 보러 와 줘요. 최대한 빨리.]

'대체 2시간 전에 결정된 사항을 어떻게 안 거지?'

나는 탄식하며 혀를 내둘렀다. 티나야 같은 황궁에 있기라도 하지만, 황궁에서 꽤 떨어진 신전에 있을 엘은 어떻게 알아낸 건지 감도 잡히지 않았다.

그의 정보력은 과연 제국을 손바닥에 두고 보고 있다는 교황다웠다. 나는 통신구를 주머니에 찔러 넣었다.

"저하. 죄송하지만 이만 가 봐야 할 것 같습니다. 신전에서 호출을 받았습니다."

"벌써요? 나눌 얘기가 많은데······."

'최대한 빨리'라는 문장에 마음이 급해졌다. 세레논은 아쉬워하는 표정을 지으면서도 고개를 끄덕였다.

"제가 아타라에 갈 때 배웅 정도는 해 주시는 겁니다."

"하하. 물론이죠."

배웅 정도가 아니라 같이 갈 테지만, 나는 모르는 척 태연자약하게 웃었다.

"그럼 다음에 또 뵙겠습니다."

나는 허리 굽혀 인사하고, 두 발에 마나를 두른 채 나는 듯한 걸음으로 빠르게 황궁을 벗어났다.

황궁과 신전은 마차로 10분 정도 소요되는 거리에 위치해 있었다. 마차보다 마나를 방출하며 내 다리로 달리는 게 훨씬 빨랐기에, 건물과 건물 사이를 뛰어넘어 가볍게 질주했다.

이제 귀족 자제가 된 만큼 이런 식으로 달리는 게 목격되면 품위 없다는 소리를 듣겠지만, 이게 익숙하고 훨씬 편했다.

분침이 시계를 두 바퀴 더 돌기 전에 신전에 도착한 나는 푹 뒤집어썼던 로브를 벗으며 신전 앞을 지키는 성기사들 앞에 섰다.

그들은 내 얼굴을 확인하더니 기본적인 확인 절차만 마치고 들여보내 주었다.

"성하께선 패트로스의 길에서 기다리고 계십니다."

신전에 들어서자 나를 기다리고 있던 신관이 허리 굽혀 인사하고는 내게 길을 안내해 주었다. 나는 가볍게 목례한 뒤 발걸음을 옮겼다.

패트로스의 길은 과거에 제국을 위해 싸우다 전사한 성기사의 이름을 따서 만들어진 길로, 그 길의 끝엔 영원토록 성수가 솟아나는 샘이 있었다. 성수가 솟아나는 샘은 신전에서 가장 중요한 장소 중 하나였기에 그 길을 별다른 이유 없이 걸을 수 있는 건 성기사단장들과 대신관들, 교황 정도가 전부였다.

원래였다면 나는 발조차 들일 수 없었겠지만 교황의 허락은 신전 안에서 절대적이었으니 안 될 것이 없었다.

"들어가시죠."

신비로운 은빛 결정들로 장식된 입구 앞에서 멈춰 선 신관이 입구를 가리켰다. 나는 감사 인사를 건네고는 새하얀 비단 휘장을 걷었다.

"어흥."

그리고 걷자마자, 안쪽에서 느껴지던 인기척이 훅 다가왔다. 백합 향이 후각을 잠식했다. 그가 뱉은 말은 낮고 잠잠한 음정에 어울리지 않게 장난스러웠다.

"와⋯⋯악."

은빛 눈동자와 코앞에서 눈이 마주친 나는 눈을 두어 번 깜빡이다 예의상 놀란 척을 했으나, 내 뱉은 비명은 내가 듣기에도 지나치게 무미건조했다.

"놀라 주는 건가요? 상냥하기도 하지."

엘은 소리 내어 웃더니 눈꼬리를 휘어 접었다. 나는 뻘쭘해져서 목덜미를 긁적이다 허리를 굽혔다.

"오랜만에 뵙습니다, 엘."

"그러게요. 회담 이후엔 처음이네."

나긋하게 속삭인 그는 고개를 든 내 앞으로 손을 내밀었다. 새하얗고 길쭉한 손엔 여전히 험하게 산 흔적이 엿보였다.

"같이 걸을까요? 길이 무척 예쁘거든요."

그는 최대한 빨리 오라고 한 사람치고는 여유로워 보였다. 나는 갸웃했으나, 별일이 없는 게 다행이니 선선히 고개를 끄덕이고는 그의 손을 살며시 붙잡았다.

맞잡은 손으로 온기가 퍼졌고, 엘은 내가 가볍게 잡은 손을 단단히 깍지 껴 잡았다.

패트로스의 길은 푸른 잔디밭 가운데에 곧게 나 있었다. 지금은 이른 오후인데 내부는 신기하게도 밤처럼 어두웠다. 은색 불빛들이 사방을 돌아다니며 주위를 밝히는 모습은 과연 장관이었다.

가끔 피부에 닿으면 곧바로 흡수되며 부드러운 느낌을 주는 걸 보아 불빛들의 정체는 신성력인 듯했다.

"꼭 반딧불이 숲 같습니다."

"그렇죠? 무척 예뻐서 이곳에 올 때마다 슈슈와 함께 걷고 싶다는 생각을 했어요."

엘이 나와 발맞추어 걸었다. 잠시 대화가 멈추면, 주위는 바람 소리조차 없이 조용해 그와 나의 숨소리만 고요 속을 헤집었다.

진공 상태에 있는 듯 붕 뜨고 몽롱한 가운데 엘과 맞잡은 손의 온기만이 온전했다. 엘과 단둘이 세상 바깥으로 여행을 나온 것 같았다.

살짝 나를 돌아본 그가 슬프게 미소 지었다.

"지원군의 지휘관이 되었다고 들었어요."

"네. 그렇게 됐습니다."

"가지 말고 내 곁에 있어 줬으면 좋겠지만…… 당신은 들어주지 않겠죠?"

나는 그저 웃었다. 엘은 내가 물러서지 않으리라는 걸 잘 알고 있을 터였다.

은빛 속눈썹이 잠시 파르르 떨리다, 한숨과 함께 떨림이 잦아들었다.

"다 놓고 함께 가고 싶은데, 그것도 허락해 주지 않을 거고요."

"엘."

"알았어요. 안 그래요."

충직한 검이 되려 했는데 3

내가 나직하게 이름을 부르자 그는 붉은 입술을 꾹 깨물면서도 순순히 물러섰다. 은색 불빛들은 막강한 신성력의 소유자를 알아본 듯 엘에게 달라붙었는데, 불빛에 휩싸인 그는 이제 막 강림한 신처럼 신비롭고 성스러워 보였다.

"강하다는 걸 알아도 염려돼요. 슈슈를 많이 좋아하니까. 소드 마스터에게라도 전쟁은 위험할 텐데 다칠까 봐 걱정돼요."

엘은 눈매를 축 늘어뜨리며 나를 물끄러미 바라보았다. 은빛 눈동자는 물에 젖은 새하얀 백합 꽃잎처럼 촉촉하고 애처로워 보였다. 나는 슬그머니 시선을 피했다. 저 표정과 눈빛엔 늘 약해졌다.

"내가 따라다니면서 내 신성력으로 치료해 주고 싶지만…… 그럴 수 없으니 다른 걸 준비했어요."

"야! 이 미친 새끼야! 벼락 맞을 놈아! 내려 달라고!"

탁.

엘의 발걸음이 멈췄다. 어느새 우리는 자체적으로 은은한 빛을 내뿜어내는 샘 앞에 도착해 있었다.

나는 설마 하는 마음으로 비명이 들려온 천장을 향해 시선을 돌렸다. 천장은 칠흑 같은 어둠으로 덮여 있어 높이조차 가늠하기 힘들었으나, 나는 희끄무레하게 매달려 흔들리는 인영을 확인할 수 있었다.

"슈슈 전용 반창고 정도로 생각하고 휴대용으로 가지고 다녀요. 아주 조그만 흠집도 바로 치료해야 해요."

"미친놈아, 내가 성수 샘에 토하는 꼴을 정말 봐야겠냐? 거꾸로 매다는 건 너무하잖아!"

"말 잘 듣는 물건이면 좋았겠지만 안타깝게도 반항기가 조금 있는 인격체네요. 혹시라도 기어오르면 짓이겨 버려요. 폐기시켜도 괜찮아요."

"아타라 갈게! 가면 되잖아! 젠장, 드디어 사교계에 재미 좀 붙였는데 그렇게 추방시켜야 속이 시원하냐! 이 천하의 개자식! 악마도 네게 한 수 가르쳐 달라고 할 거다!"

엘이 상냥한 목소리로 속삭일 때, 위쪽에선 익숙한 목소리가 고래고래 소리를 질렀다.

나는 거울을 보면 흔들리고 있을 게 분명한 두 눈으로 천장과 엘을 번갈아 보았다. 엘은 빙긋 웃고는 허공에 내려와 있는 정체 모를 밧줄을 붙잡았다.

"선물이에요."

촤르르륵.

"꺄아아아악!"

하얀 손이 밧줄을 잡아당기면, 도르래 돌아가는 소리와 함께 찢을 듯한 비명 소리가 터져 나왔다.

나는 입을 떡 벌렸다.

자체적으로 신비로운 빛을 내뿜는 성수의 샘.

라의 안배이자 축복이라고 불리는 그 고귀한 성소 위에는, 무언가가 왼쪽 오른쪽으로 시계추처럼 흔들리고 있었다.

"흑, 공녀니이임……! 살려 주세요……!"

초췌한 얼굴의 대신관 율리안이 머리에 커다란 리본을 단 채 밧줄로 꽁꽁 묶여 거꾸로 매달려 있었다.

나는 경악에 빠져 그 모습을 바라보다 흔들리는 눈으로 엘을 돌아보았다.

"마음에 안 드나요?"

엘은 잘못된 것을 모르는 아이처럼 순진하게 웃으며 고개를 기울였다.

나는 새삼 다시 느꼈다. 엘은 미쳐도 단단히 미친 사람이었다.

"우선, 우선 율리안부터 내려 주세요."

나는 혼미해지는 정신을 붙잡고 최대한 침착하게 말했다.

태양신 라를 열성적으로 믿진 않았지만 아무리 그래도 율리안이 제국의 보물에 토하는 꼴을 보고 싶진 않았다.

"그래, 새끼야! 공녀님 말 안 들려? 날 내리라시잖아!"

"아직 정신을 못 차렸구나."

율리안이 개선장군이라도 되는 것처럼 위풍당당하게 소리치자, 눈썹을 살짝 꿈틀거린 엘이 곱게 눈꼬리를 늘어뜨리더니 밧줄을 조금 더 풀었다.

촤르륵.

"갸아아악!"

안 그래도 아슬아슬하던 율리안과 샘 사이의 거리가 급속도로 줄어들었다. 고운 은발이 샘의 수면에 닿을 듯 말 듯 흔들리며 샘에서 솟아나는 빛을 받아 찬란하게 반짝거렸다.

나는 침음을 삼켰다.

"나, 나를 성수의 샘에 무자비하게 담가 버릴 셈이지! 퐁듀에 꼬치 담그듯! 흐아악!"

"불구덩이가 아니라는 것에 감사해야 할 텐데."

"태양신 라이시여! 세상이 대체 왜 이럽니까! 인간적으로, 아니 신적으로! 인성 쓰레기를 당신의 사자로 택하는 건 너무한 거 아닙니까! 귀엽고 착한 나를 택했어야지!"

"네 신성모독에 경악을 금치 못하겠구나."

율리안이 소리를 지를 때 엘은 태연자약하게 놀란 투를 꾸며 내며 대꾸했다.

태양신에게 바락바락 대드는 율리안이나, 성수의 샘 위에 대신관을 달아 놓은 엘이나 신성모독이 수준급이었다. 지금 당장 심판의 벼락이 두 사람의 머리 위로 내리쳐도 놀랍지 않을 것 같았다.

나는 떫은 눈으로 엘과 율리안을 번갈아 보다가 엘의 새하얗고 넓은 소맷자락을 살짝 잡아당겼다. 엘이 나를 휙 돌아보았다.

"내려 주세요. 어지러울 것 같습니다."

저러고 얼마나 있었는지 모르겠으나, 율리안은 피가 머리에 쏠릴 대로 쏠린 것처럼 보였다. 엘은 부드럽게 미소 지었다.

"명하신 대로."

그는 품에 손을 넣어 은빛으로 반짝이는 단도를 꺼냈다.

쉬이익!

단도가 허공을 날카롭게 가르고 날아갔다.

엘이 던진 건 분명 위험하기 짝이 없는 날붙이임에도 그의 동작이 지나치게 가볍고 우아해 꽃다발을 던진 것으로 착각할 것 같았다.

서걱.

칼날이 율리안과 천장을 잇고 있던 팽팽한 밧줄을 시원하게 잘랐다. 나는 급하게 숨을 들이쉬었다.

풍덩!

평민들은 일평생 한 방울 구경하기도 힘든 고귀한 성수가 사방으로 튀어 오르고, 율리안이 샘에 빠졌다.

나는 엘을 돌아보았다. 나와 눈이 마주친 그는 눈꼬리를 휘며 어깨를 으쓱였다. 내려줬는데 뭐가 문제냐는 표정이었다. 하고 싶은 말은 많았지만 모두 뒤로한 채 급하게 샘으로 달려갔다.

"율리안! 살아 있습니까?"

신비롭게 반짝이는 샘에선 대답이 돌아오지 않았다. 뛰어들어서라도 건져야 하나 고민할 때, 수면이 일렁였다.

촤아악!

"푸학! 켁!"

율리안이 수면을 가르며 모습을 드러냈다. 은빛 머리칼이 축 늘어졌고 연보랏빛 눈동자에 그림자를 만드는 기다란 은색 속눈썹에서 물방울이 흘러내렸다.

그가 숨이 부족해 헐떡거리자, 물에 젖은 새하얀 신관복 아래 투명하게 보이는 흉부가 움직였다.

충직한 검이 되려 했는데 3

여태껏 넉넉하고 금욕적인 신관복만 입고 다니니 몰랐건만 이제 보니 율리안은 몸이 상당히 좋은 편이었다.

율리안은 객관적으로도 대단히 잘생긴 청년이었기에 장면만 보면 『요정 호수의 축복을 받은 사내』 같은 제목의 명화라고 해도 믿을 것 같았으나, 상황은 영 아니었다.

"온몸에 토마토 소스 바르고 식인종 마을에 던져질 놈…… 하라바나 아가리에 머리 긴 상태로 하라바나랑 같이 투명화될 놈……."

율리안은 생전 듣지 못한 창의적인 욕들을 중얼거리며 개헤엄을 쳐 샘을 빠져나왔다. 그가 가까스로 땅에 서자 반짝이는 물방울들이 비처럼 잔디밭에 쏟아져 내렸다.

'오…….'

사람은 물에 젖으면 배로 야해 보인다는데, 그 말이 어느 정도는 진실인 듯했다. 물에 젖은 신관복은 이전의 금욕적인 자태와 옷으로서의 기능을 모두 잃고 율리안의 잘 짜인 몸을 그대로 드러냈다. 어쩐지 보면 안 될 걸 본 기분에 나는 시선을 돌렸다.

"고귀한 성수로 목욕하는 경험을 또 언제 해 보겠나. 내 친우를 사랑하는 마음을 이렇게 증명하게 되는군."

"너…… 장난하나?"

"성수가 신성력 사용자에게 얼마나 좋은데. 피부가 아기 피부 같아졌구나."

"과유불급이다, 미친 새끼야! 지금 온몸에 꿀을 뒤집어쓴 느낌이라고!"

율리안은 얼굴을 잔뜩 일그러뜨린 채로 물놀이를 끝내고 나온 개처럼 머리를 흔들어 머리카락의 물을 털어 냈다.

하기야 율리안 정도의 신성력 사용자라면 신성력에 상당히 예민할 텐데, 온몸에 신성력이 가득한 성수를 뒤집어썼으니 느낌이 이상할 터였다.

"오랜만에 뵙습니다만…… 한가하게 인사할 상황은 아니군요. 괜찮습니까?"

나는 아공간 주머니에서 수건을 찾아 율리안에게 던져 주었다.

푸에취, 하고 재채기를 하던 율리안이 수건을 낚아채더니 비 맞은 개처럼 안 쓰럽게 울상을 지어 보이고는 내게 안길 기세로 달려왔다.

"공녀님……! 허엉……!"

"아, 잠깐. 거기, 거기 계세요."

내가 두 손을 들어 다급하게 제지하자, 달려오다 우뚝 멈춰 선 율리안이 상처받은 표정을 지었다. 나는 시선을 애매하게 돌렸다.

"그…… 좀 많이 선정적이십니다."

"으음?"

용병으로 살며 이성의 벗은 몸엔 어느 정도 면역이 되어 있었지만, '잘생긴' 이성의 몸엔 면역이 없었다.

내 말에 율리안이 갸우뚱했을까, 엘이 섬광처럼 움직여 율리안의 목덜미를 붙잡더니 그를 잔디밭에 처박았다.

"켁!"

"못 볼 것은 제가 처치했으니 안심하세요."

율리안의 입에 푸르른 잔디가 들어가거나 말거나, 엘은 상큼하게 웃으며 엄지를 치켜올렸다.

그는 우아한 손길로 자신이 입고 있던 교황 정복 겉옷을 벗고는 율리안 위에 살포시 덮어 주었다. 실로 병 주고 약 주기가 아닐 수 없었다.

"믿음직스럽지 못하지만 신성력 하나는 나 다음이에요. 목숨만 붙어 있다면 뭐든 살릴 수 있어요. 가끔 손 시리면 손난로로도 유용하게 사용할 수 있을 거예요. 신성력은 따뜻하니까."

물에 젖은 데다 흙까지 묻어 만신창이가 된 율리안이 비틀거리며 일어날 때, 엘은 만능 도구를 판매하는 사람처럼 그를 소개했다. 나는 율리안이 진심으로 안쓰러워졌다.

"저야 함께 간다면 든든하겠지만…… 율리안은 저와 같이 가도 괜찮은 겁니까?"

나는 너덜너덜한 율리안을 걱정스럽게 바라보았다. 대신관의 신성력은 기적에 가까웠다. 대신관 한 명은 보통 의원 백 명보다 더 많은 일을 할 수 있었다.

전쟁에서 공격수만큼이나 중요한 게 의료진인 법. 율리안이 함께 가 준다면 천군만마를 얻은 느낌이겠지만, 딱 봐도 가고 싶지 않아 보이는 율리안을 강제로 끌고 가고 싶진 않았다.

"으, 네 냄새 나."

율리안은 제 어깨에 둘러진 교황 정복의 냄새를 킁 맡더니 썩은 표정을 지으며 옷을 내팽개쳐 버렸다.

그 사이 냄새가 옮겨붙어 향긋한 백합 내음이 나게 된 율리안은 잠시 내 눈치를 살피더니 축축한 머리를 벅벅 긁적였다.

"공녀님과 함께 가는 게 싫은 건 아닙니다. 아타라가 싫은 것도 아니고요. 숭고한 사명을 가지고 전장의 다친 이들을 치료하는 거, 좋죠. 그런데 사실 제가 요즘 제국 사교계에 재미를 붙여서요."

요즘 들어 율리안의 사교계 행보가 꽤 늘어났다는 걸 아리아에게서 들은 것 같긴 했다. 율리안이 연보라색 눈동자를 데구르르 굴렸다.

"그…… 사실 공녀님의 동생…… 컥!"

율리안이 말을 잇지 못하고 명치를 부여잡은 채 신음을 토했다. 엘이 손날로 그의 명치를 내려친 탓이었다.

얼마나 세게 맞은 건지 숨도 못 쉬고 꺽꺽거리는 율리안의 귓가에 엘이 속삭였다. 아주 작은 소리였으나 내가 듣지 못할 리는 없었다.

"잘 다녀오면 크리시스와 신전의 협업을 제안해 사업 핑계로 만남을 주선해 주마."

반항기가 가득하던 율리안의 두 눈에 순식간에 총기가 돌았다. 급하게 숨을 들이쉬어 호흡을 고른 그는 결연한 표정으로 나를 마주했다.

"절대 아타라로 갑니다. 저는 공녀님의 귀여운 설탕과자입니다."

나는 순식간에 태세를 변환한 율리안을 떨떠름하게 바라보았다.

아리아를 싸안고 있어야 할 것 같다는 생각이 오늘 유독 자주 들었다.

아타라 지원군의 지휘관으로 가기로 결정된 지 사흘이 지났다. 마음 같아서는 정해진 그날에 주위 사람들에게 알려 주고 싶었지만, 공식 발표가 나는 사흘 뒤까지만 대외비를 지켜 달라고 했기에 말하고 싶어도 참고 있었다.

"아리아…… 뭐…… 해?"

여느 때와 같이 검술 수련을 끝내고 샤워를 한 뒤 덜 마른 머리를 대충 말리면서 나왔을 때, 나는 경악스러운 광경을 보고 입을 벌렸다.

아리아는 눈을 몇 번 깜빡이더니 처연하게 감아 버렸다.

"이렇게 살아서 뭐 하나 싶어서."

가슴에 손을 모은 채 바닥에 그대로 널브러지듯 누워 있는 아리아의 주위엔 마력으로 만들어진 화염이 거세게 불타고 있었다. 하얀 대리석 바닥이었기에 망정이었지, 공작가 저택이 나무로 지어졌다면 진작에 불이 번졌을지도 몰랐다.

"왜, 왜 그래? 응?"

나는 안절부절못하며 불꽃을 헤치고 그 중심으로 들어가 아리아를 가볍게 안아 들었다. 아리아의 불꽃은 나를 해치지 않았다. 내 목에 팔을 둘러 안긴 아리아가 내 품에 얼굴을 묻었다.

"언니가 아타라에 간다고 들었어."

"아."

"나도 가고 싶었는데 의료부는 지원을 받지 않는대."

푸른 눈은 울적함이 가득했다. 나는 죄책감이 솟아나는 걸 느끼며 아리아의 짧은 머리칼을 부드럽게 쓸어 주었다.

"금방 다녀올게. 안전히. 응?"

"……걱정돼."

아리아가 내게 더 파고들었다. 오랜만에 보는 아리아의 어리광이었다. 나는 미안하면서도 어쩐지 기뻐져서 작게 웃었다. 아리아는 아직 어리광을 부려도 되는 나이였다. 이 정도는 그 나이답다 싶었다.

"괜찮을 거야. 언니는 강하잖아."

나는 아리아를 달래며 그녀를 안은 채로 내 방에 들어갔다. 그리고 보이는 광경에 헛숨을 들이쉬었다.

"……칼?"

180센티미터를 웃도는 장신이 시체처럼 내 책상에 엎드려 있었다. 나는 아리아를 침대에 조심스럽게 내려놓고 널브러진 인영을 쿡 찔러 보았다.

"마법사는…… 지원을 받지 않는다고 했다. 무엇보다 2황자에 대신관까지 가는데 공작가 자제가 둘이나 더 붙으면 그건 지나친 인력 낭비라 국제적인 이미지상 문제가 된다고 한다."

그의 목소리는 우울한 듯 축 처져 있었으나, 눈빛은 사람을 찢어 죽여도 열댓은 더 찢어 죽일 듯 살벌했다. 그 또한 아타라 지원군에 지원했으나 반려당한 모양이었다.

나는 마치 내일 당장 마왕의 신부가 되어 팔려가기라도 하는 것처럼 절망에 빠져 있는 두 사람 사이에서 어쩔 줄 몰라 하다, 조심스레 입을 열었다.

"가족끼리…… 시간을 좀 가질까요? 같이 차 마시러 갈 사람?"

"아리아는 갈 거야."

"칼도 간다."

그 한마디에 벌떡 일어나는 두 사람이란, 아직도 순진하고 귀여웠다.

셋이서 외출하는 것은 오랜만이었다.

공작가의 문장이 그려진 마차를 탄 우리는 수도의 번화가로 향했다. 은근 들뜬 기색을 숨기지 못하는 칼과 아리아를 구경하는 것만으로도 이동하는 시간이 즐거웠다.

"이 찻집, 내 거야."

"정말?"

마차가 번화가의 중심에서 성황을 이루는 찻집 앞에 멈춰 섰을 때 아리아가 입을 열었다.

나는 눈을 크게 뜨고 찻집을 살폈다. 빈티지풍의 찻집은 외부만 봐도 기획자의 실력이 느껴질 만큼 감각적이었다.

유리창 너머로 보이는 나무판에 적힌 가격은 평민들이 오기에 저렴하지는 않았지만 한번 기분 낸다는 생각으로 지불할 수 있을 만한 가격이었다. 귀족과 평민 모두 이용할 수 있을 것 같았다.

'하네스랑 바디체인 말고 다른 사업들에도 투자하고 있다는 소리는 들었는데, 찻집에도 투자했구나.'

아리아의 수완을 생각하며 새삼 감탄하고 있었을까, 아리아가 제 뺨을 긁적거렸다.

"사실 만든 지 좀 됐어. 늘 언니랑 오고 싶었는데, 많이 바빠 보이더라."

나는 말문이 턱 막혔다. 가시를 품고 원망하는 게 아니라 묵묵하게 사실을 말하는 투라 더 가슴이 아팠다.

아리아가 아무리 천재적이고 어른스러워도 아직 어렸다. 카이사르가 애를 쓰고 있지만, 아리아와 나만큼의 애착을 쌓긴 힘들었다. 내가 아리아에게 부모만큼의 사랑을 줘야 했다.

"……미안."

"으응. 미안하라고 한 말은 아니었어."

마부가 말에서 내려 마차 문을 열어 주었다. 사뿐하게 자리에서 일어난 아리아는 나를 뒤돌아보며 활짝 웃었다.

"하나도 섭섭하지 않았다면 거짓말이겠지만, 섭섭함보단 자랑스러움이 더 컸어. 언니는 부러울 정도로 훨훨 날아갔으니까. 가문의 도움 없이 언니의 힘만으로 하나하나 성취해 가는 모습을 보며 자극도 받았고."

좁은 집에서 용병 일을 하고 돌아온 날 맞이할 땐 죽어 있던 하늘빛 눈이 이젠 생기로 반짝이고 있었다.

그 빛깔을 무엇에 비할 수 있을까. 광활한 하늘의 색채보다 더 청명했고, 신비로운 푸른 나비의 날개보다 더 투명했다.

"나도 더 열심히 해서, 크리시스 가문에서 투자받은 돈을 모두 청산하고 내 힘만으로 사업을 이어 가 볼 거야."

나는 미세하게 표정을 굳혔다. 아직 도움을 받아 마땅한 나이건만, 너무 이른 생각이 아닌가 싶었다.

나와 같은 생각이었는지 심각한 표정을 한 칼이 아리아를 지긋이 바라보았다.

"너는 투자를 받은 게 아니라 가문의 일원으로서 마땅히 받아야 할 지원을 받은 것뿐이다, 아리아 크리시스."

'크리시스'를 유독 강조해서 발음하는 그에게서 상냥함이 엿보였다. 바람 빠진 웃음을 흘린 아리아가 반짝이는 눈으로 고개를 저었다.

"공작가에서 소속감을 느끼지 못해서 그러는 거 아니야. 부채감이 있는 것도 아니고. 그걸 모두 청산하고 나 혼자만의 힘으로 설 때, 그때 진정한 어른으로 독립할 수 있을 것 같거든."

아리아가 창밖을 바라보았다. 분명 시선은 찻집 언저리를 바라보고 있는데도 어쩐지 아득한 미래를 보고 있는 것 같았다.

"나는 지금보다 더 강한 사람이 될 거야. 누구의 도움도 받지 않아도 될 만큼."

공들여 쌓아 올린 돌탑처럼 단단한 목소리엔 토를 달 수 없었다. 저건 혼자 살겠다는 선포가 아니라, 좀 더 성장하고 싶다는 다짐이었다. 나는 아리아의 선택을 묵묵히 존중했다.

"너도 참 재밌는 인간이다."

칼이 피식 웃으며 중얼거렸다. 흥미로 번뜩이는 붉은 눈은 그 어느 때보다 따사로워 보여서, 나는 조금 놀랐다.

'사이가 많이 좋아졌나 보네.'

처음엔 서로가 철천지원수처럼 굴더니 이젠 친밀해 보였다. 특히나 아리아를 보는 칼의 눈빛은 전보다 훨씬 발전해 있었다.

'뭐랄까, 사랑스러운 무언가를 보는 것 같은……'

내가 눈을 가늘게 뜬 채 그의 눈빛을 분석하고 있었을까, 아리아가 비죽 입꼬리를 올렸다.

"어쩌라고, 콩 크러스트."

"취소다. 여전히 지랄 맞군, 알로에."

내가 잘못 본 것 같았다. 둘은 여전히 사이가 좋지 않았다. 나는 으르렁거리는 둘 사이를 자연스럽게 비집고 들어가며 찻집 문을 열었다. 둘은 싸우던 걸 멈추고 내 뒤를 따라왔다.

"안녕하세, 혁, 사, 사장님?"

상냥하게 인사하던 계산대의 직원이 아리아를 발견하고는 당혹스러운 표정을 지었다. 그의 검은 눈동자가 크게 흔들리고 있었다.

'업무 중에 갑자기 사장이 들이닥치면 당황할 만하지.'

나는 백번 이해하며 속으로 고개를 끄덕였다.

예고도 없이 사장에게 업무 점검을 받게 생겼으니 마른하늘에 날벼락 맞은 기분일 터. 나는 갑작스레 분주해진 직원들을 보며 조금 미안해졌다.

"업무 문제로 온 게 아니니 긴장 풀어요. 오늘은 가족들이랑 차 마시러 나온 거니까."

사교계에서 으레 짓곤 하는 비즈니스용 미소를 띤 아리아가 사뿐하게 계산대로 다가갔다.

계산대를 지키고 선 직원이 바짝 긴장했다. 오너의 느낌을 물씬 풍기는 아리아는 무척 생소했다.

"둘 다 뭐 마실래?"

"페퍼민트로."

"난 홍차면 돼."

이왕이면 사과잼 넣은 게 좋겠지만, 집에서 마시는 것도 아닌데 그렇게까지 요구할 생각은 없었다.

아리아가 눈을 들어 물끄러미 메뉴판을 살폈다. 살피는 시간이 길어질수록 직원 이마의 땀방울이 번식했다.

꽤 시간이 걸린 끝에, 아리아는 입을 열었다.

"페퍼민트티 하나, 사과잼 넣은 홍차 하나, 그리고……."

내 취향을 알고 있는 아리아가 신경 써서 주문해 준 게 기뻐 입꼬리가 저절로 올라가는 찰나, 아리아의 산홋빛 입술이 샐쭉 휘었다.

"시나몬 향 추가한 밀크티 한 잔, 청귤 조각 없고 물은 미지근하게 한 레몬티 두 잔, 아, 한 잔은 레몬청을 반만 타 주고. 애프터눈 디저트 세트 제일 큰 사이즈 하나. 치즈케이크는 바나나 크레이프로 교체해 주고 헤이즐넛 향은 모두 초코 향으로 바꿔 주세요. 참, 햄을 살라미로 교체한 햄치즈샌드위치도 하나요."

저건 테스트다. 길고 장황한 주문을 들으며 나는 확신했다.

아리아가 저렇게 많이 먹지도 않을뿐더러─저게 나오면 다 나한테 먹일 게 분명했다─, 그녀의 취향은 간단하고 깔끔해 저렇게 장황하게 주문할 리 없었다.

"그, 금방 신경 써서 준비해 드리겠습니다!"

황급히 주문을 받아 적기 시작한 직원이 덜덜 떨리는 목소리로 외쳤다. 아리아의 곧은 눈썹이 꿈틀거렸다.

"신경 써서 주겠다고요?"

"네! 절대 실수가 없도록……!"

"그러면 안 되죠, 펠튼 씨."

곱게 휜 푸른 눈이 희번덕거렸다.

"늘 완벽해야 하잖아요, 우리 찻집은. 사장인 내 주문뿐 아니라 모든 주문에 최선을 다해야죠."

아리아의 카나리아 같은 목소리는 소름이 끼치도록 나긋했다. 안쓰러운 미스터 펠튼은 이제 울기 직전이었다.

자신의 앞머리를 가볍게 쓸어 넘긴 아리아가 화려하게 웃었다.

"평소처럼 하세요. 평소처럼. 기대하고 있을게요."

창백해진 펠튼은 그 잠시 동안 50년은 늙은 얼굴로 세차게 고개를 끄덕였다. 내가 아리아의 부하 직원이 아니라 언니라서 참 다행이었다.

칼과 아리아, 그리고 나는 볕이 잘 드는 창가에 앉았다. 찻집은 고즈넉한 분위기였는데, 주문한 음료와 디저트를 내오는 직원이 떨다가 케이크 접시를 놓치는 바람에 내가 낚아채 잡아야 했던 작은 해프닝을 제외하고는 완벽했다.

"오늘 하루 가게 닫으라고 할까?"

아리아가 나를 유심히 살피더니 넌지시 물었다. 나는 피식 웃고는 고개를 저었다.

물론 사방에서 화살처럼 꽂히는 시선이 부담스럽긴 했다. 칼과 아리아가 워낙 거물인 탓에 모두 이쪽을 힐끗거렸다. 나는 그 사이에 낀 죄로 덩달아 시선을 받고 있었다.

"가끔 북적거리는 것도 좋잖아. 사람 구경하는 거지."

사람들의 집중에 익숙해진 나는 큰 감흥이 없었다. 내 반응에 안심한 듯 길게 숨을 뱉은 아리아가 타르트를 조금 잘라 내 입 앞으로 내밀었다. 나는 얼떨결에 받아먹었다.

"이것도 먹어라."

그런 나와 아리아를 물끄러미 바라보던 칼이 청포도 한 알을 따 내 입술을 툭툭 건드렸다. 나는 먹고 있던 것을 급히 삼키고는 포도를 받아먹었다.

칼과 아리아가 시선을 교환했다. 다정한 우애가 담긴 눈빛이 아닌, 자신의 영역을 침범당한 맹수의 눈빛이었다.

그것을 시발점으로, 갑자기 두 사람은 오랜만에 만난 손주를 먹이는 할머니처럼 내게 음식을 들이밀기 시작했다.

"넌 많이 단 걸 안 좋아하는데 아리아 크리시스가 센스가 없군. 과일 많이 먹어라. 과일."

"아닌데? 언니는 내가 주는 건 다 좋아하는데? 저 더러운 손으로 주는 거 말고 내가 주는 거 먹어."

여기저기서 밀려 들어오는 음식에 정신이 없을 지경이었다. 나는 그 무엇도 거절하지 못한 채 얌전히 받아먹었으나 곧 볼이 아프도록 빵빵하게 찼다.

"그, 그망……."

뻘뻘거리며 제지하려다 살짝 뭉그러진 발음이 튀어나와 목덜미가 홧홧해졌을까. 일순간 익숙한 기운이 창밖으로 느껴졌다.

그녀에게선 늘 장미향이 났다. 데카르도의 장미 화원에선 사시사철 장미가 피니, 필시 특별한 향수를 뿌리지 않아도 장미 향기가 몸에 밸 터였다.

나는 홀린 듯이 창밖으로 시선을 돌렸다. 가벼운 승마복을 입은 채 높게 묶은 붉은 머리를 흔들며 걸어오는 여자. 그 걸음걸이는 자신이 잘못된 길을 갈 리 없다는 듯 당당하고 확신에 차 있었다.

멍하니 그녀를 바라보고 있던 순간, 시선을 느낀 건지 그녀가 고개를 돌렸다. 장미의 잎사귀를 닮은 초록색 홍채와 눈이 마주쳤다.

내 막역한 친구, 르웰린 데카르도였다.

"르웰린……."

나는 입에 있던 걸 씹지도 않고 꿀떡 삼키고선 무심코 중얼거렸다. 칼과 아리아가 동시에 내 시선이 꽂힌 창밖으로 고개를 돌렸다.

"르웰린 데카르도?"

아리아의 표정이 단숨에 서늘해졌다. 제 영역에 발을 들인 사자를 보는 호랑이의 눈빛이었다.

아리아의 표정을 보지 못한 건지, 봤지만 무섭지 않은 건지는 모르겠으나 르웰린은 나와 눈이 마주친 순간부터 발걸음을 우뚝 멈추고 나를 응시하고 있었다.

서로 바빠서 보지 못한 지가 꽤 되었다. 그동안 그녀와 나의 선 곳이 달라져 있었다. 르웰린은 소후작. 나는 아타라 지원군의 지휘관. 둘 다 예비지만, 이미 결정된 사항임은 분명하다. 이제 더는 영애 대 영애로 편하게 대할 수 있는 사이가 아니었다.

나는 천천히 눈을 굴려 르웰린을 살펴보았다. 그간 바빴던 건지 직전에 만났을 때보다 핼쑥해져 있었다. 그녀의 영양 상태를 염려했을까, 르웰린이 입 모양으로 낱말을 만들어 냈다.

'갈게요. 거기로.'

르웰린은 주저하지 않았다. 그녀가 붉은 입술이 얇아지도록 호쾌한 호선을 그려 보였다. 나는 눈을 깜빡이다 낮게 웃음을 흘렸다.

선 자리는 달라졌어도 그녀의 웃음은 여전했다. 그녀가 나를 불편해하진 않을까 싶었는데, 괜한 걱정인 모양이었다.

"뭐야, 온대? 오지 말라고 해."

나와 르웰린을 번갈아 보던 아리아가 인상을 와그작 구겼다. 나는 눈을 데굴데굴 굴리다 아리아의 눈치를 살폈다.

"르웰린이…… 많이 불편해?"

충직한 검이 되려 했는데 3

"하!"

아리아의 입꼬리가 비틀리며 사나운 미소를 만들었다.

"감정적으로 불편한 게 아니라 경계하는 게 당연한 거야. 르웰린 데카르도는 사업계에서도, 사교계에서도 내 숙적이니까."

그러고 보면 르웰린과 아리아의 사업 아이템은 둘 모두 의도하지 않았음에도 마치 짠 것처럼 겹치곤 했다. 아리아가 비단 사업에 손을 대면 곧이어 르웰린도 그곳에 손을 대고, 르웰린이 생화 조달 사업에 손을 대면 아리아도 따라가는 식이었다.

'두 사람 다 시장의 흐름을 보는 눈이 특출나니…… 좋은 사업 아이템을 비슷한 시기에 발견하는 거겠지.'

사교계는 말할 것도 없다. 제국의 젊은 사교계는 디에고와 르웰린, 아리아가 비등비등하게 나눠 가지다시피 했는데, 디에고는 황태자이니 두루두루 친근하게 지내는 느낌인 반면, 르웰린과 아리아의 파벌은 각자의 결속이 강해 자주 부딪치곤 했다.

이전엔 아리아가 르웰린을 싫어하는 이유가 나 때문이었기에 르웰린과 친하게 지내 보라고 설득하곤 했지만, 이젠 그럴 수가 없었다. 지금은 치기 어린 감정 싸움이 아니라 심각한 권력 다툼이니까.

'정치계에 황제파와 귀족파가 있다면 사교계엔 아리아 크리시스 파벌과 르웰린 데카르도 파벌이 있다고 했나.'

소문에 어두운 나도 요 근래 사교계에서 격언처럼 도는 이 말을 모르지 않았다. 두 사람은 명실상부한 라이벌이었다.

"오지 말라고 하라니까? 나 여기서도 기 싸움하고 싶지 않아."

아예 창가 쪽에서 몸을 돌린 아리아가 미간을 꾹 눌렀다. 나는 숨을 들이쉬며 문을 곁눈질했다.

"어, 그, 미안."

딸랑.

"이미 늦은 것 같아."

찻집의 문이 열리고, 문이 일으킨 바람에 붉은 머리카락이 화려하게 휘날렸다. 꼭 불길이 넘실거리는 것만 같았다. 들어서자마자 내게 시선을 고정한 르웰린이 화사하게 웃었다.

"보고 싶었어요."

가을 해질녘 바람처럼 서늘하면서도 고혹적인 목소리엔 나를 향한 애정이 깃들어 있었다.

탕!

내가 나도 모르게 헤벌레 웃으며 손을 흔들려 했을까, 아리아가 포크를 식탁에 내리치듯 내려놓았다.

꽤 큰 소리가 났기에 아리아에게 시선이 훅 쏠렸다. 르웰린은 그제야 아리아를 발견한 듯 눈을 깜빡였다. 청록색 눈동자는 흥미와 냉정함, 호승심을 함께 담은 채로 반짝였다.

"나도 보고 싶었답니다, 데카르도 영애."

출구와 등을 지고 있던 아리아가 몸을 돌려 르웰린을 마주했다. 두 사람의 시선이 맞부딪쳤다. 아리아는 능청스럽게 눈을 휘었다.

"그리 반가워해 주시니 부끄러워요."

르웰린이 잠시 눈을 가늘게 뜨다, 이내 태연하게 고개를 기울였다.

"물론, 크리시스 영애 또한 반가워요. 저번 기부 경매 이후론 처음 보네요. 그때 영애가 가져가려고 했던 암브로시오 왕국의 고서를 제가 낙찰해 갔던 건 유감이에요."

아리아의 곧은 눈썹이 꿈틀거렸다. 얼마 전에 경매를 다녀와서 저기압이더니 저 일 때문이었던 모양이다. 아리아는 더 짙게 미소 지었다.

"더 높은 가격을 부르는 쪽이 가져가는 건 당연하죠. 마음 쓰실 것 없답니다.

저는 데카르도 영애께서 부르신 가격만큼이나 지불해야 할 가치를 느끼지 못했던 것뿐이니까."

이번엔 르웰린의 미간이 움찔거렸다. 두 사람의 기 싸움은 보는 것만으로도 숨이 막힐 지경이었다.

"예전 일은 이쯤 해 두죠."

오래 걸리지 않아 평정심을 되찾은 르웰린은 내가 앉은 자리로 성큼 다가왔다. 그녀는 가볍게 식탁을 턱 짚더니, 나를 바라보며 눈을 가볍게 휘었다.

"이렇게 만난 것도 인연인데 동석해도 될까요?"

"이런. 아쉬워요."

나보다 아리아의 대답이 더 빨랐다. 아리아는 이를 악물고 웃고 있었다.

"보다시피 자리가 다 차서."

아리아는 손을 뻗어 식탁에 올려 두었던 내 손에 자신의 손을 얽었다. 나는 얼떨결에 아리아와 손을 깍지 껴서 잡으며 눈을 끔뻑였다.

아리아와 내 손을 바라보던 르웰린이 눈을 번뜩였다.

"의자야 가져오면 되죠. 게다가 이곳은 크리시스 영애의 찻집이니 어렵지 않을 텐데요."

"어렵진 않죠. 하지만 굳이, 싫네요. 좁은 곳에 모여 앉을 필요가 있을까요?"

녹안과 벽안이 치열하게 맞부딪쳤다. 두 사람의 시선 사이로 불티가 튀어도 놀랍지 않을 것 같았다.

르웰린이 나를 휙 돌아보았다.

"안 되나요, 슈슈?"

새초롬한 눈매가 살짝 내려가고, 그녀 눈가의 매력적인 눈물점이 기울어졌다. 아리아는 그 옆에서 당장 거절하라는 눈빛을 보내고 있었다. 나는 식은땀을 흘리며 눈을 피했다.

"저는…… 뭐든 상관없습니다."

여기서 누구의 손을 들어 줘도 후폭풍을 감당할 자신이 없었다. 내 비겁한 중립 발언에 두 사람은 믿지 않게 눈을 흘기다가 동시에 칼에게로 시선을 돌렸다.

칼은 묵묵히 찻잔을 기울여 찻물을 입안에 머금었다. 겉보기엔 아무렇지 않아 보였지만, 그의 눈빛은 제발 자신을 끼우지 말라고 말하고 있었다.

"저도 데카르도 영애와 티타임을 가지고 싶지만, 영애와 제 오라버니가 안면이 없지 않던가요? 칼이 불편해하지 않을까 싶어요."

아리아는 한 치의 망설임도 없이 칼을 실드로 사용했다. 칼이 찻물을 삼키다 말고 눈을 질끈 감았다. 꽤 그럴듯한 거절 이유였으나, 르웰린은 놀랍게도 그 순간 이겼다는 듯 미소 지었다.

"칼 공자. 나 알죠?"

"콜록."

르웰린의 말투는 처음 만난 사람을 대하는 말투가 아니었다. 그 말투에 신빙성을 더하듯, 칼은 답지 않게 사레가 들려서 기침을 하기 시작했다.

'둘이 아는 사이였어?'

나는 놀라서 칼과 르웰린을 번갈아 보았다. 두 사람이 친분이 있다는 건 처음 안 사실이었다.

"저번에 카슈미르가 주겠다고 했던 총을 직접 건네받았죠. 이후에 총 쏘는 방법을 칼 공자에게서 배웠어요."

"아."

그러고 보니 르웰린에게 주기 위해 칼에게 주문 제작을 맡겼던 총을 그가 르웰린 본인에게 직접 전해 주었다고 해서 의아해한 적이 있었다. 우연히 만났다는 말에 그런가 보다 하고 넘어갔는데, 그 뒤로도 몇 번 만난 모양이었다.

"그러고 보면 총을 만들어 주신 게 감사해서 차라도 한잔 대접하겠다고 했었죠."

붉은 눈이 희미하게 흔들렸다. 나는 칼이 동요하는 모습을 정말 오랜만에 보

충직한 검이 되려 했는데 3

았다.

르웰린이 씨익 웃었다.

"이번 기회에 한잔 사 드려도 될까요?"

칼이 아리아를 힐끗 바라보았다. 명백히 눈치를 보는 행동이었다. 괜스레 차가 담긴 찻잔을 내려다보던 그는, 결국 한숨과 함께 앞머리를 쓸어 넘겼다.

"나는 동석도 상관없다."

승기가 르웰린에게로 기울자 아리아의 입꼬리가 올라간 채 미세하게 떨렸다.

"……차는 부디 제가 사게 해 주세요. 제 가게인데 영애께서 사게 할 순 없죠."

그렇게 르웰린은 내 옆자리에 앉게 되었다.

"하하. 데카르도 영애의 얼굴을 계속 보고 있으니 좋네요. 지금은 '가족' 모임 중인데 말이죠."

"우리는 가족 같은 사이라는 건가요? 너무 좋아해 주시니 부끄러워요, 크리시스 영애."

나는 사과잼을 잔뜩 탄 홍차 잔을 만지작거리며 손을 녹였다. 지금 당장 찻물이 얼지 않는다는 것이 놀라웠다.

내 앞에서 웃고 있는 두 여자는 북부의 피까지 얼게 만드는 추위를 방불케 하는 싸늘한 분위기를 만들어 내고 있었다.

"부끄러우신 것치곤 굉장히 멀쩡해 보이시는데요. 바쁜 일은 없으신 건가요? 슬슬 가 보지 않으셔도 괜찮은 건지."

아리아가 까르륵 웃으며 의자에 깊게 몸을 기댔다. 봄 하늘처럼 청명한 푸른 눈이 이글이글 타오르고 있었다.

"무슨 소린가요. 크리시스 영애가 이렇게 차를 사 주셨는데 어떻게 마시다 말고 가는 무례를 저지르겠어요. 나를 예의 없는 치로 만들어 버리려는 건가요?"

부드럽게 미소 지으며 대꾸한 르웰린은 보란 듯이 히비스커스 티가 든 찻잔을 기울여 찻물을 머금었다.

찻물은 포니테일로 깔끔하게 묶인 르웰린의 머리칼만큼이나 붉었다.

"……슈슈. 잠깐 화장실 좀 다녀와도 되겠나?"

두 사람을 번갈아 본 칼이 목울대를 울렁이더니 나를 쿡 찌르며 물었다. 그의 눈빛엔 이 자리를 피하고 싶다는 기색이 만연했다.

"안 됩니다."

'어디 혼자 도망치려고.'

나는 음울하게 속삭이며 그의 무릎을 꽉 눌렀다. 칼은 낮게 신음하며 원망 가득한 눈으로 나를 흘겨보았다.

"뭐야."

탁.

아리아가 들고 있던 찻잔을 내려놓았다. 순한 눈이 곱게 휘었다.

"두 사람, 이 자리가 불편해? 설마 나 때문에?"

나는 발가락 사이까지 소름이 돋을 수 있다는 사실을 지금 처음 알았다.

내가 덜덜 떨며 고개를 저으려던 찰나, 르웰린의 고운 손가락이 탁자를 가볍게 두드렸다.

"혹시 내 탓일까요? 내가 눈치 없이 껴서?"

싱그러운 녹음을 담은 눈동자가 나와 칼을 부드럽게 스치고 지나갔다. 서늘한 검날이 살갗에 닿는 듯한 착각이 들었다.

순간 칼과 나는 빠르게 시선을 교환했다. 그도, 그의 붉은 눈에 비친 나도 뭣 됐다는 표정을 짓고 있었다. 우리는 동시에 입을 열었다.

"그럴 리가요. 저는 너무 즐겁습니다."

"나는 지금 죽도록 행복하다."

누가 보면 안쓰럽다고 할 만큼 형편없는 변명이었다. 아리아와 르웰린의 눈이 가늘어졌다. 그들이 무어라 말하기 전, 난 급하게 입을 열었다.

"저, 제가 아타라 지원군의 지휘관으로 가게 됐습니다. 아나요, 르웰린?"

르웰린의 눈빛이 단번에 진중해졌다. 그녀가 짧게 한숨을 쉬었다.

"네. 그 때문에 걱정이 이만저만 아니었어요."

르웰린은 복잡한 표정이었다. 찻잔 손잡이를 만지작거리던 그녀는, 무감각하게 입꼬리를 끌어 올렸다.

"올해 겨울에 소후작 작위를 받을 예정인데, 그때 카슈미르는 없겠군요."

곧 소후작 작위를 받게 될 거란 건 알았는데, 그렇게 일찍 받을 줄은 몰랐다.

르웰린의 예측대로 올해 겨울엔 쭉 아타라에 있을 가능성이 높았기에 뭐라 답하지 못하고 있었을까, 그녀가 말을 이었다.

중요한 이야기를 하려는 건지 조금 쓸쓸해 보이던 표정이 진지해져 있었다.

"대륙을 누비는 거대한 상단을 운영하다 보면 그 누구보다 빠르게 소식을 접하게 되죠. 가장 은밀한 소식까지요. 정보는 돈과 함께 움직이거든요. 나도 아버지께 우연히 듣게 된 정보예요."

목소리를 낮춘 르웰린이 칼과 아리아를 돌아보았다.

"슈슈의 안전을 위해 알려 주는 거예요. 비밀은 엄수해 줄 수 있죠?"

"물론."

"사업에 무거운 입은 필수죠."

내 안전이라는 말이 나오자마자 단번에 진지해진 두 사람이 수긍했다. 고개를 끄덕인 르웰린은 나와 눈을 맞췄다.

청명한 녹안에 걱정과 이성, 상념 등 수많은 것들이 뒤섞여 있었다.

"아타라 왕궁에 북부의 스파이가 침투해 있어요. 그곳에선 누구도 함부로 믿으면 안 돼요."

그녀가 내게 속삭인 정보는 놀랍고도 유용한 것이었다.

"……스파이란 말이죠."

나는 착잡한 마음을 정리하며 고개를 끄덕였다.

침입도 골치 아픈데 내부의 적이라니. 엎친 데 덮친 격이었으나 이미 예상한 부분이었기에 충격적이진 않았다.

북부는 키프로스 백작가를 사로잡으며 겁도 없이 제국의 황궁까지 침입했다. 아타라라고 건드리지 않을 리 없었다.

"일개 시종으로 위장해 침투한 정도라면 이렇게 심각하게 말할 필요는 없겠죠. 하지만 그 정도가 아닌 것 같아요. 추적한 바로, 북부에 전해진 정보 중엔 아타라의 귀족이 아니라면 모를 내용들도 있었다고 해요."

"그건……."

"네. 귀족들 중에 북부와 내통한 이가 있을 가능성이 높아요."

'지그문트 그놈…… 어려서부터 일을 쳐도 단단히 칠 싹수가 보인다고 생각하긴 했는데 이런 일일 줄은 몰랐지.'

나는 지끈거리는 관자놀이를 꾹 눌렀다. 북부의 손이 어디까지 뻗어 있을지 예상할 수가 없었다. 『요정의 밤』 원작에서 단서를 얻을 수 있다면 좋겠으나, 안타깝게도 이런 것까진 기록이 되어 있지 않았다.

'원작 속에선 이 시기에 아리아와 칼의 러브라인이 본격적으로 형성되지 않았던가.'

나는 가까스로 기억을 되짚어 원작을 떠올리며 새삼 맞은편의 두 사람을 바라보았다.

"즈느? 즈느그. 그즐훗으으즈. (좋냐? 좋냐고. 거절했어야지.)"

"……큭, 미안하다고 했잖나."

르웰린을 받아들인 게 그렇게 원통했던 건지, 아리아는 이를 악물고 속삭이며 칼의 옆구리를 콱 꼬집고 있었다. 가까스로 신음을 참고 있는 칼과 손에 힘을 주는 아리아를 보고 있자니 과연 원작이 신빙성이 있긴 할까 싶었다. 저건 사랑이

충직한 검이 되려 했는데 3

아니라 미운 정으로 쳐 주는 것도 굉장히 후했다.

'게다가 원작의 카슈미르 크리시스는 용병이 되지 않았으니…… 이 세계는 오래전부터 원작과 어긋났구나.'

죽어 가는 아리아를 안고 공작가로 가 카이사르에게 빌었을 때부터 원작이 어긋난 거라고 생각했는데. 이제 보니 원작은 오래전부터 어긋나 있었다.

원작의 카슈미르가 용병 미르가 되지 않았다면 카라쇼를 만나지 않았을 터. 그럼 지그문트 또한 만났을 리 없었다.

'원작의 지그문트와 지금의 지그문트는 같은 사람일까.'

나를 만나지 않은 지그문트는 어땠을까. 내가 그에게 어떤 방식으로든 영향을 주긴 했을까.

나는 그랬길 바랐다. 그는 내게 지울 수 없는 흉터로 남았는데, 나는 그에게 아무것도 아니라면 사뭇 억울하지 않은가.

"아타라 측에서도 스파이가 있다는 사실을 알아차리고 색출 작업을 하고 있지만, 아직 색출된 건 아니니까 가서 조심해야 해요. 아무나 덥석덥석 믿지 말아요. 도와 달라고 한다 해서 다 도와주지 말고."

르웰린은 다섯 살배기 아이를 혼자 나룻배에 태워 폭포로 띄워 보내는 사람처럼 걱정이 많아 보였다. 그는 무엇보다 사람을 잘 믿는 내 성정을 걱정하는 듯했다. 나는 그렇게까지 순진하진 않다고 속으로 투덜거리긴 했지만 순순히 고개를 끄덕였다. 내가 사람을 쉬이 믿는 건 사실이었으니까. 그건 지그문트와의 경험에서 뼈저리게 느꼈다.

"……알려 줘서 고마워요, 데카르도 영애."

이야기를 함께 듣던 아리아가 느리게 입술을 열었다. 목소리는 크지 않았으나 함께 식탁에 둘러앉은 이들은 모두 들을 수 있을 법한 크기였다. 나는 눈을 크게 뜬 채로 아리아를 바라보았다.

"그대의 조언 덕분에 언니가 조금 더 안전할 수 있을 거란 생각이 들어요."

아리아의 성격에 라이벌에게 진심 어린 감사를 전하는 건 대단히 어려운 일일 텐데, 나 때문에 그걸 하고 있었다.

짙은 녹빛 눈동자가 그런 아리아를 물끄러미 바라보았다. 나는 르웰린의 눈빛에 부드러운 기색이 스쳐 지나가는 걸 보았다. 장미 꽃잎처럼 붉은 입술이 매끄럽게 피어올랐다.

"나도 카슈미르의 안전한 귀환을 바라는 사람이니까요. 고마워하지 않아도 괜찮아요."

그녀의 콧잔등이 장난스럽게 찡긋거렸다.

"그리고 그렇게 예쁘게 말해도 홍차를 샤르도네로 운송하는 사업을 그대에게 넘겨주진 않을 거예요."

"내가 그런 것 때문에 거짓 감사를 할 사람처럼 보이나요?"

순간 두 사람 사이의 분위기가 좋아지나 싶었으나, 아니나 다를까 금방 불협화음이 일어났다. 나는 티격태격하는 르웰린과 아리아를 보다 피식 웃었다.

두 사람은 선의의 경쟁자라는 말이 딱 맞았다. 서로를 진심으로 싫어하는 것 같지는 않았다.

"슈슈. 아타라에 가는 네게 줄 것이 있다. 그곳에 스파이가 있다면 훨씬 유용하겠군."

잠시 두 사람을 구경하고 있었을까, 칼이 주머니에서 작은 상자를 꺼내더니 내게 건넸다. 상자를 받아 든 나는 상자를 이리저리 돌려 보았다.

작은 크기의 상자 안에선 작은 무언가가 굴러가는 소리가 들렸다. 집중해서 기운을 읽어 봐도 생명체의 기운은 느껴지지 않다.

'사람은 아니네. 다행이다.'

나는 안도의 한숨을 쉬었다. 상식적으로는 이 크기 안에 사람이 들어갈 리 없겠지만, 칼은 왠지 마법으로 가능할 것 같아 순간 걱정했다.

이미 엘에게서 예쁘게 리본을 두른 율리안이란 충격적인 선물을 받은 참이라,

태양신교 경전을 노래 부르듯 읽어 주는 기계 같은 거라 해도 사람만 아니라면 고맙게 받을 수 있었다.

"나랑 칼 크리시스가 전부터 언니에게 주려고 연구하던 건데, 언니가 간다는 소리를 듣고 빨리 완성시켰어. 시제품이라 조금 불안정하지만 오류를 일으키진 않을 거야."

아리아가 휙 얼굴을 들이밀며 들뜬 목소리로 말했다. 나는 뭘까 싶어 고개를 기울이다 뚜껑을 열어 보았다.

"이건…… 뭐야?"

상자 안에 든 건 조약돌만 한 검은색의 매끈한 물체였다. 손에 쥐고 있기 딱 좋은 크기. 칼과 아리아의 마력이 강하게 느껴졌으나, 겉으로만 봐서는 사용처를 짐작할 수 없었다.

칼은 자신만만하게 웃었다.

"사람 탐지기다."

"사람 탐지기요?"

"그래. 네가 워낙 사람에게 약하니 말이다. 믿을 수 있는 사람인지 아닌지 탐지해 주는 마도구다."

"그게 됩니까?"

나는 눈을 동그랗게 떴다. 그런 건 들도 보도 못했다. 마도구를 손에 쥐고 이리 저리 굴리고 있자니 아리아가 의기양양한 표정으로 고개를 쳐들었다.

"사실 믿을 만하다는 것 자체를 확인한다기보다는 심리 마법과 탐지 마법 수십 개를 쌓아 올려서 걸리는 이를 잡아내는 것에 가깝지만, 그래도 유용할 때가 있을지도 몰라. 절대 믿어선 안 되는 사람 앞에 서면 기계가 진동할 거야."

'천재 둘이 붙으면 뭐라도 되는구나.'

나는 한참 마도구를 내려다보다 주머니에 소중히 넣었다. 게다가 여기선 칼과 아리아의 마력이 물씬 느껴졌으니, 가끔 두 사람이 그리울 때 만지고 있으면 좋을 것 같았다.

"고마워. 꼭 잘 사용할게."

나는 환하게 웃어 보였다. 유용한 물건이라는 사실보다 두 사람이 나를 위해 힘써 줬다는 사실이 기뻤다.

"그리고 하나 약속해, 언니."

아리아가 똑바로 시선을 맞춰 왔다. 그녀의 눈빛이 불타올랐다.

"아타라에서 무사히 돌아오면, 그 다음 전장은 나도 함께 가는 거야."

심장이 쿵 내려앉았다. 이미 얘기가 끝난 부분이고, 아리아의 선택을 존중해 주겠다고 했음에도 그녀가 전쟁에 나간다는 사실은 여전히 실감이 나지 않았다.

사실 아직도 가지 말라고 말리고 싶었다. 안전한 곳에 머물러 달라고 애원이라도 하고 싶었다. 그렇지만 아리아는 듣지 않을 거라는 것 역시 알았다.

"……그래. 같이 가자."

꼭 전쟁에 나가야 한다면 차라리 내 옆에 두는 것이 나았다. 내가 계속 지켜보고 도울 수 있도록.

"그거면 됐어."

아리아가 내 손을 꽉 붙잡았다. 작고 말랑하던 손은 어느새 자라 윤곽이 도드라져 있었다. 하늘빛 두 눈엔 여전히 걱정이 담겨 있었으나, 그럼에도 나를 향한 믿음을 보였다.

"다녀와. 기다리고 있을게."

'잘 다녀와. 집 잘 지키고 있을 테니까.'

그 인사에서 용병으로서 사지로 나가던 나를 배웅하던 아리아가 겹쳐 보였다. 늘 아리아에겐 못 할 짓만 하는 것 같아 심장이 욱신거렸다.

나는 고통을 억누르고, 가까스로 웃음 지었다.

"응. 다녀올게."

그녀가 있는 곳이 내 집이다.

내 대답은 늘 동일했다.

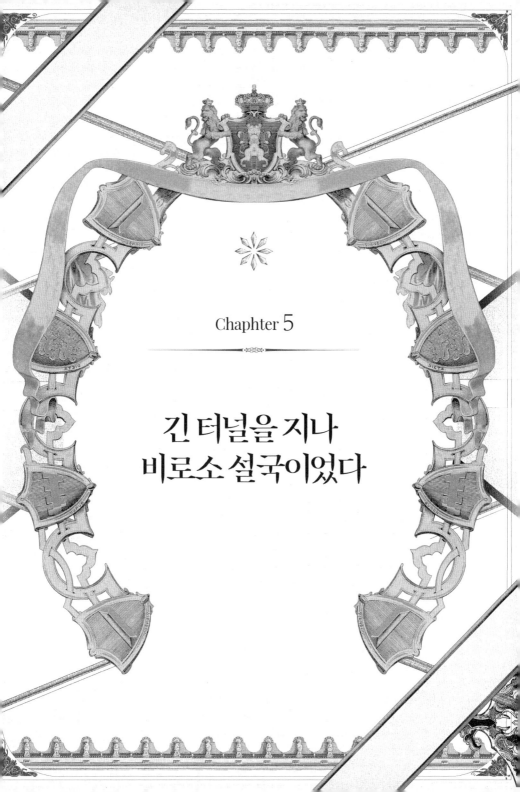

Chaphter 5

긴 터널을 지나
비로소 설국이었다

지원군이 아타라로 출발하는 날이 밝았다. 나는 간소한 짐을 꾸리고―오랜 시간 있을 거지만, 워낙 용병으로 살며 야영에 이골이 난 탓에 짐을 간추리는 건 금방이었다―황궁으로 출근했다.

"안녕하십니까. 파견 기간 동안 크리시스 경의 부관으로 일할 조나단 에이머리입니다."

"반갑군."

나는 내게 악수를 청하는, 검은 눈에 검은 머리를 가진 무뚝뚝한 인상의 남자를 조금 생소하게 바라보았다.

부관이 생길 거라 언질은 들었지만, 얼마 전까지만 해도 내가 부관으로 지냈는데 이렇게 부관을 맞이하게 되니 신기한 건 어쩔 수 없었다.

"행정은 익숙지 않으시다고 들었습니다."

"실전 전투와 군사적 명령에만 익숙하다."

"제가 그 부분을 보완해 드리기 위해 부관으로 임명받았습니다. 명령을 내려주시면 제가 수행하게 될 겁니다. 염려치 마시죠."

조나단이 딱딱하게 말했다.

그의 얼굴엔 감정 한 점 없는 데다 태도도 기계적이었기에, 나는 그가 부관용 마도구라고 해도 믿을 수 있을 것 같았다. 그런 게 있을 리 없지만.

'게다가 날 별로 좋아하지 않네.'

온갖 종류의 악의에 익숙한 나는 바로 직감할 수 있었다. 조나단 에이머리는

충직한 검이 되려 했는데 3

나를 껄끄러워하고 있었다.

'경력이 길고 실력 있는 사람이니 갑자기 튀어나온 나를 인정하지 못하는 거겠지.'

미리 들은 조나단에 대한 설명을 되짚어 보며 스스로 납득했다. 그의 눈에 나는 낙하산으로 보일 것이다. 아마 많은 이들이 나를 그렇게 볼 것이다.

'그들을 믿게 하는 건 내 몫이지.'

그들을 탓할 게 아니라 내가 해결해야 하는 부분이었다. 나는 매끄럽게 미소 짓고는 맞잡은 손을 흔들었다.

"실력 있는 인물이라 들었다. 잘 부탁하지."

"……잘 부탁드립니다."

조나단은 떨떠름한 얼굴로 손을 놓았다. 동공과 홍채가 구분이 되지 않을 정도로 검은 두 눈은 나를 짧게 탐색하다 떨어져 나갔다.

나는 크게 신경 쓰지 않고 집결지를 향해 발걸음을 옮겼다. 그는 그림자처럼 나를 따라왔다.

아타라까지는 거리가 상당했기에 지원군 전부가 한 번에 텔레포트로 이동하는 건 무리였다. 텔레포트와 도보로 인한 이동을 병행해야 했고 도착까지는 3일 정도가 걸렸다.

병력이 한꺼번에 이동하면 위험할 가능성이 있었기에, 병력의 반이 먼저 선발대로 출발한 뒤 나를 포함한 다른 반이 후발대로 갈 예정이었다. 어제 출발한 선발대는 도착지까지 반은 갔다고 연락이 왔다.

나는 힐끗 조나단을 돌아보았다.

"그 차림으로 갈 예정인가?"

"네?"

"우리가 처음으로 도착할 지방은 상당히 추워. 털외투 정도는 챙겨 두는 걸 추천하지."

우리의 첫 정착지는 북부 지역이었다. 그곳에서 조나단의 얇은 외투는 제 역할을 하지 못할 터였다.

그가 눈을 깜빡였을까, 어느새 집결지가 보이기 시작했다. 수많은 병사들의 시선이 내게로 쏠렸다. 모두가 내 명령을 기다리고 있었다. 내가 그들에게 명령을 내려야 했다. 그 사실이 바위처럼 내 폐부를 압박해 왔으나, 나는 더더욱 미소 지었다. 두려움도, 주저도 보이지 않도록.

"반갑다."

내가 여태껏 보았던 지도자들의 모습을 베껴 나갔다. 헬리오스의 능청스러운 엄격을, 노아의 부드러운 카리스마를, 카이사르의 좌중을 압도하는 위엄을 떠올렸다.

그 모든 걸 담아 흔들림 없는 목소리로 내뱉었다.

"그대들의 지휘관, 카슈미르 크리시스다."

이제 내가 이들을 움직여야 했다.

"……저 어린 여자가 지휘관을 한다고?"

"아무리 소드 마스터라고 해도 그렇지…… 정말 괜찮은 건가?"

나는 웅성거림을 악단의 감미로운 연주처럼 들으며 하늘을 올려다보았다. 푸르고 화창한 것이, 비 올 걱정은 없을 것 같았다. 우리가 갈 지역도 이만큼만 날씨가 좋다면 더할 나위 없을 것이다.

어린 나이에 용병이 되었을 때도, 크리시스 가문에 입적했을 때도, 기사단의 훈련관이 되었을 때도 사람들은 어김없이 수군거렸다. 그건 여태까지 단 한 번도 나를 무너뜨리지 못했다.

"에이머리 경. 일정을 말해 주겠나?"

"……네. 곧 황제 폐하께서 행차하셔서 짧은 연설을 하신 뒤 중간 지역으로 순간 이동을 할 예정입니다. 숙소는 1차 지원군이 묵었던 곳으로 문제없이 준비되어 있습니다."

내 부관 조나단은 태평한 내가 뜻밖이란 눈으로 물끄러미 바라보더니 기계처럼 일정을 읊었다.

'사람이 저렇게까지 무미건조한 것도 능력이네.'

나는 속으로 피식 웃고는 복도로 시선을 돌렸다.

"여어, 크리시스 경. 오늘따라 때깔이 사는군."

헬리오스는 손을 흔들며 이쪽으로 걸어오고 있었다.

"제국의 태양을 뵙습니다."

나와 조나단은 주먹으로 가슴을 두 번 치고 허리를 굽혀 인사했다. 헬리오스와 친분이 깊어지며 약식으로 인사할 때가 잦아졌으나, 지금은 공식적인 석상인 만큼 형식을 갖춰야 했다.

병사들의 우렁찬 인사가 이어지고, 헬리오스는 병사들 앞에 섰다. 나는 그의 옆에 서서 그가 보는 광경을 함께 보았다.

'헬리오스는 이런 걸 매일 보는 걸까.'

수백 명에 다다르는 사람들의 시선이 얼마나 따가운지 실감했다. 그 앞에서도 헬리오스는 흔들림 하나 없이 미소 지었다.

"제국을 위해 기꺼이 전장으로 출전하는 그대들에게 무한한 감사를 보내네. 그대들에게 무궁한 영광이 함께할 걸세. 우리의 형제는 우리의 도움으로써 위험에서 벗어날 것이며, 그대들은 영웅으로 기록될 것이네."

헬리오스의 목소리는 담담하면서도 진중했다. 그는 천천히 병사들을 훑다, 한숨처럼 웃었다.

"사실 이런 말들은 다 허울처럼 들리겠지. 전장에서 죽으면 모든 게 끝인데 영광이고 영웅이고 다 무슨 소용인가 싶을 거야."

집중해서 듣고 있던 병사들이 놀란 표정을 짓고, 의미 없는 훈화 듣듯 썰렁한 표정으로 눈을 다른 곳에 돌리고 있던 병사들은 헬리오스에게로 시선을 돌렸다.

귀족들은 높은 지위일수록 병사들의 마음을 이해하려 하기는커녕 소모품으로 생각하고 형식적으로 대하는 경우가 태반이었다. 더군다나 그는 황제였다.

"애초에 안전한 황궁에 남아 있을 내가 그대들에게 덕담을 한답시고 떠드는 것부터가 기만이겠지. 하지만 이것만큼은 분명히 말해 두겠네."

짙은 푸른색 눈동자는 바다처럼 깊었다. 가끔은 미친놈이라고 혀를 차지만, 그럼에도 인정할 수밖에 없었다.

"나는 그대들 모두의 이름을 기억할 것이네. 하나도 빠짐없이."

헬리오스는 역사에 길이 기록될 성황이었다. 짧고도 굵은 그의 연설에 병사들의 눈에 총기가 돌기 시작했다. 말의 힘이 얼마나 강한지 체감하는 순간이었다.

내가 헬리오스의 모습을 유심히 눈에 담으며 그의 화법을 내 것으로 습득하고 있었을 때, 헬리오스가 획 고개를 돌려 나를 바라보았다.

"자, 친애하는 지휘관께서도 한 말씀 하셔야지."

히죽 웃은 헬리오스가 나를 가뿐히 당겨 병사들 앞에 세웠다. 가만히 있다가 뺨 맞듯 갑작스레 연설단에 서게 된 나는 멍하니 입을 벌리다가 이내 이를 악물었다.

'조금 전에 좋게 평가한 건 다 취소다.'

지휘관이 한마디 하는 것이야 이상한 건 아니었지만, 준비 정도는 하게 해 줘야 하는 것 아닌가. 일언반구의 통보도 받지 못하고 즉석에서 연설을 시키는 무지막지한 짓은 가히 헬리오스나 할 법한 짓이었다.

"하하! 너무 미워하지 말게. 내 황제로써 그대의 대처력을 시험하는 것일세."

"……그런 말씀은 표정의 장난기를 지운 뒤에 하시는 것이 좋겠습니다."

"그대 말솜씨가 날이 갈수록 그대 아비를 닮아 가는군."

나는 재미있어 죽겠다는 표정으로 속삭이는 헬리오스를 흘겨보다 병사들에게로 시선을 돌렸다.

사람들의 시선은 익숙해졌지만, 연설같이 사교적인 일은 역시 나와 맞지 않다. 이런 건 아리아나 르웰린이 잘하는 것이다. 나는 무식하게 검만 휘두를 줄 아니까.

사실 그런 점에서 내가 지휘관이 되는 게 정말 옳은 일인지 끊임없이 의심이 들었다. 하지만 나는 나를 믿지 못해도 나를 지휘관으로 선택한 노아, 인정해 준 헬리오스, 응원해 주는 모든 사람들을 믿고 있었다. 나는 짧은 심호흡 끝에 고개를 들고 시선을 병사들에게 맞추었다.

"나는 그대들을 무사히 귀환시키겠다고 약속하지 못한다."

헬리오스의 미간이 꿈틀거리고, 조나단이 경멸스럽다는 눈빛으로 나를 바라보았다. 기세를 올려도 모자랄 마당에 김빠지는 소리를 하니 어이가 없는 모양이었다.

다들 '그럼 그렇지.' 하는 표정을 짓는 가운데, 나는 천천히 말을 골랐다.

"하지만 태양신 라 앞에서 이것만큼은 맹세하지."

나는 화창하게 내리쬐는 태양을 바라보며 태양의 맹세를 할 때 어김없이 읊는 선언문을 떠올렸다. 혈과 육으로 이루어진 인간과 태양을 두고 맹세하노니, 아침의 태양이 떠오르는 한 이 맹세는 영원하리라.

"우리가 전장에 나갈 때 내가 가장 먼저 발을 디딜 것이고, 전장을 떠날 땐 내가 가장 늦게 나올 것이다. 그 낯선 이국땅에 어느 누구도 남겨 두고 오지 않겠다."

솔라티네 병사를 상징하는 황금빛 브로치가 햇빛을 받아 섬광처럼 반짝였다. 나는 눈을 똑바로 뜬 채 씨익 웃었다.

"생존했든 전사했든, 우리는 모두 이곳으로 돌아온다. 한 명도 빠짐없이."

다리가 하나밖에 남지 않았다면 부목을 대고, 하나도 남지 않았다면 기어서라도 돌아올 것이다. 일어날 수 없다면 업어서, 죽었다면 관에 실어서, 뼛가루도 남지 않았다면 그의 이름이 적힌 인식표라도 뜯어 올 생각이었다.

"내가 그렇게 하겠다."

사람은 죽어 이름을 남긴다고 하니, 그 이름이 잊혀서는 안 될 것이 아닌가. 나는 모두를 구하지 못하겠지만, 그 누구도 잊히지 않게 할 것이다. 고요한 침묵이 맴돌았다. 나를 향한 시선들에 수많은 감정들이 얽혔다.

"하!"

가장 먼저 침묵을 깨뜨린 것은 헬리오스였다. 그는 내게만 들릴 크기로 실소를 터트리더니 내 어깨를 툭 쳤다.

"아주 조금 남아 있던 걱정이 덕분에 사라졌네. 잘 다녀오게, 지휘관."

그의 푸른 눈은 정든 친구가 멀리 여행하는 것을 배웅하는 사람 같은 눈빛을 띠고 있었다. 나는 피식 웃었다.

"살아서 돌아오겠습니다."

먼 곳에 떠나 있는 동안, 그가 조금은 그리울지도 모르겠다.

⊹⊱ ✦ ⊰⊹

포털을 통해 중간 지역인 산맥으로 이동하고, 그곳에서부터 진군이 시작됐다. 아타라는 솔라티네 제국과 맞닿은 동시에 북부와도 맞닿아 있었기에, 아직 늦가을에 불과했는데도 산맥을 건널 때 눈이 내렸다.

"여기에 진을 치도록 하지."

진눈깨비로 그치던 눈발은 저녁이 되니 함박눈 수준으로 거세어져 진군을 멈추었다. 마법사들 덕분에 눈을 녹여 가며 어렵지 않게 막사를 치고 나니 해가 지기 시작해 여기저기서 불을 피우기 시작했다.

"야영에 불편함은 없으십니까?"

양해를 구하고 내 천막 안으로 들어온 부관 조나단이 물었다. 통신 마도구로 가족과 친구들에게서 온 연락에 답을 하던 나는 기꺼이 고개를 끄덕였다.

"아주 좋아. 천막도 넓고 보온도 잘 되는군."

"귀족가의 영애시니 이런 험한 환경은 적응하지 못하실 줄 알았습니다."

나는 움직이던 손을 멈췄다. 잠시 간극을 두고, 은은하게 미소 지은 채로 그를 바라보았다.

"잊은 듯한데, 나는 귀족가의 영애이기 이전에 용병이었다. 야영은 신물이 날 정도로 해 봤지. 그러니 염려는 그쯤 해 두는 게 좋겠군."

조나단은 미묘하게 나를 무시하고 있었다. 나를 좋아하지 않는 것은 그의 자의이니 별수 없지만 지휘관의 권위에 도전하는 것은 군법 내에서도 용인될 수 없었다.

'아.' 하고 짧게 탄식한 그가 빠르게 고개를 숙였다.

"죄송합니다. 제가 실언을 했습니다."

힘겨루기를 하려 들었으면 골치 아팠을 텐데, 조나단은 인정이 빨랐다. 나는 눈을 가늘게 뜬 채 그를 뚫어져라 응시했다.

'정말 실수인가.'

웬만해서는 감으로 잡히건만, 워낙 표정이 없고 겉으로 감정이 드러나지 않는 사람이라 실수인지 아니면 실수를 가장한 고의인지 파악이 되지 않았다.

조나단이 나를 껄끄러워하며 탐색하듯, 나 또한 그를 어느 정도까지 믿어도 되는 사람인지 끊임없이 가늠하고 있었다.

'그놈 닮았네.'

나는 문득 조나단과 비슷한 분위기의 남자를 떠올렸다. 생기 없는 자수정을 눈구멍에 박아 놓은 소름 끼치는 조각상 말이다. 나는 이런 부류의 인간들과 상극이었다.

"됐다. 특별히 보고할 사항은 없나?"

분위기가 지나치게 무거워지기 전에 한숨으로 공기를 환기시켰다. 고개를 푹 숙이고 있던 조나단이 그제야 눈을 들었다.

"없습니다. 주위를 정탐하고 온 병사들이 위험 요소는 없다고 보고했습니다. 반경 300미터 이내에 마수의 흔적이나 짐승의 배설물도 보이지 않습니다. 다만……."

"다만?"

머뭇거리는 조나단을 종용했다.

잠시 내 눈치를 살핀 그는 천천히 말을 이었다.

"제 의견에 불과합니다만, 어쩐지 불길합니다. 좀, 역겨운 냄새가 나는 것 같습니다. 익숙지 않은 장소라 그런지……."

"하하하!"

나는 시원하게 웃음을 터트렸다. 조나단은 안광 없는 새까만 눈동자를 끔뻑였다. 웃는 내가 이해되지 않는다는 표정이었다.

획.

책상에 놓아두었던 검집을 대충 든 나는 자리에서 일어나 그에게로 걸어갔다.

"조나단 에이머리. 그대가 어느 경지까지 이르렀다고 했지?"

"……소드 엑스퍼트를 앞에 두고 있습니다."

나는 조나단을 지나치며 그의 어깨를 툭 두드렸다. 그가 희미하게 움찔했다.

"감이 좋네."

몸을 돌린 조나단이 혼란스러운 표정으로 천막 문을 걷어 내는 나를 바라보았다.

"지휘관님! 어디 가시는 겁니까?"

나는 살짝 뒤를 돌아보며 씨익 웃었다.

"산책. 금방 다녀오겠다."

내 고향에 왔으니 영역표시나 할까 싶었다.

보초 당직 헨리는 머리 위로 쌓이는 눈송이를 탈탈 털어 내고는 늘어지게 하품을 했다.

'대체 이 설원 한복판에서 뭐가 튀어나온다고 보초까지 서야 하는지…….'

1시간 동안 나무밖에 없는 아득한 설원을 감시하고 있던 그는 속으로 불평했다. 평생 수도에서 살아온 사람이었으니 북부가 얼마나 위험한지 알 턱이 없었다. 그저 얼른 당직이 끝나 지금 진행되고 있는 식사에 합류하고 싶을 뿐이었다.

지이익.

'그런데 이건 무슨 소리지.'

쥐 우는 소리 같기도 하고, 무언가를 땅에 질질 끄는 소리 같기도 한 기묘한 소음이 그의 신경에 거슬렸다.

헨리는 소음의 정체를 추리하며 미간을 좁히다, 문득 야영장에서 나오는 빛의 영향이 닿지 않는 어두운 곳 너머로 조그만 점 하나가 움직이고 있음을 깨달았다. 그 점은 점점 더 가까워지고 있었다.

지이익.

그에 따라 소음도 커진다. 날짐승이 다가오는 건가 싶어 헨리는 손에 쥐고 있던 창을 더욱더 꽉 쥐었다.

지이익.

점이 가까워질수록 확연해지는 윤곽은 분명 사람의 형태를 하고 있었다. 그것은 얼마 지나지 않아 빛의 영역에 발을 들였다.

툭.

헨리는 창을 놓쳤다.

"으아아악!"

커다란 비명이 야영장 일대를 뒤흔들었다.

"젠장, 침입인가!"

"무슨 일인가!"

평화가 단번에 깨졌다. 병사들은 하던 식사를 내팽개치고 무기를 쥔 채 비명이 들린 쪽으로 달려왔다.

"저, 저기!"

"깜짝이야…… 왜 시끄럽게 소리를 지르나?"

작았던 인영이 순간 이동이라도 한 것처럼 순식간에 거리를 좁혔다. 병사들은 경악으로 입을 떡 벌렸다.

"지, 지휘관님?"

그들의 눈앞에 있는 건 검은 피를 뒤집어쓴 카슈미르 크리시스였다.

"왜, 왜 그런 꼴로……!"

"이 근방에 큐베라들의 서식지가 있더군. 내버려 뒀다간 밤에 습격할지도 몰라 청소하고 왔다."

큐베라. 이명 '넘쳐흐르는 압생트'.

병든 하이에나와 닮았으며, 온몸에서 초록빛 맹독이 뚝뚝 흘렀다. 잡기 어려운 괴이한 마수 중 하나였다.

"……혼자서 말입니까?"

소란에 다급하게 달려온 조나단의 동공이 흔들렸다. 그가 동요하는 경우는 흔치 않았다. 뺨에 묻은 검은 피를 무신경하게 닦아 낸 카슈미르는 태평하게 고개를 끄덕였다.

"운동을 안 하면 밤에 잠이 잘 안 와서. 아, 그대도 가고 싶었나? 앞으로 참고하도록 하지."

조나단은 취침 전 운동으로 맹독 마수 무리를 토벌했다는 이 미친 소리를 어디서부터 지적해야 할지 알 수 없었다. 입술을 달싹이던 그는, 이내 딴지 걸기를 포기하고 그녀의 손에 들린 것에 시선을 고정했다.

"그건…… 대체 왜 그렇게 끌고 오신 겁니까?"

카슈미르의 손엔 태풍을 만난 것처럼 갈린 채로 죽어 버린 큐베라 사체가 들려 있었다. 심지어 한 마리도 아니었다.

지이익.

족히 스무 마리는 넘을 것 같은 큐베라가 오러의 실로 굴비처럼 줄줄이 묶인 채 설원에 검은 피와 초록빛 독 자국을 내며 카슈미르의 손에 질질 끌려오고 있었다.

"큐베라의 맹독과 피는 큐베라 자신보다 약한 마수들이 다가오지 못하게 하는 퇴치제 역할을 한다. 일부러 이 근처에 묻히면서 왔지."

아무렇지 않게 답하는 카슈미르를 보며 조나단은 마른침을 삼켰다. 그녀가 틀린 말을 하는 건 아니나 이해하긴 힘들었다.

몸을 사리지 않는 거친 행동력과 비정상적인 강함은 사람의 할 말을 잃게 만들었다.

"게다가 큐베라는 독이 떨어지는 겉껍데기만 제거하면 속살은 꽤 먹을 만해. 아니, 상당히 맛있지."

탁.

카슈미르가 병사들 앞에 섰다. 모두가 그녀를 보고 숨을 멈췄다. 전투를 하고 온 뒤라 붉은 기운이 조금 더 물든 진분홍색 눈동자는 악마의 눈처럼 어둠 속에서도 형형하게 빛났다.

검은 피를 머금은 새하얀 피부, 눈송이 섞인 바람에 휘날리는 검은 머리칼. 누가 지금의 그녀를 보고 인간이라고 말할 수 있을까. 인간이라기보다는, 그래. 전장의 신이나 투쟁의 악마 같은 외양이었다. 소드 마스터의 압도적인 존재감은 설원의 추위보다 더 강하게 소름을 일으켰다.

휙.

카슈미르가 큐베라 묶음을 진영으로 던졌다. 검은 피와 맹독이 사방으로 튈 때 모두가 기겁했으나, 그 누구도 비명 한번 제대로 지르지 못했다. 그와 대조적으로 카슈미르의 순한 눈매가 처지며 형광처럼 반짝이는 진분홍색 눈이 휘어들었다.

"고기 부족한 사람 있나?"

조나단 에이머리는 그때 생각했다. 카슈미르 크리시스는 절대 자신이 기어오를 만한 인간이 아니라고. 아니, 애초에 인간도 아닐지도 모른다고.

물론 카슈미르 크리시스는 좋은 단백질 공급원을 얻었다고 좋아하고 있을 뿐이었다.

⋯⋯⋯⋯⋯⋯

"좋은 아침이군."

"……간밤에 편히 주무셨습니까."

길게 하품을 하며 천막에서 나오던 나는 이쪽으로 다가오던 조나단을 발견하고 반갑게 인사했다. 그가 허리를 굽혀 예를 차렸다.

나는 어깨를 가뿐히 돌렸다. 몸이 굉장히 가벼웠다.

"그래. 역시 운동을 하고 자니 개운하더군."

조나단의 어깨가 미세하게 움찔했다. 나는 태평하게 눈이 쌓인 산맥 너머를 바라보는 척하며 그를 유심히 지켜보았다.

큐베라 무리를 사냥하고 온 이후, 조나단의 태도가 묘하게 달라졌다. 얼핏 봤을 땐 어제 일에 겁을 먹고 내게 수그리기 시작한 것 같았으나, 실상은 그게 아니라는 걸 직감으로 느낄 수 있었다.

'원래는 약간의 거부감을 고의적으로 티 내고 있었는데…… 어제 일 이후론 속에 칼을 완전히 숨겨 버린 느낌이지.'

그의 분위기가 순식간에 온순해졌다. 누가 보면 좋은 변화라고 하겠으나, 내가 보기엔 아니었다.

가시를 세운 고슴도치는 차라리 상대하기 쉽다. 눈에 보이는 가시만 떼어 내면 되니까. 하지만 등껍질 속에 들어가 버린 거북이는 다가가도 할 수 있는 게 없었다.

나는 나를 향한 경계가 짙게 깔린 검은 눈동자를 바라보다 기계적으로 입꼬리를 올렸다.

그의 태도가 갑자기 변한 이유는 알 수 없으나, 그가 나를 경계하는 이상 나도 그를 믿을 수 없었다.

"병사들에게 진군 준비를 명하게."

"네."

부관이니 자주 봐야 할 텐데, 이대로라면 그가 계속 불편할 것 같았다.

간밤에 눈이 무릎까지 쌓여 마법사들이 발열 마법으로 눈을 녹이며 나아갔다. 힘들게 행군하는 병사들 사이에서 지휘관이라는 이유로 말을 타고 이동하는 것이 죄스러웠으나, 지휘관의 권위라는 것이 있기에 내릴 수는 없었다.

'음?'

나는 말고삐를 쥔 채 무료하게 눈을 굴리다 문득 내 앞에서 행군하는 병사 한 명에게 시선이 갔다.

"딸인가?"

내 물음에 화들짝 놀라 들고 있던 사진을 놓칠 뻔한 병사는 놀란 표정으로 나를 돌아보았다.

"지휘관님?"

"사연 많은 눈으로 보고 있길래."

그는 갑작스러운 질문에 당혹스러운 듯 눈을 굴리다, 조심스럽게 고개를 끄덕였다.

"네. 제 어린 딸입니다. 헤어진 지 얼마 되지도 않았는데…… 우습게도 벌써 보고 싶습니다."

그가 애정이 뚝뚝 떨어지는 손길로 쓸어내리는 사진에선 여자아이가 이를 드러내며 웃고 있었다. 그리고 나는 침음을 삼켰다.

'저거…… 죽음의 복선 아닌가?'

전쟁터에서 소중한 사람의 사진을 보며 그리워하는 행동은 전장 한복판에 맨몸으로 나가는 것보다 더 위험했다. 나는 진심으로 이 병사의 미래가 걱정되기 시작했다.

얼른 사진 넣으라고 하려 할 때, 아련한 미소를 지은 그가 결정타를 날렸다.

"돌아가면 꼭 그 아이와 연꽃을 보러……."

"잠깐. 거기까지만 해라."

나는 황급히 그를 제지했다. 병사는 어리둥절한 표정을 지었으나, 아무리 그래도 그 발언은 위력이 너무 강했다. 자살 폭탄을 허리에 매는 것과 다름없었다.

사람 하나 구했다는 생각에 안도했을까, 병사가 쭈뼛거리며 입을 열었다.

"저, 지휘관님."

"뭔가."

"아이가 선물을 사 오라고 하는데…… 혹시 이 나이대의 아이가 뭘 좋아하는지 아십니까?"

그는 나를 두려워하는 티를 잔뜩 내면서도 용기 있게 물었다. 나는 피식 웃었다.

"딸이 몇 살이지?"

"열두 살입니다."

"그 나이면 검을 배우기 시작해도 될 나이니 아타라의 강철로 만든 검을 선물해도 괜찮지 않겠나."

"하긴, 요새 들어 검에 관심을 보이긴 하더군요. 검은……."

탁.

충직한 검이 되려 했는데 3

나는 순간 말고삐를 확 당겨 이동을 멈췄다.

"지휘관님? 무슨 일이십니까."

조금 떨어진 곳에서 말을 타고 이동하던 조나단이 갑자기 우뚝 멈춰 선 내게로 다가왔다.

지휘관인 내가 멈추니 다른 병사들도 얼떨결에 행군을 멈췄다. 얼떨떨한 시선들이 내게 쏠렸으나, 나는 그 자리에 서서 차갑게 얼굴을 굳힌 채로 주변을 둘러보았다.

이곳은 양옆이 높은 바위산으로 둘러싸인 협곡이었다. 길은 좁았고, 바위산은 워낙 거대해 앞뒤로밖에 움직일 수 없었다. 위에서 무언가 떨어져도 피하기 힘든 지형이었다.

"에이머리 경. 그대는 감이 꽤 좋았지."

나와 정면으로 마주한 검은 눈이 깜빡였다. 머루 같은 눈동자는 동공과 구분이 안 될 지경임에도, 나는 그의 동공이 미세하게 떨리고 있음을 발견했다. 내 표정이 너무 험악해서였을까.

"무언가 느껴지나?"

조나단은 주위를 둘러보더니 고개를 저었다.

"아뇨. 아무것도 느껴지지 않습니다."

그는 시선을 말고삐에 고정하고 있었다

나는 크게 숨을 들이쉬며 하늘을 올려다보았다. 눈이 그친 하늘은 먹먹하고 창백했다. 나는 그 가운데에서 까마득하게 높아 보이지 않는 바위산 위를 물끄러미 응시했다.

필사적으로 지웠으나, 내겐 느껴졌다. 적들이 저 위에 있었다.

후두둑.

하늘이 갑작스럽게 어두워졌다.

쉬이익!

눈. 새하얀 눈이 떨어지고 있었다. 시야를 방해하기 위한 진눈깨비 정도가 아니었다. 우리를 이곳에 묻어 버릴 수 있는, 몇 톤은 될 법한 어마어마한 양의 눈 더미였다.

"뭐, 뭐야!"

"으아아악!"

여기저기서 비명이 터져 나왔다. 병사들이 어쩔 줄 모르고 우왕좌왕했다.

탁.

나는 말의 등을 밟고 빠르게 허공으로 뛰어오르며 검을 뽑았다. 등 뒤의 푸른 망토가 세차게 나부꼈다.

촤아악!

오러를 최대로 출력하며 검을 휘둘렀다. 빠른 속도로 날아간 검은 오러가 병사들의 머리 위로 오로라처럼 길고 넓게 전개되었다.

펑!

떨어지던 눈 더미는 오러의 방어막에 맞고 굉음을 내며 사방으로 튀어 올랐다. 산산조각이 난 눈의 입자가 다이아몬드 더스트처럼 반짝였다.

조금만 늦었다면 병사들이 눈 더미에 파묻혀 버렸을 것이다. 아슬아슬한 순간이었다.

나는 병사들 한가운데에 착지했다. 명령을 기다리는 맹목적인 시선들이 내 살갗을 따갑게 건드릴 때, 나는 위를 차갑게 노려보며 검날을 세웠다.

'아주 비겁하고…… 영리하네.'

지형적 우월함을 무기로 지원군을 습격한다. 이가 악물릴 정도로 치사했으나, 전쟁에 규칙과 도리가 있을 리 없다. 치사할수록 좋은 계획이었다.

획.

나는 검 끝으로 바위산 위를 가리켰다.

"습격이다! 모두 무기를 들어라!"

크아앙!

내 쩌렁쩌렁한 외침을 신호탄으로, 하늘에서 마수들이 비처럼 쏟아지기 시작했다.

"대열을 갖춰라!"

잠시 혼비백산했던 병사들이 금방 제자리를 찾고 습격에 대응하기 시작했다. 나는 발에 마나를 씌운 채 자리를 박차고 허공으로 뛰어올랐다.

서걱.

캬아아악!

나는 마수들이 땅에 착지하는 속도보다 더 빠르게 허공을 달리며 마수들을 베어 내기 시작했다. 급소를 찔린 마수들이 비명을 지르고, 검은 피가 솟구쳤다.

'우리가 절대적으로 불리한 지형이야.'

전투에선 고지를 선점하는 것이 중요하건만, 그들은 이미 바위산 위에서 우릴 내려다보고 있었다. 어항의 물고기를 사냥하듯 적절히 작살만 던지면 되는 상황일 터.

'여기 남아서 병사들을 지키면 큰 손실이 일어나진 않겠지. 하지만 패배한 것과 다름없어.'

이대로라면 북부는 전력 손실이 없는데 우리만 피해를 입을 것이다. 살아 나간다고 해도 승리는 아니었다.

나는 내 어깨를 향해 달려드는 뱀 형태의 마수를 반으로 가르며 깎아지른 절벽을 바라보았다. 높이는 상당했으나, 내가 마음먹으면 오르지 못할 것은 없었다. 나는 빠르게 머리를 굴려 계산하기 시작했다.

'저 위로 올라가서 주동자를 벤다면?'

마수들은 주술사가 죽으면 더 이상 명령을 따르지 않을 테니 무용지물이 된다. 더 빠르게 끝낼 수 있었다.

'하지만 자리를 비워도 되는 건가.'

나는 시선을 흘끗 돌려 내가 마수의 반 이상을 혼자 처리하고 있음에도 남은 반의 마수들조차 빠르게 처리하지 못하고 있는 병사들을 막막하게 바라보았다. 올라가서 주술사의 머리를 치고 오는 몇 분 동안 몇 명이 죽게 될지 가늠할 수 없었다.

내 결정이 이 군단의 안위를 결정했다. 나 하나 죽고 다친다고 끝날 일이 아니었다.

몰아닥치는 공격을 겨우 방어만 하며 살아남은 것에 의의를 두냐, 병사들을 두고 무모하게 적진 한복판에 뛰어들어 승리를 꾀하느냐. 두 가지 갈림길에서 머리가 터지도록 고민하고 있던 찰나.

'아.'

이 상황의 열쇠가 될 사람이 시야에 걸렸다. 나는 곧장 그에게 달려가 내 계획을 전했다. 전투에 힘을 보태던 그는 순식간에 다가온 나를 보고 놀라더니 내 말에 질겁했다.

"하, 하지만 장소를 정확히 모르면 오류가 날지도……!"

"팔 하나쯤 잘려도 상관없어. 네게 책임을 묻지 않겠다! 그냥 해!"

내 단호한 명령에 그는 목울대를 울렁이더니 결연하게 고개를 끄덕였다.

"……조금만 시간을 주십시오!"

"최대한 빨리!"

나는 그에게 달려드는 지네를 닮은 마수 한 마리를 검 끝으로 짓이겼다. 그가 작업을 시작한 지 얼마 지나지 않았을 때, 하늘에서 다시 이변이 일어났다.

'빌어먹을.'

나는 속으로 욕을 짓씹었다.

"화살! 불화살이다!"

불꽃이 신벌처럼 쏟아지고 있었다.

"마법사들은 방어막을 준비하라!"

나는 절벽을 박차고 뛰어올랐다. 내 명령에 마법사들이 황급히 방어막을 전개하기 시작했으나, 이미 떨어지기 시작한 화살을 막기엔 늦었다. 사방이 눈이니 주위가 불바다가 되는 불상사는 없겠지만 사람이 맞으면 타격이 상당할 터. 내가 막아야 했다.

"고개, 숙여!"

검날에 달라붙어 넘실거리던 검은 오러에 마나를 쏟아부으니, 오러가 기름을 만난 불꽃처럼 솟아올랐다.

쉬이익!

나는 검을 있는 힘껏 휘둘렀다.

쿠콰쾅!

길고 넓은 초승달 모양을 그린 검은 오러가 쏟아지던 화살들을 폭파시키며 날아갔다. 막는 것을 베어 앞길을 내는 거친 길잡이 같았다.

불씨는 난폭한 오러의 열기를 이겨 내지 못한 채 모두 시들시들 꺼져 버리고, 타고 남은 재에 가까운 화살의 잔재들만 땅에 후두둑 떨어졌다.

쉬이익.

"다음 화살이 온다! 방어막 전개 멈추지 마!"

방어막 형성을 멈추고 멍하니 나를 바라보는 마법사들을 향해 버럭 소리쳤다. 적들은 화살이 내 검에 다 베여 나갔음을 보았을 텐데도 굴하지 않고 공격을 재개하고 있었다.

"지휘관님! 여기!"

화살이 방어막 직전까지 가까웠을 때, 내 명령을 받고 혼자 다른 일을 수행하던 남자가 큰 소리로 나를 불렀다.

나는 망설임 없이 그곳으로 달렸다. 앞을 막는 곰 비슷한 마수를 베어 내며 검은 피가 튀어 올라 눈이 따가웠으나 멈추지 않았다. 어느새 내 코앞엔 눈 위에 나뭇가지로 엉성하게 그려진 마법진이 있었다.

"발동해!"

나는 높게 도약했다. 두 눈을 질끈 감은 남자가 마법진에 방대한 마나를 쏟아부었다.

"텔레포트!"

탁.

마법진 위에 발을 디딤과 동시에 남자가 소리쳤다.

화아악.

새하얀 빛이 온몸을 덮쳤다. 나는 익숙한 울렁거림을 참으며 눈을 감았다.

팟.

다시 눈을 떴을 땐, 바위산 위의 정경이 보였다.

"저, 저건!"

화살을 쏘던 이들 중 하나가 허공에 떠오른 나를 발견하고 비명을 질렀다. 모두의 시선이 내게로 쏠렸다.

'본 적 없는 곳으로 텔레포트 시키는 건 실패할 가능성이 높다더니 성공했네.'

잘못된 텔레포트로 불구가 되는 건 흔한 사례였기에 팔이나 다리 한쪽 정도는 잘려도 감안하려 했건만—먼저 아타라 왕국에 도착했을 1차 지원군에 대신관 율리안이 있었다. 잘렸어도 절단된 부위만 들고 가면 신성력으로 감쪽같이 붙여 줬을 터—.

자신 없어 하던 것치고는 깔끔한 성공이었다.

나는 씨익 웃으며 검을 세웠다.

"까꿍."

반격의 시간이었다.

충직한 검이 되려 했는데 3

"커헉!"

나는 가장 먼저 순간 이동 마법진으로 마수들을 불러오고 있는 주술사를 쳤다. 죽지 않을 정도로 출력한 오러에 정통으로 맞은 그는 곧바로 혼절했다.

"……미르다! 쏴라!"

리더로 보이는 여자가 고함쳤다. 절벽 밑을 향해 화살을 쏘던 궁수들이 일제히 내게로 화살을 겨누었다.

'날 정면으로 상대할 생각은 없나 본데.'

나는 빠르게 눈을 굴려 상황을 파악했다.

인원은 서른 명 남짓. 근거리 백병전이 아닌 원거리 습격을 하러 온 이들답게 검사는 한 명도 없고 마법사와 궁수로만 구성되어 있었다. 만약 나와 결판을 내고자 했다면 마법사들을 움직여 나를 공중에서 떨어트렸을 것이다. 하지만 여자는 궁수들을 이용해 내가 다가오지 못하게 견제만 하고 있었다.

쉬이익!

활시위가 궁수들의 손을 떠나고, 수십 개의 날카로운 화살촉들이 나를 향해 날아왔다. 나는 마나로 만든 발 받침대를 박차고 오르며 몸을 휙 돌렸다.

촤아악!

내가 돈 궤도를 따라 생성된 검은 오러가 회오리처럼 회전하며 화살을 갈았다. 궁수들이 다시 화살을 장전하는 사이, 마나를 폭주하듯 방출했다. 주위에 병사들이 없으니 힘을 조절할 필요가 없었다.

팅!

검은 오러가 내 몸을 연기처럼 휘감았고, 화살들이 튕겨 나갔다.

'빨리 끝낸다.'

후욱.

나는 심장 끝에서부터 끌어올린 오러를 오른쪽 바위산으로 날렸다.

콰콰쾅!

하늘이 갈라지는 듯한 굉음과 함께 검은 파동이 새하얀 설산을 게걸스럽게 집어삼켰다. 대지가 진동하고, 바위산에 서 있던 이들이 모두 중심을 잃고 쓰러졌다.

탁.

나는 난장판이 된 바위산 위에 착지하고 주위를 둘러보았다.

쉬이익…….

거대한 바위산은 내 오러에 마치 버터나이프에 잘린 버터처럼 매끄럽게 움푹 파였다. 그 단면에서는 연기가 피어올랐다.

'……너무 힘을 줬나?'

나는 조금 당황했다. 중심을 잃도록 가볍게 흔들기만 할 생각이었는데, 그런 것치고는 과한 출력이었다. 다행히 아래 협곡까지 피해를 주진 않았으나, 힘 조절에 조금만 더 실패했다면 병사들까지 다쳤을지도 몰랐다.

'이 정도면 처음에 친 주술사가 죽었을지도 모르겠는데.'

나는 질겁하며 주술사가 쓰러져 있는 반대편 바위산을 돌아보았다. 그는 숨은 붙어 있었으나, 당장 죽어도 놀랍지 않은 상태였다. 심문을 위해 남겨 두려 했건만.

'오러 연습을 좀 해야겠군.'

공작가에 들어간 뒤로 용병 일을 멈추며 여유가 생긴 만큼 정식적인 수련을 하는 시간이 훨씬 늘었다. 그 덕분에 실력은 급속도로 향상했으나, 그에 반해 늘어난 실력을 실전에서 확인할 기회는 거의 없었다. 그런 탓에 전보다 강해진 내 오러의 위력을 제대로 가늠하지 못하고 있었다.

"마법진! 빨리 마법진을 발동해라!"

오른쪽 바위산에 서 있던, 리더로 추정되는 여자가 몸을 황급히 일으켰다. 넘어지면서 머리를 크게 부딪친 건지 그녀의 머리에선 피가 뚝뚝 흐르고 있었다.

'도망치려는 거군.'

충직한 검이 되려 했는데 3

처음부터 나를 제대로 상대하지 않고 견제만 했던 이유를 깨달았다. 나를 상대할 수 없음을 일찍이 파악하고 시간을 벌어 도망치려고 했던 것이다.

"우습군. 먼저 습격한 주제에 정정당당하게 맞붙을 자신은 없는 건가?"

나는 부러 큰 목소리로 중얼거렸으나, 다들 아무것도 듣지 못한 것처럼 묵묵히 제 할 일을 했다. 역시 이 정도 도발로는 넘어오지 않는 모양이었다.

'머리부터 친다.'

그들이 싸울 생각이 없다면, 싸울 수밖에 없게 만들면 된다. 나는 리더에게로 바람처럼 돌진해 검을 휘둘렀다.

콰앙!

"크윽!"

여자가 재빨리 검을 들어 내 공격을 막았다. 길게 밀려난 그녀는 이를 악물고 나를 향해 검을 휘둘렀다.

챙! 챙!

합이 몇 번 오갔다. 여자의 공격을 가볍게 막아 내며 그녀를 탐색한 나는 오래 지나지 않아 알 수 있었다.

'이 여자, 검이 주특기가 아니야.'

애매한 검술 실력과 그녀에게서 느껴지는 마나의 파동이 말해 주고 있었다. 이 여자는 마법사였다.

"파이어볼!"

콰쾅!

내 예상이 적중했음을 알려 주듯, 내 머리 위로 불덩이가 쏟아졌다. 나는 재빨리 뒤로 물러났다. 세찬 바람에 머리카락과 망토 끝자락이 휘날리며 불에 살짝 그을렸다.

'마검사…… 골치 아픈데.'

나는 쉴 틈도 주지 않고 곧바로 들어오는 검의 공격을 받아 내며 미간을 좁혔다.

마검사와 오랫동안 동료였던 나는 마법과 검을 동시에 상대하는 것이 얼마나 까다로운 일인지 알고 있었다. 재수 없는 얼굴이 머릿속에 빙글빙글 어지럽게 떠다녀 얼굴이 절로 구겨졌다.

'하지만 어떻게 상대해야 하는지도 잘 아니까.'

쾅!

나는 오러를 폭주시키며 여자를 밀어붙였다. 내가 상대해 온 이는 최강의 마검사였다. 이 정도 실력의 마검사는 나를 위협하지 못했다.

콰쾅! 챙!

마법을 사용할 틈도 없이 몰아붙이니 예상대로 여자는 속절없이 밀려났다. 로브 아래로 희미하게 드러난 그녀의 잿빛 눈이 악과 오기로 불타오르고 있었다. 북부인들이 하나같이 품고 있던 광기는 그녀에게서도 어김없이 보였다.

캉!

마침내 그녀가 내 속도를 완전히 놓쳤을 때, 나는 그녀의 검을 힘껏 쳐 냈다. 은빛 검이 빙글 돌며 허공을 날았다. 무기 하나 없이 나를 마주하게 된 여자가 이를 악물었다. 노기가 가득한 얼굴은 폭력배처럼 험악했다.

'리더니 아는 것도 많겠지.'

죽이는 것보단 살려 두는 게 이득이다. 절대 내가 사람을 죽이지 못해서 이러는 건 아니었다. 나는 적의를 담담하게 받아 내며 그녀의 몸을 묶어 체포하려다, 눈을 부릅떴다. 여자가 입을 살짝 벌린 채 혀를 굴리고 있었다.

퍽.

"큭!"

복부를 걷어차인 여자가 털썩 쓰러졌다. 나는 빠르게 그녀를 짓눌러 제압하고 망설임 없이 그녀의 입안으로 손을 집어넣었다.

"커헉, 아악!"

"입버릇이 나쁘네."

입이 막힌 여자는 나를 죽일 듯 노려보며 내 손을 짓씹었다. 거친 반항으로 인해 손이 피로 물들었으나, 나는 묵묵히 그녀의 입안을 뒤지기를 계속했다. 얼마 지나지 않아 손끝에 동그란 무언가가 걸렸다.

"이거군."

나는 짙게 숨을 뱉으며 피범벅이 된 손을 그녀의 입에서 꺼냈다. 내 손에 들어온 작고 동그란 환은 단번에 숨통을 끊는 위력을 가지고 있었다.

꿈속에서 질리도록 본 광경이었다. 혀 아래 환을 꺼내 씹는 글렌과 쓰러지는 작은 몸을 멍하니 바라만 보던 나.

'내 이름, 글렌이야. 잊지 마. 네가 죽인 사람의 이름이니까.'

어린 소녀는 자신의 이름을 잊지 말라고 했다. 그 말대로, 나는 여태껏 그 두 음절을 잊지 못했다. 비소로 물든 얼굴을, 눈물을 흘리던 푸른 눈을 잊지 못했다.

"두 번 당할 줄 알았나?"

파삭.

나는 입꼬리를 비틀며 환을 꼭 쥐었다. 환은 검은 오러에 타 가루조차 남기지 않고 소멸했다.

카라쇼와 글렌으로 차고 넘친다. 악몽의 종류가 느는 건 사절이었다.

"크아악!"

"아픈 건 당신일 텐데."

나는 작살에 꿰인 물고기처럼 팔딱거리는 여자를 오러의 줄로 칭칭 묶었다. 그리 강하게 묶지 않았으나, 여자가 계속 발버둥 치는 바람에 검은 오러가 그녀의 살갗을 뚫고 긁었다.

'기어코 피를 보는구나.'

나는 피비린내 나는 광경에 얼굴을 살짝 찡그리다, 나머지 적들도 처리하기 위해 자리에서 일어났다.

"지금이다! 도망쳐라!"

그 순간 여자가 소리쳤다.

'아.'

나는 그제야 여자와의 실랑이로 너무 긴 시간을 할애했음을 깨달았다. 내 실력이 부족해 시간이 필요했다고 변명할 수 있으면 좋겠지만, 이미 알고 있었다. 나는 여자를 최대한 다치지 않게 제압하려고 시간을 너무 많이 들인 것이다. 멍청한 짓이었다.

황급히 고개를 돌렸다. 남은 북부인들은 반대편 바위산의 마법진 위에 서 있었다.

"젠장!"

쉬이익!

나는 마법사 중 하나에게 빠르게 단도를 던졌다.

"텔레포트!"

파앗!

다급한 목소리와 함께 환한 빛이 터져 나와 그들을 감쌌다.

푹.

"크윽!"

그리고 그들의 존재가 사라지기 직전, 단도는 마법사의 어깨에 정확히 박혔다.

나는 거세게 호흡했다. 그들이 있던 자리엔 눈송이만이 차가운 바람에 날려 나부끼고 있었다.

"하하하!"

자책과 분노, 허무함에 핑 도는 머리를 부여잡았을까, 등 뒤에서 가래 섞인 웃음소리가 들려왔다. 여자는 내 손을 물어 낸 피가 묻은 입술로 미친 듯이 웃고 있었다. 그녀의 잿빛 눈동자가 희게 번뜩였다.

"눈보라가 몰아닥칠 거다."

"하……."

나는 허탈하게 헛웃음을 뱉었다.

치열한 전투 끝에 얻은 소득은 이 여자 하나뿐이었다.

―·--⟨⚓⟩--·―

전투의 주동자들이 사라진 뒤, 상황은 빠르게 수습되었다. 이를 갈며 여자를 끌고 내려온 나는 얼마 남지 않은 마수들을 모조리 토벌한 뒤 협곡을 벗어났다. 병사들 모두 지금 당장 쉬어야 할 것 같은 상태였지만 이미 한 번 습격을 받았던 협곡에 남아 있는 것은 위험했다.

"부상자는 열세 명. 중상자와 사망자는 없습니다. 병사들이 지치긴 했으나 병력 손실은 없으니 성공적이었다고 볼 수 있을 것 같습니다."

협곡을 벗어나자마자 진을 치고, 부상자들을 치료하기 시작한 시점에 조나단이 보고했다. 나는 수통에서 흐르는 물줄기에 상처 난 손을 닦으며 고개를 끄덕였다. 몸은 크게 다친 곳 없이 멀쩡했으나 정신이 피로해 눈꺼풀이 무거웠다.

"안내해."

"네."

앞장서는 조나단을 따라 구석진 곳의 천막으로 발걸음을 옮겼다.

스르륵.

조나단이 천막의 문을 걷은 그곳엔 유일하게 포로로 사로잡은 북부 습격군의 리더가 있었다.

여전히 내 오러 줄에 묶여 있는 여자는 의자에 앉아 고개를 젖히고 있었다. 그녀의 목덜미엔 마나 회로를 막는 마나 구속구가 채워져 있었다. 혀를 깨물지 못하게 하는 입마개를 찬 그녀의 양옆으로 병사들이 지켜 섰다. 나는 앞머리를 쓸어 넘기며 여자 앞으로 다가갔다.

"말은 할 수 있나?"

잿빛 눈동자가 나를 쏘아보았다. 이 꼴로 말을 할 수 있겠냐는 항변의 눈빛이었다. 나는 손수 여자의 입마개를 풀어 주었다.

쓱.

"후, 내게서 정보를 얻을 순 없을 거다. 명예롭게 요르하로 가도록 그냥 죽여라."

시작부터 난항이 예상됐다.

나는 속으로 신음하면서도 차가운 표정을 드러냈다.

"이름."

"그냥 죽이라고 했을 텐데······!"

쾅!

검집으로 땅을 내리찍자 땅이 진동했다. 늘 억누르고 있던 소드 마스터의 기운을 가감 없이 내뿜으며 여자를 응시했다.

"웬만하면 말로 끝내고 싶다. 널 부르긴 해야 할 거 아닌가. 이름."

원래라면 손가락이라도 하나씩 자르면서 고문해야겠으나, 그건 정말 내 성향이 아니었다. 가능한 한 평화적으로 끝내고 싶었다.

생리적인 공포로 덜덜 떨면서도 희번덕거리는 눈으로 나를 노려보던 여자는, 이를 악물며 말하기 싫어 죽겠다는 표정으로 답했다.

"······힐다. 힐다 베스토."

"그래, 베스토."

나는 병사 하나가 가져온 의자에 털썩 앉았다.

'골치 아프군.'

지끈거리는 이마를 짚었다.

나는 힐다 같은 눈을 한 부류의 사람들을 잘 알았다.

'오직 한 가지 목적만 집요하게 좇는, 악과 오기로 가득한 독종들.'

이런 부류는 때려 죽여도 솔직히 불지 않는다. 시도해 보지 않아도 알았다.

'그냥 죽여야 하나. 하지만…… 웬만하면 죽이는 건 싫어. 포로라곤 이 사람 하나 잡아 왔는데 아무런 소득 없이 죽이는 것도 그렇고. 그런데 계속 끌고 다닐 수는 없고. 그냥 풀어 주는 건 이상하게 보일 거고.'

전투가 끝나면 다 끝나는 줄 알았건만, 이런 문제가 또 남아 있었다. 잠시 생각에 빠져 있을 때.

지이잉.

힐다의 옷 주머니 부근에서 진동이 울리기 시작했다.

"무슨…… 소지품 수색도 안 했나?"

"……죄송합니다. 진을 치느라 정신이 없었는데 수색하기 전에 지휘관님께서 들어오셔서……."

미간을 미세하게 찌푸리자 지키고 서 있던 병사가 고개를 숙였다. 나는 한숨을 푹 쉬고는 힐다의 주머니에 직접 손을 넣어 진동하는 물체를 꺼냈다.

그녀는 움찔했으나, 전처럼 발버둥 치진 않았다. 어느 정도 체념한 것 같았다.

'통신구?'

동그란 수정구를 이리저리 돌려 보았다. 위험한 기운은 느껴지지 않으니 수정구형 폭탄 같은 건 아닌 듯했다. 연락이 오고 있는데도 발신인은 뜨지 않는 수정구 표면을 껄끄럽게 바라보던 나는 잠시간의 망설임 끝에 통화를 수락했다.

"누구……."

-안녕, 슈슈.

나는 순식간에 얼굴을 굳혔다.

까드득.

손에 힘을 주어 꽉 쥐자 수정구에 금이 갔다. 가타부타 설명이 없어도, 더 이상의 소개가 없어도 알 수 있었다. 나는 한마디 인사만으로도 상대의 정체를 확신할 수 있었다.

"지그문트 하이드……."

나는 그르렁거리듯 중얼거렸다. 낮은 웃음소리가 울려 퍼지고, 익숙하고도 감미로운 목소리가 내 귓가를 간지럽혔다.

-그간 평안했나.

내 오랜 숙적, 지그문트 하이드였다.

"지휘관님, 받아도 되는 겁니까?"

조나단이 당혹스러운 표정으로 물었다. 병사들과 힐다도 놀란 표정으로 날 바라볼 때, 나는 수정구만 죽일 듯이 바라보고 있었다.

-모르는 것 같아서 알려 준다만 네 표정 다 보인다.

"보라고 짓는 표정이니까 닥쳐."

힐다의 수정구를 통해선 지그문트의 얼굴이 보이지 않았고, 투명한 표면을 통해 야차 같은 내 얼굴만 보였다.

나는 힐끗 주위를 돌아보았다.

보는 눈이 많았다. 북부의 수장과 친분이 있다는 게 알려져 봐야 하나도 좋을 게 없었다.

"……심문은 뒤로 미루겠다."

나는 다급하게 천막에서 나섰다.

-언제까지 노려보기만 할 셈이지?

재수 없도록 감미로운 목소리는 웃음기를 담고 있었다. 나는 책상을 으스러져라 쥐었다.

나는 천막 주위에서 사람을 모두 물리고, 수정구 속 지그문트와 기묘한 대치를 계속하고 있었다.

"힐다 베스토를 처형할 거다."

-…….

툭, 무심하게 내뱉었다. 대답은 돌아오지 않았으나 개의치 않고 말을 이었다.

"정보를 불 기미가 보이지 않더군. 교육을 잘 시킨 모양이야."

-……북부인들은 비겁하게 생을 꾀하면 후에 요르하로 가지 못한다고 믿으니까.

"쓸모도 없는 것을 살려 둘 필요는 없지. 오늘 안에 죽일 거다."

턱을 괴며 수정구를 내려다보았다. 투명한 수정구에 비친 내 얼굴은 다행히 피도 눈물도 없는 사람처럼 차갑게 굳어 있었다.

그래. 이건 일종의 선전포고이자 위협이었다.

-하하.

진지하게 나올 거라고 생각했건만, 수정구에선 청량한 웃음소리가 터져 나왔다. 나는 필시 그가 재수 없는 웃음을 한가득 짓고 있을 거라고 예상했다.

-많이 컸구나, 슈슈.

나는 일그러질 뻔한 표정을 간신히 다잡았다.

"부하가 죽는 게 웃긴가?"

-그럴 리가.

"그럼……."

-그저 우스워서 말이다.

그는 웃음기 만연한 투로 부드럽게 속삭였다.

-네가 사람을 죽일 수는 있나?

내 중심을 옭아매는 목소리는 올가미의 형태를 하고 있었다.

-나쁘지 않은 위협이었다. 하지만 나는 널 잘 알아. 누구보다 더.

나는 손이 떨리도록 강하게 주먹을 쥐었다. 떠올리기 싫어도 너무 잘 그려지는 얼굴이 머릿속에 둥둥 떠다녔다.

-너는 사람을 죽이지 못해.

그의 목소리는 확신에 차 있었다.

"그렇게 믿고 있다가 뒤통수 맞는 것도 참 재밌겠네."

-조금도 두렵지 않군.

"내가, 정말 못할 거라고 생각하나?"

나는 크게 숨을 들이쉬고 내쉬었다. 속에 붙은 불꽃으로 인해 숨결이 불의 열기만큼 뜨거워졌다.

-그럼 죽일 건가? 카라쇼와 글렌처럼?

지그문트는 여상스럽게 가장 깊은 심연을 건드렸다. 상처를 말뚝으로 후벼 파는 듯한 느낌에 나는 수정구를 차갑게 노려보았다.

"필요하다면."

-하지만 원치는 않지.

"원치 않아도 해야 하는 일은 해야지."

-죽이지 않을 수 있다면 죽이지 않을 거고 말이다.

나는 침묵했다. 말없는 긍정이었다. 죽이기로 마음먹었다 하여 죽이는 게 즐거워진 건 아니었다. 살인은 내게 언제까지나 마지막 수단이었다.

-협박 말고 거래를 제안한다면 수긍할 생각이 있다만.

달콤한 속삭임이 무거운 마음을 가르고 들어와 간지럽혔다.

힐다를 지금 죽이는 게 안전함을 알고 있었다. 적군 수장과 비공식적인 거래를 한다는 게 얼마나 위험한지도 알고 있었다.

오직 개인적인 신뢰 하나만을 사이에 둔 거래. 지그문트가 지킬지도 미지수인 데다, 이런 거래를 했다는 게 알려지면 군법으로 처벌당할 수도 있었다.

"그럼 제안하지."

하지만 물러서는 건 내 성격에 맞지 않을뿐더러, 잘하면 힐다를 의미 없이 죽이는 것보다 더 큰 이득을 얻을 수 있을 것 같았다.

"힐다를 살려 보내겠다. 대신……."

-대신?

나는 고민했다. 지금 가장 필요하고, 지그문트를 당황하게 만들 수 있는 것이 뭘까. 오래 걸리지 않아, 나는 입꼬리를 비죽 올렸다.

"북부군이 다음 아타라를 침입할 때 칠 지역을 말해라."

현재 가장 필요한 정보이자, 지그문트가 유출시킬 리 없는 중요한 정보였다.

-……뭐?

"왜. 힐다 베스토의 목숨을 위해 이거 하나 못 말해 주겠나? 좋은 지도자는 아닌 모양이야."

-하…….

내 비아냥거림에 지그문트가 헛웃음을 뱉었다.

'속은 좀 시원하네.'

나는 의자에 깊게 몸을 기댔다. 어차피 대답이 돌아오길 기대하고 물은 것은 아니었다.

지그문트가 멍청이도 아니고, 인질 한 명의 목숨을 위해 적에게 앞으로의 계획을 알려 줄 리 없었으니 적당한 분풀이에 가까웠다.

"진짜 조건은 이거 말고 다른 걸로……."

-말해 주면.

"……?"

-믿을 수 있나?

믿음. 이미 지그문트와 나 사이에서 바스러져 버린 개념이었다.

'나는 아직도 지그문트를 믿을 수 있나?'

내가 말문이 턱 막혀 있을 때, 수정구에서 낮은 목소리가 흘러나왔다. 그 너머 지그문트의 얼굴을 볼 수 없었음에도 짙은 미소를 그린 붉은 입술이 눈앞에 아른거렸다.

　-우리가 침공할 곳은…….

　지그문트는 내게 질문을 던졌다.

　너는 아직 나를 믿을 수 있나?

　"지, 지휘관님!"

　통화를 끝내고 천막을 나설 때, 병사 하나가 다급하게 달려왔다. 힐다를 지키던 병사 중 한 명이었다.

　"무슨 일이지?"

　"이, 인질이 도망쳤습니다!"

　"……뭐?"

　'힐다를 놓쳤다고?'

　나는 얼굴을 구겼다. 자리를 비운 시간이라곤 10분 남짓이건만, 허탈함이 온몸을 적셨다.

　'아무리 2군이라지만 이 정도로 허접할 줄 몰랐는데.'

　1차 지원군과 2차 지원군의 인원을 배분할 때 1군엔 황궁 기사단 소속의 기사들과 고위급 인물들을 위주로 배치했다. 그리고 2군은 이제 막 징병되어 제대로 된 군사 훈련도 받지 못한 이들을 배치했는데, 내가 2군을 지키면서 가기 위함이었다. 때문에 병사들의 실력을 크게 기대하진 않았다지만 눈앞의 인질을 놓칠 수준이라고는 상상도 하지 못했다.

　"지금 장난하나? 얼마나 방심했으면 그런 일이 일어난 거지?"

　날카롭게 추궁하자 병사가 식은땀을 흘렸다. 뻘뻘거리며 내 눈치를 보던 그가 조심스럽게 입을 열었다.

"그, 그게, 저희는 계속 지키려고 했습니다만……."

"죄송합니다. 제 실책입니다."

사박사박.

눈밭을 가로지르는 발자국 소리와 함께 익숙한 목소리가 들려왔다. 대상을 확인한 나는 미간을 좁혔다.

"조나단 에이머리 경."

"저 혼자서 지킬 수 있다고 생각해 지친 병사들을 쉬라고 내보냈습니다만, 그 사이 구속구를 벗은 힐다 베스토에게 제압당했습니다."

"내 허락도 없이 말이지."

"……죄송합니다."

나는 조나단을 빤히 응시했다. 조나단은 자신의 죄를 인정한 듯 더 변명조차 하지 않고 담담한 낯으로 땅에 시선을 고정했다. 몸싸움이 있었던 건지, 그의 창백한 얼굴엔 상처가 여러 개 나 있었다.

하고 싶은 질문을 삼켰다. 수많은 의문이 머릿속을 스쳤으나, 아직은 아니라고 직감이 말해 주고 있었다. 나는 짧게 심호흡을 해 분노를 억누르고 조나단을 응시했다.

"마지막 목격자가 그대인 건가."

"네."

"경위서 써 오게. 상황이 상황이니만큼 일단 처벌은 미루지만, 이번 일을 그냥 넘어갈 생각은 말아. 군법을 통해 월권 행위의 죄를 물을 거다. 자중해."

"네. 죄송합니다."

깍듯하고 정중하지만 무미건조했다. 나는 머릿속에 뭉게뭉게 떠오른 생각들을 뒤로한 채 성큼성큼 조나단을 지나쳐 갔다.

"지휘관님! 인질을 붙잡을 병사를 보내지 않아도 되겠습니까?"

조나단과 나 사이에서 눈치를 보던 병사가 내 등 뒤로 소리쳤다. 나는 멈칫했으나 다시 걸어 나갔다.

"됐다. 그런 것에 인력과 시간을 낭비하느니 하루빨리 아타라로 가는 것이 좋겠군."

힐다를 다시 잡아 오는 데 걸리는 시간만큼 기약 없이 이 설원에 머물러야 했으니 어느 정도는 진실이었으나, 사실 내가 나서면 힐다를 잡아 오는 것쯤은 금방이었다. 그럼에도 내가 반쯤 고의적으로 힐다를 놓아준 이유는 따로 있었다.

'거래는 지켰다, 지그문트 하이드.'

힐다를 놓아주는 것이 거래의 조건이었으니까.

나는 하늘을 바라보았다. 먹구름이 낀 하늘은 보는 것만으로도 우울해졌다.

다사다난한 하루였다.

그날 이후로 큰 사건은 없었다. 북부의 침입으로 얻은 타격을 회복할 시간이 필요하여 예정 도착 날짜보다 이틀 늦어지긴 했으나, 이 정도는 문제없었다.

순간 이동과 행군을 바쁘게 반복하며 며칠을 더 이동했을까.

"이곳이 아타라입니다."

드디어 아타라 땅을 밟을 수 있었다.

소설 『요정의 밤』의 주요 활동 지역은 솔라티네 제국이기 때문에 아타라에 대한 정보는 많지 않았다. 그 가운데 등장하는 얼마 안 되는 정보와 내가 이 세계를 살며 알아 온 지식들을 조합해 아타라에 대해 정리해 보았다.

달의 왕국, 아타라는 보석과 마정석 등의 지하자원이 풍부하다. 그로 인해 부유하고, 마정석을 이용한 마도공학이 발전했으나, 북부와 맞닿은 지역이 많아 마수와 북부인들의 침입을 자주 받았다. 하지만 그럼에도 건재할 정도로 대단한 군사력을 가지고 있었다.

충직한 검이 되려 했는데 3

"와······."

병사 하나가 감탄을 내질렀다. 전쟁이 아니라 관광을 온 것처럼 한가한 태도였으나 아무도 꾸짖지 않았다. 모두 소리만 내지 않았을 뿐 속으로는 감탄하고 있었으니까.

아타라의 수도, 템페라는 수도답게 굉장히 발전한, 부유한 도시였다.

우리는 아타라 왕궁을 향해 이동했다. 가는 길이 시내를 가로질렀기에 아타라 백성들의 시선을 한 몸에 받았는데, 그들은 전쟁의 공포에 빠져 있다가 지나가는 우리를 보고 눈을 반짝이곤 했다.

"와 주셔서 진심으로 감사드립니다. 오는 길 수고 많으셨습니다."

마침내 왕궁 앞에 다다랐을 때, 나이가 지긋한 시종이 허리를 숙여 인사했다.

휙.

"반갑군. 지원군의 지휘관 카슈미르 크리시스다."

나는 말에서 내려 시종에게 마주 인사했다. 어느새 다가온 다른 시종들이 내 말을 포함한 다른 말들을 몰고 가고, 나는 마침내 걸을 수 있게 되었다.

"오늘 밤은 편안히 쉬시길 바랍니다. 지원군 분들을 위한 연회는 내일 열릴 겁니다."

시종은 상황을 설명하고는 우리를 왕궁으로 안내했다. 나는 건물을 올려다보며 감탄했다. 솔라티네 황궁만큼 크진 않았지만, 화려함으로는 뒤처지지 않았다. 갖가지 고귀한 보석들로 장식된 왕궁은 보기만 해도 눈이 부실 지경이었다.

"이쪽이 일반 병사분들께서 묵으실 숙소입니다. 그리고 이쪽이······."

"국왕 전하께서 행차하십니다!"

그리고 시종의 설명을 가르고 쩌렁쩌렁한 목소리가 울려 퍼졌다.

"······지금? 오늘은 편히 쉬라고 하셨는데······."

시종 또한 모르던 일인지 당황한 기색이 역력했다. 보석 꽃으로 이루어진 정원을 구경하던 나는 그 말에 빠르게 고개를 돌렸다.

탁.

쌀쌀한 늦가을 바람에 새하얀 머리카락이 휘날렸다.

탁.

호쾌하고 큼직한 걸음걸이는 그의 특징이었다.

탁.

투명한 잔에 담긴 압생트와 빛깔이 똑같은 눈동자가 장내를 빠르게 훑다 내게 고정되었다.

탁.

마침내, 그가 내 앞에 멈춰 섰다.

나는 그를 빤히 응시했다. 정체를 숨기기 위해 로브를 뒤집어쓰는 게 아니라 얼핏 봐도 귀한 옷을 입고 당당히 얼굴을 드러내는 것은 처음이었다.

군청색 제복을 완벽히 갖춰 입고 앞머리를 반쯤 쓸어 넘긴 그는 누구도 지배자임을 부정할 수 없을 만큼 고귀해 보였다.

"슈슈."

낮은 목소리가 내 이름을 불렀다. 전언 수준으로 작은 소리였기에 나만 들을 수 있었다. 더욱더 깊어진 레몬 향이 내 코끝을 찌르고, 나는 낮게 웃음을 흘렸다.

"얌전히 기다렸는데."

사르륵, 하얀 머리카락이 나부끼도록 고개를 기울인 그가 물었다.

"지금 안으면 화낼 거야?"

붉은 입술이 가볍게 말려 올라갔다.

레오.

아타라의 국왕, 알렉산드로 아타라였다.

'귀여운 녀석.'

나는 순진해 보이기까지 하는 직설적인 물음에 웃음을 삼켰다.

레오는 솔직했다. 그것이 과한 탓에 가끔은 거칠다는 감상까지 일으켰으나,

나는 그런 그가 싫지 않았다.

'하지만 지금은 안 되지.'

"지금은 안으면 안 돼. 체통 지켜."

나는 아주 작게 속삭이며 부러 얼굴을 굳혔다. 애절한 부탁에 흐지부지 수긍했다가 그가 나를 와락 안았을 때 생겨날 수많은 구설수와 논란들을 해명하게 되는 건 사양하고 싶었다.

"……진짜?"

"나중에."

레오야 그의 성격상 인생 혼자 살며 마이웨이를 걸을 테지만 나까지 거기에 동조할 순 없었다. 아타라에 온 김에 그의 체통을 지켜 주려 했다.

"솔라티네 제국에 영광을. 아타라는 그대들을 환영한다."

타인의 귀엔 우리의 속닥거림이 들리지 않았을 테니 레오와 내가 불편한 침묵에 놓여 있다고 생각할 터. 양측에서 걱정스러운 숙덕거림이 커질 때쯤, 레오가 능청스럽게 입꼬리를 올렸다. 아타라 측 사람들은 레오의 뜻 모를 웃음에 파드득 몸을 떨었다.

"아타라 왕국에 번영을. 환영해 주셔서 감사합니다."

나는 친구 레오를 대하는 태도에서 국왕 알렉산드로를 대하는 태도로 부품 바꾸듯 갈아 끼우며 땅을 왼발 앞꿈치로 툭툭 치고 주먹 쥔 왼손을 가슴에 얹은 채 허리를 굽혀 인사했다. 오기 전에 속성으로 배운 아타라식 인사법이었다.

"먼 길 오느라 고생 많았네. 그대가 지휘관 카슈미르 크리시스인가?"

레오가 연둣빛 눈동자를 장난스럽게 반짝이며 엄숙한 투로 물었다. 나는 가까스로 웃음을 참았다. 공식적으로는 첫 만남이지만 실제로는 막역한 친우였으니 그의 태도가 웃길 수밖에 없었다.

"네. 만나 뵙게 되어 영광입니다, 폐하."

"검술 실력이 그렇게 대단하다는 소문을 들었네. 내 그대를 만나길 고대했지."

"소문이 과장된 듯합니다. 부끄럽습니다."

몇 마디 형식적인 말이 오가고, 레오는 씨익 웃으며 손을 내밀었다.

"악수 정도는 허락하겠나?"

묘한 시건방짐이 말투에 배어 있긴 했으나, 그것이 국왕인 그에게 습관과도 같은 태도임을 감안하면 정중한 태도였다. 나는 눈썹을 들어 올리며 고민 없이 손을 맞잡았다.

"제게 영광입니다."

굳은살이 딱딱하게 박인 손에선 익숙한 마나가 느껴졌다. 그리운 온기였다. 맞잡은 손을 가볍게 흔들고 빼내는 순간, 레오의 미소가 짓궂어졌다. 그가 느긋하게 두 팔을 벌렸다.

"그럼 반가움의 포옹 한 번 해 주겠나? 이리 친히 아타라를 도우러 와 준 그대들에게 내 벅찬 마음을 참을 수가 없군."

안는 건 안 된다는 말에 순순히 수긍하는 줄 알았건만, 그는 능구렁이처럼 다시금 제안했다. 아슬아슬하게 공식적으로 문제가 없는 선상에서 말이다.

'이 정도는 특별히 이상해 보이지 않겠지.'

이렇게 친근함의 의미라고 못을 박은 이상 문제가 되진 않을 것이다. 나는 팔을 벌리고 레오를 조심스럽게 안았다.

와락.

내가 부드럽게 안은 것이 무색하게 레오는 내가 품에 안기자마자 가두듯 꽉 안았다. 그의 군청색 제복에 코를 박게 된 나는 몰아닥치는 레몬 향에 질식할 것 같았다.

"……뭐야."

내 몸을 안고 잠시 침묵하던 그는 낮게 으르렁거렸다. 분위기는 삽시간에 가라앉았다.

몇 번 허공에서 크게 숨을 들이쉬던 레오는 내 목덜미에 살며시 얼굴을 묻었다. 그의 콧잔등이 살갗에 살짝 스치는 정도라 겉으로 봤을 때 이상하진 않겠으나, 감각이 예민한 내게는 그가 들이쉬고 내쉬는 호흡이 생생하게 느껴졌다.

"너······."

고개를 든 레오와 눈이 마주쳤다.

"피 냄새 나."

연둣빛 눈동자가 시리게 번들거렸다.

북부와 전투를 치른 지 얼마 안 된 시점이다. 큰 상처는 없어도 잔상처까지 피할 순 없었다.

아타라의 손님으로 온 만큼 왕궁에 들어서기 전에 물수건으로 몸을 닦고 머리를 감았으나, 물을 받아 목욕을 할 정도로 여유롭지는 않았다. 몸에 피 냄새가 빠지지 않은 것도 무리는 아니었다.

'아직 아타라 측엔 북부 습격 사건을 보고하지 않았으니 모르겠지.'

먼 길 무사히 왔다고 생각한 친구 몸에서 피 냄새가 나면 나라도 당황했을 것이다. 나는 담담하게 웃으며 레오의 어깨를 살짝 밀었다.

"자세한 보고는 조금 뒤에 하겠습니다. 우선 짐을 풀고······."

"아니. 나부터 봐."

단호하게 잘라 낸 레오가 내 어깨를 살며시 붙잡은 채로 주위를 가볍게 둘러보았다. 그는 붉은 입술을 말아 미소를 지어 보였으나 일말의 감정도 없이 냉랭하고 건조했다.

"모두들 긴 여정 동안 수고 많았겠지. 조속히 해체하고 쉬도록. 하지만 지휘관이란 막중한 직무를 가진 이가 보고도 하기 전에 쉴 수는 없는 노릇이니····· 크리시스 지휘관은 조금만 더 힘써 주었으면 좋겠네."

하나같이 합당한 말로 말끔하게 상황을 정리한 레오가 시종들에게 고갯짓했다.

"지원군을 숙소로 안내해라."

"네."

"거기 넌 크리시스 지휘관의 짐을 옮겨 놓도록."

"알겠습니다!"

기합이 바짝 든 시종들이 일사불란하게 움직이기 시작했다. 나와 가장 가까이에 서 있던 부관 조나단이 내게로 성큼 다가와 귓가로 고개를 숙였다.

"쉬지 않아도 괜찮으시겠습니까? 잠을 못 주무셨지 않습니까."

"심각한 수준은 아니야. 먼저 들어가."

부관다운 걱정이었지만, 나는 손을 휘휘 저어 물렸다. 그는 내가 걸리는 듯 몇 번 나를 돌아보았으나 얼마 지나지 않아 안내를 받으며 숙소로 사라졌다.

"그대들도 물러가 보도록. 지휘관과는 단둘이 대화하겠다."

"네? 하지만……."

명령을 들은 시종들이 당황한 기색이 역력한 채로 나와 그를 번갈아 보았다. 그와 나는 대외적으로 처음 만나는 사이이니 그럴 법도 했다. 안 그래도 날카로운 레오의 눈매가 더욱 서늘해졌다.

"'하지만'이라. 그대들에게 그런 권한도 있던가?"

주위를 내려다보는 그의 두 눈은 권위적이었다.

"……죄송합니다. 실언했습니다. 이만 물러나 보겠습니다."

새파랗게 질린 시종들은 고개를 숙이며 전광석화로 사라졌다. 공포로 가득 찬 그들의 두 눈은 흡사 쌍검을 든 대악마를 보는 듯했다.

나는 텅 빈 복도를 보며 눈을 끔뻑이다, 레오를 돌아보았다.

"망나니처럼 사나 보지?"

"공포를 적절히 이용하는 것뿐이야. 날 뭘로 보는 거야."

단둘이 남아 예의를 내던지고 풀어진 내 말투에도 그는 자연스럽게 대꾸했다. 나를 집요하게 내려다보던 레오가 얼굴을 구겼다.

"너, 어디 다친 거야."

"안 다쳤는데……."

"피 냄새가 이렇게 나는데 안 다쳤다고?"

"내 피 냄새 아니야."

"네 피 냄새 맞잖아. 그것도 구분 못할 줄 알아?"

아리송해진 나는 눈을 이리저리 굴렸다. 배에 구멍이 뚫린 게 아닌 이상 전투가 끝나고 몸 상태를 확인하지 않으니 사실상 자잘한 상처에는 아예 무지했다.

'후각 더럽게 예민하네.'

나는 험악하게 얼굴을 구긴 레오에게서 시선을 피했다. 그는 이전부터 유독 예민한 후각을 가지고 있었는데, 소드 엑스퍼트가 된 이후로는 아예 개코가 된 것 같았다.

"안겨."

레오는 한숨을 푹푹 쉬며 두 팔을 벌렸다. 나는 대단히 어이가 없어졌다.

"미안하지만 내 다리 두 쪽 다 멀쩡해. 공중제비 돌면서 허공 답보하는 거 보여 주랴?"

"꽤 귀여운 재롱이겠지만 다음에. 일른 안겨."

"아니, 왜 굳이……."

"절대 무너지지 않을 것 같았던 사람이 무너지는 건 이미 본 적 있어."

레오가 담담히 읊조리는 말의 주인공은 이미 알고 있었다.

'레이샤.'

누구보다 단단했던 여자는 그의 눈앞에서 무너졌다.

"네가 강한 것과 걱정하는 것은 별개야. 사람은 너무 쉽게 부서져."

나와 눈을 맞춘 그의 두 눈이 깊어졌다.

"걱정돼서 그래."

레오의 진심 어린 말은 늘 나를 약하게 만들었다.

"……너도 참 사서 고생이다."

나는 혀를 차면서도 더 이상 거부하지 않았다. 이제 걱정을 매끄럽게 받아 내는 방법을 배웠다. 아직도 조금 어색하지만, 전처럼 어쩔 줄 몰라 하진 않았다.

"아니까……."

"야, 근데."

레오의 말허리를 뚝 끊어 먹고 주위를 휘휘 둘러보았다. 아무리 신경을 곤두세워도 나와 그 외의 인기척은 느껴지지 않았다.

'그렇다면…….'

"어차피 아무도 안 보는 거 목마 태워 주면 안 돼?"

"……뭐?"

나는 히죽 웃었다.

이왕이면 재미라도 있어야 하지 않겠는가.

"도착했다, 화상아."

탁.

발걸음을 멈춘 레오가 나를 의료실 침대 위에 내려 주었다. 의료실에 누군가 있었다면 그의 어깨에서 후다닥 내려왔을 텐데, 다행히 점심시간이 겹쳐서인지 아무도 없었다.

나는 침대에 걸터앉아 다리를 휘적거렸다.

"높은 곳 경치 좋더라. 이런 걸 여태껏 너 혼자 봤단 말이야? 좋았냐?"

소드 마스터가 되어 허공을 답보하며 하늘을 날아다니다시피 해도 여전히 목마는 재미있었다. 장난스러운 내 투정에 레오는 헛웃음을 내뱉었다.

"그럼. 널 계속 어깨에 싣고 다녀 줄까? 난 좋은데. 자신 있으면 타고 다녀 보든지."

충직한 검이 되려 했는데 3

"아니. 미안. 꼭두각시 아타라 국왕의 인형사라는 소리를 듣고 싶진 않다."

영양가 없는 티키타카가 이어지고, 레오가 내 앞에 한쪽 무릎을 꿇고 앉았다. 나는 저절로 레오를 내려다보게 되었다.

"가만히 있어."

살짝 몸을 일으킨 그는 내 어깨를 한 손으로 짚더니 내 목덜미에서부터 호흡을 크게 들이마시며 내려가기 시작했다.

"네가…… 개냐?"

"벗겨서 확인할 순 없잖아."

나는 어이없음과 미묘한 감정을 반씩 담은 눈빛으로 내 몸을 핥을 듯 샅샅이 피 냄새를 확인하는 레오를 내려다보았다.

물수건으로 깨끗이 닦고 왔으니 악취는 나지 않겠지만 저렇게 대놓고 냄새를 맡고 있으니 걱정이 들었다.

"악취는 안 나지?"

"응?"

내 오른쪽 팔을 들고 손목에 코끝을 대던 레오가 피식 웃었다.

"내가 가장 좋아하는 냄새 나."

"꼬순내라도 나냐?"

"바보야. 네 냄새 난다고."

우리는 동시에 키득거렸다. 그와 나는 미묘함과 장난스러움 사이에서 줄다리기를 하고 있었다.

내 왼쪽 발목을 잡아든 레오가 허벅지에서부터 천천히 얼굴을 내렸다. 나는 이 상황이 우스우면서도 정의할 수 없는 기분을 느끼고 있었다.

"바지 걷어 봐."

미간을 꿈틀거린 레오가 내게 손짓했다. 나는 바짓단을 걷어붙였다.

"어."

"……이 꼴이 났는데 치료를 안 했다고?"

그리고 드러난 상처에 탄식했다. 왼쪽 종아리 뒤쪽에는 마른 피로 버적거리는 상처가 크게 가로지르고 있었다.

레오는 차갑게 헛웃음을 내뱉었다.

'어떻게 이걸 몰랐지.'

나는 새삼 내가 통증에 대단히 무감각하다는 걸 깨달았다. 전투로부터 꽤 시간이 지난 지금까지 상처가 아물지 않은 것을 보면 처음 났을 땐 꽤 깊은 상처였을 텐데.

상처가 났을 때도, 옷을 갈아입을 때도, 심지어 몸을 닦을 때까지도 눈치채지 못했다. 전투 후 마수의 피를 잔뜩 뒤집어쓴 탓에 온몸이 따가웠던 것도 한몫했겠지만 말이다. 감각이 예민하다 자부한 게 무색해지는 순간이었다.

"왜…… 여기 상처가 있을……까?"

나는 야차 같은 표정을 한 레오의 눈치를 보며 목소리로 중얼거렸다. 눈꼬리를 날카롭게 세운 그는 분이 섞인 손길로 상처를 소독하기 시작했다.

"이걸 못 알아챌 정도면 통증을 느끼지 못하는 수준이라고."

"오…….."

"지금 그럼 좋은 거 아닌가 싶었지?"

정곡에 찔린 나는 고개를 슬쩍 돌렸다.

용병으로 바쁘게 살 때 통증에 귀 기울일 틈이 없었다. 크리시스가 되며 많은 것이 달라졌으나, 아플 때마다 즉각적으로 반응하는 건 아직도 어려웠다.

신음을 참고 참다가 모든 것이 끝난 뒤에야 묵묵히 급한 상처만 치료하는 것에 익숙했다.

"넌 예전에 나랑 살 때도 그랬지. 내 상처는 곧잘 치료해 주면서 네가 팔 다쳤을 땐 괜찮다는 헛소리를 하더라."

"뭐…… 그땐 그냥 긁힌 거였잖아."

충직한 검이 되려 했는데 3

"긁혀? 네 팔이 날아갔었다."

레오는 사납게 으르렁거리면서도 야무지게 붕대를 감아 주었다. 조심스럽게 내 다리를 이리저리 돌려 본 그는 아름다운 연둣빛 눈동자를 들어 나를 올려다보았다.

"무뎌지지 마. 아프면 아프다고 말해. 네 앞에선 몇 번이고 더 무릎 꿇을 수 있으니까."

나는 낮게 웃음을 흘렸다. 내 앞에서 무릎 꿇은 상태에서도 침대에 앉아 있는 나와 키가 엇비슷한 레오를 보고 있으니 그가 정말 자랐다는 게 느껴졌다. 몸도, 마음도 훌쩍 자라 있었다.

"정말 많이 컸구나."

나는 부드럽게 미소 지으며 손끝으로 그의 턱 밑을 느리게 긁었다. 천둥벌거숭이였던 그가 언제 나를 위로해 줄 수 있는 어른으로 컸는지 의문이었으나 싫지 않았다.

"……하."

레오는 나와 정반대로 얼굴을 굳힌 채 헛웃음을 뱉었다. 내 다리를 툭 놓은 그의 눈이 번뜩였다.

"맞아."

훅.

순식간에 몸을 일으킨 레오가 그의 턱을 간지럽히던 내 손을 가볍게 붙잡고 나를 덮치듯 상체를 숙였다.

내가 놀라서 몸을 기울였을까, 그가 내 쇄골 부근을 부드럽게 밀며 완전히 침대에 눕혔다.

스르륵.

긴 머리카락이 침대 위로 넓게 퍼졌다. 나는 내 몸 위로 큰 그림자를 드리우는 존재를 올려다보았다. 아슬아슬한 얼굴을 한 레오가 나를 내려다보며 생글 웃었다.

"나 많이 컸어, 누나."

부드러운 목소리와 다르게 눈빛은 맹수와 다름없었다.

오묘한 침묵이 이어졌다.

나는 내 시야를 가득 채운 인영을 멍하니 바라보았다.

불도 밝히지 않은 탓에, 이곳에 빛이라고는 의무실 창문을 여과하는 오렌지
빛 햇살뿐이었다. 등 뒤로 햇살을 받으며 짙게 그림자 진 레오의 얼굴은 빛과 어
둠으로 세심하게 빚은 조각 같았다.

'절대 누나라고 안 부르겠다더니⋯⋯.'

애 취급하지 말라며 곧 죽어도 이름으로 부르던 때는 어린애처럼 느껴졌건만,
그의 의지로 태연하게 누나라 호칭하는 지금은 역설적으로 성숙해 보였다.

나는 힐끗 시선을 돌려 내 손목을 강하지 않게 붙잡은 손을 바라보았다. 내가
두 손으로 잡아야 겨우 잡을 수 있는 크기였다.

"⋯⋯크면서 힘들진 않았어?"

내 한 손에 매끄럽게 들어오던 작고 고운 손과 지금의 크고 거친 손은 간극이
컸다. 그와 나 사이의 공백을 떠올리며 다시 그를 올려다보았다.

"힘들었다는 말로 다 표현할 수 있을까. 나는 내 손으로 재앙을 불러들였고, 피
와 유황으로 숨이 막혔지. 불행은 나의 신이었어."

레오는 비탈길 같은 각도로 입꼬리를 비틀었다.

많은 사람들이 자신의 형제를 모두 죽이고 왕위에 오른 레오를 구제하지 못할
괴물로 치부했으나, 나는 그렇게 생각하지 않았다.

'나 때문에 내 소중한 사람이 죽었어. 나를 지키겠다고? 나는⋯⋯ 싫어. 더는
소중한 사람을 잃고 싶지 않아.'

내가 본 레오는 찌르면 피가 흐르는 사람이었다.

그의 도덕 기준은 평범함과는 상당히 동떨어져 있었으나, 인간성이 말살된 수

준은 아니었다. 피투성이 길을 걸으며, 그는 그 나름대로 괴로워했을 것이다. 그러나 살인을 하고 나서는 그 전으로 돌아갈 수 없다. 전과 후가 낮과 밤처럼 나뉘었다. 그게 누군가의 호흡을 빼앗은 죗값이었다.

"왕좌를 탈환한 뒤로부터 현실의 그 누구도 나를 괴롭힐 수 없게 되었지. 하지만 꿈에서는 아니더라."

레오의 입꼬리가 희미하게 떨렸다. 밤바다 속 해파리처럼 선명한 형광빛이 도는 연두색 눈동자가 아릿하게 반짝였다.

"과거의 망령들이 나를 괴롭힐 때마다 나는 신이 아니라 네 이름을 불렀어. 나를 버린 신에게 자비를 비느니 인간의 가호를 간구했고, 넌 내가 아는 가장 강한 사람이었거든."

레오는 내 손목을 잡지 않은 손으로 천천히 내 앞머리를 쓸어 넘겨 주었다. 투박하지만 상냥했다.

"나는 널 향한 감정으로 성장통을 겪고, 네가 해 준 말들을 양분으로 자랐어. 그 긴 시간 동안 보고 싶었어, 슈슈."

레오의 웃음은 햇살보다 더 눈이 부셨다.

"……그런 주제에 즉위할 때까지 한 번을 안 찾아왔어? 늦었다고."

간질거리는 솜뭉치가 온몸을 누비는 느낌에 조금 꾸물거리다 너스레를 떨며 레오의 가슴팍을 밀고 자연스럽게 몸을 일으켰다. 이상한 기분이 전두엽에서 빙빙 돌다 심장으로 쿵 떨어졌다.

"어쩔 수 없었어. 왕좌에 오르지 못한 초라한 모습으로 널 찾아갈 순 없잖아."

끝말은 속삭이듯 작았으나, 내 귀엔 확실히 들렸다. 나는 미간을 찌푸렸다.

"난 네가 어떤 모습이든 상관없었어."

"내가 상관있어. 네겐 좋은 모습만 보여 주고 싶었으니까."

단호하게 잘라 낸 레오가 자리에서 일어났다. 그는 내게 손을 내밀었다.

"보고는 내일 듣는 걸로 하고, 숙소로 데려다줄게."

왜 내게 좋은 모습만 보이고 싶은 걸까. 문득 의문이 들었다.

소중한 친구라서? 그렇게 정리할 수 있는 마음일까? 나는 의문을 천천히 고찰하며 레오의 손을 맞잡았다.

"그래. 네가 안내해 줘."

이곳에서 내가 의지할 수 있는 사람은 레오뿐이었다.

· · · — ❧ — · · ·

레오는 숙소로 가는 길에 왕궁을 소개시켜 주었다.

아타라의 왕궁은 화려한 것들엔 익숙해졌다고 생각하던 나도 시선을 빼앗길 만큼 휘황찬란했다.

그때까지 손은 꼭 잡고 놓지 않은 채였다. 가끔 시종이나 관료로 보이는 이들이 지나갈 땐 구설수를 피하기 위해 슬쩍 손을 뺐지만, 지나간 뒤엔 레오가 칼같이 다시 손을 잡았다. 그게 귀엽게 느껴졌던 나는 순순히 잡혀 주었다. 그러다 어느 곳에 시선이 닿았을 때, 나는 덜컥 발걸음을 멈췄다.

"왜. 가지고 싶은 거라도 있어? 보석 떼어 줘?"

"아니, 저거……."

마찬가지로 멈춘 레오가 내 손끝이 가리킨 곳을 시선으로 좇더니 입매를 굳혔다.

왕궁의 분수대 앞엔 사람을 본뜬 조각상이 있었다. 왕궁을 장식한 수많은 장식품 가운데 가장 큰 사이즈였다.

조각상은 고귀한 대리석으로 머리카락 한 올 한 올까지 섬세하게 표현되어 금방이라도 후 입김을 내뱉으며 움직일 것 같았다.

나는 조각상 아래 작품명이 적힌 금판에서 눈을 떼지 못했다.

"저분이 네 유모야?"

[레이샤]

그곳엔 내가 아는 이름이 선명하게 적혀 있었다.

나는 생경하게 조각상을 바라보았다. 『요정의 밤』에서 레이샤의 외모 묘사는 한 줄도 없었으니, 나는 이제야 레이샤의 생전 외양을 짐작해 볼 수 있었다.

새하얀 대리석으로 창백하게 표현한 피부의 질감. 세심하게 빚은 콧대 위로 비스듬히, 길게 남은 흉터. 은빛 늑대 수인족답다 싶은 서늘하고 강직한 인상. 두 눈에 박힌 포도색 자수정까지. 레오의 영웅은 서늘한 대리석으로 이곳에 머물러 있었다.

"그래. 내 유모야."

탁.

낮은 목소리로 답한 레오는 천천히 조각상 앞에 섰다. 감정 없는 레이샤의 얼굴을 올려다보는 그의 표정은 회의와 향수, 그리고 괴로움으로 범벅되어 있었다.

"그녀는 복수해 달라고 했지. 한낱 왕자의 유모가 아니라 왕의 기틀을 닦았던 신하로 만들어 달라고 했어."

레이샤는 레오에게 살아갈 동기를 만들어 주기 위해 강하게 충동질한 것일 테지만, 어린 레오에게는 대단한 충격이었을 것이다.

그의 눈빛에서 알 수 있었다. 레이샤는 아직도 레오에게 트라우마 그 자체였다.

"이제 왕이 됐어. 그녀의 요청을 얼마든지 들어줄 수 있지. 이 조각상을 아타라 전국에 세우고 역사서에 그녀의 이름을 기록해 모두가 기억하도록 하면 만족스러워할까?"

레오는 두 눈을 살며시 내리깔며 금판에 새겨진 레이샤의 이름을 더듬었다. 그의 연둣빛 눈동자엔 상처로 금 간 파편들이 빛을 쪼개며 산산이 반짝이고 있었다.

"그땐 날 자랑스러워할까."

갈라진 목소리는 오랜 가뭄으로 메마른 토양 같았다. 레오는 몸도 생각도 훌쩍 자랐지만, 여전히 사랑과 인정에 목마른 아이 그대로였다.

"레오."

"걱정 마. 그냥 해 본 소리니까."

"이 조각상 보는 거 괴롭지 않아?"

레오에게 레이샤는 트라우마 그 자체다. 트라우마를 자극하는 것을 궁에서 가장 잘 보이는 곳에 세워 둔 그의 심정을, 나는 차마 상상할 수 없었다.

레오가 나를 돌아보았다. 새하얀 속눈썹이 나비의 날갯짓처럼 우아하게 팔락였다.

"……그건 중요하지 않아. 레이샤를 잊지 않는 게 더 중요해."

나는 집착적으로 중얼거리는 레오에게서 또다시 다른 인영을 겹쳐 보았다.

'앗아가는 생명의 무게를 반드시 짊어진다…… 앗아가는, 생명의 무게를, 반드시 짊어진다…… 앗아가는 생명의 무게를…….'

레오는 카라쇼를 잃었을 때의 나를 닮아 있었다.

"고행으로 업보를 용서받을 수 있을 거라고 생각해? 망자는 보지도 못할 텐데."

레오가 눈을 번뜩였다. 그는 레이샤가 자신의 역린임을 가감 없이 드러내고 있었다.

"그럼 이거 말고 뭘 할 수 있는데."

"한 번 더 생각해 봐. 레이샤는 네가 괴로워하는 걸 원할 사람이야?"

"……네가 뭘 안다고 그래?"

"알긴 뭘 알겠냐. 그냥 내 마음대로 말하는 거지."

날카로워진 레오에게 뻔뻔함으로 응수했다. 어이가 없는지 순간 경계를 허물고 헛웃음을 뱉는 그를 보며 느리게 입꼬리를 올렸다.

"내 스승님을 죽이고 나서 내가 괴로울수록 죄가 사해질 거라고 생각하며 미친놈처럼 사지에 뛰어든 적이 있었거든."

"……뭐?"

"결론적으론 달라진 게 아무것도 없었어. 마음은 여전히 불편했고, 스승님의 죽음은 슬펐고, 내 꿈에 찾아오는 스승님은 날 결코 용서해 주지 않으셨지. 몸만 돼지도록 고생한 거지."

카라쇼를 보내고 한동안 집에서 폐인처럼 살았다. 아리아의 만류로 겨우 다시 일을 시작한 나는, 한동안 내 분수에 맞지 않는 임무들만 처리했다. 죽고 싶어서 환장한 것처럼. 그것으로 속죄가 될 거라고 생각했건만, 안타깝게도 나아지는 건 없었다.

"네 유모님껜 미안하지만 나는 네가 더 중요해. 괴로운 걸 억지로 버티고 있지 않았으면 좋겠어."

여태껏 말한 적 없는 내 과거를 듣고 혼란스러운지 얼굴을 구기는 레오의 머리를 쓰다듬어 주었다.

시간은 만병통치약은 아니나 진정제 정도는 되었다. 나도 이제야 그에게 별일 아닌 듯 말할 수 있었다.

레오가 입술을 꾹 감쳐물었다.

"……이 나이가 되도록 극복하지 못한 게 한심해."

"그런 게 어딨냐? 넌 일반인이 우리 같은 오러 사용자들처럼 감기를 기합으로 이겨 내지 못하고 일주일씩이나 끙끙 앓으면 한심하게 생각해?"

사람마다 극복하는 데 필요한 시간은 제각각이다. 빠르다고 하여 아프지 않은 것도, 느리다고 하여 나약한 것도 아니었다. 무엇보다 레오가 겪은 아픔은 그가 감당하고 있는 것이 용할 정도로 컸다.

나는 그의 어깨를 조용히 두드리며 말을 이었다.

"늦어도 상관없어. 억지로 마주하고 기억하려 하지 마. 마음의 준비가 됐을 때 마주해도 늦지 않아. 망자는 떠나지 않잖아. 준비가 끝날 때까지 기다려 주실걸."

그것이 망자의 상냥함이다. 참을성 없고 생동적인 산 자들과 다르게 그 자리에서 끈질기게 기다려 주었다. 무덤에 발이 달리지 않은 까닭도 그 때문이 아니겠는가.

죽은 자는 변하지도 않고, 그때와 똑같은 모습으로 그곳에, 그 시간에, 그 순간에 머물러 있었다. 그것은 유일한 위안이자 가장 큰 비극이었다.

"조각상은 잠시 덮어 둬. 준비가 끝나면 다시 만나서 인사드려."

나는 카이사르의 인자한 붉은 눈을 떠올리며 한숨처럼 웃었다.

"어떤 것들은 어린 날의 홍역처럼 한바탕 앓고 나서야 넘어갈 수 있대. 충분히 앓고 나서 마주해 봐."

사랑과 친절은 받은 만큼 베풀 수 있다는 말은 틀린 게 하나 없었다. 내가 카이사르의 무조건적인 애정 덕분에 누군가를 조금 더 어른스럽게 위로할 수 있는 사람이 된 것처럼.

레오가 고개를 떨구었다. 넓은 어깨가 그 순간만큼은 수많은 짐에 눌려 좁아 보였다.

하얀 뺨을 타고 떨어지는 투명한 물줄기를 못 본 것으로 했다.

내가 묵을 숙소는 쾌적함을 넘어 호화스러웠다. 레오의 안내를 받아 방에 들어선 나는 내부를 물끄러미 바라보았다.

"넓고 좋네."

"그렇지?"

"네 궁에 위치해 있고."

"맞아."

"네 방 바로 아래에 위치한 방이고."

"응."

"웃냐? 뭘 잘했다고 웃어?"

"매정하긴."

나는 이슬 묻은 꽃봉오리처럼 수줍은 미소를 지은 레오의 뒤통수를 강하게 내리쳤다. 레오는 얻어맞고도 뭐가 좋은지 낄낄 소리 내어 웃었다.

"너랑 내가 각별한 사이라고 신문사에 제보도 하지 그러냐?"

"그럴까? 신문 1면에 엄청 크게. 제목도 자극적이어야겠지?"

휘적휘적 방에 들어선 레오가 거대한 침대에 털썩 누웠다. 자기 방이라도 되는 양 뻔뻔스러운 태도였다.

'자기 궁을 숙소로 줄 줄은 몰랐는데.'

나는 이마를 짚었다.

포괄적으로는 아타라 왕궁이라고 부르지만, 그 안에는 수많은 궁이 있었다. 시종들이 머무르는 궁부터 무도회 같은 거대한 행사들을 진행하는 궁까지.

그 수많은 궁 가운데 가장 중요시되며 어느 곳보다 많은 신경을 써서 관리하는 곳은 당연히 가장 깊은 곳에 위치한 이곳, 레오의 궁이었다.

나를 제외한 솔라티네의 지원군은 남쪽 궁에 머무르고 있었다. 지원군 전원에게 궁을 내준 것만으로도 대단한 대접. 그중에서도 아예 따로 자기 궁에 숙소를 내준 건 선을 아슬아슬하게 넘나드는 호의였다.

'국왕이 손님에게 자기 궁을 내준다는 건 막역지우라는 뜻이거나…… 세컨드란 소리지.'

이건 가십거리에 목마른 사교계에 옜다 마셔라 하고 샴페인을 터트려 주는 짓이었다.

"너답지 않게 왜 이래? 사람들이 떠드는 소리엔 신경 하나 안 쓰더니."

내 침대 위에서 굴러다니던 레오가 번쩍 몸을 일으켰다.

"원한다면 네 이름을 입에 올리는 모든 이들의 머리를 은쟁반에 담아서 선물할 수도 있어."

붉은 입술이 그리는 웃음은 어린아이 같은 천진난만함이 담겨 있어 더욱 오싹했다. 나는 질겁하며 고개를 저었다.

"됐거든. 너 때문에 그러는 거잖아. 사람들이 너에 대해 함부로 떠들까 봐."

"나를?"

레오는 다리를 쭉 뻗은 채 침대맡에 등을 기댔다. 침대 위에서 묘하게 흐트러진 그의 모습은 색정적이었다.

"그럴 수 있는 이들은 즉위할 때 다 죽여 버렸을 텐데."

"미안. 내가 가끔 네가 폭군이라는 걸 잊는다."

진실성 가득한 그 말에 나는 곧바로 납득했다.

'자신의 왕궁을 내줄 만큼 지원군에게 국빈 대접을 해 준다는 뜻으로 포장하면 어떻게든 되겠지.'

오기 전에 속성으로 공부한 바, 전례가 없는 일은 아니었다. 나는 이쯤에서 납득하기로 했다. 레오에게 피해만 없다면, 나에 대해서는 뒤에서 뭐라고 떠들든 관심 없었다.

"언제까지 거기서 굴러다닐 거야. 그만 가."

나는 내 침대를 차지하고 있는 레오를 흘겨보며 침대에 털썩 걸터앉았다.

북부의 습격이 있은 뒤, 혹여 또 다른 습격이 있을까 봐 미친 듯이 경계하며 한숨도 자지 못하고 이동해 왔다. 급박하게 올 땐 몰랐건만, 막상 숙소에 도착하니 피로가 몰려왔다.

"으흥. 같이 잘까?"

"염병 떨지 말고."

"진짜 너무하네."

　　　　　　　　　　　　　　　　충직한 검이 되려 했는데 3

엎드려 누운 채로 꽃받침을 한 레오를 단호하게 내치니 그는 투덜거리며 침대에서 일어났다. 나는 신발만 툭툭 벗고 침대에 널브러지듯 누웠다.

"바로 잘 거야?"

"그래."

내 옆에 선 레오가 상체를 굽히더니 이마에 달라붙은 내 머리카락을 정리해 주었다. 그의 손은 실온에 놓아두었던 냉차처럼 적당히 시원해 기분이 좋았다.

"그럼 굿나잇 키스 정도는 허락해 줄 거지?"

그가 나를 내려다보며 악동 같은 표정을 지었다. 나는 반쯤 눈을 감은 채로 고개를 치켜들었다.

"해 보던지."

"하!"

시원하게 웃음을 터트린 레오가 내게로 몸을 굽혔다.

쪽.

그리고 콧잔등에 입을 맞추었다.

"잘 자. 수고했어."

낮은 속삭임과 함께, 나는 무언가에 끌려가듯 푹 잠들었다.

나는 그대로 뻗어서 한 번도 깨지 않고 아침까지 잤다. 오랜만에 개운하게 일어나 시종들의 도움으로 가벼운 식사를 마쳤을 무렵, 부관 조나단이 나를 찾아왔다.

"평안하셨습니까."

"그래. 좋은 아침이군."

형식적인 인사로 말문을 열어 딱딱한 보고를 이어 가던 조나단이 검은 눈을 위로 굴렸다가 나를 힐끗 바라보았다. 짧은 시간 동안 관찰한 바, 저건 그가 내 눈치를 볼 때 하는 행동이었다.

"궁금한 게 있으면 물어봐도 좋네."

나는 홍차가 든 찻잔을 내려놓으며 먼저 말문을 터 주었다. 잠시 침묵하던 그가 느리게 입을 열었다.

"아타라 국왕과 아는 사이십니까?"

예상했던 질문이었다. 나를 대하던 레오의 태도부터 자신의 궁을 숙소로 내준 것까지, 정황을 보면 초면이라는 게 더 이상한 상황이었다.

"그래. 오랜 친우지."

나는 솔직히 대답했다. 숨길 필요는 없었다.

그 순간 조나단의 표정이 묘해졌다.

"친우가 맞습니까?"

"뭐?"

"제가 많이 의지하는 형님이 있습니다."

'아는 형님이라.'

나는 갑작스럽다고 생각하면서도 조나단의 말을 주의 깊게 경청했다. 그는 내 앞에서 공적인 이야기를 제외하고는 입을 여는 법이 없었기에 그의 이야기를 듣는 건 이번이 처음이다시피 했다.

"그 형님이 지휘관님을 바라볼 때도, 꼭 그런 눈빛을……."

생각에 잠겨 혼자 중얼거리던 조나단은 나와 눈이 마주치더니 뻣뻣하게 고개를 숙였다.

"……죄송합니다. 아무것도 아닙니다. 못 들은 걸로 해 주십시오."

'사람을 화나게 하는 건 말을 하다 마는 것인데.'

나는 목덜미를 긁적였다. 조금 찝찝했지만, 몇 마디 들은 것만으로는 내용을 유추할 수 없는 데다 더 따져 묻기도 그랬으니 넘어가기로 했다.

"오늘 밤은 환영 연회가 있으며, 내일은 아타라와 함께하는 회의가 있습니다."

"그리고?"

"이후엔 회의에서 결정된, 가장 유력한 북부의 침입 예정 지역으로 이동합니다."

조나단의 보고는 늘 명료했다. 그의 유능함을 증명해 주는 시간이었다. 나는 만족스럽게 고개를 끄덕였다.

"아, 그리고……."

더 들어야 할 게 있나 싶어 의아해하는 표정으로 조나단을 바라보니, 그가 말을 이었다.

"시간이 날 때 세레논 황자님을 만나 뵈시면 좋을 것 같습니다."

"아."

나는 짧게 탄식했다.

꿀잠 자느라 그를 만나 인사하는 것을 잊고 있었다.

⋅⋯⟡⋯⋅

"이게 누구십니까. 분명 지휘관이 되었다는 걸 말할 기회가 있었음에도 일언반구도 없으셨던 무정한 스승님 아니십니까?"

나는 팔짱을 낀 채로 비죽거리는 세레논의 시선을 피했다. 세레논은 뒤끝이 제법 강했다.

"……깜짝 선물이었습니다. 제가 그리울 거라고 하지 않으셨습니까."

"그런 것치고는 아타라에 도착하신 당일에 끝까지 절 찾지 않으시더군요. 스승님이 함께 오신다는 사실을 알고 얼마나 놀랐는지 아십니까?"

단단히 벼르고 있었던 것일까, 그는 질책을 와다다 쏟아 냈다. 나는 말로 얻어맞는 기분을 느끼며 쭈그렁 밤탱이가 되어 공손히 두 손을 모았다.

"죄송합니다. 너그럽게 용서하시죠."

서프라이즈를 의도했다 해도 도착한 뒤엔 말을 해 줬어야 했는데 그대로 푹 잠들어 이튿날인 오늘에서야 얼굴을 비췄으니 할 말이 없었다.

조금 풀린 낯으로 한숨을 쉰 세레논이 제 앞머리를 쓸어 넘겼다.

"스승님은……."

"여어, 공녀님! 아니, 이제 지휘관님이라고 불러야 하지!"

방정맞은 목소리가 세레논의 말허리를 툭 끊었다. 세레논의 얼굴이 종이에 힘을 준 듯 구겨졌다.

"지휘관님의 설탕과자 왔어요!"

온기를 머금은 신성력이 훅 가까워졌다. 세레논의 뒤쪽으로 짧은 은발을 흩날리며 히죽거리는 익숙한 얼굴이 보였다.

율리안이었다.

"오랜만에 보는군."

내가 그에게 인사하려던 찰나, 미세하게 가시 돋은 목소리가 한발 빠르게 울려 퍼졌다.

"그간 평안했나, 율리안 대신관."

인사를 건네는 세레논의 말투엔 명백한 경계가 담겨 있었다.

"이게 누구야."

샐쭉하게 휜 눈매 아래 엷게 드러난 연보랏빛 눈동자가 번뜩였다. 온순하던 율리안의 기운이 급속도로 서늘해졌다.

"이리 보니 더욱 반갑네요, 저하."

능글능글 너스레를 떤 율리안이 허리를 굽혀 인사했다. 세레논은 인사를 받으면서도 표정이 좋지 않았다.

'둘이 사이가 안 좋았나?'

예상치 못한 조합을 의아한 눈으로 번갈아 보고 있었을까, 평소보다 몇 배는

싹퉁머리 없게 헤실거린 율리안이 나와 세레논 사이를 자연스럽게 치고 들어왔
다.

"지휘관님께는 무슨 일로?"

"제자가 스승님을 만나는 데에 특별한 이유가 필요하던가."

"하지만 우리 지휘관님은 워낙에 바쁘신 분이니까요. 볼일 끝나셨으면 가 보
시는 게 좋을 듯한데."

두 사람 사이에 서늘한 기 싸움이 오갔다.

황자와 대신관인 두 사람의 실질적 권력은 거의 동일했다.—율리안이 존대를
하는 건 어디까지나 그가 예를 중시하는 신전의 일원이기 때문이다—그래서 더
욱 치열했다.

'나는 핑계고 그냥 둘이 싸우고 싶은가 본데.'

'나 때문에 싸우지 말아요, 둘 다……!' 같은 식상한 대사를 치기엔 두 사람의
목적이 내가 아닌 게 확연히 보였다.

상어 싸움에 낀 고래가 되어 버린 나는 서로에게 달려들기 일보 직전인 두 사
람을 짜게 식은 눈으로 바라보았다.

"대신관은 무슨 자격으로 그런 소리를 하는 건가. 스승님과 친분이라도 있는
것처럼 말하는군."

"사교계의 정보통 어쩌고 하더니 다 헛소문이었나 보죠? 저랑 지휘관님이 어
떤 사이인지 아직 모르세요?"

코웃음 친 율리안이 나를 획 돌아보았다. 나는 두 사람 싸움에 날 끼워 넣지 말
라는 뜻을 담은 간절한 눈빛을 보냈으나, 율리안은 눈치도 귀신같은 주제에 아랑
곳하지 않고 내게로 다가왔다.

"스승님, 설마……? 그렇지만 저 인간은 분명 아리아 공녀를……."

세레논이 경악스럽다는 표정을 지었다. 그가 무슨 오해를 한 건지 곧바로 알
아챈 나는 미친 듯이 고개를 저었으나, 율리안은 나를 도와주지 않았다.

"저는 지휘관님이 제일 아끼는 설탕과자죠?"

화사하게 웃는 채로 턱에 손을 대어 꽃받침을 한 율리안은 큰 몸을 구겨 머리를 내 어깨에 폭 기댔다. 연보랏빛 눈동자가 영롱하게 반짝거렸다.

"드디어 미쳐 버린 겁니까?"

입을 떡 벌린 채 율리안을 내려다보던 나는 율리안에게 작게 속삭였다. 그는 애교 많은 고양이처럼 어깨에 머리를 비비적거리며 행동에 어울리지 않는 낮은 목소리로 대답했다.

"저 인간 앞에서 자존심 좀 세워 주십쇼. 제발요. 저 지기 싫어요."

새초롬하게 올라간 눈매가 축 처질 만큼 간절한 모양이었다. 내가 조금 망설이고 있었을까, 입술을 꾹 깨문 세레논이 주먹으로 자신의 가슴팍을 퍽 쳤다.

"제가, 제가 저 사람보다 더 깜찍할 수 있습니다!"

나는 파격적인 발언에 귀를 의심하며 눈을 크게 떴다. 세레논의 희뿌연 푸른 눈은 버림받은 개처럼 애처로웠다.

'제발 나 빼고 싸워 주면 안 돼?'

나는 정신이 혼미해졌다. 개와 고양이의 합사에 실패한 주인이 된 기분이었다. 나를 사이에 두고 으르렁거리는 두 사람에게 스펀지에 물 빨리듯 기를 빼앗기고 있었을 때.

쨍그랑.

"뭔……."

등 뒤에서 익숙한 목소리가 들려왔다.

'잠깐, 이 사람이 여기에 왜?'

뒤늦게 기운을 감지한 나는 화들짝 놀라서 고개를 휙 돌렸다. 여기 있으면 안 되는 사람이었다. 내 반응에 율리안과 세레논도 덩달아 돌아보았다.

단정하게 잘린 검은 단발머리. 청명한 스카이블루의 벽안. 춥고 척박한 북쪽 탑에 사는 마녀라고 해도 믿을 법한 서늘하고 무심한 인상. 황궁 기사단의 기사,

카시아였다.

"……제가 치정 싸움을 방해했습니까?"

물병을 놓친 그녀는 떫은 감을 억지로 입안에 욱여넣은 사람처럼 껄끄러운 표정을 짓고 있었다.

"무슨 생각을 하셨든 오해입니다."

나는 내 어깨에 기댄 율리안의 머리통을 밀치며 고개를 격렬히 내저었다. 카시아가 왜 여기 있는지 의문이었으나, 오해를 해도 단단히 한 것 같은 카시아에게 해명하는 게 우선이었다.

"훈련관님, 아니, 지휘관님께서 남성 편력이 강하시다는 건 오늘 알았습니다."

"아닙니다!"

떫은 표정을 하고 있는 카시아를 보고 있자니 저절로 언성이 높아졌다. 나는 이를 뿌득 갈며 율리안과 세레논을 돌아보았다.

'너희 때문에 이렇게 된 거니까 어떻게 좀 해 봐!'

두 사람 다툼에 끼어서 이게 무슨 봉변인가 싶었다. 내 눈빛을 받고 눈을 끔뻑인 율리안은 단호하게 고개를 저었다.

"누구신지는 모르겠지만 저와 지휘관님과 연인 같은 사이가 아니에요."

'그렇지!'

나는 속으로 안도했다. 저렇게 확실히 말해 주었으니 오해는 풀릴 터였다. 코웃음을 친 율리안은 아이처럼 내 팔을 제 품에 꽉 안았다.

"제가 일방적으로 지휘관님께 종속되어 있는 거라고요!"

"진정 미쳤습니까?"

나는 육성으로 비명을 토해 낼 뻔했다. 내가 경멸스러운 눈빛을 담아 율리안을 흘겨보고 있었을까, 세레논이 한 발자국 앞으로 나섰다.

"그래. 이 자리에서 똑바로 해 두도록 하지. 나는 이분과 연인 같은 사이가 아니다."

세레논은 내 제자가 된 이후로 나와 염문에 시달린 만큼, 지겨운 오해를 끊어 내듯 결연한 표정이었다. 나는 세레논만큼은 미친 율리안과 다르게 확실히 이 상황을 정리해 줄 거라 믿으며 한 줄기 희망을 가졌다.

"나와 스승님은 연인이라는 얄팍하고 끊어지기 쉬운 관계가 아니라, 영혼으로 이어져 절대 떨어질 수 없는 진득하고 끈적한 사이라는 걸 확실히 기억해 두도록."

"젠장, 더 이상하잖습니까!"

세상의 정의는 죽었다. 카시아는 이제 레몬 과육을 입안 가득 욱여넣은 사람처럼 얼굴을 구기고 있었다.

"그다지 궁금한 정보는 아니었습니다만…… 네. 끝장 나는 하루 되시길 바랍니다."

공녀와 대신관, 황자 앞에서도 여전히 당당하고 직설적인 카시아는 무엄한 소리를 중얼거리고는 자리를 뜨려 했다. 이 상황에 조금도 끼고 싶지 않다는 태도였다. 나는 다급하게 그녀를 붙잡았다.

"우선 내 말을 들어 보세요."

"본래 영웅호걸은 색을 밝힌다고 들었습니다. 방해하지 않을 테니 저는 빼고 해 주십시오."

"아니라니까!"

나는 환장할 것 같았다.

"그러니까, 지휘관님과 황자 저하께선 사제 관계, 지휘관님과 대신관님은 친구 관계일 뿐이라는 거죠."

"당연합니다."

충직한 검이 되려 했는데 3

"솔직히 말하셔도 소문 내지 않을 수 있습니다만……."

"제발 믿어 보세요."

미심쩍은 표정으로 제 턱을 매만지던 카시아는 내 간청에 어깨를 으쓱이며 고개를 끄덕였다. 여전히 마뜩잖은 기색이었지만.

"그나저나 카시아 경은 어쩌다 이곳에 오게 된 겁니까?"

나는 나무 그늘 아래 바위에 앉아 시원한 바람을 맞으며 진정한 뒤에야 물었다. 겨울이 여물어 가며 줄곧 하늘이 칙칙했는데 오랜만에 해가 환하게 떠 기분을 풀리게 만들었다.

"황궁 기사단에서 아타라에 갈 병력을 지원받길래 신청하고 1군으로 왔습니다."

"그랬군요. 병사들의 명단을 채 다 확인하지 못해 몰랐습니다. 특별히 온 이유가 있습니까?"

카시아의 청명한 푸른 눈이 한 차례 굴렀다. 나를 힐끗 곁눈질한 그녀는 무심하게 내게서 고개를 돌렸다.

"……좋은 경험이 될 것 같았습니다. 딱히 지휘관님 때문인 건 절대 아닙니다."

'나 때문이구나.'

시행착오 끝에 카시아의 거친 말을 사금 치듯 걸러 원 뜻을 알아들을 수 있게 된 나는 슬그머니 웃었다. 이젠 솔직하지 못한 카시아가 귀여워 보일 지경이었다.

"둘이 아는 사이인가요?"

다른 바위 위에 양반다리로 앉아 주머니에서 꺼낸 건포도 빵을 우물우물 먹어 치우던 율리안이 고개를 기울였다. 나무에 기댄 채 팔짱을 끼고 있던 세레논이 나와 카시아를 번갈아 보았다.

"그대는 황궁 제1 기사단의 정식 기사인 걸로 알고 있는데, 맞나?"

"네."

"검은 머리에 푸른 눈…… 스승님께 매일 덤벼든다던 무식한 기사가 그대인 모양이군."

세레논의 정확한 관철에 카시아는 조금 수줍은 기색으로 뒷머리를 긁적였다. 무식하다는 소리에 저런 반응을 보이는 걸 보면 카시아도 정상은 아니었다.

'참 묘한 조합이네.'

나는 문득 주위를 둘러보았다. 햇살이 적절하게 새어 들어오는 큰 나무 그늘 밑엔 세레논, 카시아, 그리고 율리안이 함께 있었다.

공통분모라고는 아타라 지원군이라는 것뿐. 서로 친분이 깊지도 않고 신분도 제각각인데 자연스럽게 모여 있는 모습이 색다르고 흥미로웠다.

"타국에 출정을 온 것이 처음이라 긴장했는데 세 사람이 함께라 안심입니다."

나는 진심을 담아 말했다.

세 사람에게 의지하는 부분이 각각 달랐다. 비타민 A, B, C를 종류별로 챙겨 온 것 같아 만족스러운 웃음이 절로 퍼져 나왔다.

"저야 신전에서 치열한 경쟁 끝에 발탁된 지휘관님 전용 귀염둥이죠. 아픈 곳이 있다면 안심하세요! 율리안이 있으니까요!"

엣헴 하고 점잔을 뺀 율리안이 상큼하게 윙크하며 검지로 제 볼을 쿡 찔렀다.

"왜 그렇게 사시는 겁니까?"

"돌아가면 병원은 꼭 한번 가 보게. 좋은 곳으로 소개해 주겠네. 내 진심으로 그대를 염려해 하는 권고야."

평소에도 신분 차에 따른 예의 따위 개나 준 카시아는 그를 보며 진심으로 경멸스럽다는 표정을 지었고, 세레논은 구역질이 올라오는 것처럼 얼굴을 구긴 채 입을 틀어막았다. 물론 옛날 옛적에 수치심을 철판과 바꿔 먹은 율리안은 조금도 타격을 받지 않았다.

"다들 오늘 밤 연회엔 참석할 겁니까? 저는 필수 참석인데요."

나는 애써 주제를 바꿨다. 손에 턱을 괸 채 잠시 고민하던 율리안은 고개를 끄덕였다.

"할 것도 없으니 가려고요. 맛있는 거 많겠죠?"

"저도 가려고 합니다. 첫 연회이니 격식을 차리는 의미로 참석해 주는 것이 좋겠죠."

아는 사람 없이 덩그러니 있어야 할 줄 알았건만, 그나마 다행이었다.

카시아는 눈을 깜빡이다 시큰둥하게 땅을 바라보았다.

"전 평민이라 못 갑니다."

"아."

나는 짧게 탄식했다.

환영 연회에 지원군 전원을 수용하는 건 무리였으니 귀족 신분만 참여가 가능했다. 카시아는 가지 못하는 것에 아무런 감흥이 없어 보였으나, 괜스레 내가 섭섭해졌다.

"사람 많은 곳은 별로 좋아하지 않으니 됐습니다."

"그래도 같이 가고 싶은데…… 카시아 경만 괜찮다면 제 동행인으로 함께 가지 않으시겠습니까?"

내 제안에 카시아가 조금 놀란 표정으로 나를 바라보았다. 쓸데없는 소리를 한다며 단칼에 거절당할 것을 예상했으나, 의외로 카시아는 머뭇거리는 기색을 보였다. 독 가시 세운 고슴도치 같던 전보단 훨씬 나아진 모습이었다.

"동행인으로 간다면 제 행동이 지휘관님에게 누가 되는 거 아닙니까. 전 예법 같은 건 하나도 모르고 연회에 익숙하지도 않습니다."

"그런 게 무슨 상관입니까."

나는 피식 웃었다. 사사로운 걸 걱정하다니, 카시아답지 않다고 생각하면서도 나를 걱정하는 것 같아 기분이 좋아졌다.

쌀쌀한 바람이 동녘에서 불어와 나와 그녀의 검은 머리카락을 허공에 흐트러트렸다.

"내가 경과 함께 가고 싶은데요. 다른 사람들이 뭐라고 떠들든 상관없습니다. 내게 중요한 건 이름도 모르는 사람들이 아니라 카시아 경입니다. 그러니 싫지 않다면 같이 가겠습니까?"

나는 부드럽게 웃으며 물었다.

깜빡.

장막처럼 길게 드리운 검은 속눈썹이 빠르게 움직였다. 잠시 나를 멍하니 응시하던 카시아는, 이내 목덜미까지 새빨개져서 황급히 내게서 물러났다.

"제, 제게 무슨 짓을 하려는 겁니까! 그런 식으로 유혹한다고 해서 내가 넙죽 귀족이 좋아졌다고 말할 것 같습니까?"

"내가 뭘……."

"제법 얼굴을 쓸 줄 아는 모양이지만 이미 네 번의 폭포 수련을 거치고 다섯 가지의 정신 컨트롤 기술을 습득한 제게 그런 건 통하지 않습니다!"

'무슨 소리인지는 모르겠지만 뭔가 잘 통했다는 건 알겠네.'

나는 사과와 다를 바 없이 붉어진 얼굴을 한 채 마귀를 쫓는 신부처럼 역정을 내는 카시아를 보며 혼자 이해를 마쳤다.

"엘 그놈이 왜 감겼는지 알겠네. 불쌍한 놈……."

율리안의 뜻 모를 혼잣말을 무시한 나는 카시아에게 물었다.

"그래서 함께 가 주실 겁니까?"

화를 내다 말고 입술을 꾹 깨문 그녀의 새하얀 뺨엔 복숭앗빛 물이 들어 있었다.

"……딱히 지휘관님이 가자고 해서 가는 건 아닙니다. 아타라 문화가 궁금하니까, 좋은 경험이 될 것 같아서……."

"그럼요. 물론 그렇겠죠."

카시아를 놀리고 싶다는 짓궂은 마음이 잠깐 들었으나, 그랬다간 연회고 뭐고

이 자리를 박차고 떠나 버릴 것 같았기에 기꺼이 수긍해 주었다. 그녀는 까칠하게 고개를 휙 돌리면서도 싫은 기색은 아니었다.

"어."

그리고 그 순간, 나는 뒤쪽에서 느껴지는 익숙한 인기척에 휙 고개를 돌렸다.

"친구가 많은 것 같다만, 그래도 첫 춤은 내게 주겠지?"

다시 한번 불어온 바람에 겨울에도 파릇파릇한 신비로운 나무의 나뭇잎이 휘날리고, 그 사이로 백사자의 갈기를 닮은 새하얀 머리칼과 진녹색 망토가 나부꼈다. 그 한 장면이 현실감이 없을 정도로 아름다워 나는 잠시 넋을 놓고 바라보았다.

자연스러운 색채들 가운데 홀로 인위적이었다. 짙은 청록색 나뭇잎과 비슷한 계열이나, 그와는 완전히 다른 연둣빛 눈동자는 나를 직시하고 있었다.

"국왕 폐하를 뵙습니다."

가장 먼저 상황을 파악한 세레논이 급히 허리를 숙여 인사했다. 율리안, 카시아가 따라 예를 갖추는 가운데 내 반응이 제일 늦었다.

오만하게도 인사에 답하지 않은 채 성큼 다가온 레오는 내 앞에 우뚝 섰다.

"그럴 거지? 넌 나랑 제일 친하잖아."

그는 요사스럽게 눈꼬리를 휘었다.

"……국왕 폐하를 뵙습니다."

나는 우선 인사말을 내뱉었다. 아무리 믿을 수 있는 지인들이라 해도, 다른 사람들 앞에서 레오에게 허울 없이 대하는 건 내키지 않았다.

"내 앞에서 예의를 차리는 그대를 보는 게 나쁘지만은 않아. 존대도 꽤 자극적이란 말이지. 이상 취향인가?"

제 턱을 매만지며 나를 내려다보던 레오가 웃음기 섞인 목소리로 속삭였다. 아주 작은 목소리였지만 내 귀엔 명확히 꽂혔다.

"이곳엔 어쩐 일이십니까."

파격적인 발언에 조금 움찔했으나, 평정심을 다잡고 못 들은 척 대응했다. 눈을 피하는 나를 보며 레오가 낮게 웃음을 흘렸다.

"운명이 이끌었나. 산책하는데 발걸음이 이곳으로 향하더군."

이곳은 지원군들이 머무는 궁 앞 야외이니 산책하다 다다랐다는 것도 무리는 아니었다. 그러나 그 대상이 호위 한 명 없이 온 국왕이라면 얘기가 달라진다.

영문을 모르는 세 사람의 시선이 등 뒤로 따갑게 쏟아지는 가운데, 한 발자국 더 가까이 온 레오가 훅 상체를 숙였다.

"그래서 첫 춤은?"

감미로운 목소리가 담긴 숨결이 귓가를 간지럽혔다. 본능적으로 호흡을 멈췄던 나는, 이내 몸에 긴장을 풀며 피식 웃었다.

"너 말고 누구한테 주겠냐. 너밖에 없지."

찰나 사람들의 시선이 염려되었지만, 이제 그런 게 다 무슨 상관인가 싶었다. 어차피 내가 앞으로도 보고 대화를 나눌 사람은 이름도 모르는 이들이 아니라 너이니 너만 괜찮다면 염문 따위 상관하지 않아도 될 터였다. 이 타국 땅에서 내게 가장 중요한 사람은 레오였다.

"그럼 기쁘게 받아 가지. 네 '새' 친구들과 대화가 끝났다면 이만 돌아갈까? 드레스 코드라도 가볍게 맞추고 싶어서."

만족스럽게 웃은 레오가 내게로 손을 내밀었다. 새로운 친구라는 말을 강조하는 그는 꼭 그가 세 사람보다 더 오랜 친분이 있음을 과시하는 것 같았다.

'먼저 가도 되나?'

나는 잠시 고민했다. 뒤에 세 사람을 돌아보려던 찰나, 레오가 다른 손으로 내 뺨을 살며시 붙잡았다. 약지와 새끼손가락이 드러나는 검은 반장갑을 낀 그의 손에선 미끈한 천의 감촉이 느껴졌다.

"나를 봐. 나를 보고 결정해."

시선을 돌리는 걸 용납지 않겠다는 듯 단호한 목소리. 묘한 소유욕으로 불타오르는 두 눈을 물끄러미 응시하던 나는 낮게 웃음을 흘렸다.

'아직도 어린애 같다니까.'

레오는 성숙과 미성숙 중간에 서 있었다. 나는 아직 다듬어지지 않은 그의 어리광을 받아 주기로 했다.

"그러죠."

나와 레오의 손이 단단히 맞물렸다. 그는 결코 놓지 않겠다는 듯 아프지 않은 정도의 선에서 내 손을 꽉 붙잡았다. 레오는 보이지 않는 꼬리를 빙빙 돌리며 나를 이끌었다.

"먼저 들어가 보겠습니다. 연회 때 뵙죠."

나는 살짝 몸을 돌려 목례했다. 그 후 곧바로 나를 이끄는 레오로 인해 대답은 듣지 못했으나, 붙잡는 사람은 없었다.

"어떡하냐…… 엘보다 더 화려하게 생긴 것 같은데. 스읍…… 그래도 엘한텐 처연미가 있어. 가증스러움으론 절대 안 꿀린다고."

"형님께 외모 관리 좀 열심히 하시라고 전보를 쳐야겠군…… 그래도 같은 나라 국민이니 가산점이 좀 들어가지 않을까? 아니야, 오히려 먼 나라 사람이 더 매력적일지도……."

"둘 다 무슨 헛소리를 하고 있는 겁니까? 저런 뺀질거리는 사람한테 지휘관님을 넘긴다는 가정 자체가 말도 안 되지 않습니까. 딱 봐도 여기저기 꼬리 치고 다닐 상이라고요."

두 사람이 완전히 사라진 뒤에 세 사람이 중얼거린 말은 카슈미르 크리시스가 평생 모를 내용이었다.

"슈슈 넌 제복을 입겠지."

"그래. 드레스 코드는?"

들뜬 걸음으로—제 딴엔 진정하려 한 것 같지만, 내 눈엔 붕붕거리는 꼬리가 보였다—나를 이끌며 자신의 궁에 도착한 레오가 내 방 문을 거침없이 열어젖혔다. 여전히 자기 방 대하듯 뻔뻔한 태도였다.

"연녹색."

탁.

방문을 닫은 레오가 연녹색 눈동자를 빛내며 씨익 웃었다.

"너무 신난 거 아니냐?"

"드디어 댄스 파트너를 들였다고. 처음인 걸 감안해서 선처해 줘."

어린아이 같은 모습을 보이는 레오를 놀리듯 건드리자, 레오가 태연하게 답했다. 나는 눈을 깜빡였다.

"……처음으로? 너 여태껏 춤 안 춰 봤어?"

연회에서 파트너와 함께 사교댄스를 추는 것은 온 대륙의 전통이다.

레오는 다른 사람도 아닌 국왕, 게다가 나이가 지긋한 노인도 아니고 한참 혼기를 맞은 청년이다. 큰 연회 때마다 대표로 춤을 춰야 한다는 건 명백하다.

"내가 춤을 왜 춰. 네가 없는데."

과장이었으리라 혼자 납득하려는데, 레오는 뭐가 문제인지 모르는 무지한 표정으로 고개를 기울였다.

'얘 진짜 제멋대로 살았구나.'

레오의 불도저 같은 마이웨이 라이프는 알면 알수록 놀라웠다. 경탄을 금치 못하는 눈으로 그를 바라보던 나는 한숨을 푹 쉬었다.

'살면서 왕의 궁을 침소로 얻게 된 것으로 모자라 왕의 첫 춤까지 가져가는 경험을 해 보는 것도 나쁘지 않겠지…… 하루 만에 왕을 사로잡은 희대의 팜므파탈 같은 잡소리들을 하겠지만…… 제국까지만 안 퍼지면 좋겠다……'

이 소문이 제국까지 퍼졌다간 쏟아지는 연락으로 통신 마도구가 폭발할지도 몰랐다. 나는 업무 관련 연락을 받는 통신 마도구만 빼놓고 다른 것들은 잠시 꺼 두기로 결심했다.

"다 네 마음대로 해라."

나는 모든 것을 해탈한 채로, 허락을 기다리는 레오에게 휘이휘이 손짓했다. 그래, 네가 즐겁다면 됐다.

말이 떨어지는 동시에 레오는 뛰듯 걸어가 내 옷장 문을 벌컥 열었다. 아예 옷까지 골라 줄 작정인 것 같았다.

대충 입었다고 욕을 먹지는 않을 만큼 준비했지만 전쟁에 어울리는 딱 그 수준일 텐데, 그는 검을 만들 강철을 고르는 대장장이처럼 신중하게 제복들을 살펴보았다.

"국왕에게 옷시중도 받아 보고, 내 인생 성공했네. 영광이다."

"알면 어슬렁거리지 말고 저기 앉아서 쉬기나 해."

"네, 네."

껄렁하게 대답한 나는 소파에 누워 다리를 팔걸이에 걸쳤다.

레오는 제복에서 눈을 떼지 않은 채로 시종을 불러 차라도 마시라고 권했으나, 그가 옷시중 드는 모습을 생중계하고 싶지 않았던 나는 단칼에 거절했다.

"이리 와."

내가 벽지에서 고양이 귀 모양을 찾고 있었을 때, 레오가 나를 불렀다. 나는 자리에서 획 일어나 단숨에 그의 앞에 섰다.

"그나마 이게 오늘 내가 입을 옷이랑 비슷하네."

그의 손에 들린 것은 은빛이 은은하게 일렁이는 제복이었다.

"이번 연회엔 이거 입어 줄 거지?"

"뭐, 상관은 없는데…… 드레스 코드는 연녹색이라며."

나는 제복을 빙빙 돌려 보며 관찰했으나 연녹색은 눈곱만큼도 보이지 않았다.

나뭇잎이라도 주워다 머리에 달아야 하나 고민하고 있을 때, 자신의 제복 라펠에서 입을 벌린 사자 모양의 금빛 브로치를 툭 떼어 낸 레오가 입꼬리를 한껏 끌어올렸다.

"내 오러가 무슨 색인지 알지?"

"그야 당연히……."

화악.

강대한 마나가 코앞에서 밀집되었고, 내 신경은 본능적으로 그곳에 쏠렸다.

"……연녹색."

파지직.

브로치를 쥔 레오의 손 틈새로 연녹색 오러가 전류처럼 터져 나왔다.

나는 레오가 뭘 한 건지 곧바로 알아차렸다. 오러는 무형의 기운이지만 존재감이 굉장히 강하기 때문에, 사물을 파괴할 의도가 없이 일정량 이상 퍼부었을 땐 그 사물에 오러의 색이 덧입혀지기도 했다.

내가 미르로 활동하며 줄곧 사용해 온 단도의 검날이 지금에 이르러선 완전히 새까매진 이유도 이 때문이었다.

"짠. 이러면 드레스 코드 티는 나겠지."

레오가 마법이라도 보여 주듯 손을 펼치며 내게 브로치를 내밀었다. 금빛 브로치는 어느새 선명한 연녹색으로 물들어 있었다.

그는 자신이 고른 제복 라펠에 브로치를 달더니 제복을 내 몸에 대보고는 만족스러운 표정을 지었다.

"너한테서 내 기운이 풍기겠네."

오러의 색이 물들 정도로 퍼부었으니 오러 주인의 기운이 영역표시처럼 주변에 퍼지는 것도 당연한 일이다. 나는 레오 특유의 기운을 느끼며 웃음을 터트렸다. 그의 기운이 불쾌했다면 곧바로 내 기운으로 밀어냈겠지만, 브로치 하나로 드레스 코드를 맞추고 만족스러워하는 모습이 귀여워 내버려 두기로 했다.

"그래. 이거면 돼?"

"아니. 어디서 중간에 내빼려고. 내 첫 춤까지 가져가 주셔야지."

나는 잠시 눈을 굴리며 상념에 빠졌다. 귀족들에게 있어 첫 춤이란 큰 의미다. 제국에서 데뷔탕트 파트너와 염문이 생기듯, 아타라 또한 다르지 않을 터였다.

'좀…… 첫 키스를 가져가는 느낌 아닐까? 내 첫 춤을 가져간 엘한테 첫 키스를 줬다고 생각하는 건 아니지만…… 아니, 엘은 진짜로 가져갔지.'

의식의 흐름에 따라 민망한 기억이 두둥실 떠올랐다. 나는 그 순간 내 얼굴이 붉어지지 않길 바라며 생각을 빠르게 지워 냈다.

"네 생애 첫 춤 상대는 나로 괜찮은 거야?"

나는 턱을 매만지며 레오를 올려다보았다. 보석 같은 연녹색 눈으로 나를 응시하던 레오가 고개를 기울였다.

"너 말고 누구한테 주는데? 너밖에 없어."

그는 내가 했던 말에 태연히 답하며 당연한 걸 왜 묻느냐는 표정을 짓고 있었다.

"……나는 네게 생애 첫 춤을 줄 수 없어도 괜찮아?"

저울의 균형이 맞지 않는 거래다. 내가 레오였다면 불공평하다고 느꼈을 것 같았다.

내 질문을 들은 레오는 시원하게 웃음을 터트렸다.

"상관없어. 나랑 추는 건 처음이잖아?"

맹목적인 시선은 흔들림이 없었다. 문득, 그의 시선은 언제나 나를 좇고 있음을 깨달았다.

'내가 저 맹목에 보답할 수 있나.'

그 생각으로 마음이 소란해질 때, 잡음들을 차단하듯 레오가 말을 이었다.

"네 최초와 최고와 유일을 원해. 하지만 아니라도 상관없어. 나는 네가 주는 것이라면 쓰다 버린 구두도 기꺼이 받을 테니까. 비수를 입에 넣어 줘도 달게 삼키겠지."

내 손을 이끈 레오가 내 손바닥 위에 입술을 내렸다. 굳은살과 흉터로 가득한 내 손은 부드러운 입술에 닿았을 때 거칠었을 텐데도 그는 고개를 물리지 않았다. 집요하게 이어지는 시선 속에서 나는 익숙한 것을 발견했다.

"나는 너를 생각하면 갈급해져."

갈망.

몇 번이고 봐 왔던 감정이다. 늘 내 마음을 요동치게 했다. 하지만 내가 봐 온 많은 갈망 중에서도 레오의 갈망은 독특했다.

"기억해? 난 어려서부터 잡식성이었어. 입에 들어오면 죽었든 썩었든 가리지 않고 무조건 삼키고 보았지. 왕이 됐는데도 여전히 그래. 너에 관한 것이면 뭐든 삼키고 싶어."

새액, 부드러운 무언가를 까칠한 사포로 긁는 듯한 소리와 함께 손목에 축축하고 물컹한 감촉이 느껴졌다.

등의 솜털이 쭈뼛하게 섰다. 그 짐승 같은 행위는 내리깐 채 형형하게 번들거리는 두 눈과 겹쳐져 꼭 사냥감을 맛보는 맹수 같았다.

"그러니 두 번째 춤이든, 열 번째 사랑 고백이든, 서른 번째 키스든 내게 줘."

그가 틀었던 고개를 천천히 돌리며 나와 마주했다.

아, 그래. 그의 갈망은 본질부터 달랐다.

"소화는 내가 해."

그는 내가 주는 것이 독이 될지라도 기꺼이 삼킬 용의가 있어 보였다. 좋은 살코기는 모두 다른 이들에게 나눠 주고 말라비틀어진 뼛조각 하나만을 던져 준대도 탐욕스럽게 집어삼키리라.

그의 탐욕은 무엇도 가리지 않았다.

충직한 검이 되려 했는데 3

그 뒤로 금세 분위기를 가벼이 한 레오가 낄낄거리며 나갔지만 나는 시녀들이 연회 준비를 도울 때까지 계속 멍했던 것 같다.

나는 희미한 향유 향이 풍기는—후각이 예민해 내 몸에서 인위적인 향기가 너무 짙게 나면 불편했기에 내 목욕물엔 늘 미세한 양의 향유만 들어갔다—수면을 손끝으로 휘젓다 한숨과 함께 고개를 젖혔다.

나는 레오에게 있어 처음으로 사귄 친구이자 그가 채 탈피하지 못한 미성숙의 도피처라고 생각했다. 그래서 어리광 같은 소유욕과 집착을 받아 주었다.

'뭐든 달라고……'

하지만 아무리 생각해도 내 가늠보다 더 큰 무언가가 있는 것 같았다. 나는 레이샤 다음으로, 아니, 어쩌면 그와 비슷하게 레오를 잘 알고 있다고 생각했건만, 지금은 그를 알 수 없었다.

그의 검은 동공은 블랙홀 같았고, 동공의 경계를 긋는 원은 우로보로스의 원 같았다. 자기 꼬리를 물고 있는 뱀처럼 깊고 아득한 탐욕이었다. 그의 눈을 보고 있자면 덩달아 기분이 이상해졌다.

'연회까지 30분 남았네.'

혼자 생각하는 시간이 너무 길었다. 나는 깊은 생각 끝에 정신을 차리고 욕조 안에서 나왔다.

전쟁을 위해 움직이면서 내 편리를 위해 공작가의 시종들까지 이끌고 오는 건 영 끌리지 않아 제국에 모두 두고 왔다. 때문에 이곳에서 내 시중을 들어 주는 이들은 모두 아타라 왕궁의 시녀들. 익숙한 이들이 아닌 데다, 아타라에 스파이가 있다는 사실을 들은 뒤라 가까이 두기가 찝찝해 목욕물만 준비해 달라고 하고 모두 물린 참이었다.

물기를 대충 닦고 제복을 꿰어 입었다. 늘 최소한의 단장만 추구했기에 오래 걸리지도 않았다. 머리를 하나로 묶어 올리고는 거울 속의 나를 바라보았다.

'이 정도면 되겠지.'

그럭저럭 봐줄만 했다. 시녀들의 손길이 있었다면 더욱 맵시가 살았겠지만, 욕 얻어먹지 않을 정도로만 챙겨 입으면 된다는 주의였으니 미련은 없었다.

똑똑.

"나야. 들어가도 돼?"

모든 준비를 마쳤을 때, 내 마음을 어지럽게 만든 주인공의 기척이 문 밖에서 느껴졌다.

"들어와."

나는 의아해하면서도 수락했다. 레오와 내가 정식 파트너였다면 그가 나를 데리러 오는 것이 당연했으나, 우리의 약속은 어디까지나 사적인 댄스 파트너였다. 안 그래도 가장 바쁠 레오가 연회 직전에 나를 찾아온 이유를 짐작할 수 없었다.

"무슨 일이야?"

"너라면 옷시중을 안 받았을 것 같아서. 맞지?"

레오는 성큼 내 방을 가로질러 걸어왔다. 갑작스럽지만 정곡이었다. 공작가에서도 시중을 받는 걸 그다지 좋아하지 않았던 나는 뜨끔하며 고개를 끄덕였다.

"그건 맞는데. 문제 있나?"

"아타라의 정식 연회에선 제복을 입는 방법이 까다롭거든. 내가 한때 배우다 때려치울까 싶었을 정도로. 시중을 받았다면 시녀들이 알아서들 맞춰서 입혀 줬겠지만…… 넌 내 손길이 필요하잖아. 맞지?"

짓궂게 미소 지은 레오가 내 앞에 섰다. 나는 새삼스레 그의 모습에 감탄했다.

백색 곱슬머리는 완벽하게 정돈되어 있었고, 요정들의 실크로 만든 듯 빛을 받는 각도에 따라 여러 색깔로 일렁이는 은색 제복은 그의 몸에 딱 맞춰 각 잡혀 있었다. 신이 빚은 얼굴은 별가루를 잔뜩 쏟아부은 듯 반짝거렸다.

나는 그의 재킷 라펠에 꽂힌 연녹색 브로치를 유심히 바라보았다. 은색 제복만으로는 우연히 겹쳤나 싶을 텐데, 똑같이 연녹색 브로치를 차고 있으니 빼도 박도 못하고 맞춘 것이었다.

충직한 검이 되려 했는데 3

"⋯⋯생각이 바뀌었는데. 지금이라도 후줄근한 와이셔츠로 갈아입고 갈래? 아니면 구질구질한 튜닉 같은 건 어때. 이건 나랑 둘이 있을 때 입고."

"혹시 나한테 오다가 넘어지면서 전두엽 손상됐어?"

내가 그를 관찰하고 있을 때 그도 나를 관찰하는 건지 한참 따가운 시선이 느껴졌다. 이후 내뱉는 말은 헛소리겠거니 하고 넘겨 버렸다.

딱.

"⋯⋯아."

"그래서. 아타라 식으로는 어떻게 입는 건데."

나는 초점을 잃고 멍해 보이는 레오의 이마를 주먹으로 가볍게 갈기고 고개를 쳐들었다. 눈을 몇 번 깜빡인 레오는, 이내 저 혼자 고개를 휘젓더니 전보다는 침착하게 내 와이셔츠로 손을 뻗었다.

"와이셔츠의 첫 번째 버튼은 잠그되 두 번째 버튼은 열어야 해. 셔츠는 깔끔하되 약간의 구김이 있어야 하고, 소매의 버튼은 모두 열어야 하지."

레오의 큰 손이 나를 부드럽게 훑었다. 옷을 입는 게 아니라 악마 소환식을 치르는지 토 나올 정도로 자질구레한 게 많았다. 그러나 조용히 설명하며 내 옷매무새 하나하나를 고쳐 주는 레오는 싫지 않았기에 군말하지 않았다.

"견장의 술은 겨드랑이 아래까지 내려오면 안 되고, 바지 주머니엔 뭔가 있으면 안 돼. 바지는 딱 맞게. 바지 밑단은 아주 조금 접어야 하지."

온몸을 체크해 준 레오는 마침내 한쪽 무릎을 꿇고 내 발목을 붙잡아 들었다. 누구보다 더 아름답게 제복을 차려입은 채로 내게 굽히고 바짓단을 정리해 주는 그는 역설적이었다.

"감히 네 옷차림이 틀렸다고 떠들 수 있는 사람은 없겠지만, 그래도 네가 완벽해 보이길 바라. 그 누구도 범접할 수 없게."

레오가 나를 올려다보며 입꼬리를 끌어올렸다. 나는 장갑을 낀 손을 나도 모르게 꽉 쥐었다.

"폐하, 어디 계십니까!"

내가 무어라 말하려던 찰나, 문 밖에서 인기척이 들렸다. 연회 직전이 됐는데도 보이지 않는 국왕을 다급하게 찾는 목소리였다. 단번에 인상을 구긴 레오는 한숨을 쉬며 자리에서 일어났다.

"……조금 뒤에 봐."

레오는 문으로 나가지 않고 창틀에 훌쩍 올라탔다. 그의 방은 내 방에서 바로 위층이었으니 바로 올라가려는 듯했다. 그가 창문을 열어젖히자 초저녁의 시원한 바람이 넘실 불어왔다.

"슈슈."

레오가 떠나기 전에 나를 불렀다.

"기다리고 있어. 춤을 청하러 다시 올게."

그의 초록색 망토와 내 방의 검붉은색 커튼이 펄럭이고, 새하얀 머리카락이 나부끼며, 모든 것이 신비로워 보이는 저녁 하늘을 배경으로 그가 화려하게 미소 지었다.

절대 잊지 못할 아름다운 광경이었다.

과연 대륙에서 가장 부유한 나라로 꼽히는 아타라답게 연회는 매우 성대했으나, 그걸 즐길 틈은 없었다. 나는 몰려든 귀족들 사이에서 고군분투했다.

"크리시스 공작가는 제국에서 대대로 군을 맡아 통솔했다죠?"

"그렇게 됐습니다."

"그 나이에 소드 마스터라니, 정말 대단하세요."

"별말씀을요……."

쏟아지는 칭찬 세례에 기계적으로 답했다. 욕을 얻어먹는 것보단 낫다지만 내게 있어서 견디기 힘든 건 매한가지였다.

딱딱하기 그지없는 내가 뭐가 재미있는지 사람들은 내 주위에서 떠날 기미를 보이지 않았다. 나를 통해 솔라티네 제국 사교계에 연줄을 대어 보려는 것 같지만, 나는 사교계와 거리가 멀었으니 특별히 해 줄 말도 없었다.

시간이 빨리 가기만을 기도하며 석상처럼 서 있을 때, 귀족 중 하나가 조심스럽게 물었다.

"그런데 국왕 폐하와는 전부터 연이 있으셨던 것인가요?"

분산되어 있던 사람들의 시선이 곧바로 내게 집중되었다. 다들 직접적으로 물어보진 않았으나 궁금했던 모양이다. 나는 속으로 한숨을 뱉었다.

'언제 질문하나 했다.'

레오가 내게 자신의 궁을 내주었단 소문은 이미 사방으로 퍼졌다. 게다가 지금 나와 그의 복장은 누가 봐도 맞춘 것이니 논란은 더욱 가중되었을 터였다.

"오랜 친우입니다."

"세상에, 언제부터……?"

"어린 폐하께서 제국으로 피신 오셨을 때부터 연이 있었습니다."

비밀로 해야 될 이유는 없으니 솔직히 대답했다. 내 말에 놀라워하던 귀족들은 자기들끼리 수군거리다 또다시 나를 들볶아 대기 시작했다.

'나를 가만히 내버려 둬…….'

마음 같아서는 허공을 밟아 도망쳐 발코니에서 술이나 마시고 싶었지만, 제국을 대표하고 있다는 책임감 때문에 꾸역꾸역 버텼다.

'나도 크리시스의 미친 개 같은 별명을 얻어 둘걸 그랬나.'

나는 부러운 마음을 담아 왕좌에 앉은 레오를 바라보았다. 원래라면 국왕인 레오에게 사람들이 가장 많이 몰려야 하건만, 왕좌 5미터 전방은 황량했다. 누가 왕좌 앞에서 칼춤이라도 춘 게 아닌가 싶을 정도였다.

늘어져라 앉아서 샴페인이 든 잔을 흔드는 레오는 여유롭다 못해 무료해 보였다. 과연 폭군으로 악명을 떨치고 있는 사람다웠다.

'너한테 가야 할 질문들이 다 나한테 오고 있는데 하품이 나오냐?'

내 상황과 너무 대비되어 질투심이 생길 지경이었으나 심호흡으로 침착함을 되찾고 시선을 돌렸다. 눈이라도 마주치면 레오가 곧장 이곳으로 올 것이고, 그럼 상황이 더욱 피곤해질 게 분명했다.

"이자가 지원군의 지휘관이라고?"

상념이 오가던 순간, 낮고 거친 목소리가 내 귓가에 울렸다.

나는 본능적으로 검 손잡이를 붙잡았다. 심상치 않은 기운에 적당히 누그러트렸던 신경이 곤두섰다.

나는 목소리의 주인에게로 고개를 돌렸다.

"새파란 애송이군."

그곳엔 산적같이 흉포한 인상의, 곰만 한 중년의 남자가 나를 내려다보고 있었다.

그의 등장에 내 주위를 둘러싸고 있던 귀족들이 슬금슬금 물러섰다. 모두가 그를 두려워하고 있었다.

'강하네.'

그에게선 소드 엑스퍼트의 기운이 느껴졌는데, 나 또한 상대가 쉽지 않을 만큼의 강자였다. 눈가와 입가, 뺨에 난 험악한 흉터가 장식은 아닌 모양이었다.

"그러는 넌 누구지?"

나는 와인을 한 모금 삼키고는 여상스레 물었다. 주위의 수군거림은 더욱더 커져 갔다.

마흔은 족히 넘어 보이는 남자에게 내가 어려 보이는 것이야 당연했으므로 그의 도발적인 말에 큰 감흥은 없었으나, 그가 말을 놓으니 나도 말을 놓았다.

눈썹을 꿈틀거린 남자가 짙은 갈색 눈동자로 나를 매섭게 바라보았다.

"아타라의 변경백 빌헬름 오스테온이다."

변경백이라면 국경과 맞닿은 곳에 봉토를 가진 영주였다. 공식적으로는 백작 위 후작 아래의 작위이나, 까다로운 지역을 지키고 있는 공을 인정받아 실제로는 후작에 버금가는 실권을 쥐고 있었다.

나는 선선히 고개를 끄덕이고 빌헬름에게 손을 내밀었다.

"지원군의 지휘관, 카슈미르 크리시스다."

빌헬름은 강한 악력으로 내 손을 붙잡고 흔들었다. 솥뚜껑만 한 그의 손은 가뭄으로 갈라진 대지를 떠올리게 할 만큼 거칠었기에 그의 험한 삶을 엿볼 수 있었다.

"용건이 있나?"

"지휘관이 왔다기에 확인하러 온 것뿐이다."

다른 귀족들의 곱상한 발음과는 다르게 거친 사투리가 섞인 그의 발음은 쇳소리 같았다.

빌헬름이 날것 그대로의 눈빛으로 나를 무섭게 노려보는 사이, 나는 그를 유심히 관찰했다.

'카라쇼 스승님.'

크리스털 샹들리에의 빛을 받아 따뜻한 햇살과 비슷한 빛깔로 반짝이는 짙은 오렌지색 머리카락과 덥수룩한 수염은 카라쇼의 머리카락이 하얗게 세기 전의 색깔과 비슷했다.

잠시 향수에 빠져 있던 순간, 빌헬름이 혀를 찼다.

"강하다고 하여 다 지도자가 될 수 있는 것은 아니거늘, 제국은 대체 무슨 생각인지 모르겠군."

경악 섞인 시선들이 빌헬름에게로 쏟아졌다. 나는 헛웃음을 뱉으며 근처 탁자에 잔을 내려놓았다.

"방금 그 발언은 아타라와 제국의 외교 문제로 넘어갈 수 있다는 거 아나?"

"지휘관이랍시고 이런 애송이를 보낸 것부터가 외교 문제 아닌가."

"내 유능함은 둘째치고 제국이 지원군을 보낸 것 자체가 호의인데, 아타라는 호의를 이런 식으로 갚나?"

"호의? 이렇게 계산 가득한 호의가 있던가? 아타라의 방벽이 무너지면 그 다음으로 위험한 것은 제국일 텐데. 아타라를 방패막이로 삼아 보겠다는 속셈 아닌가."

진갈색 눈동자가 맹렬하게 타올랐다. 그의 크고 거친 주먹에 힘이 들어갔다.

"내 평생을 북부와 맞닿은 지역에서 검은 피를 보며 살아왔지만 전장에 서면 여전히 두렵다. 전쟁은 너 같은 애송이가 견뎌 낼 수 있는 게 아니야."

짐승처럼 눈을 번뜩이는 빌헬름은 분노한 늑대 같았다. 나는 그의 시선을 피하지 않으면서 한 손을 제복 주머니 안으로 밀어 넣었다. 반들반들한 조약돌 같은 것이 손끝에 닿았다.

"그대는 살아온 세월에 자부심이 넘치는 것 같군."

"자부심과 의무감만으로 버텨 온 세월이다."

빌헬름이 무뚝뚝하게 답했다.

"그건 나도 마찬가지야."

정제된 살기가 새어 나갔다. 약간의 오한이 들 정도의 기운. 검은 연기가 옅게 흘러나오며 넘실거리는 가운데, 나는 비죽 입꼬리를 비틀었다.

"나 또한 평생 검은 피를 보고 살았다."

그의 평생과 내 평생의 연차가 다를지도 모르지만, 그곳에 건 생명의 무게는 동일했다.

내 기운에 눈썹을 꿈틀거린 빌헬름이 제 검 손잡이에 손을 올렸다. 습관처럼 한 행동인 것 같았다. 그와 나 사이에 싸늘한 대치가 이어지고 있었을까.

"빌헬름 오스테온 변경백. 이 이상의 무례는 용서치 않겠습니다."

내 앞을 막고 선 사람은 부관 조나단이었다.

"에이머리 경?"

나는 조금 놀란 채 곧바로 기운을 거둬들였다. 조나단은 내 부관이니 당연히 연회에 참가하리라는 걸 알고 있었지만 내 일에 끼어들 줄은 몰랐다. 그가 날 좋아하지 않는다는 걸 가장 잘 아는 건 나였다.

"넌 또 뭐냐. 나와라."

"지휘관님의 부관으로서 좌시하긴 어렵습니다."

조나단은 눈을 부라리는 빌헬름 앞에서도 무심했다. 그의 숨 막히는 잔잔함은 내가 상대할 땐 막막했으나, 내 편이 되니 이렇게 든든할 수가 없었다.

"물러서라는 건 검에서 손까지 떼라는 뜻입니다. 지휘관님을 향한 무례는 저희 지원군 전체를 향한 무례라는 걸 자각하셔야 할 겁니다."

빌헬름을 탐색해 볼 생각으로 적당히 유한 태도를 취했던 나와 다르게, 조나단은 지금 당장 헬리오스라도 호출할 듯 단호했다. 그 기세에 나조차도 눈을 끔뻑였을까, 혀를 찬 빌헬름이 검 손잡이를 쥐고 있던 손을 들어 올렸다. 공격할 뜻이 없다는 의사였다.

"……어차피 진짜 합을 나눌 생각은 없었다."

내게 검을 휘둘렀다간 빌헬름이 아무리 입지가 넓은 귀족이라도 무사하긴 힘들 것이다. 휙 몸을 돌린 그는 살짝 나를 돌아보았다.

"그대를 인정한다는 뜻은 아니야. 그대가 지휘관에 알맞은 사람이라는 걸 증명해야 할 걸세."

빌헬름의 태도에서는 냉기가 감돌았다. 나는 여전히 손끝에 닿아 있는 매끄러운 것을 꼭 쥐며 방긋 웃어 주었다.

"그대 또한 증명해 줄 거라 기대하지. 내게 그런 말을 할 자격이 있는지 말이야."

'네가 워낙 사람에게 약하니 말이다. 믿을 수 있는 사람인지 아닌지 탐지해 내는 마도구다.'

이곳에 오기 전 칼과 아리아가 내게 선물한, 일명 '사람 탐지기'. 시제품이라한 번만 사용할 수 있다고 해서 고민하다 연회에 올 때 켜고 온 참이었다.

지이잉—

그리고 믿을 수 없는 사람 앞에서만 울린다는 탐지기가 명확히 울리고 있었다.

"지휘관으로서 미덥지 못한 꼴을 보였군. 도와줘서 고맙다."

탐지기가 진동이 멈춘 뒤에도 잠시 쥐고 있다, 조나단를 향해 고개를 까닥였다. 그의 도움 없이 헤쳐 나오지 못할 상황은 아니었으나 예기치 못한 호의에 고마움을 느낀 건 사실이었다.

"당연히 할 일을 했을 뿐입니다."

속눈썹을 팔랑인 그가 무심하게 시선을 돌렸다. 구덩이 같은 검은 눈동자는 여전히 속내를 비추지 않았다.

"당신은 우리의 얼굴입니다. 어디서도 무너지지 말아 주십시오."

깔끔하고 담백한 목소리엔 일말의 사감도 묻어나지 않았지만 그 자체로 상냥하게 느껴졌다.

나는 피식 웃었다.

"그래. 나는 그대들의 지휘관이니."

그 무게를 단 한 번도 잊은 적 없었다.

빌헬름과의 사건 이후로 내게 다가오던 귀족들의 발걸음이 뚝 끊겼다. 잠시 풀었던 살기 때문에 본능적으로 나를 꺼리는 것 같았다.

나는 예의상 몇 분 더 자리를 지키고 서 있다가 그림자처럼 살금살금 연회장을 나왔다.

"답답해 죽는 줄 알았네."

충직한 검이 되려 했는데 3

후, 길게 숨을 내뱉고는 목을 죄던 타이를 풀어헤쳤다. 몇 번이고 겪었지만 연회는 익숙해지질 않았다.

처음 와 본 궁이기에 지리를 몰라 잠시 방황했으나, 이내 발코니를 찾을 수 있었다.

'대부분 만석이네.'

사람이 있다는 뜻으로 커튼을 치고 그 위에 붉은 리본을 묶어 둔 발코니가 과반수였다. 레오를 기다리며 바깥바람이나 쐬고 있을까 싶었는데 오늘은 날이 아닌 모양이었다.

뒤돌아서 돌아가려는 그때.

'잠깐.'

문득 공기 중에 실려 온 익숙한 기운에, 나는 발걸음을 멈췄다. 의혹은 초조함이 되고, 초조함은 확신이 되며, 확신은 경악이 되었다. 나는 다시 몸을 돌리고 미친 듯이 뛰기 시작했다.

'말도 안 돼, 어떻게? 아니, 왜? 어째서?'

절대 이곳에 있어서는 안 되는 인물이었다. 이 정도 뛰는 것쯤 전혀 힘들지 않은데도 손에 배기 시작한 땀은 긴장을 뜻하는지, 경악을 뜻하는지, 혹은 다른 무언가인지 알 수 없었다.

촤아악!

나는 맨 끝 발코니의 커튼을 망설임 없이 열어젖혔다.

"너…… 이 미친 새끼."

그리고 두 눈에 담긴 광경에 욕을 짓씹어 뱉었다.

"아."

아직 겨울이라기엔 따뜻한 계절이건만, 그는 시간을 빠르게 감아 모든 것을 겨울로 불러들였다.

콱!

성큼성큼 다가가, 망설임 없이 목덜미를 틀어쥐었다. 난간에 아슬아슬하게 걸터앉아 있던 인영의 상반신과 검은 망토가 허공으로 쏟아졌다.

대체 무슨 용기인지 그때까지도 난간을 잡지 않던 그가 천천히 자신의 목을 쥔 내 손목을 붙잡았다.

"안녕, 슈슈."

고막을 긁는 목소리는 지독하게도 감미롭고, 또 익숙했다. 나는 이를 드러내며 멱살을 더욱 꽉 붙잡았다. 붉은 입술이 기울고, 그의 잇새에서 웃음이 흘러나왔다. 생기 없이 투명한 보랏빛 수면에 내가 담겼다.

"여전히 환영 인사가 격하군."

달빛 아래 금방이라도 사라질 듯 아스라이 빛나고 있는 그는 지그문트 하이드였다.

"환영 인사가 아니라 작별 인사일 텐데."

고저 없는 목소리로 뇌까린 나는 그의 목을 쥔 손에 힘을 주었다. 무시할 수 있는 악력이 아닐 텐데도 지그문트는 고요히 나를 응시할 뿐이었다. 신음 한번 내지 않는 그도, 이 상황도, 모든 것이 지독했다.

"이런 허울뿐인 짓은 그만하지. 어차피 못 죽인다는 거 안다."

짧게 기침을 뱉은 지그문트가 제 목을 쥔 내 손목을 툭툭 두드렸다. 나는 차오르는 분노를 꾹 누르고 시건방지게 입꼬리를 비틀었다.

"왜. 아직 카라쇼 곁에 가고 싶진 않나 보지?"

지그문트가 쓰레기처럼 군다면 나도 똑같이 굴어 줄 수 있었다. 그가 하는데 내가 못 할 리 없었다. 내가 내뱉고도 스스로 상처 받아 심장이 욱신거렸으나, 다행히 웃음은 무너지지 않았다. 지그문트의 눈빛이 탁해졌다.

"스승님 외로워하실까 봐 다른 제자를 곁에 보내 드리다니 대단한 효심이군그래."

"별말씀을. 카라쇼 죽는 순간도 곁에서 못 지킨 네 효심만 할까."

"스승님을 직접 죽인 네게 비할 바는 아니지."

서늘하게 날을 간 말들을 주고받았다.

차가운 밤바람이 허공에 수놓인 지그문트의 망토를 자꾸만 흔들었다. 그와 눈을 마주치고 싶지 않은 마음을, 그 산만함에 시선이 팔렸다 변명하며 망토에 시선을 고정했을까.

"그래. 스승님께 보내 주지 그러나."

지그문트가 내 턱을 붙잡고, 살짝 틀어졌던 내 시선을 그 자신에게 고정시켰다. 보랏빛 눈동자가 요요하게 번뜩였다.

"죽여 보란 소리다."

그의 목을 쥔 내 손. 그의 뒤는 낭떠러지. 지그문트를 죽이기에 최적의 조건이었다.

"하, 소원이라면 죽여 주지."

쿵.

노기 섞인 웃음을 뱉은 나는 지그문트를 바닥으로 내팽개쳤다. 큰 소리와 함께 그가 나동그라지고, 새하얀 대리석 바닥에 그의 검은 머리칼이 흩뿌려졌다. 지그문트는 그때까지도 저항하지 않았다. 나는 그의 위에 올라탄 채 목을 쥐고 있는 손에 힘을 주었다.

"첫 재회가 생각나는군. 그땐, 콜록. 검을 겨눴던가."

여유롭게 고개를 젖힌 지그문트가 과거를 회상하듯 눈을 굴렸다. 잔기침을 뱉으면서도 태평한 태도였다.

"유감스럽지만 그때도 지금도 두렵진 않다."

휘황한 달빛만이 밝히는 발코니는 상황에 어울리지 않게 고요하고 낭만적이었다. 나는 볼 안쪽을 짓씹었다.

"너는 나를 죽이지 못한다."

"닥쳐."

덜덜 떨리는 손에 더욱 힘을 주었다. 손 아래로 팔딱거리는 핏줄이 느껴졌다.

인간은 허무할 만큼 약해서, 여기서 조금만 더 힘을 주면 대륙에 손꼽히는 강자인 그일지라도 맥없이 죽어 버릴 것이다. 사람을 살리는 일은 내 온몸을 던져야 할 만큼 어려웠건만 죽이는 일은 이리도 쉬웠다. 모순적이고 불공평했다.

"너는, 나를, 죽이지 못해. 왜냐하면……."

질리도록 들어온 말을 다시 한번 반복하는 지그문트의 얼굴이 창백했다. 서서히 죽어 가는 얼굴이 내 검에 찔려 죽어 가던 스승의 얼굴과 겹쳐 보였다.

차가운 밤바람조차 식힐 수 없을 만큼 많은 양의 식은땀이 흘러내렸다. 속이 역류했다.

"내가 널 죽이지 못하니까."

희게 질린 채 초승달처럼 얇아진 입술은 은밀한 비밀을 속삭이듯 나직한 음성을 내뱉었다.

스르륵.

콜록, 내 손에 힘이 빠짐과 동시에 지그문트가 발작적으로 기침을 내뱉었다. 바늘로 푹 찔러도 피 한 방울 나오지 않을 줄 알았건만, 그도 사람인지 고통스러워 보였다.

나는 그 모습을 멍하니 내려다보았다. 지그문트가 내게 죽일 각오로 달려들지 않는 이유는 나를 조롱하기 위함이라고 생각했다. 언젠가 날 조롱하는 것도 질리면 생기 없는 얼굴로 내 목에 칼을 박아 넣으려 들 거라고 생각했건만.

달빛에 비쳐서일까, 나를 죽일 수 없다고 고백할 때의 두 눈은 꼭 진실을 말할 때처럼 반짝였다.

"너와 나는 서로를 파괴하기 위해서 존재하지만, 이상하지."

거친 손끝이 내 뺨을 쓸어내렸다. 나는 그의 손길도, 시선도 피할 수가 없었다. 올가미에 걸린 짐승처럼 꼼짝도 하지 못한 채로 범람하는 그의 감정을 받아 냈다.

"그렇기에 서로로 완성돼."

지그문트가 내뱉는 말은 분할 만큼 정곡이었다.

"……왜 이곳까지 기어들어 온 거지?"

나는 떨리는 호흡을 계속하며 겨우 감정을 억누르고는 그를 차가운 시선으로 내려다보았다. 여전히 내 밑에 깔린 채, 지그문트는 어깨를 으쓱했다.

"글쎄. 네가 예상한 대로일 거다."

"아가리 나불대지 말고 바른대로 불어."

지그문트의 멱살을 치켜올렸다. 그의 머리가 힘없이 기울어지며 손자국이 남은 새하얀 목덜미가 얼핏 드러났다.

그는 매끄럽게 입꼬리를 올렸다.

"이미 알잖아. 이곳에 내 사람이 있다는 거."

스파이.

이미 들어 알고 있었지만, 그가 스파이와 내통하기 위해 아타라에 침입하는 위험천만한 짓까지 할 줄은 몰랐다. 나는 눈을 치켜뜨고 그를 노려보았다.

"무슨 짓을 꾸미고 있는 거지?"

"내가 그걸 답해 줄 거라고 생각하고 묻는 건가."

"아니."

퍽.

나는 지그문트의 얼굴에 주먹을 내리꽂았다. 전에는 그 반반한 얼굴이 아까워 얼굴만은 피해 공격했으나, 이젠 곤죽이 되든 찌그러진 깡통이 되든 상관없었다.

그가 낮게 신음을 뱉는 가운데, 나는 입꼬리를 뒤틀었다.

"심문을 핑계로 한 대 치고 싶었을 뿐이다."

이건 차마 죽일 수 없는, 불멸하는 정적에 대한 화풀이였다.

지그문트가 한숨처럼 웃음을 뱉었다. 그의 잔잔한 표정을 보고 있자면 주먹다짐이 아니라 밀회라도 하고 있는 것 같았다.

툭.

그가 고개를 숙이며 자신의 멱살을 잡은 내 손 위에 뻔뻔하게 턱을 얹었다.

"얼굴을 치다니 의외군. 내 얼굴을 좋아하지 않았던가."

쾅!

내팽개쳐진 지그문트가 티 테이블과 부딪쳤다. 제법 큰 소리가 났지만 사람들이 몰려올 거란 염려는 들지 않았다. 보통 발코니에서의 만남은 연인들의 시간을 뜻하니 함부로 들어오지 않을 터였다.

"사람은 피를 흘리면 배로 아름다워진다고 하지. 내 친히 더 아름답게 만들어 준 거다."

나는 쪼그려 앉은 채로 그의 머리카락 사이에 손가락을 비집어 넣고 그의 얼굴을 들어 올렸다. 그리고 엉망이 된 지그문트를 응시했다. 차라리 속이라도 시원하면 좋으련만, 다친 얼굴을 봐도 기쁘지 않았다. 생각처럼 화가 풀리지도 않았다. 오히려 무언가 속을 꽉 누르고 있는 것처럼 답답했다.

폭력은 그 어느 때에도 해결책이 되어 줄 수 없었다.

"그래. 그럼 이 정도로 만족하나? 기분이 좋아졌어?"

눈을 느리게 깜빡인 지그문트가 자신의 얼굴을 들이밀었다. 조금 전 주먹질로 인해 그의 얼굴엔 코피가 번져 있었다. 나는 표정을 일그러뜨리지 않으려 무단히 애썼다.

지그문트는 내 기분이 조금도 풀리지 않았다는 걸 알고 있을 텐데도 아무것도 모르겠다는 낯이었다.

"넌 단 한 번도 날 기분 좋아지게 한 적 없어."

나는 결국 힘없이 그의 멱살을 쥔 손을 놓았다. 분한 마음에 발악하듯 달려든 것은 이전부터 여러 번이었으나 끝은 동일하게 놓아 줄 수밖에 없었다.

"섭섭한 소리를 하는군. 단 한 번도 없다니."

"네 존재가 내게 즐거움을 준 적이 있을 것 같나."

지그문트는 얼굴에 철판을 용접한 것이 분명했다.

"됐다. 네놈이랑 무슨 얘길 하겠냐."

대치하는 것도 질린 내가 그를 뒤로한 채 자리에서 일어나려 할 때였다.

"난 아직 안 끝났다만."

훅.

지그문트가 여태까지 저항하지 않은 건 장난이었음을 증명하듯 강한 힘으로 나를 끌어당겼다. 순간 중심을 잃고 그의 위에 엎어질 뻔한 나는 아슬아슬한 간격으로 겨우 몸을 지탱하고 섰다.

"무슨······."

"나와 함께하는 시간이 괴롭기만 한가?"

"뭐?"

그의 얼굴이 코앞에 있었다. 숨결이 세밀하게 맞닿는 거리에서 지그문트의 두 눈만이 내 시야를 가득 사로잡았다. 내가 조금 움찔한 순간, 그 찰나에 보랏빛 눈이 번뜩였다.

"내가 싫어?"

그는 이전부터 끈질기게 그를 친구로 생각하는지 물었다. 그러나 이제 친구라는 관계는 이미 먼 강을 건넜음을 아는지, 돌아온 질문은 하향되어 있었다.

나는 느릿하게 입술을 열다 다물기를 반복했다.

'싫다고 해야 하는데.'

누군가 끈적한 늪지대 풀을 내 입술에 발라 두기라도 한 양 입이 움직이지 않았다. 나는 전부터 거짓말에 소질이 없었다.

"싫진 않은 모양이야."

재수 없게 입꼬리를 끌어올린 지그문트가 내 턱을 잡아당겼다. 그와 이마가 닿고, 또 콧잔등이 닿았다. 능히 피할 수 있을 만큼 차분한 속도였으나 불쾌함보다는 이 상황에 대한 의문이 더 컸다.

인상을 찌푸린 채로 물끄러미 그가 하는 양을 바라보고 있을 때.

촉.

지그문트가 나와 입술을 겹쳤다.

두뇌 회전이 멈췄다. 현실감이 아득히 사라지고, 지금 벌어지고 있는 일이 이해가 되지 않았다.

거칠진 않으나 건조한 그의 입술은 놀랍게도 온기를 품고 있었다. 그러면 입술도 석고상처럼 차가울 줄 알았는데.

급격히 깎여 나가는 정신을 간신히 지탱할 때.

"뭐, 윽……!"

콰직.

지그문트가 내 아랫입술을 짓씹었다. 피비린내가 훅 올라오고 온몸의 털이 쭈뼛 섰다.

우리는 키스보단 서로의 목덜미를 물어뜯는 일이 더 어울리는 관계였다. 지그문트와 입술을 겹치는 상상은 단 한 번도 해 본 적이 없었다. 너무 생경해서인지 누군가 내 척추를 깃털로 훑고 가는 것 같았다.

맹수의 입질 같은 움직임이 이어질 때, 나는 그와 눈이 마주쳤다. 소름 끼치는 빛을 내는 두 눈은 한 번 깜빡이지도 않은 채 나를 응시하고 있었다.

연인을 보는 눈빛 같은 게 아니었다. 어떻게든 나를 뒤흔들고자 하는 열망이 넘실거리는 눈이었다.

내 흠집을 후벼 파서라도 그 자신을 박아 넣겠다는 의지. 그건 광기였다.

축축한 살덩이가 살갗 위로 느껴졌다. 나는 잡히지도 않는 대리석 바닥에 손톱을 박아 넣었다.

뭉근한 움직임이 이어지다 그가 내 턱을 꾹 눌러 입을 벌려 침입하려 할 때.

"윽."

콱. 나는 지그문트의 혀끝이 너덜너덜하도록 깨물고는 그를 밀쳐 냈다.

"이 미친 새끼가……!"

"어때. 내가 더 싫어졌나?"

경악으로 새파랗게 질려서 더듬거리는데, 지그문트는 입술 사이로 흐르는 피를 손등으로 우아하게 닦고는 방긋 웃었다. 나와는 정반대로 대단히 만족스러워 보여 발코니 아래로 던져버리고 싶었다.

"내가 죽이고 싶을 만큼 싫어져서, 결국은 날 죽이러 오길 진심으로 바라고 있다."

속삭임은 독배 안에 섞인 단물처럼 역하고 달콤했다. 내가 호흡조차 멈춘 채 얼어붙어 있는 동안, 그가 천천히 내 뺨을 쓸었다. 그의 손은 파충류의 겉피처럼 서늘해, 꼭 뱀이 내 뺨 위에 올라탄 것만 같았다.

"다음에 만날 땐 날 더욱 경멸하고 있기를 기대하마."

화악!

눈을 찌르는 큰 빛이 터져 나왔다. 순간 이동이 발동되었음을 깨달았으나, 그를 붙잡을 여력도 없었다. 그의 온몸이 투명해져 갔다.

"그리고 키스 더럽게 못하는군."

그 목소리를 끝으로, 지그문트의 존재는 이 근방에서 완전히 사라졌다.

그가 사라진 허공을 응시하던 나는 허탈한 웃음을 뱉었다. 입안에 도는 비린 내 나는 붉은 피가 그의 피인지 내 피인지 구분할 수 없었다.

나는 손등으로 입술을 벅벅 닦아 내고는 몸을 숙였다.

"미친 새끼……."

머릿속이 새하애져서 그 말밖에 뱉을 수 없는 밤이었다.

발코니에서 나와 숙소로 돌아가기까지 무슨 정신이었는지 기억이 나지 않았다. 그저 가는 길에 마주치는 사람마다 내 표정을 보고 기겁해서 피하던 것만 떠올랐다.

"미친놈……."

털썩.

나는 이번으로 백여든 번쯤 입에 담은 단어를 한 번 더 중얼거리며 침대에 걸터앉았다. 지그문트가 순간 이동으로 떠나던 순간 내 정신도 함께 이동한 건지, 정신을 차릴 수가 없었다.

스킨십에 별 의미를 두는 편은 아니었다. 내 주위 사람들이 하나같이 스킨십에 헤퍼 익숙하기도 했고—그 무뚝뚝한 라이너조차 손등에 입맞춤하는 것은 기본이었다—천성 자체가 무덤덤하기도 했다. 그러니 다른 사람이 그랬다면 여전히 당황하긴 했겠지만 이렇게까지 충격을 받진 않았을 것이다.

하지만 지그문트와의 키스는 아예 영혼이 빨리는 것 같았다. 물론 '키스'같이 멜랑꼴리한 단어를 붙이기보단 입술 공격이라 명명하는 것이 적절하겠으나 어찌 되었건 그가 내게 입을 맞출 거라고는 꿈에서도 상상을 못했다.

은은한 달빛 아래 피가 번진 얼굴로 웃던 그는, 마치…….

'정신 차려.'

퍽.

내 오른쪽 뺨을 주먹으로 갈겼다. 몽둥이에 얻어맞은 듯 둔탁한 고통이 닥치며 머릿속에서 재생되던 장면이 강제로 멈췄다.

'젠장, 이러고 있는 게 너무 자존심 상해……!'

나는 머리를 부여잡았다. 다른 사람이 이런 짓을 했다면 내게 호감이 있는 건가 잠시라도 고민했겠으나, 지그문트라면 의심의 여지가 없었다. 나는 내게 입술을 겹치던 순간부터 깜빡임도 없이 부릅뜨고 있던 보랏빛 눈동자를 기억했다.

그 안에 담긴 건 결코 사랑이 아니라, 사랑이란 단어조차 얄팍하게 느껴지는 짙은 광기였다. 내 두개골을 쪼개고 뇌수를 헤쳐서라도 자신을 박아 넣겠다는 집념.

지그문트는 그를 기억해 줄 사람이 나밖에 없는 것처럼 굴었다. 당장 죽더라도 많은 이들이 그를 기억할 텐데. 그 태도가 나를 혼란스럽게 했다.

충직한 검이 되려 했는데 3

'내가 지금 이렇게 행동하는 게 그 자식이 의도한 거겠지.'

나는 지그문트의 의도대로 착실하게 혼란스러워하고 있었다. 그 사실이 너무도 분해 창문 밖으로 뛰어내리고 싶었다.

뭐라도 쥐어 패고 싶었으나 화풀이를 하겠답시고 벽이라도 쳤다간 옆방의 모습을 구경하게 될 게 뻔했으므로 무릎만 꽉 쥔 채 속에서 분을 삭이고 있었을까.

똑똑.

창문에서 인기척과 함께 노크 소리가 들려왔다. 한밤중 창문에서 노크 소리라니. 내 방은 꽤 높은 곳에 위치해 있었기에 괴담의 초입으로 쓰일 만한 소재였으나, 다행히도 다가온 인기척의 주인은 내가 익히 잘 아는 사람이었다.

촤악.

나는 창문 앞으로 걸어가 커튼을 걷었다.

'열어줘.'

그곳엔 씨익 웃는 레오가 거꾸로 매달린 채, 입김으로 만든 도화지에 날카로운 필기체로 글씨를 적고 있었다.

그 얼굴을 보고 있자니 소란하던 마음이 조금 진정되는 것 같았다. 어려선 골치만 아프게 하는 망아지인 줄 알았건만—물론 지금도 대단히 망아지스럽다—이젠 그를 통해 힐링을 얻고 있으니 참 기묘했다.

나는 피식 웃으며 기꺼이 창문을 열어 주었다.

탁.

레오가 몸을 한 바퀴 돌리며 안정적으로 착지했다. 순백의 머리카락이 허공에서 가볍게 나부꼈다.

"자. 나한테 할 말 없으신가요, 아가씨?"

성큼 다가와 상체를 훅 숙인 레오가 연둣빛 눈동자를 빛냈다.

아이처럼 해맑은 얼굴로 거꾸로 매달려 있길래 기분이 좋은 줄 알았건만, 가까이서 보니 미세하게 약이 오른 기색이었다.

"어…… 너 오늘 정말 끝장나게 멋있다."

"난 늘 멋있었고. 또."

"혹시 어젯밤에 잠결에 세수하다 세면대 부순 거 봤어? 미안."

"욕실에 지뢰 심고 그 위에서 탭댄스 춰도 네가 다치지만 않는다면 상관없어.
그거 말고."

원하는 대답이 있는 것 같건만, 사실 머리가 잘 돌아가지 않았다. 내가 힐끗 눈
치를 보자, 헛웃음을 뱉은 레오가 제 앞머리를 쓸어 넘겼다.

"내가 어쩌다 이렇게 무심한 여자한테 감겨서는……."

그 목소리엔 한탄이 담겨 있었다.

나는 미간을 찌푸렸다.

"그것 말곤 실수한 게 없을 텐데……."

"제일 중요한 걸 잊으셨을 텐데요."

레오가 어린애를 설득하듯 과장스럽게 부드러운 목소리로 말하며 내 두 볼을
꾹 잡고 늘렸다. 허울 없는 그의 스킨십에 헛웃음을 뱉자, 그가 눈꼬리를 희미하
게 휘었다.

"나를 잊었어. 나를."

그 한마디에 잊고 있었던 그와의 대화가 빠르게 머릿속을 스쳤다. 나는 살짝
입을 벌렸다.

'같이 춤춰 준다고 했지.'

어디서 굴러들어 왔는지 모를 개자식의 입질이 너무 강렬해 잊고 있었다.

파트너 해 준다고 실컷 말해 놓고 혼자 사라져 버리다니. 내가 생각해도 쓰레
기 같아 경악하고 있는데, 불퉁한 표정을 지은 레오가 내 볼을 아프게 눌렀다.

"기껏 잡은 기횐데 어디로 사라져선 다른 사람 냄새만 묻혀 오고."

그가 검지로 천천히 내 아랫입술을 쓸었다. 지그문트로 인해 상처가 난 곳이
었다. 새하얀 손끝에 묻어난 핏자국을 알 수 없는 표정으로 내려다보던 레오가

빙글 웃었다.

"개한테 물리기까지 했네."

상처를 살포시 누르는 손길에 콧잔등을 찡긋거렸다. 나는 앓는 소리를 내며 이마를 짚었다.

"그…… 미안하다. 떠돌이 개랑 좀 놀아 주느라."

"아하. 떠돌이 개랑 노느라 바빴다?"

"……그렇게 됐다."

스파이와 접선하려고 침입한 북부의 지도자에게 입술 공격을 받아 그랬다고 말할 수는 없으니 변명을 꾸며 냈다. 내가 생각해도 터무니없는 말이라, 코웃음을 치며 사납게 응시하는 레오의 시선을 슬그머니 피했다.

"그 개가 마수 데베라였나? 아니면 케르베로스? 와. 네가 공격을 피하지 못할 정도로 빠른 개가 세상에 존재할 줄 몰랐네. 목줄로 묶어서 데려오지 그랬어. 집 지키는 개로 키우게. 아니지, 주인을 무는 개는 필요 없지."

주머니에서 손수건을 꺼내 든 레오가 내 입술을 벅벅 닦았다. 상당히 집요한 손길이었다. 그러고는 푹 한숨을 쉬더니 손수건을 제 주머니에 구겨 넣었다.

"슈슈."

낮게 내 이름을 속삭인 레오가 내 어깨에 툭 얼굴을 기대었다.

"내가 네 열 번째든 백 번째든 괜찮지만 그걸 내게 보여 줄 필요는 없어."

어깨에 가려지기 전, 얼핏 본 그의 두 눈에는 폭발적인 분노가 넘실거리고 있었다.

"……섭섭해?"

조금 머뭇거리던 나는 레오의 양 뺨을 붙잡고 들어 올렸다. 표정 관리가 안 된 채로 나와 눈이 마주쳐 잠시 당황하는 듯싶던 그는 이내 강아지처럼 새하얗고 부드러운 머리칼을 내 이마에 비비적거렸다.

"응. 섭섭해, 누나."

'아주 잘 이용해 먹는구나.'

호칭을 제 필요에 따라 멋대로 사용하고 있는 모습을 보자니 기가 찰 지경이었다. 개도 웃고 갈 수작이라는 걸 알았으나, 그럼에도 미워할 수가 없었다.

"그럼 지금 춤출까?"

나는 창문 앞으로 레오를 이끌었다.

연회도 끝났을 늦은 밤. 방치고는 아주 넓은 편이었으나, 사교회장과 비교하면 비좁았다.

휘황한 샹들리에 대신 고즈넉한 달빛만이 조명이 되고, 레오는 옷을 갈아입어 가벼운 와이셔츠 차림이었다.

"화려하지도 않고 단둘뿐이지만, 그래도 괜찮다면……."

나는 씨익 웃으며 레오에게 손을 내밀었다.

"한 곡 추시겠습니까, 알렉산드로 아타라."

레오와 함께라면 은밀한 달밤의 춤사위도 나쁘지 않을 터였다. 어둠 속에서도 빛나는 형광 연둣빛 눈동자가 나를 물끄러미 응시했다. 몽롱한 기운과 환희가 깃든 그의 눈빛은 이상한 나라를 마주한 소년 같았다.

"……욕심이 많은 건 나라고 생각했는데 이제 보니 너네. 넌 얼마나 더 나를 잠식해야 만족할까."

손을 맞잡아 오는 악력은 강했다. 그가 나를 가볍게 끌어당겼다.

"네가 상냥하게 리드해 줘. 난 처음이잖아."

짓궂게 웃은 레오가 내 어깨에 손을 얹었다. 나는 낮게 웃음을 흘리며 그의 허리에 팔을 둘렀다.

"첫 춤을 이렇게 보잘것없이 춰도 돼? 감미로운 왈츠도 없는데."

"뭐가 보잘것없어. 네가 있는데."

그의 목소리는 즐거움으로 가득 차 있었다.

"괜찮아. 너와 함께라면 어디든 댄스홀이니까. 리듬은 네 호흡으로 충분하겠

충직한 검이 되려 했는데 3

지. 너만 있다면 어디에서든 상관없어."

그는 절절하고 로맨틱한 말을 담백하게 내뱉었다. 나는 혀가 아릴 듯한 달콤함에 장난스레 혀를 내두르며 그의 어깨뼈 부근을 살며시 붙잡았다.

"내 리드나 잘 따라와. 끝내주는 첫 춤을 경험시켜 줄 테니까."

나와의 춤을 기다려 준 그에게 할 수 있는 최선은 간소한 달밤의 춤을 성공적으로 끝내는 것뿐이리라.

나는 머릿속으로 왈츠의 곡조를 재생시키며 천천히 스텝을 밟기 시작했다.

"오, 제법 잘 따라오네."

"배웠으니까."

처음임을 배려해 아주 느릿하게 시작한 것이 우습게도 레오는 굉장히 능숙해 보였다. 내가 감탄하자, 그가 짓궂게 눈을 반짝였다.

"왜, 멋있어서 반하겠어?"

"응."

나는 아무 생각 없이 순순히 수긍했다.

삐끗. 그 순간 레오의 스텝이 꼬여 몸이 크게 휘청거렸다.

"잠깐, 야!"

나는 다급하게 그의 허리를 안아 들었다. 둘이 다리가 엉켜 넘어지는 험한 꼴은 간신히 피했으나, 부둥켜안고 있는 자세가 되고 말았다.

"칭찬하자마자 실수야? 칭찬도 못 하겠네."

나는 장난스레 꾸짖고는 다시 그의 어깨를 두드려 주었다.

"괜찮아. 처음이니까 실수할 수도 있지."

레오는 부끄러웠던지 굳어 있었다.

잠시 말이 없던 그가 천천히 고개를 들었다.

"뭘 어떻게 하면 더 반할 것 같은데."

"응?"

"춤 잘 춘다고 반할 것 같고. 그리고 또…… 네 앞에서 적폐 귀족들을 대대적으로 숙청이라도 하면 완전히 반할까?"

"뭐? 너…… 틈만 나면 숙청하면서 폭군처럼 구는 거 아니지?"

나는 진심으로 레오가 걱정되었다. 그로 인해 죽어 나갈 이들도 걱정되었지만, 무엇보다 그가 살인에 완전히 무뎌질까 봐, 또 그의 주위 사람들이 모두 떠나 고립될까 봐 염려되었다.

"지금 그게 중요한 게 아니잖아! 어떻게 하면 나한테 반할 것 같아?"

아예 춤까지 멈춘 레오가 내 양어깨를 잡으며 제 얼굴을 들이밀었다. 원래도 퇴폐적인 느낌이 강한 인상이건만, 씻은 지 얼마 안 된 건지 투명한 피부는 붉게 달아올랐고 살결에선 레몬 향이 진동했다. 나는 조금 움찔하다 최대한 태연하게 입을 열었다.

"음…… 네가 조금 더 행복해지면."

"……행복?"

레오가 두 눈을 깜빡였다. 나는 고개를 들어 창밖으로 보이는 레이샤의 동상을 바라보았다.

"응. 너로서 온전히 서서 더는 악몽을 꾸지 않을 때."

진심을 다해 함박웃음을 짓는 레오의 얼굴을 머릿속에서 그려 보았다. 사실 잘 상상이 가진 않았다. 씁쓰름한 입안의 침을 삼킨 나는, 그에게로 다시 시선을 돌리고는 부드럽게 웃었다.

"그땐 정말 반할지도 모르지. 진심을 다해 웃을 수 있는 사람에겐 그 자체로 매력이 있잖아."

장난스러운 말투로 속삭였다. 잠시 침묵하던 레오는 눈을 휘었다.

"나는 너로 인해서만 행복할 수 있으니 아무래도 결혼을 해야겠네."

결혼이라. 이전에 나누었던 대화가 떠오른 나는 짧게 웃었다. 그리고 그의 이마를 검지로 꾹 밀었다.

충직한 검이 되려 했는데 3

"조금 더 커서 오도록 해."

아름다운 밤이었다.

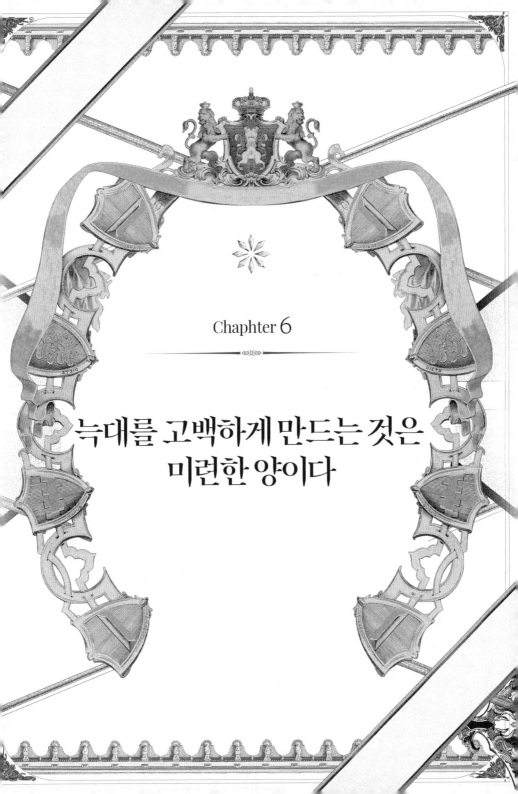

Chaphter 6

늑대를 고백하게 만드는 것은 미련한 양이다

"유터스 지방으로 올 게 분명합니다. 그쪽 말곤 길이 없습니다!"

"티타노 지방이 뻔히 뚫려 있는데요? 멍청이도 이 길을 선택할 겁니다!"

"그놈들이 멍청이도 생각할 만큼 뻔한 전략을 펼치겠습니까? 어찌 한 치 앞만 내다보냔 말입니까!"

양쪽에서 쏟아지는 날카로운 목소리들은 내 귀를 후벼 파는 것 같았다. 레오도 지겨워하는 표정을 짓는 가운데, 나는 한숨을 쉬었다.

아타라에서 진행되는 첫 회의는 난잡하게 느껴질 만큼 떠들썩했다.

"그만!"

쾅!

레오가 탁자를 내리쳤다. 귀족들은 일대가 웅웅 울리도록 진동이 퍼지고 나서야 말들을 멈췄다. 그가 제 이마를 짚었다.

"멀리서 오신 손님들도 있는데 언성 높이지 말도록. 부끄럽지도 않나?"

레오의 서늘한 한마디에 눈치를 살피던 이들이 하나같이 고개를 숙였다. 이러다가는 정말 두개골이 깨질 것 같았는데 이 소란을 멈춰 준 그에게 고마웠다.

이 회의에서 뜨거운 감자로 떠오른 안건은 바로 북부의 침입 경로였다.

이런저런 얘기가 나오긴 했지만, 그중 가장 유력한 경로로 손꼽힌 지역은 유터스와 티타노였다.

'둘 다 일리가 있긴 하지.'

나는 쓰디쓴 입안을 혀로 훑으며 탁자에 크게 펼쳐진 지도를 내려다보았다.

충직한 검이 되려 했는데 3

유터스는 북부 지역과 이어지는 지역으로, 북부에서 걸어올 수도 있었다. 지도를 펼쳐 두고 아타라의 허점을 찾아보라고 했을 때 누구든 간에 가장 먼저 짚을 만한 곳이었다. 어찌 보면 정석적이고, 어찌 보면 뻔했다.

티타노는 그 반대였다. 북부와 맞닿은 지역이긴 했지만 굽이진 협곡이 중간에 있어 건너오는 것만으로도 병사들이 지칠 만한 경로였다. 하지만 불가능하냐고 묻는다면, 그건 아니었다. 게다가 어려운 경로를 택한다는 것은 상대측이 예측하기 어렵다는 장점이 있었다. 나조차도 북부가 이 경로를 선택한다면 놀라울 것 같았으니까.

'이런 거나 소설에 써 두지……'

나는 지끈거리는 관자놀이를 꾹 누르며 『요정의 밤』 원작에 대한 기억을 들춰보다 그만두었다. 그 쓰레기 같은 소설에 유용한 정보가 적혀 있을 리 없으니까. 만약 그 소설이 내 손에 쥐어진다면 나는 한순간도 주저하지 않고 불쏘시개로 쓸 터였다.

침입 경로를 예측하지 못한다고 해서 곧바로 전쟁에서 패배하진 않는다. 하지만 초반 병력 배치는 경우에 따라 아주 큰 수가 되기도 했다. 병력을 이동시키는 건 늘 까다로운 일이니 말이다.

"조나단 에이머리 경. 자네는 어떻게 생각하지?"

분위기가 한층 차분해진 가운데, 나는 손가락으로 탁자를 두드리다가 내 옆에 앉아 있는 조나단에게 물었다.

갑작스러운 질문에 조금 당황하는 듯싶던 조나단은 이내 지도를 빤히 들여다보았다. 당황한 건지 난감한 기색이 역력했다. 홍채와 동공의 구분이 가지 않을 정도로 검은 눈이 지도 위를 굴렀다.

"……확실히 유터스도 가능성이 있겠으나, 저는 티타노일 가능성이 더 높다고 생각합니다."

"이유는?"

"너무 뻔하다는 것도 있지만, 유터스로 침입하게 되면 수원으로 삼을 곳이 없습니다. 하지만 티타노 지방엔 계곡이 길게 흐르니까요."

확실히, 유터스는 침입엔 용이했으나 물을 얻을 곳이 마땅치 않아 장기전을 할 만한 곳은 아니었다. 전쟁이 얼마나 길어질지 모르는 상황에서 그곳을 선택하는 건 멍청한 짓이었다.

"지금 유터스가 위험하단 말일세!"

쾅!

빌헬름이 탁자를 쳤다. 계속 북부가 유터스로 침입해 올 거라고 주장하던 그는 굉장히 불안하고 초조해하는 낯이었다. 나는 조나단이 내게 귀띔해 주었던 정보를 떠올렸다.

'빌헬름의 영지가 유터스 지방이라고 했지.'

그럼 저렇게 집착적으로 유터스를 주장하는 것도 이해는 갔다. 자신의 영지에 병력이 들어와 안전하게 지켜 주길 바랄 테니까. 그러한 태도가 나쁘다고 할 순 없으나, 섣부른 생각에 지역 이기주의적인 마음이니 지도자로서 적절한 태도는 아니었다.

"고집 좀 그만 부리시죠. 티타노 쪽이 맞습니다!"

"뭐야? 당신이 뭘 안다고 떠들어?"

여기저기서 점점 더 언성이 높아지더니 2차전이 시작되었다. 여기저기에서 날카로운 소리가 오갔다. 나는 늘 고상하게 굴던 귀족들이 이렇게 큰 소리를 낼 수 있다는 걸 처음 알았다.

쩌억.

"내 말이 말 같지가 않나?"

결국 레오가 한 번 더 나섰다. 그가 탁자 한가운데로 던진 단검 때문에 탁자가 지진 나듯 반으로 갈라졌다. 탁자가 굉장히 단단한 재질이었다는 것까지 감안할 때 무척 살벌한 위협이었다.

충직한 검이 되려 했는데 3

모두 입을 조개처럼 다물었다. 나는 잠시, 레오를 적으로 두지 않아 참 다행이라고 생각했다.

"유터스와 티타노가 유력하다는 것과 각각 근거도 있다는 건 아주 잘 알았다. 하지만 추측만 하고 끝낼 순 없는 노릇 아닌가. 확실히 결정해야지."

맞는 말이다. 언제까지고 싸우고 있을 수만은 없었다. 지원군이 왔다고 반기며 연회를 열어 준 게 바로 어제건만, 그 다음 날 곧바로 이렇게 어려운 일을 시키는 아타라의 매정함에 한숨이 다 나왔다.

"크리시스 지휘관. 그대 생각은 어떻지?"

"……나?"

생각에 빠져 있을 때, 시익거리며 숨을 식히던 빌헬름이 나를 휙 돌아보았다. 갑자기 튄 불똥을 맞은 나는 조금 당황하다 지도에 시선을 고정시켰다. 절로 한숨이 나왔다.

내가 이 사태에 쉬이 의견도 내지 않고 다른 이들보다 더욱 착잡해하는 이유는 따로 있었다.

'지그문트 하이드, 이 개새끼…….'

힐다를 걸고 했던 거래에서, 지그문트는 북부의 침입 경로를 미리 말해 주었다. 만약 정말이라면 상황은 간단해졌다. 하지만 과연 지그문트가 사실을 말했을까? 이렇게까지 어긋나 버린 상황에서 거짓을 말하는 것도 놀라운 일은 아니었다. 만약 거짓말일 거라고 판단한 내가 이 지역을 의도적으로 배제하는 것까지 예상한 거라면? 정말 완벽한 작전이다. 지그문트라면 그런 약은 수를 쓸지도 몰랐다.

'그냥 이걸 물어보지 말걸.'

나는 지그문트가 말한 지역을 태울 듯 노려보았다. 완전히 터무니없었다면 미친놈이 거짓말을 했겠거니 생각하고 넘어가겠으나, 그에 대한 사감을 완전히 떼어 낸 채 지역을 보고 또 봐도 일리가 있어 보였다. 그러나 '분명 이곳이다.' 정도로 강렬한 느낌이 오는 것도 아니었다.

지그문트는 내게 진실을 말했는가? 나는 팔자에도 없는 두뇌 싸움을 하고 있었다.

내가 머리를 굴리고 있을 때, 내 대답을 기다리던 빌헬름이 얼굴을 구겼다.

"거 무슨 생각을 하는데 답이 이렇게 늦는 건가."

성격 급한 그가 재촉했다.

'맞는지 안 맞는지 모른다면…… 그냥 우선 뱉고 같이 생각해 보는 편이 낫다.'

나는 결국 입을 열었다.

"어쩌면 그 두 지역 말고 다른 지역일지도 모르잖나."

"뭐라고?"

빌헬름이 얼굴을 구겼다. 조나단이 미간을 찌푸렸다.

"둘 중 하나로 정해진 거 아니었습니까?"

"섣불리 판단할 순 없는 법이지. 그러니까, 만약……."

꾹.

나는 지도의 한곳을 짚었다.

"여기라면 말이야."

그곳은 거대한 강이 가로지르고 있는 파블로프 지방의 국방이었다.

"……지금 장난하는 건가? 거기로 건너올 가능성이 있다고 보나?"

얼굴을 구기다 못하게 험악하게 만든 빌헬름이 역정을 냈다. 나는 착잡해진 마음을 숨기고 당당한 표정을 지어내며 고개를 쳐들었다.

"의견 정도는 자유롭게 말할 수 있는 거 아닌가?"

"하! 그놈들이 미쳤다고 강을 건너오겠나? 뭐, 나뭇잎으로 돛단배를 만들어서?"

평생을 북부에서 마수들과 말싸움을 하며 산 것인지 말솜씨가 신랄했다. 이리저리 꼬인 그의 말을 한숨과 함께 소화해 낸 나는, 머릿속을 둥둥 떠다니던 가정

하나를 입 밖으로 꺼냈다.

"강을 얼려서 올 수도 있지 않나."

"……뭐?"

모두의 시선이 단번에 내게로 쏠렸다. 나는 착잡한 마음에 볼 안쪽을 짓씹으면서도 이곳에 오기 전 속성으로 공부했던 아타라의 지리와 생태를 머릿속에서 그려 냈다.

"멀쩡히 흐르는 강을 꽝꽝 얼리는 건 미친 짓이겠지. 하지만 파블로프는 추운 지방이라 초겨울만 되어도 강물이 얼지 않나. 건널 수만 수 있다면 강은 좋은 수원지가 되어 줄 테고, 왕성까지 넓은 길이 나 있어 중앙으로 침투하기도 용이하지. 완벽한 침입 경로야."

"하지만……! 초겨울엔 병력이 다 건널 만큼 강하게 얼지 않을 겁니다!"

조나단이 다급하게 반문했다. 나는 확장된 그의 동공을 보며 고개를 피식 웃었다.

"물에 얼음 마법을 거는 건 고난도지만 이미 있는 얼음을 단단하게 강화시키는 건 초급 마법사도 할 수 있는 쉬운 일이야."

늪의 진액으로 원하는 형태를 만들긴 어렵지만 점토로는 얼마든지 만들 수 있는 것과 비슷했다.

강을 완전히 다 얼리려면 대마법사 정도는 와야겠지만, 이미 얼어 있는 표면을 병력을 지탱할 수 있을 만큼 강화시키는 건 초급 마법사 여럿만으로도 충분했다. 기상천외하다 싶지만 불가능하진 않다. 이게 내가 지그문트의 그 한마디를 떨쳐 내지 못하는 이유였다.

"흥미롭군."

레오가 제 턱을 매만지며 중얼거렸다. 새로운 의견으로 주위가 떠들썩해지기 시작했다.

'우리가 침공할 곳은 파블로프 지방의 국경이다.'

나는 거짓인지 진실인지 모를 내용을 속삭이던 낮은 목소리를 떠올렸다.

그 말의 신빙성과 별개로 그의 말이라면 우선 불신하고 봐야 맞을 텐데. 이상하다. 정말 이상했다.

'나는 너를 믿는 건가.'

나는 그가 던진 질문에 아직도 답을 찾지 못했다.

⚜

혼돈의 도가니 같던 회의가 끝나고, 나는 진이 빠진 채로 혼자 회의장을 나왔다. 세 곳 중 어느 곳에 지원군을 배치할지 결국 결정이 나지 않았다. 정황을 보아 아직 두 번째 침략까지 여유가 있는 것 같으니 조금 더 시간을 두고 지켜보자는 게 중론이었다.

끝자락엔 내가 낸 의견에 미세한 차이로 가장 많은 힘이 실렸기에 아마 내가 그 의견을 적극적으로 지지했다면 지원군은 즉각 파블로프로 가게 되었겠지만, 나는 그러지 않았다. 확신이 없었기에 흐지부지한 태도였고, 때문에 결정되지 못하고 무산되어 버렸다. 이런 무거운 자리에 앉으면 뭐라도 될 줄 알았건만, 나는 아직도 부족한 사람이었다.

'파블로프를 밀었어야 했나…… 아니, 그냥 파블로프에 대해 말하지 말걸 그랬나…….'

나는 내 머리카락을 벅벅 문질러 흐트러뜨렸다. 요즘 들어 지휘관이라는 자리의 무게가 얼마나 무거운지 실감하면서 탈모가 올 것 같았다.

'산책이라도 해야겠네.'

이대로 들어가서는 어차피 상념만 가득할 것 같아 정원으로 발걸음을 돌릴 때였다.

'어.'

나는 익숙한 인기척에 뒤를 돌아보았다.

"슈슈."

나를 급하게 좇는 인영은 회의장에서도 봤던 레오였다. 헐레벌떡 나를 따라왔는지 그의 머리카락은 바람에 살짝 흐트러진 상태였다.

"무슨 급한 일이라도 있어?"

흔하지 않은 그의 다급한 태도에 내가 경계 태세를 갖춘 채 물으니, 레오가 한숨처럼 웃었다.

"은빛 늑대 수인족을 함께 만나러 가 주기로 한 거 잊지 않았지."

"아."

나는 짧게 탄식했다. 잊을 리 없었다. 제국의 술집에서 또 우연히 레오를 만났을 때 그와 했던 약속을. 레오가 내 손끝을 붙잡았다.

"지금 가자. 지금이 아니면 안 돼."

레오는 급해 보였다.

"알았으니까 천천히 말해 봐. 무슨 일인데."

나는 레오의 손을 마주 잡으며 그를 달랬다.

초조해하는 레오는 생소했다. 그는 조금 뻔뻔하고, 능글거리며, 여유로운 모습이 어울렸다.

"곧 지원군이 어디로 갈지 결정되면 넌 그곳으로 떠날 거야. 그렇지."

"그렇겠지. 내가 지휘관이니까."

당연한 질문에 갸웃하면서도 순순히 답해 주었다. 길게 숨을 뱉은 레오가 제 앞머리를 쓸어 넘겼다.

"그럼 기회가 사라져. 그 이후는 예측할 수 없잖아. 언제 전쟁이 터질지도 모르고."

그렇긴 했다. 다른 지역으로 이동하면 상황이 어떻게 될지도 모를뿐더러, 레오는 왕성에 남아 있어야 할 테니 지금처럼 가까이 지낼 수도 없었다.

은빛 늑대 수인족을 만나려면 하루라도 빨리 떠나야 했다.

"하지만…… 어딘지는 알아?"

조금 막막해진 나는 턱을 매만지며 레오에게 물었다. 정확한 명칭은 '은빛 늑대 수인족'. 하지만 어디서 보느냐에 따라 색깔이 달라지는 신비로운 털 때문에 '달빛 늑대 수인족'이나 '잿빛 늑대 수인족'이라고 불리기도 했다.

백여 년 전 수인 대학살 사건으로 대륙에 존재하던 대부분의 수인들이 멸종했다. 간신히 살아남은 수인들은 모두 뿔뿔이 흩어져 흔적도 찾을 수 없는 와중, 유일하게 종족의 형태로 남은 단 하나의 수인족이 바로 그들이었다.

우두머리의 지혜로 간신히 명맥을 유지한 은빛 늑대들은 대륙 북서쪽 숲 속으로 숨어들었다. 하지만 정보는 거기까지일 뿐, 그들이 정확히 어디서 서식하고 있는지는 아무도 없었다. 숲은 광활했고, 아주 위험했으며, 그들의 보안은 철저했으니, 여태까지도 정확한 위치는 베일에 싸여 있었다.

'거기서 국왕인 레오랑 지휘관인 내가 몇 주를 헤매고 있으면 굉장히 곤란하니까.'

레오와 내가 마음먹고 두 팔 걷어붙인 뒤 찾기 시작하면 정말 찾을 수 있을지도 모른다. 하지만 그건 너무 소모적인 데다, 전쟁을 앞둔 지금 아타라의 국왕 자리와 지원군의 지휘관 자리가 몇 주나 공석으로 있다는 건 말도 안 되는 일이었다.

'많이 걸려도 사흘 안엔 끝내야겠지.'

이 전시 상황에 자리를 비울 수 있는 시간은 아무리 길게 잡아도 최대 사흘이었다.

"레이샤가 은빛 늑대 수인족이라는 걸 알게 된 뒤로 계속 조사했어. 내 모든 정보력을 동원해서. 꼭 내 손으로 마무리 짓고 싶었으니까. 사실 이전까지는 별 소득이 없었는데……."

떨리는 호흡을 가다듬으며 말을 잇는 레오는 긴장한 기색이 역력했다. 그런

　　　　　　　　　　　　　　　　　　　충직한 검이 되려 했는데 3

그의 모습이 생소해, 재촉 한번 없이 지켜보았다.

"오늘 아침에 정보가 들어왔어. 서식지를 찾았대."

그의 연둣빛 눈동자가 결연하게 반짝였다.

"정보는 확실한 거야?"

"은빛 늑대 수인족이 오가는 걸 직접 봤다고 하니 확실한 것 같아."

"그럼 가야지."

레이샤 때문에 찾아가려는 레오를 돕고 싶은 마음도 있었지만, 한편으로는 그들의 협력을 받고자 하는 생각도 있었다.

'은빛 늑대 수인족이 전쟁을 돕는다면 승기를 잡기가 훨씬 수월해질지도 몰라.'

인간과 짐승의 피가 섞여 초월적인 힘을 가진 수인들. 그리고 그 수인들 중에서도 가장 강한 일족이라 불리던 은빛 늑대 수인족. 단일 개체로 봤을 땐 드래곤을 제외한 종족 가운데 최고라고 불리는 그들의 강함은 탐이 났다. 도움을 받고 싶었다.

"그래, 가야 하는데……."

레오가 시선을 떨구었다. 꽉 맞잡은 그의 손이 미세하게 떨리고 있었다.

"너…… 두렵구나."

내 나직한 중얼거림에 그가 내 어깨에 얼굴을 묻었다. 이렇게까지 약해 보이는 모습은 오랜만이었다.

"만약 레이샤의 가족들을 만나면 어쩌지."

소중한 이의 유족을 찾는 마음이라니, 상상도 되지 않았다. 무어라 말을 붙이는 것도 조심스러워 한참 망설이던 나는 레오의 어깨를 토닥여 주었다.

"그때도 같이 있어 주마."

대신 해 줄 수 있는 건 아무것도 없겠으나, 적어도 그 순간 함께해 줄 수는 있었다.

"지금이 아니면 다시는 용기를 내지 못할 것 같아."

레오가 나지막하게 속삭였다. 이미 결심을 단단히 한 것 같았다. 나는 한숨을 쉬며 고개를 끄덕였다.

"그래. 가자."

은빛 늑대 수인족. 그들을 만나러 갈 시간이었다.

"나랑 네가 왕성에 없다는 소문이 퍼지면 적들이 그 틈을 노리겠지. 그래서 최측근들에게만 알리고 은밀하게 다녀오는 편이 나을 것 같아."

"좋아."

"넌 특별히 알려야 하는 사람이 있어?"

"음, 없는 것 같은데."

세레논과 율리안, 카시아가 마음에 걸렸으나, 말이 새어 나갈 틈은 최대한 만들지 않는 게 나았다. 그들에겐 돌아와 심심한 사과를 건네기로 결심하며 대충 싼 짐을 모두 아공간 주머니에 쑤셔 넣었다.

빠르게 결정하긴 했지만, 사실 꽤 깊이 고민했다. 레오야 워낙 궁을 비우는 일이 잦아 모두들 익숙하다고 하나, 내가 국왕 같은 권력이 있는 것도 아닌데 무단으로 자리를 비운다는 것은 사실 말도 안 되는 일이었다.

내 몸이 두 개도 아니니 어떤 일이 더 중요한지 판단해야 했다. 명령을 따라 행하는 것이 아니기에 오직 내 자의로 결정해야 했고, 나는 결국 은빛 늑대 수인족을 포섭하는 것이 현재로서는 가장 중요한 일이라는 결론을 내렸다.

이미 파견을 나간 상태였다면 모르겠으나 현재 지원군은 궁에서 안전하게 보호를 받고 있었다. 내가 지휘관이긴 하나, 안전이 확보된 상태에서 며칠 자리를 비우는 것은 크게 위험할 정도가 아니었다.

"부관에게만 말하고 가면 돼."

"그…… 불에 그을린 것 같은 새까만 남자?"

나는 조나단을 향한 레오의 신랄한 호칭에 웃으며 고개를 끄덕였다.

"그래. 그 사람."

"좀 불길해 보이던데."

레오가 꺼림칙하다는 듯 말했다.

"그래도 내 대리인이야."

내가 없을 때 나를 대신할 존재였다. 단호한 내 대답에 잠시 날 응시하던 레오는 어깨를 으쓱였다.

"내가 네 말에 거스를 수 있겠어? 네 뜻대로 해."

나는 주머니에서 통신 마도구를 꺼냈다. 사실 직접 만나서 말해 줄 생각은 없었다. 말이 길어지면 골치가 아프기도 하고, 자세히 설명해 주기도 애매했으니까.

[한 이틀 자리를 비우게 됐다. 상황은 길게 설명하기 어렵고, 급한 일은 곧바로 내게 보고하도록. 잘 부탁하지.]

내가 쓰면서도 상당히 뻔뻔하다는 생각이 들었지만 별수 없었다. 미안한 마음을 애써 접어 두고는 검집을 허리에 매달았다.

"가자."

레오가 내게 손을 내밀었다.

또다시 미지를 향해 가는 길. 아무것도 확신할 수 없으나, 함께할 이가 있어서 다행이었다. 그게 레오라서 더더욱.

"그래."

나는 망설임 없이 그의 손을 잡았다.

숲 바로 앞까지는 순간 이동 아티팩트를 사용해 이동했다. 은빛 늑대 수인족의 근거지까지 바로 이동할 수 있다면 좋았겠지만, 숲에는 마법 사용을 제한하는 결계가 있었다.

마도공학이 극도로 발달한 아타라인 만큼 마음먹으면 그 결계를 뚫을 수 있겠으나, 결계가 뚫리는 순간 그들은 곧바로 눈치채고 우리를 경계하기 시작할 게 분명했다. 그럴 바에는 도보로 이동하는 편이 나았다.

탁, 탁, 탁.

나와 레오는 허공을 향해 뻗은 나뭇가지를 밟으며 날듯이 빠르게 이동했다. 위치를 아는 레오가 앞장섰다. 우거진 숲을 달리는 그의 뒷모습은 무척이나 든든해 보였다.

"여기서 30분만 더 가면 은빛 늑대 수인족 근거지가 나올 거야. 이 늦은 밤에 쳐들어가기도 애매하니…… 오늘은 여기서 야영하자."

레오가 걸음을 멈춘 곳은 야영터로 적당했다. 들짐승의 흔적이 없는 평지를 고른 것에서 경험이 느껴졌다. 평생 왕궁에서 자란 왕자님이라 이런 것은 잘 모를 줄 알았건만, 형제들한테 도망치며 꽤 험한 삶을 산 것 같아 안쓰러웠다.

"용병으로 살 때 생각나네. 그땐 야영이 일상이었는데."

능숙하게 텐트를 치며 중얼거렸다. 용병 일을 하지 않은지는 꽤 됐지만, 텐트를 치는 정도는 몸이 기억하고 있었다. 레오가 낮게 웃었다.

"너 용병 일 하러 나가서 오랫동안 안 돌아올 때마다 오두막에 혼자 남아서 얼마나 걱정했는지 알아?"

"다 너 먹여 살리려고 일했던 거야."

"내가 아니라 네 동생 때문이었겠지."

"무슨 말을 그렇게 섭섭하게 하냐? 다 겸사겸사인 거지."

충직한 검이 되려 했는데 3

우리는 장난스레 말을 주고받으며 불을 피웠다.

텐트는 두 개로, 그와 내가 각자 넓고 쾌적하게 사용할 수 있었다. 꽤 숙련된 솜씨로 스프를 끓이던 레오가 내 텐트를 힐끗 바라보았다.

"밤에 무서워지면 찾아가도 돼?"

"난리 났다. 그 나이에도 혼자 못 자냐?"

"넌 그 나이가 돼도 알아먹질 못해?"

동시에 웃음이 터져 나왔다.

포근하고 친근한 분위기에 자연스레 긴장이 풀렸다.

식사를 마쳤을 즈음엔 해가 완전히 져 있었다. 우리는 가벼운 인사를 나눈 뒤 각자의 텐트로 들어갔다. 보초는 필요치 않았다. 그도 나도 다가오는 기척에 곧바로 잠이 깰 만큼 감각이 예민했으니까.

'은빛 늑대 수인족은 어떠려나.'

잠자리에 누운 나는 걱정과 기대를 품은 채 눈을 감았다. 평소 지내던 방에 비하면 남루하기 짝이 없는 숙소였으나, 인생의 대부분을 이렇게 지내왔던 만큼 무척이나 익숙했다.

의식이 점점 멀어지던 그때.

'……편하게 잠자긴 글렀군.'

나는 앓는 소리를 내며 눈을 번쩍 떴다. 바깥에 피워 둔 모닥불만이 조명이 되어 주는 어두운 밤. 사방이 텐트로 꽉 막혀 있어도 느낄 수 있었다.

감각을 간지럽히는 경고를, 가까워지는 짐승의 냄새를.

옆에 두었던 검을 소리 없이 잡아 들었다. 맞은편 텐트의 인기척에 집중해 보니 레오 또한 깬 것 같았다.

나는 숨을 죽인 채 기척이 가까워지는 방향을 노려보았다.

번뜩.

텐트의 얇은 천 밖으로, 달빛을 받은 보랏빛 눈동자가 형광물질처럼 반짝였다.

찌지직!

쾅!

날카로운 무언가에 텐트가 찢어지는 동시에, 나는 튀어 올라 검을 뽑아 들었다. 커다란 발이 내가 있던 곳을 내리찍었다. 땅이 움푹 파이는 기세가 살벌했다.

크르릉…….

짐승의 울부짖음이 낮게 울려 퍼졌다. 달빛을 받아 신비로운 빛깔로 반짝이는 털. 늑대와 닮았으나 보통 늑대보다 1.5배쯤 더 큰 덩치. 동공이 세로로 쭉 찢어진 신비로운 보랏빛 눈동자. 은빛 늑대 수인 네 마리가 나와 레오의 텐트를 둘러싸고 있었다.

"야, 일어났냐?"

"애초에 자지도 않았어."

텐트 밖으로 비적비적 나온 레오가 나와 마찬가지로 검을 뽑아 들었다. 나는 짧게 한숨을 쉬고는 최대한 사람 좋게 웃어 보였다.

"대화로 하자고 하면 들어 주시겠습니까?"

크앙!

늑대 하나가 크게 울부짖었다. 역시 전투 없이 끝날 가망성은 없어 보였다. 예상했던 부분이기에 실망하지는 않았으나, 전투는 언제고 골치 아팠기에 앓는 소리가 절로 나왔다.

"그럼 몸의 대화부터 해 보죠."

늑대들의 털이 곤두서는 가운데, 나는 검날에 검은 오러를 덧씌우며 짧게 고개를 숙였다.

"처음 뵙겠습니다. 카슈미르 크리시스입니다."

크아아앙!

내 인사를 시작으로 늑대들이 사방에서 달려들었다.

팟!

나와 레오는 동시에 땅을 박차고 교차하듯 뛰어올랐다. 한마디도 하지 않았으나 전장에선 눈빛만으로도 강하게 교감할 수 있었다.

"너무 날뛰지 말고 내 뒤나 봐 줘!"

"뒤를 봐? 내가?"

씨익 웃은 레오가 거침없이 검을 휘둘렀다.

"나도 싸울 거거든!"

그의 눈 색과 쏙 빼닮은 형형한 형광 연둣빛 오러가 넓게 허공을 갈랐다. 빠르게 날아간 오러는 늑대 중 하나의 꼬리에 상처를 입혔다.

나는 실소를 터트렸다. 그와 함께 바실리스크를 상대한 적은 있으나, 그때 레오는 미끼일 뿐 내가 다 해치운 것과 다름없었기에 함께 싸웠다고 보긴 어려웠다. 그와 정식으로 함께 싸우는 것은 이번이 처음이었다.

'참 너답다.'

라이너와 함께하는 전투는 하나의 줄로 이어진 협동이었다. 그는 기꺼이 내 뒤를 맡아 주었고, 균형적으로 움직여 주었다.

하지만 레오의 기세를 보니 그와의 전투는 두 줄이 폭주하며 마구 날뛰는 모양새가 될 것 같았다.

크아앙!

늑대 한 마리가 내 어깨를 노리고 달려들었다. 나는 몸을 가볍게 돌렸다.

"숙여!"

웃음기 섞인 목소리로 소리친 레오가 검을 길게 휘둘렀다.

촤아악!

캬악!

달려들었던 늑대가 레오의 오러에 복부를 길게 베이며 나가떨어졌다. 붉은 피가 사방으로 튀어 내 얼굴까지 더럽혔다. 나는 기겁했다.

"야! 죽이면 안 돼, 미친놈아!"

"죽진 않았어."

"죽기 직전도 안 돼! 근거지에 가자마자 내쫓기고 싶냐?"

"쳇."

"유모 가족을 만나고 싶다는 놈이……."

레오가 제 검날을 어깨에 걸치며 혀를 찼다. 피를 뒤집어썼는데도 불쾌해하긴커녕 얼굴에 즐거움이 만연했다.

'그래, 네가 좋으면 됐다…….'

나는 굳이 따지고 들지 않기로 하며, 동료의 상처에 분노해 울부짖는 늑대들을 향해 검을 세웠다.

"내가 셋 잡을 테니까 네가 하나만……."

"말도 안 되는 소리 하지 마. 무조건 둘둘이야."

"그래, 그래. 하여튼 잡는 거다."

"내기도 할까?"

악동처럼 웃은 레오가 늑대들을 향해 주저 없이 뛰어들었다.

"누가 더 빨리 잡는지!"

나는 헛웃음을 뱉었다. 소드 마스터에게 그런 승부를 걸다니, 어처구니가 없었다. 그의 패배가 확실했다.

"한번 해 보든지."

레오가 늑대 한 마리를 상대하는 동안, 다른 늑대 두 마리가 동시에 내게 뛰어들었다.

나는 살기를 내뿜으며 내 맞은편으로 다가온 늑대에게 오러를 휘둘렀다. 늑대들이 주춤하는 사이, 적당히 송출한 오러가 한 마리의 몸을 길게 베었다.

캬아악!

오러를 맞은 늑대가 비명과 함께 쓰러지고 주춤했던 다른 늑대가 나를 향해

충직한 검이 되려 했는데 3

앞발을 휘둘렀다.

쉬이익!

살벌한 발톱이 내 뺨을 아슬아슬하게 스치고 지나갔다. 베인 뺨을 따라 길게 상처가 났다.

탁!

몸을 뒤틀며 허공을 박차 오른 나는 검 등으로 늑대를 있는 힘껏 내리쳤다. 둔탁한 소리와 함께 늑대의 몸이 내팽개쳐졌다. 힘 조절을 하느라 애매하게 친 것 같은데, 다행히 한 방에 기절한 것 같았다.

'다행히 그렇게 강한 편은 아니네. 그랬으면 제압하기 어려웠을 텐데.'

죽이는 것보다 제압이 더 어렵다. 다행히 목숨에 위협이 갈 정도로 다치진 않았기에, 안심하며 쭈그렸던 몸을 일으켰다.

"레오. 나—"

픽!

날카로운 타격음이 울려 퍼졌다. 나는 빠르게 그곳을 바라보았다. 레오가 별 감흥 없는 표정을 지은 채 검집으로 늑대를 무참하게 쥐어 패고 있었다. 이미 제압된 상대에게 불필요한 폭력이었다.

"쓰러졌잖아."

미간을 찡그리며 레오의 행동을 막으니, 레오가 쯧 하고 혀를 찼다.

"자꾸 내 옆구리를 물려고 하잖아."

"옆에서 보면 동물 학대 같다고."

레오를 조금 채근하고 있을 때, 무언가가 내 발등을 콕콕 건드렸다.

낑……

엎어터져서 처량해 보이는 늑대가 불쌍한 소리를 내며 내 발등에 제 코를 비비적거리고 있었다. 나는 눈을 끔뻑였다.

아무래도 레오를 말리는 내게 동정표를 받아 살아 보려는 것 같았다.

"늑대가 아니라 여우 새끼였네."

"아, 좀."

검집에서 검을 뽑으려는 레오의 손을 붙잡았다. 그는 늑대가 마음에 들지 않는지 눈을 치켜뜬 채 늑대를 노려보고 있었다.

"이 자식은 내가 업고 갈게."

레오가 늑대를 둘러멨다. 늑대는 거칠게 반항했으나 레오의 거친 손길 한 방에 얌전해졌다.

나는 텐트를 대강 정리하고서는 한숨을 푹 쉬었다.

"그래. 오늘 잠자긴 글렀네."

이렇게 환영 인사를 해 주니, 한시라도 빨리 가서 만나 봐야 할 것 같았다.

애초에 은빛 늑대족의 근거지까지 얼마 남지 않은 시점이었으니 빠르게 도착했다. 늑대 두 마리를 양손으로 잡고 질질 끌며 그들의 근거지에 도착한 기분은 참 묘했다.

"들어가는 방법은 알아?"

"아니. 여기서 늑대족의 흔적이 끊겼다는 것만 알아."

나는 조금 떨떠름한 심정으로 눈앞의 광경을 바라보았다.

우리를 기다리고 있는 건 입구가 돌로 꽉 막힌 동굴이었다.

"그냥 부수고 들어가자."

"너, 은빛 늑대족이랑 대화를 해 볼 생각은 있어?"

시종일관 과격파인 레오를 흘겨보았다. 그는 내 눈총을 받고는 눈을 피했다.

"야, 너 죽은 척하지 말고 일어나. 여기 어떻게 들어가는데."

직접 둘러멨던 두 마리의 늑대 중 끝까지 팼던 한 마리의 늑대를 땅에 패대기

충직한 검이 되려 했는데 3

친 레오가 늑대를 발로 툭툭 찼다. 늑대는 움찔거리면서도 일어나지 않았다.

"나와 봐. 내가 말해 볼 테니까."

끌고 온 늑대들을 적당히 던져 둔 나는 레오를 옆으로 밀어내고 늑대 앞에 쭈그려 앉았다. 늑대는 이제 안쓰럽게도 몸을 바르르 떨고 있었다.

"수고가 많으십니다. 갑자기 침입자가 나와서 놀라셨죠? 물리쳐야 하는데 갑자기 제압당해 버렸고요."

나는 죽은 척하는 늑대를 토닥여 주었다. 늑대가 슬쩍 눈을 떴다.

"하지만 저희가 꼭 들어가 봐야 해서 말입니다."

스르릉.

나는 검을 뽑아 들어 검 끝으로 입구를 가리켰다.

"입구가 개박살이 나서 모두가 힘들게 되는 게 나을까요, 당신이 도와줘서 간단하게 끝내는 게 나을까요?"

검날 위로 검은 오러가 흉흉하게 타올랐다. 늑대의 얼굴이 새파랗게―짐승 얼굴이 새파랗게 질릴 수 있다는 건 처음 알았다―질렸다.

"자, 어떻게 하시겠습니까?"

나는 내가 할 수 있는 한 최선으로 무섭게 웃었다. 늑대가 살벌한 이빨을 덜덜 떨었다.

스르륵.

그리고 늑대의 몸이 서서히 인간의 형태를 갖추기 시작했다.

'어?'

늘씬하던 앞다리와 뒷다리가 건장한 성인 남성의 팔다리로 변하기 시작했다. 길쭉했던 주둥이는 들어가고, 털로 복실복실하던 몸은 매끈해졌다.

수인의 변화를 처음 본 나는 놀라서 멍하니 그 모습을 바라보았다.

"흑, 흐윽, 듣지 않으면 날 엉망으로 만들어 버릴 셈이지!"

곧이어 귀와 꼬리만 제외하고 완전히 건장한 청년의 모습으로 변한 이름 모를 늑대 수인이 울상을 지으며 자신의 알몸을 스스로 꽉 껴안았다.

"뭐……."

"미친, 저런 거 보지 마!"

"흐아악!"

쾅!

레오가 내 앞을 막으며 자신의 검을 그의 가랑이 사이로 던졌다. 아슬아슬하게 피한 남자는 애처롭기 짝이 없는 모습으로 바들바들 떨었다.

'오…….'

창백한 피부에 은빛과 달빛, 잿빛 사이의 신비한 머리칼, 신비로운 보랏빛 눈동자까지. 늑대 수인은 대단히 아름다웠다.

신기한 마음에 그를 뚫어져라 바라보고 있으니, 남자가 치욕스럽다는 듯 고개를 휙 돌렸다.

벗은 몸은 부끄럽지도 않은지 가릴 생각도 하지 않고 아주 여실히 드러내고 있는데 대체 어느 부분에서 치욕스러워하는 것인지는 알 수 없었다.

"차라리 지금 죽여라! 명예롭게 죽겠다!"

"젠장, 다리 벌리지 마!"

스스로 두 눈을 찌른 레오가 제 망토를 찢듯이 벗어서 남자의 몸에 덮어 주었다. 남자는 그러거나 말거나 아랑곳하지 않고 혼자만의 연극을 이어 나갔다.

"흐윽, 페이샤 님께서 용서하지 않을 것이다!"

"페이샤고 나발이고! 박제해 버리기 전에 가만히 있으라고!"

남자의 뒤척임으로 망토가 펄럭이는 것이 그쪽으로 시선을 돌렸다간 정말 보지 않아도 될 것을 보게 될 것 같았다. 나는 고군분투하는 레오를 뒤로한 채 슬쩍 눈을 돌렸다.

"우리가 원하는 건 은빛 늑대 수인족과 만나는 것뿐입니다. 문만 열어 주시면 유혈 사태는 없을 겁니다."

어르는 투로 설득했다. 내 말에 동공이 희미하게 흔들리던 남자는 입술을 꾹 깨물더니 고개를 휘저었다.

"아, 알려 줄 수 없다! 우리 늑대족의 기밀! 차라리 날 죽여라!"

"슈슈, 그냥 소원대로 죽여 주면 안 돼?"

팔딱거리는 남자의 복부를 짓밟아 고정시킨 레오가 짜증스럽게 말하며 나를 돌아보았다. 휘몰아치는 총체적 난국에 그러라는 말이 반쯤 나올 뻔했으나 간신히 진정했다.

쾅!

"조금 전에 한 말 못 들었습니까? 당신이 안 열어 주면 부술 거라고 했습니다."

최대한 상냥하게 가려고 했지만 말이 안 통했다. 나는 거칠게 검을 땅에 꽂으며 사납게 웃었다. 땅에 부르르 진동이 일었다.

"제가 못 부술 것 같습니까?"

돌로 아주 꽉 막힌 입구는 얼핏 느끼기에도 수많은 마법이 중첩되어 지켜지고 있지만, 내가 마음을 먹는다면 못 뚫을 정도는 아니었다. 조금 많이 지치고 시간이 오래 걸린다 해도 반드시 부술 수 있었다.

"열어요, 당장."

목소리를 깐 채 음산한 어조로 위협했다.

"흐윽…… 페이샤님……."

훌쩍거리던 남자는 천국에 가야 하는데 지옥으로 굴러떨어져 버린 억울한 중생처럼 느릿느릿 기어서 문 앞으로 갔다. 그 과정에서 망토가 흐트러져 레오가 다시 한번 제 두 눈을 푹 찌르고, 나는 그 모습을 외면해 버렸다.

몇 번이고 흐느낀 남자가 바위 위에 손을 얹었다. 돌에 그려진 거대한 마법진이 번쩍거렸다.

"열려라, 흑! 참깨……."

스르륵.

그 한마디에 거짓말처럼 부드럽게 바위가 열렸다. 나와 레오는 열려 있는 바위와 서로를 번갈아 보았다.

"암호 진짜 대충 정했군……."

"그러려니 하자."

어처구니가 없긴 했지만, 보통 사람이라면 저 바위 위에 손을 얹는 의식부터 막혔을 테니 보안엔 문제가 없겠거니 싶었다.

"아아, 페이샤 님, 절 용서하세요……!"

나는 레오가 던져 준 망토를 끌어안은 채 자기 혼자 신파극을 찍는 남자를 뒤로한 채 바위 너머의 세상을 바라보았다. 그리고 감탄했다. 우거진 숲 뒤로 이런 마을이 존재할 줄 상상도 못 했다.

거친 정글과 사람 사는 동네가 합쳐진 것 같은 신비한 광경. 다른 세계를 향해 가는 문을 연 것 같았다.

"……여기가 레이샤가 태어난 곳일까."

"아마도……."

마찬가지로 조금 멍하니 그 모습을 바라보던 레오가 중얼거렸다. 나는 눈을 떼지 못한 채 탄식했다.

우리는 기어코, 아주 오랫동안 밝혀지지 않은 미스터리 중 하나이던 은빛 늑대 수인족의 주거지를 찾아냈다.

"흐아앙……."

"눈물도 안 나오면서 쥐어짜지 마."

레오가 인상을 왈칵 구긴 채로 일침을 놓았다. 알몸에 망토만 걸친 괴상한 차림의 남자는 레오의 검 끝에 위협당하며 길을 안내하고 있었다.

"페이샤 님이 용서하지 않을 것이다……!"

"아! 그놈의 페이샤! 대체 그 양반이 누군데?"

"허억, 그놈이라니, 그놈이라니! 어떻게 그분께 그런 멸칭을!"

동굴을 반쯤 지난 시점에서 남자가 격분하며 휙 뒤를 돌았다. 망토가 펄럭이며 잘 짜인 근육이 들어찬 새하얀 나신을 목격한 나는 살포시 눈을 감았다.

제발 그쯤 해 두기를 바랐다.

"페이샤 님은 너희 같은 인간들은 범접할 수도 없는 위대한 분이시다! 늑대 수인족의 영웅이자 지도자! 우리의 상징과도 같은 분이시란 말이다!"

소리 높여 말하는 남자는 자신의 신에 대해 말하는 광신도 같았다. 이후에도 찬양같이 늘어지는 소리를 한 귀로 듣고 흘리던 나는, 문득 스친 생각에 고개를 들었다.

"설마 백여 년 전 수인 대학살에서 은빛 늑대 수인족을 이곳으로 이끈 사람이 그 페이샤라는 사람입니까?"

"뭐! 페이샤 님을 알아?"

급속도로 들뜬 남자가 내게 불쑥 얼굴을 들이밀었다. 부담스럽게 반짝이는 보랏빛 눈에 움찔하자, 남자가 물고기를 낚은 어부처럼 화사한 웃음을 지었다.

"그래! 그분이다! 위기에 빠진 우리를 구원하신 분! 수인 대학살 당시 혼비백산으로 흩어지려던 은빛 늑대 수인족을 단결시켜 주셨지! 그래서 나는 그분을……!"

만난 지 1시간도 채 안 됐는데 남자의 헛소리를 백색소음으로 삼는 것에 익숙해졌다. 나는 신나서 주절거리는 남자를 뒤로한 채 생각에 빠졌다.

'그 지도자가 아직도 살아 있구나.'

수인족이 인간보다 오래 산다는 건 어렴풋이 알고 있었기에 놀랍진 않았다. 특히나 은빛 늑대 수인족은 기록된 최대 수명이 오백 년인, 장수하는 종족이었다. 그 우두머리가 대학살 당시 노인만 아니었다면 지금까지 살아 있다고 해도 이상하지 않았다.

"그분은 아직도 당신들의 우두머리입니까?"

"……그래서 페이샤 님이……! 응? 아, 물론이지! 그분만큼 적합한 지도자는 없으니까!"

"그럼 그분한테 안내해 줘야겠습니다."

어느새 통로 같은 동굴을 벗어나 푸른 초원 위였다. 드넓은 들판과 거친 정글, 울창한 숲. 그 모든 것이 섞인 지형은 신비로웠다. 짐승의 토굴인 듯, 사람 사는 오두막인 듯 애매한 형태로 지어진 집들은 꽤 포근해 보였다. 한밤중이라 잘 보이지 않는다는 게 안타까울 정도로 예쁜 정경이었다.

"그분이랑 해야 할 얘기가 있습니다. 부탁드립니다."

이 평화로운 풍경을 굳이 해치고 싶지 않았다. 대화로 끝내고 싶었다.

협박할 거 다 해 놓고 우스우리라는 건 알지만, 그래도 나는 남자에게 정중하게 부탁했다.

"흐, 홍. 내가 그런 걸 알려 줄 줄 알고."

남자가 자꾸 힐끗힐끗 나와 레오의 눈치를 봤다. 남자는 초원에 들어선 뒤부터 뭐 마려운 개처럼 달싹거리고 있었다. 새하얗고 잘난 얼굴은 참 표정 관리를 못 했다.

"그리고 이건 몰랐겠지!"

덜컥.

앞으로 내디딘 발에 무언가가 걸려들었다.

촤아악!

바로 옆에 서 있던, 끝이 보이지 않을 만큼 거대한 나무 위에서 쇠사슬로 된 그물이 쏟아져 내렸다.

"하하하! 바보 같은 인간들! 일부러 이쪽으로 끌고 온 건데! 여기 함정이 있다는 건……!"

쌔액!

나는 빠르게 오러를 발현해 위에서 아래로 검을 그었다.

촤악.

떨어지던 그물이 검은 오러에 깔끔하게 두 동강 난 채로 각각 레오와 내 옆에 힘없이 널브러졌다. 잠시 침묵이 일었다.

"……당해 드릴 걸 그랬나요?"

솔직히, 마을을 향해 곧게 난 길이 아닌 구석 쪽으로 인도할 때부터 수상한 티가 팍팍 났다.

함정이 있을 거라는 건 예상했기에 곧바로 대처했으나, 세상이 무너진 듯 충격받은 얼굴을 하고 있는 남자를 보니 그물에 걸려 허우적거리는 시늉이라도 해 줄 걸 그랬나 싶었다.

"어, 어떻게……!"

소드 마스터와 소드 엑스퍼트를 잡기에는 너무 조잡한 함정이었지만, 그 사실을 알 리 없는 남자는 놀란 표정이었다. 그런 남자를 어이없다는 표정으로 바라보던 레오가 나를 돌아보았다.

"쟤 혹시 네가 소드 마스터라는 걸 모르는 거 아니야?"

"소, 소드 마스터?"

'미르'의 이름은 대륙 전역 구석구석에 퍼져 있다. 이건 자의식 과잉이 아니라 객관적인 정보였다.

검은 오러만 봐도 웬만한 사람이라면 알아차리니 남자의 태도에 반신반의하면서도 설마 모를까 싶었지만, 남자는 정말 몰랐던 건지 눈을 동그랗게 떴다.

"그런 사람이 왜 여기에…… 설마 우리 은빛 늑대 수인족을 몰살하려고……!"

"지금까지 제 말을 뭘로 들은 겁니까?"

나는 헛웃음을 뱉으며 얼굴을 찡그렸다. 남자는 여전히 우리를 조금도 믿지 않는 눈치였다.

"너희같이 위험한 사람들을 그냥 들여보내 줄 수는 없다!"

부스럭.

머리 위로 팔랑, 나뭇잎이 떨어졌다. 선선히 부는 바람 때문이라고 생각할 법한 평범한 변화였으나, 나는 한숨을 푹 쉬었다.

"포위해 주세요!"

타다닥!

남자가 날카롭게 소리침과 동시에, 나무 위에서 대여섯 개의 형체가 속속히 떨어져 레오와 나를 감쌌다.

스윽.

"무기를 버려라."

내 앞에 착지한 장신의 여성은 내가 순간 놓칠 만큼 빠른 속도로 내 목에 긴 발톱을 들이밀었다.

중년쯤으로 보이는 그녀의 입가에 길게 난 흉터가 시선을 사로잡았다. 귀와 꼬리는 물론 손까지 수인화가 된 여자는 인간과 맹수 사이에 걸쳐 있어 이색적인 느낌을 풍겼다.

그녀와 나 사이에 시선이 오갔다. 여자는 험악함과는 동떨어진 태평한 표정을 짓고 있음에도 분위기만으로 사람을 짓눌렀다.

무심코 크게 숨을 들이쉬던 코 안으로 익숙한 냄새가 흘러들었다.

「어떡할까.」

무료하게 눈을 굴리던 레오가 내게 전언을 보냈다.

나는 길게 고민하지 않았다.

"싸울 생각 없습니다."

쨍그랑.

손을 펴 머리 위로 올림과 동시에 들고 있던 검이 청량한 소리를 내며 떨어졌다. 검을 한 몸처럼 여겨 왔으니 정말 웬만해선 검을 놓지 않았으나, 우리는 함부로 침입한 무뢰배 입장이었다. 적어도 무기는 내려놔야 대화할 기회가 생길 것이다.

"솔라티네 제국과 아타라 왕국을 대표해 드릴 말씀이 있습니다."

여자가 보랏빛 눈동자를 느리게 번뜩였다. 나를 뚫어 버릴 듯한, 세로로 쭉 찢어진 동공은 섬뜩하고 강렬했다.

"우선 연행해."

피식 웃은 여자가 여유롭게 손짓했다.

레오와 나는 연행되어 수인족 마을로 들어섰다. 구속구로 묶는 시늉도 하지 않고 그냥 포위한 채로 이동하는 걸 보아 묶어 봤자 소용없다는 걸 아는 것 같았다.

우릴 보고 웅성거리는 수인들을 지나 마을 중심에 도착했다.

"들어와."

중년의 여자가 고개를 까닥였다. 이곳에 올 때도 동굴을 통해 들어왔건만, 그녀 앞엔 또 다른 동굴이 있었다. 나는 동굴 안으로 발걸음을 옮겼다.

'늑대라 그런가 동굴 진짜 좋아하네.'

동굴 안은 음습하거나 축축한 느낌 없이 말끔했다. 가운데엔 거대한 돌 탁자가 있었다. 전체적으로 쾌적했기에 자연 친화적인 회의장 같기도 했다.

"앉아라."

여자가 턱 끝으로 돌 탁자 앞 의자 두 개를 가리켰다. 곧바로 감옥 같은 곳에 구금될 각오를 하고 있었건만, 생각보다 대우가 훨씬 좋았다. 나와 레오는 순순히 착석했다.

"레논."

"네, 넵!"

여자가 중저음으로 나직하게 이름을 뱉자 알몸에 망토만 입고 있던 우리를 안내한 남자가 얼굴이 은은히 붉어진 채로 바짝 긴장하며 자세를 똑바로 했다. 이름이 레논인 모양이었다.

"가서 족장님 모셔 오도록. 오는 길에 옷도 좀 입고."

"네? 하, 하지만……."

레논이 보랏빛 눈을 데구르르 굴렸다. 그가 무어라 답하려던 찰나, 여자가 한 발 빠르게 입을 열었다.

"알아들었을 거라고 믿는다. 모셔 와."

눈을 끔뻑이던 레논이 아, 하고 짧게 탄식을 뱉었다. 그가 세차게 고개를 끄덕였다.

"네! 모셔오겠습니다!"

그가 망토를 휘날리며 총알처럼 달려갔다. 그 순간 보인 새하얀 뒤태는 못 본 것으로 하기로 했다.

"자네가 그 검은 재앙이군."

여자가 팔짱을 낀 채 내 옆 책상에 기댔다. 물음도 아니고 이미 확신하고 있는 어투였다.

"조금 전 남자는 모르던데. 당신은 바로 알아보시는군요."

"평생을 이 숲속에서만 산 아이라 바깥세상에 어둡지. 알 필요성도 못 느끼고. 하지만 나같이 바깥세상에서 살아 본 적 있는 늙은이들은 어느 정도 세상 돌아가는 꼴에 귀 기울이고 살거든."

그녀가 씨익 이를 드러내며 웃었다. 새하얀 이빨은 하나같이 날카로웠다.

은빛 늑대 수인족이 이곳으로 도망쳐 온 뒤 바깥세상과 연을 완전히 끊으며 그들에 대해 알려진 정보가 아예 없다시피 했기에 내게는 모두 새로운 정보였다.

"은빛 늑대 수인족은 폐쇄적으로 사는 모양입니다."

"우릴 죽이려 드는 원숭이들과 소통하며 지낼 필요는 없으니까."

여자가 신랄하게 답했다. 인간에 대한 멸시가 기저에 깔린 채였다. 이곳으로 오는 길에 지나치듯 본 수인들은 모두 강렬한 적의를 담아 나와 레오를 노려보곤 했다. 인간의 부조리한 짓으로 이곳에 내몰리듯 정착한 이들이니 당연했다.

여자는 그들만큼 우리에게 적의가 있진 않았지만, 호의가 넘치는 것도 아니었다. 그녀의 태도엔 약간의 흥미와 본능적인 멸시가 함께 섞여 있었다.

충직한 검이 되려 했는데 3

"그리고 자네는 동쪽 왕국의 국왕이고."

여자의 시선이 레오에게로 옮겨 갔다. 고개를 숙인 채 무료하게 발 장난이나 하던 레오가 고개를 들었다. 그의 형광 연둣빛 눈동자가 번뜩였다.

"나도 아나? 미르의 검은 오러야 워낙 유명하니 바로 알아봤다 치지만."

"나는 늙은이들 사이에서도 귀가 밝은 편이지."

여자가 제 턱을 매만지며 나와 레오를 번갈아 보았다. 그녀가 잇새로 웃음을 흘렸다.

"참 귀한 손님들이 오셨군그래."

감탄인지 조롱인지 애매모호한 투였다.

"족장님 모셔 왔습니다!"

말을 입 밖으로 내뱉으려던 찰나, 등 뒤로 레논의 쩌렁쩌렁한 목소리가 들려 왔다.

나와 레오를 덮을 만큼 거대한 그림자가 졌다. 휙 고개를 돌리자 보인 것은 2미터는 족히 넘을 법한 거구의 남자였다.

탁, 탁.

성큼성큼 다가온 남자는 우리 맞은편에 털썩 앉았다. 호위대로 보이는 수인 둘이 남자 양옆을 지키고 섰다. 나는 남자를 물끄러미 바라보았다.

좋은 풍채에 위협적인 인상. 수인족의 족장을 상상했을 때 곧바로 떠오를 법한 이미지의 남자였다.

"어째서 이곳으로 쳐들어왔지?"

"쳐들어온 게 아니라……."

짐승의 울음처럼 낮고 섬뜩한 목소리가 웅웅 울려 퍼졌다. 나는 질문에 답하려는 레오를 제지하고 남자와 똑바로 눈을 맞추었다.

"당신이 페이샤 맞습니까?"

남자의 손끝이 흠칫했다. 그의 보랏빛 동공에 비친 내 분홍빛 눈동자는 시리게 빛나고 있었다.

쾅, 남자가 거칠게 탁자를 내리쳤다.

"내가 페이샤가 아니면 누가 페이샤지? 내가 바로 이 은빛 늑대 수인족의 족장 페이샤다!"

우렁찬 목소리가 동굴에서 메아리쳐 울렸다. 사람들이 흔히 상상할 수인들의 대장다운 모습이었으나, 나는 헛웃음을 뱉었다.

모든 것이 이성으로 정의되진 않았다. 생각으로는 이해할 수는 없지만 영혼으로 느껴지는 것이 있는 법이었다. 사람들이 흔히 직감이라고 부르는 것이고, 내가 가장 타고난 부분이었다.

"당신, 페이샤 아닙니다."

이 터무니없는 확신은 그곳에서 기인되었다. 내 흔들림 없는 확언에 남자의 동공이 희미하게 흔들렸다. 나는 고개를 들어 옆을 바라보았다.

"당신이죠?"

줄곧 나를 시험하듯 바라보던 보랏빛 눈동자와 내 두 눈이 맞아 들어갔다. 여자가 입꼬리를 쭉 찢었다.

"과연. 감이 좋군."

여자의 고개 까닥임 한 번에 자신이 족장이라 주장하던 남자가 정중하게 허리를 굽혀 인사하고는 앉은 자리에서 일어나 물러섰다.

탁, 탁자 위로 뛰어올라 휘적휘적 남자가 앉아 있던 곳으로 걸어간 여자는 그곳에 털썩 앉았다.

"그래. 장난은 이쯤 할까."

여자가 옆으로 손을 뻗자 그녀 옆을 지키고 있던 수인이 재빠르게 그녀의 손에 곰방대를 쥐여 주었다.

타인에게 불까지 받는 그 태도는 오만하게 느껴지기 십상이었으나, 그녀에겐 걸맞아 보였다. 거대한 풍채도, 위협적인 얼굴이나 쩌렁쩌렁한 목소리가 없어도 충분히 지배자다웠다.

"정답이다, 미르."

기다란 곰방대를 제 입가로 가져가 빨아들인 여자가 길게 숨을 뱉었다. 뿜어져 나오는 연기와 함께 매캐한 담배 향이 사방으로 퍼졌다. 그녀의 보랏빛 눈동자가 동굴 틈새로 들어오는 달빛을 받아 신비롭게 반짝였다.

"내가 은빛 늑대 수인족의 족장 페이샤다."

달빛 아래 페이샤가 나를 향해 씨익 웃었다.

"만나 뵈어 영광입니다."

나는 가볍게 고개를 까닥여 인사했다.

페이샤가 곰방대를 물고 연기를 들이켰다.

"바깥 상황이 그리 좋지 않다는 걸 안다. 빨리 돌아가야겠지. 환영 절차는 모두 생략하자고. 지금 이 상황을 침략으로 받아들이지 않은 것만으로 고마워하도록."

그녀는 은은히 미소 짓고 있었으나 목소리엔 조금의 온기도 없었다. 우리를 보던 수인들의 표정을 떠올리면 곧바로 찢어발기려 달려들지 않은 게 용한 것이니 순순히 수긍했다.

"저희가 이곳에 온 이유는……."

"잠깐."

저벅저벅.

말문을 열려고 할 때, 페이샤가 손을 들어 막았다. 나는 등 뒤로 들려오는 여러 사람의 발걸음 소리에 고개를 돌렸다.

"은빛 늑대 수인족은 모든 일에 대한 결정을 원로 회의로 하는 것이 전통이라서 말이다."

오싹, 온몸에 소름이 돋고 심장이 크게 펌프질했다. 내가 이렇게까지 긴장하는 경우는 흔치 않았다.

동굴 안으로 걸어 들어오는 중노년의 수인들은 한 사람 한 사람이 강자였다.

개개인의 능력치 평균으로는 최강이라 불리는 종족다웠다.

레오가 습관처럼 텅 빈 검집을 더듬거리고 나는 볼 안쪽을 살짝 깨물었다.

원로 선정 기준이 강함의 척도인가 싶을 정도였다. 만약 이들과의 전투가 일어난다면 승리를 장담할 수 없을 것 같았다.

"이제 얘기하지 그래."

들어온 이들이 착석한 가운데, 가장 상석에 앉은 페이샤가 여유롭게 턱을 괴었다.

'뭐부터 말할래.'

검집을 만지작거리던 레오가 나를 돌아보았다. 나는 짧게 앓는 소리를 냈다.

우리가 가져온 건 두 가지 안건이었다. 레오의 유모인 레이샤와 은빛 늑대 수인족의 전쟁 참전 여부.

그와 나 사이에 많은 의미가 담긴 시선이 오갔다.

'레이샤 얘기부터 해.'

아무래도 곧바로 전쟁에 참전해 달라고 요구하는 건 경계만 더 불러일으킬 것 같았다. 레이샤와의 친분을 드러내며 벽을 허무는 게 우선이었다. 고개를 끄덕인 레오가 페이샤와 얼굴을 마주했다.

"당신, 레이샤를 아나?"

"……레이샤."

일대가 크게 술렁거렸다.

"바깥으로 나갔던 그 레이샤 말인가?"

"저 인간들이 어떻게……."

원로들은 커진 눈으로 우리를 곁눈질하며 수군거렸다. 그 가운데 혼자만 놀란 기색 하나 없이 미묘한 낯으로 앉아 있던 페이샤가 탁자를 크게 내리쳤다.

"조용."

그 한마디에 소란이 뚝 끊겼다. 이곳에서 페이샤의 권력이 얼마나 강한지 짐작이 가는 순간이었다.

제 턱을 매만진 그녀가 레오를 위아래로 훑어봤다.

"마지막으로 봤을 때보다 꽤 자랐군."

다들 영문을 모르겠다는 표정을 짓고 있는 가운데, 페이샤만 무언가 알고 있는 듯했다. 아니, 알고 있는 것을 넘어 이미 나와 레오를 본 적 있는 것 같았다.

담배를 한 모금 빨아들인 그녀가 시리게 웃었다.

"그대들은 나를 본 적 없겠지만, 나는 그대들을 알아. 특히 너, 흰 머리 꼬맹이."

"……."

"제국이 사냥대회를 개최했을 때 구경을 간 적이 있었지. 북부 인간들의 동태가 심상치 않았으니 말이다. 그때 바실리스크를 썰어 버리던 모습 잘 봤다, 미르."

"아."

나는 탄식과 함께 잊고 있던 순간을 떠올렸다. 레오와 함께 바실리스크를 해치웠을 때, 주변에서 늑대의 기운을 느꼈던 것을.

"그게 당신이었습니까?"

은빛 늑대 수인족일 거라고는 그때도 예상하고 있었다. 원작에서도 은빛 늑대 수인족이 전쟁과 북부를 경계하고 있다는 표현은 짧게나마 등장했으니 대륙에 정탐꾼들을 뿌려 두었으리라고 생각했다. 허나 그것이 지도자인 페이샤일 거라고는 생각도 못 했다.

"위험한 일은 내가 직접 해야 속이 풀려서. 그게 감투를 쓴 자의 숙명 아닌가."

태평하게 말한 그녀는 레오에게로 눈을 돌렸다. 샐쭉하게 세로로 긴 동공이 위험하게 빛났다.

"미르는 그날 처음 보았지만, 너는 꽤 오랫동안 지켜봐 왔지."

"……."

"여전히 추락을 두려워하더군."

"……빌어먹을."

"레이샤의 피를 먹고 자란 동쪽의 국왕이여, 행복했는가?"

꽉.

"안 돼, 레오. 참아."

나는 마나를 일으키는 레오 앞으로 팔을 뻗으며 속삭였다.

이성의 끈이 뚝 끊겨 동공이 비정상적으로 확장된 눈으로 페이샤를 응시하는 레오의 손은 희미하게 떨리고 있었다. 그 모습에 가슴이 쓰라렸으나, 감당할 수 없는 일을 일으켜서는 안 되는 법이었다.

나는 자꾸만 달싹이는 그의 손을 힘으로 짓누르며 페이샤를 돌아보았다.

"저희는 대화를 하고 싶어서 온 겁니다."

"내가 틀린 말이라도 했나?"

입가에 길게 그어진 흉터가 비뚤어지도록 웃은 페이샤가 고개를 비스듬히 기울였다. 레오가 으스러져라 주먹을 쥐었다.

"인간 친구와의 약속 하나 때문에 종족과 함께 사는 것을 포기해 버린 미련한 아이였지. 위험할 거라고 몇 번이고 경고했지만 결국 가더니…… 너 때문에 죽어 버렸어."

그녀가 내뱉는 말들은, 레오의 역린을 건드리다 못해 후벼 파는 발언이었다.

쾅!

레오의 몸에서 마나가 폭주하듯 터져 나오는 순간, 나는 그의 머리를 거세게 짓눌러 테이블 위에 내리박으며 그를 제압했다.

찢어진 그의 이마에서 붉은 피가 주르륵 흘렀다. 눈에서 초점이 사라진 레오가 작살에 찔린 물고기처럼 몸을 뒤틀었다.

"이거 놔!"

"미안. 제발 참아 줘."

나는 간절하게 속삭였다.

나 혼자만의 힘으로는 은빛 늑대 수인족 전원과의 전투에서는 승산을 확신할 수 없었다. 레오의 분노는 충분히 이해할 수 있었지만, 두고 볼 수는 없었다.

"대화를 하겠다는 겁니까, 말겠다는 겁니까. 대화할 생각이 없으면 그냥 말하세요. 전투를 바라는 겁니까?"

아무리 은빛 늑대 수인족이 강하다고 해도 지도인 페이샤가 불필요한 데다 위험하기까지 한 선택을 할 리 없었다. 그걸 믿고 싸늘한 시선을 보내자 곰방대에서 재를 툭툭 털어 낸 그녀가 어깨를 으쓱였다.

"농담도 못 하겠군."

"농담이 지나치셨습니다."

페이샤의 쭉 찢어진 동공이 나를 물끄러미 응시했다. 나는 그녀의 시선을 피하지 않으며 이제야 조금 진정한 레오에게서 손을 떼어 냈다.

페이샤가 눈을 가늘게 떴다.

"자네, 전에 은빛 늑대 수인족을 만나 본 적이 있나?"

"네? 갑자기 무슨……."

"묻는 말에 대답이나 하게."

"……없습니다만."

"기억을 못 하는 거겠지."

갑작스러운 질문에 의미심장한 어투였다. 내가 이해하지 못하고 얼굴을 찡그리던 찰나, 그녀가 아무것도 아니라는 듯 손을 휘휘 저었다.

"됐다. 용건을 들어 보지."

대화의 흐름은 그녀의 뜻대로 좌지우지되고 있었다. 나는 우리가 휘말리고 있음을 알고 있었지만 껄끄러움을 꾹 누르고 레오를 돌아보았다.

"빌어먹을……."

그가 욕을 짓씹으며 이마에 흘러내린 피를 닦아 냈다. 나는 몰려오는 미안함에 주먹을 꽉 쥐었다 놓았다. 아무래도 저 상처가 흉터 없이 아물 때까지, 레오의 이마를 볼 때마다 마음이 아플 것 같았다.

"레이샤의 가족을 만나고 싶어서 왔다."

레오의 목소리가 한껏 가라앉아 있었다. 금방이라도 사람을 찢어 버릴 듯 흉흉한 기세였으나 다행히 두 눈에 초점이 돌아온 상태였다.

동굴 안에 모인 원로들이 서로를 돌아보았다. 페이샤의 보랏빛 눈동자가 번뜩였다.

"만나서 뭘 어쩌려고?"

"사과하려고."

레오의 두 눈에 상념이 깃들다, 이내 사라졌다.

눈빛이 사나울 만큼 또렷해졌다.

"당신 말대로 나 때문에 레이샤가 죽었으니까, 직접 만나서 사과하고 싶어."

일생일대의 고해성사처럼, 피 토하듯 내뱉는 유언처럼 실토했다.

"……인간 주제에 각오가 가상하군."

페이샤가 실소를 흘렸다. 기저에 깔린 인간 비하는 변함이 없었으나 그리 기분 나쁜 기색은 아니었다. 그녀가 한숨과 함께 허공으로 눈을 굴렸다.

"레이샤에겐 가족이 없다. 그 아이의 부모는 바깥세상에서 필요한 정보와 물자를 구해 오는 일을 하다 인간들의 손에 죽었지. 그들을 죽인 인간 놈들을 끝까지 추격해 이유를 물으니 수인족의 가죽이 비싸게 팔릴 것 같아서였다지."

보랏빛 눈동자가 증오를 담아 짙어졌다. 나는 할 말을 잃은 채 입술을 꾹 다물었다. 어떤 종족에 속했다는 것만으로는 무언가를 판가름할 수 없겠지만, 가해 종족이 피해 종족에게 할 소리는 아니었다.

"혼자인 레이샤를 손수 키운 게 나다. 총명한 아이라 차기 지도자로 삼을 생각도 했었지. 바깥세상에 관심을 가지더니 훌쩍 떠나 버리지만 않았다면 그랬을 거다. 그리 일찍 죽을 줄은 몰랐지."

무섭도록 단단하던 인상이 찰나에 일그러졌다. 그 순간만큼은 강인한 지도자가 아닌 평범한 사람 같았다.

충직한 검이 되려 했는데 3

"추억 팔이는 이쯤 하고."

곧바로 돌아온 페이샤가 입꼬리를 쭉 찢어 미소 지었다. 두 눈은 시리도록 차가웠다.

"레이샤에겐 가족이 없다. 이걸 알았으니 용건은 끝났나?"

속으로 앓는 소리를 낸 나는 레오를 곁눈질했다. 그는 멍하니 허공을 바라보며 다리를 떨고 있었다. 아무래도 생각이 많은 모양이었다. 어떻게 할지 물어봤자 도움이 되는 대답은 돌아오지 않을 것 같았다.

"사실 용건이 하나 더 있습니다."

양심에 털이 나지 않은 이상 이 상황에서 말을 꺼내기는 어려웠으나, 그럼에도 해야 했다. 이건 전쟁의 승패를 좌우할 수 있는 제안일지도 몰랐다.

곰방대를 내려놓은 페이샤가 눈썹을 들썩였다.

"말해라."

"지금 바깥에서 전쟁이 일어났다는 건 아실 겁니다."

원로들 사이에서 가볍게 소란이 일었다. 나이 든 이들은 바깥세상 소식에 귀를 기울이며 산다는 페이샤의 말대로 다들 알고는 있는 것 같았다.

페이샤가 고개를 끄덕였다.

"그래. 북부인들이 전쟁을 일으켰다지. 다른 종족을 몰살한 것도 모자라 자기들끼리도 싸우고 난리더군. 인간들은 참 웃기지."

미세한 조롱 어린 어투에 반박할 말은 없었다. 다른 종족들은 자연과 함께 조화롭게 살아가는 반면, 인간만이 자연을 해치고 공존이 아닌 공멸을 택했다.

'그럼에도 지키겠지.'

내가 사랑하는 이들 또한 인간이니 어떻게 미워할 수 있겠는가. 나는 그 미련한 종족을 살리기 위해 지금도 고군분투하고 있었다.

나는 떨어지는 물방울 밑에 놓여 있는 스펀지처럼 점점 더 무거워져만 가는 마음을 안고 어렵사리 입을 열었다.

"북부인들은 마수를 통해 전쟁을 치르려 합니다. 마수들이 마기를 내뿜는다는 건 아시겠죠. 그들의 피가 땅을 오염시킨다는 것도요."

북부와의 전쟁에서 승리하는 것도 안건이지만, 그것만이 문제가 아니었다. 이로 인해 발생된 마수의 사체를 처리하는 과정도 이후 문제가 될 것이 분명했다.

"전쟁의 범위가 생각보다 커져서 이 숲까지 마수들이 침범한다면? 북부가 전쟁에서 승리한 뒤 제국을 넘어 이 숲까지 넘보기 시작한다면 어떡하실 겁니까? 땅의 오염이 번지기 시작하면요."

땅은 하나의 줄기로 이어져 있다. 만약 북부가 승리한다면 제국은 오염된 땅을 채 정화시키지 못할 것이다. 그럼 그 마기가 번지고 또 번져 이 숲까지 침범하게 될지도 몰랐다.

"아무리 이곳이라도 전쟁에서 완전히 안전할 순 없습니다. 아시잖습니까."

언제까지고 배타적으로 남아 있을 순 없다. 그들 또한 대륙의 일부이니.

떠들썩해지는 주위를 손짓 한 번으로 침묵시킨 페이샤가 턱을 괴었다.

"그래서 결론이 뭐지."

나는 길게 숨을 뱉었다. 그리고 그녀와 마주했다.

"우리를 도와 전쟁에 참전해 주십시오."

그 한마디를 끝으로, 동굴 안은 아수라장이 됐다.

"저런 뻔뻔한! 백여 년 전 참극은 새까맣게 잊은 모양이지!"

"그때 우리가 인간들에게 얼마나 수모를 당했는데!"

"싫을 땐 학살해 놓고 필요할 땐 도움을 요청한단 말인가!"

고개가 저절로 숙여졌다. 그들의 분노는 오랜 세월 동안 바래지 않고 차곡차곡 쌓였으며 그만큼 짙고 무거웠다. 그런 이들에게 참전을 요청하는 것은 내가 생각해도 참으로 역겨운 행동이었다.

묵묵히 고개를 숙인 채 그저 바닥만 바라보고 있을 때.

"너."

위압적인 목소리가 소란을 뚫고 곧바로 내 청각을 사로잡았다.

딱딱하게 얼굴을 굳힌 페이샤가 입술을 열었다.

"안테이아 헬라를 아나?"

그녀의 입에서 나온 건 뜻밖의 이름이었다.

"……당신이 그 이름을 어떻게 압니까?"

나는 당혹스러움을 감추지 못한 채 입을 떡 벌렸다. 지금 거울을 보면 정말 웃긴 표정을 짓고 있을 것 같았다.

페이샤는 얼핏 보기엔 침착해 보였으나, 돌 탁자를 꽉 잡고 있는 손에서 그녀의 동요가 보였다.

"내 질문부터 답하도록. 안테이아를 어떻게 아는 거지?"

페이샤의 긴 손가락이 히스테리적으로 탁자를 두드렸다. 안테이아를 모르는 레오가 어떤 상황인지 모르겠다는 표정으로 나를 돌아보는 가운데, 나는 숨을 크게 들이쉬었다.

'퍼스트 네임으로 부른다는 건 꽤 친분이 깊다는 건데.'

검푸른 까마귀 길드의 길드장 '푸른 날개'의 야샤와 은빛 늑대 수인족이자 아타라 국왕의 유모였던 레이샤, 그에 이어 족장 페이샤라니.

대체 안테이아의 인연의 줄은 어디까지 이어져 있는 건지 짐작이 되지 않았다. 웬 사막 왕국의 상단주라는 사람이 불쑥 등장해 그녀와 연이 있다고 해도 믿을 수 있을 것 같았다.

"모를 리가 없지 않습니까."

사실 가명 '오드리'가 아닌 그녀의 실명을 알게 된 것조차 그리 오래된 얘기가 아니지만, 그래도 아는 게 정상이다. 나는 헛웃음처럼 내뱉었다.

"안테이아 헬라는 제 어머니 이름입니다."

그 이름을 알고 있다는 것에 당황할 사람은 페이샤가 아니라 나였다.

"……미치겠군."

페이샤가 이마를 짚었다. 만난 뒤로부터 노련한 포커페이스로 흔들림 없는 모습을 보이던 그녀가 처음으로 무너지는 순간이었다.

주위 원로들의 웅성거림이 걷잡을 수 없이 커지고 나와 레오 모두 어쩔 줄 모르던 때, 누군가가 내 어깨를 턱 붙잡았다.

"보자마자 닮았다고 생각하긴 했건만, 정말이군."

인간 나이로 여든은 거뜬히 먹었을 것 같은 노년의 여성이 나를 이리저리 뜯어보았다. 들어서자마자 한마디도 안 하고 나만 바라보던 원로였다.

"그 눈매며 분위기는…… 그래. 안테이아의 딸이 분명하구나."

주름 진 얼굴이 설핏 일그러졌다. 그녀의 표정에 물들어 있는 건 슬픔이었다.

나는 얼떨떨하게 눈을 깜빡였다.

'주인공들이 흔히 겪는 클리셰를 내가 겪을 줄은 몰랐는데.'

대단한 부모님을 둔 주인공들이 한 번쯤 겪는 상황 아니던가. 아버지 쪽이라면 몰라도 어머니로 인해 이런 상황이 일어날 줄은 몰랐다.

나를 두고 열띤 대화를 나누는 원로들 사이에서 꿔다 놓은 보릿자루처럼 덩그러니 놓여 있는 사이, 페이샤가 주위를 정리했다.

"안테이아와 우리 사이의 이야기를 모르는 모양이지."

그녀의 얼굴에 미세한 착잡함이 일다 사라졌다. 나는 목울대를 울렁였다.

안테이아는 레이샤와 친구였던 데다, 학창 시절에 수인족을 향한 처우를 개선해 달라는 상소문까지 썼다고 하니 관련이 있는 것도 무리가 아니다. 하지만 그게 긍정적인 쪽인지 아닌지 지금으로서는 확신할 수 없었다.

'원수의 딸! 여기서 죽어라, 하고 달려들면 어쩌지.'

수많은 가능성을 두고 저울질하던 찰나, 이샤가 입술을 열었다.

"안테이아는 우리의 은인이다."

페이샤의 보랏빛 눈동자가 깊어졌다.

"20여 년 전만 해도 이곳은 그리 쾌적한 환경이 아니었다. 우리가 선택한 건 숨기 가장 좋은 장소였지 살기 좋은 장소가 아니었으니까. 이곳을 살 수는 있는 곳으로 만드는 것만 해도 오랜 시간이 걸렸다."

이 숲이 은빛 늑대 수인족이 오기 전까지 황폐하고 척박했다는 건 유명한 사실이었다. 일부러 그런 곳에 숨어든 그들이 이곳을 자신들의 터전으로 만들기 위해 대단히 노력했을 것임은 쉬이 짐작할 수 있었다.

"가장 큰 문제는 외부와의 소통이었지. 다들 밖으로 나가는 걸 두려워했기에 완전히 단절된 상태였거든. 내가 직접 나가 필요한 물자를 구해 오기도 했지만 그걸로는 턱없이 부족했다."

그때를 떠올린 건지 페이샤의 얼굴에 옅은 그림자가 졌다. 그녀가 고개를 들어 나를 마주했다.

"그때 외부와의 다리를 놓아 준 게 안테이아다."

아무래도, 내 어머니는 내 생각보다 많은 일들을 한 듯했다.

"레이샤를 통해 소개받은 아이지. 처음엔 인간의 도움을 받을 생각이 없었는데 계속 나를 설득하더구나. 조금 더 나아질 수 있다고. 틈을 보았다면 닫으려고만 하지 말고 열고 빛을 보는 것도 하나의 방법이라고."

나는 그녀가 썼던 상소문을 떠올렸다. 실수로 생긴 틈을 덮으려고만 하지 말고 마주하라는 말. 그녀는 참 한결같은 사람이었던 모양이다.

"우리는 결국 안테이아의 제안에 수긍했고, 그 아이를 이곳에 들였지. 그리고 이곳을 여기까지 발전시켰다. 우리의 근거지 곳곳에 걸려 있는 수많은 보호 마법 수식 중 반은 그 아이가 만든 것이야. 지금의 젊은이들이야 안테이아를 모르지만 지금의 원로들은 모두 그 아이가 베푼 은혜를 기억한다. 그 아이는 보상조차 원하지 않았어. 그냥 돕길 바랐지."

'여주인공의 어머니'라는 쉽고 간편한 한 문장에 얼마나 많은 역사와 서사가 차곡차곡 쌓여 있었을까. 우리는 얼마나 많은 영웅들을 잊고 살아왔을까.

'나조차 당신이 어떤 사람인지 몰랐는데, 이곳 사람들 말고 누가 당신을 기억

해 줄까.'

누군가 주무르듯 묘한 느낌이 이는 심장을 통제할 방도가 없었다. 나는 입안에 감도는 쓴 침을 힘겹게 삼켰다.

"안테이아 헬라는 우리의 영원한 은인이다. 그리고 은인의 딸 또한 은인이다. 이걸 부정할 사람은 없겠지."

진중한 얼굴을 한 페이샤가 주위를 둘러보았다. 참전해 달라고 했던 순간에는 욕을 퍼붓던 원로들이 지금은 고요했다. 모두가 고개를 끄덕였다.

"늑대들은 결코 원한을 잊지 않는다. 하지만 은혜는 더더욱 잊지 않는다."

그들은 인간에게 원한이 있었으나, 내 어머니에겐 은혜가 있었다.

인간이자 안테이아의 딸인 나의 참전 부탁은 그들에게 모순일 터였다.

"……잠깐 밖에 나가 있도록. 회의할 시간이 필요하다. 귀빈으로 모셔라."

두 손을 모으고 눈을 꾹 감은 페이샤가 명령했다.

"내 어머니랑 네 어머니, 레이샤까지가 모두 친구였다는 거지? 인연 참 기묘하네."

그루터기에 걸터앉아 뒤쪽 나무에 등을 기댄 레오가 헛웃음을 뱉었다. 회의 결과를 기다리는 동안 그에게 내가 알고 있는 것들을 털어놓은 참이었다.

"이마, 괜찮아?"

나는 손을 들어 그의 앞머리를 쓸어 넘겨 주었다. 새하얀 머리카락이 사라락 넘어가고 드러난 이마엔 찢은 상처가 남아 있었다.

나 때문이었다.

죄책감에 물든 내가 무어라 말하려던 찰나, 그가 더 빨리 입을 열었다.

"미안하다고 하려 했지? 됐어. 하지 마."

레오의 표정은 부드러웠다.

선선히 불어온 밤바람이 그의 머리카락을 흔들었다.

"그때 덤벼들었다면 지금 같은 결과를 얻을 수 없었겠지. 네가 막는 게 맞았어. 막아 줘서 고마워."

담백한 목소리였으나 담백함이 거짓을 뜻하는 건 아니었다. 나는 입술을 꾹 깨물며 조심스럽게 그의 상처를 쓸었다. 레오가 희미하게 움찔거렸다.

"아프진 않아?"

"으음, 좀 아픈 것 같은데."

얼굴을 들이민 그가 짓궂게 입꼬리를 끌어 올렸다.

"네가 숨을 불어 주면 나을 것 같기도……."

"멀쩡하네. 발이나 닦고 자라."

"아."

가벼운 태도가 밉살스러워 미간을 꾹 미니 레오가 장난스레 신음을 뱉으며 물러났다.

나는 나무에 툭 머리를 기댄 채 고개를 들어 하늘을 올려다보았다. 광활하게 펼쳐진 밤하늘이 아름다웠다.

"어머니가 내 인생에 도움이 될 줄 몰랐는데."

나는 혼잣말처럼 중얼거렸다.

나와 아리아를 버리고 방치한 몹쓸 인간이라고 생각했다. 고통을 토로할 곳조차 없던 어린 시절에 숨구멍이 필요해 그녀를 원망했다.

"아무리 봐도 어머니 덕분에 잘된 것 같지."

하지만 알면 알수록 그녀를 미워한 나 자신이 나쁜 사람인 것만 같아 마음이 복잡했다.

"나 사실 오랫동안 어머니를 미워했거든. 그러면 안 됐나 봐."

나는 쓰게 미소 지은 채 레오를 돌아보았다. 가라앉은 눈으로 나를 응시하던 레오가 헛웃음을 내뱉었다.

"왜 그러면 안 되는데? 좋은 분이셨던 것 같지만, 너한테 좋은 부모는 아니었던 거잖아. 가만 보면 너는 사람을 통상적인 선과 악으로만 나누려는 것 같아."

레오의 신랄한 목소리 하나하나가 심장에 꽂혀 들었다. 못마땅하단 표정을 지은 그가 말을 이었다.

"모두에게 악인이지만 네겐 선인일 수도, 모두에게 선인이지만 네겐 악인일 수도 있잖아. 나도 세상에선 쓰레기 새끼라 불리지만 너한테 미움받지만 않으면 상관없어. 그리고 넌 날 미워하지 않잖아."

연둣빛 눈동자가 은은한 어둠 속에서 선명하게 반짝였다.

"인간은 완벽하게 선과 악을 가를 수 없어. 그 사이에 오해와 사견, 감정이 깃들기 마련이지. 네 세상에선 늘 네가 옳아, 슈슈. 네 주관을 따라."

'내가 옳다.'

끊임없이 고민하는 내게 건네 준 작은 확신. 미미한 불씨. 그가 가볍게 던진 한마디였음에도, 나는 불현듯 깨달음을 얻었다.

"여전히 그분이 밉다면 미워해. 모든 걸 용서하고 품을 필요는 없어."

완벽한 사람이 되고 싶었건만, 그는 꼭 부족한 사람으로 남아 있어도 된다고 다독여 주는 것 같았다.

"밉지는…… 않아."

"응."

"그런데, 사랑이 느껴지지도 않아. 그냥 여전히 거리감이 느껴져. 아무리 그분에 대해 들어도 내가 기억하는 건 거의 없으니까."

"그렇구나."

정리되지 않은 감정의 나열을 레오는 묵묵히 들어 주었다. 그의 큰 손이 내 머리를 쓸어내렸다.

"모든 것이 명료할 수는 없는 법이지. 복잡하면 복잡한 대로 둬."

엉킨 감정의 실을 물끄러미 바라보던 나는 눈을 감았다. 나는 어쩌면 그 말을 기다리고 있었을지도 몰랐다.

"오래 기다렸나?"

그 손길에 잠시 몸을 맡기고 있었을까, 기척과 함께 페이샤가 동굴 밖으로 걸어 나왔다. 그녀의 뒤로 원로들이 따랐다.

나는 자리에서 일어났다.

"괜찮습니다."

"참전 여부를 결정했다."

손에 땀이 배었다. 생각보다 긴장하고 있는 모양이었다.

한 호흡을 쉰 페이샤가 말을 이었다.

"우리는 여전히 인간을 좋아하지 않는다. 그건 만장일치더군. 우릴 멸종시키려 든 인간들을 목숨 걸고 돕고 싶지 않다. 간다고 했을 때 가겠다고 나서는 이들이 얼마나 될지 확신도 없고."

부정적인 말들의 나열이었다. 묵묵히 수긍하고 있을 무렵, 페이샤가 나와 눈을 맞추었다.

"하지만 우리는 은혜를 잊지 않는다. 안테이아, 그 아이에게 우리 종족이 빚을 졌으니 도움이 필요하다면 언제든 나서겠다고 맹세했지. 게다가 전쟁이 우리를 빗겨 나갈 수 없다는 네 말도 확연한 사실이라고 생각한다. 이곳이 영원히 안전할 수 없다는 걸 알고 있다."

결연한 두 눈엔 흔들림이 없었다. 오랫동안 한 자리에서 자란 고목처럼 단단하고 곧았다.

그녀가 웃었다.

"그래서, 출전하길 원하는 자들만 출전하기로 했다."

달빛을 받은 얼굴은 아스라하면서도 선명했다.

"나는 출전할 것이다."

페이샤, 은빛 늑대 수인족 역사상 가장 위대한 지도자의 협력을 약속받은 순간이었다.

"귀한 손님들이 오셨으니 오늘 밤은 연회다!"

페이샤의 시원스러운 한마디를 시작으로 늑대들이 사방에서 귀청이 떨어지도록 길게 울기 시작했다.

아우우우—

소집을 명령하는 뿔 나팔 같은 소리에 사방에서 늑대들이 달려 나왔다. 달빛을 받아 찬란하게 반짝이는 새하얀 털들의 무리가 이 밤을 백야로 물들이는 것 같았다.

"시간이 너무 늦지 않았습니까? 늦은 시간에 무리하실 필요는 없습니다."

보통 사람이라면 잠든 지 한참 지났을, 저녁을 넘어 새벽에 가까운 시간이었다. 조금 떨떠름하게 페이샤를 돌아보자 그녀가 의미심장하게 웃었다.

"모르는가? 늑대는 야행성이다."

우르르 몰려온 늑대들의 눈동자는 하나같이 보랏빛을 띠고 있었다. 가장 고귀한 그 색이 달빛을 받아 호수 위 윤슬처럼 반짝이고, 야행성 동물답게 어둠 속에서 확장된 동공은 신비로웠다.

"우리의 하루는 지금부터 시작이다. 늑대들의 밤은 인간들의 밤보다 훨씬 밝지."

페이샤가 몸을 돌리더니 우리를 향해 경계를 내보이는 늑대들을 마주했다.

"갑작스러운 인간의 등장에 다들 많이 당황했겠지. 인간이 싫은 이들도 있으리라는 걸 안다."

그녀의 머리 위에 솟은 뾰족한 귀가 뻣뻣하게 서고, 복슬복슬한 꼬리가 땅을 한 번 크게 쳤다. 그녀의 날카로운 손끝이 나를 가리켰다.

"하지만 이 인간은 우리의 은인 안테이아의 딸이자 내 손님이다. 나를 대하듯 이들을 대하도록."

꼬리를 한 바퀴 살랑거린 페이샤가 씨익 입꼬리를 올렸다.

"연회를 시작해라!"

아우우우—!

늑대들의 울음소리가 대지를 울렸다.

기나긴 밤의 시작이었다.

"……정말 먹어도 되는 겁니까?"

"한 번 먹으면 죽어서도 이 맛을 잊지 못할 거다."

'먹고 죽기 때문이 아닐까……?'

페이샤의 확신 어린 대답에도 나는 나무 그릇에 담긴 무언가를 쉬이 입에 대지 못했다. 귀한 손님을 맞을 때만 만드는 음식이라며 그녀가 건넨 건 흡사 늪인 양 질척거리는 새까만 액체였다.

"뭐, 우리가 독이라도 탔을 성싶으냐? 먹어 보래도."

낄낄 웃은 페이샤가 손짓으로 맛볼 것을 종용했다.

나는 떨떠름함을 감추지 않고 그릇에 입술을 댔다. 냄새는 제법 달콤했지만, 생김새는 과연 인간이 먹어도 되는 음식인지 의심이 들었다.

'그래도 만들어 준 성의가 있으니 먹어야겠지.'

우르르 몰려와 모닥불 위에 거대한 솥을 올린 늑대들이 이상하게 생긴 버섯부터 나조차도 모르는 약초까지 집어넣고 1시간가량을 푹 끓인 게 바로 이 액체였다. 먹다 게워 내는 한이 있어도 기대 섞인 눈으로 나를 힐끗거리는 늑대들 앞에서 못 먹겠다고 할 수는 없었다.

꿀꺽.

나는 눈을 딱 감고 액체를 한 모금 삼켰다.

'어?'

그리고 눈을 번쩍 떴다.

"맛있지? 이게 우리의 전통 술 '넥타르'다."

벌써 그릇을 다섯 잔째 비운 페이샤가 자부심 어린 표정을 지었다.

"달콤하고, 부드럽고, 꿀술 같기도 하고…… 묘하군요."

단번에 그릇을 비운 나는 입맛을 다셨다. 목울대로 넘어가는 맛은 내가 여태껏 먹어 본 어떤 액체보다 더 환상적이었다. 게다가 소드 마스터가 된 이후에는 어떤 술을 마셔도 취하지 않았건만 이건 한 번에 몸이 후끈해질 만큼 효과가 좋았다.

"더 마셔라, 더."

페이샤가 내 그릇에 흘러넘치도록 넥타르를 부어 주었고, 나는 그녀가 주는 대로 넥타르를 홀짝홀짝 받아먹었다. 함부로 긴장을 풀면 안 된다지만 전쟁이 터진 뒤로 계속 신경이 곤두서 있던 참이라 조금의 휴식은 필요할 것 같았다.

"레논. 거기서 꿈틀거리지 말고 이리 와라."

그리고 가장 높은 바위 위에 한쪽 무릎을 세우고 앉아 열 번째 잔을 비운 페이샤는, 다가오지도 멀어지지도 못하고 어정쩡하게 서 있는 레논에게 손짓했다.

'옷 입었네.'

늑대에서 갑작스레 알몸의 남성으로 변신해 나와 레오에게 충격을 안겨 준 레논은 지금은 다행히 옷을 갖춰 입은 상태였다.

페이샤의 호출에 화들짝 놀란 그가 쭈뼛거리며 이쪽으로 다가왔다.

"할 말이라도 있느냐."

페이샤의 물음에 입술을 달싹거리던 레논이 나를 힐끗 바라보았다.

"그…… 미안하다. 안테이아 님의 딸인 줄은 정말 몰랐어. 그분의 딸인 줄 알았다면 그렇게 함부로 굴지는 않았을 텐데."

"제 어머니를 아십니까?"

내가 놀라 눈을 크게 뜨자 조금 무거운 표정이 된 레논이 고개를 끄덕였다.

"성년을 넘긴 늑대들이라면 모두 그분을 알 거야. 12년 전 마지막으로 그분이 이곳에 오셨을 때 마법을 가르쳐 주셨지."

안테이아가 이곳에 남긴 흔적은 꽤 큰 것 같았다.

"12년 전……입니까?"

나는 턱을 매만지며 햇수를 가늠했다.

안테이아가 죽은 건 내가 일곱 살이었을 무렵. 내가 올해로 아홉 살이니, 12년 전이 마지막 방문이라면 그녀는 자신이 죽은 그해에도 이곳을 방문했다는 소리였다.

"가면 갈수록 병색이 짙어지시긴 했는데…… 그때가 마지막 방문일 줄은 몰랐지."

'병색이, 짙었다고. 그럼 건강 악화로 돌아가셨던 건가?'

기억을 헤집고 헤집어 어머니의 사인을 떠올려 보려 했지만 떠오르는 것은 없었다. 나는 얼굴을 일그러뜨렸다.

"왜 저는 기억이 안 날까요."

일곱 살이면 그렇게 어릴 때는 아닌데, 아무것도 기억이 나지 않았다. 그저 어머니라면 '나와 아리아를 버린 원망스러운 사람'으로 뇌리에 남아 있을 뿐이었다. 무언가 이상했다.

"은빛 늑대 수인족을 이전에 본 적 없는 게 확실한가?"

페이샤는 이마를 짚은 채 과거를 떠올리려 안간힘을 쓰는 나를 유심히 바라보았다. 나는 고개를 끄덕이려다, 이내 저어 버렸다.

"사실 저도 잘…… 모르겠습니다. 여덟 살 이전의 기억은 모두 희미합니다. 그전에 만난 적이 있다면 만났음에도 제가 기억하지 못 하는 걸지도 모르겠군요."

어머니가 어떤 사람이었는지도 기억하지 못하는데 수인족과의 만남이 있었다 해도 기억하고 있을 리 없다.

인생의 큰 부분 하나가 구멍이 뚫려 버린 느낌. 묘하게 시무룩해져 있으니, 무언가를 곰곰이 생각하던 페이샤가 입술을 열었다.

"추정이다만, 네게 늑대들의 주술이 걸려 있는 것 같다."

"제게 말입니까?"

예상치도 못한 말에 눈을 크게 떴다. 페이샤가 고개를 끄덕였다.

"오래되어 빛바랜 양피지처럼 희미한 느낌이다. 네 오러의 기운이 워낙 독특하니 그것과 헷갈린 걸지도 모르지. 하지만 그렇게 넘겨 버리기엔 또 확실해서 말이다. 내 추정이 맞다면 네가 아주 어렸을 적에 발동된 주술일 거다."

페이샤가 차근차근 말을 이었다.

"우리의 전통 주술은 매우 강력하다. 하지만 영혼을 담보로 발동되기 때문에 인간들의 마법보다 배는 위험하지. 그래서 우리는 위험한 주술을 배우기보단 신체 단련에 힘쓴다. 그런데 주술에 관심을 가지다 못해…… 인간의 마법까지 배워 오겠다며 이곳을 나간 아이가 있었지."

"설마 그게……."

나는 목울대를 울렁여 마른침을 삼켰다. 페이샤가 한숨처럼 내뱉었다.

"그래. 레이샤다."

상황은 내가 상상도 못한 측면으로 흐르고 있었다.

"19년을 통틀어 이 숲 밖으로 나간 이는 나와 레이샤밖에 없다. 당연히 나는 아니니……."

"전에 제가 레이샤를 만난 적이 있고, 그때 레이샤가 제게 주술을 걸었을 가능성이 높다는 거군요."

얼핏 보면 터무니없지만 불가능하진 않았다.

이곳에 오면 모든 의문이 풀릴 거라고 생각했건만, 새로운 의문을 얻는 순간이었다. 페이샤가 고개를 끄덕였다.

"그럼 모든 게 분명해지지. 그 아인 주술을 발동한 뒤 흔적을 남기는 법이 없었으니까. 이렇게나 흔적이 희미한 것도 이해가 간다."

나는 두 눈을 꾹 감았다.

'레이샤와 만나는 것까진…… 그래. 어머니가 레이샤와 친구이니 만날 기회가 있었을 수 있지. 하지만 일곱 살도 안 된 아이에게 리스크가 큰 주술까지 걸 일이 뭐가 있지?'

레이샤는 내게 무슨 주술을 걸었을까. 아무리 되짚어도 기억이 나지 않았다. 나는 지끈거리는 머리를 부여잡았다. 끙끙 앓고 있는 내가 불쌍해 보였나, 페이샤가 내 머리를 누르듯 쓰다듬었다. 이 무심한 행동이 그녀의 위로임을 느낄 수 있었다.

"내일 바로 출발할 건가?"

"네. 오랫동안 자리를 비울 수 없으니까요. 일어나는 대로 갈 것 같습니다."

"가기 전에 한 사람만 만나고 가는 게 어떤가."

페이샤가 고개를 들어 달을 올려다보았다. 휘황한 달이 은은한 빛을 내며 그녀의 윤기 도는 꼬리를 은빛으로 빛나게 했다.

"은빛 늑대 수인족의 마지막 주술사를 소개해 주지. 영혼을 대가로 하는 주술을 너무 많이 사용해 하루의 대부분을 잠으로 보내고 있는 늙은이지만 보는 눈은 여전할 게다. 그녀라면 네 상태를 제대로 봐 주겠지."

그녀가 나를 돌아보았다. 샐쭉한 보랏빛 눈동자는 올곧았다.

"어때, 알고 싶으냐?"

이유를 알 수 없으나, 그 순간 아리아와 어머니에 대해 얘기를 나누었던 때가 떠올랐다.

아리아는 어머니에 대해 알고 싶지 않다고 했다. 모르는 것은 모르는 대로 두고, 그저 원망하고 싶다고. 아리아는 판도라의 상자를 굳이 열지 않는 현명한 사람이다. 모르는 게 약이 될 때가 많음을 알았다.

그래, 어쩌면 이번 일도 판도라의 상자일지 모른다. 아니, 판도라의 상자일 거라는 강한 직감이 들었다.

나는 웃음을 흘렸다.

"네. 알고 싶습니다."

나야 늘 미련한 사람이 아니었던가. 기어코 판도라의 상자를 열어젖혀 스스로 화를 부르는. 그럼에도 나는 상자들을 열어 온 세월을 후회하지 않았다. 이게 내 방식이었다.

"……좋다. 내일 자리를 마련해 주지."

페이샤가 낮게 웃었다. 나를 바라보는 그녀의 눈은 한순간 손녀를 보는 할머니 같았다.

"그리고 저 녀석 좀 어떻게 해 봐라."

금방 기색을 지운 페이샤가 내 옆을 가리켰다.

툭.

내 어깨에 무언가가 닿았다. 사르륵 나부끼는 새하얀 머리카락을 보며 눈을 끔뻑이던 나는 이내 입을 벌렸다.

"……레오?"

쓰러지듯 내게 기댄 레오가 이리저리 흔들리며 휘청거리고 있었다.

"너…… 몇 잔 마셨냐?"

나는 불길함을 감추지 못한 채 그의 어깨를 탈탈 흔들었다.

깜빡.

새하얀 속눈썹이 파르르 떨리며 눈꺼풀이 천천히 열렸다. 드러난 연둣빛 눈동자는 묘하게 몽롱했고, 창백하던 그의 두 뺨엔 꽃물이 들어 있었다.

"헤."

얼굴에 웃음이 흐드러지게 피어나고, 배시시 웃음 지으며 내뱉는 숨결 사이로 달큼한 넥타르 냄새가 진동했다.

나는 그 순간 직감했다.

이 자식 취했다.

"정신…… 정신 차려 봐."

"흐……."

헤실헤실 웃음을 터트린 레오가 내 어깨에 머리를 비볐다. 평소엔 싸하고 날카로워 보이던 낯이 지금은 완전히 풀려 순한 양 같았다.

그는 내 팔에 나무늘보처럼 달라붙어 왔다.

"좋아……."

"뭐가…… 미쳐 돌아가는 이 상황이……?"

"아니."

그의 덩치에 비하면 내 팔은 가느다란 나뭇가지에 불과할 텐데도 구명줄이라도 되는 양 필사적으로 매달리는 모습은 대단히 낯설었다. 기다란 속눈썹을 팔락인 그가 꿀술 향취 섞인 숨결로 속삭였다.

"네가 좋아. 세상에서 네가 제일 좋아, 슈슈."

'이 자식…… 주사가 애정 표현인가?'

나는 이마를 짚었다.

레오와 취하도록 술을 마신 건 이번이 처음이니 알 턱이 없었다. 평소 보이지 않던 풀린 분위기를 내보이며 애먼 사람 심장 떨어트릴 고백의 말을 속삭이니 환장할 노릇이었다.

"걔 괜찮아? 혼자 한 동이를 비웠어. 넥타르는 인간들의 술과는 차원이 다르게 독한데."

레논이 혀를 내두르며 텅 비어 버린 자기 몸만 한 동이를 탈탈 털었다. 동이에선 액체 한 방울도 떨어지지 않았다.

나는 이마를 탁 쳤다.

"……여기 숙취 해소제 같은 거 있습니까?"

"있긴 있는데 늑대용이라 인간한텐 독성이 좀 있을걸."

총체적 난국이었다. 매달려서 실실거리는 레오를 보고 있자니 속이 타 넥타르를 한 모금 들이켰을까, 레논이 말간 얼굴로 고개를 기울였다.

"아까부터 궁금했는데, 걔는 네 첩이야?"

"콜록!"

넥타르를 레오 얼굴에 미스트처럼 뿜을 뻔했다. 나는 뱉을 뻔한 걸 간신히 참은 대신 사레에 들려 밭은기침을 내뱉으며 어이가 사라진 채로 레논을 바라보았다.

"어떻게 그런 생각을 합니까?"

"너 소드 마스터라며. 능력 있는 늑대들은 처첩을 여럿 들이니까."

"인간은 일처일부가 보통입니다…… 그리고 앤 국왕이니, 첩을 들여도 얘가 들일 가능성이 높겠죠."

"그게 무슨 상관이야? 네가 쟤보다 강하잖아. 그러니 쟤가 네 첩이지. 아, 혹시 정실이야?"

그다지 알고 싶지 않았던 늑대들의 문화를 알게 된 순간이었다.

태어나서 바깥 세상에 한 번도 나가 보지 못했다는 게 사실인지 그는 인간의 문화에 완전히 무지했다.

"나는 페이샤 님의 첩이 되는 게 꿈이라고."

수줍게 페이샤를 곁눈질한 레논이 내게 속닥거렸다. 속닥거리는 것치고는 목소리가 컸으니 페이샤도 들었을 것 같건만, 페이샤는 이미 알고 있는지 아무런 표정의 변화 없이 잔을 비우고 있었다. 나는 고개를 휘저었다.

"하여튼 레오와 저는 그런 관계가 아닙니다."

"혜에―"

딱 잘라 부정했음에도 레논은 믿는 얼굴이 아니었다. 히죽 입꼬리를 끌어올려 웃는 얼굴이 밉상이라 미간을 좁혔을까, 내 팔을 잡아당기는 힘이 강해졌다.

"왜 말 안 해 줘?"

"뭐?"

"네가 제일 좋다고 했잖아."

술기운으로 늘어지는 숨결이 내 귓가를 간지럽혔다. 새하얀 피부 위로 야살스레 붉어진 레오의 눈가가 활짝 휘었다.

"너도 나 좋아한다고 해 줘야지."

그의 등 뒤로 여우 꼬리가 살랑이는 듯한 환각이 일었다.

'앤…… 어디 가서 함부로 술 마시면 안 되겠다.'

애초에 소드 엑스퍼트가 술에 취할 가능성이 현저히 낮았지만, 두 번 취했다간 세상 사람들을 모두 유혹하게 생겼다. 나는 묘하게 홧홧해지는 귀를 만지작거리며 앓는 소리를 냈다.

"많이 취했다, 레오."

"안 취했는데. 아타라 역사서라도 외워 볼까? 완벽히 멀쩡해."

"그래그래."

꿀술 냄새 나는 목소리가 내뱉는 건 하나같이 술 취한 이들의 단골 멘트였다. 건성건성 답한 나는 그의 팔을 내 어깨에 둘러 레오를 부축했다.

"어디에 묵으면 됩니까?"

"붉은 기둥이 세워진 동굴. 손님용 숙소이니 부족한 건 없을 거다. 둘이 쓰기에 좁지도 않을 거고. 안테이아 이후 쓴 사람이 없어서 먼지는 좀 쌓였겠지만."

우리를 로맨스 소설의 주인공들 보듯 흥미롭게 관전하던 페이샤가 동굴 하나를 가리켰다. 한숨을 푹 쉬고 레오를 이끌고 가려 할 때였다.

"싫어. 말해 주기 전엔 안 갈래."

투정 섞인 목소리와 함께 발걸음이 덜컥 멈췄다. 조금 전까지만 해도 휘청거리던 레오가 자리에 우뚝 서 있었다. 놀란 눈으로 그를 바라보자, 잔뜩 풀린 눈을 한 레오가 눈꼬리를 늘어뜨렸다.

"좋아한다고 해 주면 안 돼?"

아직도 입안을 감도는 넥타르의 진득한 단맛보다도 더 달콤한 목소리였다.

"우와. 첩 아니라면서."

"시끄럽습니다."

"이제 한마디 했는데."

실실 웃는 레논을 보며 이마를 짚었다. 어린애 취급을 싫어하는 그는 내게 이런 태도를 보인 적이 없었다. 평소와 너무도 달랐기에 파급력도 더욱 컸다.

'좋다는 말은 늘 쉬웠는데.'

내겐 대부분의 인간이 호와 불호 중 호의 영역에 들어갔다. 싫어하는 것으로 감정 소비하는 것을 즐기지 않기도 하고, 사람들을 사랑하며 세상까지 좋아하게 되어 버린 탓이었다. 때문에 좋다는 말은 언제나 쉽게 내뱉을 수 있었건만, 이번은 어쩐지 망설여졌다. 꼭 특별한 의미라도 될 것 같아서. 조금 뜸을 들인 나는 기대로 반짝이는 레논의 두 눈을 모른 척하며 입술을 열었다.

"⋯⋯좋아해. 내가 널 싫어할 리 없잖아."

머뭇거렸더라도 거짓은 없었다.

"우와—"

"당신까지 그럴 겁니까?"

"내가 뭘?"

피식 웃는 페이샤를 흘겨보자, 그녀는 모르쇠를 하며 능청스럽게 고개를 돌렸다. 나는 조금 열이 오른 얼굴을 마른세수하며 레오를 재촉했다.

"이제 됐지? 가자."

이번에도 안 간다고 하면 감자포대처럼 들쳐 업고 갈 생각이었건만, 그는 순순히 끌려왔다.

"나도⋯⋯."

늘어진 필름처럼 죽죽 늘어지는 목소리와 함께 새하얀 머리카락이 내 어깨에서 사부작거렸다. 내 어깨에 머리를 기댄 레오가 발그레한 얼굴로 방실 웃었다.

"나도, 네가 너무 좋아서 어쩔 줄 모르겠어."

미사여구 한 조각 없는 직구. 담백하고 해맑은 애정 표현. 아이일 때조차 아이답게 굴지 못하던 소년의 가장 천진무구한 순간이었다.

털썩.

큰 몸이 무슨 짐승의 것인지 모를 부드러운 모피가 덮인 짚단으로 추락했다. 나는 누워서도 정신을 차리지 못하는 레오의 몸을 정자세로 고쳐 주며 이마의 땀을 슬쩍 닦았다.

"다음에도 취하면 상자에 넣어서 버릴 줄 알아."

내가 들어도 음산한 중얼거림이 어둑한 동굴 안을 메웠다.

나는 다른 짚단 위에 주저앉으며 숨을 골랐다. 레오를 동굴까지 끌고 오는 일은 신체적으로 힘들진 않았으나, 자꾸 미끄러지려는 그를 주의 깊게 붙잡아 이끌어야 했기에 상당한 정신력이 소모되었다.

"슈……슈."

"그래, 이 화상아."

"슈슈."

연둣빛 눈동자가 나를 담아냈다. 애절함이 옅게 묻어나는 목소리는 꼭 내가 이곳에 있다는 걸 확인받고 싶어 하는 것 같았다.

'아직 어렸지. 너도 나도.'

길을 잃은 어린아이 같은 낯에서 새삼스럽게 그가 아직 어리다는 것을 깨달았다. 그가 안쓰러워진 나는 몸을 일으켜 흐트러진 그의 머리를 쓸어 넘겨 주었다.

"그래. 여기 있다."

혼자 꽉 쥔 손이 외로워 보여 주먹을 풀고 내 손을 겹쳐 주었다. 그는 잡을 곳이 필요해 보였다.

"슈슈."

가라앉은 목소리로 내 이름을 읊조린 레오가 내 목에 제 팔을 둘렀다.

"수면제를 목구멍에 들이부어도 잠이 오지 않을 때가 많았어. 그때마다 나는 네 이름을 불렀지. 잡을 게 그것밖에 없었거든."

그의 목소리엔 헤아릴 수 없는 고독함이 묻어났다. 한 손으로 침대를 짚은 채 레오의 말을 조용히 듣고 있자니, 그가 희미하게 웃었다.

"그래서 이 마음이 위태로운 상황으로 인한 한순간의 치기가 아닐까 싶었어. 널 만나러 가지 않은 건 왕좌를 탈환한 뒤 만나고 싶었던 것도 있었지만, 생각을 정리하기 위함도 있었지."

술이 들어가면 사람이 솔직해진다는 게 진실인지, 레오는 그 어느 때보다 진중해 보였다. 압생트 색의 눈동자는 사람을 홀릴 듯 반짝였다. 그를 보고 있자면 나까지도 취해 버릴 것 같았다.

"나는, 너를 다시 만나는 게 두려웠어. 널 내 멋대로 왜곡한 모습으로 기억하고 있는 걸까 봐. 그런데 아니더라. 다시 본 순간 깨달았어."

레오는 내 생각보다 더 세심한 사람이었다. 입구에서 들어오는 달빛을 받은 그의 얼굴이 신비롭게 빛났다.

"너는 숨 막히도록 빛나는 사람이라, 나는 지금과 아주 다른 길을 걸어왔어도 속수무책으로 네게 빠져 버렸을 거라고."

휘황하게 피어나는 웃음에 심장이 굴러떨어졌다. 나는 숨을 멈췄다.

달빛이 무색할 만큼 반짝이면서 내게 빛난다니, 빛나고 있는 건 본인이면서. 정말 웃기는 소리였다.

"네가 좋아, 슈슈."

술김에 가볍게 내뱉은 말이 아니다. 술을 빌려서야만 뱉을 수 있는 절절하고 직선적인 고백이었다.

　　　　　　　　　　　　　　충직한 검이 되려 했는데 3

그가 내 목을 두른 팔에 힘을 주었고, 나는 저항 없이 그에게로 끌려갔다.

풀썩, 침대를 짚던 손에 힘이 빠지고 그의 몸에 내 몸이 겹쳐졌다. 술 때문인지 아니면 다른 무언가 때문인지, 그의 체온은 평소보다 훨씬 더 달아올라 있었다. 그 체온은 바람에 불씨가 번지듯 내게로 번져 왔다.

"싫으면 지금 밀어내."

낮은 속삭임을 끝으로, 그는 천천히 나와 호흡을 맞추었다. 간지러운 감촉이 온몸을 간지럽혔다. 생존엔 한 사람의 호흡으로 충분하건만, 그의 호흡까지 입술 틈새를 타고 들어오니 과호흡이 올 것만 같았다. 그의 체향과 섞인 꿀술 내음이 지독히 달콤했다.

나는 떨리는 숨을 들이쉬었다.

솜털처럼 부드러운 백발이 내 이마를 간지럽혔다. 그가 미세하게 고개의 각도를 트는 것과 동시에 젤리가 입안을 가득 채우는 듯한 감각이 일었다. 나는 조금 급하게 그의 어깨를 붙잡으며 질끈 눈을 감았다.

입안에 단내가 진동했다. 단것은 그리 좋아하지 않는데도 거부감이 들지 않으니 이상한 일이었다.

"슈슈."

가까운 거리에 있는 그의 입술의 움직임이 그대로 내게 느껴졌다. 이전부터 내게 어울리지 않다고 생각했던 지나치게 폭신한 느낌의 애칭은 오늘따라 더더욱 기묘하게만 들렸다.

눈꺼풀을 흐릿하게 들어 올리자, 맹목적으로 빛나는 압생트 빛깔의 눈동자와 눈이 마주쳤다.

"……슈슈."

털썩.

부드러운 힘과 함께 빠르게 자세가 역전되었다. 내가 침대 위에 눕게 되고, 그가 나를 내려다보고 있었다. 그의 단단한 팔이 내 얼굴 옆을 짚고 있었다.

"하……."

술 때문에 열이 오른 듯 붉게 달아오른 얼굴을 젖혀 식히던 레오가 자신의 와이셔츠 단추를 하나 풀었다. 핏줄 선, 곧고 긴 목선을 타고 땀이 흐르는 걸 보니 정말 더운 모양이었다.

"나……."

길게 늘어지는 목소리. 몽롱하게 풀리는 눈.

폭.

그의 몸이 내 몸 위로 겹쳐졌다.

새액새액.

목덜미로 고른 숨이 느껴졌다. 레오의 단단한 몸 아래 깔린 나는 내 어깨에 머리를 얹은 인영을 눈을 끔뻑이며 바라보다 헛웃음을 내뱉었다.

"잠들었네, 미친놈……."

나는 순간 머릿속을 스쳐 지나가던 이상한 생각들을 깨끗이 지웠다. 안도와 허탈함과 아쉬움과 평화로움이 동시에 느껴지는 순간이었다.

'완전히 곯아떨어졌군.'

괜찮은 척하더니 지난 며칠 피로가 쌓이긴 한 모양이었다. 나는 한숨처럼 웃고, 내 품에 안겨 새근새근 잠든 레오의 하얀 머리칼을 쓰다듬어 주며 속삭였다.

"잘 자, 레오. 나도 널 좋아해."

한 줄기 달빛만이 비추는 고즈넉한 밤이었다.

눈꺼풀을 두드리는 오렌지 빛 햇살에 부스스 눈을 떴다. 용병 일을 그만두었어도 꼭두새벽에 눈을 뜨는 습관은 여전했다. 보들보들한 모피에 잠시 뺨을 비비던 나는, 바로 옆에서 느껴지는 온기에 고개를 돌렸다.

'잘 자네…….'

그곳엔 나를 인형처럼 끌어안은 레오가 곤히 잠들어 있었다. 천사처럼 잠든 모습이 어렸을 적의 그를 떠올리게 만들었다. 나는 추억에 잠긴 채 미소 지었다.

"으음……."

짧게 앓는 소리를 낸 레오가 부스럭거리며 몸을 뒤척이더니 스르륵 눈을 떴다. 싱그러운 연둣빛 눈동자가 햇빛을 받아 청명하게 반짝였다.

멍하니 눈을 굴리던 그는, 이내 나와 눈이 마주쳤다.

"극락인가……."

잠에서 덜 깬 것이 분명한 멍한 얼굴을 한 레오가 아침답게 가라앉은 목소리로 중얼거렸다.

"일어나, 이 자식아."

어제 고생했던 게 생각나 울컥한 나는 그의 등짝을 후려쳤다. 눈을 몇 번 깜빡인 레오는 영문을 모르겠다는 얼굴로 동굴 안을 한 번 둘러보더니 나와 우리가 누워 있는 침대를 번갈아 보았다.

"네가 왜 여기 있어?"

그 얼떨떨한 질문에서 곧바로 느낄 수 있었다.

'이 자식, 필름 끊겼네.'

애정 표현에 기억 상실에, 참 가지가지 하는 술버릇이었다.

"알아서 좋을 거 없다."

"아니, 다른 침대도 있는데 왜 여기서……."

"조용히 하고 그냥 일어나."

"아, 아아."

레오의 귀를 잡아당기며 몸을 일으키자 그가 무감각한 신음을 뱉으며 함께 몸을 일으켰다. 아프게 당기지도 않았으니 괜한 엄살임이 분명했다.

"속은 괜찮냐?"

"응? 멀쩡해. 그런데 어제 술 마신 뒤로 기억이 안 나."

내 질문에 레오가 고개를 갸웃했다. 흔한 숙취도 없는지, 새하얀 얼굴이 아주 반질반질했다.

'다행이라고 해야 하나.'

어제를 떠올리면 저절로 낯이 뜨거워졌다. 그가 기억하고 있으면 부끄러워 얼굴을 들지 못할 것 같았으므로, 기억하지 않는 편이 나을 것 같았다.

"돌아갈 준비하고 있어. 난 다녀올 곳이 있어."

"어디 가?"

대강 옷매무새를 정리하고 나갈 준비를 할 때, 다급하게 일어난 레오가 물었다. 나는 엷게 미소 지었다.

"스스로 불러온 재앙에 짓눌리러 간다."

미련한 자의 미련한 행보였다.

"잠자리는 괜찮았나?"

"네. 나쁘지 않았습니다."

숙소 앞에서 기다리고 있던 페이샤가 벽에 기댔던 몸을 세웠다. 레오에게 휘말려 얼떨결에 침대에 누웠다가 그 김에 잠들어 버렸으니 잠자리가 괜찮았다고 할 순 없었으나 예의상 고개를 끄덕였다.

"바로 가지."

짧게 정돈된 은빛 쇼트커트를 가볍게 턴 페이샤가 내게 따라오라는 듯 손을 까닥였다. 나는 그녀를 따라 발걸음을 옮겼다.

"지금 소개시켜 주는 주술사는 어떤 사람입니까?"

"알리샤 말인가."

아침을 맞은 숲은 밤의 숲과는 다른 매력이 있었다. 따사로운 햇살이 나뭇잎을 빛내는 가운데, 늑대는 야행성이라는 말을 증명하듯 마을은 쥐 죽은 듯 고요했다.

"수인 대학살 사건 때 가장 큰 공을 세운 늑대 중 하나지. 그녀의 마법 한 번에 해일이 일고 지진이 일어났으니 인간들의 공격에 맞설 때 무척 중요한 전력이었다."

"그 정도면 대마법사 아닙니까?"

나는 놀라서 페이샤를 돌아보았다. 페이샤가 낮게 웃음을 흘렸다.

"인간 대마법사와는 다르다. 그들은 그 경지에 다다르기까지 많은 힘을 필요로 하지만 마나만 조절하면 무한에 가까운 힘을 낼 수 있지 않나. 하지만 우리의 주술은 빠르게 배울 수 있는 대신 리스크가 크다. 쓰면 쓸수록 영혼이 먹혀 들어가지."

페이샤의 표정은 무거웠다. 동굴이 밀집된 거리를 지나 구석진 곳으로 걸음을 옮긴 그녀는 하늘을 올려다보았다.

"젊은 나이에 일족을 위해 영혼을 바쳐 주술을 발동해 온 여자다. 우리의 영웅이었지만, 오래 살진 못하겠지. 주술을 사용해 온 부작용 때문에 자꾸 자는 시간이 늘어나거든. 그러다 언젠간 영원히 잠들어 버릴 테지."

인간의 편협함 때문에 얼마나 많은 수인들이 희생당했을까. 나는 그 수를 조용히 가늠해 보았다. 우리는 얼마나 많은 영웅들을 잃어버린 걸까.

"오늘은 일어나 있는 날이니 무리 없이 대화할 수 있을 거다."

표정을 정리한 페이샤가 발걸음을 멈췄다.

마을과는 꽤 동떨어진 곳. 그녀 앞엔 이리저리 삐뚤빼뚤하게 기울어진, 지그재그 모양의 탑이 있었다.

'뭔…… 이런 건물이 다 있어?'

나는 질린 눈으로 탑을 바라보았다. 숲 깊은 곳에 있는 탑은 안전성이 심히 의심되는 모양새를 하고 있었다. 이곳에 살고 있는 사람이 정상이 아닌 것은 분명해 보였다.

'알리샤라는 수인, 단단히 괴짜인 모양이지.'

내가 혀를 내둘렀을까.

쾅! 쾅!

페이샤가 안 그래도 아슬아슬해 보이는 탑이 흔들리도록 크게 문을 두드렸다.

"알리샤! 당장 나와라!"

알리샤와 친분이 두터운 모양인지, 그녀의 쩌렁쩌렁한 고함엔 친근한 말투가 배어 있었다. 나는 금방이라도 쓰러질 듯 흔들리는 탑을 불안하게 바라보았다.

"또 잠들었나 보군. 깨어 있으라니까."

페이샤가 쯧 혀를 차며 다리를 들어 올렸다. 나는 놀라 그녀를 돌아보았다.

"자, 잠깐. 뭐 하려는 겁니까?"

"뭘 하긴."

쾅!

그녀의 발길질과 함께 나무 문이 개박살 났다. 얼마나 강하게 찬 건지 갈라지는 정도가 아니라 산산조각이 났다. 나무 파편이 허공을 나는 가운데, 페이샤가 덤덤하게 발걸음을 옮겼다.

"안 나오면 부수고 들어가야지."

그 성격으로 수인대학살 때 인간 말살을 결심하지 않은 것이 참으로 다행이었다. 나는 얼떨떨한 채 나무 파편을 피해 탑 안으로 들어갔다.

"와, 이건……."

"그래."

그리고 내부를 둘러보며 감탄했다.

"정말 엉망이네요."

탑 안은 사람이 살 수는 있는 게 맞나 싶을 만큼 제멋대로 어질러져 있었다.

충직한 검이 되려 했는데 3

마법진들과 마도구들, 마법 공식이 적힌 종이들, 그리고 생필품들까지 모두 사방에 흩뿌려진 탑 안은 괴짜 마법사의 연구실과 광인의 집 사이에서 아슬아슬하게 줄타기를 하고 있었다.

나는 얼굴을 구기며 신발 바닥에 붙은 정체불명의 액체를 털어 냈다. 경악스럽게도 액체가 닿은 부분은 서서히 녹아내리고 있었다.

"치우고 살라고 해도 말을 안 듣더군. 아, 그건 피부가 녹는 독약이니 조심해라."

피부가 녹는 독약이 대체 왜 바닥에 나뒹구는지 의문이었으나 우선 넘기기로 했다. 장애물들이 즐비해 위험한 정글을 방불케 하는 탑 안을 파헤치고 들어갔을까.

탁.

발걸음을 멈춘 곳엔, 방 하나만 한 거대한 침대가 있었다.

시계가 째깍거리는 소리조차 들리지 않는 탑 안, 고르고 일정한 숨소리가 퍼져 나갔다. 침대 위엔 새하얀 은발을 가진 중년의 여성이 눈을 감고 죽은 듯 고요하게 잠들어 있었다.

온통 흉터로 엉망인 얼굴에, 죽었나 싶을 만큼 평온한 얼굴. 명화에 등장할 것 같은 고아한 인상의 여인이었다. 어쩐지 신비로워 계속 그녀를 응시하고 있었을까, 거침없이 침대 위로 올라간 페이샤가 여인을 거세게 걷어찼다.

"그만 자고 일어나라, 할망구. 그렇게 자 봤자 키스로 깨워 줄 왕자도 없다."

여자의 몸이 데구르르 굴러가고, 이내 굳게 닫혔던 두 눈이 천천히 뜨였다. 여자의 눈은 여느 늑대들처럼 보랏빛이 아니라 희뿌연 먼지가 낀 듯한 잿빛이었다.

"이 여편네가 미쳤나…… 영웅 대우를 이렇게 해?"

"네가 종족의 영웅이지 내게도 영웅일 것 같냐? 내겐 잠만 늘어져라 자는 노친네지."

허울 없는 사이가 아니고서야 나올 수 없는 말들이 오갔다. 욕설임이 분명한 말들을 짓씹듯 중얼거리던 여자는 벌떡 몸을 일으켰다.

"일어났다, 꼴통아. 무슨 일이냐. 또 마법진이 망가졌어?"

"아니. 널 만나야 하는 손님이 있다."

알리샤의 뒷덜미를 잡고 번쩍 들어 올린 페이샤가 그녀를 내 앞으로 던졌다. 포물선을 그리며 날아온 알리샤가 사뿐하게 내 앞에 착지했다.

"안테이아, 기억하지. 그녀의 딸이다. 그리고…… 우리의 주술이 걸려 있는 것으로 추정된다."

탁한 잿빛 눈동자가 나를 똑바로 바라보았다.

"호오. 안테이아의 딸이라. 이리로 와 보렴."

흥미롭다는 표정으로 제 턱을 매만진 여자가 내게 손짓했다. 나는 조심스럽게 그녀에게 다가갔다.

"더 가까이. 내가 눈이 잘 안 보여서 말이야."

"그 노친네, 주술 부작용 때문에 맹인이나 다름없다."

"넌 좀 가만히 있어, 쓸모없는 주책아."

은발에 보랏빛 눈은 늑대족의 상징과도 같건만—물론 절대적이진 않다. 늑대족과는 연관이 없는데도 은발에 연보랏빛 눈을 가진 율리안도 있으니 말이다—, 잿빛 눈이기에 무언가 이상하다고 생각했는데 눈이 멀어서 그런 모양이었다. 나는 한 걸음 떨어져 있던 거리를 마저 좁혔다.

"어디 보자."

그 순간 알리샤가 내 양 뺨을 잡고 훅 끌어당겼다. 코앞의 거리에서 나를 핥듯 훑어본 그녀는 헛웃음을 내뱉었다.

"너…… 기억이 잡아먹혔구나?"

그녀가 중얼거린 말은 반쯤 예상하면서도 설마 싶었던 상황이었다.

"아, 그래. 아주 잘 알지. 내 마지막 제자의 기운을 잊을 리가 없잖아."

알리샤가 산만하게 돌아다니며 무언가를 꺼내고, 적고, 중얼거리기를 반복했다. 어려운 문제를 당면한 수학자 같은 태도였다.

"레이샤, 그 아이가 건 게 분명해. 아주 강력한 기억 봉인 마법이야. 너 소드 마스터지? 지금의 네게 거는 건 불가능에 가까우니…… 오래전에 걸었겠구나. 흥미롭군. 아주 흥미로워……."

어디선가 안경을 주워 낀 그녀가 부담스럽도록 얼굴을 들이밀며 나를 살살이 살펴보았다. 도수가 얼마나 높은 건지 제법 크고 선명하던 알리샤의 눈이 안경알에 비쳤을 땐 콩알만 했다.

그녀의 생각 속도를 따라가지 못한 채 우뚝 서 있기만 했을까. 그녀가 탁한 눈을 반짝였다.

"분명 끊긴 기억을 느낀 적 있었을 거야. 떠오르는 거 없어?"

"어…… 특별히 이상한 건지는 모르겠습니다만, 여덟 살 이전의 기억이 아예 없습니다."

"혜에―. 단편적인 장면 같은 것도?"

"네. 누군가 도려낸 것처럼 텅 비어 있습니다."

내가 몇 번이고 이상함을 느끼던 부분. 그 부분을 조심스레 말하자 알리샤가 너저분한 양피지에 무언가를 써 내려가기 시작했다. 그러나 그것도 잠시였다. 그녀가 우뚝 펜을 멈췄다.

"레이샤, 괴짜긴 하지만 어린애 기억을 무턱대고 지울 만큼 나쁜 애는 아닌데 말이야. 그것도 거대한 리스크를 떠안으면서."

그녀는 의문스럽다는 목소리로 중얼거리다 다시금 펜을 움직이기 시작했다. 괴짜는 그녀가 더 괴짜인 것 같았다.

"그래서, 뭐가 어쨌다는 거지?"

팔짱을 긴 채 알리샤를 지켜보던 페이샤가 미간을 좁혔다. 무언가를 마저 쓴 알리샤가 펜을 내려놓았다.

"레이샤의 주술이 확실해. 제법 정교하게 숨겼지만 스승에게까지 숨길 수는 없지. 이유는 모르겠지만 정황상으로는 이 아이의 여덟 살 이전의 기억을 완전히 날려 버린 것 같고.”

초점 없이 창백한 알리샤의 눈이 나를 담아 냈다. 그녀도 안테이아와 친분이 있는지 나를 보는 눈빛엔 미미한 온기가 담겨 있었기에, 그녀의 시선이 싫지 않았다.

“네가 원한다면 풀어 줄 수 있어. 네 기억을 묶어 둔 봉인.”

그 한마디에서 알리샤의 자부심이 느껴졌다. 자신이 풀지 못할 리 없다는 듯 당당했다. 그녀가 말을 이었다.

“하지만 레이샤가 묶었다면 분명 이유가 있을 텐데.”

의문이 솟아난다. 레이샤는 내 기억을 왜 묶었을까. 어머니는 그것과 무슨 관계가 있을까. 풀리지 않는 실마리를 풀 열쇠가 코앞에 있었다.

“어쩌면 풀지 않는 게 나을지도 몰라. 어린 네가 감당할 수 없을 만큼 아픈 기억이 도사리고 있을지도 모르지.”

일리가 있는 말이었다. 만약 정말 내게 약을 처방하듯 기억을 묶어 준 거라면, 풀지 않는 것이 훨씬 현명했다.

수많은 생각이 오가는 가운데, 알리샤가 물었다.

“어때, 풀고 싶니?”

답해야 할 문제는 끊이지 않았다.

“……시간을 조금 주실 수 있습니까?”

긴 간극 끝에, 나는 조심스레 내뱉었다.

잊어버린 기억, 당연히 궁금했다.

어째서 여덟 살도 안 된 어린아이의 기억을 봉인해야 했는지 의아했다. 이 기회에 내 어머니의 정체를 확실히 알고 싶었다. 하지만 불쑥 솟아난 이성이 본능적인 호기심을 눌렀다.

만약 레이샤가 지웠다는 기억이 내 정신에 큰 영향을 주는 기억이라면? 봉인을 풀다가 예기치 못한 부작용이라도 발생하면?

지금의 나는 나 혼자만 생각할 수는 없는 위치였다. 지원군의 지휘관이었다. 사사로운 일 때문에 상황을 망쳐서는 안 됐다.

'그리고, 볼 준비도 안 된 것 같고.'

나는 기어코 판도라의 상자를 여는 인간이다. 이번에도 그럴 것이다. 하지만 아직은 아니었다.

이곳에 와 너무 많은 것을 알게 되었고, 지금 알게 된 것들을 정리하는 것만 해도 힘에 부쳤다. 이 이상 정보를 입력했다간 과부하가 올 것 같았다.

"그래. 시간이 필요하겠지."

알리샤가 고개를 끄덕였다. 그녀가 안경을 치켜올려 썼다.

"어차피 기억을 되돌려 주는 약을 만들기 위해선 시간이 필요해. 그 전까지 충분히 생각해 보렴."

"감사합니다."

알리샤는 상냥했다. 호의적인 태도에 조금 어색해하며 고개를 숙이자, 그녀가 너털웃음을 지었다.

"안테이아의 딸에게 이 정도는 당연하지. 그 아이는 평생 혼자 살 줄 알았는데, 어떻게 결혼해서 잘 살고 있나 보구나. 나쁜 것, 어떻게 연락 한 번도 안 한다니? 걔, 잘 살아?"

"아."

포근하게 반짝이는 알리샤의 잿빛 눈을 보며 탄식했다. 아무래도 알리샤는 상황에 완전히 무지한 것 같았다. 나는 조심스럽게 입을 뗐다.

"어머니는 결혼하지 않고 저를 낳으셨고…… 12년 전에 돌아가셨습니다."

알리샤의 눈이 커졌다. 두 눈이 크게 흔들렸으나, 얼마 지나지 않아 침착함을 되찾았다. 그녀는 예상했다는 듯 쓴웃음을 지었다.

"점점 상태가 나빠지는 것 같아 걱정스러웠는데…… 결국 그렇게 되었구나."

온기가 깃든 잿빛 눈동자가 나를 응시했다.

"넌 괜찮니?"

"아, 네. 괜찮습니다."

12년이나 지난 일이다. 게다가 나는 어머니에 대한 기억이 아예 없다시피 한 상태이니 슬픔을 느낄 턱이 없었다.

'냉혈한 같아 보일까.'

아무리 그래도 어머니의 죽음에 표정 변화 하나 없는 것이 이상해 보일까 싶어 얼굴을 만지작거리니, 알리샤가 웃었다.

"네게 상처가 아닌 것 같아 다행이구나."

그녀는 상냥한 사람이었다. 세월이 녹아든 목소리는 오랫동안 파도에 닳아 매끄러워진 바위처럼 부드러웠다.

"약은 완성하는 대로 네게 전달해 줄게. 그리 오래 걸리진 않을 거야."

"정말 감사합니다. 혹시 원하는 보답이 있으신가요?"

"참, 애한테 무슨 보답을 받니? 그것도 안테이아 딸한테. 마침 요새 할 게 없어 적적했는데 잘됐지."

알리샤는 가볍게 기지개를 펴더니 탑 안을 열정적으로 쏘다니기 시작했다. 분명 앞이 보이지 않을 텐데도 매끄러운 움직임이었다.

"이제 슬슬 가야 할 거다."

벽에 기댄 채 나와 알리샤를 지켜보던 페이샤가 종용했다.

나는 바빠 보이는 알리샤를 지켜보다 고개를 끄덕였다. 정체 모를 액체들을 운반해 오던 알리샤가 멈칫하더니 내게로 고개를 돌렸다.

"아, 그러고 보니 이름도 모르네. 이름이 뭐니, 아가?"

"카슈미르 크리시스입니다."

"그래, 카슈미르."

알리샤가 햇살처럼 환하게 웃었다.

충직한 검이 되려 했는데 3

"잘 자랐구나. 안테이아도 분명 너를 사랑했을 거야."

그녀의 한마디는 내 가슴속에 선명하게 남았다.

곧바로 연구에 빠져 버린 알리샤를 뒤로하고 탑에서 나왔다. 페이샤가 나와 발걸음을 맞추며 나를 안내했다.

"노인네가 많이 괴짜 같지?"

"좋은 분 같았습니다. 실력도 상당해 보이시고요."

맹인 수준의 시력이라면서 보지도 않고 가지각색의 재료들을 꺼내 능숙하게 배합하는 모습은 거의 마술에 가까워 보였다.

"그 노인네 못 미더워 보여도 실력 하나는 확실하니 믿어도 될 거다. 안테이아와 관련된 일은 허투루 하지 않기도 하고."

이곳에서 안테이아는 절대적인 존재 같았다. 안테이아의 이름 하나로 모든 것이 가능케 됐다. 수많은 상념이 스쳐 지나갈 때, 페이샤가 느리게 입술을 열었다.

"안테이아를 원망하느냐?"

멈칫.

발걸음이 우뚝 멈췄다. 시원한 바람이 키 큰 나무를 흔들어 나뭇잎이 사방에서 흩날리듯 추락했다.

"그 아이는 좋은 사람이었지만 좋은 부모가 될 만한 성격은 아니었다. 넌 안테이아에 대한 이야기를 들을 때마다 혼란스러워 보이더구나."

평생 증오해 왔던 사람을 한순간에 사랑할 수는 없는 노릇이었다. 반박하지 않은 채로 느리게 고개를 끄덕이자, 페이샤가 푸르른 하늘을 올려다보았다.

"때때로 사랑보단 원망과 증오가 더 큰 원동력이 되어 주기도 한다. 부정적인 감정들은 끈질기고 질척하니까. 하지만 그런 것들은 마음을 병들게 해. 우스운 사랑과 어쭙잖은 정의, 미련한 신념 같은 것들로 살아가는 편이 훨씬 낫지."

어머니를 향한 원망으로 삶을 버티던 어린 날의 내게 해 주는 말 같았다.

그녀가 부드럽게 웃었다.

"증오로 살아가는 것은 괴롭다. 이제 그만 놓아주는 것도 좋은 방법이다. 너를
위해서."

늦가을 낙엽을 모아 불붙인 모닥불처럼 따뜻한 조언이었다.

'내게 직통으로 연결되는 수정구다. 늑대들의 도움이 필요할 때 바로 연락하
도록.'

지원 요청할 수단을 받은 뒤 레오와 나는 성대한 배웅과 함께 은빛 늑대 수인
족의 거처를 벗어났다.

오늘로 자리를 비운 지 3일차였다. 최대한 빨리 돌아가야 했기에 우리는 날듯
이 움직였고, 겨우 해가 지기 전에 궁에 도착할 수 있었다.

'별일은 없겠지만 되게 미안하네.'

큰일이 터지는 즉시 내게 연락을 넣으라고 했으나 수정구에 도착한 연락은 없
으니 별 탈은 없을 것이다. 하지만 내 부관인 조나단 에이머리에게 제대로 된 설
명도 없이 떠난 건 아무리 생각해도 미안했다. 그때 레오가 시원스럽게 내 어깨
를 두드렸다.

"당당하게 돌아가. 은빛 늑대 수인족의 지원을 약속받았는데 꿀릴 게 뭐가 있
어? 여차하면 날 팔아. 내가 억지로 끌고 갔다고 해."

"참. 내가 널 팔아서까지……."

ㅡ……거기 멈춰 봐.

그에게 웃으면서 반박하려 할 때, 어디선가 익숙한 목소리가 들려왔다. 나는

눈을 크게 뜨며 목소리가 들려온 곳을 향해 빛의 속도로 고개를 돌렸다.

"헐! 공녀님! 대박! 돌아오셨군요! 전 그 국왕하고 야반도주하신 줄…… 어! 그 국왕도 있네!"

한없이 자유분방하고 촐싹거리는 목소리의 주인을 내가 모를 리 없다.

나는 은빛 늑대 수인족을 연상케 하는 은발에 연보랏빛 눈동자를 바라보다 그의 손에 들린 것으로 시선을 내렸다. 한 손을 방방 흔드는 율리안의 다른 손엔 수정구가 들려 있었다.

-아주…… 흥미롭군요.

그 수정구 안에는 스산하게 웃고 있는 엘의 얼굴이 담겨 있었다.

"대신관 율리안, 공녀님과 국왕 폐하를 뵙습니다. 이 자식 또 지랄병이 도져서 그런데 잠깐 시간 좀 내주실 수 있을까요?"

율리안이 성큼성큼 내게로 다가왔다. 그의 수정구는 나를 비추고 있었다. 수정구 속 엘이 눈꼬리를 휘었다. 수정구를 통해서인데도 독보적인 위압감은 여전했다.

-안녕, 슈슈. 잘 지내고 있어요?

"교황 성하를 뵙니다. 걱정해 주신 덕분에 무탈히 있었습니다. 성하께서는 평안하셨습니까?"

나는 정중하게 예를 갖췄다. 율리안도 레오도 보고 있는 상황에서 허울 없는 태도를 보일 순 없었다. 엘은 지나치게 예의를 차린 내 태도가 마음에 들지 않는 듯 조금 불편한 미소 지었다.

-그럼요. 나는…….

"이게 누구야. 타국에 계신 교황 성하 아니야?"

빈정거리는 목소리가 엘의 말허리를 뚝 끊었다. 엘의 표정이 삽시간에 싸늘해졌다. 나는 엘이 이렇게까지 무표정을 지은 모습을 오늘 처음 보았다.

-아타라의 국왕. 예절은 인생 말아먹으면서 함께 곁들여 먹었나 보지.

"예, 예. 별말씀을. 그 더러운 인성만 하겠습니까?"

교황과 국왕 사이에서 오가는 것이라고는 믿기지 않을 만큼 거친 말들이 오갔다. 나와 율리안은 그 사이에 멀뚱히 끼어 있다가 서로를 곁눈질했다.

-개수작 좀 받아 준다고 자만하지 않는 게 좋을 거야.

"뭐라고? 너무 멀리 있는 사람 말은 안 들리는데."

못 듣는 척 귀를 긁적거리는 레오에게서 짙은 마나의 기운이 퍼져 나왔다. 보이지는 않았지만 엘도 이 자리에 있었다면 살벌한 분위기를 자아냈을 것이 분명했다.

둘의 기 싸움은 공간을 넘어서 계속되었다.

-……정말 깜찍하기 짝이 없군. 오늘 밤에 손님이 찾아가면 내가 보낸 것으로 알도록. 이번엔 처단에 성공했으면 좋겠군.

"밤손님 레퍼토리는 이제 지겹네. 한번 해 보든가. 나는 그때 슈슈 방에서 잘 테니까."

"와우."

레오가 으르렁거릴 때, 율리안이 작게 호들갑을 떨었다. 자기 입으로는 죽기 싫다고 했지만 시종일관 가볍고 당당한 율리안은 목숨이 아홉 개도 더 있을 것 같았다.

"야, 이번엔 네가 졌다. 순순히 패배를 인정하고 들어가라."

율리안이 수정구를 두드리며 신난 표정을 지었다. 재미있는 소설을 보는 사람의 태도와 진배없었다.

엘이 표정을 딱딱하게 굳혔다.

-율리안 대신관.

"뭐. 맞는 말이잖아? 여기에도 없는 놈이. 어쩔 수……."

-아리아 크리시스

"없을 수가 없지. 어쩔 수 없는 게 어딨어. 공녀님, 이 자식이랑 대화 좀 해 주시면 안 될까요? 잠깐이라도 괜찮아요."

재빠르게 태세를 전환한 율리안이 나를 붙잡고 늘어졌다.

"그럴까요."

나야 별 상관없었다. 어차피 엘에겐 한 번쯤 연락해 볼 생각이었다. 율리안이 건네주는 수정구를 받으려 할 때였다.

휙.

큰 손이 수정구를 가볍게 낚아챘다. 레오의 입가에 뒤틀린 미소가 피어났다.

"신타령 샌님. 욕심도 많아. 제국에 있을 땐 너도 네 세상인 것처럼 날뛰었을 거 아니야. 나도 좀 즐겨 보자고."

-닥치고 슈슈한테 넘겨.

"싫은데."

수정구를 손가락 위에서 빙글 돌린 레오는 이내 시구 자세를 잡았다.

"꺼져 있어. 지금은 내 시간이니까!"

쉬이이익!

레오가 있는 힘껏 수정구를 내던졌다.

쾅!

무서운 속도를 내며 허공을 가른 수정구가 바닥에 혜성처럼 처박혔다. 수정구는 산산조각으로 부서지고, 바닥이 움푹 파였다.

"꺄악! 내 수정구!"

율리안이 비명을 질렀다. 그러든 말든, 레오는 내 어깨에 팔을 얹고 친근하게 어깨동무를 했다.

"여기 있는 동안은 내게만 집중해. 알겠지?"

그는 세상에서 가장 후련하고 즐거워 보였다.

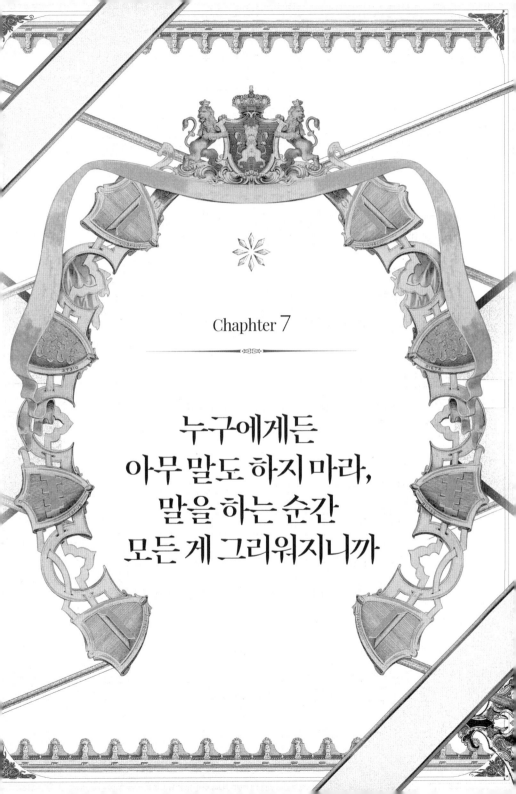

Chaphter 7

누구에게든
아무 말도 하지 마라,
말을 하는 순간
모든 게 그리워지니까

"율리안 대신관이 촐랑거리다 넘어져 머리가 깨져서 사흘 동안 기절했다, 이건 이해할 수 있습니다. 세레논 저하가 과도한 검술 훈련으로 사흘 동안 몸살을 앓았다, 이래야 말이 되는 겁니다. 그런데 소드 마스터 미르가 감기로 사흘 동안 병석에 머무른다? 뭐, 폐렴도 아니고 감기? 이건 나랑 장난하나 싶은 거죠. 병문안도 못 가게 하길래 저는 지휘관님께서 돌아가신 줄 알았습니다."

"촐랑거리다 넘어져요? 이거 신성모독으로 고발 가능한 거 알죠?"

"몸살이라니…… 비유를 그렇게 해야 합니까."

카시아의 불만 가득한 말에 율리안과 세레논이 착실하게 반박했다. 보지 못한 사흘간 세 사람은 부쩍 친해져 있었다.

나는 그 가운데에서 조금의 소외감과 위축감을 느끼며 몸을 쭈그러트렸다.

레오는 왕궁에 도착하자마자 어디서 알고 온 건지 모를 신료들에게 붙잡혀 밀린 일을 처리하러 갔다. 그리고 나는 카시아와 율리안, 세레논에게 붙잡혀 사흘간 말도 없이 자리를 비운 것에 대한 대가를 치르고 있었다.

"말 안 하고 가서 미안합니다……."

"은밀하게 가셔야 했다니 할 말은 없지만 그래도 섭섭한 건 어쩔 수 없군요."

얼굴에 '섭섭함'이라고 써 놓은 세레논이 한숨을 푹 쉬었다. 지휘관으로 온다는 걸 말해 주지 않은 것을 시작으로, 스승으로서 무심한 행동들의 연속이었으니 토라지는 것도 이해가 갔다.

"좋은 소식을 가지고 오셨다고 들었습니다. 그럼 됐죠, 뭐."

카시아가 어깨를 으쓱였다. 시원스러운 결론이 그녀다웠다. 율리안이 고개를 기울였다.

"좋은 소식은 뭔데요?"

"아, 그게…… 우선 기밀로 지켜 주시길 바랍니다만, 은빛 늑대 수인족의 전쟁 출전 여부를 확인받고 왔습니다."

나는 은빛 늑대 수인족과 있었던 일들을 적당히 설명해 주었다.

"은빛 늑대 수인족에 관한 상소문을 쓴 사람이 스승님의 어머니였다니……."

세레논이 적잖이 충격받은 표정으로 중얼거렸고, 그 말에 나를 부담스러울 만큼 빤히 바라본 그가 고개를 끄덕였다.

"역시…… 피는 속일 수 없습니다. 위인에게서 위인이 나오는 거죠."

그가 감명받은 표정으로 중얼거렸다. 카시아가 감탄했다.

"대단한 일을 하셨군요. 은빛 늑대 수인족은 최강의 종족이라고 배웠습니다."

"틈만 나면 은빛 늑대 수인족의 혈통 아니냐고 의심받았는데 이제야 만나 보겠네요."

율리안이 자신의 은빛 머리칼을 배배 꼬았다. 동공만 세로였다면 그가 모를 뿐이지 은빛 늑대 수인족의 혈통이 섞인 것이 분명하다고 생각했을 만큼 율리안은 은빛 늑대 수인족과 닮아 있었다.

"지휘관의 공백이 소문 나게 된다면 걷잡을 수 없는 위험이 도사릴 거라고 판단했습니다. 말 못 하고 간 건 용서해 주세요."

설명을 들은 카시아와 세레논, 율리안은 완벽히 이해했는지 더는 이 부분에 대해 말을 얹지 않았다. 나는 안도의 한숨을 쉬었다.

"그래서 에이머리 경이 그렇게 필사적으로 지휘관님의 알현을 금한 거군요."

"……조나단 에이머리 경이요?"

이제야 이해했다는 표정을 짓는 카시아를 보며 눈을 깜빡였다. 그녀가 고개를 끄덕였다.

"네. 감기에 걸려서 못 일어난다는 건 아무리 생각해 봐도 말이 안 되는 것 같아서 매일 병문안을 신청했거든요. 그런데 부관님이 하나같이 퇴짜를 놔서 사실 부관님이 지휘관님을 암살한 거 아닐까 싶었습니다. 정말 철저히 막으셨거든요."

극단적인 경향이 있는 카시아의 말을 적당히 거르고 들으니 급하게 쪽지 하나만 남기고 떠난 내 뒤를 열심히 수습해 준 조나단이 남았다.

'대충 발표하고 말 줄 알았는데, 변명은 형편없어도 꽤 열심히 지켰나 보네.'

감기에 걸렸다는 변명은 내가 들어도 황당했지만, 역시 임무엔 철저한 사람이었다.

내가 조금 묘한 기분을 느낄 때였다.

"지휘관님."

익숙한 목소리가 들려온 방향으로 고개를 돌렸다.

검은 머리에 검은 눈. 먹물에 한 번 담갔다 나온 듯 빛 한 점 없는 칠흑빛으로 덮인 남자가 내게로 저벅저벅 걸어왔다.

카시아와 세레논, 율리안에게 가볍게 인사한 그가 내 앞에 섰다. 여전히 속을 내비치지 않는 검은 눈동자는 잔잔했다.

"보고해 드릴 것이 많습니다. 가시죠."

조나단은 꽤 할 말이 많아 보이는 표정이었으나, 다른 사람들이 있어 참는 것 같았다. 공식적으로 나는 감기에 걸려 나오지 못했던 거니까.

대체 지휘관이 무슨 짓이냐고 곧바로 소리를 지를 수도 있을 텐데, 그는 이성적이었다.

'조금…… 정들었나.'

저 무뚝뚝한 얼굴이 묘하게 반가워 새삼스러운 생각이 들었다. 나는 애써 상념을 떨치고는 고개를 끄덕였다.

"그러지. 먼저 가 보겠습니다."

나는 자리에서 일어나 카시아와 세레논, 율리안을 뒤로했다. 사흘간이나 자리

충직한 검이 되려 했는데 3

를 비웠으니 얼른 가서 수습해야 할 것 같았다.

짧게 인사를 남기고 가려던 찰나, 율리안이 나를 붙잡았다.

"지휘관님."

"네?"

"시간 나실 때 그 녀석한테 연락 한번 해 주세요."

늘 자유분방에 천방지축이던 율리안이 그답지 않게 진지했다. 연보랏빛 눈동자가 선명하게 반짝였다.

"많이 그리워해요, 지휘관님을."

그가 말하는 게 누구인지는 설명을 듣지 않아도 자명했다.

"……알겠습니다. 말씀 감사합니다."

나는 인정했다. 내가 나를 아껴 주는 이들에게 그들이 하는 것만큼 사려 깊게 굴지 못한다는 것을.

아타라에 온 뒤로 가족들에게 한 번 연락한 것이 내가 소통한 전부였다. 여의치 않은 형편에서 최선을 다했다고는 해도, 상대 입장에선 무심하게만 느껴질 터였다.

아무래도 분발할 필요가 있었다.

⋯⋅๑✦๑⋅⋯

"……여기까지가 중요한 보고입니다. 나머지는 추후 서류로 확인하셔도 될 것 같습니다."

"확인했다. 수고했군."

조나단은 숙소로 이동하는 그 짧은 시간 동안 일목요연하게 보고를 마쳤다. 나는 덤덤히 고개를 끄덕이며 속으로는 감탄했다.

내 최종 승인이 필요한 사항을 제외하고는 전부 깔끔하게 처리를 마친 상태였다. 그의 유능함 하나는 인정해 줘야 했다.

"그럼 이제 말씀해 주실 수 있습니까?"

"뭘?"

"어딜 다녀오셨는지 말입니다."

나는 멈칫할 뻔한 발걸음을 겨우 떼며 조나단을 바라보았다.

내 시선을 느낀 건지, 서류에 시선을 박고 있던 그가 고개를 들어 나를 마주했다. 검은 눈에선 여전히 감정을 읽을 수 없었다.

카시아와 세레논, 율리안에겐 이미 말했다. 계획이 어떻게 될지 모르니 기밀은 약속받았지만.

카시아는 기밀이라고만 해 두면 고문을 받아도 털어놓지 않을 성격이었고, 율리안은 조금 촐싹거리지만 기밀을 함부로 말하고 다닐 사람은 아니었다. 세레논은 평생 궁중에서 살아온 황자로서 비밀 유지에 철저한 건 말할 것도 없었다.

그 셋이라면 특별히 다른 무언가로 입을 막지 않아도 함부로 발설하지 않을 거라고 믿을 수 있었다.

하지만 조나단은?

나는 그를 물끄러미 응시했다. 속내는 읽을 수 없었다. 나를 껄끄러워하던 기색도 이제 숨긴 건지, 아니면 사라진 건지 드러나 보이지 않았다. 다만 여전히 나를 믿지 않는 것은 분명했다.

정이 들었음은 사실이다. 그림자처럼 따라다니는 검은 인영이 이제는 익숙해졌다. 아마 나는 그가 사라지면 꽤 빈자리를 느낄 터였다.

"공식적으로 발표가 나올 거다. 그때 확인하도록."

하지만 정과 신뢰는 다른 차원이었다. 정은 개인적인 마음으로 건넬 수 있었지만, 신뢰는 공적인 문제와 관련이 있었다. 선을 쭉 긋는 내 대답에 조나단이 눈을 느리게 깜빡였다.

"저를 믿지 않으시는군요."

그 혼잣말 같은 중얼거림엔 답하지 않았다. 내 착각임이 분명하지만, 그렇게 말하는 조나단은 조금 우울해 보여서 나는 시선을 돌려 버렸다.

"믿지 않으시는 건 상관없습니다. 불길하게 생겼다는 소리도 많이 들었고 사람은 쉬이 믿지 않는 편이 현명하니까요."

담담하게 말하던 조나단이 걸음을 멈췄다. 그와 내가 묵는 숙소는 다른 곳에 위치했고, 여기가 갈림길이었다.

가벼운 목례 후 조나단이 멀어졌다.

"하지만 저는 지휘관님을 믿습니다."

감정은 없으나 거짓도 없는 목소리엔 흔들림이 없었다.

그는 내게 미세한 죄책감과 혼란을 함께 안겨 주고 떠나갔다.

⚜

나는 사흘 만에 제대로 몸을 닦고 넓은 침대에 누웠다. 은빛 늑대 수인족이 제공해 준 숙소도 그리 나쁜 편은 아니었으나 왕궁의 숙소엔 비할 바가 못 되었다. 나는 잠시 숨을 고르며 평화를 만끽하다가, 통신 마도구를 잡았다.

'늦은 시간에 연락하는 건 실례일 텐데.'

시간을 확인했다. 사흘간 밀린 일 처리를 끝내고 목욕까지 마치니 시간은 자정에 가까워지고 있었다.

나는 동그란 수정구처럼 생긴 마도구를 검지 위에 올리고 무의미하게 빙글빙글 돌렸다.

'엘에게 연락을 해 볼까, 말까.'

율리안이 연락해 보라고 했지만 만약 자고 있다면 괜히 연락을 넣었다가 잠을 깨우는 민폐를 끼칠 수 있었다. 나는 앓는 소리를 내며 미간을 좁혔다.

'우선 연락을 해보고⋯⋯ 3초 안에 안 받으면 끊자.'

이렇게 결심한 김에 해야지, 미루다간 또 다른 바쁜 일들에 휘말려 아예 못 할지도 몰랐다. 차라리 시도했다가 실패하는 게 나았다.

꾹.

나는 엘에게 연락을 시도했다.

1초.

-슈슈.

그리고 놀랍게도 엘은 1초가 지나기 직전에 연락을 받았다. 마도구를 붙잡고 기다리고 있었던 게 아닐까 싶을 정도였다. 수정구 위로 신성한 기운을 띤 엘의 얼굴이 불쑥 튀어 올랐다.

걸어 놓고도 받을 거라고는 예상하지 못했던 나는 조금 흠칫했다.

"엘, 안 자고 있었습니까?"

-네. 자려고 했는데…… 잠이 안 오네요.

엘이 제 앞머리를 쓸어 넘겼다. 그의 기다란 하늘빛 머리카락은 조금 전 씻은 것처럼 청초하게 물에 젖어 있었다.

-같잖은 걸 봐서 그런가. 속이 뒤틀려서 못 자겠더라고요.

화사한 웃음을 지은 것에 비해 그의 목소리는 묘하게 들끓고 있었다. 나는 이 자리에 없는 레오 대신 그의 눈치를 보았다.

"음, 그 친구가 나쁜 친구는 아닙니다. 입이 많이 자유분방하긴 하지만……."

-내 앞에서 계속 그 새끼 얘기할 거예요?

"네?"

-나 서운해지려고 하는데.

엘이 고개를 기울이며 흐드러지게 눈꼬리를 휘었다. 어쩐지 눈빛을 감추고자 하는 모양새다. 부드러운 표정에 비해 당장이라도 메테오를 떨굴 듯 흉흉한 기색이라 나는 얌전히 있기로 했다.

-마음 같아선 하루 종일 대화하자고 하고 싶지만, 오래 붙잡아 둘 생각은 없어

요. 슈슈 피곤하잖아요. 얼굴 봤으니 됐어요. 한마디만 할게요.

엘은 미련이 뚝뚝 남는 얼굴을 하고서도 참으로 시원스럽게 말했다. 그의 손이 수정구를 소중하게 쓸었다.

—당신이 없을 때는 기억도 나지 않았는데, 이제야 내가 얼마나 무의미하게 살았는지 다시금 실감하고 있어요. 보고 싶어요, 슈슈.

입안이 아릴 만큼 달콤한 한마디였다. 나는 피식 웃었다.

"저도 보고 싶습니다. 엘."

· · ─┤❦├─ · ·

"그럼 의견은 다 모인 건가."

빌헬름이 진 빠진 얼굴로 지도를 내려다보았다. 마찬가지로 지친 나는 한숨을 내뱉으며 앞머리를 쓸어 넘겼다.

장장 5시간 동안 이어진 회의에 모두 지쳐 있었다.

"결정된 것 같군."

마른세수를 한 레오가 자리에서 일어섰다. 검을 집어 든 그가 검집 끝으로 탁자에 넓게 펼쳐진 지도의 한 부분을 짚었다.

"지원군은 파블로프 지방 국경으로 간다."

기나긴 회의 끝에 결정한 것은 지원군의 행방이었다. 직전의 회의에서는 유터스와 타티노 중 하나로 결정되는 것 같았으나, 당시에 내가 낸 의견으로 인해 오늘은 파블로프로 북부군이 올 가능성에 대해 논하게 되었다.

'지그문트가 준 정보를 믿을 수 있을까.'

나는 회의가 시작되기 전까지도 확신이 없었으나, 결정을 내려야 했다.

나는 전적으로 파블로프 지역을 밀기 시작했다.

지그문트가 알려 준 정보라는 걸 제쳐 두고 객관적으로 보아도 파블로프 지역으로 온다는 건 일리가 있는 의견이었다. 그러니 유터스와 티타노를 두고 싸우던 이들도 모두 파블로프에 대해 생각하기 시작한 것 아닌가.

'명심해라. 너조차 확신할 수 없는 의견엔 아무도 감화되지 않는다. 수많은 불확실 중에서 가장 가능성 있는 하나를 선택해 현실로 만드는 것이 지도자의 역할이다. 지도자가 대우를 받는 이유는 그 선택에 책임을 져야 하기 때문임을 기억해라.'

아타라에 오기 전, 카이사르는 내게 짧고 굵은 몇 마디 말들을 던져 주었다. 지도자로 사는 방법이었다. 그의 말대로, 나는 확신을 가졌다.

'북부군은 파블로프로 올 겁니다.'

나는 체스 말을 움직였다. 나이트의 체크메이트였다. 나는 상념을 마치고 회의장을 둘러보았다. 슬슬 마무리되는 분위기였다.

"지원군은 사흘 뒤에 파블로프 지방으로 떠나는 것으로 한다."

레오가 내린 결론을 끝으로 회의가 막을 내렸다. 국왕인 그가 가장 먼저 자리에서 일어나 회의장을 떠났다. 나 또한 다른 이들을 따라 그에게 목례하고, 레오 바로 다음으로 부관 조나단과 함께 자리를 나섰다.

"바로 숙소로 가시겠습니까?"

"아니, 잠시 산책 좀 하다 들어가도록 하지. 경은 먼저 가 보도록."

"호위가 필요하지 않으시겠습니까?"

"내가?"

의아한 표정으로 그를 바라보았다. 나는 제국 수도에서 영애로 살 때도 개인 호위를 데리고 다니지 않았다. 내 허리춤의 검을 한 번 본 조나단이 완벽히 이해했다는 표정으로 고개를 끄덕였다.

"먼저 들어가 보겠습니다."

깔끔히 허리를 숙인 그가 자신의 숙소로 발걸음을 옮겼다. 그의 뒷모습이 완전히 사라지는 것을 확인한 나는 정처 없이 왕궁 주위를 돌기 시작했다.

충직한 검이 되려 했는데 3

회의를 시작할 때만 해도 푸르던 하늘은 서서히 붉게 물들어 가고 있었다. 누가 색칠하는 건지 환상적인 색깔이었다. 하늘을 바라보던 나는 입술을 열었다.

"할 말 있으면 하지 그래. 커다란 덩치에 안 어울리게 뭐 하는 건가."

뒤쪽에 느껴지던 인기척이 움찔했다. 곰 같은 덩치가 움츠러들었을 것을 상상하면 피식 웃음이 새어 나왔다. 나는 고개를 돌렸다.

"빌헬름 오스테온 변경백. 회의에서 충분히 얘기를 나눈 것으로 아는데 더 할 말이 있나?"

악성곱슬로 구불거리는 짙은 오렌지색 머리칼이 지는 햇빛을 받아 붉게 빛났다. 고목을 닮은 진갈색 눈동자가 나를 응시하고 있었다.

"젊은 놈이 버릇없기는."

"그러지 말지. 내가 늙은이가 꼬장꼬장하다고 하길 바라는 것은 아니리라 믿어."

짜증스럽다는 투로 꼬집어 뱉는 빌헬름에게 태평스레 응수했다. 시니컬하게 헛웃음을 뱉은 그가 나를 노려보았다. 안 그래도 야성스러운 인상인데 눈까지 부라리니 정말 야생 불곰 같았다.

"파블로프 지방은 어떻게 생각해 낸 거지?"

조금 난감해진 나는 입술을 꾹 다물었다.

'그쪽 지도자가 직접 말해 줬다고 할 수도 없고.'

나는 도르륵 눈을 굴리다 입을 열었다.

"오기 전에 아타라 지역에 대해 연구했다."

지그문트의 공을 가로채는 것과 다름없었으나 마음에 찔리는 것은 없었다. 그 자식은 공을 빼앗겨도 쌌다.

나를 미심쩍은 눈으로 곁눈질하던 빌헬름은 이내 짧게 숨을 뱉었다. 노을을 등져서 그런지, 그의 얼굴이 왠지 따사로워 보였다.

"애송이가 노력은 한 모양이지."

"변경백은…… 지원군이 유터스로 가길 바라지 않았나?"

생각보다 유순한 반응에 의아해져서 고개를 기울였다.

빌헬름은 자신의 영지인 유터스 지방의 안전을 위해 지원군이 유터스로 향할 것을 강력히 주장했다. 그의 의견이 나 때문에 꺾인 지금, 성정이 불같아 보이기에 괜히 내게 해코지를 하지 않을까 생각했건만, 의외였다.

"흥. 다수가 회의를 통해 도출해 낸 합당한 처사를 인정하지 못할 만큼 쓰레기는 아니다. 날 뭘로 보는 거냐."

"그런 것치곤 솔라티네 제국의 지도자들이 고민 끝에 결정한 지도자인 나를 인정하지 못하는 것 같던데."

"윽, 그건……!"

빌헬름이 할 말 많은 표정으로 주먹을 꽉 쥐었다. 할 말 있으면 해 보라는 뜻을 담아 물끄러미 올려다보니, 그가 살짝 시선을 피했다.

"자네가 미르임이 밝혀진 지 얼마 되지 않은 시점 아닌가. 업적이랄 것도 없고. 그 이름의 후광에 기대어 뭣도 없으면서 중책을 맡은 애송이인 줄 알았지. 그땐 제국이 우리를 무시하는 줄 알고 감정적이었다."

솔직하고 원색적인 실토였다. 하기야, 나는 기사 경력도 없는, 말 그대로 지원군 지휘관이 첫 경력인 사람이었다. 낙하산이라고 해도 할 말이 없는 상황이었다. 미르라는 이름만 빼면 내가 얼마나 못 미더워 보일지 내가 제일 잘 알았다.

"그런데…… 사고 치지 않는 걸 보니 무난하게는 하는 모양이군."

빌헬름이 작게 중얼거렸다. 지금 시비를 거는 건지 의문이 들 만큼 오해할 소지가 다분한 투였으나, 나는 이것이 그가 할 수 있는 최선의 칭찬임을 짐작할 수 있었다. 그의 말에 내가 실소를 내뱉자, 그가 말을 이었다.

"유터스를 고집했던 건 반성하고 있다. 지도자로서 열린 생각을 가져야 하는데 내 영지에 대한 걱정이 앞섰지. 어리석었다."

자신보다 넉넉잡아 세 배는 어린 사람에게 자신의 잘못을 순순히 인정하며 사과하는 게 쉬운 일은 아닐 텐데, 빌헬름의 표정은 부끄러움 없이 결연했다. 그가 나를 응시했다.

"난 여전히 널 인정하지 않는다."

"변경백의 인정이 없다고 달라지는 건 없는데."

"따박 따박 말대꾸하기는. 그래. 달라지는 건 없지만 계속 인정하지 않을 거다."

이 부분에선 또 고집스러웠다. 적의엔 익숙했으니 그저 어깨를 으쓱였을까, 그가 진갈색 눈동자를 선연하게 빛냈다.

"나이가 모든 것을 좌우하지 않지만 생각보다 많은 것을 좌우하기도 한다. 나이가 차 성인이 되는 것과 진정한 어른이 되는 것은 달라. 넌 어른이 되기엔 아직 일러. 그 나이에도 현명하고 강할 순 있겠으나 생명의 무게를 책임지는 건 더 많은 시행착오를 겪은 후에야 가능하다. 이 생각은 바꾸지 않을 거다."

어리다는 이유만으로 나를 배척하는 줄 알았건만, 그의 생각은 내 예상보다 깊었다.

나를 힐끗 본 빌헬름이 휙 몸을 돌렸다.

"하지만 이제 예는 갖춰 드리겠습니다, 지휘관. 제 생각이 틀렸다는 걸 보여 주십시오."

기대하지 않았던 인정은 내 중심을 꿰뚫고 깊숙이 파고들었다. 심장에 묘한 느낌이 일었다.

빌헬름이 커다란 보폭으로 사라지려 할 때였다.

"잠깐. 멈춰."

우뚝 멈춰 선 빌헬름이 나를 돌아보았다. 나는 고개를 기울였다.

"누가 지휘관에게 제대로 인사도 안 하고 가지?"

"……꼭 그러셔야겠습니까?"

나는 나를 노려보는 빌헬름에게 악동처럼 웃었다.

나쁘지 않은 기분이었다.

• ──⟨⟨✦⟩⟩── •

시간은 빠르게 흘러, 벌써 내일이 파블로프 지방으로 출전하는 날이었다. 밤이 늦어도 잠이 오지 않아 나는 결국 침대에서 일어나 창가에 섰다.

아타라의 야경은 아름다웠다. 마도공학 강국답게 마석을 사용해 빛을 내는 가로등이 거리마다 들어서서 별처럼 영롱하게 반짝였다. 멍하니 창밖을 바라보던 나는, 문득 미간을 좁혔다.

"으, 윽……."

소리가 너무 작아 처음엔 잘못 들은 줄 알았건만, 이번엔 분명히 들렸다. 나는 수면을 위해 누그러뜨려 놓았던 신경을 잔뜩 곤두세웠다.

"레, 이샤……."

고통이 어려 잔뜩 갈라진 목소리의 주인은 레오가 확실했다.

'레오 방이 바로 위층이었지.'

나는 다급하게 창문을 열었다. 레오에게 무슨 일이 생긴 것일지도 몰랐다.

창문을 타고 나가 성벽의 틈에 손을 끼워 넣은 나는 거미처럼 빠른 속도로 벽을 기어올라 갔다.

'젠장, 결계인가.'

위층 창문에 도달한 나는 입술을 꽉 깨물었다. 레오의 방 창문엔 결계가 쳐져 있었다.

깨고 들어갈 수는 있었지만, 무척 단단한 결계라 해체하기 위해서는 오러를 꺼내야 했다. 그러면 대단한 소음이 일어날 게 분명한 데다 유심히 살펴보니 결계가 깨지는 순간 경보가 울리는 구조로 보였다. 깨고 들어갔는데 별일이 아니라면 미친놈으로 취급받을지도 몰랐다.

'설마 그냥 자다 굴러떨어진 건가?'

부수지도, 돌아가지도 못하고 우왕좌왕하며 창문 앞을 기웃거릴 때였다.

파삭.

무언가 부스러지는 듯한 소리와 함께, 결계가 사라졌다.

'……아무것도 안 했는데?'

나는 놀라서 결계를 바라보았다. 당황하는 것도 잠시, 아리아에게 조금 배워 두었던 마법 공식의 원리를 힘겹게 되짚으며 마법진을 뜯어보던 나는 무언가를 발견했다.

'이거 사람 인식 기능이 있네.'

사람을 알아보고 열어 주는 형식의 결계였다. 이로 미루어 보아 결계가 나를 인식하고 열렸다는 것이 가장 그럴듯한 가설 같았다.

'이 자식, 내 정보는 언제 어떻게 등록해 놓은 거지?'

찰칵.

나는 헛웃음을 내뱉으며 창문을 열고 방 안으로 들어갔다.

방은 무척 넓었으나, 왕의 방답지 않게 화려함이 없고 필요한 것만 깔끔히 갖춰져 있었다. 레오의 흔적이 가득 묻어나는 곳을 가볍게 살펴본 나는, 우선 침대로 다급히 다가갔다.

"으…… 하……."

쌀쌀한 겨울밤임에도 레오의 이마엔 식은땀이 송골송골 맺혀 있었다. 새하얀 와이셔츠의 단추를 세 개쯤 푼 탓에 드러난 쇄골 아래 흉곽이 불규칙하게 움직이고 있었다. 레오의 굳게 닫힌 눈꺼풀이 파르르 떨렸고, 얼굴은 눈물 자국으로 엉망이었다.

"레이, 샤, 제발……."

레오는 악몽을 꾸고 있는 것 같았다.

나는 앞머리를 쓸어 넘겼다. 일단 침입이 아니라는 것에는 안심이었으나, 그렇다고 상황이 좋지도 않았다.

악몽을 꾼다는 소리를 듣긴 했지만 직접 보니 훨씬 더 착잡했다.

"레오."

나는 나직하게 그의 이름을 속삭이며 새하얀 머리칼이 젖을 정도로 흐른 식은 땀을 소매로 닦아 주었다. 그가 얼마나 오랫동안 악몽으로 고생했을지 짐작할 수 없었다.

"괜찮아."

괜찮은 건 아무것도 없을 테지만, 그럼에도 그리 속삭였다. 레오가 그만 울길 바랐다.

스르륵.

내 속삭임을 듣기라도 한 듯, 그의 눈꺼풀이 천천히 들렸다.

"……슈슈."

연한 녹음을 담은 청명한 눈동자에 눈물이 고여 있었다.

"슈슈."

"그래."

나는 침대에 걸터앉은 그의 머리를 쓸어 넘기며 다독여 주었다. 몇 번이고 내 이름을 부르던 그는, 내 옷자락을 꽉 붙잡았다.

"안아 줘……."

술 취했던 때를 마지막으로 더는 듣지 못하리라 생각했던 그의 어리광이었다. 어리광이라기엔 너무 간절했지만.

잠시 그를 내려다보던 나는 기꺼이 품을 열어 레오를 끌어안았다. 나를 마주 안은 그가 필사적으로 내게 매달렸다. 나를 감싼 두 팔은 꼭 나를 속박하려는 쇠사슬처럼 단단했다.

"죽지 마, 제발."

"……응."

"또 혼자 남게 하지 마……."

간절하게 속삭이는 목소리는 신을 향해 기도하는 신도의 목소리였다. 티 내지 않아 눈치채지 못했건만, 그는 아무래도 전장으로 떠나는 나를 걱정한 모양이었다.

"죽지 않아. 네 친구가 얼마나 강한지 여태껏 보여 줬잖아."

나는 창백하게 질려 있는 그의 뺨을 쓸었다. 내일이면 이곳을 떠나겠지만, 몸의 거리가 멀어진다고 하여 마음의 거리까지 멀어지진 않았다.

"살아서 돌아오마. 기다리고 있어."

아무래도, 그가 많이 그리울 것 같았다.

칠흑 같던 어둠이 걷히고 서서히 동이 트기 시작했다.

나는 레오의 침대 헤드에 등을 기대고 앉아 떠오르는 해를 바라보았다. 레오의 등을 두드려 주는 손은 멈추지 않은 채였다.

전투시를 제외한 평상시엔 소드 마스터라 해 봐야 쓸데없이 예민하기만 해서 별로라고 생각했는데, 이럴 때는 확실히 편했다. 하룻밤을 꼴딱 새워도 몸에 무리가 가지 않았으니 말이다.

'슬슬 일어나야지.'

레오의 시중을 드는 시종들이 들어올 때가 되었다. 그때까지 레오 옆에 있었다간 단순히 소문으로 그치지 않고 내 이름이 아타라 왕국 신문에 대서특필로 기새되는 영광을 누릴 수 있을 게 뻔했다.

나는 레오를 깨우지 않기 위해 조심스럽게 몸을 움직였다.

"어디 가."

그리고 곧바로 붙잡혔다.

나는 레오의 예민한 감각에 감탄하며 부스스 뜨려 하는 그의 눈꺼풀을 손수 감겨 주었다.

"내 방으로 돌아가야지. 스포트라이트는 이미 충분하지 않아? 내일 신문 1면을 나와 장식하고 싶은 야망이 있을 줄은 몰랐는데."

"……5분만 더."

얕게 뒤척인 레오가 나를 꽉 끌어안으며 그답지 않게 투정을 부렸다. 어이가 없어 헛웃음을 뱉던 나는, 문득 떠오르는 생각에 표정을 굳혔다.

"레오. 아타라에 첩자가 있다며. 누군지 알아냈어?"

르웰린은 아타라로 떠나는 내게 첩자가 있다는 사실을 귀띔해 주었다. 그녀가 준 정보이니 확실할 터다.

"……그건 또 어떻게 알았대."

내 물음을 진지하게 받아들였는지, 눈을 번쩍 뜬 레오가 낮게 앓는 소리를 내며 몸을 일으켰다. 그의 연둣빛 눈동자가 신중함으로 빛났다.

"동기와 정황을 살펴 후보를 추리긴 했지. 하지만 확정은 아직이야."

아타라에서도 나름대로 힘을 쓰고 있는 모양이었다. 나는 짧게 탄식하며 턱을 매만졌다.

"지원군이 파블로프 지역으로 진군한다는 사실도 전해졌을까?"

"……높은 확률로."

전쟁은 숨 막히는 머리싸움이었다. 나는 이마를 짚었다.

'오늘 출발하는데 결정을 번복할 수도 없고.'

결정을 번복한다 해도 바뀐 사항이 전해지지 않으리라는 확신이 없었다. 만약 전해졌다면 파블로프에 오려던 북부군이 다른 곳으로 경로를 틀고 있을지도 몰랐다.

'그래도 어떡해, 가야지.'

어디를 선택한다 해도 완벽할 순 없으니, 내 선택을 믿어야 했다. 나는 심란한 마음을 정리하고 레오에게 물었다.

"첩자 후보엔 누가 있어?"

"길버트 페리 남작, 쉐리 아이나르 백작, 그리고……."

천천히 손가락을 꼽던 레오가 세 번째 손가락을 접었다.

"빌헬름 오스테온 변경백."

마지막은 익히 잘 아는 이름이었다.

"……오스테온 변경백이?"

"응. 행보가 심상치 않았지."

나는 사람 탐지기가 그의 앞에서 울렸던 것을 떠올렸다. 그는 칼과 아리아가 공인한 마도구가 알려 준, 믿을 수 없는 사람이었다.

'제 생각이 틀렸다는 걸 보여 주십시오.'

'그럼 그 모습들도 다 연기였을까.'

마지막으로 본 빌헬름의 누그러진 태도를 떠올린 나는 한 손으로 눈을 덮었다. 누군가를 의심한다는 건 내게 힘겨운 일이었다. 내 개인적인 손해로 끝난다면 그냥 믿어 버리고 말 테지만, 지금 내가 서 있는 자리는 그렇게 넘길 수 없었다.

"걱정하지 마. 네가 돌아오기 전엔 완전히 색출을 끝내 놓을 테니까. 슬슬 꼬리를 보이고 있거든."

레오의 두 눈이 세차게 타올랐다. 그의 표정에서 이 일을 빨리 끝내겠다는 집념이 엿보였다.

나는 피식 웃고는 그의 어깨를 토닥여 주었다.

"무리하지 말고 살아 있어야 해. 이기고 돌아올 테니까."

무사한 모습으로 다시 만날 거라고 확신하기에, 우리는 유달리 애절하지 않게, 서로에게 아침 안부를 묻듯 가벼운 말투로 작별을 고했다.

⋅⋅≺§⚓§≻⋅⋅

왕성에서 파블로프 지방까지는 하루면 충분했다. 한 번의 순간 이동만으로 패

튜넘 지역으로 이동해 온 지원군은 눈이 내린 숲을 가로질러 행군했다.

'황폐하네.'

나는 눈 때문에 움직이기 버거워하는 말을 조심스럽게 몰며 주위를 둘러보았다.

겨울을 맞이한 숲의 나무들은 모두 죽어 있었다. 창백한 색채들이 저절로 기분을 우울하게 했다.

'그래도 습격 위험은 낮은 것 같네.'

아타라를 오는 길에 거쳤던 좁은 협곡이 습격에 최적화되어 있던 것과는 다르게, 이 숲은 나무가 촘촘하지 않고 전경이 탁 트여 있었다.

나무들이 하나같이 키가 커 하늘이 잘 보이지 않는다는 게 조금 걸리긴 했지만, 그것 외에는 나중에 휴양을 오고 싶을 정도로 전경이 좋았다.

"흐아악!"

그때 성인 남성의 가느다란 비명 소리가 내 감상을 방해했다. 나는 벌써 스물한 번째 비명이 울려 퍼지는 곳으로 고개를 돌렸다.

"허어엉, 지휘관님……! 이 망아지 같은 놈 좀 진정시켜 주세요! 아니, 진짜 망아지!"

율리안이 흥분한 말 위에서 힘없는 종이인형처럼 휘적거렸다. 나를 향한 부름이 간절했다. 나는 한숨을 쉬었다.

"그 친구 갈기부터 놔주시는 게 어떻습니까. 그렇게 갈기를 쥐어뜯고 있으니 당연히 흥분하죠. 제가 율리안 머리카락을 잡아당기면 율리안도 날뛸 거 아닙니까."

"사, 살살 잡았어요! 그리고 지휘관님이 제 머리카락을 잡아당기면 저는 아예 머리가 뽑혀 버릴 거라고요! 당근 뽑히듯, 꺄아악!"

말이 성나서 발을 구르자 안장 위에 엎드리다시피 하며 말에게 매달린 율리안이 비명을 질렀다. 제비꽃을 닮은 연보랏빛 눈동자가 금방이라도 울 것처럼 울망

　　　　　　　　　　　　　　　충직한 검이 되려 했는데 3

였다.

"괜찮습니다. 진정하세요. 떨어져도 제가 잡을 수 있습니다."

나는 충고하기를 그만두고 율리안의 말을 대신 진정시켜 주며, 만만찮게 진정이 필요해 보이는 그의 머리칼도 쓰다듬어 주었다.

"저, 저 토할 것 같아요……."

새파랗게 질린 율리안이 내 손에 제 뺨을 기대며 영혼이 빨려 나간 목소리로 중얼거렸다. 멀미도 하는 모양이었다.

"정말 쓸모없군. 말도 탈 줄 모르면서 전장엔 대체 왜 나온 건가?"

내 옆에서 말을 몰던 세레논이 율리안을 보며 혀를 찼다. 해롱해롱 죽어 가던 율리안이 눈을 부릅떴다.

"아, 예! 참 죄송합니다! 저는 황자님같이 고귀한 분과 다르게 천한 평민 출신이라서 말과 친하지 않거든요!"

"지금 그걸 지적하는 게 아니잖나!"

"그럼 뭐요! 지금 신분 천하다고 뭐라고 한 거 아니야!"

둘은 여기까지 오는 동안 틈만 나면 싸웠기에, 나는 세레논과 율리안의 싸움을 배경 음악쯤으로 치부할 수 있는 경지에 이르게 되었다.

율리안이 세레논의 말을 슬쩍 발로 차는 걸 못 본 척하며 고목을 타고 올라가는 다람쥐나 보고 있을 때, 아래에서 돌부리 걷어차는 소리가 들렸다.

"여기 걸어가는 사람도 있는데 꼴값들을 떨어요……."

카시아가 발목까지 쌓인 눈을 헤치고 지나가며 음산하게 중얼거렸다.

그녀는 갑옷을 꾸역꾸역 껴입는 것보다 가벼운 차림으로 전투하는 걸 좋아했는데, 그 때문에 옷이 얇아 추워 보였다. 새하얀 뺨이 붉게 물들어 있었다.

"괜찮습니까, 카시아 경? 원하신다면 말에 태워 드릴 수 있는데요."

나는 걱정스럽게 그녀를 바라보았다. 카시아가 평민 기사라 걸어가야 한다는 사실이 못내 신경 쓰였다. 내 말에 나를 올려다본 카시아는 잠시 눈을 끔뻑이더니, 딸기처럼 빨개진 코를 벅벅 비비고 고개를 저었다.

"특별 대우는 싫습니다. 군인이라면 이 정도 행진은 기본입니다."

자존심 강하고 기사로서의 의무에 철저한 그녀다운 말이었다. 대답을 반쯤 예상한 나는 짧게 웃고 고개를 끄덕였다. 그런 그녀를 존중했다.

"그런데…… 아까부터 냄새가 나지 않습니까?"

율리안과 치열한 말싸움을 마치고 돌아온 세레논이 킁킁거렸다. 그 말에 카시아도 덩달아 미간을 좁힌 채 숨을 크게 들이쉬었다.

"정말이군요. 단내가 납니다."

나는 주위를 두리번거렸다.

전부터 뭔지 모를 달짝지근한 냄새가 가까워짐을 느끼고는 있었다. 이 지방의 명물인 겨울에 피는 야생화 군락이 가까워지는 거라 짐작했건만, 아무리 가도 야생화는 코빼기도 보이지 않았다.

'냄새가 묘하게 익숙한데.'

미묘한 기분이 척추를 훑고 지나갔다. 나는 표정을 찌푸린 채로 기시감의 정체를 떠올리려 노력했다.

'아.'

그리고 깨달았다.

우뚝.

"……지휘관님. 무슨 일 있으십니까."

내가 멈춰 서자 조금 떨어진 곳에서 말을 몰던 조나단이 물었다. 나로 인해 지원군 전체가 정지했다.

그 가운데, 나는 불구대천의 원수를 보는 심정으로 하늘을 노려보았다.

팔락.

아주 미세하던 날갯짓 소리가 점점 더 커지고, 냄새도 갈수록 짙어졌다. 나는 입안에서 욕설을 짓씹었다.

'개자식들. 이번에도 이러기냐!'

스르릉.

나는 망설임 없이 검을 뽑아 들었다.

"다들 습격에 대비하라!"

"습격이요?"

말 위에서 죽어 가던 율리안이 내 외침에 당황한 듯 고개를 쳐들었다. 마찬가지로 당황한 표정이었지만 순순히 내 말을 따라 검을 뽑아 들던 카시아는 눈에 뭐가 들어간 듯 눈을 벅벅 비볐다.

"잠깐, 무슨 가루가······."

콜록, 기침을 한 세레논이 다급하게 하늘을 올려다보았다. 하늘에서는 아주 미세한 입자의 붉은 가루들이 나풀거리며 떨어지고 있었다.

야행성 마수라 지금 등장할 거라 상상을 못 해 알아차리는 게 늦었다. 나는 스스로를 자책하며 이를 악물었다.

꿀처럼 달콤한 냄새. 반짝이는 붉은 가루들. 우아한 날갯짓.

어느새 하늘이 나비 모양 그림자로 뒤덮이기 시작했다.

"키피라의 습격이다!"

환각을 일으키는 붉은 가루를 날갯짓할 때마다 흩뿌리는 나비 형태의 마수, '붉은 악몽' 키피라였다.

"모두 천으로 코와 입을 막아라! 가루를 일정량 이상 들이켜면 환각이 일어난다!"

나는 다급하게 파란 망토를 쭉 찢어 코와 입을 가리고 우왕좌왕하는 병사들을 향해 소리쳤다.

"흩어지지 마라! 하늘에서 올 거다! 기사들은 가루를 마시지 않는 걸 최우선 목표로 하고 가까이 오면 베어라!"

이가 뿌득 갈렸다.

지원군엔 마법사보다 검사가 몇 배는 더 많았다. 오러를 사용할 수 없는 일반 검사들은 원거리 공격을 하지 못하기 때문에 날아다니는 키피라와의 상성이 극악이었다. 키피라가 달려들 때까지 멍청하게 기다리는 수밖에 없었다.

쉬이익!

하늘에서 날카로운 독침이 빠른 속도로 쏟아졌다.

"마비 독이 묻은 독침이다! 방어하라!"

촤악!

말 등을 박차고 오른 나는 검을 휘둘러 검은 오러를 날렸다. 범위를 크게 잡은 검은 오러에 독침들 대부분이 휘말려 잘려 나갔지만 미처 베지 못한 독침에 맞고 쓰러지는 병사들이 몇몇 보였다. 나는 거세게 둥둥 울려오는 심장을 진정시키려 노력했다.

'젠장, 어떻게 해야 이길 수 있지? 키피라의 약점이······!'

돌아가지 않는 머리를 억지로 굴리던 찰나, 한 가지 정보가 섬광처럼 머릿속을 스치고 지나갔다.

"물! 빨리, 물!"

"콜록! 네?"

얼굴을 천으로 두르고 있음에도 가루가 들어가는지 몇 번이고 잔기침을 뱉던 세레논이 반문했다. 나는 다급하게 마법사들을 돌아보았다.

"마법사들은 하늘을 향해 물 마법을 사용해라! 키피라는 날개가 젖으면 날지 못한다!"

평범한 나비와는 다르게, 붉은 가루는 키피라의 날개를 보호하지 못했다. 물은 키피라의 가장 큰 적이었다.

촤아악!

내 명령을 들은 마법사들이 하나같이 물 마법을 발동했다. 물줄기들이 하늘을 향해 솟음과 동시에 하늘이 깜깜해지도록 덮고 있던 키피라들이 무더기로 떨어져 내렸다.

거대한 나비들이 물에 젖어 팔딱대는 광경은 보기만 해도 끔찍했기에 여기저기서 헛구역질하는 소리가 들려왔다.

'하지만 이걸로는 약해. 수가 너무 많아!'

"젠장, 눈이라도 내리면……!"

요 근래 시도 때도 없이 함박눈을 쏟아붓던 하늘이 오늘만은 야속할 만큼 화창했다.

내가 미칠 듯이 머리를 굴리고 있을 때.

"물이라면, 혹시 성수도 괜찮아요?"

내 옆에서 새하얀 옷자락으로 코와 입을 가리고 있던 율리안이 물었다.

'성수?'

나는 퍼뜩 고개를 돌려 그를 바라보았다.

"더할 나위 없습니다. 신성력은 마수를 상대하기에 가장 좋지 않습니까. 물은 키피라의 움직임을 막는 정도지만 성수는 키피라의 날개를 태울 수 있을 겁니다. 성수가 떨어지면 붉은 가루도 정화될 거고, 환각에 걸린 병사들도 회복될 테니 일석삼조입니다."

내 대답에 율리안이 착잡한 표정으로 입술을 열었다.

"저, 지휘관님 손난로로 오긴 했지만 대신관은 대신관이에요. 성수의 비를 내릴 수 있어요."

"정말입니까?"

나는 반색했다.

하늘이 무너져도 솟아날 구멍은 있다더니, 최고의 시나리오였다.

"당신……! 아무짝에도 쓸모없는 줄 알았더니……!"

"다시 봤습니다……!"

혼비백산한 분위기에 휘말려 마찬가지로 정신이 없어 보이던 세레논과 카시아가 율리안을 향해 감격스러운 표정을 지었다.

"그럼 부탁드리겠습니다! 빨리……!"

"그, 그런데 문제가 있어요!"

율리안이 내 말허리를 끊으며 소리쳤다. 그는 금방이라도 울 것 같은 표정을 짓고 있었다.

"홀리 레인을 부르는 주문이…… 기억이 안 나요……!"

솟아날 구멍은 구멍인데, 문제가 많은 구멍이었다.

"……제발 농담이라고 해 주세요."

잠시 인간의 언어를 잃었던 나는 쩍쩍 갈라지는 목소리로 속삭였다. 농담이었다면 이 급한 상황에서 농담이 나오나 싶어 화가 났겠지만, 차라리 그게 나을 것 같았다. 희망고문을 당한 기분이었다.

"저도 농담이었으면 좋겠어요."

머리를 부여잡은 율리안이 눈을 질끈 감았다. 그 자신도 고통스러운지 은빛 속눈썹이 파들파들 떨리고 있었다.

밀어붙인다고 나오는 게 아니라는 걸 직감한 나는 침착하게 그를 달랬다.

"기억나는 건 있습니까?"

"그……! 전능하신 라이시여, 권능의 몽둥이를 드사……? 이곳에서 당신을 보이소서까지는 기억나는데……!"

"권능의 팔이겠지! 그건 성서에도 적힌 구절 아닌가! 당신 대신관 맞나?"

"아! 맞다!"

떨어지는 독침을 베어 낸 세레논이 답답한 듯 소리쳤다. 율리안이 탄성을 뱉었다. 그의 신뢰도가 반절은 깎이는 순간이었다.

"시간을 드리면 기억해 낼 수 있겠습니까?"

못 미덥긴 하지만 그는 이 사태를 해결할 핵심 열쇠였다. 율리안이 앓는 소리를 내며 제 머리를 마구 헤집었다.

"젠장, 이래서 오기 싫었다고요. 지휘관님 손난로만 하면 된다고 했는데…….."

원망 섞인 투정엔 정의로움이라고는 눈곱만큼도 찾아볼 수도 없었다. 그럼에도 나는 그의 대답을 기다렸다.

"10분만 주세요. 어떻게든 기억해 낼 테니까. 안 되면 기도라도 해 보지, 뭐."

율리안이 제멋대로인 데다 여러 바퀴 돌아 버린 인간이긴 해도 이런 상황에서 책임을 회피할 인간은 아니라는 것을 알기 때문이었다.

나는 고개를 끄덕이고 카시아를 돌아보았다.

"카시아 경!"

"네, 지휘관님."

"마수들을 조종하는 주술사가 반드시 이 주위에 있을 겁니다. 은밀히 찾아내서 내게 위치를 알립니다. 할 수 있습니까?"

"명을 따릅니다."

카시아가 각 잡힌 자세로 허리를 굽혀 인사하고 설원을 가로질러 뛰어가기 시작했다. 나는 조나단을 돌아보았다.

"조나단 에이머리 경. 무슨 일이 있어도 율리안 대신관을 지켜라. 경의 몸이라고 생각하도록."

"……분부 받잡습니다."

조나단이 고개를 숙였다. 나는 조금 길게 그를 바라보다 검날을 한 번 털었다. 나뭇가지에 불이 붙듯 칼날에 검은 오러가 타올랐다.

"저하는 저와 가죠."

"네, 스승님."

세레논의 검 위로 달빛 오러가 찬란하게 번쩍였다. 아직 완성된 건 아니었으나, 처음 보았을 때보다 한층 더 안정된 상태였다. 나는 서서히 쏟아지기 시작하는 키피라를 지켜보다 주위를 둘러보았다.

"허억! 케일리, 케일리!"

"사, 살려 주세요! 제발! 잘못했어요."

코와 입을 엉성하게 가리는 정도로는 환각을 일으키는 붉은 가루를 막을 수 없었다. 이미 많은 병사들이 환각에 빠져 허우적거리고 있었다.

'*사람의, 숨통을, 끊을 땐…… 절대 그의 눈을 피해선 안 된다.*'

나는 옅게 일렁이는 시야와 함께 저절로 머릿속에서 울리기 시작하는 그리운 이의 목소리에 눈을 질끈 감았다. 이래서 키피라를 상대하고 싶지 않았다. 몸을 찢으러 달려드는 마수들은 그저 베어 내면 그만이건만.

'*나를, 죽여라, 슈슈.*'

키피라의 붉은 가루는 가장 끔찍한 기억을 불러일으켰다.

"코와 입을 꽉 틀어막으세요, 저하."

나는 코와 입을 막은 푸른 천을 더욱 강하게 눌러 덮으며 세레논을 돌아보았다. 그 또한 환각 증세가 시작됐는지 새하얀 이마에서 땀이 줄줄 흐르고 있었다. 면역이 있는 나도 슬슬 반응이 나타나기 시작했으니 그럴 만했다.

"괜찮습니까?"

정신적 타격이 큰지, 그의 오러가 벌써 흔들리기 시작하는 게 느껴졌다. 내 물음에 크게 심호흡을 한 세레논이 환하게 웃었다.

"네. 멀쩡합니다."

명백한 거짓말이었다.

탁, 탁!

나는 다른 말을 덧붙이지 않고 마나를 모아 허공을 디디는 발판으로 삼으며 매서운 기세로 하강하는 키피라들을 향해 달려갔다.

세레논이 나를 따라왔다.

"어떤 환각이 보이십니까?"

"……네?"

내 질문에 멈칫한 세레논이 허공에서 삐끗했다. 나는 그를 빠르게 붙잡아 주며 그가 곤란해하고 있음을 짐작했다. 아무래도 알려 주기 어려운 기억인 모양이었다.

나는 여상스레 입술을 열었다.

"저는 제 스승님이 죽어 가는 장면을 봅니다."

'네가 앗아 가는 생명의 무게를 반드시 짊어져야 해…….'

카라쇼를 죽인 후로 키피라의 붉은 가루가 보여 주는 환각의 종류는 늘 동일했다.

내 대답에 세레논이 등잔만 해진 눈으로 나를 바라보았다. 나는 변함없는 낯으로 허공을 밟으며 달리는 것에 집중했다.

"아무렇지 않게 말할 때까지 꽤 긴 시간이 걸렸고, 아직도 완전히 극복하진 못했지만, 더는 마주하는 것이 두렵지 않습니다."

종기 난 나비처럼 생긴 키피라들이 우리를 향해 이를 드러냈다. 그들의 이빨엔 정신 착란을 일으키는 독이 흘러내렸다.

'네 생명은 내가 살린 것이니 살아라.'

"저는 그때의 저보다 훨씬 강하니까요."

나는 더 이상, 악몽이 떠오르면 주저앉아 울음을 터트리는 어린아이가 아니었다.

쉬이익!

몸을 크게 젖혔다 훅 당기며 반동을 이용해 검을 크게 휘둘렀다. 검은 오르는 파도치듯 거대한 크기로 날아갔다.

키에에엑!

몸이 잘린 키피라들이 찢어질 듯 울부짖으며 추락했다. 지상의 병사들을 노리던 키피라들이 목표물을 우리로 변경해 날아왔다.

사르륵.

날갯짓이 우리를 향하자 주위에 산란하는 붉은 가루의 양은 급속도로 많아졌다. 입이 텁텁해질 만큼 많은 양의 붉은 가루를 흡입한 나머지 환각이 점점 더 짙어졌다.

설원에 흐르는 붉은 피. 내가 도저히 감당할 수 없었던 흉측한 이빨과 내 검에 찔려 피를 토해 내던 카라쇼. 처음으로 발현했던 검은 오러.

그날의 악몽이 다시 재생되었다.

"힘들다면 억지로 버티지 않아도 괜찮습니다. 내려가세요."

서걱!

나는 세레논을 물어뜯으려 달려드는 키피라 하나를 베었다. 세레논은 이제 손까지 식은땀으로 축축이 젖어 검을 자꾸만 고쳐 잡고 있었다.

"……제겐, 어머니가 보입니다."

속삭임에 가까운 목소리였다. 나는 아무런 대꾸 없이 몰려드는 키피라를 베고 또 베어 냈다. 검날 위로 붉은 가루가 자욱하게 덮일 만큼.

"키프로스 백작가가 황태자가 되지 못했던 저를 쓸모없다 비난할 때 유일하게 절 감싸 주셨던 어머니가요. 반드시 네게 권력을 쥐어 주겠다고 속삭이며, 저 대신 몰매를 맞는 어머니를 보면서 아무것도 하지 못했던 무력함이 떠오릅니다."

어른들의 욕심에 얼마나 많은 아이들이 상처 입어야 하는 걸까. 나는 키프로스 백작의 역겨운 낯짝을 떠올리며 한숨을 참았다.

"하지만, 맞습니다."

촤아악!

터져 나온 은빛 오러가 허공에 자욱한 붉은 가루들을 정화시킬 듯 신비롭게 치솟았다. 아직 완성되지 않은 미성숙한 빛줄기. 하지만 완성되지 않았을 때의 아름다움이 있었다.

"스승님 말처럼 저는 더 이상 그때처럼 약하지 않아요."

초점이 흐려진 눈을 하고서도 앞을 보려는 의지가 군건했다.

"……제가 오른쪽을 맡겠습니다. 왼쪽을 부탁드립니다!"

"네!"

나는 시원스럽게 웃으며 허공을 휘젓기 시작했다.

길게 날아가는 오러의 궤도를 따라 검은 피가 솟구치고 붉은 악몽들이 터져 나갔다.

"조준, 발사!"

콸콸콸.

내 지시에 마법사들이 또다시 일제히 물 마법을 사용해 키피라들을 격추시켰다. 키피라들이 만들어 내는 단내에 코끝이 아릿해졌다.

붉은 가루와 이빨의 독이 위험하지 키피라의 몸 자체는 약했기 때문에 베어 내는 것은 어렵지 않았다.

문제는 키피라가 토할 만큼 많다는 것.

'*슈슈. 내 사랑하는 제자.*'

그리고 머릿속에 울리는 목소리 때문에 그리움이 증폭된다는 것.

나는 옛 추억에 빠져 한숨처럼 웃었다.

'이제 그만 쉬세요.'

콰앙!

검은 오러가 나무를 석둑 잘랐다. 아래에서 경악 섞인 시선들이 느껴졌으나, 피해자는 없었으니 군이 살피지 않았다.

'당신의 의지는 제가 이을게요. 쉬실 때가 되셨잖아요.'

그날의 기억은 더는 내게 장애물이 되지 못했다.

"지휘관니이임!"

온몸이 가루로 뒤덮일 만큼 키피라들을 베고 있을 때, 아래에서 익숙한 목소리가 들려왔다. 나는 빠르게 아래를 내려다보았다.

"주문이요! 주문! 기억났어요!"

그곳엔 화색을 띤 율리안이 손을 휘휘 흔들고 있었다. 머리를 쥐어뜯은 건지 은빛 머리칼 사이로 없던 땜빵들이 설핏 보였다.

"저 인간, 드디어 밥값을 하는군요."

세레논이 헛웃음을 뱉었다. 시니컬한 말투와 다르게 다행이라는 표정을 짓고 있었다.

쉬이익!

나는 내 걸음을 지탱하던 마나의 발판을 사그라트리며 추락하듯 떨어졌다.

쾅!

착지하느라 땅이 가볍게 울렸지만 나는 개의치 않고 율리안에게 성큼성큼 다가갔다.

"지금 당장 사용할 수 있습니까?"

"후…… 잠시만요. 처음으로 사용해 보는 거라 떨리는데."

율리안은 긴장한 듯 가볍게 두 손을 맞비비더니, 두 팔을 벌려 허공을 짚었다.

치지직.

그의 하얀 손끝에서 신성한 기운을 풍기는 은색 스파크가 터져 나왔다.

"잠깐, 지휘관님! 조심하세요!"

콰직!

세레논의 다급한 외침을 시작으로, 키피라들이 율리안을 향해 무자비하게 몰려오기 시작했다. 나는 재빠르게 율리안을 향해 날아온 독침을 베어 냈다.

'신성력을 느꼈나? 그러면 이리로 올 게 아니라 도망가야 할 텐데…… 주술사가 조종한 모양이지.'

어딘가에 숨어 있다가 상황이 심상치 않음을 감지한 모양인데, 이상할 정도로 예리했다. 나는 이를 악물고 검을 세웠다.

"당신은 제가 지킵니다. 빨리 전개하세요!"

순간 멈칫했던 율리안이 굳게 고개를 끄덕이곤 눈을 질끈 감았다. 집중한 듯, 그의 미간이 좁혀졌다.

화아악!

그의 몸에서 은색 빛이 터져 나왔다.

"전능하신 라이시여, 권능의 팔을 드사, 이곳에서 당신을 보이소서."

온몸의 감각을 붕 뜨게 할 만큼의 신성력이 사방으로 퍼져 나갔다. 옆에 있는 것만으로도 구름 위를 날아다니듯 묘한 느낌이 일었다.

엘과 함께 있으며 방대한 신성력엔 익숙해졌다고 생각했건만, 전력으로 발동했을 때는 또 다른 느낌이었다.

"당신께서 하늘 아래 인간들을 보살피시니, 우리가, 사……망의 골짜기를 두려워하지 아니합니다."

중간에 아슬아슬하게 머뭇거리긴 했지만 다행히도 무사히 이어 갔다. 나는 오러를 폭발적으로 난사했다. 키피라들의 날개가 찢겨 나갔다.

주르륵.

단시간에 급하게 마나를 끌어올린 데다 붉은 가루를 너무 많이 흡입하기까지 하며 몸에 무리가 갔는지 코피가 주르륵 흘렀다. 나는 뜨거운 액체를 손등으로 대충 닦아 냈다.

"당신의 종이 땅에 발을 딛고 하늘을 올려다보며 당신의 자비를 기다립니다."

눈을 질끈 감고 있던 율리안이 퍼뜩 눈을 떴다.

화아악.

두 눈이 연하늘색 빛을 뿜어냈다. 붉은 피가 눈꼬리를 타고 느리게 흘러 떨어졌다. 어마어마한 신성력의 부작용 같았다.

파앗!

율리안이 한쪽 무릎을 굽히고 손바닥으로 설원을 짚자, 짚은 곳에서 빛이 치솟았다.

나는 잠시 검을 멈추고 감탄했다. 땅과 하늘을 잇는 은빛 기둥은 신성하고도 경이로웠다.

율리안이 신의 손이라 불리는 대신관들 중 한 명이라는 사실을 잊고 있었다. 그의 신성력이 그저 그런 수준일 리 없었다.

"간원하오니……."

힘에 부치는 듯 거친 숨을 들이켜던 율리안이 날카로운 눈으로 하늘을 바라보았다.

"지금, 가물어 메마른 땅에 단비를 내리소서."

홀리 레인.

그가 작게 속삭였다.

쾅!

새파란 낙뢰가 하늘을 찢었고, 하늘이 한차례 진동했다. 구름이 순식간에 은빛으로 물들고, 빛기둥이 더욱 강하게 번쩍거렸다.

그 순간 모두 넋을 놓고 하늘을 올려다보았다. 오랜 가뭄에 간절히 비를 바라는 이들처럼.

마치 신이라도 강림할 듯 신비롭던 순간.

쏴아아아.

세상을 떠나보낼 듯 거센 장대비가 떨어지기 시작했다.

키에에엑!

내게 달려들던 키피라들이 은빛 빗줄기에 닿자마자 비명을 지르며 치지직 타들어 갔다. 성수는 모든 악한 것을 정화하는 불꽃이었다.

나는 하늘에서 쏟아지는 빗줄기를 향해 손을 뻗어 보았다. 손을 뒤덮고 있던 붉은 가루가 깨끗이 씻겨 나갔다.

살갗에 닿는 물은 차갑지 않았다. 한없이 따뜻하고 포근해서 세례를 받는 기분이었다.

"하하, 쿨럭! 제가, 할 수 있다고 했죠? 커헉!"

거친 기침 소리에 고개를 돌리자, 율리안이 낄낄거리며 입가에 묻은 피를 닦고 있었다. 그의 얼굴이 새하얗게 질려 있었다.

"젠장, 율리안!"

상황이 급박해 생각할 겨를이 없었는데, 하늘에서 성수를 내리게 할 정도의 권능이라면 몸에 큰 부담을 줄 게 분명했다. 나는 다급하게 달려가 쓰러지는 율리안을 지탱했다.

"지휘관님."

"말하지 마세요! 미치겠네, 기운이 엉망이잖아! 치유 마법사! 수습 신관! 당장……!"

턱.

얼음장처럼 차가운 손이 내 팔을 붙잡았다. 원래의 연보랏빛으로 되돌아온 눈동자가 나를 향해 휘어졌다.

"저, 쓸모 있죠?"

갈라진 목소리가 장난스럽게 물었다. 가슴이 철렁 내려앉았다.

"그러니까, 저…….'

"젠장, 당신!"

"아리아 공녀한테 잘 좀 말해 주세요…….'

툭. 내 팔을 붙잡았던 손이 힘없이 떨어지고 두 눈이 스르륵 감겼다.

그의 상태를 빠르게 살펴본 나는 허탈하게 중얼거렸다.

"그냥 잘 거면…… 유언처럼 말하지 말라고…….'

새근새근, 고른 숨소리가 퍼져 나갔다.

잠든 율리안의 얼굴은 얄미울 정도로 평화로웠다.

"상태는 어떻지?"

"자잘한 상처는 모두 치료했습니다. 기운도 조금 전부터 안정되셨지만 신성력을 너무 많이 사용하셔서 깨어나는 데엔 조금 시간이 걸릴 것 같습니다."

수습 신관에게 율리안의 상태를 들은 나는 안도의 한숨을 쉬며 성수가 채 마르지 않은 그의 머리칼을 쓸어 넘겨 주었다.

병사들을 수습하고 빠르게 위치를 옮겨 막사를 친 뒤에야 여유가 생겨 그가 휴식 중인 막사를 찾을 수 있었다.

주술사는 찾지 못했다. 아쉽지만 애초에 큰 기대는 하지 않았고, 사망자 없이 끝난 것만으로 만족스러웠다.

'죄송합니다. 이에 대한 벌은 기꺼이 받겠습니다.'

'괜찮습니다. 나도 전투 중에 틈틈이 살폈는데 안 보인 걸 보아 단단히 숨은 것 같더군요.'

'할복할까요? 아니면 일주일 연속 보초 서기라도.'

'당신 지금 내 말 안 듣고 있죠? 괜찮다고.'

나는 미친 사람처럼 벌을 달라 매달리던 카시아를 떠올리며 고개를 저었다. 그녀는 스스로에게 지나치게 엄했다.

'저하, 팔이……!'

'아, 독침 한 개가 꽂힌 걸 뒤늦게 확인했습니다. 깊게 찔리지 않아 이상 없으니 염려치 마세요. 치료사를 찾으니 과잉 진료를 해 주더군요.'

그녀를 겨우 진정시킨 다음엔 세레논이 문제였다.

그의 팔에 꽁꽁 묶여 있는 붕대를 보고 경악하니, 그가 머쓱하게 웃었다.

세레논은 통솔을 돕겠다고 나섰으나, 낯빛이 좋지 않은 것이 아무래도 과잉 진료는 아닌 것 같아 쉬라고 막사에 억지로 구겨 넣고 율리안에게 온 참이었다.

"언제쯤 깨어나겠나?"

나는 걱정스럽게 율리안을 내려다보았다.

그가 깨어난 뒤 이동할지, 어차피 도착까지 얼마 남지도 않았으니 깨든 못 깨든 내일 아침에 바로 출발할지 고민되었다.

"신성력이 회복될 때까지는 시간이 걸릴 것으로 예상됩니다."

신성력은 마나처럼 일정량 이상을 사용하면 한동안 회복 기간을 가져야만 다시 사용할 수 있는 충전식 힘이었다.

수습 신관이 차트를 살폈다.

"제 예상으론 적어도 사흘은⋯⋯."

"엣취! 푸엣츄!"

커다란 재채기 소리가 막사 안을 울렸다. 나와 수습 신관은 동시에 침대를 내려다보았다.

"크응⋯⋯ 추워⋯⋯ 지휘관님⋯⋯ 솜이불 없어요?"

적어도 사흘 뒤에 일어난다던 율리안은 쓰러진 지 5시간도 되지 않아 눈을 뜨고 줄줄 흐르는 콧물을 닦으며 솜이불 타령을 하고 있었다.

나와 수습 신관은 다급하게 시선을 교환했다.

"⋯⋯사흘 걸린다며?"

"최소 사흘에서 최대 2주까지 예상했는데⋯⋯ 어떻게⋯⋯."

수습 신관은 경악스럽다는 표정을 띤 채로 율리안의 몸을 이곳저곳 살펴보았다.

자다 깨서 정신이 없는지 율리안은 '응? 으응?' 같은 졸음이 섞인 신음을 내며 종이인형처럼 펄럭거렸다.

"⋯⋯신성력 회복 속도가 상상을 초월합니다. 닳았던 신성력이 벌써 반쯤 회복되었습니다."

수습 신관이 감탄했다. 대신관은 회복 또한 빠른 모양이었다.

'그냥 단순해서 빨리 나은 거 아닐까⋯⋯?'

뾰족하게 사방으로 솟아 고슴도치 같은 머리 스타일을 한 채 하품을 하고 있는 율리안을 보자니 합리적인 의문이 들었다.

신성모독 범주에 들 수 있는 발언이니 입 밖으로 뱉진 않았지만.

"몸은 괜찮습니까?"

어찌 됐든 잘된 일이니 기뻐하기로 했다.

수습 신관을 물린 나는 율리안 옆으로 의자를 끌어와 앉았다.

"네…… 추운 것 빼고는 괜찮아요."

으스스 몸을 떤 율리안이 자기 몸에 덮여 있던 모포를 잡아당기더니 꾸물꾸물 몸에 둘렀다. 이불에 파묻힌 모습이 애벌레 같았다.

"바로 이동해도 문제없으시겠습니까?"

"그 빌어먹을 망아지만 안 타면요."

타고 온 말이 정말 싫었던 건지 그는 지긋지긋해하며 얼굴을 구겼다.

'멀쩡하군.'

그의 태평한 태도를 보며 나는 설핏 웃음을 흘렸다. 피 흘리며 쓰러지는 모습에 내가 과한 것을 요청했나 싶어 조마조마했건만 괜한 걱정이었던 것 같았다.

그의 상태를 확인했으니 나머지 일을 처리하려 나서던 찰나, 의문이 하나 떠올랐다.

"그런데 아리아한테 잘 좀 말해 달라는 부탁은 왜 한 겁니까?"

"쿨럭."

율리안이 목이 막힌 듯 기침을 내뱉었다.

"어…… 그게……"

연보랏빛 눈동자가 데구르르 굴러갔다. 변명거리를 찾는 듯한 모양새였다. 슬쩍 내 눈치를 본 그가 횡설수설했다.

그의 양 귀 끝이 붉어져 있었다.

"아리아 공녀님은 멋진 분이잖아요? 그냥 친하게 지내면 좋겠다 싶기도 하고……."

"설마 당신."

충직한 검이 되려 했는데 3

변명 같은 주저리들을 뚝 끊은 나는 얼굴을 왈칵 찌푸렸다.

찬장 속 초콜릿을 훔치다 걸린 아이 같은 표정을 지은 율리안이 침을 꿀꺽 삼켰다.

"아리아한테…… 약점 잡혔습니까?"

나는 진심 어린 걱정을 담아 율리안을 바라보았다.

아리아는 내게 천사 같은 아이지만, 나는 오랜 경험 끝에 내 천사가 다른 이들에게까지 천사 같진 않다는 사실을 알게 되었다.

'사들였던 레이스들을 두 배 가격으로 팔 거란 말이지. 으음…… 그렇게까지 할 필요가 있을까?'

'고급 레이스는 귀족들의 사치품이야. 돈 많은 사람들 금고 좀 터는 게 어때서?'

'그렇긴 하다만…….'

'내가 레이스 사들일 때 멍청한 짓이라고 비웃던 인간들 다 기억하고 있거든. 그 사람들한테는 세 배로 팔 거야.'

나는 소악마처럼 웃던 아리아를 기억했다. 아리아는 누구를 먼저 건드리는 법은 그다지 없었으나, 한 대 툭 얻어맞으면 상대를 녹다운시켜야 물러서는 아이였다.

'율리안이 깐족대다가 아리아의 미움을 사고 약점 잡혀서 구르고 있다? 일리 있지.'

내 머릿속에선 한 편의 드라마가 재생되고 있었다.

자신의 귀를 의심하는 표정으로 나를 마주하던 율리안이 삐걱삐걱 고개를 끄덕였다.

"예에…… 비슷……해요. 약점은 약점이지."

"괴롭히지 말라고 해 드려요?"

"아뇨…… 그럴 것까진 없고 그냥 잘만 말해 주시면 될 것 같아요. 엘 그 자식이 왜 늘 미쳐 있는지 조금 알 것 같네요…….”

율리안이 먹먹한 표정을 지었다. 왜인지 모르게 욕을 얻어먹은 느낌에 기분이 나빠졌으나, 우선 고개를 끄덕였다.

“아리아에겐 잘 말해 드리겠습니다. 살신성인해서 지원군을 지켜 주셨다고요.”

“좋네요. 향신료도 좀 쳐 주세요. 율리안 대신관 등 뒤에서 후광이 빛났다, 뭐 이런 거. 느낌 알죠?”

“그건 좀…….”

“쳇.”

잠시 대화를 나누고 있었을 때, 막사 문 쪽에서 인기척이 들려왔다.

“지휘관님. 확인해 주셔야 할 사항이 있습니다.”

조나단의 목소리였다. 나는 몸을 일으켰다.

“먼저 가 봐야겠습니다. 가기 전까지 푹 쉬세요.”

“아, 맞아.”

가려는 나를 율리안이 잡았다. 할 말이 있냐는 표정으로 돌아보니, 그가 방긋 웃었다.

“전장에서 지휘관님은 누구보다 믿음직스러워요. 지켜 주셔서 감사해요.”

가볍지만 진솔한 감사 인사였다. 나는 피식 웃었다.

“계속 지켜 드리겠습니다. 그러니 살아 계세요.”

살아만 있다면, 누구든 지킬 수 있었다.

우리는 날이 밝는 대로 길을 나섰다. 붉은 가루와 마비 독의 후유증이 남은 병사들이 있긴 했으나, 모두 성수로 씻은 덕에 이동이 불가능한 사람은 없었다.

충직한 검이 되려 했는데 3

어깨가 하늘까지 솟아 유세를 부리는 율리안을 세레논이 한 대 치려 한 걸 빼면 무탈한 이동이었다.

"마을이 보입니다."

내 옆에서 말을 몰던 조나단이 속도를 늦추며 전방을 가리켰다. 그가 탄 검은 말이 히잉 울었다.

눈 쌓인 숲속에 위치한 작은 마을. 화려하지 않으나 단란해 보였다. 나는 숨을 길게 뱉었다. 새하얀 입김이 하늘로 올라갔다.

우리의 목적지, 파블로프였다.

"기다리고 있었습니다."

마을에 들어서자 병사들의 선두에서 갑옷을 입은 남자가 우리를 반겼다. 북부의 침입이 일어난 이후 아타라 각 국경 지역에 파견되었다던 중앙군으로 보였다. 나는 말 위에서 휙 내려 그 앞에 섰다.

"유니스 셜리입니다. 반갑습니다."

"카슈미르 크리시스입니다."

나는 그가 내민 손을 붙잡아 흔들다 문득 의아해졌다.

'검사가 아니네.'

굳은살이 박인 부분이 검사들과는 달랐다.

조금 호기심이 동했을까, 남자가 사람 좋게 웃어 보였다. 그는 노란색에 가까운 환한 주황색 머리카락과 자애로운 낯이 인상적인 사람이었다.

"먼 길 오느라 고생 많으셨습니다. 쉬셔야겠죠? 막사를 칠 위치부터 안내해 드리겠습니다."

"친절에 감사드립니다. 다만 막사는 병사들에게 맡기도록 하죠."

찰그락.

안장에 걸어 두었던 검집을 빼내어 허리춤에 걸었다.

"북부와의 경계가 되는 강부터 확인하고 싶습니다. 그곳으로 안내해 주시기 바랍니다."

언제 북부군이 쳐들어올지 모르는 지금 여유를 부릴 수는 없었다.

내 대답에 잠시 눈을 깜빡인 유니스는 고개를 끄덕였다.

"알겠습니다. 그럼 크리시스 경은 절 따라와 주세요."

나는 조나단에게 병사들의 통솔을 맡기고 뒤를 돌아보았다.

"세레논 저하, 카시아 경, 율리안 대신관. 따라오세요."

"에엑, 저도요?"

군말 없이 말에서 내리는 세레논과 카시아에 비해 마도구를 이용해 둥둥 떠서 오던 율리안은—말이 싫다더니 선택한 운송수단이 바로 저거였다—예상 못 했다는 듯 반문했다. 나는 씨익 웃었다.

"손난로가 떨어져서야 되겠습니까? 빨리 오세요."

사실 이번 홀리 레인 사건으로 율리안이 마수를 상대하는 데 굉장한 전력이 될 수 있다는 걸 깨닫고 수뇌부로 데리고 다니려는 속셈이었다. 하지만 그렇게 말했다가는 귀찮은 일은 질색이라며 모르쇠 잡을 그의 태도가 훤히 보였기에 말을 돌렸다.

율리안은 귀찮다는 듯 끙 앓는 소리를 내면서도 순순히 나를 따라왔다.

"오는 길에 습격이 있었다고 들었습니다. 병력 피해는 없으셨습니까?"

"네. 부상자만 몇 명 있는 정도입니다."

"경의 수완이 대단한 모양이군요."

"과찬이십니다. 운 좋게 잘 아는 마수를 만났을 뿐입니다."

발걸음을 옮기며 유니스와 몇 마디를 주고받았다. 꽤 순한 인상의 남자였는데, 인상만큼이나 성격도 서글서글한 것 같았다. 부드럽게 대화를 이끌며 적절한 칭찬을 섞는 것이 대단한 고단수 같았다. 나는 적당히 겸양을 떨며 넘겼다.

"중앙 회의에서 북부군이 강을 얼려 넘어올지도 모른다는 의견도 내셨다고 들었습니다. 저는 그쪽으로 생각해 본 적이 없어서 이곳을 지키면서도 침입은 없을 거라고 생각했는데 정신이 번쩍 들더군요."

탁.

유니스가 발걸음을 멈춰 섰다.

나는 고개를 들어 눈앞의 강을 바라보았다.

"시딘의 강은 건너올 수만 있다면 최단 거리의 길이 되어 줄 테니까요."

물속이 비칠 정도로 맑은 강의 수면엔 살얼음이 끼어 있었다.

나는 강을 물끄러미 들여다보았다. 얼어붙은 수면이 내 얼굴을 비추었다.

'수원으로 쓰기에는 문제없겠네.'

강물은 얼핏 봐도 특별한 정수 과정 없이 마셔도 될 만큼 깨끗해 보였다. 살얼음 아래로 물고기들이 헤엄치고 있는 것을 보아 식량 공급원도 될 수 있을 것 같았다.

강은 육안으로는 강 너머를 확인하기 어려울 만큼 넓었다. 나는 주의를 기울여 감각에 날을 세우고서야 겨우 그 너머를 볼 수 있었다. 막사를 치기 쉬운 평지, 그 뒤로는 우거진 숲이 있었다.

'저 숲은 북부와 이어져 있으니 여차하면 도망치기도 쉽겠지.'

앞으로는 강, 뒤로는 숲. 식량과 물, 도피로를 모두 충족시켜 줄 이곳은 북부군이 우리를 기습하기에 최적의 장소였다. 이 강을 건너올 수만 있다면.

"강은 어느 정도 깊이로 업니까?"

"해가 뜨는 낮엔 살얼음이 끼는 정도지만 기온이 떨어지는 밤엔 제법 두껍게 업니다."

확실히 해가 지며 점점 더 온도가 떨어지고 있었다. 밤이 되면 강이 두껍게 어는 것도 무리가 아니었다. 뒤에서 율리안이 으슬으슬한 듯 몸을 떨며 걸치고 있던 망토를 여몄다.

"밤에 건너올 가능성이 높겠군요."

강이 조금이라도 더 얼어 있을 때 출격해야 마법사들의 마나 손실이 적을 터.

안 그래도 병력이 적은 북부군이니 마법사의 에너지를 최대한 아끼려 할 것이 분명했다.

"북부군이 언제 올지는 파악되었습니까?"

"오늘 오후에 들은 바로는 유터스와 파블로프의 갈림길 지역에서 마지막 흔적이 발견되었다고 합니다."

"그럼 높은 가능성으로……."

"파블로프로 오겠죠."

한시라도 빨리 침입에 대비해야 했다.

나는 빠르게 주위를 둘러보았다. 어느새 내리기 시작한 진눈깨비가 얼어붙은 호수의 표면을 덮었다.

"북부는 불화살을 사용합니다. 한 번 상대한 적 있습니다. 거리가 머니 이번에도 사용할 가능성이 높습니다. 이를 대비해 호수 앞에 바리케이드와 보호 마법 아티팩트를 배치해 두는 것이 좋을 듯합니다."

"불화살…… 까다롭군요. 그래도 눈이 쌓였으니 마을까지 불이 번지진 않을 겁니다."

'지겨운 눈이 도움이 될 때도 있네.'

불행 중 다행이었다. 나는 고개를 돌려 카시아를 바라보았다.

"카시아 경."

"네, 지휘관님."

"나는 이번에도 그대에게 마수를 조종하고 있는 주술사를 찾아내라는 명을 내릴 겁니다."

그녀의 푸른 눈이 흐릿한 달빛을 받아 시리게 번뜩였다.

"이번엔 찾을 수 있겠습니까?"

나는 희미하게 웃었다. 푸른색이 저렇게나 뜨거울 수 있다는 걸 카시아로 인해 처음 알았다. 눈을 형형하게 불태운 그녀가 주먹으로 심장 부근을 툭 치고는

충직한 검이 되려 했는데 3

고개를 숙였다.

"만회할 기회를 주신다면 이번엔 실망시키지 않겠습니다."

그녀의 목소리에서 굳은 책임감이 묻어났다. 나는 고개를 끄덕이고는 서서히 구름 사이에서 모습을 드러내는 그믐달을 올려다보았다.

전투의 순간이 다가오고 있었다.

⊱⊱·•⊰⊰

이후 유니스와 당장 급한 안건을 토의한 나는 지원군 일행을 막사로 보내고 마을로 향했다. 마을의 상태를 보고 싶었다.

'크게 어려워 보이진 않네.'

수도처럼 큰 건물이나 화려한 조형물은 보이지 않았으나 부족한 것도 없어 보였다. 용병 일로 마수를 토벌하러 다니며 다 쓰러져 가는 마을만 보았는데, 생각보다 괜찮은 듯해 안심되었다.

이미 밤이 깊었기에 거리에는 사람이 없다시피 했다. 오랜만에 고요한 거리에서 혼자만의 시간을 즐기게 된 나는 정처 없이 걷다가, 오른편 골목에서 느껴지는 익숙한 인기척에 눈을 크게 뜨며 고개를 돌렸다.

"자, 이제 좀 괜찮나?"

"윽, 못 일어나겠어요……."

기계적이라고 느껴질 만큼 고조 없이 낮은 목소리는 어울리지 않게 친절했다. 확인사살차 대상의 얼굴을 확인한 나는 경악을 금치 못했다.

"부축해 주마. 많이 아픈가?"

자상한 낯을 한 조나단이, 넘어진 건지 바지 무릎 부근에 피가 번진 채 울상인 아이를 부축하고 있었다.

'외모로 사람을 판단하면 안 된다지만…… 정말 안 어울린다…….'

아이에게 상냥하게 구는 조나단이라니, 조심스럽게 꽃꽂이하는 악마를 본 기분이었다.

말을 걸 타이밍도, 못 본 척 지나갈 기회도 놓치고 어정쩡하게 서 있으니, 시선을 느낀 건지 고개를 돌리는 조나단과 눈이 딱 마주쳤다.

"……지휘관님. 일은 끝나셨습니까."

곧바로 평소의 정색한 낯으로 돌아간 조나단이 허리를 굽혀 인사했다. 나는 지금의 그와 조금 전 그에게서 크나큰 괴리감을 느끼며 고개를 끄덕였다.

"잘 끝났다. 경은 왜 쉬지 않고 나와 있나. 이 아이는 누구지?"

나는 겁에 질린 눈으로 나를 올려다보는 아이를 향해 허리를 굽히며 최대한 환하게 웃어 보였다. 흠칫한 아이는 내 웃음이 이상했는지 조나단 뒤에 쓱 숨어 빼꼼 고개를 내밀었다.

'역시 아이들은 어려워.'

아이들은 어른보다 더 위험에 민감해서 본능적으로 내 기운을 느끼고 두려워하곤 했다. 아이들은 잘못 다루면 부서져 버릴 것 같아서 내가 함부로 다가가지 않기도 했다.

얼굴을 더 들이대 봤자 아이를 더 겁에 질리게만 할 것 같아 몸을 일으키고 조나단과 마주했다. 그의 무덤덤한 시선이 살갗에 닿았다.

"저와 부딪쳐서 다친 아이입니다. 데려다주려고 했습니다."

"아하."

조나단의 허리쯤 오는 작은 아이이니 그와 부딪쳤다면 분명 크게 넘어졌을 것이다. 조금 고민하던 나는 이내 허리를 굽혀 조심스레 아이와 눈을 맞추었다.

"상처, 치료해 줄까?"

"……네? 아니, 괜, 괜찮은데……."

"지금 여기서 바로 치료해 줄 수 있어서 그래."

나는 주머니에서 잘 빻은 약초가 담겨 있는 유리병을 꺼냈다. 전시엔 약초를

충직한 검이 되려 했는데 3

따고 손질할 시간이 부족하니 응급처치에 필요한 약초 정도는 늘 바로 쓸 수 있는 상태로 소지하고 다녔다.

"해치지 않을게. 오래 걸리지도 않을 거야."

나는 한껏 눈을 휘었다. 조나단의 옷자락을 꾹 잡고 있던 아이가 고민하는 듯 이리저리 눈을 굴렸다.

"잠깐 바지만 걷어 볼래?"

최대한 부드럽게 자아낸 목소리에 아이는 결국 고개를 끄덕이고 바지를 걷었다. 꾸물거리는 모습이 귀여웠다.

"잠깐."

내가 무릎을 굽히며 아이의 무릎으로 손을 뻗을 때, 조나단이 나를 붙잡았다.

"제가 하겠습니다. 제게 주시죠?"

"……그대가?"

"네."

그의 손이 내가 쥐고 있던 유리병을 낚아챘다. 눈 덮인 땅 위에 한쪽 무릎을 굽힐 때까지도 그의 표정은 무뚝뚝했다.

"지휘관이 그 어느 상황에서도 굽히지 않도록 돕는 것이 부관의 사명입니다."

무심하면서 사려 깊은 말투. 그는 도저히 종잡을 수 없는 사람이었다.

"약초에 대해 아나? 어떻게 사용하는지도?"

"시골에서 자라서 대강 알고 있습니다. 카소르 허브 아닙니까."

약초의 형태를 알아볼 수 없게 빻아 뒀는데도 조나단은 곧바로 알아보았다.

'북부 지역에서만 나서 다들 잘 모르는데.'

나는 놀라움을 감추며 그가 하는 양을 지켜보았다. 자신의 손수건으로 피를 닦아 낸 그는 아이의 무릎 위에 약초를 듬뿍 바르고 새로운 손수건으로 무릎 위를 묶어 고정시켰다. 한두 번 해 본 솜씨가 아니었다. 바짓단까지 고르게 내려 준 그가 몸을 일으켰다.

"무리하지 마라. 또 뛰어다니다 이번처럼 부딪치지 말고."

"······네."

아이는 민망한지 젖살이 채 빠지지 않은 통통한 뺨을 붉게 물들였다. 조나단은 그런 아이를 보며 살짝 웃었다. 저렇게 웃는 그는 처음이었다.

"데려다주마. 집이 어느 쪽이라고 했지."

"아뇨! 괜찮아요! 바로 저기거든요!"

아이의 작은 손끝은 200미터도 채 되지 않는 곳에 있는 집을 가리키고 있었다. 이제 내가 무섭지 않은 건지 활짝 웃은 아이가 나와 조나단에게 붕붕 손을 흔들었다.

"도와주셔서 감사해요! 안녕히 가세요!"

아이들은 신기할 만큼 해맑았다. 내가 유년기를 제대로 겪지 못했던 탓일까, 순수함을 그득히 담은 아이들의 두 눈은 늘 내게 묘한 충족감과 회의감을 동시에 느끼게 했다.

나는 아이들이 어려웠으나, 싫어한 적은 한 번도 없었다.

"경은 아이들을 좋아하나?"

아이가 완전히 사라지는 것까지 두 눈에 담은 뒤에 물었다. 마찬가지로 아이의 뒷모습을 바라보고 있던 조나단이 내 물음에 느리게 눈을 굴렸다.

"아뇨. 특별히 좋아하진 않습니다."

"그런 것치곤 아이와 잘 어울리던데."

소름 끼치도록 새롭던 그의 태도를 떠올리고 의아한 표정을 지었을까, 조나단의 새까만 눈동자가 선명하게 빛났다.

"어린아이를 보호하고 돕는 건 어른들의 사명 아닙니까. 어린아이를 지켜 주지 않는 사회는 문명사회라 불릴 자격이 없죠."

그 말 한마디가 짙고 무거웠다. 순간 그의 표정이 일렁였다. 나는 나도 모르게 고개를 끄덕였다.

충직한 검이 되려 했는데 3

"막사로 돌아가시죠. 날이 많이 춥습니다."

금방 태도를 갈무리한 조나단이 자신의 망토를 벗어 내 어깨에 걸쳐 주었다. 나는 되었다고 할까 하다가, 이것도 부관의 임무라며 기계처럼 답할 조나단의 모습이 뻔히 예상되어 그만두었다.

"그래. 돌아가자고."

하늘은 땅을 전복시킬 듯 끊임없이 눈송이를 쏟아 냈다.

• ⚜ •

파블로프에서의 아침은 아름다웠다. 강 너머로 떠오르는 태양은 한 폭의 그림 같았다. 여느 때와 같이 누구보다 일찍 일어난 나는 돌담에 걸터앉아 일출을 보다 다가오는 인기척에 고개를 돌렸다.

"부지런하시군요."

유니스가 포근한 미소를 지으며 내게 다가왔다. 나는 의례적으로 마주 웃어 주었다.

"셜리 경도요. 아직 이른데 왜 벌써 나오셨습니까. 좀 더 쉬시죠."

"요새 도통 깊이 자질 못해서 말입니다. 한번 깨면 다시 잠들지 못합니다. 이왕 깬 거 크리시스 경과 함께 일찍 하루를 시작하도록 하죠."

그가 넉살 좋게 답했다.

이후 잠시 이어진 어색하지 않은 침묵을 즐기던 나는 첫 만남부터 품었던 의문을 입에 담았다.

"셜리 경, 검사가 아니시죠?"

"……어떻게 아셨습니까?"

유니스가 놀란 눈으로 나를 바라보았다.

"경의 손이 검 잡는 사람의 손과는 조금 달랐습니다."

"예민하시군요. 맞습니다. 저는 창잡이입니다."

'창잡이?'

보통 지휘관들은 검사였으나, 마법사 지휘관 또한 적지 않았다. 그래서 마법사가 아닐까 예상했건만, 창잡이라니, 확실히 독특했다.

"하하. 못 미더우십니까?"

"아뇨. 창을 주무기로 사용하는 사람은 처음 봐서 신기했던 것뿐입니다."

창은 검을 배우며 적당히 사용 방법을 습득하는 보조 무기와 다름없다는 것이 보통의 인식이었다. 사정거리가 길다는 장점은 있었으나 검과는 달리 베어 내는 데 쓰기 애매하고, 길기 때문에 오히려 궤적이 읽히기도 쉽다는 단점이 있기 때문이었다.

호탕하게 웃은 유니스가 눈을 빛냈다.

"하기야. 창잡이가 흔치는 않으니까요. 창도 충분히 강하다는 걸 보여 드리겠습니다."

자신만만한 목소리였다. 그 자신감에 흥미가 돋아 눈을 가늘게 들 때였다.

쿠구구구궁.

멀지 않은 곳에서 대지가 울리는 소리가 들리기 시작했다.

단숨에 신경이 곤두섰다. 위험한 것들이 가까이 있을 때 으레 그랬다. 나는 단숨에 얼굴을 굳힌 채 강 너머 육지를 바라보았다.

땅에 쌓였던 눈이 먼지처럼 사방으로 휘날리고 있었다. 강이 출렁일 만큼 육지가 진동하고, 나무들이 이리저리 흔들렸다. 나는 점점 더 모습을 드러내는 무리를 노려보았다.

'아.'

그리고 처음으로 드러난 인영에 심장이 철렁 가라앉았다.

'지그문트, 이 개자식. 노린 거겠지.'

북부군을 이끌고 있는 사람은 내가 북부와의 첫 전투에서 죽이지 않고 보내

줬던 북부 습격군의 대장, 힐다 베스토였다.

내가 죽이지 않은 그녀 때문에 몇 명이 죽게 될까.

그는 내게 끊임없이 딜레마를 던졌다.

"수가…… 적지 않군요."

순식간에 진지한 낯으로 변모한 유니스가 낮게 중얼거렸다. 수적으로 압도적이라는 것이 우리 연합군의 강점이건만, 북부도 이번 싸움에서 이기기 위해 단단히 준비한 건지 숫자가 만만치 않았다.

'마수들은 보이지 않네.'

수많은 북부인들이 호수 앞 평지로 진군하는 가운데, 마수들은 보이지 않았다. 북부가 마수라는 최고의 무기를 두고 올 리 없으니 아마 숲속에 숨겨 둔 것일 터였다.

'어떤 마수들이 왔는지 알면 병사들을 교육시켜 대비할 수 있을 텐데.'

그들은 현명하게도 패를 노출시키지 않았다. 나는 눈을 부릅뜨고 온 신경을 집중해 숲속을 응시했지만, 무성한 나무들이 시야를 가려 확인이 불가능했다.

'젠장. 도착하자마자 강 너머에 염탐꾼을 보내 놨어야 했는데.'

마지막으로 북부의 움직임이 확인된 지역에서부터 여기까지는 제법 거리가 있었기에 벌써 도착할 거라고는 상상도 못 했다.

강도 높은 행군을 하다 이곳에 온 지 반나절도 되지 않으니 병사들이 휴식할 수 있게 시간을 주자고 생각했던 게 문제였다.

안일한 판단을 자책하고 있었을까, 유니스가 자신만만하게 웃었다.

"어제 저 너머로 미리 염탐꾼들을 파견시켜 놓았습니다. 북부의 병력을 확인하는 즉시 연락이 올 겁니다."

나는 놀란 눈으로 유니스를 돌아보았다. 만난 지 얼마 되지 않아 그의 수완이 어느 정도인지 긴가민가했건만, 허투루 감투를 쓴 사람은 아닌 것 같았다.

나는 안도의 한숨을 길게 내뱉었다.

"숲속에 마수들이 있나 살펴보고 어떤 마수인지 말해 달라고 전해 주세요. 이름을 모른다면 특징이라도 말해 주면 됩니다."

"알겠습니다."

마수의 종류를 아는 것만으로도 이번 전투의 승기를 반 이상 가져올 수 있었다. 나쁘지 않은 예감에 표정을 풀고 하늘을 올려다보았다.

"강 앞에 감시하는 병사들을 더 배치해 두고, 빨리 회의를 하도록 하죠."

칙칙한 잿빛 하늘은 금방이라도 눈송이를 내뱉을 것 같았다.

———❧———

짧은 식사를 마친 뒤 중앙 파견군에서 준비한 막사로 이동했다. 그곳에서는 유니스가 기다리고 있었다.

"염탐꾼과는 연락이 닿았습니까?"

"통신이 굉장히 불안정합니다. 북부군이 마력 통신을 방해하는 전파를 퍼트리고 있는 것 같습니다."

수정구슬 모양의 통신구를 붙잡고 씨름을 하고 있는 그의 표정이 어두웠다. 그 뒤로도 몇 번이고 수정구슬을 만지작거리다 몇 번 두드려 보기까지 한 유니스는 한숨과 함께 고개를 들었다.

"죄송합니다. 이런 상황이 발생했을 때의 대책도 생각해 뒀어야 했는데."

"자책하지 마시죠. 예측하기 힘든 상황 아닙니까."

나는 앞머리를 쓸어 넘기며 자리에 걸터앉았다.

일이 잘 풀리고 있다고 생각했건만, 쉬운 것은 하나도 없었다.

지원군의 주요 인물들이 모두 착석했을 때 유니스가 입을 열었다.

"우선 계속 통신을 시도해 보겠습니다. 오늘 안에 연결이 되지 않으면 곧바로 철수 통지를 내리겠습니다. 이곳까지 오는 데 적어도 하루 이틀은 걸릴 테니 정보를 전해 받는 것이 늦긴 하겠지만, 그래도 직접 보고를 들을 수 있을 겁니다.”

“이미 북부군이 진지를 친 상황인데 무사히 건너올 수 있겠습니까?”

마력을 방해하는 전파가 퍼진 상황이니 순간 이동 아티팩트 사용도 어려울 터였다. 내 염려에 유니스가 시원스럽게 웃었다.

“제가 보장하는 실력자들입니다. 무슨 일이 있어도 안전히 돌아올 수 있을 겁니다.”

목소리엔 자부심이 깃들어 있었다.

‘느낌이 안 좋은데.’

그 자부심에 함께 안심할 수 있으면 좋을 텐데. 거미처럼 폐부를 타고 오르는 껄끄러움을 지우지 못해 웃지 못할 때였다.

지지직—

-사, 령— 님!

그 순간 통신구에서 귀 따가운 소리와 함께 이리저리 끊기는 음질 좋지 않은 목소리가 퍼져 나왔다.

“연결됐습니다!”

두 손으로 통신구를 꽉 붙잡은 유니스가 벌떡 일어났다.

나는 탁자를 으스러져라 붙잡았다. 통신 상태가 언제 끊겨도 놀랍지 않을 만큼 나쁜 상태라 절로 마음이 급해졌다.

“펠릭스, 보고해라! 병력은 어느 정도지? 그곳 상태는……!”

“그거 말고! 어떤 마수가 있는지부터 물어보세요!”

초조해졌는지 두서없이 묻는 유니스를 저지했다. 기회가 많지 않다면 그들의 필살기를 가장 먼저 확인하는 게 이치에 맞았다.

굳은 표정으로 고개를 끄덕인 유니스는 심호흡 후 한층 차분해진 표정으로 입을 열었다.

“숲속에서 마수를 발견했나? 어떤 마수가 있는지 보고하도록.”

-지금 쫓―화살―오니스는 주, 죽었―저는 위, 험합, 니다!

정신 산만하도록 끊기는 목소리가 귀를 아프게 했으나 누구도 그걸 지적하지 않았다. 제대로 전달되진 않지만 그곳의 상황이 심각하다는 것은 앞뒤 문맥으로 충분히 파악 가능했다.

"빌어먹을, 그래. 수고 많았다. 자네라도 돌아와! 정신없겠지만 어떤 마수가 있는지만 보고해 주게!"

표정이 일그러진 유니스가 연달아 마른세수를 했다. 수하를 잃었으니 마음이 복잡할 텐데도 그는 침착함을 잃지 않았다.

타다닥! 쉬이익!

도망치고 있는 건지 거친 발걸음 소리가 통신구를 통해 울려 퍼졌다. 화살이 날아다니는 듯 날카로운 소리도 잇달았다.

막사 안에 숨 막히는 정적이 이어졌을까.

-독― 숨이 막― 거대하, 고, 나무가― 배…….

푹!

뒤늦게 두서없이 이어지던 목소리는 살이 뚫리는 소름 끼치는 소리와 함께 뚝 멈췄다.

공기가 차갑게 얼어붙었다. 유니스의 얼굴에 절망이 물들었다.

무슨 일이 일어났는지 모두가 예상할 수 있었다.

막사 내 누구도 입을 열지 못하는 가운데, 통신구 너머로는 소음이 끊이지 않았다.

부산스럽게 부스럭거리는 소리, 시끄러운 발소리, 웅웅거리는 사람들 목소리가 울리더니 어느 순간 최악을 달리던 음질이 깨끗해졌다.

-아아, 들리나? 전파 교란 장치도 잠시 껐는데.

여자의 낮은 목소리가 선명하게 들려왔다.

콰직.

충직한 검이 되려 했는데 3

나는 순간 힘 조절에 실패해 꽉 쥐고 있던 탁자를 부수고 말았다.

"힐다 베스토⋯⋯."

그날 보았던 독기 어린 잿빛 눈이 눈앞에 아른거렸다.

-쥐새끼 같은 염탐꾼을 둘이나 보냈을 줄이야. 마지막 놈은 날래서 꽤 고생했다.

마음 졸였던 조금 전과 대비될 만큼 원활한 통신에 화가 날 지경이었다. 빠득갈리는 이를 고집스레 악물고 있을 때, 웃음기 섞인 목소리가 이어졌다.

-카슈미르 크리시스. 그곳에 있나?

막사 안 모두의 시선이 내게로 쏠렸다. 나와 이곳에 모인 인원 가운데, 힐다를 선두로 한 북부군의 습격을 받았던 지원군 2군에 속했던 이는 조나단밖에 없었으므로, 다들 힐다가 나를 아는 것에 당황한 눈치였다.

나는 조용히 수정구를 노려보았다.

"그래."

-이번엔 도망치지 않을 거다.

목소리는 단단히 악에 받쳐 있었다.

-날 살려 둔 건 잘못된 선택이었다. 후회하게 해 주지. 기다리고 있어라.

한 마디 한 마디가 가슴에 무겁게 가라앉았다. 사람을 살려 두었기에 사람이 죽는, 숨 막히는 딜레마가 내 숨통을 죄었다.

그럼에도 나는 결코 시선을 떨구지 않았다.

"내 선택은 완벽했다. 감히 네가 평가할 것이 아니야. 네가 내게 대단한 위협이라도 될 거라고 자만하나, 힐다 베스토? 그날 우리의 승리는 운이 아니다."

'모든 선택에 확신을 가져라. 너 스스로는 끊임없이 곱씹고 성찰하더라도 사람들에겐 조금의 의심도 없는 것처럼 보여야 한다. 네가 네 자신을 의심하기 시작하면 네 뒤를 보고 가는 이들도 널 의심하게 될 거다.'

카이사르의 낮은 목소리가 머릿속에서 웅웅 울려 퍼졌다.

끊임없는 딜레마는 오로지 나만의 과제여야 했다. 내 곁에 있는 이들에겐 결코 약한 모습을 보여서는 안 됐다.

-하! 오만하기는…….

통신구 너머에서 노기 어린 웃음소리가 들려왔다. 나는 힐다 베스토를 바라보듯 통신구를 노려보았다.

"기다려야 할 건 너다. 그날 반으로 갈랐던 협곡처럼 너도 반으로 갈라 주지. 너희 군사들도, 네가 끌고 온 역겨운 마수도."

나는 굳어가는 입꼬리를 한껏 비틀었다.

"이번엔 도망가지 마라. 두 번이나 도망가는 비겁한 미꾸라지는 그 망할 요르하도 거부할 테니까."

북부인들에겐 전사들의 낙원인 요르하에 가지 못하는 것이 가장 불명예스러운 일이었다.

-이, 개자식이! 감히……!

"수장과 연락 정도는 하고 있겠지? 지그문트 하이드, 그 새끼한테도 전해."

그녀의 분노를 가볍게 무시하고 말을 이었다.

이 전쟁을 일으켜 내게 수많은 딜레마를 안겨 준 장본인.

좋은 쪽으로든 나쁜 쪽으로든 내가 가장 강하고 짙은 감정을 품고 있는 존재.

"착각하지 마. 난 널 죽일 수 있으니까. 다시 만나는 날엔 내가 내 스승을 어떻게 죽였는지 직접 알려 주지."

여전히 카라쇼를 사랑했다. 하지만 더는 카라쇼의 신념이 내 신념과 같지 않았으며, 그녀의 마음이 내 마음인 것도 아니었다.

"내가 손수, 그분 곁에 처박아 주마."

나는 이제야 나로서 바로 서고 있었다.

-이 미친 천둥벌거숭이가! 지그문트 님께서 어떤 분인 줄 알고……!

쨍그랑!

나는 유니스가 들고 있던 통신구를 낚아채 막사 벽에 힘껏 던졌다. 수정구슬이 개박살 나고 막사 벽이 움푹 파였다.

"괜한 말이 나와 병사들의 사기만 떨어질까 염려했습니다. 부디 돌발 행동을 용서하시지요."

"어, 어, 네……."

후, 길게 숨을 뱉고는 눈을 휘었다. 통신구를 들고 있던 손 그대로 어정쩡하게 굳은 유니스가 멍하니 나를 바라보았다.

벌떡.

나는 주저 없이 자리에서 일어났다.

"그들이 어떤 종류의 마수를 끌고 왔는지 파악하는 건 전략적으로 아주 중요합니다. 그에 따라 대비할 것이 천차만별로 달라지니까요."

'독, 거대하다, 나무.'

좋지 않은 통신으로 간신히 들은 것은 이 세 가지에 불과했다.

'겨우 이걸로는 어떤 마수인지 예측하기 어려워. 독이 있고, 거대하며, 나무와 관련된 마수들은 한둘이 아니니까.'

당장 떠오르는 마수만 해도 대여섯 종류가 넘었다. 나는 허리띠에 달아 두었던 검집을 단단히 고정했다.

"이미 사상자가 생긴 위험한 일에 가고 싶은 병사는 없을 테고, 평범한 병사가 성공할지도 미지수이니……."

깨진 통신구의 투명한 조각에 비친 내 두 눈이 섬광처럼 번뜩이고 있었다.

"제가 다녀오겠습니다. 적들의 진지에."

힐다를 살려 보냈던 것에 대한 책임을 온 몸 다해 지고자 했다.

⊶⊱✦⊰⊷

"이렇게 끊겼다고? 빌어먹을, 카슈미르 크리시스!"

콰직!

격노한 힐다 베스토가 들고 있던 통신구를 바닥에 내던지고는 부츠의 뭉툭한 굽으로 짓밟았다. 통신구가 힘없이 박살 났다.

강 건너편의 눈 덮인 숲속. 시체 한 구를 옆에 둔 힐다가 제 머리카락을 마구 헤집었다.

─이곳이나 저곳이나 통신구만 고생이군. 진정해라.

낮고 건조한 목소리가 숲속을 울렸다. 또 다른 통신구에선 흐릿한 인영이 비쳤다.

지그문트 하이드. 그가 그곳에서 모든 상황을 지켜보고 있었다.

"지그문트 님께선 화도 안 나십니까? 저런 애송이가 당신을 모욕하는데……!"

수하가 들고 있던 지그문트와 연결된 통신구를 건네받은 힐다가 성을 냈다. 낮은 웃음이 터져 나왔다.

─아니. 오히려…… 꽤 즐겁군. 저렇게 성질이 더러워졌을 줄이야. 원래도 상당했지만.

이해할 수 없는 말에 힐다는 얼굴을 구겼다.

그녀는 자신의 수장을 늘 존경하며 절대적인 충성을 바쳤으나, 이런 모습은 영 적응이 되지 않았다.

어떤 상황에서도 차갑고 무미건조한 그의 수장은 '카슈미르 크리시스'만 연관되면 미묘하게 다른 모습을 보이곤 했으니까.

─승리하면 카슈미르 크리시스는 반드시 생포해 와라. 부상은 얼마나 입든 상관없다.

지그문트는 몇 번이고 당부했던 말을 또다시 반복했다. 수긍은 했으나 여전히 이해할 수 없는 명령이었다.

얼굴을 찌푸린 힐다는 조심스럽게 물었다.

"그녀를⋯⋯ 곁에 두시려는 겁니까?"

-아니.

한치의 망설임도 없이 부정한 지그문트가 답했다.

-내 손으로 죽일 거다.

명백한 진심이 담긴 목소리. 진위 여부를 의심할 여지가 없었다.

"⋯⋯대체 당신께 그녀는 뭡니까?"

힐다는 입술 새를 비집고 튀어나오는 의문을 막을 수 없었다. 여태껏 열심히 머리를 굴려 보았으나 카슈미르 크리시스를 향한 지그문트의 감정이 긍정적인 건지 부정적인 건지 파악할 수 없었다. 파악되는 건 깊이와 농도뿐.

증오인지, 흥미인지, 악의인지, 호의인지, 아니면 그 모두일지 모를 그의 감정은 아주 깊고 짙었다.

파블로프에서부터 한참은 떨어진 북부의 기지에서, 지그문트는 웃었다.

-내 인생 최고의 개자식이지.

이번엔 진위 여부를 결코 파악할 수 없었다.

"⋯⋯직접 다녀오시겠다고요?"

놀란 표정으로 나를 바라보던 유니스가 이내 얼굴을 굳혔다.

"그 결심은 감탄스럽습니다만, 너무 위험합니다. 크리시스 경의 실력을 불신하는 건 아니나, 만에 하나 크리시스 경을 잃었을 땐 어떤 일이 일어날지 상상도 할 수 없습니다."

유니스는 침착하게 자신의 의견을 역설했다.

"맞습니다. 지휘관이 자리를 비우는 건 이치에 맞지 않는 일이기도 합니다. 한 번 더 고려해 주시죠."

조나단도 의견을 보탰다. 늘 의중을 비치지 않던 검은 눈동자가 오늘만큼은 복잡해 보였다.

"저도 쉽게 말하는 것은 아닙니다. 지휘관이라는 자리의 무게를 모르지 않습니다."

나는 잠시 감았던 눈을 스르륵 떴다.

"무사히 돌아올 자신이 있어서 가겠다고 하는 겁니다. 제가 가면 인명 피해 없이 끝낼 수 있는 일인데, 몸을 사려서 또 다른 피해를 만들고 싶진 않습니다."

나는 고개를 돌려 조나단을 바라보았다.

"그대, 저번에 보니 내가 없을 때도 지원군을 제대로 통솔했더군."

검은 눈동자에 잔잔한 파도가 일어났다.

"한 번만 더 맡기지. 그대를 믿는다."

아직도 인간적인 거리감이 느껴지는 사람이다. 그는 단 한 번도 '부관'이 아닌 '조나단'을 드러내 보인 적이 없었다. 하지만 그의 또렷한 이성과 냉철한 지성은 과연 감탄할 만했다. 일 처리 실력만 보았을 땐 그가 나보다 지휘관에 걸맞을지도 몰랐다. 나는 아직 조나단이라는 인간은 믿지 못했으나, 그의 실력은 믿었다.

조나단은 할 말이 많아 보이는 표정을 지으면서도 아무 말도 하지 못했다. 나는 그의 미묘한 동요를 잠시 눈에 담다 유니스를 돌아보았다.

"오늘 밤 바로 출발해 내일 아침까지 돌아오겠습니다. 살아 돌아올 거라고 장담하죠."

나는 그 무엇도 쉬이 장담하지 않았지만 지금은 오만이라도 떨어야 하는 순간이었다.

누군가는 진지를 비우는 것이 지휘관으로서 무책임한 짓이라고 할지도 모르지만, 책임을 지는 방법은 모두가 다른 법이다. 묵묵히 뒤에서 지키는 것으로 의무를 다하는 지도자가 있는 반면, 누구도 다치지 않도록 먼저 나서는 것으로 의무를 다하는 지도자도 있었다. 나는 절대적으로 후자였다.

유니스가 갈팡질팡하는 표정으로 나를 바라보았다. 잡아야 하는지 보내야 하는지 고민하는 기색이 역력했다.

'조금만 더 밀어붙이면 수긍하겠네.'

잠시간 본 유니스는 이성적인 설득을 깡그리 무시하고 원칙을 고수하는 답답한 사람이 아니었다.

이 기세에 박차를 가해 완전히 설득시키려 할 때, 누군가 나보다 먼저 입을 열었다.

"확실히 지휘관님이 다녀오시면 더 이상의 인명 피해는 없겠죠. 하지만 혼자는 안 됩니다."

나는 목소리의 주인에게로 시선을 돌렸다.

"저도 같이 가죠."

세레논의 희뿌연 푸른빛 눈이 진중하게 빛났다.

"황자 저하…… 아니십니까?"

유니스가 이해할 수 없다는 표정으로 세레논을 바라보았다. 상상도 못 했다는 눈빛을 보아 황자인 세레논이 전장에 나온 이유가 대외적인 이미지 때문이라고 지레짐작한 모양이었다.

황자로서 대우를 받으며 위험하지 않은 곳만 적당히 돌다 가면 될 그가 가장 위험한 일에 직접 나서니 놀라는 것도 당연했다.

"오러를 사용할 수 있는 검사입니다. 지휘관님 보조로는 충분할 겁니다."

세레논이 유니스의 말을 정정했다. 황자라는 막강한 직위를 놓고 소드 엑스퍼트라는 자격으로 전장에 나온 그의 결심이 엿보였다.

나는 미간을 좁혔다.

"하지만……."

"위험하다는 말은 듣지 않겠습니다. 위험한 건 지휘관님도 매한가지 아닙니까. 지휘관님과 가장 오랫동안 손발을 맞춰 본 제가 함께 가는 게 맞습니다."

마침 위험하다고 말하려 했던 나는 그의 단호한 표정에 입을 다물었다.

세레논은 한 번 결심한 것은 절대 꺾지 않는 사람이었다. 내가 가는 한, 그 또한 함께 가게 되리라는 것을 어렵지 않게 짐작할 수 있었다.

"슬슬 솔라티네 제국이 부러워지려 하고 있습니다."

나와 세레논을 조용히 지켜보던 유니스가 중얼거렸다. 그러고는 길게 한숨을 쉬었다.

"더는 제가 말릴 수 있는 부분이 아닌 것 같군요."

그의 표정은 결연했다.

"다녀오시죠. 이곳은 제가 지키고 있겠습니다."

북부 염탐조가 결성되는 순간이었다.

⚜

"두 분 다…… 왜 그렇게 사세요? 조 이름은 '사서 고생'으로 하지 그러세요. 줄여서 '사고.'"

율리안이 질린 표정으로 주절거렸다. 걱정인지 조롱인지 분간이 안 가는 투였으나 그냥 걱정이라고 믿기로 했다.

"저도 같이 가야 하는데…… 실수하시는 겁니다."

카시아가 푸른 눈을 시리게 불태우며 나를 노려보았다.

"카시아 경은 남아야 하는 이유, 충분히 설명해 드리지 않았습니까. 표정 좀 푸세요."

누가 보면 맛있는 거 먹으러 가는데 두고 가는 줄 알겠다 싶어서, 털 세운 고양이 같은 카시아를 보며 한숨을 쉬었다.

'카시아 경! 잠시 대련에 어울려 주실 수 있겠습니까?'

'아, 네. 가겠습니다.'

얼마 전에 알았는데, 카시아는 지원군 평민 기사들 사이에서도 영향력이 대단했다.

귀한 집 자제들에게 곧 죽어도 굽히지 않는 반골 기질 때문에 원래도 평민들 사이에서 유명했던 데다, 평민 기사들 사이에서 가장 강했기에 대련 요청이 끊이지 않는다고 했다.

'하긴, 평민 기사들이 황자인 세레논에게 대련을 요청하긴 무서울 거고. 지휘관인 내게 다가오기도 힘들 테니까.'

귀족 출신 기사들에게 세레논이 있다면 평민 출신 기사들에겐 카시아가 있는 모양이었다.

'만약이라는 게 있으니까. 상황이 잘못되더라도 기사들이 해이해지지 않게 세레논과 카시아 중 한 명은 남아 있는 게 낫겠지.'

나는 일당백을 해 주고 있는 세레논과 카시아를 떠올리며 옅게 미소 지었다.

"또 다쳐 오면 나만 고생이겠지. 에휴. 나 없으면 어쩔 뻔했어."

그러나 이 와중에 뺀질거리는 건 이 인간밖에 없을 것이다. 나는 잔뜩 생색을 내며 고개를 도리도리 젓는 율리안을 보면서 헛웃음을 뱉었다.

홀리 레인을 성공한 뒤부터 아들 낳은 후궁처럼 생색이란 생색은 다 내는데, 이상하게도 밉지 않았다.

"목숨만 붙여 오세요. 멀쩡히 고쳐 드릴 테니까."

고운 연보랏빛 눈동자를 초롱초롱하게 빛낸 율리안이 애교스럽게 웃었다.

"역시 지휘관님한테 깜찍이는 저밖에 없죠?"

그가 눈을 찡긋거렸다. 나는 결국 소리 내어 웃으며 고개를 끄덕였다.

"누가 보면 지가 가는 줄 알겠네……."

"뭐요? 지─? 대신관한테 지─?"

"아무 말도 안 했네만."

도끼눈을 뜬 세레논의 중얼거림에 율리안이 버럭 성을 냈다. 또다시 시작된 두 사람의 싸움을 가볍게 무시한 나는 추운 날씨인데도 땀을 뻘뻘 흘리며 마법진을 그리고 있는 남자에게 시선을 돌렸다.

"저번부터 고생이 많군."

"앗! 아닙니다!"

이마의 땀을 쓱 닦은 남자가 해맑게 웃었다. 저번에 협곡에서 북부가 기습했을 때 나를 바위산 위로 이동시켜 준 그 마법사였다.

한 번도 가 본 적 없는 곳으로 텔레포트를 발동시키는 건 실패할 가능성이 높다. 텔레포트 마법은 조금이라도 계산에 오차가 생기면 이동자의 팔다리쯤은 간단히 절단시킬 수 있는 위험한 마법이었다.

'저…… 제가 해봐도 되겠습니까?'

그 어떤 마법사도 지휘관과 황자를 다치게 할 위험을 감수하면서 순간 이동 마법을 전개하려 하지 않을 때, 이 남자만이 자원했다.

"자원해 줘서 고맙군. 그대가 아니었으면 얼음 호수를 헤엄쳐서 건널 뻔했어."

"하하. 그럴 수야 없죠. 저도 멀쩡히 보내 드릴 수 있을 거라고 확신하는 건 아니지만……."

남자가 조금 불안해하는 표정으로 나를 바라보았다.

"순간 이동이 잘못되어도 문책하지 않겠다고 약속하신 겁니다."

"갑자기 사막나라로 보내 버려도 책임을 묻지 않겠다니까. 다만 하늘나라로 보내 버리면 조금 곤란할 수는 있지."

부러 능청스레 너스레를 떨자 남자가 낮게 웃었다. 위축되어 보이던 그는 조금 긴장이 풀린 듯 어깨를 폈다. 그의 두 눈은 총명하게 반짝이고 있었다.

"그러고 보니 그대에게 두 번이나 신세를 지게 됐는데도 아직 이름을 모르는군. 이름이 어떻게 되나?"

빛나는 그 눈이 어쩐지 시야에 진하게 맺혀서, 나는 충동적으로 물었다. 내 물음에 눈을 끔뻑인 남자가 활짝 웃었다.

"시안입니다. 지휘관님이 기억해 주신다면 영광스러울 겁니다."

나는 머릿속 한구석에 그의 웃음과 이름을 새겨 두었다.

"마법진은 얼추 완성됐습니다. 계산은 오류가 없는지 스무 번도 더 검토해 보았습니다. 이론상으론 완벽합니다."

그 후 몇 분 정도 땅에 고개를 처박고 머리를 부여잡으며 괴로워하던 시안은 뭔가를 마치고 비로소 고개를 들었다. 그의 얼굴이 갑작스레 10년은 더 늙은 것 같아 조금 미안해졌다.

"순간 이동 아티팩트 잘 챙기셨죠?"

"그래."

"마법사들 전원이 마력을 때려 박았고, 테스트도 해 봤습니다. 전파 방해도 이겨 낼 수 있을 겁니다."

나는 주머니에 고이 넣어 둔 아티팩트를 만지작거렸다.

순간 이동 아티팩트는 대단히 편리했다. 그러나 가 본 적 없는 곳으로는 이동할 수 없다는 단점 때문에 올 때는 사용할 수 있어도 갈 때는 마법사의 힘을 빌려야 했다.

"몸조심하십시오."

"다섯 번째 당부하지만 살아서만 와요."

카시아와 율리안이 차례대로 말했다. 미련 없이 인사하는 입과는 다르게 두 사람 모두 걱정스러운 눈빛을 보내고 있었다.

"다녀오겠습니다."

인사는 늘 짧고 간결하게, 특별히 절절하지 않게 하려 했다. 애절하게 인사하면 정말 죽으러 가는 것 같으니. 잠시 집 앞에 마실 나가는 것처럼 가벼이 인사한 나는 세레논을 돌아보았다.

"준비되셨습니까?"

검집을 매만진 세레논이 씨익 웃었다.

"그럼요. 스승님이 같이 가시는데 두려워할 것도 없지 않습니까."

그 온전한 믿음이 진심으로 고마워졌다. 나는 세레논과 함께 마법진 위에 서고 시안을 향해 고개를 끄덕였다.

"바로 출발하지."

"네."

시안의 표정에 긴장이 스쳤다.

쉬익!

몇 번이고 심호흡을 한 그는, 눈을 부릅뜨며 마법진 위에 마나를 주입했다.

"텔레포트!"

파앗!

눈을 멀게 할 듯 환한 빛이 터져 나왔다. 익숙한 울렁거림이 속을 뒤집는 가운데, 나는 스르륵 눈을 감았다.

"윽."

그리고 어깨를 찌르는 강한 통증에 어깨를 부여잡았다.

스르륵.

부유감에 해롱거리던 정신이 어느새 가라앉았다.

손으로 흐르는 뜨거운 액체가 느껴지는 가운데, 나는 피식 웃으며 어깨를 내려다보았다.

'이 정도면 귀엽지.'

길게 찢어진 어깨에서 흐르는 피가 설원을 적시고 있었다. 위험도가 상당한 순간 이동에 대한 대가치고는 상당히 가벼웠다.

"스승님, 어깨가……!"

"쉿. 목소리 죽이세요."

어지러운지 약간 휘청거리던 세레논이 내 어깨를 보더니 눈을 크게 떴다. 나는 코앞에 검지를 갖다 대 입을 막으며 그를 살펴보았다. 다행히 그는 잔상처 하

충직한 검이 되려 했는데 3

나 없이 멀쩡해 보였다.

늘 주머니에 상비하고 다니는 깨끗한 천으로 대충 상처를 묶어 지혈한 나는 고개를 들어 주위를 둘러보았다.

나무가 빼곡한 숲.

높은 나무 사이로 달빛이 어스름하게 깃들었다.

"잘 도착한 것 같군요."

순간 이동은 성공적이었다.

"여기가 어디일까요."

다친 내 어깨를 붙잡고 호들갑을 떠는 것도 잠시, 세레논이 주위를 두리번거렸다. 강 건너편 숲속인 건 확실하지만 처음 와 보는 곳이라 위치를 파악하기 어려웠다.

"글쎄요. 우선 이동해 봐야 할 것 같군요."

마수는 코빼기도 보이지 않았다. 나는 고개를 젖힌 채 눈을 감고 허공의 냄새를 맡다 실소를 터트렸다.

'이러니까 탐지견이 된 것 같네.'

한평생 마수의 악취를 맡아 온 내 후각으로 냄새를 탐지하는 것만큼 확실한 게 없었다.

풀 냄새, 밤이슬 냄새, 시린 눈 내음과 멀리서 느껴지는 사람 냄새들을 모두 제치고 감각을 곤두세우던 나는 그 틈새를 파고드는 익숙한 악취에 눈을 떴다.

"오른쪽입니다. 가죠."

동이 트기 전, 어둠 속에 몸을 숨길 수 있을 때 마수를 확인해야 했다. 우리는 빠르게 발걸음을 옮기기 시작했다.

'젠장, 숲만 아니었어도 훨씬 빨리 찾았을 텐데.'

한탄하며 주위를 두리번거렸다. 키 큰 나무들과 어둠은 우리를 가려 준다는 장점이 있는 동시에 우리의 시야를 가린다는 단점을 함께 가지고 있었다.

"……스승님."

"잠시만요."

"저기 앞에, 사람 기척 아닙니까?"

세레논이 숨까지 죽인 채로 속삭였다. 후각에 온 신경을 집중하고 있던 나는 그제야 다가오는 기척을 느낄 수 있었다.

"순간 이동의 흔적이라니…… 전에 보낸 염탐꾼이 죽은 걸 보고도 정신 차리지 못했나 보지. 흔적은 가까운가?"

"그리 멀진 않은 것 같습니다."

멀리서 흐릿하게 목소리가 들려왔다. 나와 세레논은 동시에 서로를 마주 보았다. 그는 심각하게 얼굴을 굳히고 있었다. 거울을 보진 않았지만 나 또한 만만치 않은 표정을 짓고 있으리라고 쉽게 짐작할 수 있었다.

목소리의 주인은 분명 힐다였다.

"……저희 큰일 난 거죠?"

"아무래도요."

"뭘까요?"

"네."

탁!

허탈함이 깃든 몇 마디 말이 오간 즉시, 나와 세레논은 나무 위로 뛰어올라 소리를 죽이고 달리기 시작했다.

달빛에 반짝거리는 조약돌을 따라 집으로 돌아가는 헨젤과 그레텔처럼 더러운 악취의 흔적을 따라 달려갔다. 마수의 흔적이 가까워짐과 동시에 인기척도 짙어졌다.

"……마스터를…… 죽여라."

누군가의 목소리가 신기루처럼 둥둥 떠다녔다. 나와 세레논은 재빠르게 속도를 낮추며 인기척을 죽였다.

목소리는 같은 음정과 형태로 몇 번이고 반복되었다. 주문이나 세뇌 같을 정도였다. 이를 세레논 또한 느꼈는지 그가 얼굴을 찡그렸다.

"뭘 하는 걸까요?"

나는 한숨을 푹 쉬며 나무 사이를 뛰어넘었다. 대충 짐작 가는 부분이 있었다. 거리가 가까워지고, 저 멀리로 치솟는 모닥불이 보일 때.

"소드 마스터를 가장 먼저 죽여라."

바람 소리처럼 들리던 목소리가 귓가에 정확히 꽂혔다.

"……들으셨습니까?"

거리가 조금 더 가까워지자 세레논도 들었는지 놀란 눈으로 나를 돌아보았다. 나는 비릿하게 웃었다.

"아무래도 제가 사랑을 많이 받는 모양입니다."

사냥 대회에서 상대했던 바실리스크. 한 번쯤 나를 돌아볼 법한데도 거대하고 흉포한 뱀은 무언가에 세뇌된 미친 개처럼 레오만을 쫓았다.

'그게 정말 세뇌된 거라면?'

아마 소드 엑스퍼트를 죽이라고 세뇌했을 것이다. 마수는 사람을 알아볼 줄 모르지만 오러는 느낄 수 있으니까.

'바실리스크 이전에 나와 라이너 앞에 하라바나가 나타난 건 또 다른 소드 엑스퍼트인 라이너를 타깃으로 오인했기 때문이겠지.'

아리아와 칼에게 바실리스크의 심장 조각을 주면서까지 연구를 부탁하여 내린 결론이었다. 북부는 마수를 조종할 수 있는 것으로도 모자라 마수에게 타깃을 세뇌시킬 수도 있었다.

사냥대회에선 라이너와 레오를 혼동하는 사고가 있었으나, 이번엔 실수하지 않을 것이다.

"소드 마스터를 가장 먼저 죽여라."

파블로프의 얼어붙은 호수 위에서 소드 마스터는 나밖에 없을 테니까.

우직.

"아……."

"조심하세요!"

생각에 빠져 있는 사이, 내 뒤를 쫓아오던 세레논이 나무를 뛰어넘다 말고 삐끗했다. 도약하다 밟고 있던 나뭇가지가 부러져 버린 탓이었다. 다행히 그는 떨어지지 않았지만 나는 놀라서 멈추었다.

"나무들이…… 왜 이렇게 시들었죠? 설마……."

주위를 두리번거린 세레논이 어두운 낯으로 중얼거렸다. 확실히, 인기척에 가까워질수록 나무들의 상태가 가뭄이라도 맞은 듯 비정상적으로 말라 갔다.

'풀엔 그을린 자국이 있고, 바위는 깨져 있고…….'

황폐한 주위를 보며 이마를 짚었다. 염탐꾼의 단말마를 단서로 삼아 추정할 수 있었던 마수들 중 가장 아니길 바랐던 마수와 점점 가까워지고 있었다.

탁.

타오르는 불꽃 가까이 이르렀을 때 오른손 주먹을 꽉 쥐어 보여 멈추라는 수신호를 보냈다. 내 뒤를 따라오던 세레논이 내가 선 두꺼운 나뭇가지 위에 사뿐히 착지했다. 말라비틀어진 나뭇가지가 아슬아슬해 보였으나 부러질 기미는 보이지 않았다.

타닥타닥.

멀리서 보았을 땐 작은 모닥불 같았는데 가까이에서 보니 부두교에서 제사를 드릴 때나 피울 법한 거대한 불길이었다.

그 앞에는 로브를 뒤집어쓴 사람이 계속해서 같은 말을 중얼거리고 있었다. 아무래도 주술사인 것 같았다. 그의 몸 위로는 거대한 그림자가 져 있었다.

"……정말 아니길 바랐는데요. 아직도 그날 일을 악몽으로 꾸거든요."

세레논이 목 졸린 듯 속삭였다. 그의 두 눈은 주술사 앞의 거대한 존재에 고정되어 있었다. 그 또한 잘 아는 마수였다.

　　　　　　　　　　　　　　충직한 검이 되려 했는데 3

"저도 아니길 바랐습니다."

나는 눈빛으로 무언가를 태울 것처럼 대상을 노려보았다.

쉬이익.

미끈한 비늘을 가진 것이 길고 검은 혀를 날름거렸다. 파충류 특유의 세로로 쭉 찢어진 생기 없는 동공이 섬뜩했다.

대재앙이라 불리는 다섯 마수 중 하나인 '뱀들의 왕' 바실리스크였다.

"이 자식들, 완전히 미쳤군요."

나는 완전히 질린 채로 어둠 속을 응시했다. 우리 앞에 있는 마수는 바실리스크 한 마리뿐만이 아니었다.

모습은 큰 독수리이고 날개는 번개처럼 생겼으며 번개와 날씨를 자유자재로 조종한다는 강력한 괴조, '천둥새'.

보통 사람의 발이 닿지 않는 숲에서 사는 데다 개체 수도 극소수라 기록은 있지만 실존 여부가 오리무중인 전설의 새였다.

천둥새는 성향이 독립적이라 인간이 길들이는 건 불가능에 가까우나, 먼저 공격하지 않는 한 덤벼들지 않아 그리 위험하진 않았다. 오히려 악한 것들을 정화하는 신성한 힘이 있어 이로운 동물이었다. 허나 그 천둥새의 시체에 마기가 깃든다면 최악의 괴물이 탄생할 것이다.

키에에엑!

"헉."

세레논이 다급하게 숨을 들이쉬었다.

긴 울음소리는 소음의 영역을 넘어 초음파로 다가왔다. 누군가 뇌를 붙잡고 마구 흔드는 듯한 끔찍한 감각이 일었다.

'빌어먹을. 이건 나도 상대해 본 적 없는 마수인데.'

안 그래도 개체수가 얼마 되지 않는 천둥새에 마기가 깃드는 우연까지 합쳐져야 나오는 마수. 10년을 마수 토벌에 종사한 나조차도 본 적 없을 만큼 희귀했다.

'그것들은…… 정말 끔찍하지. 만나면 살아남을 거란 생각은 버려라. 나도 천운으로 겨우 기어 나왔으니까. 희귀하다는 게 신의 안배다.'

나는 카라쇼에게서 들은 이야기를 떠올리며 지독한 위압감을 풍기는 그것을 찬찬히 살폈다.

한입에 사람 하나를 삼킬 수 있을 것 같은 긴 부리와 징그럽도록 많고 뾰족한 이빨. 불길한 마기로 일렁이는 푸석푸석한 보랏빛 깃털과 폭풍을 일으키는 거대한 날개.

카아악!

울부짖음으로 하늘을 뒤흔들고 날갯짓으로 날씨를 뒤바꾸는 거대한 새. 다섯 대재앙 중 하나인 '뇌우의 군주', 파천새였다.

'미친놈들. 대재앙을 두 마리씩이나 끌고 와?'

나는 머리를 싸맸다. 대재앙 한 마리를 상대하는 것은 자신 있었다. 이미 여러 번 해 봤으니까. 하지만 두 마리부터는 확신이 없었다. 심지어 파천새는 상대해 본 경험도 없는 놈이었다.

"스승님."

내가 심각한 고민에 빠져 있을 때, 세레논이 나를 돌아보았다. 그의 희뿌연 벽안이 달빛을 받아 묘한 섬뜩함을 자아냈다.

"저 주술사, 지금 죽이고 가죠."

죽음을 논하는 그의 얼굴엔 표정 변화조차 없었다.

새삼 깨닫는다. 세레논은 살벌한 궁중 암투 속에서 평생을 버텨 온 사람이라는 걸. 그는 다정하고 선하지만 제국을 위해서는 무엇이든 희생할 수 있는 디에고와 같은 종족이었다. 그는 태어난 순간부터 지배자였다.

"……계획에 없는 일입니다. 우리가 이곳에 있다는 걸 들킬 겁니다."

나는 동요를 보이지 않으려 노력했다. 이제 와서 살인을 하고 싶지 않다는 소리를 할 순 없었다. 최대한 이성적으로, 이치에 맞는 이유를 대어야 했다.

충직한 검이 되려 했는데 3

"융통성은 필요하죠. 소리 없이 죽일 수 있습니다. 여기까지 왔는데 성과가 있어야 하지 않겠습니까."

스르릉.

세레논이 가터에 꽂혀 있던 단검을 조용히 뽑았다. 저걸 주술사의 목에만 명중시키면 주술사는 신음조차 내지 못하고 즉사할 터였다.

번뜩이는 단검 날에 비친 내 두 눈이 희미하게 떨리고 있었다.

"사람을 죽이고 싶지 않으신 거죠."

그의 속삭임에 흠칫했다. 티 나지 않게 잘 숨기고 있다고 생각했건만, 내 착각인 모양이었다.

그가 태연자약하게 웃었다.

"제가 하겠습니다. 눈을 감고 계셔도 좋습니다."

저렇게 쉬이 말할 수 있을 때까지 그는 몇 구의 시체를 봐야 했을까. 오싹함이나 껄끄러움보다는 회의와 걱정이 먼저 밀려왔다.

나는 볼 안쪽을 짓씹다 고개를 젓고는 그의 단검을 부드럽게 낚아챘다.

"아뇨. 제가 하겠습니다."

자신의 손을 더럽히기 싫다는 이유로 다른 이에게 살인을 맡기다니, 그런 건 스승도 아니고 좋은 지도자도 아니며, 선인은 더더욱 아니었다. 그냥 겁쟁이 위선자일 뿐이었다. 언제까지고 도망칠 수는 없었다.

"……무리하지 않으셔도 됩니다."

"제가 해야 합니다."

단검에 마나를 불어넣었다. 어차피 익숙해져야 한다면 최대한 빨리 익숙해지는 게 나았다.

나는 크게 숨을 들이쉬고 주술사의 목에 검 끝을 맞추었다.

내 몸의 일부처럼 휘두르던 검의 위력을 자각한다. 이 날붙이는 마수의 두꺼운 가죽뿐만 아니라 인간의 온기 어린 피부도 찢을 수 있다는 사실을.

나는 희미하게 떨리기 시작하는 손을 으스러져라 쥐었다. 휘몰아치는 폭풍우에 탑승한 사람처럼 속이 울렁거렸다.

'죽일 수 있어.'

도망가고 싶었다. 그러나 도망가서는 안 됐다.

이를 악물고 어깨를 힘껏 젖힐 때.

우지끈!

말라 비틀어져 아슬아슬하던 나뭇가지가 큰 소음을 내며 부러졌다.

쉬이익!

이미 내 손을 떠난 단검이 허공을 가르고 날아갔다.

푸슉!

"크아악!"

갑작스레 추락한 탓에 조준한 궤도가 어긋나 어깨에 단검을 맞은 주술사가 비명을 질렀다. 핏발 선 눈이 우리 쪽을 죽일 듯이 노려보았다.

"침입자다!"

그의 우레 같은 외침과 함께, 숲속은 난장판이 되었다.

쉬이익!

불화살이 번개처럼 쏟아졌다. 아무리 눈이 온 지 얼마 되지 않아 불이 옮겨붙을 가능성이 낮다고 해도 사방이 땔감 천지인 숲속에서 불화살이라니, 정말 막나가는 것 같았다.

"순간 이동 아티팩트! 꺼내세요, 빨리!"

나는 내 얼굴을 향해 날아오는 불화살을 아슬아슬하게 피하고는 주머니에서 아티팩트를 꺼냈다. 갑작스러운 추락으로 착지를 잘못했는지 조금 비틀거린 세레논도 빠르게 아티팩트를 쥐었다.

"텔레포트!"

화악!

비명처럼 동시에 외친 시동어와 함께 그와 내가 쥔 아티팩트에서 빛이 터져 나왔다.

순간 불안정하게 흔들린 광채.

푸슉…….

그러나 아무 일도 일어나지 않았다.

"……이게 왜 안 되는 거지? 텔레포트. 텔레포트!"

세레논이 아티팩트를 흔들며 몇 번이고 시동어를 외웠으나 아티팩트는 불길한 소리를 내며 진동할 뿐 우리를 다른 곳으로 데려다주지는 않았다.

나는 입술을 간지럽히는 쌍욕을 참았다.

"방해 전파의 강도를 올린 게 분명합니다. 너무 안일했습니다."

시안을 반강제로라도 끌고 올걸 그랬다. 나와 세레논의 속도를 못 따라왔겠지만 여차하면 내가 들쳐 업고 뛰기라도 하면 됐는데.

나는 아티팩트가 발동할 거라고 장담한 마법사들을 벌해야 하는지, 그들의 혼신의 역작이 발동하지 않을 만큼 방해 전파를 강하게 흘리는 북부를 욕해야 하는지 잠시 고민했다. 그러나 놈들은 생각할 시간을 주지 않았다. 또다시 불화살이 쏟아지기 시작했다.

"이제 어떡하죠?"

세레논이 다급하게 나를 돌아보았다.

나는 불화살이 날아오는 방향을 바라보았다.

저 방향이 강이 있는 곳일 터. 강 앞에는 북부군이 진을 치고 있었다.

저곳으로 가는 건 호랑이 굴에 들어가다 못해 머리 위로 소스를 덧발라 호랑이 입에 머리를 쑤셔 넣는 것과 다름없었다.

"……두 가지 방법을 제시해 보겠습니다."

"보통 이런 건 두 번째를 선택하게 되던데요."

키 큰 나무 뒤에 등을 기대고 숨은 내 옆에 덩달아 몸을 숨긴 세레논이 체념한 투로 중얼거렸다.

"첫째. 방해 전파가 약해지길 기다리며 이 숲에서 기약 없이 버틴다."

그들의 마법 기술은 대단했으나 아무리 그래도 이 정도로 강한 방해 전파를 계속 흘리고 있는 건 불가능했다. 무조건 기다리고 보는 건 무식하지만 안전한 방법이었다.

"두 번째는요?"

나는 턱 끝으로 북부군들을 가리켰다.

"북부군의 진지를 뚫고 나가서 얼어붙은 강을 건넌다."

정면 돌파를 넘어 정면 부수기에 가까운 방법이었다.

"……첫 번째는 천천히 죽기, 두 번째는 바로 죽기 아닙니까?"

"긍정적으로 생각하죠. 첫 번째는 회유책이고 두 번째는 강경책인 걸로."

세레논이 어이없다는 표정으로 나를 바라보았다.

"스승님."

"네."

"이미 뜰 준비를 마치셨으면서 묻긴 왜 물어보시는 겁니까?"

쉬이익…….

내 발 부근으로 소용돌이가 피어올랐다. 나는 그의 눈을 피했다.

"모든 일에 절차라는 게 있으니…… 저하 의견도 존중할 생각이었습니다."

내가 들어도 변명 같은 말투였다.

실소를 터트린 세레논이 달릴 자세를 잡았다.

"어차피 이러나저러나 죽는다면 전 개겨 보다 죽겠습니다."

황자치고는 상당히 저렴한 어휘가 귀에 제대로 박혔다.

나는 피식 웃었다.

"안 죽습니다."

어느새 불화살 세례가 멈추고 살의를 띤 인기척이 점점 더 가까워졌다. 나는

충직한 검이 되려 했는데 3

문득 데자뷔를 느꼈다.

'오늘은 아닙니다. 오늘은, 아무도 죽지 않습니다. 제가 그렇게 하겠습니다. 그러니 제 말을 따라 주세요.'

세레논과 함께 바실리스크를 마주했을 때 그에게 단언했다. 적어도 내 눈앞에서는 아무도 죽지 않게 할 거라고.

무어라 말하려는데, 그가 더 빨랐다.

"압니다. 오늘은 죽지 않게 해 주실 거죠?"

쉬이익.

그가 두 발에 마나를 둘렀다.

"그 말, 내일도 해 주세요. 전 내일도 살고 싶거든요."

세레논은 내 치기 어린 한마디가 마법 주문이라도 되는 것처럼 나를 향해 싱긋 웃어 보였다. 나는 잠시 그를 마주 보다 고개를 끄덕이며 힘주어 신호했다.

"가죠!"

팟!

나와 세레논은 동시에 자리를 박차고 올라 북부군이 있는 쪽으로 달려가기 시작했다.

"뭐, 뭐야!"

"힐다 님, 저기!"

저돌적인 기세에 우릴 잡으러 몰려오던 북부군이 되레 멈칫했다. 나는 혼비백산한 그들을 무시하며 힘껏 도망쳤다.

"전군 말머리를 돌려라! 계속 추격하라!"

쉬익!

힐다의 찢어질 듯한 목소리와 함께 우리에게로 화살이 쏟아졌다. 불화살은 자기들 막사에 불이 날 위험이 있어 더 이상 사용하지 않는 것 같았다.

얼마 달리지 않아 막사들의 실루엣이 보이기 시작했다.

"도착한 뒤엔 어떻게 합니까!"

새찬 바람 소리 때문에 빽빽 소리를 질러야 겨우 들렸다. 세레논의 하이 톤에 나도 목소리를 높여 답했다.

"가자마자 호수를 건너는 겁니다! 바로 달려요!"

탁!

나와 세레논은 드디어 어두운 숲속을 벗어났다.

"다, 다들 깨어나라! 침입자다! 미르다!"

늦은 밤인데도 깨어 있던 몇몇 병사들이 나와 눈이 마주치자마자 비명을 질렀다. 나는 검을 세차게 발도했다.

'어차피 위험도는 거기서 거기인 것 같으니까, 이왕 이렇게 들킨 거 난장판을 만들고 가자.'

수정할 수 없을 만큼 망했을 땐 억지로 이어 붙여 허접하게 회생시키는 것보다는 완전히 망쳐 버리는 편이 나았다.

쉬이익!

"그래, 내가 미르다!"

쾅!

나는 막사를 향해 거침없이 오러를 날렸다.

"으아아악!"

"다들 도망가! 피해라!"

막사들이 와르르 무너지고, 북부군의 진지가 난장판이 되었다. 무분별한 테러를 일삼는 테러리스트가 된 기분이었다.

'나쁘지 않은데?'

왜 테러를 하고 다니는지 조금 알 것 같았다.

쾅!

거대한 파이어볼이 내 몸 옆에 떨어지는 것을 빠르게 피한 나는 뒤를 돌아보았다.

"카슈미르 크리시스—! 다들 뛰어들어서 잡아!"

우리를 쫓아 숲으로 들어왔다가 다시 나온 힐다가 야차 같은 얼굴로 우리를 쫓았다. 그녀의 잿빛 두 눈이 미친 사람처럼 번뜩이고 있었다.

"더 빨리 달려요!"

텐트의 천장을 밟으며 날듯이 도약한 나는 세레논을 재촉했다. 여기서 북부군과 싸우면 2대 수백의 싸움이었다. 당연히 우리가 졌다. 잠들어 있던 북부군이 깨어나 전투태세를 갖추기 전에 도망쳐야 했다.

탁, 탁, 탁.

슬슬 호수가 보이기 시작했다. 밤을 맞이한 호수는 나와 세레논 정도는 거뜬히 건널 수 있을 정도로 얼어 있었다.

'이대로 건너기만 하면…….'

모든 게 잘 되어가는 것 같았으나, 행운의 신은 계속 우리의 손을 들어주진 않았다.

푸슉.

"큭!"

"저하!"

살이 뚫리는 소름 끼치는 소리와 함께 세레논이 단말마를 뱉으며 풀썩 쓰러졌다. 나는 눈을 크게 뜨고 그를 살폈다.

'젠장. 정확히 다리 근육을 끊었어.'

그가 미처 피하지 못한 화살이 그의 종아리를 꿰뚫고 있었다. 목숨이 위험하진 않겠지만 이동은 불가능할 것 같았다.

그 와중에도 공격은 계속 쏟아졌고, 우리를 추격하는 북부군은 점점 가까워지고 있었다.

나는 세레논과 북부군을 초조하게 번갈아 보다 결정을 내렸다.

"……저하. 저 황족 모독죄로 잡아넣으시면 안 됩니다."

"네? 아니, 무, 무슨!"

내 속삭임과 같은 말에 어리둥절하던 세레논이 기겁하며 발버둥 쳤다. 내가 그를 감자 포대 지듯 어깨에 실은 탓이었다.

"죄송합니다. 하지만 사람 목숨이 더 중요하잖습니까."

"그래도 이게 무슨……! 차라리 업어 주세요! 왜 하필……!"

"옵니다!"

탁, 파앗!

나는 그새 가까이 다가온 적들을 확인하고는 세레논의 말을 못 들은 척 넘기고 허공으로 도약해 달리기 시작했다.

'처음부터 이렇게 할걸.'

세레논의 속도를 맞춰 주느라 내게는 여유롭다는 감이 있었는데, 내 속도에 그를 맞추니 아주 만족스러웠다. 비록 탑승한 지 얼마 안 된 세레논이 헛구역질을 하긴 했지만.

'강이다!'

그 난리 끝에 다다른, 얼어붙은 시딘의 강은 이 상황에 어울리지 않을 만큼 아름다웠다.

탁.

나는 사뿐히, 그리고 빠르게 시딘 강 위로 발을 올렸다.

"마법진을 전개해라! 쏴! 무조건 붙잡아!"

힐다가 목에 핏대를 세우며 소리쳤다. 제 입까지 들어온 탐스러운 먹이들을 보내 주려니 여간 분한 게 아닐 터였다. 게다가 몰래 도망치는 것도 아니고 대문으로 당당히 나가고 있다면 말이다.

"하, 하지만 이 이상은 얼음이 깨질 염려가 있습니다!"

힐다 옆을 지키고 있던 마법사가 안절부절못했다. 빠르게 도망가면서도 북부

　　　　　　　　　　　　　　　　　충직한 검이 되려 했는데 3

군의 상황을 착실히 듣고 있던 나는 깨달았다.

'내가 빠질 걸 걱정하는 건 아닐 테고…… 이곳을 북부의 대군이 건너오려면 얼음을 두껍게 얼려야 하니 그 이전에 손상이 가면 안 되는 건가 보군.'

더는 쫓으라고 하지 못하고 나와 세레논을 죽일 듯이 바라보고 있는 힐다를 보아 정답인 듯했다.

이미 강을 반쯤 건넌 지금, 우리를 공격한다면 우리 측은 전쟁 선포로 받아들일 터인데 그들은 아직 전쟁 준비가 끝나지 않은 것 같았다. 지금 우리를 쫓아서야 그들의 손해가 더 컸다.

"이리로 오십쇼!"

강 건너편에서 기차 화통을 삶아 먹은 것처럼 커다란 목소리가 들려왔다. 익숙한 목소리였다.

"유니스 셜리 경."

아티팩트 오작동으로 이렇게 건너온다는 사실도 모를 텐데 어떻게 눈치를 챘는지, 그가 강 건너편에서 기다리고 있었다.

탁, 타닥!

나는 더더욱 속력을 올리기 시작했다. 빠른 속도로 달리는 내 발에 밟히는 시린 얼음판은 무척이나 단단했다.

"스, 스승님, 조금, 만, 천천히…… 우욱……."

"조금만 버티세요!"

세레논이 또 헛구역질을 했다. 그 모습에 마음이 약해졌으나 차라리 빨리 데려다주는 게 나을 것 같다는 생각에 모르는 척 외면했다.

"지휘관님! 황자 저하!"

탓.

숨이 차오르는 도망 끝에, 마침내 육지에 다다랐다.

"미치겠네, 돌아는 와서 다행인데 그렇다고 누가 진짜 다쳐 오랬어요! 아! 진짜 쓸모없어!"

뒤에서 대기하고 있던 율리안이 불쑥 튀어나와서는 세레논에게 삿대질했다. 다른 이의 도움을 받아 누운 세레논은 반박할 힘도 없는 듯 살짝 눈을 감았다.

"많은 일이 있었다는 건 충분히 알겠습니다. 나중에 물을 테니 우선 치료부터 하십시오!"

세레논의 부상으로 다들 시끄러웠다. 그 가운데에서 버티고 선 나는 강 건너편의 인영을 응시했다.

힐다 베르토. 내가 남긴 실수. 먼 거리임에도 눈이 마주쳤다는 착각이 일었다. 그녀가 풍기는 살기는 강 건너편 이곳에까지 느껴질 정도였다.

나는 히죽 웃으며 검을 쳐들었다.

"지휘관님, 뭐, 뭐, 하는…….'

콰직!

그리고 오러를 듬뿍 덧씌운 검으로 얼어붙은 강의 표면을 꿰뚫었다. 얼음이 산산이 깨지고, 진동의 여파처럼 금이 사방으로 퍼져 나가기 시작했다.

그녀를 향한 도발이자 방해였다.

힐다의 눈에 격노한 빛이 스쳤다. 정확히는 알 수 없었지만 흐릿한 입 모양을 보아 욕을 한 것 같았다. 나는 그 모습을 묵묵히 지켜보다 그녀를 향해 가운뎃손가락을 고상하게 내밀어 주었다.

'반드시 이겨 주마.'

굳은 결심과 함께였다.

부스럭—

작은 인기척에 무의식을 표류하던 정신이 퍼뜩 고개를 들었다.

'암살자인가.'

나는 자다가 일어나 몽롱한 머릿속을 애써 정리하며 이불 속에 숨겨 두었던 검의 손잡이를 조용히 붙잡았다.

스르릉!

그리고 인기척이 내 침대 가까이까지 다가왔을 때, 번쩍 눈을 뜨며 검을 뽑아 침입자에게 겨누었다.

"어."

"……살면서 처음으로 경험해 보는 신선한 아침 인사군요. 북부군 기지에서 배워 오신 겁니까?"

얼빠진 탄식을 내뱉었을까, 침입자는 갑자기 목에 검이 겨누어졌는데도 미세하게 좁힌 미간을 제외하고는 표정 변화가 없었다. 그저 들고 있던 산더미 같은 서류를 내 침대 옆 협탁에 내려놓을 뿐이었다.

"부관 조나단 에이머리입니다. 진부한 아침 인사는 생략하겠습니다. 지휘관님도 저도 그리 좋은 아침은 아닌 것 같으니. 보고할 것이 많습니다."

어느 때보다 피곤해 보이는 조나단은 답지 않게 농담 같은 말을—흉흉한 기세를 보면 농담은 결코 아닌 것 같았지만—내뱉으며 내 곁에 섰다.

"너무 정 없군. 인사 정도는 하자고. 좋은 아침이다."

나는 머쓱하게 검을 거두며 아무 말이나 내뱉었다.

잠시 빛 한 점 들지 않는 그림자 진 흑안으로 나를 응시한 그는—이때 조금 소름 끼쳤다— 짧게 한숨을 쉬었다.

"몸은 괜찮으십니까?"

"멀쩡해. 오래 잔 것 같은데, 지금 몇 시지?"

나는 사방으로 뻗은 긴 머리를 대충 정리하고는 눈을 비볐다. 그가 품에서 회중시계를 꺼내 확인했다.

"오후 1시입니다. 많이 피곤하신 것 같아 깨우지 않았습니다."

원래 해가 뜨기 전에도 본능적으로 눈을 뜨곤 했는데, 이렇게 늦게까지 잔 걸 보아 몸이 지치긴 했던 모양이다.

나는 신음을 뱉으며 침대 헤드에 등을 기대었다.

"……어제부터 그대가 고생이 많군. 황자 저하는 괜찮으신가?"

"아직 깨어나진 않으셨지만 몸은 문제없으십니다."

'에휴…… 나 없었으면 어쩔 뻔했어? 어쩌긴 뭘 어째. 가정이 무너지고 사회가 무너지고 나라가 무너지고 대륙이 무너지고…….'

'저 그냥 치료 안 받으면 안 됩니까? 차라리 죽고 말겠습니다.'

나는 죽어 가던 사람이라도 살린 듯 생색이란 생색은 다 내던 율리안과 그에게 치료를 받는다는 사실에 혀 깨물고 죽고 싶어 하던 세레논을 떠올렸다.

화살에 다친 다리를 치료받는 것까진 확인했으니 별문제 없다면 오늘 안에 무리 없이 깨어날 터였다.

"아침 보고 부탁하지."

힘차게 침대에서 일어난 나는 제복 재킷을 걸쳐 입었다.

또 하루의 시작이었다.

"아티팩트가 발동하지 않았던 거군요. 조금 불안하긴 했는데…… 감을 무시해선 안 됐습니다."

또다시 시작된 회의. 유니스가 자책하듯 미간을 짚었다. 나는 고개를 저었다.

"어차피 마법사를 선출할 때 자원하는 사람이 없었을 겁니다. 숲 수색 과정에서도 짐만 됐을 거고요. 이렇게 둘 다 무사히 돌아왔으니 되지 않았습니까."

세레논이 다치긴 했지만 율리안이 치료했으니 문제가 생길 리 없다. 나는 잠시 생각을 하다 고개를 기울였다.

충직한 검이 되려 했는데 3

"그런데 저희 계획이 실패할 거라는 걸 미리 알고 계셨습니까? 어떻게 강가 앞에 나와 계셨죠?"

어제부터 궁금했는데 정신이 없어서 미처 묻지 못한 부분이었다. 유니스가 살짝 미소 지었다.

"예정보다 도착이 늦어져 이상하다고 생각하고는 있었습니다만, 지원군의 기사가 달려와 전해 주더군요. 계속 강 너머를 확인하고 있었던 모양입니다."

나는 그의 시선이 향하는 곳으로 고개를 돌렸다.

"……당연한 일을 했을 뿐입니다."

그곳엔 무뚝뚝한 표정의 카시아가 서 있었다.

"헤엥. 어제 주인 기다리는 개처럼 강 너머만 바라보면서 대체 언제 오시는 거냐고 1분에 한 번씩 물어봤으면서 되게 무뚝뚝한 척하네요."

턱을 괴고 앉은 율리안이 실실 웃었다. 그 한마디에 귓가가 순식간에 붉어진 카시아는 눈을 사납게 치켜떴다.

"그 질문에 꼬박꼬박 답해 준 게 대신관님이었잖습니까. 같이 기다렸으면서 이러깁니까? 얼마나 산만하게 다리를 떠시던지 혼자 지진 난 땅 위에 서 계신 줄 알았습니다."

"하! 저는 기다리기 싫었거든요? 그런데 교황 성하 명령으로! 어쩔 수 없이! 손난로로서의 본분을 다한 것뿐이에요! 당신, 교황 만나 봤어요? 명령 안 들으면 얼마나 고약하게 구는지 알아요?"

"평민 기사 나부랭이가 교황 성하를 어떻게 만납니까? 지금 자랑하는 겁니까?"

카시아와 율리안이 작은 목소리로 티격태격했다. 자기들 딴엔 안 들린다고 생각하고 그러는 것 같았지만 회의장이 조용했기에 뭐라고 시부렁거리는지 다 울려 퍼졌다.

'율리안은 카시아랑도 사이가 안 좋네.'

세레논이랑만 별로인 줄 알았건만. 이제 보니 그냥 주둥이로 매를 벌고 다녔다. 안 해도 되는 말을 굳이 해서 재앙을 불러들이는 게 습관인 듯했다.

나는 해탈한 눈으로 두 사람을 바라보다 고개를 돌리고는 본론으로 돌아갔다.

"북부군이 데려온 마수를 확인했습니다."

두 사람의 만담 같은 말다툼에 조금 풀어졌던 회의장 내 분위기가 다시 가라앉았다. 유니스가 얼굴을 굳혔다.

"마수에 대해선 충분히 공부해 뒀습니다. 무슨 종류입니까? 혹시 수가 많습니까?"

"수는 적습니다. 단 둘이니까요."

그 둘이 용과 호랑이급이라 문제지만.

순간 유니스의 두 눈에 희망이 도는 것을 본 나는 그가 본격적으로 기대하기 전에 재빨리 말을 이었다.

"북부가 끌고 온 마수는 바실리스크와 파천새입니다."

이 한마디에 장내로 거대한 파문이 퍼졌다.

"그건 대재앙들 아닙니까?"

유니스가 당황한 듯 눈을 크게 떴다. 나는 짧게 한숨을 쉬었다.

"네. 바실리스크는 두 번 상대해 본 적 있어서 약점이나 성향을 알고 있습니다만…… 파천새는 저도 처음입니다."

이게 가장 큰 문제였다.

신이 공평함을 증명하듯, 대재앙들은 하나같이 약점을 가지고 있었다. '깊은 숲속의 고요한 폭군' 하라바나는 입안이 약점이었고, '뱀들의 왕' 바실리스크는 체력이 약했다. 그럼 '뇌우의 군주' 파천새는?

"파천새는 공략 방법이 없는 겁니까?"

유니스가 심각한 표정으로 물을 때, 나는 과거를 회상했다.

'스승님은 역시 대단하세요. 대체 어떻게 그런 괴물에게서 살아남으신 겁니

까?'

'대단하다고 칭송받을 정도는 아니다. 우연의 연속으로 겨우 빠져나왔거든.'

나는 고개를 들어 장내를 천천히 둘러보았다.

"방법이…… 있긴 합니다."

내 시선이 한곳에 멈췄다.

'파천새의 약점은…….'

카라쇼. 그녀는 죽어서도 내게 도움이 되고 있었다.

·—ᆞᆞ꧁❖꧂ᆞᆞ—·

북부군의 진지를 정면 돌파한 사건으로부터 일주일이 지났다. 그간 북부군과 우리는 강을 사이에 두고 한층 진정된 듯하면서도 폭풍전야로 싸늘하던 분위기가 점점 더 고조되고 있었다.

"다리는 완전히 나으신 겁니까?"

"빨리 달리면 절뚝거리지만 이 정도는 문제없습니다."

세레논이 의기양양하게 제 다리를 빙빙 돌려 보이며 씨익 웃었다.

율리안이 신성력으로 매일 치유해 줬기 때문인지―한 번 고쳐 주고 더는 저 인간 치료하지 않겠다는 걸 어르고 달래서 계속 시켰다―그는 금방 나았다. 세레논은 자연 치유 속도가 빨라서 그런 거라고 박박 우겼지만.

"그나저나 요새는 조용하군요."

세레논이 강 건너편을 물끄러미 바라보았다.

서서히 노을이 지는 시간대.

그날 이후 매일 하루의 일과처럼 아침마다 강에 낀 얼음을 깨기 시작해―왜인지 병사들이 모두 나와 구경해서 상당히 부담스러워졌다―지금은 잔물결만 은은히 일어나는 수면 위로 붉은빛이 번져 있었다.

"그래서 더 불안합니다. 대체 뭘 꾸미고 있는 건지."

옆에서 땀을 흘리며 검술 훈련을 하고 있던 카시아가 자연스레 대화에 참여했다. 나는 서늘하게 눈빛을 가라앉혔다.

"우리가 경계를 풀기를 기다리고 있는 걸지도 모릅니다. 긴장을 놓아선 안 되겠죠. 병사들의 훈련은 잘 되고 있습니까?"

두 대재앙의 습성과 행동 방식, 약점까지 모든 걸 그러모아 짠 훈련 계획표대로 병사들의 훈련을 주도하고 있는 건 세레논과 카시아였다.

내가 훈련관까지 맡을 시간은 안 되어 두 사람에게 맡겼건만, 두 사람은 기대 이상으로 잘해 주고 있었다.

"시간이 촉박해 속성으로 하고 있는데 따라오질 못하더군요."

"카시아 경은 빨라도 너무 빠릅니다. 우린 그걸 속성이 아니라 폭주기관차라고 말합니다."

허나 둘 사이에서 훈련에 대한 의견 마찰이 있는지 아옹다옹할 때가 잦았다. 이곳에 파견 온 동안 율리안과 카시아, 세레논은 정석적으로 친해지진 않았지만 끈끈히 정이 든 것 같았다. 나는 피식 웃고는 두 사람에게 손짓했다.

"그만하고 이만 들어가죠. 훈련도 과하게 하면 안 좋습니다."

"하루 9시간 훈련하시는 지휘관님이 하실 말씀은 아닐 텐데요."

"……전 소드 마스터잖습니까."

"허, 소드 마스터가 권력……이긴 하죠. 할 말 없게 만드시는군요."

세레논이 헛웃음을 뱉었다. 가벼운 대화를 주고받으며 셋이서 막사 쪽으로 발걸음을 옮길 때였다.

"지, 지휘관님!"

등 뒤로 다급한 목소리와 함께 병사가 달려왔다. 강 쪽을 망보고 있던 병사였다. 나는 순식간에 얼굴을 굳혔다.

"무슨 일이지?"

숨을 헉헉 몰아쉬는 병사를 재촉하자, 그가 말을 이었다.

"북부군이, 움직이기 시작했습니다!"

나는 하늘을 올려다보았다. 어느새 붉던 노을이 잦아들고 저녁 어스름이 하늘을 덮었다. 기온은 서늘해졌고, 주위는 점점 어두워졌다.

그들을 위한 밤이 오고 있었다.

"……당장 유니스 사령관에게 알리고 전군 소집령을 내려라!"

"네, 네!"

허둥거리던 병사가 막사 쪽으로 달려갔다. 잠시 시선을 교환한 우리 셋은 짠 것처럼 동시에 강으로 달려가기 시작했다.

탁.

도착한 나는 굳은 표정으로 강의 표면을 내려다보았다.

쩌저적.

당장 오늘 아침에 깨뜨렸던 강이 서서히 얼고 있었다.

'끽해야 살얼음 정도로 얼어 있었을 텐데…… 그걸 얼릴 생각을 하다니 단단히 각오한 모양이군.'

강 전체를 얼리려면 대마법사 정도는 와야 하건만, 그들은 마법사들을 갈아서라도 오늘 결판을 내려는 것 같았다.

스르릉.

우리 병사들이 빠르게 소집되고 유니스가 달려와 내 곁에 설 때, 나는 천천히 검을 뽑았다.

"전군, 출전을 준비하라."

전쟁의 시작이었다.

둥둥둥—

커다란 북소리가 시딘의 강을 에워싸듯 울려 퍼졌다. 소리는 사람의 공포심과 긴장감을 조성하는 데 큰 역할을 했다.

나는 병사들을 돌아보았다.

첫 번째 정식 전투라 다들 긴장한 기색이 역력했다. 검을 든 손은 떨리고, 눈동자는 흔들렸다. 병사들은 바람 앞의 촛불처럼 위태로워 보였다.

펄럭.

해질녘의 차가운 바람이 온몸을 휘감았고, 새하얀 설원을 등진 내 뒤로 푸른 빛 망토가 물결치듯 나부끼는 게 느껴졌다. 헬리오스가 선물한 망토였다.

나는 천천히 입을 열었다.

"두렵겠지. 대재앙을 상대하는 건 불가능하다 생각하고 있을지도 모른다."

어떤 병사들은 미미하게 고개를 끄덕였고, 또 어떤 병사들은 내 눈을 피해 고개를 돌렸다.

"하지만 잊지 마라."

쉬이익—

은빛 검날 위로 난폭한 검은 오러를 덧씌웠다.

"너희에게도 재앙이 있다."

검은 재앙. 내 이명이었다.

역시 사람 일은 모르는 법이다. 첫 살인을 하며 발현했던 오러로 누군가를 지키게 되었음이 기묘했다.

빙하처럼 얼어붙은 시딘의 강. 북부군이 빙판을 밟고 빠른 속도로 몰려오고 있었다.

나는 씨익 웃으며 첫발을 뗐다.

"가자."

와아아!

　　　　　　　　　　　충직한 검이 되려 했는데 3

큰 고함이 터져 나오고, 내 도약과 함께 병사들이 강으로 돌진했다.

쿵! 쿵!

병사들의 구둣발에 짓밟힌 강이 뒤흔들렸다. 그러면서도 깨질 기미는 보이지 않는 것을 보면 단단히도 얼린 듯했다.

나는 빠르게 달리며 주위를 살폈다.

'대재앙들은 보이지 않아.'

히든카드라 아직 꺼낼 생각이 없는 건지, 눈에 보이는 건 북부군의 병사들뿐이었다.

'뭐, 우리 쪽도 히든카드는 안 꺼냈으니까.'

나는 내 귀의 귀걸이를 꾹 눌렀다.

"아직 대재앙들은 나오지 않았습니다. 지시가 떨어질 때까지 대기하세요."

-네, 네. 얌전히 있습니다.

남자의 미성 섞인 쾌활한 목소리가 익숙하게 귀에 감겼다.

-알차게도 써먹으시네요. 급여 줘야 하는 거 아니야? 착취다, 착취.

우리 쪽의 히든카드는 율리안이었다.

"카시아! 부탁하겠습니다!"

"맡겨 주십시오."

내 옆에서 달리던 카시아가 눈을 이글거리며 나를 앞질러 달려갔다.

휙.

그리고 증발되듯 눈앞에서 사라졌다.

그녀는 다시 한번 마수를 조종하는 주술사를 찾는 일을 맡았다.

이번에는 성공할 거라 몇 번이고 다짐하며—말리면 사람을 때려죽일 기세기에 얌전히 수긍해 주었다—몸을 투명하게 만들어 주는 마도구를 받아 갔다.

"세레논 저하!"

"네!"

우리는 동시에 검을 휘둘렀다.

쉬이이익!

은색과 검은색의 오러가 거대한 아치 형태를 이루며 적들에게로 날아갔다. 전쟁이 축제라면 축제의 시작을 알리는 나팔 같은 공격이었다.

"방어막을 펼쳐라!"

멀리서 들려오는 힐다의 날카로운 외침과 함께, 강 위로 솟아난 반투명한 보호막이 세레논과 나의 오러를 힘겹게 막아 냈다.

"셜리 경!"

"네!"

내 부름에 박차고 나간 유니스가 북부군을 향해 창끝을 겨누었다.

"전군, 대형을 갖춰라!"

그의 지휘에 군사들이 각을 맞춰 날개 같은 형태를 이루었다. 보병의 수는 우리가 압도적으로 많았으니, 북부군을 에워쌀 생각이었다.

탁, 탁, 탁!

그동안 나는 선두를 향해 박차고 달려갔다. 말을 타야 지휘관으로서의 위엄이 살겠으나, 빙판 위에서 말을 타는 건 위험했다.

작전 회의 때 유니스가 군을 통솔하고, 나는 선봉에 서서 길을 뚫는 것으로 역할을 나누었던 그대로였다.

빙판 위를 미끄러지듯 빠르게 질주하던 찰나, 머리 위로 거대한 그림자가 드리워지기 시작했다.

"……작전상 나중으로 미룬 건가 했는데, 그냥 주인공이라 늦게 등장하는 거였군요."

세레논이 긴장감 어린 목소리로 중얼거렸다. 나는 하늘을 노려보았다.

키에에엑!

하늘을 찢을 듯 터져 나오는 울음소리.

충직한 검이 되려 했는데 3

많은 이들이 괴로워하며 귀를 틀어막았다. 펄럭이는 보랏빛 날개가 폭풍을 일으켰다.

'뇌우의 군주', 파천새였다.

-먹구름이 끼기 시작합니다.

귀걸이를 통해 착잡함이 묻어나는 유니스의 목소리가 울려 퍼졌다. 푸르던 하늘은 어두워지다 못해 칙칙해져 가고 있었다.

"파천새로 기온을 낮추어 마법사들이 소비하는 마력을 절약하려는 게 분명합니다."

어렵지 않게 예상할 수 있었다.

그 자체로도 강한데 날씨까지 조정한다니, 신은 파천새를 만들 때 밸런스 조절 과정을 거치지 않았음이 분명했다.

촤아악!

"미르다!"

쉬지 않고 달리며 적의 진영으로 들어서자 적들이 나와 세레논을 집중적으로 공격했다. 그에 굴하지 않고 더욱더 속력을 가하며 불도저처럼 목표물을 향해 질주했다.

누가 보면 미쳤다고 할 법한 이 상황은 모두 철저하게 짠 작전 아래 이루어지고 있었다.

"스승님! 힐다 베스토는 우측입니다."

플랜 A. '대가리부터 자르기'였다.

"히, 힐다님! 저기!"

사령관답게 그럴듯한 사령탑에 올라 호위대의 보호를 받고 있던 힐다가 우리를 발견하고는 눈을 부릅떴다.

나는 표정을 험악하게 일그러뜨리는 그녀를 향해 되레 웃어 주었다.

"반으로 갈라 주러 왔다, 힐다 베스토!"

한 번 뱉은 말은 지켜야 하지 않겠는가.

망설임 없이 그녀에게로 오러를 날렸다.

"위험합니다!"

힐다의 옆에 서 있던 부관이 몸을 던져 힐다를 밀쳤다. 힐다는 빙판으로 굴러 떨어지고, 사령탑만 반토막 났다.

"비겁하게 도망치는 건가!"

부러 언성을 높여 말하니 북부군들이 힐끗 힐다 쪽을 돌아보았다. 넘어져 있는 힐다는 병사들의 사기를 깎기에 딱 좋았다.

"웃기는 소리! 전군, 물러서지 마라!"

황급히 일어나서 마법사들의 보호막 뒤에 선 힐다가 목에 핏대를 세우며 외쳤다.

나는 세레논의 엄호를 받으며 다시금 그녀에게 달려들었다. 검을 휘두르는 순간 그녀와 눈이 마주쳤다.

"이만 그 잘난 요르하로 꺼져라!"

"텔레포트!"

촤아악!

내 오러와 순간 이동의 섬광은 동시에 터져 나왔다. 초승달 모양의 암흑은 애꿎은 빙판만 길게 갈랐다.

'기운이 완전히 사라졌어. 멀리도 도망갔군.'

나는 볼 안쪽을 짓씹으며 귀걸이를 꾹 눌렀다.

"힐다 베스토 도주. 플랜 A 실패했습니다. 플랜 B로 진행합니다."

북부군만 전쟁을 준비한 게 아니다. 우리도 이 순간을 치밀하게 대비하고 있었다.

"시안! 들리나? 현재 위치는?"

귀걸이를 몇 번 두드리자 치직하는 소리와 함께 통신 위치가 달라졌다. 추운

지 짧게 기침을 뱉은 시안이 뒤늦게 답했다.

-네! 여기는 주술사 탐색조! 시딘 강 3분의 2쯤 건너왔습니다!

플랜 B. '주술사 처단하기'였다.

북부군에게 주술사는 핵심적인 무기였다.

애초에 그들이 파블로프 지역으로 올 수 있었던 것이 강을 얼릴 수 있을 만큼 많은 주술사들이 있었기 때문이었다. 그들을 미리 해결해 두면 전투가 한결 쉬워질 것이 분명했다.

"마법사로 추정되는 이들이 보이나?"

-지휘관님이 말씀하신 대로 불길한 기운을 추격하고는 있습니다만, 한 곳이 아니라 여러 곳에 배치한 것 같습니다! 기운이 사방에 퍼져 있습니다! 보병들과 복장도 똑같은 것 같습니다!

우리의 계획을 예상하고 주술사들을 일반 병사들 사이에 섞어 둔 모양이었다.

나는 혀를 찼다.

'불행이자 다행은 북부군의 마법사들은 모두 흑마법을 사용하는 주술사들이라는 거겠지. 그래서 보통 마법사들보다 훨씬 강하지만 그만큼 기운이 독특하니 쉽게 찾을 수 있을 거야.'

흑마법은 양날의 검이었다.

나는 벌떼처럼 몰려드는 북부군들을 가볍게 피해 뛰어올랐다.

"나도 주술사 탐색조에 합류하지. 정확한 위치를……!"

번쩍!

그 찰나의 움직임은 본능이라고 설명할 수밖에 없었다.

오랜만에 목덜미가 서늘하단 느낌을 받은 나는 조금 전 서 있던 곳을 곁눈질했다.

"……합류는, 어렵겠군."

치이익…….

빛의 속도로 떨어진 낙뢰의 잔류가 살벌한 소리를 내며 빙판 위에서 지글거렸다.

파천새의 낙뢰가 일반 낙뢰가 아니라서 다행이었다. 정말 순수한 벼락이었다면 잔류가 빙판을 타고 사방으로 퍼져 북부군이고 우리 군이고 다 감전이 되었을지도 몰랐다.

─괜찮으십니까?

시안의 다급한 목소리가 귀를 따갑게 울리는 가운데, 나는 하늘을 올려다보며 검을 다잡았다.

"파천새가 나를 표적으로 삼았다고 모두에게 전달해라."

키에에에엑!

입에서 번개를 뱉는 미친 새대가리가 푸석한 보랏빛 날개를 펄럭이며 저돌적으로 날아왔다.

"파천새부터 처리하고 합류하겠다! 주술사를 선별해 처단하고 있도록!"

─네!

초음파처럼 울리는 울음소리에 묻히지 않도록 우렁차게 소리를 질러 명령을 전달한 나는 나를 엄호하고 있는 세레논을 돌아보았다.

"저하! 먼저 가서 주술사 탐색조와 합류하세요!"

"스승님 혼자는 위험합니다!"

"저 미친 닭대가리부터 자르고 가겠습니다. 빨리 가요!"

적진 한복판에 나만 두고 가는 것이 걸리는 듯 얼굴을 일그러뜨리던 세레논은 내 단호한 명령에 결국 순응했다.

나는 그가 북부군을 뚫고 주술사 탐색조에게로 가는 것을 확인한 뒤, 귀걸이를 톡톡 두드렸다.

"시간이 됐습니다."

─대신관 율리안, 꿰다 놓은 보릿자루처럼 대기 중입니다.

"준비되셨습니까?"

휘이잉—

거대한 날개가 일으킨 바람으로 인해 머리카락과 망토가 휘날렸다.

내 주위에 있던 이들이 사방으로 피하는 가운데, 나만 꿋꿋이 그 자리에 서 있었다.

-네. 이번엔 주문 안 잊어요. 전보다 훨씬 간단하기도 하고!

쉬이익!

나는 율리안의 자신만만한 대답을 배경음 삼아 검을 휘둘렀다.

키에에엑!

파천새가 검은 오러를 피해 저공비행했다. 반응 속도가 귀신같았다.

카가가각!

검날처럼 날카로운 부리가 빙판 위를 긁었다. 나는 질린 표정을 지으며 자리를 박차 올랐다.

'이거 마약 먹인 거 아니야?'

물불 안 가리고 몸통 박치기 하듯 달려드는 파천새는 대마법사의 메테오만큼이나 위협적으로 느껴졌다.

나는 미끄러지듯 빙판 위에 착지하며 하늘을 올려다보았다. 파천새의 통치 아래에 놓인 하늘은 어느새 굵은 눈송이를 뱉고 있었다.

북부에서 살며 추위에 익숙해질 대로 익숙해졌을 북부인들과 다르게 우리 군은 추위에 큰 영향을 받을 수 있기에, 최대한 빨리 끝내야 했다.

"신호 주면 바로 발동하세요!"

쉬이이익!

다시 한번 폭풍이 일었다. 내 몸에 꿀이라도 바른 듯, 파천새는 미친 듯이 나만 쫓았다.

'율리안의 주문 유효범위가 넓으면 우리 군도 위험해질 수 있어. 파천새를 멈

쉬야 해.'

이곳은 빙판 위.

북부 측의 주술사들이 강에 빙결 마법을 때려 붓고 있는지 얼음이 깨져도 순식간에 다시 복구되지만, 이번엔 수습이 안 될 가능성이 높았다. 최대한 파천새만 공략해야 했다.

'내가 이 전쟁을 위해서 1년 가까이 수련에만 몰두했다, 새대가리야.'

원래는 궁극기라고 부를 법한 것은 오러를 동그랗게 압축시켰다가 베어 내는 흑풍 밖에 없었다. 그러나 나는 그동안 고단한 수련들을 거치며 마나와 오러를 최대한으로 활용할 수 있는 기술들을 개발해 냈다.

스르륵.

나는 검을 내린 채, 날아오는 파천새를 향해 손을 뻗었다.

소드 마스터의 단전. 그곳에서 형태 없이 요동치는, 측량할 수 없는 양의 오러.

그곳에서 실을 뽑았다. 광활한 바다에서 가느다란 물줄기를 이끌어 내는 느낌이었다. 조금만 집중이 흐트러지면 모두 엉켜 버렸기에 세심한 조작과 집중력을 필요로 했다.

쉬이익—

수천수만 가닥의 검은 실이 허공에서 나풀거렸다. 입을 쩍 벌린 파천새가 직전에 다다랐을 때, 나는 정신을 집중하며 강하게 주먹을 쥐었다.

"굴레!"

캬아아악!

촉수처럼 유연하게 움직인 검은 실이 거대한 몸체를 옭아맸다. 파천새가 발버둥 칠수록 실이 살을 파고들어 검은 피가 낭자했다.

절망으로 자아낸 억겁의 굴레. 가장 끔찍한 속박이었다.

"율리안! 지금입니다!"

나는 있는 힘껏 소리쳤다.

-나의 주여, 내게 응답하소서. 죄악으로 가득한 이 땅을 불길로서 정화하시리니!

그 순간 눈을 뱉어 내던 먹구름이 갈라지며 하늘이 열렸다. 분명 밤이 가까워지는 시간임에도 한 줄기 햇빛이 내렸다.

-지금, 불을 내려 주소서.

신의 손이 속삭였다.

화르륵!

갈라진 하늘의 틈새에서 하얀 불꽃이 비둘기처럼 내려와 검은 실과 피로 뒤범벅된 파천새 고치를 살라 먹었다.

키에에에엑!

파천새가 산 채로 불타며 비명을 질렀다. 빙판이 녹고, 놈의 발버둥에 사방이 난장판이 되었다. 나는 그 모습을 가만히 지켜보았다.

'파천새의 약점은 불이다. 피부가 불에 닿자마자 녹아 버리더군.'

카라쇼의 목소리가 귓가를 스쳤다.

첫 대재앙 사냥이었다.

•‑§‑✤‑§‑•

-생각해 봤는데, 전 정말 끝내주는 대신관인 것 같아요.

"네. 죽여주는군요. 부상자들 치료 부탁드립니다."

자아도취에 빠진 율리안에게 담담히 응수했다.

저절로 가자미 눈이 될 정도로 재수 없는 발언이었지만, 조금 전 하늘이 열리고 불이 임하던 광경은 끝내줬음을 부정할 수는 없었다.

'율리안이 없었으면 어땠을런지.'

나는 율리안을 함께 보내 준―반강제였지만―엘의 선견지명에 기립박수를 보냈다. 교황이라서 그런지 신의 한 수를 둘 줄 알았다.

'피해가 커지기 전에 끝내서 다행이야.'

고개를 숙여 땅을 바라보았다. 파천새가 있었던 빙판은 율리안의 화염으로 녹아내려 싱크홀처럼 거대한 구멍이 나 있었고, 파천새였던 것은 새까맣게 탄 유해 물질이 되어 시딘 강을 오염시키고 있었다.

'이 정도면 가장 끈질긴 생존력을 가졌다고 해도 다시 살아나지 못하겠지.'

나는 검은 잔해가 시딘 강 깊이, 더 깊이 침몰하는 것을 확인한 뒤 귀걸이를 두어 번 두드려 통신 상대를 유니스로 바꾸었다.

"파천새는 확실히 죽었습니다. 바실리스크가 활동을 시작하기 전에 주술사들을 처단하는 걸 목표로 합시다. 제가 북서쪽을 맡겠습니다."

-네! 주술사 탐색조에 전달하겠습니다!

바실리스크가 활동을 시작하면 나는 또 발이 묶이게 될 터였다. 그 전에 최대한 많은 주술사를 처단해야 했다.

쉬이익―

양발에 마나를 두른 채 빠르게 빙판을 미끄러지듯 가로질렀다.

'이러니까 옛날 생각 나네.'

잠시 어렸을 적 아리아와 함께 얼어붙은 호수에서 놀던 것이 떠올라 기분이 묘해졌으나, 금방 흑마법의 기운을 추적하는 데 집중했다.

전장엔 수많은 이들의 기운이 난잡하게 뒤섞여 있었다.

제국 수도에서 제임스 찾기와 다름없는 짓이었으나, 여러 번의 흑마법 추적 경험 덕분에 어렵지 않게 방향을 잡을 수 있었다.

"미르부터 죽여라! 미르를 죽이는 자에겐 가장 큰 포상을 내리겠다고 하셨다!"

내게 쏟아지는 공격을 막고 피하며 사냥개처럼 목표물을 향해 달려갔다.

똑같은 복장을 입은 북부군들 사이, 유독 튀고 불쾌한 느낌을 지닌 이. 내 속에

요동치는 오러가 본능적으로 거부하는 기운.

"······커헉!"

촤아아악!

물고기를 꿰뚫는 작살처럼 몸을 던져 인파 사이에서 주술사의 목을 낚아챘다.

그가 내 힘에 밀려 뒤로 미끄러졌다. 그 충격으로 그의 후드가 벗겨졌다.

"미, 르······!"

숨통이 조여진 주술사의 목소리가 뚝뚝 끊겼다. 나는 망설임 없이 검을 치켜
들었다. 검 끝은 그의 목을 향해 있었다.

'사람을 죽일 때는 눈을 피하지 말 것.'

증오로 이글거리는 두 눈을 똑바로 마주하며 속에서 치밀어 오르는 모든 것을
삼켜 냈다.

도망치지 않을 것이며, 도망쳐서도 안 됐다.

'나는 카슈미르 크리시스니까.'

검 끝이 주술사의 목을 꿰뚫기 직전.

쉬익!

"컥······."

허공을 가르며 날아온 화살이 내 머리 위를 지나 주술사의 이마를 꿰뚫었다.
눈조차 감지 못하고 즉사한 주술사의 몸이 내 손 아래로 힘없이 축 늘어졌다.

"사냥 때문에 배워 둔 활 솜씨를 이렇게 선보이게 되네요."

익숙한 목소리가 여상스럽게 울려 퍼졌다. 나는 서늘하게 식어 가는 시체의
뒤집어진 눈을 가만 내려다보다 손에 힘을 풀고 몸을 일으켰다. 손끝에 벌레가
드글드글 기어 올라오는 감각은 무시했다.

"제가 할 수 있었습니다."

"물론 그렇겠죠. 지나가다 보여서 손을 보탠 것뿐입니다."

세레논이 쾌활하게 미소 지은 채 손에 들고 있던 활을 등에 메고 있었다. 그는

이미 사방의 적들까지 처리하고 온몸에 피를 뒤집어쓰고 있었다.

"별거 아닌 일에 스승님의 손을 더럽힐 필요는 없으니까요."

희뿌연 푸른 눈이 곱게 접혀 들었다. 그가 내 체면을 위해 일부러 태평하게 굴고 있다는 것을 모르지 않았다.

나는 검을 으스러져라 쥐었다. 속에서 울컥 치미는 분노는 세레논이 아니라 나를 향한 것이었다.

"이번엔…… 저하가 제 스승님 같군요."

"별말씀을. 청출어람일까요?"

능청스레 구는 그를 뒤로하고 앞머리를 쓸어 넘겼다. 몸속에 흐르는 피까지 얼어붙을 듯 추운 날씨임에도 내 이마는 식은땀으로 흥건했다.

"언제까지고 도망칠 수는 없습니다."

"……."

"다음엔 제가 할 겁니다. 방해하지 마세요."

안개 낀 하늘을 담은 눈동자가 나를 물끄러미 응시했다. 뺨에 묻은 피를 닦아내는 그는 조금 슬퍼 보였다.

"이번엔 감사했습니다."

나는 그의 새하얀 속눈썹에 달라붙은 핏방울을 손등으로 투박하게 닦아 주며 세레논을 지나쳤다. 놀란 눈이 나를 따라왔으나 돌아보지 않았다.

"현재까지 처단한 주술사 수는 몇 명입니까?"

"……아. 제가 세 명을 죽였고 주술사 탐색조가 열두 명을 처리했다고 들었습니다."

"추측대로라면 반은 처리한 거군요."

북부 측의 주술사는 서른 명가량으로 추정되고 있었다.

쾅!

나는 발을 들었다가 빙판이 울리도록 내리찍었다. 사방으로 금이 갔다. 처음 빙판에 들어섰을 당시엔 생채기가 나는 즉시 복구되었건만, 지금은 속도가 확연히 느려졌다.

"유니스 사령관에게 후방을 후퇴시키라고 전해 주세요."

북부 측의 주술사가 모두 죽으면 빙판이 깨져 버릴 것이다. 그럼 북부군뿐만 아니라 우리 군까지 위험해졌다.

'물론 대처 방안을 세워 뒀지만. 조심해서 나쁠 건 없으니까.'

북부군은 마수 없이는 오합지졸이었다. 후방이 빠져도 충분히 상대할 수 있을 것 같았다.

"저희도 주술사 탐색조와 합류할까요?"

"아뇨. 지금은 안 될 것 같습니다."

나는 호수 건너편 숲을 응시했다. 의아한 표정으로 함께 시선을 돌린 세레논이 삽시간에 표정을 굳혔다.

"……나무가 시들고 있습니다."

태풍이 오기 전엔 새가 낮게 날듯, 모든 재앙엔 징조가 있었다. 대재앙들은 특히나 요란스러웠다.

나무가 시들고, 풀이 그을며, 바위가 부서지고 뱀들이 도망치는 기현상의 원인. '뱀들의 왕', 바실리스크가 전장으로 기어 오고 있었다.

"지긋지긋하군요."

나는 나무 사이로 드리워지는 거대한 그림자에 질려서 중얼거렸다. 세레논이 푹 한숨을 뱉었다.

"스승님. 저는 마수가 너무 싫습니다."

"저는 평생을 싫어했습니다."

"이방 문화에 따르면 그냥 뱀은 술이라도 담가 먹는다는데 바실리스크는 대체 무슨 쓸모가 있습니까? 독이 있으니 술로도 못 담글 거 아닙니까?"

"담글 수는 있겠죠. 말 그대로 죽여주는 술이 나오겠지만."

반쯤 해탈한 채로 세레논과 의식의 흐름을 주고받았다. 그러면서도 전투를 준비하는 손길은 재빨랐다.

멸망에 출구는 없다. 선택지는 '겸허히 받아들이기'와 '맞서 싸우기', 단 둘뿐이었다.

"병사들에게 방독면을 차라고 전달해 주세요. 조심하시길."

-네. 무사히 귀환하시기 바랍니다.

귀걸이를 두드려 유니스에게 말을 전달했다.

바실리스크의 숨결에 섞여 있는 맹독은 순식간에 사방으로 퍼진다. 이에 대처 방안으로 병사들에게 방독면을 사전에 배부한 상태였다.

"이번엔 스승님을 쫓아오지 않는군요."

"작전을 바꾼 모양입니다."

바실리스크는 곧 죽어도 나만 쫓던 파천새와는 다르게 무차별적으로 우리 군을 휩쓸고 다니기 시작했다. 거대한 꼬리를 한 번 휘두를 때마다 병사들이 사방으로 날아가고 또 짓눌렸다.

나와 율리안이 합동 공격으로 파천새를 단번에 죽여 버리는 걸 보고 차라리 전체 병력을 줄이는 쪽으로 방향을 돌린 것 같았다.

"이번에도 체력을 소모시켜 지치게 하는 작전으로 가실 겁니까?"

바실리스크의 약점은 체력이 약하다는 것이었다.

지금은 경이로운 회복 속도를 자랑하며 육지에 막 나온 물고기처럼 팔팔하게 날뛰고 있지만, 지치는 순간 현저히 느려졌다.

저번 사냥 대회에서의 바실리스크는 레오를 미끼 삼아 잔뜩 날뛰게 만들고 놈이 지쳤을 때 일격을 날려 처리했었다. 그게 가장 효율적인 방법이었지만, 그건 텅 빈 숲이었기에 가능했다.

"여기서 바실리스크를 날뛰게 만들면 우리 병사들까지 위험합니다."

파앗!

검은 오러가 검날을 감싸며 맹염처럼 튀어 올랐다.

"저 지렁이로 술 담글 시간은 없어도 구이는 만들 수 있습니다. 좀 많이 타겠지만."

탓!

나는 무릎을 굽혔다 펴며 스프링처럼 높이 도약했다.

"오러 최대로 출력하세요! 오러로 지질 겁니다!"

징그러운 재생력을 가진 바실리스크를 죽이는 또 다른 방법은 상처 부위를 회복하지 못하도록 오러로 지져 버리는 것이었다.

"전, 탄 거 안 좋아합니다!"

쉬이익!

세레논의 여상스러운 대답을 신호탄으로 우리는 바실리스크를 향해 오러를 날렸다.

캬아아악!

병사들에게 주의가 쏠려 있던 바실리스크는 오러를 정통으로 얻어맞았다. 도르륵 굴러온 마기 서린 붉은 눈동자가 나와 세레논을 노려보았다.

"휘말리기 싫다면 물러서라!"

나는 바실리스크를 상대하고 있던—일방적으로 학살당하고 있다는 표현이 더 정확하겠지만—병사들에게 소리치며 바실리스크에게로 달려갔다.

캬악! 캬아악!

바실리스크는 맹독이 뚝뚝 흐르는 거대한 입을 쩍쩍 벌리며 내가 있는 허공에 몇 번이나 입질을 했다. 나는 내 몸만 한 살벌한 독니를 아슬아슬하게 피하며 세레논에게 신호를 보냈다.

"제가 시선을 끄는 동안 몸통을 공격하세요! 살이 타도록 지지셔야 합니다!"

"맡겨 주세요!"

내 뒤를 따라온 세레논이 바실리스크의 몸통 위에 올라섰다. 바실리스크는 내게 정신이 팔려 세레논의 존재도 파악하지 못한 듯했다.

"흙으로 돌아가라, 지렁이."

'마수는 이제 지긋지긋하다.'

촤악!

짓씹듯 내뱉으며 달려드는 바실리스크의 아가리에 흑염을 머금은 검을 꽂아넣었다.

캬아아아악ㅡ!

검은 피가 분수처럼 터져 나와 내 온몸을 적셨다. 썩은 고기 타는 냄새가 사방에 진동했다.

'귀 아파……'

바실리스크의 찢어지는 비명 소리를 놈의 주둥이 코앞에서 들은 탓에 고막이 찢어질 것 같았다.

"바실리스크는 울음소리로도 공격합니까? 초음파 공격 같은 거?"

바실리스크의 시체를 부위별로 나누어 판매할 기세로 사방을 신명 나게 찌르던 세레논이 인상을 왈칵 찌푸렸다.

미친 듯이 몸부림치는 놈의 몸통 위에서도 끈질기게 버티며 공격해 준 세레논 덕분에 바실리스크의 몸은 구멍투성이였다.

"저하! 이제 확실한 일격을……!"

바실리스크의 미간에 올라탄 채 쩌렁쩌렁 외치던 나는 휘청거리는 몸을 황급히 다잡았다.

우뚝.

발광하다시피 날뛰던 바실리스크가 예고도 없이 돌처럼 굳어 버린 탓이었다.

"……얘 왜 이러는 겁니까?"

당황했는지 바실리스크 찌르기를 멈춘 세레논이 흔들리는 눈으로 나를 올려다보았다. 답을 구하는 표정이었으나, 해 줄 말은 없었다.

'왜 멈춘 거지?'

나 또한 이런 경우는 처음이었으니까. 부상 때문에 멈췄다기엔 누군가 얼음마법이라도 건 것처럼 지나치게 작위적으로 굳었다. 놈은 심지어 눈도 깜빡이지 않았다.

"……우선 죽이죠. 기회라고 생각하고……."

-지휘관님. 들리십니까.

상황 파악은 되지 않지만 우리에게 행운임은 확실했다. 이 틈을 타 숨통을 끊으려 할 때, 귀걸이를 통해 익숙한 목소리가 들려왔다.

-왼쪽 어깨를 다친 주술사라고 하셨죠.

세레논과 정탐을 갔을 때, 마수를 세뇌시키던 주술사를 죽이려고 했으나 어깨를 다치게 하는 것으로 그쳤었다.

'설마.'

숨을 급하게 들이쉰 나는 부릅뜬 채로 깜빡이지 않는 바실리스크의 붉은 눈을 바라보았다.

-기사 카시아. 지휘관님의 명대로 마수를 조종하는 주술사를 찾아 제압했습니다. 다음 명령을 기다립니다.

그녀는 한다면 하는 사람이었다.

"자네는 전쟁 영웅이네. 전쟁이 끝나면 그대를 본뜬 조각상을 만들고 수도 중앙에 세우도록 하겠네."

-필요 없습니다.

카시아가 주술사를 붙잡았다는 소식을 함께 전해 들은 세레논이 헛소리를 지껄였다. 후들거리는 몸을 검에 기대어 간신히 지탱하고 있는 걸 보아 지쳐서 제정신이 아닌 게 분명했다.

이를 받아치는 카시아의 시린 단호함이 단연 일품이었다.

'조종당하던 중 주술사가 타격을 입으면 그대로 굳어 버리는군.'

나는 그들의 대화를 한 귀로 듣고 흘리며 굳어 버린 바실리스크를 찬찬히 살펴보았다.

그간 주술사가 마수를 조종한다는 것까지는 알았으나 주술사와 조종당하는 마수의 자세한 상관관계는 몰랐다. 북부군과 연합군이 제대로 부딪친 건 이번이 처음이었으니까.

'조금 위험을 감수하더라도 이번 기회에 정보를 얻는 게 좋겠어.'

전장 한복판에서 실험을 하는 건 미친 짓임을 알고 있었다.

'하지만 그렇다고 잘 갖춰진 환경에서 느긋하게 실험할 여유가 있는 것도 아니니까.'

큰 성과를 위해서는 위험한 수도 놓아야 하는 법이다. 북부군이 우릴 공격하지도, 그렇다고 퇴각하지도 못하고 우왕좌왕하고 있는 지금이 기회였다.

"주술사는 살아 있습니까?"

-숨통은 붙여 놨습니다.

그녀의 무심한 한마디에 피떡이 된 채 간신히 숨만 쉬고 있을, 얼굴도 모르는 주술사의 모습이 내 머릿속을 스치고 지나갔다.

'살려만 놓은 건가.'

잠시 말문이 막혀 있을 때, 그녀가 말을 이었다.

-정보를 캐는 건 무리입니다. 고문을 해도 입을 열질 않습니다.

-이, 잔악한 마녀……! 먼저 간 나의 조상들께서, 너를 저주하실 것이다……! 차라리 죽여라! 명예롭게, 요르하로……! 커헉!

-혹시 몰라 혀는 자르지 않은 걸 후회하게 하지 마라.

그녀의 싸늘한 한마디를 끝으로 통신기 너머에선 사람의 목소리가 들려오지 않았다. 동물의 울부짖음에 가까운 주술사의 비명이 울려 퍼졌을 뿐.

'어지간히 칼을 갈고 있었나 보네.'

지난번 임무 실패는 그녀의 드높은 프라이드에 큰 타격을 주었던 게 분명했다. 나는 조금 스산해져서 팔을 만지작거리다, 똑같은 행동을 하고 있던 세레논과 눈이 마주쳤다. 우리 사이에서는 카시아에게 깝치지 말자는 뜻의 눈빛이 오갔다.

"정보는 어차피 얻지 못할 겁니다. 실험을 해 보죠."

나는 여러 번의 경험 끝에 북부군에게서 협박으로 정보를 빼내길 단념했다.

목숨을 불사를 정도로 광기에 휩싸였다는 것부터 사후세계에 집착한다는 것까지 사이비 종교와 다를 바가 없었기에, 협박 자체가 시간 낭비였다.

"어떻게 했더니 주술이 멈췄습니까?"

-보자마자 쥐어 패서 감이 잘 안 잡히는데…….

"오…….."

-……완전히 멈춘 건 손을 묶은 뒤인 것 같습니다.

곤란해하던 카시아는 고민 끝에야 답을 내놓았다.

'손이 자유로워야만 시전할 수 있군.'

손동작을 필수로 요구하는 마법은 많으니 놀라울 건 없었다.

'그럼 설마…….'

순간 한 가지 생각이 머릿속을 스쳤으나, 나는 내뱉지 못하고 머뭇거렸다.

-지휘관님.

간극이 길어지자 카시아가 나를 재촉했다.

'그래. 나는 지휘관이지.'

나는 찬물로 얻어맞은 듯 번쩍 정신을 차렸다.

지금은 일촉즉발의 전장이라 주저할 시간이 없었다.

"발동 중 제대로 된 끝맺음 없이 필요 부위가 잘리면 타격이 가는 마법도 있습니다. 주술사의 한쪽 손을 잘라 보시죠."

그리고 한 번도 주저한 적 없는 것처럼 단호하게 내뱉었다.

-어느 쪽으로?

"아무 쪽이나."

일상을 말하듯 가벼운 투로 말이 오갔다.

카시아의 대답은 간결했다.

-알겠습니다.

서걱.

고깃덩어리를 자르는 소리가 귀걸이 너머에서 울려 퍼졌다. 그리고 깊이 생각할 새도 없었다.

-으아아악!

키에에엑!

천지를 뒤흔드는 대재앙의 울음소리가 주술사의 비명을 집어삼켰으니까.

돌처럼 굳어 있던 놈은 언제 굳어 있었냐는 듯 몸을 뒤틀기 시작했다.

"저하! 바실리스크 몸 위에서 내려오세요! 굴레!"

나는 자기 꼬리가 잘리기라도 한 것처럼 고통스럽게 몸부림치는 놈의 미간 위에 간신히 버티고 섰다.

세레논이 빙판으로 몸을 피한 즉시 다시 한번 속박을 강행했다.

'주술사를 두들겨 팰 때도 멀쩡했는데 손이 잘렸다고 이렇게 반응한단 말이지.'

조종술은 술사와 대상의 연결이 가장 중요시되었기에 짐작컨대 주술사와 마수는 손으로 연결되는 것 같았다.

-다음 명령을 기다리고 있습니다.

카시아는 한 사람의 손을 썩둑 자른 뒤에도 단조로웠다.

'얼마나 더 이런 일을 겪어야 당신만큼 태연해질 수 있을까.'

느리게 흘러가던 상념을 지우고 마지막 명령을 내뱉었다.

"죽이세요."

확실한 건, 나는 이 순간을 결코 잊지 못하리라는 것이다.

-네.

푹.

부드러운 고깃덩어리가 뚫리는 소리. 이번엔 비명조차 들리지 않았다.

캬아아아악―!

검은 고치에 감싸인 바실리스크가 하늘이 갈라지도록 비명을 질렀다.

"젠장, 병사들 대피시키세요!"

공격이 워낙 광범위해 북부군이고 우리 군이고 다 휩쓸리긴 했으나, 전에는 적어도 우리 군이 밀집된 곳을 공격하려 했다. 하지만 주술사가 죽은 지금, 바실리스크는 피아 구분 없이 사방으로 날뛰기 시작했다.

'즉사할 줄 알았는데……!'

주술사가 죽으면 함께 죽을 거라고 예상했건만. 물불 안 가리고 날뛰는 꼴은 죽긴커녕 더 팔팔해진 듯했다. 나는 죽음의 놀이기구처럼 흔들리는 바실리스크의 머리 위에서 상황을 살피다 깨달았다.

'심장이 불타고 있구나.'

바실리스크의 심장이 위치한 곳에서 탄내와 검은 연기가 뒤엉켜 올라오고 있었다.

조종당하는 마수는 주술사가 죽으면 함께 죽는다. 이 추론은 진실이었다. 이것은 바실리스크의 마지막 발악일 뿐이었다.

"이제 그만 가라."

푹!

나는 한숨처럼 속삭이며 바실리스크의 목에 오로로 검게 물든 검을 박아 넣었다. 그리고 검에 매달리며 무게를 실어 놈의 몸을 반으로 갈랐다.

촤아악!

온몸에 진득한 검은 피가 묻어났다. 악취가 진동을 했다. 특히 오염된 심장을 가를 땐 비위가 강한 나도 속이 울렁거릴 정도였다.

쿠콰쾅!

거대한 몸체가 빙판 위로 무너졌다. 바실리스크는 비명도 지르지 못하고 죽었다. 저를 조종하던 주술사와 같은 결말이었다.

"피해!"

상념에 빠질 새도 없이 다급하게 사체에서 검을 뽑고 바닥을 박차 오른 나는 육지를 향해 전속력으로 달렸다.

쩌저적.

놈의 거대한 몸이 메어 꽂인 빙판이 충격을 버티지 못하고 갈라지기 시작했다.

-여기는 주술사 탐색조! 주술사 열두 명 더 처단했습니다!

정신없는 와중에도 통신기는 착실히 정보를 전달했다.

나는 헛숨을 뱉었다.

'빙판이 너무 위태로워졌어.'

바실리스크로 인한 충격에 주술사 인원까지 감소한 탓에 이젠 발걸음만 내딛어도 불안한 소리를 내며 갈라졌다. 귀걸이를 빠르게 두드려 유니스에게로 통신을 연결했다.

"군사들 모두 육지로 대피시키세요! 곧 빙판이 깨질 겁니다!"

-알겠습니다!

풍덩!

짧은 의사소통이 끝남과 동시에, 무게를 버티지 못한 빙판이 무너지며 바실리스크의 사체가 시딘 강 속으로 빨려들어 갔다.

쩌적, 쩌저적!

그곳에서부터 시작된 균열이 순식간에 강 사방으로 퍼져 나가기 시작했다.

"으악!"

"차, 차가워! 살려줘!"

　　　　　　　　　　　　충직한 검이 되려 했는데 3

여기저기서 비명이 터져 나왔다. 병사들이 빙판의 틈새로 빠지기 시작했다.

"유니스! 발동시키세요!"

상황이 급한지 대답은 돌아오지 않았으나, 지시가 제대로 전달되었음은 확실했다.

"발동하라!"

좌아아악.

멀리서 유니스의 고함과 함께 우리 진영의 육지와 가까운 방향으로 흘러내리던 빙판이 다시 얼어붙었다. 마법사들을 갈아 넣어 임시방편으로 얼린 것이었다.

"나가! 빨리 도망쳐!"

"가, 가, 감사합니다!"

나는 육지로 도망치지 않고 다시 거슬러 올라가 강에 빠진 병사들을 보이는 족족 건져 내어 단단한 빙판 쪽으로 내동댕이쳤다.

물에 빠진 생쥐 꼴이 되어서도 무사히 도망치는 이들도 아주 간혹 있었으나, 구해 줬음에도 다시 빠져 강 속으로 사라지는 이들이 압도적으로 많았다.

헛수고에 가까운 짓. 하지만 멈추지 않았다. 모두를 구할 수 없다는 것쯤은 알아도, 손에 닿는 곳에 있는 이들을 외면할 순 없었다.

빙판 사이에 몸이 끼어 허우적거리는 병사 하나를 무 뽑듯 거칠게 뽑아 육지 쪽으로 던졌을까.

쩌적.

'어.'

삽시간에 내가 서 있던 곳이 깨져 나갔다.

'젠장. 골치 아프네.'

깨지는 속도가 빨라도 너무 빨랐다. 발판을 잃은 몸이 살짝 휘청거렸으나, 허공을 걸을 수 있는 내겐 조금도 위험이 되지 못했다.

마나로 발판을 만들고 하늘을 향해 발돋움하려 할 때.

탁.

시체의 피부처럼 차가운 무언가가 내 발목을 거칠게 잡아챘다. 나는 당황한 얼굴로 뒤를 돌아보았다. 그리고 굳어 버렸다.

"죽……기…… 싫어……."

강 속에 빠진 병사가 나를 붙잡고 있었다.

"끄윽…… 끅……."

병사는 바실리스크의 독에 중독된 건지 흰자위가 보랏빛이었다. 동공은 반쯤 돌아가 있었고, 몸은 경직된 상태였다.

무엇보다 병사의 주위엔 그의 것으로 보이는 진득한 핏물이 잔뜩 번져 있었다. 지독한 피비린내가 코끝을 찔렀다.

'복부가 꿰뚫렸어.'

대신관 율리안이 와도 고칠 수 없는 치명상이다. 병사는 죽어 가고 있었다.

"……미안하다."

한참 숨을 참던 나는 목이 졸린 듯 기어가는 목소리로 간신히 내뱉었다. 큰 소리를 내면 속에 있는 모든 장기가 입 밖으로 솟구칠 것 같았다.

'당신도 알잖아요. 모두가 살 순 없습니다.'

언젠가 들었던 라이너의 한마디가 심장을 아프게 울렸다.

'그래. 모두를 살릴 순 없어.'

눈을 질끈 감고 발목을 옭아맨 병사의 손을 떨쳐 내려 할 때.

"싫어, 죽기 싫어!"

쉿소리를 내며 비명을 지른 병사는 죽어 가는 사람이라고는 믿기지 않을 만큼 강한 힘으로 나를 잡아끌었다.

'아.'

그 순간 나는 소드 마스터의 강함도, 지휘관의 매정한 결단력도 망각한 채 아무것도 할 수 없었다.

충직한 검이 되려 했는데 3

"살려 줘……! 제발! 당신은 강하니까 살려 줄 수 있잖아! 날 살려 줘야지!"

날카로운 손톱이 내 발목을 파고들었다.

내가 비틀거려도 그는 멈추지 않았다. 나를 빠뜨려서라도 살아남겠다는 듯. 내게 목숨이라도 맡겨 놓은 모양새였다.

광기로 번들거리는 병사의 눈은 그 무엇보다 이기적으로 보였다.

'이게 내가 구하고자 했던 인간들인가.'

짙은 회의감이 폐부를 조인다.

풍덩!

나는 족쇄 같은 손에 붙들려 시딘 강 속으로 끌려 들어갔다.

"스승님은 호구입니까?"

"콜록."

카라쇼가 먹던 스튜를 뱉었다. 몇 번 기침을 한 그녀는 입가로 흘러내린 이물질을 손수건으로 닦아 냈다.

"슈슈. 단어."

"스승님은 어수룩하고 순진하며 미련하기까지 한 사람입니까?"

그녀의 부드러운 회유에도 나는 가시를 누그러뜨릴 수 없었다. 내 시선은 길게 베인 그녀의 옆구리에 고정되어 있었다.

"미쳤다고 거기서 달려드시냔 말입니다."

그녀가 마수에게서 나를 구하다 얻은 부상이었다.

"그것 때문에 그렇게 심통이 난 게냐?"

"그럼 안 납니까?"

"왜 나는데?"

카라쇼는 웃음기 섞인 투로 되물었다. 그녀의 태평한 태도에 더 화가 난 나는 쭈그리고 있던 몸을 벌떡 일으켰다.

"스승님이 자꾸 저 때문에 다치시는 게 싫습니다! 낙오되면 그냥 버려 버리지 왜 다치면서까지 구해 주시는 겁니까!"

약한 나 자신에게 화가 나고, 다친 그녀를 보면 속이 상했다. 짐이 되느니 버려지는 게 나았다.

"자기 입으로 버려 달라는데 그냥 이 김에 버리고 가죠."

"지그문트."

얼마 없는 인류애조차 박멸시키는 지그문트를 카라쇼가 엄하게 부르며 저지했다.

말리는 시누이가 더 밉다는데, 그는 말리는 시누이를 넘어서 부추기는 웬수 놈이었다.

"타인을 구하면서 사는 게 나쁘다고 생각하느냐?"

"……멍청하지 않습니까."

카라쇼가 내 손을 붙잡고 자신에게로 부드럽게 이끌었다. 그녀의 검은 두 눈은 별빛을 머금고 밤하늘처럼 반짝였다.

"그래. 손해를 보면서 살아왔지. 미련하다는 욕은 질리도록 들었다. 선행은 베푼 만큼 돌아오지 않고, 정의는 승리하지 못했지. 호의는 의심받고 믿음은 배신당했다."

그녀는 참 이상한 사람이었다.

"그래도 나는 내게 내미는 손을 외면하며 잘 사느니, 힘들게 살더라도 그 손을 붙잡아 주고 싶구나."

내가 아는 이들 중 가장 사리 분별을 할 줄 모르는 사람이건만, 환하게 웃는 내 스승은 눈이 부셔서 바라볼 수조차 없었다.

"너도 그렇게 살아 달라고 하면, 너무 이기적이겠느냐?"

'당신은 그러다 죽어 버릴 것 같아.'

나는 왜인지 눈물이 날 것 같았다.

"……그렇게 멍청이처럼 살다가 위험해지면 스승님은 누가 구해 줍니까?"

구원자는 누가 구해 주는가?

내 난해한 질문에 카라쇼의 표정이 난감해질 때.

"내가 구해 드릴 거다."

구석에 기대어 조용히 검을 닦던 지그문트가 툭 내뱉었다.

예상치 못한 곳에서 들려온 답에 그를 돌아보았을까, 고요히 잠겨 있으나 거짓 없이 또렷한 보랏빛 눈동자가 나를 마주 보았다.

"불만 있나?"

한 대 치고 싶을 만큼 아니꼬운 투였으나 이번만큼은 달려들어 드잡이질을 할 수가 없었다.

지그문트 하이드는 인간 쓰레기였지만 나만큼이나, 인정하기 싫지만 어쩌면 나보다 더 스승님을 사랑했다. 그 깊은 진심에 감히 말을 얹을 수 없었다.

"그래. 그 말대로다."

카라쇼의 주름진 입가에 고운 미소가 번졌다.

"그렇게 살다 보면 내가 사랑하는 이들이 나를 구해 줄 거다. 참 멋진 삶이지 않으냐."

그때의 나는 그녀를 이해할 수 있는 날이 올까 싶었다.

그런 삶은 내게 너무 멀게만 느껴졌으니까.

"저도, 지켜 드릴 겁니다. 스승님을."

그 다짐은 치기 어렸지만 진심이었다.

⋅┄⊰❈⊱┄⋅

'그러다 여기까지 왔지.'

물 깊숙이 잠겨 들어가며 멍하니 생각했다.

차가운 물결이 짐승의 혀처럼 온몸을 핥았고, 옷이 물을 머금으며 몸이 굳떠졌다.

보글보글.

내쉬는 호흡에 투명한 거품이 둥둥 떠올랐다.

카라쇼를 지키지 못하고 혼자 살아남은 뒤로, 나는 그녀의 의지를 이으며 살아왔다. 어느새 그녀의 신념은 내 신념으로 자리 잡고 있었다. 면식도 없는 이들을 구하려 평생을 고군분투했다. 미련한 짓이라는 것을 알면서도 대가 없이 불구덩이에 뛰었다. 살리지 못한 이들도 있었지만, 살린 이들이 압도적으로 많았다.

'그런데 내가 위험에 처한 지금은…… 누가 나를 구해 줄까.'

카라쇼는 죽었다. 지그문트는 나를 구해 주기는커녕, 이 상황의 간접적인 원인을 제공했다. 사랑하는 가족과 친구들은 모두 멀리 떨어진 곳에 있었다.

'숨 막혀.'

점점 더 호흡이 가빠졌다.

나는 물속에서 힘겹게 눈을 깜빡이다 옆을 돌아보았다.

대재앙과 인간들의 핏물로 탁해진 시던 강물. 그 틈새로 나를 끌어들인 병사가 보였다. 그는 눈도 감지 못한 채 죽어 있었다.

'당신이 죽은 것도 내 탓일까?'

깊은 회의감과 상념이 머릿속을 뒤죽박죽으로 뒤덮었다.

나가야 하는데. 나가서 또 사람들을 구해야 하는데.

나가고 싶지 않았다.

'쉬고 싶어.'

나는.

그저…….

휙.

그리고 그 순간, 누군가 축 처진 내 몸을 거칠게 낚아채 안았다.

첨벙.

놀랄 틈도 없었다. 그 누군가는 폭발적으로 마나를 방출해 가며 나를 안고 위로, 또 위로 올라갔다. 나를 안은 팔은 단단했다.

푸하!

그리고 몰아닥치는 시원한 공기.

잠겨 있던 시간이 평화롭다고 생각했던 것이 우습게도, 나는 물에 나오자마자 기다렸다는 듯 다급하게 호흡했다.

"야! 너 미쳤어? 정신 안 차려?"

단단한 손이 내 양어깨를 붙잡았고, 익숙한 목소리가 내 귀에 따갑게 울렸다.

아득해져 가던 정신이 또렷해지고 흐릿했던 시야에 초점이 잡혔다. 나는 퍼뜩 고개를 들어 나를 안아 든 인영을 마주 보았다.

"……레오?"

이곳에서 볼 수 있을 거라고는 상상도 못 한 인물이었다.

"그래! 나다! 왜 가만히 있어, 멍청아! 표정 보니까 아주 죽으려던 것 같던데! 죽고 싶어? 죽고 싶냐고!"

그는 평소의 여유로움을 버리고, 함께 드잡이하던 어렸을 적처럼 내게 버럭버럭 소리를 질렀다. 기세만 보면 한 대 칠 것 같으면서도 나를 붙잡은 손은 두려운 것처럼 덜덜 떨리고 있었다.

"내가 널 죽게 내버려 둘 것 같아? 지옥까지 쫓아갈 거다!"

아무 말도 못 하고 그저 멍하니 바라보고만 있자 안 그래도 무섭던 그의 얼굴이 더 구겨졌다.

"아, 대답도 안 하시겠다? 왜, 죽으려다 구해지니까 꼽냐?"

"아니, 아니…… 네가 왜 여기 있어?"

"너 걱정 돼서! 혹시라도 이러고 있을까 봐! 죽었을까 봐! 만류하는 대신들 다 내치고 친위대만 끌고 왔다!"

쩌적.

말하는 새에 또다시 빙판이 갈라지기 시작했다. 이를 으득 간 레오는 나를 안고 육지 쪽으로 전속력으로 달리기 시작했다. 나는 그의 눈을 피한 채 작은 목소리로 중얼거렸다.

"죽으려고 한 거 아니었어. 그냥……."

"그냥 뭐. 강 속 구경이라도 하고 싶으셨나?"

그가 신랄하게 비꼬았다. 나를 내려다보는 연둣빛 눈동자가 이글거리고 있었다. 분명 노기가 서려 있는데도 깊은 상처를 받은 것만 같았다.

"……미안하다."

나는 떠오른 모든 변명거리를 지우고 진솔하게 내뱉었다.

다급하게 주위를 둘러보던 그가 우뚝 멈췄다. 그의 표정이 복잡했다.

"……괴롭고 뭐고 다 살아 있으니까 할 수 있는 거야."

"폐하! 빨리 이쪽으로……!"

"좀 닥쳐 봐!"

자신을 부르는 소리에 레오가 야차 같은 낯으로 으르렁거렸다. 나는 그와 그의 친위대로 보이는 이들을 번갈아 보다 그를 툭툭 쳤다. 이 난리 통 속에서 그와 대화할 시간은 없었다.

"빨리 가. 부르잖아."

"아, 씨…… 그러니까!"

욕을 할 듯 입술을 움직이던 레오가 제 머리를 헤집었다.

물미역처럼 젖은 나를 못마땅하게 바라보던 그는 자신의 붉은 망토를 벗더니 내 몸에 꽁꽁 둘러 주었다.

"죽지 마. 살아 있으면 살아갈 이유는 내가 억지로라도 만들어 줄 테니까, 악착

같이 살라고."

레오는 치기 어렸지만 대담했고, 거칠었지만 솔직했다.

"다시 왔는데 또 그딴 꼴로 있으면 가만 안 돼!"

단단히 엄포를 놓은 그는 등을 돌리고는 빠르게 달려갔다.

"지가 가만 안 두면 어쩔 건데……."

한참 그의 뒷모습을 바라보던 나는 헛웃음을 뱉었다. 쏜살같이 지나간 상황에 정신이 없었으나, 그 덕분에 망념들이 사라졌다.

발목에 난 손톱자국은 따가웠다. 아마 살갗이 다시 붙어도 마음에 난 자국은 영원히 아물지 않을 것이다. 회의감은 여전히 진드기처럼 내 마음 언저리에 붙어 있었다.

상황은 아무것도 변한 게 없다.

'그렇게 살다 보면 내가 사랑하는 이들이 나를 구해 줄 거다.'

그럼에도 나는 침몰해 가던 나를 끌어올리던 누군가의 손에서 희망을 보았다.

'아마도 나를 구해 주는 건……'

"지휘관님. 여기 계셨군요."

어느새 가까워진 익숙한 기척이 생각을 끊어 냈다. 나는 빠르게 뒤를 돌아보았다.

"에이머리 경."

전투 시작 이후로 처음 보는 내 부관, 조나단 에이머리였다.

"무사했군. 다친 곳은 없나?"

빠르게 그의 몸을 훑어보았다. 특별히 맡은 임무가 없어서 그런지 이상할 만큼 말끔했다.

'뭐, 안 다쳤으면 다행인 거겠지.'

나는 안도의 한숨을 쉬었다.

"절 걱정하셨습니까?"

조나단의 표정이 미묘했다. 빛 한 점 들지 않는 새까만 눈동자는 여전히 속을 읽을 수 없었다.

"당연하지. 그대는 나의 부관 아닌가."

나는 당연한 걸 왜 묻냐는 투로 답하고서는 몸을 돌렸다.

"무사한 걸 확인했으니 되었네. 나중에 보지."

어딜 보나 전투는 우리의 승리였지만, 아직 전장은 다 수습되지 않은 상태였다. 태평하게 대화를 나눌 틈은 없었다.

쫄딱 젖은 머리카락을 대충 털어 말리며 유니스에게로 갈 때였다.

"아뇨. 잠시만. 잠시만 있어 주십시오."

꼭 매달리기라도 하는 것처럼, 조나단이 내 옷자락을 잡았다.

'조나단이 이럴 사람은 아닌데.'

나는 놀라서 그를 돌아보았다.

조나단은 공과 사가 철저한 사람이었다. 평상시에도 업무에 관련되었을 때를 제외하고는 내게 말도 걸지 않건만, 전시 상황에서 쓸데없는 일로 나를 붙잡을 인물이 아니었다.

"무슨 일 있나?"

혹시 전장에서 저주에라도 걸려 이상해진 건지, 아니면 정말 다급한 일이라도 있는 건지 긴가민가해 걱정스럽게 살피니, 그가 느리게 입을 열었다.

"당신에게 동화될 것 같습니다."

"……내게?"

"당신이 만드는 세상이라면 나쁘지 않을 것 같다는 생각까지 들었으니 말입니다."

조나단이 내게로 다가왔다. 늘 속내를 비추지 않는 얼굴은 오늘따라 더 의뭉스러웠다. 나는 본능적으로 뒷걸음질 쳤다.

"거부하시는 겁니까?"

그러자 우뚝 발걸음을 멈춘 그가 고개를 기울였다. 새까만 눈동자가 나를 물 끄러미 응시했다.

"믿는다고 하셨으면서. 이젠 아닙니까."

나는 할 말을 잃은 채 헛숨을 들이쉬었다.

주위는 긴박했다. 그 가운데 우리만 분리된 공간에 있는 듯 고요하고 기묘한 분위기를 이어 가고 있었다.

'이젠 아니냐고.'

나는 길게 한숨을 뱉었다.

"아니. 여전히 자네를 믿네."

탁.

그에게로 한 걸음 다가갔다.

나는 사람을 믿었다. 그것은 내 불치병이었다.

조나단은 고개를 숙였다.

"당신은 정말 좋은 사람입니다."

그의 목소리가 희미하게 흔들리고 있었다. 그는 훌쩍 거리를 좁혀 내 코앞까지 다가왔다.

그가 나를 살짝 끌어안았다. 가벼운 포옹이라 밀어내지 않은 순간이었다.

"하지만 저는……."

조나단이 고개를 틀어 내 귓가에 입술을 가까이했다.

쉬익!

스산함이 등을 타고 기어올랐다.

본능적으로 피하려 할 때.

꽉.

"나쁜 새끼죠."

조나단이 내 허리를 강하게 감싸 안아 붙잡았다.

푹!

허공을 가르고 날아온 날카로운 화살촉이 내 등을 후볐다.

"허억."

숨 막히는 통증이 삽시간에 온몸으로 퍼졌다. 나는 다급하게 숨을 들이쉬었다. 그냥 화살로는 내게 이 정도로 타격을 주지 못한다.

이건 독화살. 그것도 소드 마스터의 몸을 마비시킬 만큼 강력한 독을 묻힌 화살이었다.

나는 핑 도는 시야를 들어 겨우 조나단을 바라보았다.

"이 이상 당신과 함께 있다가는 이상해져 버릴 것 같았습니다. 여기서 결단을 내는 것이 맞겠죠."

허리에 두른 팔을 천천히 푼 그가 내 양어깨를 붙잡았다. 몸에 힘이 자꾸만 풀려, 우습게도 그의 손길에 의지해야만 몸을 지탱할 수 있었다.

일순 눈빛이 흔들리던 조나단이 곧 눈꼬리를 낭창하게 휘었다.

"……지그문트 형님께는 안부 전해 드리겠습니다."

그가 내게 지어 보인 것 중 가장 환한 웃음이었다.

툭.

조나단이 가볍게 내 어깨를 밀었다.

풍덩!

힘없이 밀려난 나는, 물소리와 함께 또다시 차가운 시딘 강으로 빠져들었다.

"이렇게 만나지 않았다면 좋았을 텐데."

기이하게 일그러진 조나단의 얼굴을 마지막으로, 나는 눈을 감았다.

사람을 믿은 대가는 늘 그리도 무거웠다.

2부에서 계속

충직한 검이 되려 했는데 3